CLAUDIA KERN

Das Schwert und die Lämmer

Buch

Im Jahre 1212 taucht der junge Schafhirte Nicolaus vor dem Kölner Dom auf und ruft die Armen und die Kinder zur Befreiung des Heiligen Landes auf. Tausende schließen sich ihm an, darunter auch Madlen, eine in Ungnade gefallene Magd, die ihre beiden Söhne Hugo und Konrad nicht alleine ziehen lassen will. Der Zug der Kinder führt sie quer durch Deutschland. Dabei vertraut Madlen wie alle anderen darauf, dass Gott schon für sie sorgen wird. Doch nicht nur Hunger bedroht sie und ihre Kinder. Adel und Kirche setzen alles daran, den Kinderkreuzzug aufzuhalten, dessen Teilnehmer sich ihrer Ansicht nach weit über ihren Stand erhoben haben. Und auch innerhalb der Pilgergemeinschaft breiten sich Intrigen um Einfluss und die wenige Nahrung immer mehr aus …

Autorin

Claudia Kern ist Mitbegründerin des Science-Fiction-Magazins »Space View«, das sie mehrere Jahre als Chefredakteurin betreute und für das sie auch heute noch eine regelmäßige Kolumne schreibt. 1999 war sie als Serienredakteurin für ProSieben tätig und zog danach als hauptberufliche Autorin zurück nach Bonn. Claudia Kern hat einige Sachbücher zu Fernsehserien verfasst, schreibt Film- und TV-Kritiken und entwirft Storys und Dialoge für Computerspiele. Inzwischen lebt und arbeitet Claudia Kern in Berlin.

Als Blanvalet Taschenbuch von Claudia Kern lieferbar:

Der verwaiste Thron:
1. Sturm (24420)
2. Verrat (24421)
3. Rache (24422)

Claudia Kern

Das Schwert und die Lämmer

Roman

Originalausgabe

blanvalet

FSC
www.fsc.org
MIX
Papier aus verantwortungsvollen Quellen
FSC® C014496

Verlagsgruppe Random House FSC-DEU-0100
Das FSC®-zertifizierte Papier *Holmen Book Cream* für dieses Buch
liefert Holmen Paper, Hallstavik, Schweden.

1. Auflage
Originalausgabe Dezember 2011 bei Blanvalet,
einem Unternehmen der Verlagsgruppe Random House GmbH, München

Die Veröffentlichung dieses Werkes erfolgt auf Vermittlung
der Autoren- und Verlagsagentur Peter Molden, Köln.
Umschlagillustration: © Illustration Johannes Wiebel | punchdesign
Redaktion: Peter Thannisch
HK · Herstellung: sam
Satz: Uhl + Massopust, Aalen
Druck und Einband: GGP Media GmbH, Pößneck
Printed in Germany
ISBN 978-3-442-37439-7

www.blanvalet.de

Für die Mädels.
Ihr wisst, wer ihr seid.

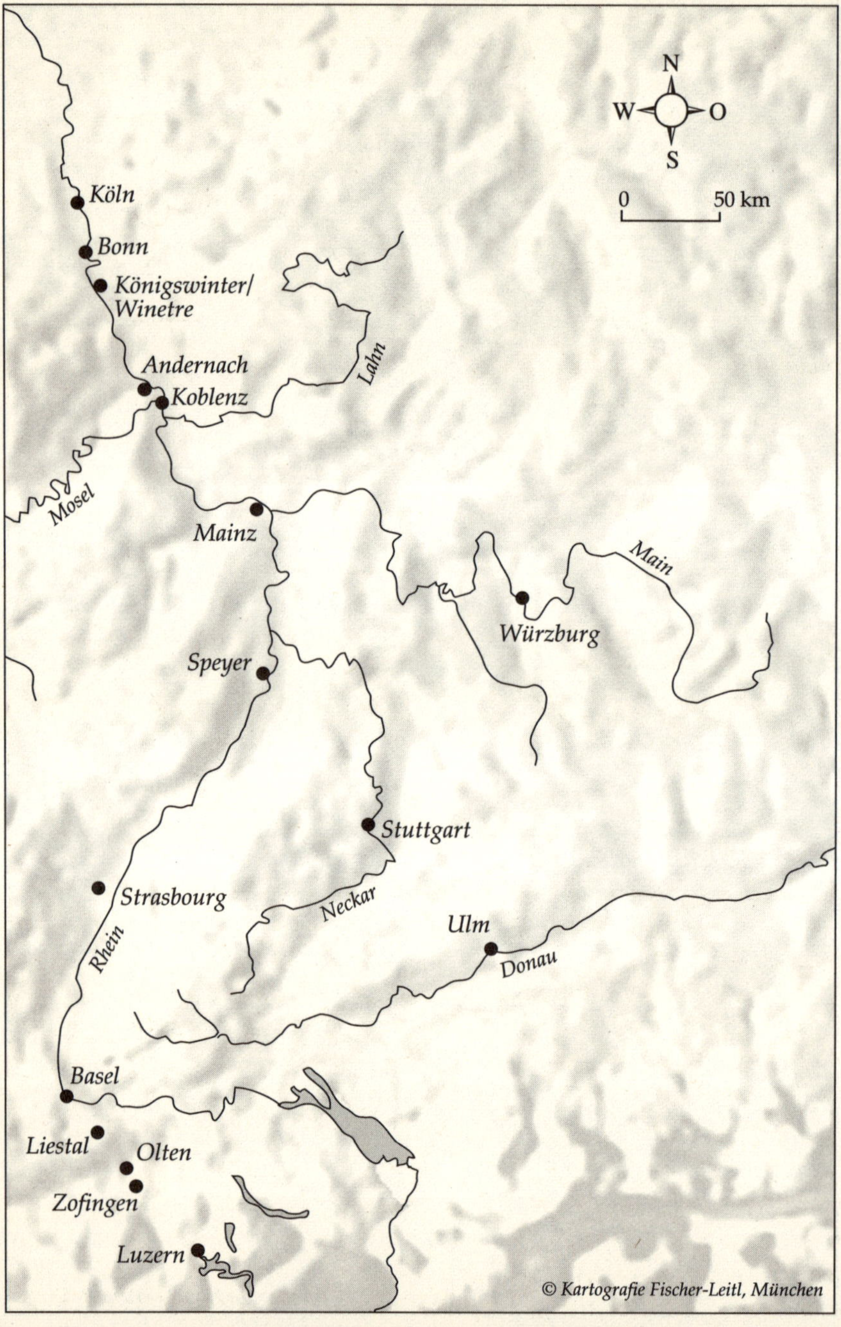
N
W
O
S
0
50 km
Köln
Bonn
Königswinter/
Winetre
Andernach
Koblenz
Lahn
Mosel
Mainz
Main
Würzburg
Speyer
Stuttgart
Strasbourg
Neckar
Ulm
Donau
Rhein
Basel
Liestal
Olten
Zofingen
Luzern
© Kartografie Fischer-Leitl, München

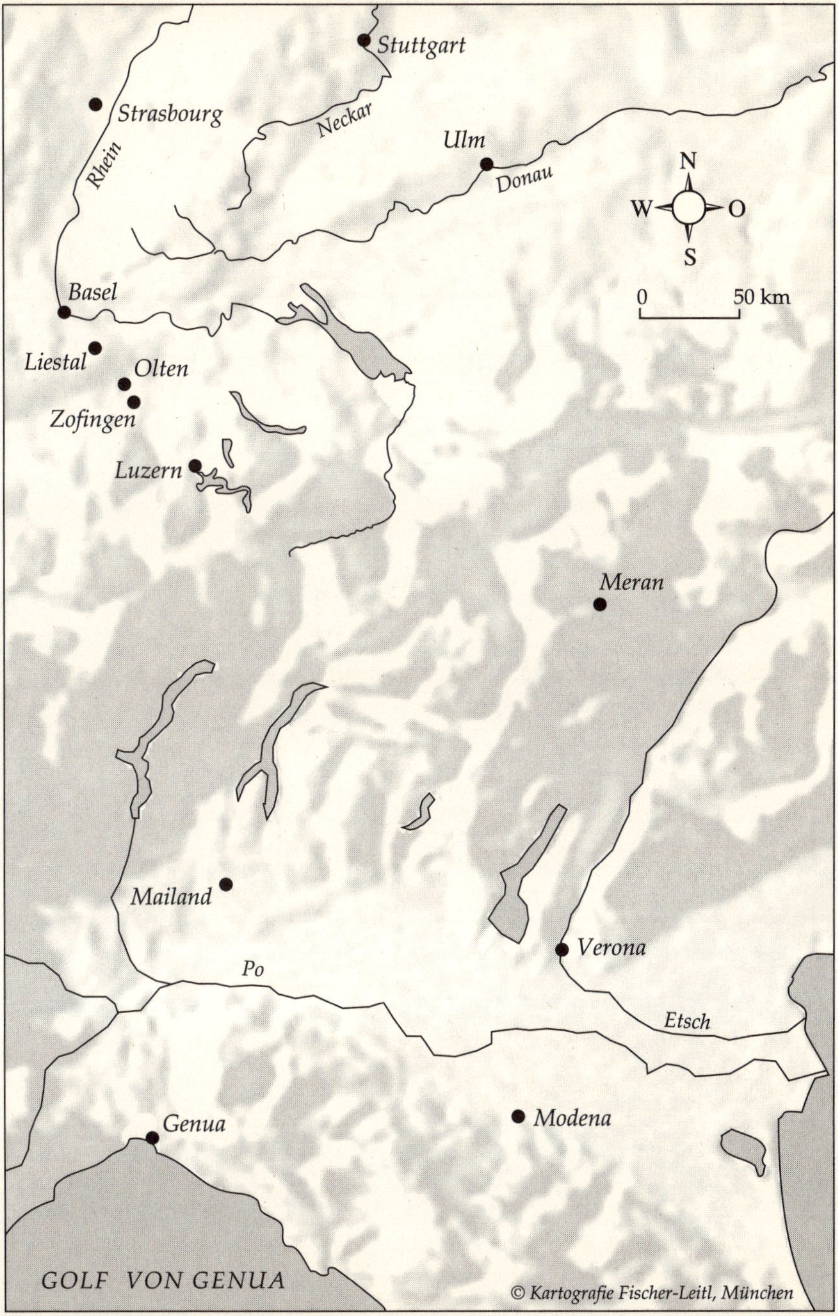
Stuttgart
Strasbourg
Neckar
Rhein
Ulm
Donau
N
W
O
S
0
50 km
Basel
Liestal
Olten
Zofingen
Luzern
Meran
Mailand
Verona
Po
Etsch
Genua
Modena
GOLF VON GENUA
© Kartografie Fischer-Leitl, München

Prolog

»Erzähl ihm deine Geschichte«, sagt er.

Ich sehe nicht auf. Der Boden unter meinen Knien ist weiß und so rein, dass ich mich schäme, ihn zu berühren. Ich verberge meine Hände in den Falten meines Umhangs, damit niemand sieht, wie schmutzig sie sind.

»Erzähl sie ihm.«

Ich höre Stoff rascheln. Jemand räuspert sich. Das Geräusch hallt durch den Saal.

Alle warten darauf, dass ich beginne, aber ich weiß nicht, wo ich anfangen soll. Meine Geschichte gehört nicht nur mir, sondern allen, die an ihr beteiligt waren; Hugo und Konrad, Lena und Lukas, Richard, Ott und Erik, aber vor allem gehört sie Nicolaus, ihm vielleicht mehr als mir selbst. Für sie muss ich einen Anfang finden, den Tag, die Stunde wählen, an der die Geschichte begann, damit der, vor dem ich knie, ihr Ende schreiben kann.

Eine Hand berührt meinen Arm, beruhigend, auffordernd. Ich hebe den Kopf. Sonnenlicht strömt durch Fenster hoch wie Kirchtürme. Die Helligkeit blendet mich. Der Mann auf dem Thron ist eine dunkle Silhouette, umgeben von funkelndem, gleißendem Licht. Meine Augen beginnen zu tränen, aber ich senke den Blick nicht.

Nicht mehr.

Und dann wähle ich einen Anfang. Auf einmal ist das ganz leicht.

Ich sehe die Silhouette an und öffne den Mund. Die Luft schmeckt süß.

Kapitel 1

Wir stiegen den Berg empor an diesem Morgen, schweigend und müde, so wie immer. Gertrud ging vor, wir anderen folgten ihr in einer Reihe, denn der Pfad war zu schmal, um nebeneinander herzugehen. Gestrüpp und Bäume rahmten ihn auf beiden Seiten ein, und gelegentlich wand er sich an einem moosbedeckten Felsen vorbei.

»Wann gehst du?«, fragte Gertrud. Sie musste sich nicht umdrehen, ich wusste auch so, dass sie mit mir sprach.

»Morgen.«

»Aha.«

Mehr sagte Gertrud nicht. Die sechs Frauen, die hinter mir den Berg hinaufstiegen, atmeten und schnauften leiser als zuvor. Zweige knackten unter ihren Füßen.

Es war ein kalter, grauer Frühlingsmorgen. Nebel stieg in dünnen Schwaden zwischen den Bäumen empor. Über dem Rhein musste bereits die Sonne aufgehen, doch auf unserer Seite des Bergs war ihre Wärme noch nicht zu spüren.

»Und die Herrin weiß davon?« Gertrud klang verärgert, fast schon verletzt. Sie war die älteste Magd auf der Burg. Ihre Kinder waren erwachsen, und die erste Enkeltochter würde zum Pfingstfest heiraten. Sie hatte sich daran gewöhnt, dass jeder tat, was sie sagte, und unterließ, wovon sie abriet. Hinter ihrem Rücken nannten sie alle Mutter Oberin.

»Sie hat es mir selbst erlaubt«, sagte ich.

»Ich war dabei.« Agnes sprach zu laut, wie so oft, wenn sie aufgeregt war. Als Einzige in unserer Gruppe aus acht Mägden – normalerweise neun, aber Gerhild hatte wenige Tage zuvor einen Sohn geboren und war vom Frondienst befreit – hing kein Gebende in ihrem Gürtel. Sie war noch unverheiratet und durfte ihr Haar für alle sichtbar offen tragen. Ich beneidete sie um diese Freiheit, doch das hätte ich ihr nie gesagt, so wie sie mir nie gestanden hätte, dass ihr Gertrud Angst einjagte. Man muss nicht alles aussprechen.

Ich hob den Kopf und sah an Gertrud vorbei den Berg hinauf. Die Mauern von Burg Drachenfels schimmerten zwischen den kahlen Bäumen hindurch. Sie waren kaum näher gekommen, obwohl wir bereits die halbe Strecke zurückgelegt hatten. Seit Heinrichs Tod erschien mir der Weg länger als davor.

»Ich weiß wirklich nicht, was du da willst«, sagte Gertrud nach einem Moment. Ihr Atem ging schwer. Ich fragte mich, was ihr mehr zu schaffen machte, der Aufstieg oder ihr Ärger. »Ich habe Winetre mein ganzes Leben lang nicht verlassen«, fuhr sie fort. »Und meine Eltern und Kinder auch nicht. Onkel Humbert, ja, der meinte auch, er wäre zu Besserem berufen.«

Sie blieb abrupt stehen und drehte sich um. Der graue Wollschal, den sie um Kopf und Schultern geschlungen hatte, rahmte ihr Gesicht ein. Ihre Nase stach daraus hervor wie der Schnabel eines Falken.

»Nach Bonn wollte er.« Sie schüttelte den Kopf. »Bonn …«, sagte sie dann leiser. »Er sprach von nichts anderem, als ob er dort das Paradies finden würde.«

Einen Moment lang verlor sich ihr Blick in der Vergangenheit. Sie sprach oft von »Onkel« Humbert, dabei wusste jeder im Dorf, dass er nicht ihr Onkel gewesen war. Nur was er genau für sie gewesen war, wusste niemand.

Mit einem Blinzeln kehrte sie in die Gegenwart zurück. Der

Blick ihrer blauen Augen richtete sich auf mich, und sie hob den Zeigefinger. »Nie wieder haben wir von ihm gehört. Bestimmt haben ihm Wegelagerer die Kehle durchgeschnitten und ihn in unheiligem Boden verscharrt.« Sie bekreuzigte sich. »Und du willst sogar nach Köln. Bei allen Heiligen.«

»Es ist doch nur eine Pilgerfahrt, Gertrud«, mischte sich Klara ein. Sie war so alt wie ich, hatte aber schon sechs Kinder geboren. »Mach ihr keine Angst.«

Ich nickte. »Vater Ignatius wird die ganze Zeit über bei uns sein. Wir sind fast ein Dutzend Pilger. Sogar ein Ritter ist dabei.«

Gertrud strich sich eine Haarsträhne aus dem Gesicht. »Auch eine andere Magd?«, fragte sie.

»Nein.«

»Aha.« Gertrud musterte mich einen Moment lang. Schamesröte stieg mir ins Gesicht. Gertrud bemerkte das anscheinend, denn ihre Mundwinkel zuckten kurz, als wolle sie lächeln, dann drehte sie sich wieder um und stieg den Berg weiter empor.

Ich folgte ihr nur, weil es keinen anderen Weg gab.

Morgennebel umgab die Burg, als wir sie erreichten. Im Schatten einiger Bäume blieb ich stehen und zog das Gebende über. Die Haube war aus einfachem Leinen und kratzte, wenn man unter ihr schwitzte. Ich zog sie so fest unter dem Kinn zusammen, dass ich den Mund kaum noch öffnen konnte. Ich wollte Gertrud nicht noch mehr reizen.

Bis auf Agnes legten auch die anderen Frauen ihr Gebende an. Wir sprachen zwar nie darüber, aber ich war mir sicher, dass wir den alten, steilen Pfad nur benutzten, damit wir es erst in der Burg tragen mussten. Auf dem Hauptweg mit all den Karren und Menschen wäre das nicht gegangen. Nur Gertrud trug ihre Haube bereits, wenn sie morgens den Hof verließ. Sie war eine fromme Frau, wahrscheinlich frommer als alle anderen Mägde. Ich versuchte zu ihr aufzusehen, so wie Vater Ignatius es mir in der Beichte geraten hatte, aber das fiel mir schwer.

»Vielleicht hat er dir deshalb diesen Rat gegeben«, hatte Klara gesagt, als ich ihr davon erzählte. »Wenn es leicht wäre, könnte ja jeder Heide fromm sein.«

Wir gingen durch das breite Eingangstor. Es stand offen, Soldaten waren keine zu sehen. Von den Türmen überblickte man das ganze Land, kein Feind konnte sich der Burg ungesehen nähern. Eine Gruppe Knechte kam uns entgegen. Sie schoben hölzerne Handkarren vor sich her, auf denen Werkzeug und in Tuch eingeschlagenes Brot lagen, das sie in der Küche bekommen hatten. Sie waren auf dem Weg zum Steinbruch unterhalb der Burg. Es waren keine alten Männer unter ihnen. Die Arbeit am Berg war hart und gefährlich.

Einer der Knechte blieb neben uns stehen, während die anderen mit gesenkten Köpfen und müdem Blick weitergingen. Er grinste. Sein Name war Matthias.

»Seid gegrüßt, Weibsvolk«, sagte er. »Was treibt ihr euch zwischen den Bäumen herum? Wissen eure Männer davon?«

Er sprach uns alle an, aber sein Blick war auf Agnes gerichtet. Sie sah zu Boden und errötete.

»Mein Mann müsste sich nie Sorgen um mich machen«, sagte sie so laut, dass sich die Pferdeknechte neben den Stallungen zu uns umdrehten. »Ich wäre ihm eine gute Frau.«

Matthias zögerte, schien nicht zu wissen, was er darauf entgegnen sollte.

Bevor er eine Entscheidung treffen konnte, mischte sich Gertrud ein. »Unser Herr gibt uns den Lohn nicht fürs Herumstehen. Kommt.«

Agnes wirkte erleichtert, Matthias enttäuscht.

»Ich habe auch noch zu tun«, sagte er. »Wir sehen uns zum Osterfest.«

»Ich werde da sein, aber nicht Madlen.« Agnes sprach etwas leiser als zuvor. »Sie geht auf Pilgerfahrt nach Köln.«

Matthias hatte sich bereits abgewandt, sah aber noch einmal zurück. »Ich weiß. Alle reden davon.«

Am liebsten hätte ich ihn gefragt, was sie redeten, stattdessen nickte ich und lächelte.

Wir gingen an Schweinen vorbei, die im angetauten Lehm nach Würmern suchten, in den kleinen Innenhof. Hühner gackerten zu unseren Füßen. Eine schwarze Katze lief von den Stallungen quer über den Hof zu einem der Vorratskeller. Sie war trächtig. Wir alle bekreuzigten uns, die schwangere Klara gleich mehrfach.

»Geh in die Kapelle und spritz etwas Weihwasser auf deinen Bauch«, sagte ihr Gertrud. »Ich will nicht, dass dir das Gleiche passiert wie Käthe.«

Joanna, eine kleine, rundliche Frau, die für fast alle im Dorf die Kleidung nähte, atmete so laut aus, dass es wie ein Stöhnen klang. Wir hatten die Geschichte von Gertruds Schwester und ihrem seelenlosen Kind schon dutzende Male gehört.

»Sie hätte es besser wissen müssen«, sagte Gertrud erwartungsgemäß. »Eine schwarze Katze gehört nicht ins Haus einer Schwangeren. Angestarrt hat das Biest sie, als das Kind kam. Käthe sagt, sie hätte Satan persönlich …« – sie bekreuzigte sich hastig, wir folgten ihrem Beispiel – »… in ihren gelben Augen gesehen. Ganz deutlich. Und dann hat sich die Katze auf die Hinterläufe aufgerichtet, ist zu einem schwarzen Mann geworden und davongelaufen. Sie hat dem kleinen Utz alles gestohlen, was der Schöpfer ihm mit auf den Weg gegeben hat. Seinen Verstand, seine Stimme und das Augenlicht. Ein Jahr hat er gelebt, bevor es Gott gefiel, ihn an seine Seite zu holen.«

Gertrud redete weiter, erzählte von dem schwarzen Mann, der Käthe bis zum Tod in ihren Träumen heimgesucht hatte, aber ich hörte nicht mehr zu. Sogar Klara, für die diese Lektion gedacht war, nickte nur noch abwesend.

Wir gingen durch einen Torbogen, über dem die Zimmer der

Hausdiener lagen. Als Kind hatte ich geglaubt, eines Tages einmal dort zu wohnen, hinter dicken Mauern mit Fußböden aus Stein und einem Bett aus Holz. Mein Vater hatte gelacht, als ich ihm davon erzählt hatte, also erwähnte ich es nie wieder. Aber ich dachte immer daran, jeden Morgen, wenn ich in den großen Innenhof vor dem Haupthaus trat. Ich wusste, dass es anmaßend war und falsch, dass ich mir ein anderes Los wünschte als das, was Gott mir in seiner Gnade zugewiesen hatte, aber ich konnte nicht anders. In der Beichte brachte ich das nicht mehr zur Sprache. Hundert Rosenkränze und so viele Ave-Marias, wie es Sterne am Himmel gab, hätten an meinen Gedanken nichts geändert.

Sonnenlicht fiel auf das Banner von Burg Drachenfels. Nach dem nächtlichen Regen hing es schlaff und nass an seiner Stange über dem Haupthaus, inmitten der Zinnen und Türme. Ich hatte Geschichten darüber gehört, wie es im Inneren aussah, über die vielen Räume, die Teppiche an den Wänden, die Gemälde, Kissen, Betten, Vorhänge und die Truhen voller Gold. Wie gern hätte ich es einmal von innen gesehen, doch dafür hätte ich in den Zimmern über dem Torbogen leben müssen.

Ich wandte mich vom Haupthaus ab und folgte Gertrud zum Küchentrakt. Der Geruch von frisch gebackenem Brot hing über dem Hof, Rauch zog aus den geöffneten Türen und den Rauchabzügen im Dach. Kleine, strohgedeckte Hütten lehnten an den Mauern rund um das Gebäude. Zwischen ihnen standen Holzeimer voller Sand. Seit dem Feuer einige Jahre zuvor hatten die Köche und Bäcker, die in den Hütten lebten, darauf zu achten, dass die Eimer stets gefüllt waren. Wer das vergaß, konnte mit der Peitsche bestraft werden.

»Ich bin gleich wieder da«, sagte Klara, als Gertrud kurz Luft holte. Sie bog nach links zu der kleinen Kapelle neben der Kaserne ab, in der die Herren der Burg ihre Gebete zu sprechen pflegten. Ein Junge saß auf den Steinstufen, die zum Eingang führten, und wärmte sein Gesicht in den ersten Sonnenstrahlen des Tages. Er trug eine Mönchskutte. Ich kannte ihn nicht, schätzte aber, dass er ungefähr so alt war wie Hugo, mein Erstgeborener. Wahrscheinlich gehörte er zum Kloster Heisterbach. Die Mönche dort kümmerten sich um die Kapelle.

Der Junge sah auf, als Klara vor ihm stehen blieb. Ihr Schatten fiel über sein Gesicht, sie sagte etwas, er schüttelte den Kopf, dann zeigte sie zurück in den kleinen Innenhof, in dem wir die Katze gesehen hatten. Er hörte ihr einen Moment lang zu, dann nickte er, stand auf und betrat die Kapelle. Klara blieb draußen stehen.

Wir hatten schon fast den Küchentrakt erreicht, als der Junge mit einem Krug in der Hand zurückkehrte. Er tauchte die Finger hinein und spritzte Wasser auf Klaras Hemd, dann zog er ein Holzkreuz unter seiner Kutte hervor und legte die Hände darum. Klara fiel vor ihm auf die Knie, senkte den Kopf und faltete die Hände, als er zu beten begann. Der Junge hatte eine hohe, näselnde Stimme, die immer wieder kippte, so als glitte sie auf den lateinischen Worten aus. Er war im Stimmbruch. Ich fragte mich, ob ich Hugos Stimme wohl wiedererkennen würde, wenn er mich begrüßte. Konrads ja, er war noch zu jung für den Stimmbruch, aber Hugos? Nur einen Tag noch, vielleicht zwei, dann würde ich es erfahren. Bei dem Gedanken spürte ich ein Kribbeln im Magen.

Die anderen gingen an mir vorbei in den Küchentrakt. Laute Stimmen drangen aus den Räumen, irgendwo sang eine Frau. Ich sah zurück zu Klara. Der Mönch hatte sein Gebet beendet und saß bereits wieder auf den Stufen. Klara ging auf mich zu.

»Was hat er gesagt?«, fragte ich, als sie neben mir stehen blieb.

»Dass es richtig war, sofort zu ihm zu kommen«, antwortete sie mir, und ihre Wangen waren vor Aufregung gerötet. »Er konnte mich nicht reinlassen, weil unsere Herren gerade beichten, aber er hat Weihwasser geholt und mich gesegnet.« Sie atmete tief durch. »Ich hoffe nur, mir passiert nicht, was Käthe widerfahren ist. Kennst du die Geschichte?«

Einen Moment lang wusste ich nicht, was sie damit meinte, aber dann sah ich das Zucken in ihren Mundwinkeln.

»Ich kann ja mal Gertrud fragen.«

Wir lachten, als wir den Küchentrakt betraten. Die Wände auf beiden Seiten des schmalen Gangs waren rußbedeckt und schmierig. Es roch nach altem Fett.

Wir gingen an der Räucherkammer vorbei und betraten die Küche. Gertrud und die anderen Mägde standen im Halbkreis um die Feuerstelle und wärmten sich. Ein Topf hing an einer Eisenkette über dem Feuer. Darin kochte Haferschleim.

Helene und ihre Schwester Kunigunde saßen auf einer Bank neben dem großen Holztisch in der Mitte des Raums und zerstießen Mandeln in hölzernen Mörsern, die sie zwischen ihre Schenkel geklemmt hatten. Ihre Augen waren vom Rauch gerötet.

Köche, Bäcker und Lehrlinge eilten durch den Raum. Sie trugen Körbe mit Roggenbrot, Fässer voller Sauerkraut und Stangen, an denen geräucherte Forellen hingen.

Ich stieg über die Strohlager der Lehrlinge und streckte die Hände aus, genoss die Wärme des Feuers.

»Neunaugen, wenn Josef ein paar fängt«, sagte Helene gerade. »Die Herrschaft wollte eigentlich Aal, aber im Dorf gab es gestern keinen. Wenigstens hatte einer der Händler Trockenobst. Der Schultheiß hat zehn Fässer gekauft.«

»Zehn?« Gertrud wirkte beeindruckt.

»Schafe, Ziegen und Schweine hat er auch noch bestellt.« Helene nickte und wischte sich dann mit dem Unterarm über die verschwitzte Stirn. »Das wird ein großes Bankett am Sonntag.«

»Weiß man schon, wer kommt?«, fragte Agnes so wie immer, wenn ein Fest anstand. Sie liebte es, die Ankunft der Gäste zu beobachten und allen zu erzählen, was sie getragen und wie sie ausgesehen hatten. Vater Ignatius hatte sie deswegen einmal zurechtgewiesen, aber es war nicht Stolz, der Agnes dazu trieb, sondern das Bedürfnis, etwas Schönes zu sehen. Das war etwas anderes als meine neidvolle Sehnsucht nach den Bedienstetenzimmern.

Kunigunde schnaufte laut. Sie war jünger als Helene, wirkte jedoch älter. »Hohe Herrschaften«, sagte sie so leise, dass ich sie zwischen dem Klappern der Töpfe und den Rufen der Köche kaum verstehen konnte. »Sehr hohe Herrschaften.«

Agnes' Augen weiteten sich. Gertrud warf mir einen kurzen Blick zu. »Schade«, sagte sie dann, »dass du das nicht miterleben wirst, Madlen. Dieses Fest werden wir bestimmt alle lange in Erinnerung behalten.«

Ich wollte ihr zustimmen und das Thema damit beenden, aber Klara kam mir zuvor. »Ich bin mir sicher, dass Madlen Köln auch lange in Erinnerung behalten wird.«

Einer der Köche unterbrach seine Arbeit. »Du reist nach Köln?«, fragte er. Der Koch war ein junger Mann mit buschigen, schwarzen Augenbrauen. Er war neu, ich kannte seinen Namen noch nicht.

»Sie geht auf Pilgerfahrt«, sagte Helene, während sie aufstand und die gestoßenen Mandeln in eine Holzschüssel kippte. »Vater Ignatius nimmt sie mit.« Sie lächelte. »Wirst du deine Söhne sehen?«

»Ich hoffe es.«

»Ich auch.« Helene schüttete eine neue Portion Mandeln in das Mörsergefäß. »Nach alldem hast du dir das verdient.«

Nach alldem. So etwas sagt man wohl zu einer Frau, die ihren Mann und zwei Töchter in nur einem Jahr verloren hat. Ich wollte darüber nicht reden und war froh, als der neue Koch erneut das Wort ergriff.

»Ich war mal in Köln«, sagte er. »Hat mir nicht gefallen. Zu viele Diebe und Taugenichtse. Selbst den anständigen Leuten kann man nicht trauen. Ich würde da nicht noch mal hingehen, selbst wenn Christus persönlich mir die Hand hielte.«

Einige lachten.

»Lästere nicht den Namen des Herrn.« Gertrud bekreuzigte sich, aber in ihren Augen lag ein zufriedener Ausdruck.

Der Koch setzte zu einer Antwort an, doch im gleichen Moment ertönte ein Pfiff unter einem der schmalen Fenster. Jeder in der Küche wusste, was das bedeutete. Der Schultheiß kam.

Die Gespräche verstummten. Agnes begann mit einem Ast im Feuer zu stochern, Klara griff nach einem Kochlöffel, und ich nahm einen leeren Korb in die Hand. Die Lehrlinge – alle bis auf den, der draußen den Pfiff ausgestoßen hatte – waren wie versteinert. Sie hatten Angst vor dem Schultheiß.

Jeder hatte Angst vor ihm.

Ich hörte die Schritte seiner Stiefel im Gang, dann sah ich seinen Schatten an der Wand. Einen Atemzug später stand er im Türrahmen. Weder grüßte er, noch wünschte er uns einen guten Morgen.

»Das Wetter ist gut«, sagte er stattdessen. »Die Arbeit türmt sich auf, also, wieso sehe ich im Hof nur Hühner und Schweine?«

Es war eine Frage, die keiner Antwort bedurfte. Mit gesenktem Kopf standen wir da, die Blicke auf den Boden gerichtet. Niemand sagte etwas.

Der Schultheiß war ein harter, hagerer Mann, der selten lächelte und niemals lachte. Sein Name war Karl, aber hinter seinem Rücken nannten wir ihn Karl der Kleine, weil er kaum über einen Pferderücken blicken konnte.

Aus den Augenwinkeln sah ich, wie er einen nach dem anderen musterte. Das Lederwams, das er fast immer trug, hing locker an seinem Körper. Unter dem schweren Wollumhang stachen die Schultern spitz hervor. Er hatte eine ungesund wirkende, gelbliche Gesichtsfarbe. Zu viele heiße und trockene Speisen dörren den Körper aus, hatte Helene mir einmal erklärt. Genauso wirkte Karl, ausgedörrt und vertrocknet.

Ich zuckte zusammen, als er weitersprach. »Du, du und du.«

Mit dem Finger zeigte er scheinbar wahllos auf drei Mägde. »Ihr helft den Bauern beim Unkrautjäten auf dem Feld unten am Weiher.«

»Ja, Herr.« Die drei verließen die Küche so schnell, dass sie Rauchschwaden hinter sich herzogen.

»Du und du.« Der Finger richtete sich auf Klara und mich. »Kümmert euch um den Kräutergarten.«

»Ja, Herr.« Wir folgten den anderen. Der Eingang war so schmal, dass Klara sich mit ihrem gewölbten Bauch an Karl vorbeidrängen musste. Er beachtete sie nicht.

»Du und du …«, fuhr er fort.

Als wir den Hof betraten, stieß ich erleichtert den Atem aus. Klara hielt ihr Gesicht in den Wind und ließ den Schweiß trocknen.

»Er kennt noch nicht einmal unsere Namen, oder?«

Ich ergriff ihre Hand. »Komm, wir haben lange genug getrödelt.«

Die Gemüse- und Kräutergärten lagen hinter dem Haupthaus. Ein schulterhoher Holzzaun schützte sie vor Schweinen und Hühnern, eine Vogelscheuche vor Krähen und Raben.

Vater Ignatius hatte alle Schwarzvögel vor einigen Jahren exkommuniziert, und seitdem hielten sie sich vom Kloster fern, doch über der Burg kreisten sie immer noch Tag für Tag. Wahrscheinlich reichte unsere Frömmigkeit nicht aus, um sie zu vertreiben.

Ich zog das Tor zu den Gärten auf. Die Kräuterbeete waren nach dem Winter von Unkraut überwuchert, die Gemüsegärten bereits gesäubert. An St. Kiliani waren dort Rüben gesät worden, an St. Gregorii Erbsen. Einige Bäuerinnen aus dem Dorf zupften frisches Unkraut aus den Furchen, Kinder mit Steinschleudern hockten in der Sonne und warteten auf Krähen. Wir winkten einander zu, dann setzten die Frauen ihre Arbeit fort.

»Er kennt uns doch schon, seit wir so klein waren«, sagte Klara, als sie mir durch das Tor folgte. Sie hielt eine Hand kniehoch über den Boden.

»Wer?« Ich zog das Tor hinter ihr zu und griff nach dem Strick, mit dem man es am Pfosten befestigen konnte.

»Karl der Kleine natürlich. Sollte man da nicht meinen, dass ihm wenigstens ein paar Namen geläufig wären?«

»Er ist ein wichtiger Mann«, sagte ich, während ich den Strick festzurrte. »Unsere Namen spielen für ihn keine Rolle, außer …«

Ich unterbrach mich, als ich sah, wie der Schultheiß den Küchentrakt verließ, stehen blieb und sich umdrehte. Er sprach mit jemandem, der von der offenen Tür verdeckt wurde.

»Außer?«, fragte Klara.

Der Schultheiß schüttelte den Kopf, nicht ablehnend, eher wie jemand, der gerade von einer großen Dummheit erfahren hatte. Dann wandte er sich ab. Ich wartete einen Moment, aber die Person, mit der er gesprochen hatte, folgte ihm nicht.

»Außer was?«, wiederholte Klara.

»Außer«, begann ich, während sich eine unangenehme Kälte in meinem Magen ausbreitete, »jemand tut nicht, was er will.«

Wir arbeiteten den ganzen Vormittag, jäteten Unkraut und lockerten die Erde auf, während die Sonne unsere gekrümmten Rücken wärmte. Anfangs redeten wir noch ein wenig, doch je müder und hungriger wir wurden, desto schwerer fielen die Worte. Es war eine anstrengende Arbeit, vor allem für Klara, die sich zwischendurch immer mal wieder aufrichtete, den Rücken durchdrückte und stöhnte.

»Setz dich doch ein wenig in die Sonne«, sagte ich nach einer Weile zu ihr. »Ich kann allein weitermachen.«

»Schon gut.« Sie warf einen Blick in den Himmel. Die Sonne stand fast schon im Zenit. »Dauert ja nicht mehr lange.«

Kurz wandte sie den Kopf und sah zu den Bäuerinnen hinüber. Ich verstand sofort, was sie damit sagen wollte. Wir kannten die Bäuerinnen zwar, die im Gemüsegarten arbeiteten, aber nicht sonderlich gut. Klara wollte nicht der Faulheit bezichtigt werden, weder hinter ihrem Rücken noch vor dem Schultheiß. Also bückte sie sich wieder und zog Wurzeln aus dem Boden.

Ich versuchte keinen Neid zu empfinden, wenn ich an Klara dachte. Sechs Kinder hatte sie ihrem Mann schon geboren, keines war gestorben, das siebte würde im Sommer kommen, und niemand zweifelte daran, dass es ebenfalls überleben würde, egal, ob eine schwarze Katze seinen Weg gekreuzt hatte oder nicht. Klara war gesegnet. Auf den Feldern, die sie und ihr Mann Kurt bestellten, kam es nie zu Missernten, ihr Hof war trotz der Nähe zum Rhein im Vorjahr von den großen Überschwemmungen verschont geblieben, und selbst nach strengen Wintern hatten sie noch so viel Getreide übrig, dass sie es nicht mit Eicheln oder Bucheckern strecken mussten; ich wusste das, weil Kurt mir im Februar heimlich einen Sack Roggen vorbeigebracht hatte. Weder er noch Klara sprachen je über ihren Reichtum. Trotzdem tuschelte man im Dorf. Gelegentlich fiel sogar das Wort »Hexerei«, wenn auch nur geflüstert und begleitet von einem scheuen Lächeln, als könne man selbst nicht glauben, was man da gesagt hatte.

Das laute Knarren einer Ratsche riss mich aus den Gedanken. Ich drehte mich um. Ein kleiner Junge stand auf dem Burghof zwischen einigen Hühnern und drehte die Ratsche; ein Mönch musste es ihm aufgetragen haben. Er rief den Beginn der zwölften Stunde aus, Zeit für das Mittagsmahl.

Klara richtete sich erleichtert auf. Ihre Gebende hatte sich an Stirn und Schläfen schweißgrau verfärbt. Erde klebte an ihren Knien.

»Ich bin froh, wenn uns endlich wieder die Glocken rufen und nicht diese Ratschen. Das geht einem ja durch Mark und Bein.«

»Es ist ja nur eine Woche im Jahr«, sagte ich, während ich den

Strick vom Pfosten abstreifte und das Tor öffnete. Am liebsten hätte ich noch hinzugefügt, wie falsch mir das fröhliche Läuten der Glocken zu einer Zeit vorgekommen war, in der wir uns der Leiden unseres Herrn Jesus Christus erinnerten, aber ich wollte nicht wie Gertrud klingen. Sie wies sogar die Kinder zurecht, wenn sie in diesen Tagen spielten oder lachten.

Klara schien meine Gedanken zu erraten. »Ich verstehe, warum es so sein muss«, sagte sie, »ich mag das Geräusch nur nicht.«

Sie schloss das Tor hinter sich, und gemeinsam gingen wir über den Burghof zu den beiden langen Holztischen, die vom Gesinde aufgestellt worden waren. Zwei Lehrlinge trugen Bänke aus der Küche auf den Hof. Helene und Kunigunde folgten ihnen mit großen, dampfenden Holzschüsseln auf den Armen. Mehrere Brote lagen bereits auf den Tischen.

Ich wandte den Kopf, als ich Männerstimmen hörte. Eine Gruppe Hausdiener verließ gerade einen Vorratskeller. Sie trugen blank polierte Stiefel, Beinlinge und kurze grüne Leinentuniken, und sandgelbe Wollumhänge lagen auf ihren Schultern. Es waren die Uniformen, die sie beim Bankett tragen würden. Zwischen den erdfarbenen und schmutzgrauen Knechten sahen sie aus wie Blumen im Schlamm. Schließlich verschwanden sie im Haupthaus.

»Madlen, was machst du denn da?«, rief Klara. Sie saß bereits an dem Tisch, der den Frauen vorbehalten war.

»Nichts«, sagte ich leise und eilte ihr nach.

Als alle eingetroffen waren und sich gesetzt hatten, sprach Gustav, der Stallmeister, ein kurzes Gebet. Wir senkten demütig die Köpfe und warteten, bis er sich für die Gaben des Schöpfers bedankt hatte.

Ich bemühte mich, die Bediensteten in ihrer bunten Kleidung zu vergessen und daran zu denken, wie gut ich es hatte. Trotz Heinrichs Tod und der schlechten Ernte des Vorjahres bekam ich zwei Mahlzeiten am Tag und durfte abends sogar etwas von dem

Brot, das am Herrentisch übrig geblieben war, für meine Mutter und meine beiden Schwestern mitnehmen. Vater Ignatius hatte recht: Es führte zu nichts Gutem, wenn der Fisch versuchte, es den Vögeln gleichzutun. Jedes Ding auf der Welt hatte seinen Platz, und meiner war an diesem Tisch, nicht in den Zimmern über dem Torbogen.

Helene reichte Brot und einen langen Holzlöffel herum. Kohlsuppe dampfte in der Schüssel. Wir aßen nacheinander. Das Brot war hart, die Suppe sauer und scharf. Wir tranken Bier aus einem Krug und rülpsten. Es wurde nur wenig geredet. Man aß, kaute, schluckte und wartete, dass der Löffel seine Runde beendete.

Ich sah hinüber zum Tisch der Knechte. Auch sie aßen schweigend. Josef saß zwischen ihnen, ich erkannte ihn an seinem breiten Rücken und dem schütteren blonden Haar, das der Wind zerzauste. Anscheinend hatte er die Fische für das Herrschaftsmahl bereits gefangen. Er war Heinrichs Bruder, und ich würde ihn im Sommer heiraten. Wenn ich daran dachte, fühlte ich nichts.

»Der Schultheiß«, flüsterte Klara plötzlich.

Es mussten sie alle am Tisch gehört haben, aber kein Kopf wurde gehoben, und kein Blick richtete sich auf den Mann, der das Haupthaus verließ und mit raschen Schritten auf uns zustapfte. Er blieb am Kopfende hinter Helene stehen, die weder wagte, sich umzudrehen, noch, einen Schluck aus dem Bierkrug zu nehmen, den sie mit beiden Händen festhielt.

Karl der Kleine verschränkte die Hände hinter dem Rücken. Seine Schultern stachen hervor wie die Knochen eines Huhns.

»Madlen?«, fragte er.

Ich zuckte zusammen. Die Kohlsuppe brannte in meinem Mund bis in den Magen hinunter. Ich schluckte und stand auf, den Kopf gesenkt, den Blick auf den Brotkanten in meinen Händen gerichtet. »Das bin ich, Herr.«

»Ich habe erfahren, dass du auf eine Pilgerfahrt nach Köln gehen willst.«

Nervös drehte ich das Brot zwischen meinen Fingern. Es glänzte feucht, dort, wo ich davon abgebissen hatte. »Ja, Herr. Morgen.«

»Das wirst du nicht. Wir brauchen dich hier.« Er wandte sich ab.

Ich blieb stehen. Gedanken schossen mir durch den Kopf wie Blitze durch den Himmel. Ich dachte an Konrad und Hugo und Maria und Edith und Heinrich, an das in Leinentuch eingeschlagene Brot, das in unserer Hütte hing, und an den Wollumhang meiner Mutter, den sie mir mitgeben wollte, weil es vielleicht auf dem Rhein kalt sein würde. Ich dachte an die Worte der Gräfin nach dem Unfall im Steinbruch. »Ich möchte dir das Leid gern erleichtern, Madlen. Das ist meine Christenpflicht. Sag mir, ob ich etwas für dich tun kann.«

»Ich möchte nach Köln«, hatte ich geantwortet. Es war mir nicht um die Pilgerfahrt gegangen, ich hatte noch nicht einmal etwas davon gewusst. Ich wollte nur meine Söhne in die Arme schließen und ihnen vom Tod ihres Vaters und der beiden Schwestern, die sie nie gesehen hatten, erzählen. Ich wollte, dass sie mich hielten, während ich weinte.

Das Brot zerbröckelte zwischen meinen verkrampften Fingern. Krümel fielen auf den Boden, und die Hühner zu meinen Füßen begannen sich gackernd darum zu streiten.

Ich sah auf. »Die Herrin hat es erlaubt.«

Der Schultheiß blieb stehen. Langsam drehte er sich um. Ich war mir nicht sicher, ob ich ihm je zuvor in die Augen geblickt hatte. Sie waren blau und kalt. Es sah aus, als wäre etwas in ihnen gestorben, vielleicht die Familie, die er Jahre zuvor bei der Seuche verloren hatte.

»Wie war das?«, fragte er.

Außer dem Gackern der Hühner war nichts zu hören. Die anderen Frauen schienen weiter von mir entfernt zu sitzen als zuvor. Es war, als rage eine Mauer zwischen ihnen und mir auf. Ich war allein.

»Die Herrin.« Ich hörte das Zittern in meiner Stimme. »Sie hat es mir erlaubt.«

»Du hast ihr Mitleid ausgenutzt, weil du dich vor der Arbeit drücken willst.« Der Schultheiß machte einen Schritt auf mich zu, und auf einmal wirkte er nicht mehr so klein. »Ich weiß doch, wie ihr seid.« Die Geste seines Arms umfasste den ganzen Tisch. »Man muss euch mit harter Hand führen, sonst wisst ihr nicht, was richtig und was falsch ist.«

Gertrud nickte zustimmend. Sie war die Einzige, die auf die Worte des Schultheiß reagierte.

»Wenn du willst«, fuhr Karl an mich gewandt fort, »gehen wir sofort zur Gräfin. Dann kannst du ihr selbst erzählen, welch unverschämten Ton du hier anschlägst und von deiner Faulheit.« Er schüttelte den Kopf. »Eine Magd, die auf große Reise wie eine Herrin geht. Und zu Ostern, wenn ein Bankett mit hundert Gästen ansteht. Wie konntest du's wagen, darum zu bitten, Weib?«

Er schrie das letzte Wort.

Ich sah ihn schon längst nicht mehr an. Tränen liefen mir über die Wangen. Ich schämte mich dafür, fast so sehr wie für meine eigene Dummheit. Ich wusste nicht, ob er recht hatte, nur eines wusste ich sicher: Ich hatte unrecht.

»Verzeiht, Herr«, sagte ich leise.

»Was?«

Er wollte, dass ich es wiederholte. Ich hatte ihm vor allen widersprochen, da war es nur angebracht, dass ich mich auch vor allen entschuldigte.

»Bitte verzeiht mir, Herr«, wiederholte ich so laut, dass meine Stimme über den Burghof hallte. »Ich war unverschämt und dumm.« Mit dem Handrücken wischte ich die Tränen von meinen Wangen.

Der Schultheiß verzog den Mund. »Ich werde darüber nachdenken, ob mir das reicht.« Er winkte knapp. »Und jetzt an die Arbeit! Und zwar alle!«

Die Suppenschüssel war noch halb voll, aber niemand wagte es, auch nur einen Blick darauf zu werfen.

Karl beachtete uns nicht weiter. Mit langen Schritten ging er in Richtung des Haupthauses, zu seinem eigenen Mittagsmahl.

Zitternd atmete ich ein, während Helene die übrig gebliebenen Brote in Tuch einschlug und Kunigunde begann, den Tisch abzuräumen. Die anderen gingen rasch und ohne ein Wort wieder an die Arbeit. Nur Klara und Gertrud blieben zurück, die eine mit schreckgeweiteten Augen, die andere mit unlesbarem Gesichtsausdruck.

»Hab keine Sorge«, sagte Gertrud. Sie klang mitfühlend. »Wenn du's willst, werden wir gemeinsam dafür beten, dass der Herr dir mehr Demut schenkt.«

Ich antwortete nicht. Gertrud blieb einen Moment lang ratlos stehen, dann wischte sie sich die Hände an ihrer groben Wollschürze ab und ging in den Küchentrakt.

Klara ergriff meinen Arm und zog mich auf den Kräutergarten zu. Ich wehrte mich nicht, stolperte nur zitternd und benommen hinter ihr her. Sie öffnete das Gartentor, zog mich ins Innere und schloss es wieder. Ich lehnte mich gegen das Holz. Meine Knie waren so schwach, dass ich schon befürchtete, gleich umzufallen.

Klara sah sich um. Die Bäuerinnen hatten während unserer Pause den Garten verlassen.

»Sitzt dir Satan persönlich auf der Schulter? Willst du das Osterfest hinter einer Schandmaske am Pranger verbringen?«

Ich schüttelte den Kopf. »Die Gräfin hat es mir erlaubt« war das Einzige, was ich sagen, das Einzige, was ich denken konnte.

»Und du hättest dem Schultheiß davon erzählen sollen, damit er sich nicht hintergangen fühlt.« Klara nahm mich in die Arme.

Ich legte den Kopf auf ihre Schulter. Die Wolle ihres Umhangs kratzte über mein Kinn. Ich dachte, ich müsste weinen, aber die Tränen kamen nicht. In meinem dummen Stolz hatte ich angenommen, die Gräfin würde dem Schultheiß sofort befehlen, mich auf die Pilgerfahrt gehen zu lassen, als gäbe es nichts Wichtigeres, um das sich eine Frau ihrer Stellung kümmern musste.

»Stattdessen hat Gertrud ihm davon erzählt«, sagte ich. Mit ihr hatte Karl an der Tür zum Küchentrakt gesprochen. Ich hatte es geahnt, doch nun war ich mir sicher. »Neidische alte Vettel.«

Klara löste die Umarmung, trat einen Schritt zurück und sah mich an. »Vielleicht hat sie dir einen Gefallen getan. Es hätte schlimm ausgehen können, wärst du einfach gegangen, ohne dass der Schultheiß etwas davon weiß.«

»Ja«, sagte ich, ohne es zu meinen.

Sie lächelte. »Das ist nicht das Ende der Welt. In ein paar Monaten gehen wir zusammen zu Karl dem Kleinen und fragen ihn, ob du nächstes Jahr die Fahrt unternehmen darfst. Wenn wir ihm versprechen, dass deine Arbeit nicht liegen bleibt, sagt er bestimmt Ja.«

Nächstes Jahr. Die Worte fielen wie Steine auf meine Seele. Meine Großmutter hatte sie nach jedem Weihnachtsfest ausgesprochen, wenn der Sohn, den sie in die Lehre eines Schmieds gegeben hatte, nicht zurückgekehrt war. Er hatte versprochen, nach dem Ende seiner Lehre zum Heiligen Fest heimzukommen, doch das war nie geschehen. Dennoch hatte meine Großmutter bis zum Ende ihres Lebens nach jeder Weihnachtsmesse die Hände in den Schoß gelegt und »Vielleicht nächstes Jahr, bestimmt nächstes Jahr« geflüstert. Sie hatte mir leidgetan. Ich wollte nicht, dass ich einmal jemandem leidtat.

»Du tust mir so leid, Madlen«, sagte Klara. »Ich möchte …«

»Komm«, unterbrach ich sie barscher als nötig. »Das Unkraut jätet sich nicht von selbst.«

Den Rest des Nachmittags verbrachten wir schweigend.

Kapitel 2

Die Sonne ging bereits unter, aber ich wartete trotzdem, bis Klara und die anderen Mägde den Burghof verlassen hatten. Ich konnte die Vorstellung, Gertruds Gesicht sehen und ihre frommen Worte hören zu müssen, nicht ertragen.

Ich würde diese Sünde – ich war sicher, dass es eine war – Vater Ignatius bei der nächsten Messe beichten müssen. Eine von vielen. Er würde mich vor allem wegen meines Verhaltens gegenüber Karl dem Kleinen tadeln.

Ob ich ihm gestehen sollte, dass der Wunsch, meine Söhne zu sehen, für mich wichtiger gewesen war als der, vor den Gebeinen der Heiligen Drei Könige zu stehen? Vater Ignatius war ein gnädiger, mitfühlender Priester, aber auch seine Geduld kannte Grenzen.

Ich verließ den Garten. Die Türme warfen lange Schatten auf den Burghof. Die Wärme des Tages verflog mit dem aufkommenden Wind, und es wurde kalt.

Ich ging zum Küchenfenster und nahm einen der Beutel mit Brotresten, die Helene fast jeden Abend für mich und einige andere bereitstellte. Manchmal klebte noch etwas Soße an den Scheiben, wenn sie den Herrschaften als Teller gedient hatten. Ich achtete immer darauf, dass meine Mutter als Erste davon aß. Sie hatte in ihrem Leben genug gehungert.

Als ich mich umdrehte und zum Tor gehen wollte, fiel mein

Blick auf das Haupthaus. Kerzenlicht flackerte in den Fenstern des Speisesaals. Der Graf, seine Familie und die Bediensteten nahmen wohl gerade das Abendmahl ein. Ich stellte mir vor, wie sie dort zusammensaßen und über Dinge redeten, von denen ich nichts verstand. Ob die Gräfin sich noch an ihr Versprechen erinnerte, oder hatte sie wirklich jenen Tag vergessen, an dem vier Männer im Steinbruch unter Felsen begraben worden waren? Wenn ich sie nur sprechen, nur ein Wort an sie richten könnte, würde sie dann nicht dem Schultheiß befehlen, mich gehen zu lassen?

Ich erschrak über meine eigene Unverschämtheit. Man hatte mir gesagt, was ich zu tun hatte. Damit hätte ich zufrieden sein müssen, denn der Schultheiß wusste sicherlich besser als ich, was richtig und was falsch war. Dennoch gaben meine Gedanken keine Ruhe. Immer neue tauchten aus dem Nichts auf wie Sternschnuppen aus tiefster Nacht, ich konnte nichts dagegen tun.

»Madlen?«

Erschrocken fuhr ich herum. Josef stand vor mir. Ich musste zu ihm aufsehen, so groß war er. In einer groben, schmutzigen Hand hielt er seine Angel, die andere war ausgestreckt, als habe er mich an der Schulter berühren wollen. Er senkte sie, fuhr damit einmal über seinen dutzendfach geflickten Wollkittel und räusperte sich.

»Ich wollte dich und die anderen Mägde ins Dorf begleiten«, sagte er, »aber du warst nicht bei ihnen.«

»Mir stand nicht der Sinn nach Gesellschaft.«

Ihm musste klar sein, weshalb ich das sagte, schließlich hatte er nur wenige Fuß entfernt gesessen, als der Schultheiß an unseren Tisch gekommen war, aber er zeigte keine Regung, weder Mitleid noch Missfallen. Sein Gesicht war so rau und grob wie die Kleidung, die er trug. Der Kinnbart, den er jeden Morgen sorgsam mit dem Messer stutzte, schien nicht dazu zu passen. Er war die einzige Eitelkeit, die er sich leistete.

»Wir sollten hier nicht so stehen«, fuhr ich nach einem Moment fort. »Wir sind allein. Das gehört sich nicht.«

»Nein, das stimmt.«

Ich hatte gedacht, er würde gehen, aber er blieb stehen und kratzte sich am Kopf. Dann glitt sein Blick zum Haupthaus hinter mir. »Wolltest du da etwa reingehen?«

»Ich?« Ich wollte lügen, aber die Worte kamen mir nicht über die Lippen. Josef war ein harter, wortkarger Mann, so anders als seine Brüder, dass wir ihn als Kinder Kuckuck genannt hatten. Doch er war auch ein guter Kerl, der seit Heinrichs Tod mit seinen Söhnen half, unseren Hof zu bestellen, und sich bereit erklärt hatte, mich zur Frau zu nehmen, obwohl meine letzten beiden Kinder tot zur Welt gekommen waren. Er hatte es nicht verdient, dass ich ihn anlog.

»Es könnte uns jemand sehen«, sagte ich, während ich bereits an ihm vorbeiging. »Ich will nicht noch mehr Ärger bekommen.«

Schweigend folgte er mir über den Burghof und hinaus durch das Tor. Die breite Straße, die hinunter zum Dorf führte, war belebt. Die Bauern, Mägde und Knechte hatten ihren Frondienst beendet und machten sich auf, um im letzten Licht des Tages noch auf ihren eigenen Feldern zu arbeiten. Wir schlossen uns ihnen an.

Mein Vergehen schien sich nicht herumgesprochen zu haben, denn niemand sagte etwas dazu, und ich bemerkte auch keine Blicke. Das würde sich ändern, spätestens zu Ostern, wenn alle zusammensaßen.

Ich lauschte den Gesprächen um mich herum, ohne selbst etwas dazu beizutragen. Sie drehten sich um das Wetter, um Saatgut, Getreide und Vieh. Kinder liefen zwischen den Erwachsenen umher, trotz des langen Tages noch voller Kraft. Einige rannten den steilen Weg hinunter, vorbei an Bäumen, deren Äste erstes Grün zeigten. Die Jungen schlugen sich mit Zweigen, die sie aus dem Unterholz zogen und in Gedanken zu Schwertern machten.

Sie spielten »Kreuzzug«, aber das Spiel schlief rasch ein, da niemand ein Sarazene sein wollte. Einige Frauen trugen Kleinkinder auf dem Rücken. Ich beneidete jede von ihnen.

»Man gab mir heute viele Ratschläge«, sagte Josef plötzlich. Seit wir die Burg verlassen hatten, war er schweigend neben mir hergegangen. Nur die Angel, die er ständig zwischen den Fingern drehte, hatte angedeutet, dass ihn etwas beschäftigte.

»Zu was?«, fragte ich, obwohl ich es mir denken konnte.

»Dir.« Er sah hinauf in den dunkler werdenden Himmel. »Alle sagen, dass du eine harte Hand brauchst, so wie der Schultheiß meinte.«

Ungewollt glitt mein Blick zu seinen großen, harten Händen, mit denen er Füchse erschlug und Rehen das Genick brach, wenn er im Dienste des Grafen auf die Jagd ging.

»Heinrich hat mich nie geschlagen«, sagte ich so leise, dass nur er mich hören konnte.

Josef neigte den Kopf. »Da hat mein Bruder vielleicht was falsch gemacht.«

Ich ging schneller. Er schloss auf.

»Der Graf hatte mal diesen Jagdhund«, sagte er scheinbar zusammenhanglos. »Er fand jede Spur, war aber ansonsten zu nichts zu gebrauchen, weil er immer weglief. Der Graf wollte ihn schon ertränken, aber ich bat ihn, mir Zeit zu geben. Als ich das nächste Mal auf die Jagd ging, lief der Hund wieder weg. Ich packte ihn im Nacken, als ich ihn fand, und schlug ihn, bis er winselte. Und das machte ich bei jeder Jagd: Er lief weg, ich schlug ihn. Hat von Ostern bis Pfingsten gedauert, aber auf einmal lief er nicht mehr weg, von einem Tag auf den nächsten.« Josef versuchte mich anzusehen, aber ich wich seinem Blick aus. Er drehte die Angel zwischen den Fingern. »War danach der beste Hund, den ich je hatte. Hatte Freude an der Jagd, tat, was ich wollte, und es gefiel ihm. Vielleicht hat er nicht geglaubt, dass es ihm gefallen würde, aber es war so.«

Ich hatte Josef noch nie so viel reden hören. Mir wurde klar, dass er sich um mich sorgte, auf seine eigene Art, und dass er auf eine Antwort wartete. Aber ich wusste nicht, was ich sagen sollte. Ich bin kein Hund, lass mich in Ruhe! Oder: Ich werde dir eine gute Frau sein und viele Kinder gebären, vielleicht sogar lebende.

Ich schrak beim letzten Gedanken zusammen. Es war entsetzlich, so etwas zu denken, es auszusprechen gänzlich unmöglich. Schlimm genug, dass Gott meine Gedanken vernommen hatte. Ich hatte mein Schicksal mit Demut anzunehmen und darauf zu vertrauen, dass er mir Kinder schenkte, wenn der rechte Zeitpunkt gekommen war. Wut und Verbitterung sind ein Boden, auf dem nur die Saat des Teufels aufgehen kann. Das hatte Vater Ignatius einst gesagt.

»Verstehst du, was ich meine?«, sagte Josef schließlich.

Seine Frage erleichterte mir die Antwort. »Ja.«

Ich atmete auf, als die ersten Häuser Winetres hinter den Bäumen auftauchten. Rechts des Weges lag das große Gemeinschaftsfeld. Einige Knechte arbeiteten darauf. In der untergehenden Sonne warfen sie lange, seltsam verzerrte Schatten, die wie Geister über die Ackerfurchen glitten.

Markus, ein wohlgenährter älterer Mann und reichster Viehbauer im Dorf, stand neben seinem Pflug und erteilte den Männern lautstark Befehle. Der Ochse war bereits abgeschirrt und wühlte mit der Schnauze nach Wurzeln im Boden.

Markus winkte, als er uns sah. Das speckige Lederwams spannte sich über seinem Bauch. Trotz des Winters hatte er kein Gewicht verloren. Selbst der Ochse war gut genährt.

Alle winkten zurück, grüßten und lächelten. Markus besaß drei Pflüge, mehrere Ochsen, zahlreiche Kühe, Schweine, Ziegen und Schafe. Er war so reich, dass er zum Kirchgang am Sonntag auffallende bunte Kaufmannskleidung trug und ohne Murren die Strafen bezahlte, die der Graf für dieses Standesvergehen von ihm verlangte. Niemand mochte Markus, doch alle taten so. Es war besser, nicht der Feind eines reichen Mannes zu sein.

Hinter der Allmende, dem Feld, das vom Dorf gemeinschaftlich bewirtschaftet wurde, drängten sich die Hütten um die Kirche wie Kinder, die sich bei einem Gewitter aus Angst am Rockzipfel ihrer Mutter festhielten. Die Kirche war nicht groß, eigentlich sogar zu klein für Winetre, aber sie war das einzige aus Stein erbaute Gebäude des Dorfes. Das Baumaterial hatte der Großvater des Grafen gespendet, aus Dank, nachdem sein Sohn unversehrt aus dem Morgenland zurückgekehrt war. Wir alle waren sehr stolz auf unsere Kirche.

Ich blieb an einer kleinen Abzweigung stehen. Im Wind hörte ich das sanfte Rauschen des Rheins.

»Gehst du noch aufs Feld?«, fragte Josef.

»Ja.«

»Soll ich Hans schicken?«

Das war sein ältester Sohn. Er hatte noch keinen Bart, war aber schon fast so groß und kräftig wie sein Vater. Das Gemüt hatte er von Heinrich geerbt; er scherzte gern und verstand sich mit allen gut.

Ich warf einen Blick in den rötlichen Himmel. »Nein, es ist schon spät. Lass ihn ausruhen.«

Josef nickte. »Dann schicke ich ihn morgen.«

Er zögerte, als wolle er noch etwas sagen, wandte sich dann aber nach einem gemurmelten »Gute Nacht« ab.

Ich verabschiedete mich von den anderen und verließ die Straße. Der schmale Pfad, der zu unserem Feld führte, wand sich am Waldrand entlang. Dort war es bereits so dunkel, dass die Bäume zu einer Wand verschmolzen. Tannennadeln bedeckten den Boden, aber es gab nur wenig Unterholz. Winetre hatte es im letzten Winter verheizt.

Bäume zu fällen war verboten, denn der Wald diente dem Fürsten zur Jagd. Es gab so viel Wild, dass die Kinder im Frühjahr und Sommer die Felder bewachen mussten, damit die Rehe sie nicht kahl fraßen. Ein zweiter Wald gehörte dem Dorf, aber der lag auf der anderen Seite.

Brombeerhecken grenzten die Felder voneinander ab. Die ältesten waren so hoch gewachsen, dass ich nicht darübersehen konnte. Trotzdem fiel es mir leicht, meine Schwestern zu finden. Das lag an Trudchens vorlautem Mundwerk.

»Wann kommt denn endlich Madlen?«, hörte ich ihre schrille Stimme. Heinrich hatte immer gesagt, mit ihr könne man auch Rost vom Eisen kratzen.

»Ich bin ja schon da!«, rief ich, als ich die letzte Hecke hinter mir ließ.

Sie arbeiteten auf dem kleinsten unserer drei Felder, kaum größer als der Kräutergarten der Burg. Trudchen richtete sich auf, als sie mich sah. Schweißnasses Haar hing ihr ins Gesicht. Das Gebende trug sie am Gürtel. Weit und breit war kein Mann zu sehen, also zog ich meines auch ab und schüttelte die Haare aus. Eine Brise wirbelte sie durcheinander und kühlte meinen Kopf. Einen Moment lang fühlte ich mich frei.

»Hast du Brot?«, fragte Trudchen.

Ich hob die Hand hoch, in der ich den Beutel hielt. »Mit Soße.«

Sie lächelte breit. Hilde, meine jüngere Schwester, hockte ungerührt neben ihr am Boden und zog Wurzeln heraus. Trudchen tippte ihr auf die Schulter. Sie drehte sich um, sah mich – und den Beutel – und lächelte. Die Familienähnlichkeit war unverkennbar. Ich wusste nicht, ob auch ich so lächelte.

Ich ging am Rand des Feldes zu einem Baumstumpf, den Heinrich jahrelang hatte ausgraben wollen, öffnete den Beutel und breitete den Inhalt auf dem Baumstumpf aus.

»Wo ist Mutter?«, fragte ich, während ich mit meinem Messer die letzten Soßenreste vom Leinen kratzte und auf das Brot schmierte.

»Ich habe sie nach Hause geschickt.« Trudchen hockte sich neben mich und griff nach dem dicksten Brotkanten. »Sie ist ja schon fast umgefallen.«

Hilde kam hinzu. Dankbar berührte sie meinen Arm, dann begann auch sie zu essen. Seit einem schweren Fieber, das sie als Kleinkind beinahe umgebracht hatte, war sie taub. Sie hatte nie gelernt zu sprechen, stieß nur im Schlaf ab und zu stöhnende Laute aus. Kein Mann würde sie je heiraten, das wussten wir, obwohl wir nie darüber sprachen. Eine Mitgift hatten wir auch nicht für sie zusammengespart.

Trudchen würde noch im Frühjahr einen Gemüsebauern namens Hermann heiraten. Eine gute Partie, denn zwei unserer Felder lagen direkt neben seinen.

»Der letzte Winter war hart für Mutter«, sagte ich, während meine Schwestern aßen.

»Warte nur ab«, sagte Trudchen mit vollem Mund. Sie griff nach dem Lederschlauch, der an dem Baumstumpf lehnte, trank einen großen Schluck Bier und rülpste. »Mit der Wärme wird auch ihre Kraft zurückkehren. Sie bleibt uns noch lange erhalten.«

Trudchen hing sehr an Mutter, vielleicht weil sie ihre jüngste Tochter war. Ich war die älteste, die noch lebte.

Hilde nahm die letzten beiden Brotkanten und schlug sie wieder in das Tuch ein. Dann kehrte sie zurück zur Arbeit. Trudchen und ich folgten ihr. Uns blieb nicht mehr viel Zeit bis zur Roggenaussaat, da zählte jede Stunde.

Wir arbeiteten, bis wir kaum noch den Boden unter unseren Händen sahen, dann nahmen wir den fast leeren Schlauch und den Brotbeutel und gingen zurück ins Dorf.

Mit uns kehrten auch viele andere von ihren Feldern zurück. Man nickte sich zu, sagte aber kaum etwas. Müdigkeit drückte auf die Stimmung.

»Bist du schon aufgeregt?«, fragte Trudchen, als wir zwischen dunklen Hütten und an Kräutergärten vorbei auf die Kirche zugingen. Außer dem Meckern der Ziegen und dem Gackern der Hühner war kaum etwas zu hören.

»Weshalb?«

»Weshalb?« Sie verdrehte die Augen. »Tue nicht so weltgewandt. Wegen morgen natürlich.«

Die Pilgerfahrt. Trudchen konnte ja nicht wissen, was geschehen war.

Sie sah mich erwartungsvoll an. Ich wollte ihr vom Schultheiß erzählen, aber allein der Gedanke trieb mir die Tränen in die Augen. Schließlich nickte ich nur.

»Wann geht es los?«

»Wir treffen uns vor Sonnenaufgang an der Anlegestelle.« Die Lüge kam mir so leicht über die Lippen, dass ich mich schämte. Wieso konnte ich Trudchen nicht sagen, was geschehen war? Sie würde es doch ohnehin herausfinden, wenn sie mich am nächsten Morgen sah.

»Ich wünschte, ich könnte mitkommen.« Trudchen blickte ins Nichts. Es sah aus, als träume sie. »Köln. So weit weg.«

Ich wusste nicht, was ich darauf sagen sollte. Schamesröte stieg mir ins Gesicht, aber es war so dunkel, dass weder Trudchen noch Hilde etwas davon bemerkten.

Wir überquerten den kleinen Kirchplatz mit seinem steinernen Brunnen und dem leeren Pranger und bekreuzigten uns, als wir am Friedhof vorbeigingen. Unsere Hütte lag am Dorfausgang. Morgens fiel der Schatten des Kirchturms über unseren Garten und den Hof, auf dem wir Hühner und zwei Ziegen hielten. Im Sommer folgten ihm die Tiere, bis sie der Reißigzaun, der unseren Hof von dem des Viertelhufers Klaus trennte, aufhielt. Klaus hatte sich sein Erbe mit drei anderen Brüdern teilen müssen und galt als der ärmste Bauer in ganz Winetre.

Ich zog die Tür unserer Hütte auf und schob den Wollvorhang

dahinter zur Seite. Viehgeruch schlug mir entgegen. Eine Ziege meckerte leise. Ich hörte das Schnarchen meiner Mutter.

»Mama?«, fragte ich, während ich mich vorsichtig über das Stroh in den dunklen Raum tastete. Ich hatte Angst, auf ein Ei zu treten, das eines der Hühner vielleicht am Tag gelegt hatte.

Meine Mutter antwortete nicht.

»Lass sie schlafen«, flüsterte Trudchen. »Sie kann morgen früh essen.«

Ich streckte die Hand aus und fand einen der Stricke, die vom Dachbalken hingen. Ich knotete den Beutel daran fest, damit die Mäuse das Brot nicht annagten. Stroh raschelte, als sich Trudchen und Hilde hinlegten. Ich kratzte neben ihnen etwas davon zusammen und legte mich ebenfalls hin. Sie schliefen, noch bevor ich mich ganz ausgestreckt hatte. Ich lauschte ihren Atemzügen und fragte mich, was ich ihnen am nächsten Tag sagen würde. Meine Augenlider wurden schwer. Ich …

… schreckte hoch, saß plötzlich aufrecht im Stroh, als hätte mich etwas im Schlaf gestochen. Doch ich spürte keinen Schmerz, nur Unruhe. Trudchen seufzte neben mir und drehte sich auf die Seite. Die Stelle, an der mein Körper den ihren berührt hatte, wurde kalt.

Du wirst gehen!

Die Worte standen so klar in meinem Geist, dass ich mich fragte, ob es Gott selbst gewesen war, der mich mit ihnen aus dem Schlaf gerissen hatte. Er sprach manchmal direkt zu den Menschen, wenn ihm etwas wichtig war, das wusste ich. Er hatte einmal Bauer Markus verboten, eine Kuh zu schlachten, und sie hatte tatsächlich kurz darauf ein Kalb geboren, obwohl sie nicht trächtig gewesen war. Wenn Gott nun wollte, dass ich meine Söhne sah, dann …

Ich wagte es beinahe nicht, den Gedanken zu vollenden. Mein Herz schlug so schnell, dass mir übel wurde. Hatte ich nicht seinem Befehl zu folgen, so wie es sein Sohn, unser Herr getan hatte, so wie es all die Heiligen getan hatten und die Büßer, die ihren weltlichen Besitz hinter sich ließen und wie Vieh von dem lebten, was er ihnen schenkte? Gott stand über dem Schultheiß, über dem Grafen, sogar über dem König. Er war mein oberster Herr, kein anderer, schon gar nicht Karl der Kleine.

Ich richtete mich auf die Knie auf, zog den Wollumhang eng um meine Schultern und begann leise zu beten. Ich lauschte auf eine Stimme in mir, auf ein Wort, ein Zeichen, irgendetwas. Doch da war nur Stille. Was auch immer zu mir gesprochen hatte, war verschwunden.

Nach einer Weile begannen meine Knie zu schmerzen, also stand ich auf. Stroh fiel raschelnd zu Boden. Eine Maus quiekte in der Dunkelheit. Es war kalt in der Hütte. Bevor ich begriff, was ich tat, zog ich bereits den Vorhang zurück und öffnete die Tür.

Die Nacht war sternenklar und wolkenlos. Ich trat einen Schritt nach draußen und spürte kühlen Lehm unter meinen Fußsohlen. Alles wirkte seltsam gedämpft, als sei es nicht Wirklichkeit, sondern ein Traum.

Ich drehte den Kopf und sah zurück in die Hütte, erwartete schon, mich dort schlafend liegen zu sehen. Doch die Stelle neben Trudchen war leer, das Stroh zerwühlt. Ich wollte mich abwenden, als Hilde den Kopf hob. Ihr Blick traf den meinen. Im Mondlicht wirkte ihr Gesicht so rein und weiß wie die Gesichter der Heiligen, deren Bilder in der Kirche hingen.

Ich lächelte sie an. Sie sah ernst zurück, ließ den Kopf sinken und drehte sich auf die Seite.

Leise schloss ich die Tür. Das Dorf lag still und schlafend vor mir. Ich ging den breiten Weg an den Hütten vorbei, deren Schatten hart und scharf in die Nacht stachen, machte dann jedoch einen Umweg durch die Gärten, um nicht am Friedhof vorbei zu müssen. Das letzte Herbstlaub knisterte bei jedem Schritt unter meinen Füßen.

Durch die Lücken zwischen den Hütten sah ich die Kirche,

den Brunnen und dann den Pranger. Gott allein würde entscheiden, ob ich daran endete. Ich versuchte nicht daran zu denken.

Das Dorf wirkte fremd und unheimlich in der nächtlichen Stille. An seinem Ende bog ich nach rechts ab. Der Rhein lag nur einen Steinwurf entfernt, ein diffuser schwarzer Gürtel, in dem sich das Mondlicht spiegelte. Boote lagen wie aufgeblähte tote Fische mit dem Kiel nach oben an seinem Ufer. Netze waren zwischen ihnen aufgespannt. Die Anlegestelle – ein paar Planken, die auf Pfählen in den Fluss hineinragten – befand sich wenige Schritte entfernt.

Ich wusste nicht, wie spät es war, aber es zeigte sich kein Streifen Licht am Horizont, kein Zeichen, dass die Nacht jemals enden würde. Kälte breitete sich vom Fluss über das Ufer aus.

Ich setzte mich zwischen zwei Booten in den Sand und wickelte mich in den Wollumhang ein. Mein Herz schlug nicht mehr so schnell wie zuvor. Ich gähnte, fühlte mich auf einmal müde und zerschlagen. Mit angezogenen Knien und unter dem Umhang verschränkten Armen lehnte ich mich an eines der Boote und betete darum, dass keiner der Pilger wusste, was sich zwischen dem Schultheiß und mir in der Burg abgespielt hatte.

Ich erwachte, als sich eine Hand auf meine Schulter legte.

»Trudchen?«, flüsterte ich und öffnete die Augen.

Im ersten Moment wusste ich nicht, wo ich war. Unter mir war kein Stroh, sondern Sand, und das Gesicht über mir war nicht das meiner Schwester, sondern das von Vater Ignatius. Ich sah die Falten um seine Augen, sein grau durchzogenes Haar, das vom Wind zerzaust wurde, und das Kupferkreuz, das vor seiner Brust hin und her schwang.

Und dann erinnerte ich mich. Es war, als träfe ein Stein meinen Magen. Ich zog die Luft so scharf ein, dass der Priester zusammenzuckte.

»Ich wollte dich nicht erschrecken«, sagte er. »Wir haben dich schlafen lassen, solang es ging, aber die Barke hat gerade angelegt. Wir müssen aufbrechen.«

Ich setzte mich auf. Sand rieselte von meinen Schultern.

»Guten Morgen, Langschläferin«, rief eine ältere Bäuerin. Ich kannte sie flüchtig. Sie stammte aus einem der Nachbardörfer.

Wilhelm, der Müller von Winetre, lachte, während er mit einem großen Beutel auf den Schultern zur Anlegestelle ging. »Hast Glück, dass wir dich zwischen den Booten gesehen haben, sonst wären wir ohne dich gefahren.«

Ich fragte mich, ob es nicht eher Pech war. Die Überzeugung, die mich in der Nacht aus der Hütte geführt hatte, war verschwunden, die Stimme in meinem Kopf halb vergessen, als hätte ich sie nur geträumt. Vielleicht stimmte das auch.

Vater Ignatius reichte mir einen Bierschlauch. Ich trank daraus. Das Bier war warm, hatte wohl neben dem Feuer gelegen, das zwei Männer gerade mit Sand löschten. Der Drachenfels ragte hinter ihnen im ersten Tageslicht auf.

Gertrud, Klara und die anderen Mägde würden sich bald auf den Weg zur Burg machen. Sie würden an meiner Hütte klopfen und von Trudchen erfahren, dass ich mich auf dem Weg nach Köln befand. Ich wusste nicht, was danach geschehen würde.

»Wo sind deine Sachen?«, fragte Vater Ignatius.

Ich sah mich um, doch dann fiel mir ein, dass ich nichts mitgenommen hatte, noch nicht einmal einen Bierschlauch.

»Verzeiht, Vater«, sagte ich. »In der Aufregung …«

Der Priester zog die Augenbrauen zusammen. Ich dachte schon, er wäre verärgert, doch dann lächelte er. »Gott wird dich schon nicht hungern lassen.«

Die Barke, die an der Anlegestelle auf uns wartete, war so lang wie der Küchentrakt auf Burg Drachenfels, aber weitaus schmaler. Schweine und Schafe standen eingezäunt darauf. Der Wind trug ihren Geruch bis zum Ufer. Ein Mast ragte in den Himmel. Zwei Matrosen rollten das Segel aus, das daran hing. Ein dritter Mann lehnte an dem langen Ruder am Heck des Schiffs und rief ihnen Befehle zu.

Die meisten Pilger waren bereits an Bord. Ich kannte sie, wenn auch nicht alle mit Namen. Es waren größtenteils wohlhabende Bauern, die sich vom Frondienst in der Burg freigekauft hatten. Ich atmete auf, als mir klar wurde, dass keiner von ihnen wissen konnte, was geschehen war.

Der Ritter, von dem Vater Ignatius gesprochen hatte, saß am Ufer auf seinem Pferd. Seine Rüstung bestand aus einem Beinteil, zwei Schulterstücken und einer verrosteten Brustplatte. Sein Schwert lag in Tücher eingewickelt hinter ihm auf dem Sattel. Er schwankte, und als ich näher kam, roch ich Wein.

»Das ist Hubert von Alen«, sagte Vater Ignatius, der meinen Blick bemerkt haben musste, leise. »Er wird uns auf unserer Reise beschützen.«

Ich knickste tief und senkte den Kopf. »Guten Morgen, werter Herr.«

Der Ritter antwortete nicht. Sein Gesicht war rot und aufgedunsen, seine Nase die eines Trinkers. Ohne mich anzusehen, gab er seinem Pferd einen kurzen Tritt in die Flanken und ritt an Bord der Barke. Vater Ignatius folgte ihm.

Ich blieb stehen, zögerte und dachte daran, dass es noch nicht zu spät war. Wenn ich mich beeilte, wenn ich wie der Wind den Berg hinauflief, würde ich die Burg erreichen, bevor Gertrud dem Schultheiß etwas erzählen konnte.

»Worauf wartest du?«, fragte der Priester neben mir. »Willst du die Heiligen Drei Könige nicht sehen?«

Ich konnte es schaffen. Alles würde weitergehen wie zuvor, und irgendwann würden Hugo und Konrad vor der Tür stehen. Wenn nicht in diesem, dann im nächsten Jahr.

Nächstes Jahr.

»Natürlich will ich sie sehen«, sagte ich und folgte Vater Ignatius an Bord.

Kapitel 3

Wir erreichten Köln gegen Nachmittag, nachdem wir einige Male an Anlegestellen gehalten und Ware und weitere Mitfahrer aufgenommen hatten. Schon lange zuvor wurde deutlich, dass wir uns einer großen Stadt näherten. Es tauchten immer häufiger Dörfer auf beiden Seiten des Rheins auf, die Hütten rückten dichter zusammen, der Verkehr auf dem Fluss nahm zu. Schiffer riefen sich Neuigkeiten über das Wasser zu, wollten wissen, wie es flussauf- oder -abwärts aussah, welche Ladungen oder Probleme zu erwarten waren. Ich verstand das meiste nicht, nur ab und zu hörte ich einen Ortsnamen, den ich kannte.

Ich hätte den Schiffer, der hinter mir am Ruder stand, gern gefragt, wie es war, auf dem Wasser zu leben und all diese fremden Städte zu sehen, doch das traute ich mich nicht. Als einzige Frau an Bord wurde ich weder von meinem Mann noch einem anderen Verwandten begleitet. Vater Ignatius bürgte für mich. Es wäre für ihn beschämend gewesen, wenn ich einfach so ein Gespräch mit einem Fremden angefangen hätte.

Wir vertrieben uns die Zeit mit Geschichten und Gebeten. Ich betete mit und hörte zu, sagte aber selbst nur selten etwas. Gertrud hatte recht gehabt, ich war tatsächlich die einzige Magd in unserer Gruppe, alle anderen standen über mir. Ich fühlte mich unwohl zwischen ihnen, so wie ein Huhn unter Gänsen.

Wilhelm, der Müller, hatte Brot für uns mitgebracht. Es war

heller und weicher als das, was ich in der Burg zu essen bekam. Ich war so hungrig, dass ich es komplett aufaß. Erst dann bemerkte ich, dass die anderen nur ein Stück abgeschnitten und den Rest in ihre Beutel gesteckt hatten. Sie lachten, als sie meine leeren Hände sahen. Ich lachte ebenfalls, aber es war mir peinlich.

Nur der Ritter aß nichts. Er war kurz nach Beginn der Bootsfahrt eingeschlafen und lag seitdem wie tot unter seinem Umhang. Niemand wagte ihn zu wecken.

»Wenn ihr den Dom sehen wollt«, rief der Steuermann, als wir eine Flussbiegung hinter uns gelassen hatten, »müsst ihr eure Hintern von den Planken heben.«

Ich stand auf, ebenso wie alle anderen. Selbst Hubert von Alen öffnete die Augen. Ich stellte mich auf die Zehenspitzen, um über die Schultern der Männer zu blicken, die vor mir standen. Hütten und Häuser, manche sogar mit mehreren Stockwerken, drängten sich auf der linken Seite des Flusses, und hinter ihnen … Ich hielt den Atem an.

Der Dom saß zwischen ihnen, gewaltig und dunkel. Sein Turm schien die Wolken zu berühren und sein Schiff die Stadt zu teilen wie ein Kiel das Wasser. In meinem ganzen Leben hatte ich noch nie ein so großes Gebäude gesehen. Sein Anblick trieb mir die Tränen in die Augen. Ich wischte sie rasch fort.

»Das ist der Hildebold-Dom«, sagte Wilhelm. Erst nach einem Moment erkannte ich, dass er mit mir sprach. »Könige werden dort gekrönt. Sogar der Papst war schon einmal da, um vor den Gebeinen der Heiligen Drei Könige zu beten. Und auch wir werden dort morgen beten, an derselben Stelle.«

Er sah mich an. Sein Gesicht war freundlich und offen. Ich schluckte, als ich daran dachte, dass meine Knie denselben Stein berühren würden, den auch der Papst berührt hatte.

»Warst du schon einmal dort?«, fragte ich.

Er nickte. »Sogar zweimal.«

Etwas berührte meinen Arm. Ich wollte ihn wegziehen, doch

dann bemerkte ich, dass es nicht Wilhelms Hand war, sondern ein Brotbeutel.

»Hier«, sagte der Müller leise. »Nimm. Das Brot ist übrig geblieben.«

Ich schüttelte den Kopf. »Es gehört dem Ritter.«

»Ich habe noch mehr Brot.« Das war gelogen. Er hatte nur einen Beutel mit an Bord gebracht. Trotzdem nahm ich ihn.

»Ich werde für dich vor den Heiligen Drei Königen beten.«

»Bete lieber um etwas, das du wirklich willst, denn du wirst es bekommen. So war es bei mir auch.« Er lächelte, dann kehrte sein Blick zum Dom zurück.

Vater Ignatius stimmte ein Gebet an, und wir gingen auf die Knie und senkten die Köpfe. Es war Karfreitag, der Tag, an dem Jesus Christus für unsere Sünden gestorben war. Es war ungehörig, an einem solchen Tag fröhlich zu sein, aber wenn ich an das dachte, was vor mir lag, konnte ich nicht anders. Morgen, dachte ich, morgen werde ich sie sehen. Ich schämte mich, weil ich damit nicht die Heiligen Drei Könige meinte.

Wir beteten und hielten Andacht, bis der Hafen in Sichtweite kam. Barken lagen an den Docks, Fischer breiteten ihren Fang auf Strohmatten vor ihren Booten aus, in Lumpen gehüllte Männer zogen schwer beladene Karren hinter sich her, eingespannt wie Ochsen vor einem Pflug. Kaufleute in feiner bunter Kleidung feilschten um Schlachtvieh, Gewürze und Stoffballen. Eine große Gruppe Mönche ging an den Docks vorbei, die Kapuzen ihrer braunen Kutten tief ins Gesicht gezogen, die Hände geschwärzt von Asche. Einige von ihnen geißelten sich rhythmisch bei jedem dritten Schritt. Ich sah ihnen nach, bis sie zwischen den Hütten verschwanden.

Zwei Matrosen sprangen an Land, als unsere Barke anlegte, und vertäuten sie. Planken wurden ausgelegt, dann konnten wir endlich von Bord gehen.

Mir wurde schwindelig, als ich festen Boden betrat. Als Kind war ich manchmal zusammen mit meinem Vater auf seinem selbstgemachten Floß am Ufer des Rheins entlanggefahren, wenn er Krebse und Muscheln gesucht hatte, doch auf einem richtigen Boot war ich noch nie gewesen.

Ich trat zur Seite und senkte den Kopf, als der Ritter sein Pferd an mir vorbeiführte. Mit Hilfe von Vater Ignatius und Wilhelm saß er auf.

»Alle zusammenbleiben!«, rief er mit rauer, heiserer Stimme, obwohl sich keiner von der Gruppe entfernt hatte. Um ihn nicht zu verärgern, rückten wir noch näher zusammen.

»Köln ist eine gefährliche Stadt voller Diebe, Mörder und Juden«, fuhr er laut fort. Sein schwarzes Pferd tänzelte nervös unter ihm, als sei es die Stimme seines Herrn nicht gewöhnt. »Ein falscher Schritt, eine dunkle Gasse und ihr seid nicht nur eure Habe los, sondern auch euer Leben oder…«, er sah eine junge Bäuerin an, die ihr Haar offen trug, »… eure Jungfräulichkeit.«

»Das kann ich gleich hier erledigen«, rief eine Stimme. Andere lachten.

Ich sah mich um und bemerkte, dass sich Lastenträger und Händler um uns versammelt hatten. Sie stützten sich auf ihre Karren, lehnten an Kisten oder standen grinsend in der Sonne. Der Spott war ihnen an den Gesichtern abzulesen. Wir waren noch nicht richtig in Köln angekommen, und schon sorgten wir für ein Spektakel.

Vater Ignatius trat an das Pferd des Ritters heran. »Vielleicht wäre es besser, diese Lektion in der Unterkunft fortzusetzen, Herr«, sagte er leise.

Hubert von Alen sah zu ihm hinunter. Seine Augen waren blutunterlaufen. Er schwitzte. »Willst du mir Befehle erteilen?«

»Natürlich nicht, Herr. Ich dachte nur, am Feuer mit einem Kelch Wein in der Hand spräche es sich leichter. Verzeiht meine Anmaßung.«

Der Ritter zögerte. »Es gefällt mir«, sagte er dann getragen, als setze er zu einer Rede an, »deinen Vorschlag anzunehmen. Führt mich zu dieser Unterkunft.«

»Ja, Herr. Folgt mir.«

Ich bewunderte Vater Ignatius für seinen Mut und seine Klugheit. Die Menge begann sich bereits aufzulösen. Es gab nichts mehr für sie zu sehen.

Wir blieben dicht zusammen. Eine ältere Bäuerin ergriff meine rechte Hand. Ich war mir nicht sicher, ob sie mir Kraft geben wollte oder selbst nach Kraft suchte.

Wie eine Schafherde dem Stab des Schäfers folgten wir dem Ritter auf seinem Pferd. Vater Ignatius führte ihn durch schmale Gassen zwischen Häusern und Hütten hindurch. Wäsche hing an langen Leinen von den Dachfirsten über unseren Köpfen. Durch offen stehende Türen sah ich Bottiche, die über offenen Feuerstellen hingen. Frauen standen daneben und rührten mit Stangen im heißen Wasser. Ab und zu zogen sie Wäsche heraus und warfen sie in einen Korb. Ihre Gesichter waren rot und verschwitzt.

»Es sind so viele«, sagte die Bäuerin neben mir, während ihr Blick über die Häuser und durch die Gassen glitt. »Für wen waschen sie all diese Wäsche?«

Ich hätte ihr gern geantwortet, aber ich wusste es auch nicht. Konnte es wirklich sein, dass es so viele reiche Leute in nur einer Stadt gab? In Winetre kannte ich außer dem Grafen und dem Schultheiß niemanden, der Wäsche waschen ließ. Die meisten im Dorf besaßen nur die Kleidung, die sie am Leib trugen. Selbst wenn wir es uns hätten leisten können, sie waschen zu lassen, was hätten wir in der Zeit getragen? Wir konnten schlecht nackt wie das Vieh zur Feldarbeit gehen. Ich stellte mir den Anblick einen Moment lang vor, aber das Bild war so unzüchtig, dass ich gleich an etwas anderes dachte.

Wir ließen die Gasse der Wäscherinnen hinter uns. Die Straßen wurden voller und breiter, der Dom rückte näher. Anfangs grüßten wir noch jeden Menschen, der uns entgegenkam, so wie wir es im Dorf gewohnt waren, doch schon bald hörten wir damit auf. Es waren einfach zu viele. Die meisten gingen wortlos aneinander vorbei, die Köpfe gesenkt und mit schnellem Schritt. Selbst dem Dom, der wie ein Wächter über ihnen thronte, schenkten sie keinen Blick.

Ich hingegen konnte mich kaum von ihm abwenden. Als wir in eine schmalere Gasse einbogen und er danach hinter uns lag, drehte ich immer wieder den Kopf. Ich verstand nicht, wie man in dieser Stadt leben konnte, ohne ihn Tag für Tag zu bewundern.

»Man gewöhnt sich an alles«, antwortete die Bäuerin, als ich sie danach fragte. »An das Schöne und das Hässliche.«

Ich glaubte nicht, dass sie recht hatte.

Die Stadt schien kein Ende zu nehmen. Hinter jeder Biegung und jeder Kreuzung folgten nur weitere Häuser und immer mehr Menschen.

Schließlich sahen wir ein steinernes, zweistöckiges Gebäude, vor dem einige Mönche in schwarzen Kutten standen. Sie verteilten Brot aus einem großen Korb an eine Gruppe, die fast genauso aussah wie wir. Pilger.

Vater Ignatius ging schneller. »Georg«, rief er. Einer der Mönche drehte sich um und winkte, als er uns sah. Er gab den Korb einem anderen Mönch, kam auf uns zu und umarmte Vater Ignatius. Sie unterhielten sich einen Moment, dann wandte sich der Priester uns zu.

»Das ist mein Bruder Georg«, sagte er. »In seinem Kloster werden wir bleiben.«

Die Familienähnlichkeit der beiden war unübersehbar. Beide Männer hatten die gleichen Falten um die Augen und den gleichen schmalen Mund. Allerdings war Georgs Gesicht runder, sein Körper voller. Er war gut genährt.

»Ich hoffe, eure Fahrt war angenehm«, sagte er, wartete unsere

Antwort jedoch nicht ab, sondern fuhr gleich fort. »Es sind einige Pilgergruppen zum Osterfest bei uns zu Gast, also wird es leider etwas eng.« Er zeigte auf die Menschen, die sich um den Brotkorb drängten. »Diese hier kommt aus Koblenz. Sie sind schon seit Tagen unterwegs.«

Ich wusste nicht, wo Koblenz lag, nickte aber wie alle anderen.

»Wo ist das denn?«, flüsterte die Bäuerin neben mir. Sie hatte meine Hand losgelassen, blieb aber weiter in meiner Nähe.

Bevor ich antworten musste, sagte Georg: »Kommt, nehmt euch Brot. Der Bischof hat es gespendet, möge der Herr ihn dafür segnen.«

Jeder von uns bekam einen Laib. Das Brot war hart, dunkel und alt. Ich legte es in den Beutel zu dem frischen, das Wilhelm mir geschenkt hatte. Mit einem Stich des schlechten Gewissens dachte ich daran, dass es zuhause an diesem Tag kein Brot aus der Burg geben würde und wohl auch nicht am nächsten und übernächsten. Vielleicht sogar nie wieder.

»Du hast heute schon Besseres gegessen, oder?«, fragte Wilhelm leise, als wir Georg, einem anderen Mönch und den fremden Pilgern ins Innere des Klosters folgten. »Bischofsbrot ist nicht so gut wie Müllerbrot.«

Ich verkniff mir ein Lächeln.

Wir gingen durch lange dunkle Gänge, die mit Stroh ausgelegt waren. Überall saßen Menschen, aßen, redeten, tranken. Ziegen liefen zwischen ihnen umher. Es stank nach Schweiß und Unrat.

Unsere Gespräche wurden leiser und verhaltener, je tiefer wir in das Kloster vordrangen. Von außen hatte es hoch, aber nicht groß gewirkt, doch es schien sich weit nach hinten zu erstrecken. Das Stroh dämpfte unsere Schritte. Nur der Hufschlag vom Pferd des Ritters hallte zwischen den Mauern. Von Alen war abgestiegen, hatte aber die Bitte eines Mönchs, das Pferd in die Klosterstallungen bringen zu lassen, abgeschlagen.

Irgendwann trennten wir uns von den anderen Pilgern, bogen

nach rechts ab und betraten einen großen Innenhof. Ein Feuer brannte in der Mitte, unter einem breiten Vordach hatte man Stroh ausgebreitet, und unter einem zweiten, kleineren Dach lagen einige Stapel Brennholz. Offene Gänge rahmten den Hof auf allen Seiten ein, und ich sah Mönche hindurchgehen, aber keine Pilger. Tief atmete ich durch. Die frische Luft tat gut.

»Das ist das Beste, was ich euch anbieten kann«, sagte Georg. »Das Feuer wird die Kälte der Nacht vertreiben, und unsere Gebete werden den Regen fernhalten. Wenn …«

Von Alen unterbrach ihn. »Und was wird unseren Durst fernhalten?«

»Ich lasse ein Fass Wein bringen, Herr.« Georgs Freundlichkeit wirkte gezwungen. »Und der Abt lässt ausrichten, er würde gern am Abend mit Euch speisen.«

»Ja, ist gut.« Von Alen band sein Pferd an den Balken eines Vordachs. »Vergesst nur den Wein nicht und Wasser für mein Pferd.«

Georg zögerte. »Vielleicht würde Eurem Pferd der Stall eher zusagen, Herr.«

»Meinem Pferd sagt es da zu, wo ich bin.« Der Ritter versuchte die Lederriemen seiner Brustplatte zu lösen. Ich sah, dass seine Finger zitterten.

Georg schien etwas entgegnen zu wollen, aber Vater Ignatius ergriff rasch seine Hand. »Wir sind sehr dankbar für deine Gastfreundschaft, Bruder. Bitte richte deinem Abt aus, dass wir ihn und dieses Kloster in unsere Gebete mit einschließen werden.«

»Er wird sich darüber freuen.« Georg warf von Alen einen kurzen Blick zu, dann wandte er sich ab und schüttelte kaum merklich den Kopf. Der Ritter bemerkte es nicht.

Er hatte eine Seite der Brustplatte bereits gelöst. Sie hing halb herunter und erschwerte ihm den Griff zu den Riemen auf der anderen Seite. Er stieß einen Fluch aus, den ich nicht verstand.

»Großer Gott«, flüsterte die Bäuerin und errötete. Sie war den ganzen Weg über bei mir geblieben.

Von Alen hob den Kopf. Ich war mir nicht sicher, ob er die Worte gehört hatte oder auf etwas anderes reagierte. Sein Blick richtete sich so unerwartet auf mich, dass ich erschrak.

»Du«, sagte er. »Hilf mir mal.«

Ich sah Vater Ignatius an. Er schloss kurz die Augen, als wage er es nicht zu nicken.

»Was schaust du ihn an?« Von Alen wirkte auf einmal wütend. »Steckt er in einer Rüstung oder ich?«

»Verzeiht, Herr.« Ich trat vor und ging über den Innenhof auf ihn zu. Vielleicht war es Zufall, dass er auf der einen und wir alle auf der anderen Seite standen, aber ich glaubte das nicht. Sogar sein Pferd hielt Abstand zu ihm.

»Stell dich hinter mich«, befahl er, als ich herangekommen war. Mit beiden Händen hielt er die Brustplatte vor sich. Ich sah die Lederriemen unter seiner rechten Schulter und über der Hüfte. Schweiß und Alter hatten sie geschwärzt.

Wortlos befolgte ich seinen Befehl und stellte mich hinter ihn. Der Eisengeruch seiner Rüstung mischte sich in den Gestank nach Wein und Urin.

»Siehst du die Riemen?«, fragte er.

»Ja, Herr.«

»Dann mach dich an die Arbeit.«

»Ja, Herr.« Mit spitzen Fingern griff ich nach dem unteren Riemen. Ich hatte Angst, den Ritter dabei zu berühren, obwohl ich nicht genau wusste, warum. Der Riemen saß fest. Ich zog daran, zuerst vorsichtig, denn ich befürchtete, das brüchige Leder könnte zerreißen, dann stärker.

»Mach schon, du dumme Bauerngöre!«, schrie von Alen plötzlich. Seine Wut traf mich unvorbereitet. Ich machte einen Satz zurück, als hätte ich in kochendes Wasser gefasst.

Ich sah den Schreck in den Gesichtern der anderen. Nur Vater Ignatius sah weg. Ich wünschte, er würde etwas sagen, so wie er es am Hafen getan hatte, aber er schwieg.

Von Alens Schultern hoben und senkten sich rasch. »Mach weiter«, sagte er ruhiger.

Mein Mund war so trocken, dass ich nicht schlucken konnte. Ich trat vor und zog erneut an dem Riemen. Beinahe hätte ich angefangen zu weinen, da löste er sich auf einmal.

Ich zog ihn aus der Schlaufe und wandte mich dem letzten Riemen, dem unter seiner Schulter, zu. Dabei hob ich den Blick, um die Tränen aus meinen Augen zu blinzeln.

Der Hinterkopf des Ritters befand sich direkt vor mir. Er hatte kurz geschorenes graues Haar, eine wulstige Narbe zog sich von seinem linken Ohr über den Schädel und verschwand im Nacken unter seinem Kragen. Sie sah aus wie eine Schlange.

Der zweite Riemen ließ sich einfacher lösen. »Ich bin fertig, Herr«, sagte ich.

Von Alen stöhnte erleichtert auf, warf die Brustplatte vor sich in den Sand und trat dagegen. Sie rutschte bis zur Wand.

»Gottverfluchtes Scheißding«, stieß er hervor.

Seine Worte entsetzten mich mehr als die Wut, die er mir gegenüber gezeigt hatte. Wie konnte er es wagen, den Namen Gottes zu lästern, am Karfreitag, in einem Kloster, vor den Ohren eines Priesters? Alle Blicke, auch meiner, richteten sich auf Vater Ignatius, doch der hielt die Augen geschlossen und die Hände gefaltet, als würde er beten. Ich fragte mich, ob er wirklich so in sein Gebet vertieft war, dass er uns nicht wahrnahm, oder ob er uns nicht wahrnehmen wollte.

Von Alen drehte sich zu mir um. »War ein harter Tag und eine lange Nacht«, sagte er. »Da ist ein Mann nicht immer bester Stimmung.« Es klang wie eine Entschuldigung.

Er sah mich an, als erwarte er etwas, dann griff er in seinen Gürtel und nahm einen kleinen Lederbeutel heraus. Mit seinen zitternden Fingern zog er ihn auf.

»Hier«, sagte er. In seiner ausgestreckten Hand lag ein halber Pfennig. »Für deine Hilfe.«

Ich griff so vorsichtig danach, als läge die Münze im Maul eines Bären. Bis zuletzt glaubte ich, er würde seine Hand wegziehen, aber das tat er nicht. Ich schloss die Faust um den halben Pfennig. Das Herz klopfte mir bis in die Kehle.

»Danke, Herr.« Ich knickste tief.

Von Alen räusperte sich. »Gib nicht …«, begann er, doch dann lenkte ein Geräusch ihn ab.

Zwei Mönche trugen einen großen Eimer voll mit Wasser in den Innenhof, ein dritter rollte ein Fass vor sich her.

»Ah, der Wein.« Von Alen lachte und applaudierte den Mönchen. Seine Stimmung schien von einem Atemzug zum nächsten umzuschlagen, so wie das Wetter im April. Er machte mir Angst.

Ich nutzte seine Unaufmerksamkeit und ging zurück zu den anderen. Der halbe Pfennig lag hart und heiß in meiner geballten Faust. Mir wurde beinahe schwindelig, wenn ich daran dachte, was man damit alles kaufen konnte. Schuhe, Saatgut, Geschenke für meine Söhne. Ich beschloss, den Ritter in jedes meiner Gebete einzuschließen, so lange ich lebte. Vielleicht hatte Gott mich zu ihm geführt, damit jemand für ihn betete. Ich nahm an, dass das nicht allzu viele taten.

Während sich der Ritter mit dem Fass zurückzog und zu trinken begann, versammelten wir uns um Vater Ignatius.

Ich erwartete, dass er etwas zu von Alen sagen würde, aber stattdessen setzte er sich mit uns ans Feuer und erzählte die Geschichte vom letzten Abendmahl. Es gab wohl keinen in der Runde, der sie nicht schon ein Dutzend Mal gehört hatte, aber Vater Ignatius war ein guter Erzähler. Seine Stimme hallte von den Mauern wider. Sie brach, als er über Judas' Verrat sprach, und als er schließlich zur Kreuzigung kam, begann er zu weinen.

Ich sah in den dunklen Himmel. Es wurde Nacht über Köln. Meine erste Nacht außerhalb von Winetre hatte ich mir anders vorgestellt, aufregender, fremder. Doch das Stroh unter meinem

Körper roch wie das Stroh in unserer Hütte, und das Bier, das Georg uns vorbeibrachte, als er von Alen zum Mahl mit dem Abt abholte, schmeckte nicht anders als auf der Burg.

Irgendwann wischte sich Vater Ignatius die Tränen von den Wangen und lächelte. »Wir sollten uns schlafen legen. Die Ostermesse beginnt zwar erst nach Sonnenuntergang, aber wir müssen uns früh vor dem Dom versammeln, wenn wir noch hineingelassen werden wollen. Der Andrang wird groß sein.«

Die ältere Bäuerin hob die Hand. »Ich würde gern morgen früh Stoffe kaufen. Dafür ist doch Zeit, oder?«

»Und ich möchte meine Söhne besuchen«, fügte ich rasch hinzu.

Vater Ignatius verzog die Mundwinkel, als wäre ihm das nicht recht, aber Wilhelm mischte sich im gleichen Moment ein. »Ich habe auch noch Besorgungen zu erledigen«, sagte er. »Ich kann die Frauen begleiten und dafür sorgen, dass ihnen nichts zustößt.«

Als Müller hatte seine Stimme Gewicht im Dorf. Dem konnte Vater Ignatius sich nicht verschließen. Es gefiel ihm zwar nicht, das konnte ich sehen, doch er stimmte nach kurzem Zögern zu. »Also gut. Aber spätestens gegen Mittag will ich euch am Dom sehen, hört ihr? Darauf musst du mir dein Wort geben, Wilhelm.«

»Das tue ich.«

Ich atmete auf. Bis zu diesem Moment hatte ich mir keine Gedanken darüber gemacht, wie ich Hugo und Konrad finden würde, aber die Sicherheit, nicht allein durch die große Stadt gehen zu müssen, war beruhigend. Mit einem Mann an der Seite war vieles einfacher.

Ungewollt tauchte der Gedanke an Josef in meinem Geist auf. Er würde mich wohl nicht mehr wollen, wenn ich zurückkehrte. Wahrscheinlich würde mich niemand mehr wollen, weder mein Herr auf der Burg noch die anderen Mägde oder die Menschen im Dorf. Mit meinem Ungehorsam hatte ich Schande über uns alle gebracht. Wahrscheinlich würde ich als Frau eines Pferdeknechts enden oder – Gott bewahre – eines Köhlers. Ich schüttelte mich innerlich.

Wir sprachen ein letztes Nachtgebet – ich schloss den Ritter mit ein –, dann legten wir Holz auf das Feuer und rückten das Stroh unter dem Vordach zurecht. Die Frauen legten sich auf die eine, die Männer auf die andere Seite. Die Bäuerin, ihr Name war Hildegard, fragte Vater Ignatius, ob es wirklich gestattet sei, Männer und Frauen unter dem gleichen Dach schlafen zu lassen, aber er erinnerte sie daran, dass wir uns in einem Kloster befanden. Das schien ihr die Bedenken zu nehmen, trotzdem legte sie sich an den äußersten Rand des Vordachs.

Ich setzte mich neben sie, löste die Lederriemen um die Stofffetzen, die ich als Schuhe trug, legte den halben Pfennig in den linken, dann zog ich ihn wieder an. In den rechten stopfte ich Stroh und legte ihn als Kissen unter meinen Kopf. Das Feuer war so warm, dass man barfuß schlafen konnte.

»Du willst deine Söhne besuchen?«, fragte Hildegard leise neben mir.

»Ja. Hugo und Konrad. Sie haben vor zwei Jahren ihre Lehre bei einem Schreiner angetreten. Seitdem habe ich sie nicht mehr gesehen.«

Sie wandte mir das Gesicht zu. »Zwei Söhne in die Lehre? Das muss euch viel gekostet haben.«

»Es war nicht leicht.« Ich dachte an die Schweine und Schafe, die Paul, der Schreiner, uns mit den Kindern genommen hatte. Ohne Klara und ihren Mann hätten wir den Winter danach nicht überstanden.

Hildegard legte ihre Hand auf die meine. »Sie werden es euch bestimmt einmal danken. Ihr habt ihnen einen großen Dienst erwiesen.«

Sie drehte sich auf die Seite.

Ich schloss die Augen, riss sie aber im nächsten Moment wieder auf, als etwas laut schepperte. Einige Frauen schrien überrascht auf. Stroh raschelte.

Ich hob den Kopf und sah einen Messingkelch, der im Licht des Feuers über den Hof rollte. Von Alen stolperte hinterher. Er griff zweimal daneben, dann nahm er den Kelch wieder in die Hand.

»Verdammte Scheiße«, fluchte er. »Das war ein scheißguter Wein.«

Schwankend ging er zu dem Fass, das neben seiner Decke unter dem zweiten Vordach stand, ging in die Knie und füllte sich den Kelch mit Wein. Dann sah er auf, schien erst in diesem Moment zu bemerken, dass wir alle ihn von der anderen Seite des Hofs anstarrten. Er öffnete den Mund, als wolle er etwas sagen, schloss ihn wieder und schüttelte den Kopf. Sein Kettenhemd klirrte, als er sich schwer gegen die Wand lehnte.

»Ihr wisst nichts«, sagte er. Seine Stimme war erstaunlich klar. »Gar nichts wisst ihr. Ihr lebt euer beschissenes kleines Leben in eurem beschissenen kleinen Dorf und scheißt euch schon an, wenn ihr euch mal einen Steinwurf davon wegbewegen müsst. Armseliges, beschissenes …«

»Es ist schon spät«, unterbrach ihn Wilhelm. Er hatte sich aufgesetzt, Stroh hing in seinen Haaren. »Warum legt Ihr Euch nicht ein wenig hin? Morgen geht es Euch bestimmt besser.«

»Besser?«, schrie von Alen. Er warf den Kelch nach Wilhelm, verfehlte ihn aber. Wein spritzte zischend ins Feuer. »Mir wird es nie wieder besser gehen, nie wieder!«

Ich fragte mich, was er damit meinte. Von Alen stand auf, ging schwerfällig und schwankend auf uns zu.

Nun erhob sich auch endlich Vater Ignatius und streckte die Arme aus, wollte den Ritter beruhigen, doch der ließ ihn nicht zu Wort kommen.

»Ihr liegt hier und starrt mich an«, schrie er, »als wüsstet ihr, wer ich bin. Nichts wisst ihr!« Er kniff die Augen zusammen und zeigte auf mich. »Du, Bauerngöre! Bring mir Wein.«

Ich sprang auf. Der halbe Pfennig stach in meine Ferse. »Ja, Herr.«

Der Kelch, den von Alen weggeworfen hatte, lag neben dem Feuer. Ich hob ihn auf, machte einen großen Bogen um den Ritter und ging zu dem Fass. Sein Schwert lehnte daneben an der Wand.

»Ihr denkt, ich sei ein versoffener alter Ritter!« Ich sah kurz zurück. Von Alen wandte mir den Rücken zu. »Eine Schande für meinen Stand!« Er schrie Wilhelm und Vater Ignatius abwechselnd an. Einige Mönche tauchten, geweckt von dem Lärm, in den Gängen auf, zogen sich aber sofort wieder zurück, als sie von Alen sahen. »Aber ich habe das Kreuz auf meiner Brust getragen!« Ich stieß das Schwert rasch zur Seite und zog die Decke des Ritters darüber, dann füllte ich Wein in den Kelch. »Was, bei allen Heiligen, habt ihr getan, als ich den Staub des Morgenlandes geschluckt hab?«

Er nahm mir den Kelch aus der Hand. Ich wollte mich umdrehen, aber er hielt meinen Arm fest und zog mich zu sich heran. »Hast du je einen Sarazenen gesehen?«

Seine Augen waren eine Handbreit von meinen entfernt. Sie glänzten fiebrig. Schweiß perlte über seine Stirn. Seine Hand war heiß und feucht.

»Nein, Herr.« Ich hörte das Zittern in meiner Stimme.

»Alles an ihnen ist dunkel.« Er schien mich nicht wahrzunehmen. Sein Blick war auf etwas gerichtet, das niemand außer ihm sehen konnte. »Ihre Haare, ihre Augen, ihre Seele, alles ist dunkel. Unter ihnen sind Männer, so schwarz wie Asche. Sie werden im Feuer geboren. Es härtet ihre Haut und macht sie unverwundbar. Und wenn sie kämpfen, die Sarazenen, dann unter dem Banner des Halbmonds. Ihre Waffen …« – er ließ meine Hand los, aber ich wagte es nicht, mich zu bewegen – »… sind gekrümmt wie dieser Mond, und wenn sie schneiden …« – er hob die Hand und zog sie über seinen Hinterkopf, dort, wo ich die Narbe gesehen hatte –, »... dann schneiden sie tief, so tief, dass der Schmerz niemals aufhört. Niemals. Er bleibt für immer und immer.«

Der Kelch entfiel seiner Hand. Wein spritzte über meine Röcke und meinen nackten rechten Fuß.

Von Alen drehte sich wortlos um und ging zu seiner Decke. Ich erkannte, dass er versuchte, nicht zu schwanken; er drückte den Rücken durch und bewegte sich langsam und steif. An der Wand angekommen tastete er nach seinem Schwert und griff ins Leere.

Ich hielt den Atem an. Ich wusste nicht, was er mit dem Schwert wollte, war jedoch sicher, dass es besser war, wenn er es nicht fand.

Er brach in die Knie. Mit einer Hand tastete er weiter nach dem Schwert, mit der anderen stützte er sich auf dem Boden ab. Dann krümmte er sich plötzlich zusammen, zog die Knie an und presste beide Arme an seinen Kopf. So blieb er liegen.

Ich wartete einen Moment, doch er rührte sich nicht. Zögernd ging ich auf ihn zu.

»Was machst du da?«, sagte Vater Ignatius in einer seltsam tonlosen Mischung aus Flüstern und Rufen.

Ich antwortete nicht. Neben von Alen blieb ich stehen. Seine Augen waren geschlossen, Speichel rann aus seinem Mundwinkel. Der Griff seines Schwertes ragte keine Armeslänge von ihm entfernt unter der Decke hervor.

Vorsichtig nahm ich es an mich, ging zurück zur anderen Seite des Innenhofs, auf unsere Seite, und reichte es Vater Ignatius. »Ich denke, wir schlafen vielleicht besser, wenn er kein Schwert hat.«

Er nahm es zögernd, als habe er Angst, es würde bei einer falschen Berührung zum Leben erwachen. »Ja, das ist wohl besser so.«

Hildegard berührte meine Hand. »Das war sehr mutig von dir«, flüsterte sie. »Er hätte uns alle umbringen können.«

Ich nickte, obwohl ich das nicht glaubte. Der Blick, mit dem von Alen in die Dunkelheit gestarrt hatte, war mir vertraut. Es war der gleiche gewesen, mit dem Heinrich neben mir im Stroh gesessen hatte, am Morgen, nachdem unsere zweite Tochter tot auf die Welt gekommen war. Es war der Blick eines Mannes, der glaubte, dass er nie wieder aus dem dunklen Tal, in dem er sich verirrt hatte, entkommen würde.

Heinrich war an diesem Morgen zum letzten Mal zum Steinbruch aufgebrochen, sein letzter Blick hatte nicht mir, sondern dem Nichts gegolten.

Ich schichtete Stroh über mir auf und schloss die Augen. In dieser Nacht träumte ich von schwarzen Gestalten, die aus den Flammen der ewigen Verdammnis ritten, mit Fahnen über sich, auf denen ein halber Pfennig prangte.

Als ich erwachte, war Hubert von Alen tot.

Kapitel 4

Er hatte sich mit seinem Gürtel an einem der Dachbalken erhängt. Dort hing er noch. Seine Hose war ihm bis auf die Knöchel gerutscht, die Beine waren dreckverkrustet, kleine Fliegen krochen über die Haut. Sein Gesicht war blau angelaufen, die Zunge aufgequollen. Eine Pfütze aus Kot und Urin hatte sich unter ihm gebildet.

Wir standen um ihn herum, schweigend, unsicher. Vater Ignatius hatte ihn gefunden, als er vor Sonnenaufgang erwacht war. Er hatte uns geweckt und war danach sofort aufgebrochen, um den Mönchen Bescheid zu sagen. Seitdem warteten wir auf ihn.

»Sollen wir ihn abschneiden?«, fragte Hildegard nach einer Weile leise. Im ersten Licht des Morgens wirkte ihre Haut aschfahl.

Wilhelm schüttelte den Kopf. »Wir fassen ihn besser nicht an. Er gehört jetzt dem Teufel.«

Alle bekreuzigten sich. Ich drehte mich um, als ich Schritte im Gang hörte. Vater Ignatius kehrte zurück. Er wurde von Georg und einigen anderen Mönchen begleitet. Einer von ihnen, ein alter, dicker Mann, trug einen reich bestickten Schal. Das musste der Abt sein.

Wir knieten vor ihm nieder, als er den Innenhof betrat, aber er beachtete uns nicht. Er blieb vor dem toten Ritter stehen und stemmte die Hände in die Hüften.

»Schöne Sauerei«, sagte er.

Ich blinzelte überrascht, ohne den Kopf zu heben. Das waren nicht die Worte, die ich erwartet hatte.

»Ich bin untröstlich, ehrwürdiger Vater. Wenn wir geahnt hätten, dass der Teufel nach seiner Seele rief, hätten wir ihn nicht in Euer Haus gebracht.« Vater Ignatius fuhr sich durch die Haare. Georg stand mit verkniffenem Mund neben ihm.

»Ja, ja.« Der Abt winkte ab. »Bruder Franziskus?«

Ein jüngerer, ebenfalls wohlgenährter Mönch trat vor und verneigte sich. »Ehrwürdiger Vater?«

»Was hältst du davon?«

Franziskus zog die Unterlippe zwischen die Zähne. Er dachte einen Moment nach, dann sagte er: »Wenn die Benediktiner davon erfahren, werden sie es in der ganzen Stadt verbreiten. Wir müssen davon ausgehen, dass Graf von Berg mit seinem Gefolge dann vermutlich von weiteren Besuchen Abstand nimmt. Andere hohe Herren könnten seinem Beispiel folgen. Ein Kloster, in das der Teufel Einzug gehalten hat, ist kein Ort, an dem man sich willkommen fühlt.«

»So sehe ich das auch. Erst dieser Nicolaus und dann das. Wir sind wahrhaft verflucht.« Der Abt sah Vater Ignatius an. Der duckte sich unter seinem Blick wie unter einem Stockhieb. »Wer weiß davon?«

»Nur die, die hier stehen, ehrwürdiger Vater.«

»Und das bleibt auch so.« Er musterte uns nacheinander. Seine Augen waren blau und trüb. »Wenn nur ein Wort davon nach draußen dringt, sorge ich dafür, dass man euch exkommuniziert. Jeden von euch.«

Hildegard stieß einen kurzen, spitzen Schrei aus und bekreuzigte sich hastig. Sonst äußerte niemand etwas. Es war eine furchtbare Drohung, die er über uns ausgesprochen hatte. Der Ausschluss aus der heiligen Kirche, die ewige Trennung vom Licht Gottes, als wäre man ein Heide – und das alles nur, weil sich ein

Mann, den wir noch nicht einmal kannten, in unserer Nähe umgebracht hatte. Das erschien mir … ich suchte einen Moment nach dem richtigen Wort … ungerecht.

»Ich sehe, ihr habt mich verstanden.« Der Abt wandte sich ab. »Bruder Georg«, sagte er, während er bereits den Innenhof verließ. »Schneide die Leiche ab und schaffe sie weg. Und dann begleite deine Freunde nach draußen. Sie sind hier nicht mehr willkommen.«

Die anderen Mönche schlossen sich ihm an. Nur Bruder Georg blieb zurück, die Arme vor der Brust verschränkt, die Lippen so zusammengepresst, dass sie weiß wurden. »Wenn ich das geahnt hätte …«

»Keiner hat es geahnt. Graf von Drachenfels selbst hat Ritter von Alen empfohlen.« Vater Ignatius wollte seinem Bruder die Hand auf die Schulter legen, doch der wich der Berührung aus.

»Hilf mir, ihn abzuschneiden.«

Wir anderen standen nach und nach auf. Ich half Hildegard auf die Beine. Die Angst vor der Hölle schien ihr die letzte Kraft geraubt zu haben.

Vater Ignatius und Bruder Georg mühten sich währenddessen mit der Leiche ab. Einer hielt die Beine fest, während der andere auf denselben Hocker stieg, von dem von Alen in den Tod getreten sein musste, und mit seinem stumpfen Messer versuchte, den Ledergürtel durchzuschneiden. Wilhelm gab Georg schließlich sein Messer. Nur zwei Schnitte später glitt die Leiche zu Boden.

Georg wollte dem Müller sein Messer zurückgeben, doch der winkte ab. »Behalte es.«

An seiner Stelle hätte ich es auch nicht mehr gewollt.

Ich sah zu der Leiche hinab. Vater Ignatius hatte sie auf den Rücken gedreht, damit wir ihr schreckliches Gesicht nicht mehr sehen mussten. Die Narbe zwischen den grauen Haaren wirkte größer als in der Nacht.

»Was passiert jetzt mit ihm?«, fragte ich.

Bruder Georg hob die Schultern. »Wir warten, bis es dunkel wird, dann fahren wir ihn mit einem Karren vor die Stadt und verscharren ihn.«

Ich dachte an den halben Pfennig in meinem Schuh. »Er hat mir Geld gegeben. Ich würde es gern spenden, damit er ein christliches Begräbnis erhält.«

Vater Ignatius und Bruder Georg warfen sich einen kurzen Blick zu. »Madlen«, sagte der Priester. »Er hat Gottes größtes Geschenk weggeworfen. Ihm steht keine Ruhestätte inmitten anständiger Christen zu. Das würde den Boden entweihen, in dem sie liegen.«

»Aber er war ein Kreuzritter. Er hat im Heiligen Land ...«

»Er ist ein Selbstmörder«, unterbrach mich Georg mit deutlicher Ungeduld. »Er gehört zu den Heiden, Mördern und Vergewaltigern. Das ist der Wille Gottes.«

Ich widersprach nicht, auch wenn es mir schwerfiel zu glauben, dass eine einzige Tat, begangen in Trunkenheit und Wahnsinn, ein ganzes Leben aufwog.

»Ihr geht jetzt besser«, sagte Georg an Vater Ignatius gewandt. »Der Abt soll euch nach dem Frühstück nicht mehr hier sehen.«

»Selbstverständlich. Ich hoffe, du kannst mir verzeihen.«

Der Mönch verzog nur das Gesicht.

Wir packten unsere Sachen zusammen, während zwei andere Mönche einen Karren in den Hof schoben, die Leiche darauf legten und mit Stroh bedeckten. Wir folgten ihnen durch die Gänge in einer stummen Prozession wie auf einer Beerdigung. Ich stellte mir vor, dass es eine war.

Irgendwann bogen sie ab. Wir gingen weiter, bis wir auf der Straße vor dem Kloster standen. Dort warf sich Vater Ignatius sein Bündel über die Schulter und winkte uns heran.

»Wir werden kein neues Quartier finden«, sagte er. »Nicht zu Ostern und vor allem nicht umsonst. Deshalb habe ich beschlossen, dass wir morgen früh nach dem Ende der Ostermesse zurück nach Winetre fahren. Wir können auf dem Boot schlafen, wenn dann jemand gewillt ist, uns mitzunehmen.« Er kratzte sich am Kopf und seufzte. »Ihr habt euch diese Reise sicher anders vorgestellt. Es tut mir leid.«

Schon morgen. Ich hatte geglaubt, mir würde noch ein Tag bleiben, bevor ich mich dem stellen musste, was mich zuhause erwartete. Angst breitete sich in meinem Magen aus, und mir wurde übel. Die anderen Pilger wirkten eher erleichtert als enttäuscht. Der Tod des Ritters hatte uns alle verstört.

»Folgt mir.« Vater Ignatius straffte sich. »Ich werde euch die Heiligen Drei Könige zeigen, damit ihr auf andere Gedanken kommt.«

Ich wollte dagegen aufbegehren, aber Hildegard kam mir zuvor. »Was ist mit den Stoffen, die ich kaufen wollte?«

Der Priester schüttelte den Kopf. »Ihr habt Schreckliches erlebt. Der Anblick der Reliquien und die anschließende Beichte bei mir werden sicher mehr für dein Seelenheil tun als ein paar Stoffe.«

»Aber …«

»Du musst deine Seele reinigen.« Vater Ignatius wurde vehementer, wütender. »Oder willst du, dass sich der Teufel in dem Dreck, der nun dort klebt, festkrallt?«

»Nein, natürlich nicht.« Hildegard wirkte entsetzt. »Das war dumm von mir, entschuldige.«

Der Blick des Priesters streifte mich herausfordernd, aber ich wich ihm aus. Er nickte scheinbar zufrieden und drängte sich an uns vorbei. Wir machten ihm Platz. »Kommt.«

Wir gingen durch dieselben Straßen, die wir einen Tag zuvor benutzt hatten. Ich hatte den Eindruck, dass Vater Ignatius keine anderen kannte.

Die Stadt hatte sich verändert. Menschen drängten sich zwischen den Häusern. Überall saßen Bettler und streckten uns Arm-

und Beinstümpfe entgegen oder zeigten uns leere Augenhöhlen. Händler lockten uns mit in Öl gebackenen Fladenbroten, Nüssen, Honiggebäck und süßem Wein. Überall roch es nach Essen.

Die Übelkeit verschwand aus meinem Magen. Bohrender Hunger trat an ihre Stelle. Noch nie hatte ich so viel Essen gesehen, das nicht für Herrschaften bestimmt war. Jeder konnte es kaufen, wenn er Geld hatte. Es gab keine Einschränkung.

Ich ließ mich zurückfallen. Hildegard, die mir sonst nicht von der Seite wich, ging neben Vater Ignatius her, wahrscheinlich, um seinen Zorn auf sie zu mildern. Die anderen Pilger beachteten mich kaum. Schließlich war ich die Letzte in der Gruppe.

Ich fragte mich, ob es so einfach werden würde, wie ich es mir vorstellte. Auf eine belebte Kreuzung warten, nach rechts abbiegen, während alle anderen geradeaus gingen, und in der Menge verschwinden. Wenn ich später zur Messe kam, würde ich behaupten, von den anderen getrennt worden zu sein. Es war eine Lüge – erneut –, aber ich sah keine andere Möglichkeit.

»Möchtest du etwas?« Wilhelms Stimme riss mich aus meinen Gedanken. Ich hatte nicht bemerkt, dass er sich ebenfalls hatte zurückfallen lassen.

Rasch schüttelte ich den Kopf. Der Hunger verschwand so schnell, wie er gekommen war. Überrascht sah ich, dass der Dom deutlich näher gerückt war. Es war nicht mehr weit bis zu unserem Ziel.

»Keine getrockneten Früchte?« Wilhelm lächelte. »Oder Mandelmilch?«

»Nein.«

Meine Einsilbigkeit vertrieb ihn nicht. »Ich kaufe sie dir. Es ist Ostern. Da sollte man sich etwas gönnen, was es nicht jeden Tag gibt.«

Wir gingen auf eine Kreuzung zu. Zwei Pilgergruppen waren dort aufeinandergetroffen und unterhielten sich lautstark in einer Sprache, die ich nicht verstand. Vater Ignatius versuchte sich einen Weg hindurchzubahnen. Er achtete nicht auf die, die hinter ihm gingen.

»Ich bezahle es. Sieh es als Oster…«

»Ich muss meine Söhne sehen«, stieß ich hervor. »Das ist vielleicht meine letzte Gelegenheit. Wenn wir den Dom erreichen, ist es zu spät.«

Er blinzelte, sah nach vorn zu den anderen, die zwischen den lautstark redenden Pilgern verschwanden, dann packte er so plötzlich meinen Arm, dass ich beinahe aufgeschrien hätte, und zog mich in eine Gasse.

Seine Augen glänzten aufgeregt, während er mich ein paar Schritte weiterzerrte. »Wo sind deine Söhne?«

»Bei Paul, dem Schreiner.« Ich versuchte, stehen zu bleiben, aber er ließ das nicht zu. »Geh zurück zu den anderen. Ich finde sie schon.«

Er lachte. Es klang seltsam. »Ich soll eine Frau in dieser Stadt allein lassen? Für was hältst du mich? Nein, ich komme mit dir. Wenn Vater Ignatius fragt, sagen wir ihm, ich hätte gemerkt, dass du von uns getrennt worden wärst, wäre dich suchen gegangen und hätte dich zum Glück gefunden.« Wilhelm ging so schnell, dass ich kaum mithalten konnte. »Keine Sorge, ich weiß, wo die Schreiner ihre Werkstätten haben. Du wirst deine Söhne bald sehen.«

Ich ließ mich mitziehen. »Danke«, sagte ich, als ich langsam wieder zu Atem kam. »Das werde ich dir nie vergessen.«

Er lächelte und schwieg.

Die Gassen, durch die wir gingen, wurden schmaler und leerer, die Häuser einfacher.

Durch den Stoff meines Leinenhemds spürte ich Wilhelms Hand. Sie war warm und feucht. Ab und zu warf ich einen Blick zurück. Der Dom überragte die Stadt, aber er war längst nicht mehr so nahe wie zuvor.

Es erschien mir merkwürdig, dass die Schreiner so weit vom Domplatz entfernt lebten. Als ich Wilhelm darauf ansprach, lachte er. »Man merkt, dass du noch nie in einer Stadt warst. Das ist nicht weit. Du solltest mal sehen, wo die Gerber leben.«

Uns begegneten in Lumpen gehüllte Menschen und abgemagerte Katzen. In einer Gasse stritten sich Hunde um eine tote Ratte. Überall lag Kot. Es gab keine Geschäfte, keine Werkstätten, nur wirre Reihen ärmlichster Behausungen. Ich glaubte nicht, dass ich allein je wieder den Weg zurück finden würde.

»Sind wir hier wirklich richtig?«, fragte ich nach einer endlos erscheinenden Weile.

»Vertrau mir.« Das war alles, was Wilhelm darauf antwortete.

Ich bemerkte, dass er sich hektisch umsah. Vielleicht hatte er sich verlaufen und wagte es nicht, es mir zu gestehen. Schließlich schien er gefunden zu haben, wonach er gesucht hatte, denn er zog mich auf einen schmalen Weg zwischen zwei Hütten zu. Die eine musste schon vor langer Zeit abgebrannt sein, denn die verkohlten Balken waren moosbedeckt. Das Dach der anderen war eingestürzt.

»Hier entlang«, sagte Wilhelm.

Es wurde schlagartig dunkel, als wir in den Weg einbogen. Er war so schmal, dass die Sonnenstrahlen ihn nicht erreichten. Ich rutschte auf Kot aus und wäre gestürzt, wenn Wilhelm mich nicht immer noch festgehalten hätte. Wir gingen ein paar Schritte, dann sah ich, dass der Weg vor einer Holzwand endete.

Wilhelm drehte sich um. »Endlich sind wir allein.«

Mir wurde kalt.

Mit einem Ruck versuchte ich mich aus seinem Griff zu befreien, aber er drückte mich gegen die Wand. Ich hörte, wie Dreck aus den Ritzen zu Boden rieselte.

Wilhelm schob sein Knie zwischen meine Beine, drückte sie auseinander.

»Du kannst es doch kaum erwarten«, flüsterte er. »Das habe ich schon auf der Barke deutlich gespürt.«

»Nein. Du irrst dich. Lass mich los, dann wird niemand etwas erfahren.«

Wilhelm lachte. »Es wird auch so niemand erfahren. Du wirst nichts erzählen. Keine von euch Schlampen hat das je getan.«

Mit seiner freien Hand ergriff er mein Kinn, und seine Finger bohrten sich in meine Wangen. Er presste mir einen Kuss auf die Lippen.

Ich kniff den Mund zu und holte mit dem Brotbeutel aus. Der Schlag streifte nur seine Schulter, aber er geriet trotzdem in Wut. Die Hand, die sich um mein Kinn schloss, stieß zu, rammte mir den Kopf gegen die Wand.

Mir wurde schwarz vor Augen. Ich fühlte, wie mir der Brotbeutel aus der Hand rutschte. Meine Knie wurden weich. Der Schmerz in meinem Kopf war so dumpf und weit entfernt wie die Geräusche der Stadt, aber dennoch allumfassend.

Wilhelm sagte etwas, das ich nicht verstand, und ließ mich los. Ich rutschte an der Wand nach unten, bis ich mit angezogenen Beinen auf dem Boden saß.

Ich hörte, wie Wilhelm seinen Gürtel abschnallte. Seine Hände stützten sich auf meine Knie, zwangen sie auseinander, und dann klemmte er seinen Körper zwischen meine Beine. Sein Atem streifte meinen Hals.

Ich blinzelte, versuchte Sinn in verschwommene Umrisse zu bringen. Es war, als gehöre mein Körper einer anderen, als wäre ich bereits nicht mehr dort, sondern auf dem Weg zu einem anderen Ort.

»Es wird dir gefallen«, flüsterte Wilhelm. »Es gefällt allen.«

Die Umrisse vor meinen Augen wurden zu einem Gesicht, Wilhelms verschwitztem, verzerrten Gesicht. Er bleckte die Zähne wie ein Wolf. Sein Körper drückte mich gegen die Wand. Er schob meine Röcke nach oben und grinste. Meine Arme waren unter mir eingeklemmt, mit den Beinen trat ich hilflos und sinnlos in die Luft.

Und dann holte ich aus mit der letzten Waffe, die mir noch verblieben war, und schlug ihm meine Stirn ins Gesicht.

Wilhelm schrie. Das Gewicht verschwand von meinem Körper. Ich atmete keuchend ein, stützte mich an der Wand ab und versuchte, auf die Beine zu kommen. Wilhelm wälzte sich vor mir am Boden, stöhnend, die Hände vors Gesicht geschlagen. Blut lief durch seine Finger.

Ich trat zu, und er krümmte sich zusammen. In meinem Kopf rauschte es, die Umgebung verschwamm vor meinen Augen. Ich hatte solche Angst, dass Wilhelm aufstehen würde, dass ich mich nach einem Brett bückte und damit zuschlug. Dann trat ich zu, wieder und wieder, bis meine Zehen schmerzten. Ich machte mit dem anderen Fuß weiter, schlug und trat Wilhelm ins Gesicht, in den Bauch, auf den Rücken und zwischen die Beine. Ich prügelte auf ihn ein, bis aus den Schreien ein Wimmern und aus dem Wimmern Stille wurde. Als er sich nicht mehr rührte, sackte ich würgend zusammen und weinte.

Angst brachte mich schließlich wieder auf die Beine. Ich wusste nicht, wie lange ich am Boden gehockt hatte, aber es konnte kaum Zeit vergangen sein, denn das Blut, das sich wie ein roter Heiligenschein um Wilhelms Kopf ausbreitete, war noch nicht versickert. Er lag auf der Seite und rührte sich nicht. Ich wagte es nicht, ihn umzudrehen.

Stolpernd verließ ich den Weg, prallte dabei fast gegen einen alten Mann, der auf einen Stock gestützt an mir vorbeihinkte. Er rief mir Flüche hinterher, aber ich sah nicht zurück.

Ziellos lief ich durch die Gassen. Ich dachte an nichts, weder an Wilhelm noch an meine Söhne oder mich selbst. Hätte man mich nach meinem Namen gefragt, hätte ich ihn in diesen Momenten nicht mal gewusst.

Irgendwann brach ich zusammen.

»Schwester?«

Die Stimme drang durch den Nebel der stillen, grauen Welt, die mich umgab. Ich wollte mich vor ihr verkriechen, die Ohren verschließen, aber sie ließ nicht ab.

Ich öffnete die Augen. Ein Männergesicht tauchte vor mir auf.

Wilhelm.

Ich hob die Arme, wollte danach schlagen, aber es wich mir aus.

»Ganz ruhig, Schwester. Du bist nicht in Gefahr.«

Die Stimme klang anders als Wilhelms, dunkler und fremder. Der Mann sprach mit einem Akzent.

»Bist du Ägypter?«, fragte ich. Es war der erste Gedanke, den ich hatte.

»Ägypter?« Er lächelte. Sein Gesicht war schmal und sonnenverbrannt, die Augen dunkel. »Nein.«

Er drückte mir einen Schlauch in die Hand. Ich bemerkte auf einmal, wie durstig ich war. Mit langen Schlucken trank ich den Wein darin. Er war süß und leicht.

»Hat man dich überfallen, Schwester?«

Ich setzte den Schlauch ab und schüttelte den Kopf.

»Ist dir etwas anderes zugestoßen?«

Ich sah Wilhelms reglosen Körper vor mir. »Nein.«

Allmählich gewahrte ich meine Umgebung, so als würde man in einem dunklen Raum eine Kerze halten. Ich hockte im Eingang eines Hauses. Die Straße, die daran vorbeiführte, war belebt. Der Dom überragte all die anderen Gebäude, die ich sah. Ich war fast bis zu ihm zurückgelaufen, ohne es zu merken.

Der Fremde, der vor mir hockte, hob die Schultern, als wisse er nicht, was er noch fragen solle. »Und sonst?«

Mir fiel die lederne Reisekleidung auf, die er trug, und die teuren Stiefel. Er war ein wohlhabender Mann, vielleicht sogar ein Adliger.

»Es geht mir gut, Herr.«

Er zögerte, dann nahm er ein Bündel von der Schulter und reichte mir das Brot, das sich darin befand. Es war fast weiß und gespickt mit Nüssen. Ich hätte es nicht annehmen sollen, es war ein viel zu wertvolles Geschenk, aber mir fehlte die Kraft, zu widersprechen. »Ich danke Euch.«

»Dann lebt wohl, Schwester.« Er stand auf und wollte sich abwenden, aber ich hielt ihn auf.

»Könnt Ihr mir noch sagen, wo es zur Gasse der Schreiner geht, Herr?«

Er zeigte die Straße hinunter. »Dort entlang, am Dom vorbei. Aber du wirst dort kein Geschäft machen können, Schwester. Fast alle haben sich auf den Weg gemacht, um ihn reden zu hören.«

»Ihn?« Ich wusste nicht, von wem er sprach. »Den Bischof?«

»Nein, Nicolaus.«

Er verschwand in der Menge. Erst als er weg war, bemerkte ich, dass er seinen Weinschlauch vergessen hatte.

Ich aß die Hälfte des Brotes und trank noch etwas Wein. Meinen Beutel hatte ich in … Nein, ich wollte mich nicht daran erinnern, wo ich ihn verloren hatte. Mir wurde übel bei dem Gedanken.

Allmählich kehrte meine Kraft zurück. Als ich meinen Beinen wieder traute, schlang ich mir den Schlauch über die Schulter und erhob mich. Das Brot steckte ich unter mein Hemd. Ich zwang mich, an nichts außer meinen Söhnen zu denken. Ihretwegen hatte ich diese Pilgerfahrt angetreten. Allem anderen würde ich mich stellen, wenn es so weit war.

Die Straße, durch die ich ging, war gerade wie eine frisch gezogene Kerze. Geschäfte säumten sie, aber fast alle waren geschlossen. Nur ein Tuchhändler hatte geöffnet. Er saß auf einem Hocker neben seinen Waren und aß Trockenobst. Auf dem Kopf trug er eine flache Kappe. Ich hatte von Juden gehört, war aber noch nie einem begegnet. Es fiel mir schwer, ihn nicht anzustarren.

Die Straße war belebt. Ich sah viele zerlumpte Arme, vor allem Kinder und Heranwachsende, aber auch ein paar Greise. Ebenso wie ich gingen sie auf den Dom zu. Eine seltsam aufgeregte Stimmung ging von ihnen aus. Ich fragte mich, ob sie sich auf die Ostermesse vorbereiteten.

Es war ein bewölkter Tag. Ich sah die Sonne nicht, nahm aber an, dass es Mittag war. Vater Ignatius musste längst bemerkt haben, dass zwei seiner Pilger fehlten. Wahrscheinlich hoffte er, dass Wilhelm und ich – es war mir unmöglich, an ihn und mich als »wir« zu denken – zum ursprünglich vereinbarten Treffpunkt kommen würden. Ich musste vorsichtig sein.

Weitere zehn Schritte brauchte ich, um den Mut zu finden, zwischen zwei Hütten zu treten und das Gebende vom Kopf zu ziehen. Vater Ignatius hatte mich seit dem Vorabend meiner Hochzeit nicht mehr ohne gesehen. Wahrscheinlich kannte er nicht einmal mehr meine Haarfarbe. Ich warf den verschwitzten, schmutzigen Stoff weg, dann mischte ich mich wieder unter die Menschen auf ihrem Weg zum Dom. Ich fühlte mich wie eine Betrügerin, unanständig und nackt.

Die Straße war breit, trotzdem ging es am Dom nicht mehr weiter. Eine Menge hatte sich dort versammelt. Ein Teil wartete vor den geschlossenen Toren auf Einlass, der andere schien daran kein Interesse zu haben, denn sie wandten den Toren den Rücken zu und standen auf Zehenspitzen, als beobachteten sie ein gewaltiges Spektakel. Ich musste an ihnen vorbei, um in die Gasse der Schreiner zu gelangen, aber ich wusste nicht, wie. Mir blieb wohl nichts anderes übrig, als das Ende des Spektakels abzuwarten.

Ich fand einen freien Platz auf dem Steinsims eines Geschäfts und kletterte darauf. Zwei junge Mädchen, barfuß und in grobes Leinen gehüllt, das fast wie ein Totenhemd aussah, standen neben mir.

»Da ist er!«, rief die eine auf einmal und zeigte nach vorn.

Ich folgte ihrer Geste, doch statt der tanzenden Bären, Feuerschluckern, Jongleuren oder all den anderen Spektakeln, von denen ich gehört hatte, sah ich nur ein Fass – und einen Jungen, der sich von zwei anderen darauf heben ließ. Er war klein, mager und hielt einen Schäferstab in der Hand. Auf seinem nackten Oberkörper befand sich ein Mal, das wie ein Kreuz mit abgebrochener Spitze aussah. Die Farbe erinnerte mich an Blut.

Ich sah die Lache um Wilhelms Kopf und schloss kurz die Augen.

»Wer ist das?«, fragte ich die Mädchen, um an etwas anderes zu denken.

Die beiden – sie sahen sich ähnlich wie Schwestern – runzelten fast gleichzeitig die Stirn.

»Nicolaus«, sagte die Ältere. »Warum bist du hier, wenn du das nicht weißt?«

»Ich war auf dem Weg zur …«

»Pssst«, unterbrach mich die Jüngere. »Er spricht zu uns.«

Der Junge auf dem Fass hob die Arme. Seine Rippen stachen deutlich hervor. »Er ist mir wieder erschienen«, rief er, und seine Stimme war hell und klar; sie trug über den ganzen Platz. Ein Raunen ging durch die Menge.

»Wer ist ihm erschienen?«, fragte ich leise.

»Ein Engel«, antwortete die ältere der beiden Schwestern.

Nicolaus sprach weiter. Er beschrieb, wie er auf den Rheinwiesen bei den Schafen gesessen und den Engel am Himmel erblickt hätte. Vor meinen Augen wob er das Bild einer überirdisch schönen Gestalt, die zur Erde herabgeschwebt war, um ihn zu erwählen.

Seine Worte waren so einfach, so wahr, dass ich mich ihnen nicht entziehen konnte. Niemand konnte das. Obwohl Tausende auf dem Platz standen, war es so still, als wäre ich ganz allein mit Nicolaus. Er sprach zu mir und zu keinem anderen.

Ich weinte, als er von dem heiligen Grab erzählte, das die Sarazenen uns geraubt hatten, und von den Männern, die ihr

Leben dafür gelassen hatten. In meinen Gedanken hatten sie alle das Gesicht Hubert von Alens. Nicolaus sprach von heldenhaften Verlierern und blasphemischen Siegern, von der gefallenen Hauptstadt der Christenheit und dem Triumph der Sarazenen.

Und dann sagte er, dass alles »umsonst war, denn diese Kreuzzüge waren nicht Gottes Wille«. Nicolaus richtete seinen Stab auf die Menge. »Wen liebt Gott mehr als alle anderen auf der Welt? Ist es der Ritter mit dem Schwert in der Hand? Der Reiche, der Söldner mit Gold bezahlt?«

»Nein«, flüsterte ich. Tausendfach wiederholte sich das Wort auf dem Platz.

»Es sind die Armen!«, schrie Nicolaus, den Stab in die Luft streckend. »Den Armen und den Unschuldigen wird das Himmelreich gehören! Wir sind die wahren Streiter Gottes!«

Ich nickte. Es war, als hätten die Worte schon lange wie Samen in meinem Kopf gelegen, und Nicolaus' Stimme war der Regen, der sie aufgehen ließ.

»Wir brauchen keine Waffen, keine Rüstungen, kein Gold.« Sein Brustkorb hob und senkte sich immer schneller. »Wir brauchen keine Boote, um das Meer zu überqueren, denn Gott selbst wird es vor uns teilen wie vor den Israeliten beim Auszug aus Ägypten. Er wird unser Feldherr sein, unser Schild und unser Schwert! Die Heiden werden von den Mauern Jerusalems unser Licht erblicken, unser Licht der reinen Unschuld, der Armut, und sie werden erblinden.«

Die Menge schrie, laut und wild wie ein gewaltiges Tier.

»Und jeder«, fuhr Nicolaus fort, »der an diesem Tag mit uns durch die Tore schreitet, wird von seinen Sünden reingewaschen werden und dereinst im Himmelreich dem Schöpfer zu Füßen sitzen. Und alle werden ihn lobpreisen, selbst Könige werden vor ihm knien und sagen: ›Du hast das Heilige Grab befreit! In deiner Schuld steht die ganze Christenheit.‹«

Er brach ab, schwankend stand er auf dem Fass. Arme reckten sich ihm entgegen, um ihn zu stützen, falls er stürzte.

»Wer begleitet mich?«, fragte er so leise, dass ich ihn kaum verstehen konnte. Dann wurde er lauter. »Wer begleitet mich? Wer begleitet mich?«

»Ich«, flüsterte ich.

»Ich!«, schrien die Mädchen.

»Mutter?«, fragte eine Stimme unter mir.

Kapitel 5

Ich umarmte und küsste sie, weinte und lachte. Es war ihnen peinlich, aber das störte mich nicht.

Hugo war größer als ich und hatte die breiten Schultern seines Vaters geerbt. Sein Gesicht war noch glatt, doch das würde sich bald ändern. Konrad wirkte neben ihm schmächtig und klein. Nur zwei Jahre lagen zwischen ihnen, doch sie trennten den Mann vom Kind.

»Ist Vater auch hier?«, fragte Hugo, als ich ihn und seinen Bruder schließlich losließ.

Ich schüttelte den Kopf. »Nein, der Herr hat euren Vater zu sich geholt.«

Das war der Moment, vor dem ich mich am meisten gefürchtet hatte, doch als ich in die Gesichter meiner Söhne sah, wurde mir klar, dass das unnötig gewesen war. Sie brachen nicht zusammen, sie weinten noch nicht einmal. Nur Konrads Unterlippe zitterte ein wenig.

»Dann ist er jetzt hier«, sagte er. »Er sieht uns doch aus dem Himmel zu, oder?«

»Ja, das tut er.« Der Gedanke war mir nie gekommen. Vielleicht hätte er mich getröstet, hätte es nicht auch bedeutet, dass Wilhelm … Nein, ich würde nicht daran denken.

Um uns herum löste sich die Menge auf. Menschen redeten aufgeregt miteinander, ich hörte Worte wie »Jerusalem« und

»Kreuzzug«. Kinder ahmten Nicolaus nach. Sie zogen sich die Hemden aus und schmierten sich mit Dreck abgebrochene Kreuze auf die Brust. Eine größere Gruppe ging die Straße hinunter in Richtung Rhein.

»Hast du ihn reden gehört, Mutter?«, fragte Hugo. Er schien die Nachricht vom Tod seines Vaters bereits vergessen zu haben. Seine Augen leuchteten. Früher einmal hatte er mich Mama genannt.

»Ja.« Die Erinnerung an Nicolaus' Worte trieb einen Schauer über meinen Rücken. Ich rieb mir die Arme, und das Gefühl verschwand. »Wer ist er?«

»Niemand weiß es.« Konrad sah sich um, als wolle er sicherstellen, dass uns niemand belauschte. »Er trägt einen Schäferstock, aber er hat keine Herde. Man sieht ihn nie etwas essen, und einer der Gerberlehrlinge hat mir erzählt, er sei Nicolaus gefolgt, und der habe sich vor seinen Augen in Luft aufgelöst.«

Hugo stieß seinem Bruder den Ellenbogen in die Seite. »So 'n Blödsinn. Er löst sich nicht auf, Hans hat wieder Mist geredet. Er hat Flügel. Nachts fliegt er über die Stadt und sucht Kinder, die rein genug für seinen Kreuzzug sind.«

Konrad hob die Augenbrauen. »Wer hat dir denn das erzählt?«

»Ist doch egal.« Ich sah sie an, und es war, als fülle sich in mir ein Brunnen, den ich längst versiegt geglaubt hatte.

Es war Hugo, der den Moment zerstörte. »Wir werden mit ihm gehen.«

Ich blinzelte, war unsicher, ob ich ihn richtig verstanden hatte. »Mit wem?«

»Nicolaus natürlich. Wir werden das Heilige Grab befreien.«

Beinahe hätte ich gelacht, doch dann sah ich, wie ernst es ihm und Konrad war. »Ihr könnt doch nicht …« Ich wusste nicht, was ich sagen sollte. »Was ist mit eurer Lehre? Wovon wollt ihr auf der langen Reise leben? Wie …«

»Gott wird für uns sorgen.« Konrad verschränkte die Arme vor der Brust. »Der Engel hat es Nicolaus versprochen, und Engel lügen nicht.«

Aber Nicolaus vielleicht schon, dachte ich. Doch ich sprach es nicht aus, denn in Wirklichkeit zweifelte ich nicht daran, dass der Junge die Wahrheit sprach.

»Mutter, du hast ihn nicht so oft gehört wie wir«, sagte Konrad. »Seit drei Tagen spricht er vor dem Dom, und jedes Mal kommen mehr Menschen, um ihn zu hören. Unsere Freunde werden gehen, sogar einer der Schreinergesellen. Nicolaus braucht uns. Wir können das Heilige Grab doch nicht den Sarazenen überlassen und …«

Hugo unterbrach ihn. »Deshalb hat Gott uns als Arme in die Welt gebracht. Nicht, damit wir die Felder bestellen und den Tisch von Tuchhändler Salomon reparieren. Sondern damit wir die Christenheit zum Sieg führen. Das ist sein Geschenk an uns.«

Die Worte klangen nicht wie seine eigenen, aber dennoch wahr. Er glaubte sie ebenso wie Konrad und die anderen Kinder, ebenso wie all die Menschen, die auf dem Weg zu den Rheinwiesen waren. Ein klein wenig glaubte ich sie auch.

»Madlen!«

Ich fuhr herum. Hildegard stand an der Dompforte und winkte, und hinter ihr sah ich einige der anderen Pilger. Vater Ignatius löste sich aus der Gruppe und ging auf mich zu. Sein Gesicht wirkte ernst und verkniffen.

Er weiß es, durchfuhr es mich.

»Kommt.« Ich nahm meine Söhne bei den Händen. Hugo zog seine weg, Konrad nicht. Rasch liefen wir hinter den Menschen her, die den Domplatz in Richtung Fluss verließen.

»Warum willst du nicht mit Vater Ignatius reden?«, fragte Hugo.

»Weil ich nicht zurückkann.« Erst als ich den Satz ausgesprochen hörte, wurde mir klar, dass es mir ernst war. Ich konnte mich dem, was in Winetre wartete, nicht stellen, egal, wie falsch und feige das war. Vielleicht lachte der Teufel in der Hölle über meine Entscheidung, aber auch das kümmerte mich nicht. Ich würde nicht zulassen, dass meine Söhne auch noch ihre Mutter verloren.

»Warum nicht?« Konrad warf einen Blick zurück. Ich sah ihm an, dass Vater Ignatius uns folgte.

»Weil ich etwas Schlimmes getan habe.«

»Was denn?«

»Später.«

Die Menge verteilte sich in Seitenstraßen und Gassen. Als Hugo bemerkte, dass ich den Weg nicht kannte, übernahm er die Führung. Er lief durch Hinterhöfe, Werkstätten, winzige Kräutergärten und einmal sogar durch eine Hütte, in der Frauen auf einer Holzbank saßen und Wolle spannen. Sie schienen Fremde gewöhnt zu sein, denn sie sahen nicht auf.

»Er ist weg«, sagte Konrad nach einer Weile.

Ich atmete auf und blieb stehen.

Wir waren am Rande der Stadt angekommen. Die Hütten standen weit auseinander, es gab Felder und Hecken. Ich hörte den Fluss, sah ihn jedoch noch nicht.

»Es ist gleich hier.« Hugo winkte uns zu, aber Konrad zog an meiner Hand, zwang mich, stehen zu bleiben.

»Ich will wissen, was passiert ist.« Er war schon als kleines Kind stur gewesen.

»Und ich werde es dir erzählen, aber nicht jetzt.« Nicht bevor ich die Kraft gefunden hatte, daran zu denken.

Konrad zögerte einen Moment, dann nickte er. »Also gut.«

Es klang wie eine Abmachung zwischen Erwachsenen, und mir wurde klar, dass sein Geist in den zwei Jahren älter geworden war als sein Körper.

Hugo wartete bereits ungeduldig auf uns. »Hier entlang.«

Wir folgten ihm vorbei an einer mannshohen Hecke, dann

bog er nach links zum Fluss ab. Abrupt blieb er stehen. Seine Schultern sackten herab.

»Ich dachte, es wären mehr«, sagte er leise.

Vor ihm breiteten sich die Rheinwiesen bis zum sandigen Ufer des Flusses aus. Einige Karren standen dort, Ochsen grasten neben ihnen. Einige Dutzend Menschen hatten sich um mehrere Feuer versammelt. Nicolaus sah ich nicht.

»Die halbe Stadt wollte doch gehen.« Hugo klang enttäuscht. »Wo sind denn alle?«

Konrad ließ meine Hand los. »Sie kommen vielleicht noch, wenn sie ihre Sachen gepackt haben … oder so.«

»Oder so.« Hugo trat in den Dreck.

»Wieso bist du wütend?«

Ich drehte mich um, als ich die Stimme hörte, und da stand auf einmal Nicolaus vor mir, seinen Schäferstab in der Hand.

Seine Augen waren hellblau und klar wie Regentropfen an einem heißen Tag. Er hatte sich ein Hemd übergezogen, der Querbalken des abgebrochenen Kreuzes war im Ausschnitt zu sehen.

»Wieso bist du wütend?«, wiederholte er.

Hugo wirkte eingeschüchtert. Ohne den Kopf zu heben, zuckte er mit den Schultern.

»Weil dich alle im Stich lassen«, sagte Konrad an seiner Stelle.

Nicolaus zeigte mit dem Stab auf die Wiese. »Aber es sind doch viele gekommen.« Er sah Hugo an, als der endlich den Kopf hob. »Und wenn nur du dem Ruf gefolgt wärst, wäre es auch gut. Das Licht des einen scheint genauso hell wie das der tausend.« Er lächelte. »Ich habe die Botschaft des Engels verbreitet, damit mehr an der Gnade Gottes teilhaben können. Jedes Kind, jeder Arme, Kranke, Verstoßene, der sich mir anschließt, wird von seinen Sünden reingewaschen an die Himmelspforte treten und Einlass finden. So hat es der Engel verkündet.«

Seine Worte berührten mich. Er klang nicht wie ein Schäfer,

aber auch nicht wie ein Priester oder Mönch. Seine Stimme wollte weder zu seinem Alter noch zu seinem offenen Gesicht passen. Vielleicht wurde ein Mensch so, wenn ein Engel zu ihm sprach.

Und dann hörte ich den Gesang. Er löste sich aus dem beständigen Rauschen des Flusses wie Morgennebel, der aus einem Tal aufstieg. Nicolaus drehte sich nicht um, so als habe er die ganze Zeit gewusst, dass die Menschenmenge, die über die Felder auf uns zuging, kommen würde. Es waren Hunderte, vielleicht Tausende, ich sah zerlumpte Gestalten, vor allem Kinder und Jugendliche, aber auch Greise, Krüppel und Bettler.

Mein Herz setzte einen Schlag aus, als ich Vater Ignatius zwischen ihnen entdeckte. Ein Mann mit stumpfgrauer Brustplatte ging neben ihm her, die Hand auf das Schwert an seinem Gürtel gelegt. Er gehörte zur Stadtwache.

Vater Ignatius zeigte auf mich und sagte etwas, das ich nicht verstand. Dann lösten sich beide Männer aus der Menge und gingen mir mit langen Schritten entgegen. Die anderen Menschen wurden langsamer, wirkten verunsichert. Nach und nach erstarb ihr Gesang.

Der Soldat blieb vor mir stehen. »Bist du Madlen?«, fragte er.

Ich nickte. Es gab nichts mehr zu sagen. Hugo und Konrad rückten näher zusammen, die Augen weit aufgerissen. Ich bereute, dass ich ihnen nicht selbst die Wahrheit gesagt hatte.

»Wie konntest du nur«, stieß Vater Ignatius hervor. »Eine solche …« Er brach ab und fuhr sich mit der Hand durch die Haare.

»Er …«, begann ich, aber der Priester ließ mich nicht ausreden. Ich hatte ihn noch nie so gesehen. Sein Gesicht glänzte verschwitzt, sein Blick flackerte.

»Ist dir eigentlich klar«, sagte er dann mühsam ruhig, »dass der Schultheiß einen Boten geschickt hat? Einen Boten? Für eine Magd!«

Er schrie mir die letzten Worte ins Gesicht, und ich spürte seinen Speichel auf meiner Wange. Wieso sollte der Schultheiß …?

Dann wurde mir klar, dass es nicht um Wilhelm ging, sondern um meine unerlaubte Abwesenheit von der Burg. Ich hatte das fast vergessen.

»Zuhause wartet die Schandmaske auf dich!«, schrie Vater Ignatius. »Und der Pranger!«

»Auf Schwester Madlen wartet nur der Segen Gottes.« Nicolaus stützte sich auf seinen Stab. Die Menge rückte näher heran. »Sie wollte gerade das Kreuzfahrergelübde ablegen.«

»Was will sie?« Vater Ignatius blinzelte.

Nicolaus beachtete ihn nicht, nickte mir nur zu und bat mich mit einer Geste niederzuknien. Ich tat es, froh darüber, nicht mehr stehen zu müssen. Erleichterung und Angst ließen mich zittern.

»Schwört ihr vor Gott und diesen Zeugen, den Weg ins Heilige Land im Namen der Christenheit anzutreten, um das Heilige Grab aus der Gewalt der Heiden zu befreien und die Schande zu tilgen, die unsere Herzen schwärzt und uns beschämt?«

Mir wurde erst klar, dass Hugo und Konrad neben mir knieten, als sie Ja sagten. Ich zögerte nicht. Gott hatte mich auf diese Reise geschickt. Er hatte mich mit meinen Söhnen zusammengebracht und mich vor eine Wahl gestellt, die mich entweder auf ewig von ihnen trennen oder gemeinsam mit ihnen ins Unbekannte führen würde. Ich konnte nicht glauben, dass es mir bestimmt war, sie nie wiederzusehen.

»Ja«, sagte ich.

Nicolaus nahm mich bei der Hand und half mir auf. Konrad und Hugo erhoben sich ebenfalls. Ihre Wangen waren vor Aufregung gerötet.

»Dann seid ihr jetzt Kreuzfahrer. Möge Gott uns den Sieg bringen.«

Der Soldat wollte sich abwenden, aber Vater Ignatius hielt ihn auf. »Wo gehst du hin?«

»Sie ist eine Kreuzfahrer…in.« Er sagte das Wort stockend, als habe er es noch nie ausgesprochen. »Damit ist die Sache für mich erledigt.«

»Man kann doch nicht einfach einen Schwur vor irgendeinem Bauernlümmel …«

Der Soldat hob die Hand. »Dem Jungen ist ein Engel erschienen. Versündigt Euch nicht, Vater.« Er hob die Schultern. »Kreuzfahrer unterliegen nicht der weltlichen Gerichtsbarkeit. So hat man mir das beigebracht. Gott kann sie richten, ich nicht.«

Ein abgerissen wirkender Mann, den ein Brandmal auf der Wange als Dieb auswies, löste sich aus der Menge. »Ich möchte auch Kreuzfahrer werden.«

»Ich auch«, rief ein anderer.

Der Ruf setzte sich fort, wurde aufgenommen von Männern, Greisen, Frauen und Kindern. Nach und nach knieten sie nieder, bis keiner von ihnen mehr stand.

Vater Ignatius sah mich an. In seinem Blick lagen Bitterkeit und Enttäuschung. »Das ist der Kreuzzug des Teufels, Kind. Du läufst in dein Verderben.«

»Gott wird uns schützen.«

Vater Ignatius schüttelte den Kopf und ging. Als er in der Menge verschwand, fühlte ich mich, als habe man mir Ketten abgenommen.

In dieser Nacht feierten wir die Ostermesse unter freiem Himmel. Es war kalt und sternklar, doch die Feuer wärmten uns. Ab und zu kamen Bauern vorbei, schenkten uns Eier, Brot und Brennholz. Ein Händler ließ sogar einige Fässer Wein bringen und verlangte im Gegenzug nur, dass wir am Heiligen Grab für ihn beten würden.

Wir sangen und beteten die ganze Nacht hindurch. Es war kein Priester unter uns, aber es fanden sich genügend fromme Männer, um ihre Stelle einzunehmen. Sie erzählten die Ostergeschichte abwechselnd. Einer sprang für den anderen ein, wenn der nicht mehr weiterwusste.

Hugo und Konrad schliefen irgendwann am Feuer ein. Ich hätte mich am liebsten zu ihnen gelegt, aber jedes Mal, wenn ich die Augen schloss, sah ich Wilhelm vor mir, nicht am Boden liegend, wie ich ihn zurückgelassen hatte, sondern aufgerichtet und mit geschürzten Lippen, als wolle er mich küssen. Es war besser, die Augen nicht zu schließen und stattdessen an das zu denken, was vor uns lag.

Ich hatte noch nie eine Landkarte gesehen und wusste nicht, wo das Heilige Land lag. Es musste dort Wüsten geben und Schlangen, so viel wusste ich aus der Bibel. Doch wenn ich versuchte, mir Jerusalem oder das Heilige Grab vorzustellen, sah ich nur die Heiligen, die auf den vom Grafen gespendeten Gemälden in der Dorfkirche abgebildet waren, und die Kreuze auf dem Berg Golgatha.

»Die Menschen dort sind größer als wir«, sagte ein Mann, als wir bei Sonnenaufgang frühstückten. Er war alt und hatte einen verkrüppelten Arm, der nutzlos an seiner Seite hing. Die Hand daran sah aus wie die eine Kindes, weich und faltenlos. Alle am Feuer hörten zu, wenn er etwas sagte. Sein Name war Gottfried. »Sie werden nicht krank«, fuhr er fort, »weil sie auf heiligem Boden leben. Es gibt immer genug zu essen, und alle sind wohlgenährt.«

»Sterben sie?«, fragte Konrad. Er hatte die Knie angezogen und stützte den Kopf darauf. Ich wusste, dass er an seinen Vater dachte.

Gottfried hob die Schultern. »Ich weiß es nicht.«

»Cornelius?«

Ich drehte mich um. Eine Frau lief über die Rheinwiesen. Ihre Röcke wehten im Wind.

»Cornelius?«

An einem Feuer nicht weit von uns entfernt stand ein Junge

auf. Er war besser gekleidet als die meisten und trug Stiefel aus Leder. Ich schätzte, dass er noch keine zehn Jahre alt war.

»Mutter?«

Die Frau fuhr herum, als sie die Stimme hörte. »Gott sei Dank, da bist du ja.«

Sie ging auf ihn zu, ergriff seine Hand und wollte ihn vom Feuer wegziehen. Cornelius wehrte sich, versuchte sich aus ihrem Griff zu winden. »Nein, lass mich los. Ich bin Kreuzfahrer.«

»Was bist du?« Mit ihrer freien Hand ohrfeigte sie ihn. Tränen liefen über Cornelius' Wangen. »Du bist mein Sohn, und du tust, was ich dir sage.«

»Er war nie dein Sohn, sondern Gottes Sohn.« Nicolaus war so plötzlich neben dem Jungen aufgetaucht, dass ich mich fragte, wo er hergekommen war. »Und nun wird er an unserer Seite ins Heilige Land ziehen. Du kannst mit uns kommen, wenn du möchtest. Alle sind willkommen.«

»Was ist das für ein Wahnsinn? Du kannst mir doch mein Kind nicht stehlen!« Die Frau ließ Cornelius nicht los.

Einige Männer, darunter auch der Dieb mit dem Brandmal, stellten sich neben den Jungen.

»Er hat das Gelübde vor Gott und all diesen Zeugen abgelegt«, sagte Nicolaus. »Wenn er es bricht, wird seine Seele zur Hölle fahren.«

Die Frau sah sich um, ihre Blicke flehten um Hilfe. Sie tat mir leid. Es war nicht die erste Auseinandersetzung dieser Art, die sich auf den Wiesen abspielte, doch jede ging mir nah.

»Er weiß doch nicht, was er tut«, sagte sie.

»Und ob ich das …«

»Sei ruhig!« Sie wollte Cornelius anschreien, doch ihre Stimme wurde von Tränen erstickt, als wisse sie bereits, dass sie ihren Sohn nicht wieder mit nach Hause nehmen würde.

»Du musst nicht um deinen Sohn trauern, Schwester.« Nicolaus wollte ihr die Hand auf die Schulter legen, aber sie wich ihm aus. »Erfreue dich an seinem Glück. Hab daran teil. Komm mit uns.«

»Nein.« Sie zog Cornelius zu sich, er stemmte sich gegen sie. »Ich nehme ihn mit.«

»Dann wird seine Seele in der Hölle brennen.«

Die Frau zögerte. Im nächsten Moment war Cornelius frei. Ob sie ihn losgelassen oder er sich losgerissen hatte, hatte ich nicht erkennen können. Jedenfalls lief er von ihr weg. »Ich bin ein Kreuzfahrer!«, schrie er. »Ich gehe nach Jerulem.«

An einigen Feuern wurde gelacht.

»Jerusalem«, rief eine Mädchenstimme.

»Cornelius!« Die Frau streckte die Arme aus, versuchte aber nicht, ihm zu folgen.

Nicolaus ergriff ihre Hand und führte sie von den anderen weg. Sie wehrte sich nicht. Eine Weile redete er auf sie ein, dann nickte sie und ging zurück in Richtung Stadt. Ihr Gang war schleppend, ihr Rücken gebeugt wie der einer alten Frau.

»Ist schwer, auf Gott zu vertrauen«, sagte Gottfried mit vollem Mund.

Ich löste den Blick von ihr und sah zu Nicolaus. Auch er sah der Frau nach, doch dann wandte er sich abrupt ab und ging mit langen Schritten an den Feuern vorbei. Er beachtete niemanden, setzte sich an kein Feuer, nahm kein Stück Brot an, das ihm gereicht wurde. Erst als er das letzte Feuer hinter sich gelassen hatte, wurde mir klar, dass er aufbrach.

Mein Mund wurde trocken. »Es geht los.«

Hugo und Konrad sprangen auf, während ich Gottfried auf die Beine half.

»Es geht los!«, hörte ich meinen jüngeren Sohn rufen, und überall an den Feuern standen Menschen auf. Die gespendeten Vorräte wurden auf Karren geworfen, Ochsen eingespannt.

Ich tat den ersten Schritt.

Kapitel 6

Wir erreichten Bonn am Abend des zweiten Tages. Nach Köln wirkte die Stadt kleiner, als ich erwartet hatte, und nicht wie der gefährliche Sündenpfuhl aus Gertruds Erzählungen. Im Sonnenuntergang sah ich Burg Drachenfels hart und schwarz auf der anderen Seite des Rheins emporragen.

Ich stellte mir die Mägde vor, die den steilen Weg nach Winetre hinuntergingen, erschöpft und müde nach der harten Abend. Sie mussten längst wissen, was geschehen war. Ob sie für mich beteten, mir Glück wünschten? Klara bestimmt, bei den meisten anderen war ich mir nicht sicher.

Nur Gertrud hatte sicherlich weder ein gutes Wort noch einen guten Gedanken für mich übrig. Schon bald würde ich zu einem Teil ihrer mahnenden Geschichten werden, die stolze Magd, die in die Fremde gezogen und dort elend gestorben war. Ich sehnte mich nach dem Tag, an dem ich ihr wieder gegenübertreten würde, als siegreiche Befreierin Jerusalems.

»Hast du Heimweh?«, fragte Konrad. Er war unbemerkt neben mich getreten.

Ich schüttelte den Kopf. »Nein. Und du?«

»Nein.« Er sah zurück in die Richtung, aus der wir gekommen waren. »Es gab nie genug zu essen in der Schreinerei, aber hier bin ich jeden Tag satt. Weshalb sollte ich da Heimweh haben?«

Er hatte recht. Wir hatten alle noch nie so gut gegessen wie in den letzten zwei Tagen. Die Nachricht von unserem Kreuzzug sprach sich herum. In den Dörfern, an denen wir auf dem Weg am Rhein entlang vorbeigekommen waren, hatte man uns Hühner und Schweine, Mehl und Bier geschenkt. Sogar eine Kuh hatte ein reicher Bauer gebracht. Die meisten von uns lebten besser als je zuvor.

Ich drehte mich um. Die Wiese, auf der wir unser Lager aufgeschlagen hatten, reichte vom Fluss bis zu den Stadtmauern. Hinter den Türmen sah ich die Spitze des Bonner Münsters. Dort sprach Nicolaus gerade zu den Bewohnern der Stadt. Er hatte eine Gruppe Kinder mitgenommen, darunter auch Hugo. Eine zweite Gruppe bettelte in den Straßen. Die Stadtwache hatte nichts dagegen, im Gegenteil, ihr Kommandant hatte sogar einige Männer zu unserem Schutz abgestellt. Wir taten Gottes Werk. Dafür war man uns dankbar.

»Brauchen wir noch mehr Holz?«, fragte Konrad. Der Handkarren, den er hinter sich herzog, war fast voll mit Treibholz. Seit Beginn der Osterwoche hatte es nicht mehr geregnet. Die Äste und abgesplitterten Bretter waren trocken.

»Das sollte reichen.« Ich legte ein paar kleinere Zweige hinein, dann gingen wir zurück zu unserem Feuer.

Seit der Abreise aus Bonn hatten sich Gruppen gebildet. Es fanden sich immer dieselben Menschen abends an den Feuern zusammen. Ich lernte sie nach und nach kennen: den Knecht Gottfried, der sich in einem Kloster verdingte und viel von der Weisheit der Mönche aufgeschnappt hatte; Peter, den Viertelhufer, der sich mit seinen drei Söhnen dem Kreuzzug angeschlossen hatte; den kleinen Cornelius, der als Einziger am Feuer schlechter aß als zuvor, und noch ein paar andere, hauptsächlich die Kinder von Bettlern und Tagelöhnern.

Mit Gottfrieds und Cornelius' Hilfe schichteten wir das Holz aus dem Karren auf.

»Wollen wir morgen früh betteln gehen?«, fragte der Junge, als er das letzte Brett an den Stapel lehnte.

Konrad hob die Schultern. Er und Hugo mochten Cornelius nicht, aber ich zwang sie trotzdem, mit ihm zu reden. Er war ein kleiner Junge, der ganz allein versuchte, Gottes Willen zu erfüllen. Es war unsere Christenpflicht, ihm zu helfen.

»Weiß nicht«, sagte Konrad. Er wich meinem Blick aus. »Wir ziehen doch bestimmt morgen weiter, oder?«

»Nein«, widersprach Cornelius, dann weiteten sich seine Augen vor Aufregung, denn auf einmal wurde ihm klar, dass er mehr wusste als Konrad. Seine Stimme überschlug sich fast, als er fortfuhr: »Ich habe gehört, wie Nicolaus gesagt hat, wir bleiben in Bonn, bis sich erfüllt, was der Engel angekündigt hat.«

Gottfried sah auf. »Wann hat er das gesagt?«

»Eben, bevor er in die Stadt gegangen ist.« Cornelius zeigte zu einem der anderen Feuer. »Zu ihm.«

Der Junge, den er meinte, hieß Lukas. Ich schätzte ihn in Hugos Alter, doch er war bereits groß und kräftig wie ein erwachsener Mann. Sein Haar war so blond, dass es im Licht der untergehenden Sonne zu leuchten schien. Er hielt sich fast immer in Nicolaus' Nähe auf, nicht aufdringlich, sondern eher wie ein Vertrauter.

»Kennen Lukas und Nicolaus sich schon lange?«, fragte ich.

Gottfried wischte sich die Hände an seinem Umhang ab. »Kann eigentlich nicht sein. Nicolaus war allein, als er nach Köln kam.« Er grinste zahnlos. »Ich war dabei, als er das erste Mal vor dem Dom sprach. Zehn Leute haben ihm zugehört, und jetzt seht euch um!« Seine Geste schloss die Feuer und die Menschen daran ein.

Irgendwo hatte ich aufgeschnappt, es seien über tausend, aber ich wusste nicht, ob das stimmte. Auf dem Dorf hatte ich gelernt, mithilfe der Finger zu zählen. Worte wie hundert oder tausend hatten keine Bedeutung für mich.

Mein Blick kehrte zurück zu Lukas. Er saß auf einem Fell und rupfte ein Huhn, aber immer wieder hob er den Kopf und sah sich um, so als erwarte er etwas oder jemanden.

Wir zündeten das Feuer kurz nach Nicolaus' Rückkehr an, als uns die Kälte der Nacht in die Kleidung kroch. Die Rufe der Nachtwächter hallten über die Mauern Bonns hinweg, dann wurden die Stadttore geschlossen. Soldaten tauchten zwischen den Zinnen auf.

Einige riefen Nicolaus heran, baten ihn, von dem Engel zu erzählen, der ihm erschienen war. Er tat es, obwohl seine Stimme bereits rau geworden war. Schließlich tauchte sogar der Hauptmann auf, doch anstatt seine Soldaten zurechtzuweisen, lauschte auch er der Geschichte.

Die Bettler hatten Karren voll mit Fellen gebracht, die wir unter uns aufteilten; die Gerber hatten sie gespendet. Ich teilte mir eines mit meinen Söhnen. Es war weich und warm und roch nach Wild. Der Geruch erinnerte mich an Josef.

Irgendwann verstummten die Gespräche an der Mauer, dann auch die an den Feuern. Die Nacht war sternenklar und kalt, doch ich fror nicht. Ich lauschte dem Schnarchen der Männer, den Atemzügen meiner Söhne und versuchte nicht einzuschlafen.

Als mir die Augen zuzufallen drohten, drehte ich den Kopf und sah zu den anderen Feuern hinüber. Sie alle brannten, ihr Schein erhellte die Wiese und wurde erst am schwarzen Band des Rheins von der Nacht verschlungen.

Dort am Ufer sah ich sie, zwei Gestalten, die auf Steinen saßen. Ich erkannte Lukas an seinen blonden Haaren und Nicolaus an dem Schäferstab, auf den er sich stützte. Die beiden sprachen miteinander, weit weg von allen anderen, allein in der Dunkelheit.

Ich strengte mich an, versuchte mehr zu erkennen, vielleicht sogar ihre Worte zu verstehen, doch der Feuerschein war zu schwach und der Fluss zu laut.

Schließlich wandte ich mich ab, beschämt über mein sündiges Verhalten, und schloss die Augen.

Ich träumte von Wilhelm, so wie jede Nacht, seit er gestorben war, und erwachte weinend, so wie jeden Morgen seit jenem schrecklichen Tag.

»Jagt dich der Teufel in deinen Träumen, Schwester?«, fragte einer von Peters Söhnen, als ich mir die Tränen aus den Augen wischte. Sie sahen sich so ähnlich, dass man sie nur anhand ihrer Größe voneinander unterscheiden konnte. Wenn sie allein waren, fiel das schwer.

»Ich erinnere mich nie an meine Träume.« Es war bestimmt nicht gut, den Tag mit einer Lüge zu beginnen, doch die Wahrheit brachte ich nicht über die Lippen.

Peters Sohn – hieß er Martin, Michael oder Matthias? – hob die Schultern und rührte weiter in dem Topf voller Haferschleim, den er in die heiße Holzkohle gestellt hatte. Er war kein neugieriger Junge und fragte auch nicht weiter nach.

Auf der anderen Seite des Feuers regten sich die Männer. Unverheiratete Frauen und Mädchen, die nicht von Verwandten begleitet wurden, schliefen an ihren eigenen Feuern, alle anderen behalfen sich, indem Männer auf einer Seite, Frauen und Kinder auf der anderen schliefen. Nicolaus hatte bereits am ersten Tag der Reise ein strenges Gebot der Keuschheit erlassen. Niemand wollte in Versuchung geführt werden und die Reinheit des Kreuzzugs gefährden.

Um mich herum erwachte das Lager unter Husten und Stöhnen. Männer und Jungen schlurften zum Fluss, um sich zu erleichtern, Frauen und Mädchen verschwanden zwischen den Bäumen am Rand der Wiese.

Ich sah zum Ufer, dorthin, wo sich Nicolaus und Lukas in der

Nacht zuvor unterhalten hatten. Nicolaus war immer noch dort, kniete im Sand, die Ellenbogen auf den Stein gestützt, auf dem er gesessen hatte, die Hände gefaltet. Sein Schäferstab lag neben ihm.

Ich verrichtete mein Geschäft im Wald. Als ich an das Feuer zurückkehrte und den Mund mit warmem Bier ausspülte, sah ich, wie Nicolaus aufstand, seinen Stab nahm und auf den Stein stieg.

Ich stieß Hugo und Konrad an. »Nicolaus will etwas sagen.«

Es dauerte nicht lange, bis wir alle ihn umringten. Einige hatten den Mund voller Haferschleim, andere hielten Brot in den Händen.

Nicolaus musterte jeden Einzelnen von uns. Seine Schultergelenke stachen unter dem dünnen Hemd hervor. Er trug keinen Wollumhang und ging barfuß, doch er schien nie zu frieren.

Als sein Blick mich traf, zuckte ich zusammen. Es war das gleiche Gefühl, das ich in der Nacht gehabt hatte, der gleiche Stachel in meiner Seele, der mich damals – war das wirklich erst sechs Tage her? – aus dem Schlaf gerissen hatte. Mir wurde auf einmal klar, dass alles, was geschehen war, dem Zweck gedient hatte, mich an diesen Ort zu führen, auf diesen Kreuzzug. Tränen stiegen mir in die Augen. Ich wischte sie nicht weg.

»Der Engel ist mir erschienen«, sagte Nicolaus.

Ein Raunen ging durch die Menge, und ein Mädchen rief: »Gelobt sei der Herr!«

Nicolaus beachtete die Reaktionen nicht. »Er nahm mich bei der Hand und flog mit mir hoch bis zu den Wolken hinauf.«

Er sah in den Himmel. Die Erinnerung malte ein Lächeln auf sein Gesicht. Er sah jünger aus, wenn er lächelte, fast noch wie ein Kind.

»Ich sah all die Feuer«, fuhr er fort, »und euch, wie ihr daran schlieft. Der Engel sagte, schon bald würden die Feuer unseres Kreuzzugs bis zum Horizont reichen.«

Einige Kinder jubelten. Irgendwo begann ein Säugling zu schreien.

»Seine Worte machten mich glücklich, doch dann sagte er etwas, das mir das Glück wieder raubte.« Nicolaus' Blick kehrte zu uns zurück. »Er sagte, er sähe manche, die weltlichen Besitz mitgenommen hätten, nicht nur die Kleidung an ihrem Leib, sondern Ringe und Ketten, Tand, mit dem der Teufel uns verderben wolle. Wie kann ein Kreuzzug rein und unschuldig sein, fragte er, wenn einige nicht auf das ewig gültige Wort des Herrn vertrauen, sondern sich mit weltlichen Gütern absichern wollen?«

Lukas tauchte zwischen uns auf und zog einen Handkarren hinter sich her. Er stellte ihn vor Nicolaus ab und verschränkte die Arme vor der Brust.

»Als der Engel mich wieder absetzte, erkannte ich, was zu tun ist. Wir alle müssen ablegen, was uns an diese Welt klammert, so wie es Jesus tat, als er in die Wüste ging. Gott wird für uns sorgen. Er tut es jetzt schon.« Nicolaus richtete seinen Stab auf die Karren voller Vorräte. »Er bringt die Menschen dazu, ihre Herzen zu öffnen. Wer braucht weltlichen Tand, wenn er seine Hand über uns hält! Darum sage ich, legt ihn ab, befreit euch davon, seid sorglos und glücklich wie die Schafe auf der Weide, denn Gott ist euer Schäfer.«

»Amen!«, schrie die Menge. Nur einige schwiegen. Es waren die mit guter Kleidung und Stiefeln aus Leder.

Ich dachte an den halben Pfennig, der über meinem Knöchel im Schuh steckte, und presste die Lippen aufeinander. Es erschien mir, als habe Nicolaus seine Worte an mich gerichtet. Es war mein einziger Besitz. Nie zuvor hatte etwas nur mir gehört. Ich wollte den halben Pfennig nicht hergeben.

Niemand trat vor. Der Karren blieb leer.

Nicolaus senkte den Stab. In seinen Augen erkannte ich Enttäuschung, aber auch etwas anderes, Angst vielleicht oder sogar Verzweiflung. Ihn anzusehen war beinahe unerträglich. Alles hatte er für uns gegeben, er hatte uns auf den Weg zur Erlösung geführt, doch nun, als er zum ersten Mal etwas von uns verlangte, ließen wir ihn im Stich. Wir waren seiner nicht würdig; ich war seiner nicht würdig.

Ich merkte erst, dass ich auf ein Knie gegangen war, als die Feuchtigkeit des Morgentaus durch meine Röcke drang. Langsam schnürte ich meinen linken Schuh auf.

»Was machst du da?«, flüsterte Hugo.

Ich antwortete nicht.

Der halbe Pfennig steckte zwischen zwei Stofffalten. Ich zog ihn heraus und stand auf. Das Metall lag hart und warm in meiner Hand. Mit gesenktem Kopf, beschämt über meine Undankbarkeit, trat ich vor und legte den halben Pfennig in den Karren. Auf dem grob behauenen Brett wirkte er winzig und unbedeutend, nicht wie etwas, mit dem ich die Lehre eines meiner Söhne hätte bezahlen können.

Ich wollte mich abwenden, aber Nicolaus hielt mich auf. »Madlen? Dein Name ist doch Madlen, oder?«

Ich nickte, ohne aufzusehen.

»Und welche Arbeit hast du, Madlen?«

»Ich …« Meine Stimme kratzte so sehr, dass ich mich räuspern musste. »Ich bin eine Magd.«

»Sieh mich an, Madlen.«

Vorsichtig hob ich den Kopf, erwartete beinahe, dass Nicolaus mich anschreien würde, weil ich so lange gezögert hatte. Waren Zauderer dem Herrn nicht ein Gräuel? Ich war mir sicher, das irgendwann einmal gehört zu haben.

Doch Nicolaus schrie nicht. Die Enttäuschung war aus seinem Blick verschwunden. Voller Güte sah er mich an. »Du bist keine Magd, Madlen. Du bist eine Streiterin Gottes und wirst im Himmelreich zu seiner Rechten sitzen, über all den Königen und Fürsten und Grafen mit ihren Taschen voller Gold.«

Ich war so überwältigt, dass ich tief knickste.

Nicolaus schüttelte den Kopf. »Verneige dich nicht vor mir, Madlen. Ich bin nicht dein Herr. Du hast keinen Herrn mehr außer Gott.«

Seine Worte waren wie der erste Morgen nach einem schweren Fieber, klar und rein. Zum ersten Mal in meinem Leben sah ich meinen Weg deutlich vor mir, wusste ich, wer ich wirklich war. Das Gefühl raubte mir fast den Atem.

Aus den Augenwinkeln sah ich Cornelius. Er kämpfte sich durch die Menge. Vor dem Handkarren blieb er stehen, griff mit einer Hand unter das Hemd und riss sich mit einem Ruck eine Kette vom Hals. Das Kreuz, das daran hing, glänzte in der Sonne. Ich war mir fast sicher, dass es aus Gold war.

Cornelius warf es mitsamt der Kette auf den Karren. Es rutschte über die Bretter und wäre auf der anderen Seite heruntergefallen, hätte Lukas nicht die Hand darauf gelegt.

Ich erwartete, dass er es dem Jungen zurückgeben würde, schließlich war es das Symbol unseres Herrn, aber das tat er nicht.

»So ist es recht«, sagte Nicolaus lächelnd. »Wir brauchen keinen Schmuck und keine Kirchen. Gott ist da, wo wir sind.«

»Werde ich denn auch zu seiner Rechten sitzen?«

»Das wirst du, Cornelius.«

Der Junge reckte das Kinn vor; es schien ihn mit Stolz zu erfüllen, dass Nicolaus seinen Namen kannte.

Nach ihm gab ein kleines Mädchen ein Holzpferd ab, ein etwas größeres legte eine Brosche in den Wagen. Nicolaus berührte beide Mädchen mit seinem Schäferstab an den Schultern, als wolle er sie zu Rittern schlagen.

Immer mehr Menschen drängten sich vor, doch sie warfen ihren Besitz nicht achtlos in den Karren, sondern warteten, bis Nicolaus sie ansah, sich bei ihnen bedankte, ihnen Aufmerksamkeit schenkte. Ich bemerkte die Freude in ihren Gesichtern und wusste, dass ich nicht anders wirkte.

Schon bald verschwand meine Münze unter den Habseligkeiten der anderen. Es war hauptsächlich Schmuck, der den Karren füllte, aber auch Kleidung, Waffen und Spielzeug. Jemand legte sogar ein kleines Gemälde hinein, auf dem die Mutter Gottes abgebildet war. Nicolaus ließ auch das geschehen.

Erst als niemand mehr etwas abgeben wollte, sprang er vom Stein und nickte uns zu. »Kommt.«

Lukas ergriff die Deichsel des Handkarrens und folgte Nicolaus zum Ufer. Die Räder hinterließen tiefe Spuren im Sand. Ich sah zurück zur Stadt. Einige Bauern hatten sich vor den Toren versammelt. Sie beobachteten uns, rätselten anscheinend darüber, was am Ufer vor sich ging.

»Sie tun mir leid«, sagte Hugo. Er sah ebenfalls zu ihnen hinüber. »Sie wissen nicht, wer sie sind, deshalb klammern sie sich an das, was sie haben.«

Ich legte ihm den Arm um die Schultern und nickte. »Sie tun mir auch leid.«

Wir wandten uns von den Bauern ab und folgten den anderen zum Fluss. Lukas watete gerade ins Wasser, den Karren hinter sich herziehend.

»Gott wird entscheiden, was mit dem Menschenwerk geschehen soll«, rief Nicolaus und drehte Lukas den Rücken zu. Der stand bereits bis zu den Hüften im Wasser. Der Karren wurde von der Strömung zur Seite gezogen, doch er hielt ihn weiterhin fest.

»Betet mit mir, Brüder und Schwestern.« Nicolaus fiel auf die Knie, wir folgten seinem Beispiel. »Herr, erhöre unser Flehen. Sei zu uns wie der Schäfer zu seiner Herde. Führe uns zu Gras und Wasser, labe unsere Seelen. Von ganzem Herzen bitten wir um deine Güte auf diesem langen Weg. Sieh das Opfer, das wir dir bringen, und tue damit, wie dir behagt. Amen.«

»Amen«, wiederholte die Menge. Wir bekreuzigten uns, dann wandte Nicolaus den Kopf. »Befreie uns von den Götzen dieser Welt, Lukas.«

»Mit Freuden.« Lukas ließ die Deichsel los, der Karren trieb einen Moment lang am Ufer entlang, und ich dachte schon, Gott verschmähe unser Opfer, doch dann wurde er von der Strömung zur Mitte des Flusses gezogen, zuerst langsam, dann immer schneller, bis er schließlich umkippte und so plötzlich im Wasser verschwand, als habe eine Hand ihn auf den Grund des Rheins gezogen.

Viele bekreuzigten sich oder sprachen ein kurzes Gebet. Gott hatte unser Opfer angenommen. Er würde bei uns bleiben, trotz aller Sünden, derer wir uns schuldig gemacht hatten.

»Jetzt bin ich sicher, dass wir das Heilige Land befreien werden.« Gottfrieds Augen glänzten feucht. »Mit Gott auf unserer Seite können wir nur siegreich sein.«

»Hast du etwas abgegeben?«, fragte Konrad, bevor ich ihn davon abhalten konnte.

Der alte Mann lächelte. »Ich habe noch nie mehr besessen, als ich am Körper tragen konnte, aber ich wollte, dass Nicolaus mich segnet, also gab ich ihm meine Schuhe.«

Ich sah seine nackten, knorrigen Füße. Sie ragten wie Wurzeln aus dem Sand. »Das war nicht nötig. Es ging doch nur um Wertvolles.«

»Was soll's.« Gottfried hob die Schultern. »Wenn ich neue brauche, wird Gott sie mir geben.«

Seine schlichte Zuversicht beeindruckte mich. Ich wollte ihn dazu beglückwünschen, doch sein Blick ruhte nicht mehr auf mir, sondern auf einem Punkt hinter meiner Schulter.

Ich drehte mich um. Lukas hatte den Fluss verlassen und kam auf uns zu. Seine Kleidung triefte, und er hinterließ eine feuchte Spur im Sand.

»Madlen«, sagte er, als er vor mir stehen blieb. »Nicolaus wünscht, dass du ab jetzt bei uns am Feuer sitzt. Eine Frau von deinem tiefen Glauben ist ihm sehr willkommen.«

Er sprach sehr steif, so als wollten ihm die Worte nicht wirklich über die Lippen kommen. Vielleicht zweifelte er an ihrer Richtigkeit. Ich zumindest tat es.

»Ich glaube nicht, dass das angebracht ist«, begann ich. »Sicherlich gibt es andere, die würdiger …«

Lukas ließ mich nicht ausreden. »Nicolaus wünscht es«, sagte er.

»Das ist eine große Ehre.« Gottfried wirkte beinahe ergriffen. Erst seit drei Tagen teilten wir ein Feuer, aber wir achteten aufeinander, als wären wir eine Familie. Ich wollte sie nicht auseinanderreißen, nicht nachdem ich schon meine Mutter und meine Geschwister im Stich gelassen hatte.

Doch dann sah ich den Stolz in den Augen meiner Söhne. Sie wollte ich noch weniger als irgendeinen anderen enttäuschen. Also nickte ich. »Sag Nicolaus, dass ich mich sehr darüber freue und hoffe, ihn nicht zu enttäuschen.«

»Das werde ich.« Lukas wandte sich ab.

Ich sah, wie er zu Nicolaus ging, der wie immer von Menschen umringt war. Sie folgten ihm wie Vieh einem Bauern zur Fütterungszeit.

Lukas wartete, bis Nicolaus sein Gespräch beendet hatte, dann sagte er etwas. Nicolaus sah kurz zu mir herüber und lächelte. Ich errötete und neigte rasch den Kopf, damit er es nicht bemerkte. Eine Haarsträhne fiel mir ins Gesicht. Seit dem Morgen, den ich aus meiner Erinnerung zu tilgen versuchte, hatte ich das Gebende nicht mehr getragen.

»Du musst unbedingt alles erzählen, was er sagt.« Konrad klang aufgeregt.

»Wenn es ihm recht ist.« Ich räusperte mich. »Aber vorher musst du mit Cornelius betteln gehen, so wie Lukas es angeordnet hat.«

Hugo lachte so hämisch, dass ich ihn beinahe zurechtgewiesen hätte. Konrad zog die Mundwinkel nach unten. »Cornelius ist blöd.«

»Er ist einer deiner Mitstreiter.« Ich sah mich um. Der Junge stand weit weg und hörte uns nicht. »Du musst ihn mit Freundlichkeit und Respekt behandeln, auch wenn es dir schwerfällt. Gerade, *weil* es dir schwerfällt.«

Konrad senkte den Blick und bohrte seine nackten Zehen in den Sand. »Ich will aber nicht.«

»Du musst.«

»Ich gehe nur, wenn du mitkommst.« Es war der gleiche Tonfall, den sein Vater benutzt hatte, wenn er versuchte, einer unangenehmen Aufgabe aus dem Weg zu gehen. Ich hatte ihm nie widerstehen können.

»Also gut, dann komme ich mit.«

Konrad sah seinen Bruder triumphierend an, und das Grinsen verschwand aus Hugos Gesicht. »Das ist nicht gerecht. Wir wollten doch Holz sammeln, Mutter.«

»Das machen wir später. Der Tag ist noch lang.« In Wirklichkeit hatte ich es vergessen. Anscheinend verlernte man schnell, Mutter zu sein.

Bonn war eine ganz andere Stadt als Köln und tatsächlich kleiner und enger, so als wäre sie innerhalb ihrer hohen Mauern gefangen. Wir folgten den Bauern und Kaufleuten, die ihre Waren zum Markt brachten, bis zu einem Platz, an dessen Rand eine dunkle, mit Gerüsten versehene Kirche stand. Sie war um ein Dutzendfaches größer als die Dorfkirche von Winetre, aber nach dem Dom in Köln erschien sie mir trotzdem klein.

Ihre Türen waren geöffnet. Mönche saßen davor auf Bänken in der Sonne. Ein Quacksalber stand auf einem Schemel und bot mit lauter Stimme eine Tinktur gegen Zahnschmerzen und Durchfall an, doch zu so früher Stunde hörten ihm nur einige Bettler zu.

Einen Steinwurf entfernt befand sich ein Pranger. Sein Fundament war aus Stein, die Plattform, zu der eine Leiter führte, aus Holz. Menschen hatten sich davor versammelt und bewarfen – hauptsächlich mit Abfällen und Kuhfladen, aber auch mit Lehm, Holz oder kleinen Steinen – einen Mann, der gekrümmt am Pranger hing. Seine Hände und sein Kopf steckten in engen Holzlöchern, der Schädel war kahlgeschoren und schorfig, sein Gesicht so verdreckt, dass man nicht einmal sein Alter schätzen konnte. Er stöhnte und schrie hin und wieder, wenn er von einem Stein getroffen wurde.

Cornelius unterbrach die Geschichte, die er gerade erzählt hatte. Sie hatte wahrscheinlich von seinem Vater gehandelt, so wie all die Geschichten, die er bisher zum Besten gegeben hatte, aber ich hatte ihm schon seit einiger Zeit nicht mehr zugehört.

»Was hat der Mann getan?«, fragte er.

Auch Konrad starrte den Mann am Pranger mit weit aufgerissenen Augen an.

Ich sah mich um. Der Platz vor der Kirche war voller Menschen, die Stände aufbauten, Waren verkauften oder kauften. Ich sprach eine junge Frau an, die Kisten mit getrocknetem Fisch von einem Ochsenkarren lud.

»Entschuldige, Schwester, weißt du, was der Mann getan hat, um so bestraft zu werden?«

Sie sah auf. Ihr Gebende war verschmutzt und gelb von Schweiß. »Geklaut hat er, der Dummkopf. Das Pferd eines Reisenden. Doch der Stallmeister, dem er es verkaufen wollte, hat das Tier wiedererkannt und die Wache gerufen. Bis zum Mittag muss er da stehen, dann wird er gehenkt.« Sie hievte eine sichtlich schwere Kiste vom Karren, stellte sie ab und wischte sich den Schweiß von der Stirn. Dann hob sie den Zeigefinger und sah Konrad und Cornelius an. »Seht gut hin und merkt es euch. So was blüht jedem, der es nicht schafft, ein anständiger Mensch zu sein.«

Die beiden Jungen wichen zurück.

»Das werden sie, Schwester«, versicherte ich ihr. »Danke.«

Cornelius fuhr nicht mit seiner Geschichte fort. Der Anblick des Verbrechers am Pranger und die Worte der Fischhändlerin hatten ihn offenbar eingeschüchtert. Verstohlen griff er nach meiner Hand. Ich nahm sie in die meine, ohne dass Konrad etwas davon bemerkte.

Wir setzten uns in einen vernagelten Hauseingang nahe der Kirche. Die Sonne wärmte uns, der Boden war trocken. Wir waren nicht die einzigen Bettler auf dem Platz. Ich sah einige Kinder, die ich von der Reise kannte, aber auch viele Krüppel, die in der Stadt ihr Dasein fristeten und auf die Mildtätigkeit anderer angewiesen waren. Nicolaus hatte von ihnen die Erlaubnis erhalten, in der Stadt zu betteln, so hatte ich es zumindest gehört.

Konrad zog einen Beutel aus dem Gürtel und legte ein paar Steine hinein, damit Passanten glaubten, schon andere hätten etwas gegeben. Hugo hatte ihm erklärt, dass man das so machte, nachdem er es wiederum von einem Bettler gelernt hatte.

Cornelius ahmte ihn nach und sagte: »Mein Vater gibt Bettlern immer etwas, einmal sogar ein ganzes Huhn. Ich war dabei.«

Seit er den Pranger nicht mehr sehen musste, war die Farbe in seine Wangen zurückgekehrt.

Konrad beachtete ihn nicht. »Gebt!«, rief er. »Spendet für die gerechte Sache Gottes!«

Ich lehnte mich gegen die Bretter des vernagelten Eingangs und lauschte mit geschlossenen Augen Konrads Rufen und Cornelius' endlosen Geschichten. Irgendwann zerflossen die Stimmen und die Laute des Marktes miteinander, wurden leiser und verstummten schließlich ganz.

»Gehört ihr zum Kreuzzug?«

Ich öffnete die Augen und blinzelte. Eine Frau stand vor uns, hohlwangig und gekrümmt.

»Ja«, sagte Cornelius und reckte das Kinn vor. »Wir sind Streiter Gottes und werden das Heilige Land befreien.«

Die Frau zögerte. »Mein Mann …«, begann sie. »Er ist im letzten Winter gestorben. Er hatte schlechtes Blut und ich… ich habe es jetzt auch.« Sie war kaum älter als ich, aber die Krankheit hatte tiefe Falten in ihr Gesicht gegraben. »Ich habe niemanden, an den ich mich wenden könnte, und meine Kinder…« Tränen erstickten ihre Stimme.

Cornelius sah weg. Konrad drehte den Beutel in seinen Händen. Darin klimperte es bei jeder Bewegung.

»Meine Kinder haben auch niemanden.« Die Frau sah nur mich an. »Wenn ich sie euch bringe, werdet ihr gut zu ihnen sein, ihnen zu essen geben, auf sie achten?«

»Hast du keine andere Familie?«, fragte ich.

Sie schüttelte den Kopf. »Gott liebt unsere Familie so sehr, dass er fast alle zu sich geholt hat.« Sie klang verbittert.

»Deine Kinder dürfen nur mitkommen, wenn sie den Ruf des Herrn in sich hören.« Cornelius setzte sich auf. »Das hat Nicolaus gesagt. Wer ihn nicht hört, ist nicht will…«

»Sei still.« Es waren die ersten harten Worte, die ich an ihn richtete. Er zuckte zusammen, duckte sich wie unter einem Schlag.

Ich wandte mich wieder der Frau zu. »Bring sie zu den Rheinwiesen. Es wird ihnen gut bei uns ergehen.«

Sie sagte nichts, nickte nur, wandte sich dann ab und hinkte wie eine alte Frau über den Platz, bis sie zwischen den Ständen verschwand.

Ich sah Cornelius an. »Warum hast du das gesagt? Willst du, dass die Kinder verhungern?«

Er wich meinem Blick aus. »Ich dachte nur…« Er ließ den Satz im Nichts enden, begann stattdessen einige kleine Steine auf dem Boden zu verschieben.

Konrad stieß mich an. »Guck mal, wie dunkel der Mann da ist, Mama. Ist das ein Sarazene?«

Er streckte den Finger aus und zeigte auf einen Mann, der vor dem Karren eines Gerbers stand und die Qualität der Felle prüfte. Er war nicht so groß wie in meiner Erinnerung.

»Nein, er ist kein Sarazene und auch kein Ägypter.«

»Was ist er dann?«

»Ich weiß es nicht.«

Der dunkle Mann gab dem Gerber eine Münze und rollte das Fell zusammen, das er sich ausgesucht hatte. Plötzlich drehte er den Kopf, so als habe er meinen Blick bemerkt. Einen Moment sah er sich suchend um, dann entdeckte er mich. Er blinzelte scheinbar überrascht und lächelte.

»Er kommt auf uns zu«, flüsterte Cornelius erschrocken. »Will er uns etwas tun?«

Ich griff nach meinem Gebende, bevor mir einfiel, dass ich es weggeworfen hatte. Nervös strich ich mit den Händen über meine Röcke.

Der Mann blieb vor uns stehen. »Ich sehe, du hast dir einen anderen Hauseingang ausgesucht, Schwester«, sagte er mit seinem seltsamen Akzent.

Konrad sah ihn neugierig an. Ich hoffte, dass er nichts Falsches sagen würde. Er neigte manchmal dazu, doch diesmal schwieg er. Das fremdartige Aussehen des Mannes schien ihn ebenso zu verschüchtern wie Cornelius.

»Ich sammle Spenden für den Kreuzzug«, sagte ich.

»Dann hast du dich dem Schäfer angeschlossen, um das Heilige Grab zu befreien?«

Ich nickte. »Ja, Herr.«

Er ging in die Hocke. »Nenne mich nicht Herr, Schwester. Mein Name ist Diego.«

»Das ist aber ein komischer Name«, sagte Cornelius.

Ich legte ihm eine Hand auf den Arm, um ihn zum Schweigen zu bringen.

Diego hob die Schultern. Sein Blick glitt über den Marktplatz und dann in die Ferne und kehrte erst nach einem Moment zu uns zurück. »Dort, wo ich herkomme, ist er nicht komisch.«

»Und wo kommst du her?« Konrad konnte seine Neugier nicht länger unterdrücken.

»Spanien. Weißt du, wo das ist?«

Konrad schüttelte den Kopf. Auch ich hatte den Begriff noch nie gehört, wusste nicht, ob er eine Stadt oder ein Land bezeichnete.

»Weit weg«, sagte Diego. »Noch weiter weg als Rom.«

Ich warf einen Blick zum Himmel. Es war fast Mittag. »Wir müssen jetzt leider gehen. Im Lager gibt es noch viel zu tun.«

Diego erhob sich. »Brecht ihr bald auf?«

»Das wissen wir nicht«, antwortete Cornelius an meiner Stelle. »Nicolaus hatte eine Vision. Erst wenn sich die erfüllt, können wir weiterziehen. Ich habe selbst gehört, wie er davon sprach.«

»Was für eine Vision?«

»Das hat er nicht gesagt.«

»Aber sie wird bestimmt bald eintreffen«, sagte ich, während Konrad bereits den Beutel zuknotete und die Brote und Trockenfrüchte einsteckte, die man uns geschenkt hatte. Wir hatten nichts davon gegessen. Sie gehörten allen, so wie die Münzen in dem Beutel.

Diego antwortete nicht, aber er wirkte, als hadere er mit einer Entscheidung. Dann nickte er, eine Geste, die seinen Gedanken zu gelten schien, nicht uns. »Bringt mich zu ihm. Ich werde mich euch anschließen.«

»Was?« Diego wirkte auf mich nicht wie ein Mensch, der bereit war, alles aufzugeben und sich Gottes Willen zu unterwerfen. »Seid Ihr … Bist du sicher?«

»Ja. Ich denke, das ist das Richtige.«

Ich sah ihn zweifelnd an. »Es ist der Kreuzzug der Armen und Unschuldigen. Ich weiß nicht, ob Nicolaus dich aufnehmen wird.«

Diego legte die Hand auf seinen Gürtel. Der Geldbeutel, der daran hing, schwang hin und her. »Oh, ich denke, das wird er.«

Wir machten uns auf den Weg zurück zum Lager, mussten aber zuerst zu einem Stall, in dem Diego sein Pferd untergebracht hatte.

»Kannst du glauben, dass man es stehlen wollte?«, fragte er, während er den Sattel festzog. Es war ein schmales, graues Pferd, kleiner als die, die ich kannte. »Hätte der Stallmeister nicht Verdacht geschöpft, wäre der Dieb entkommen.«

Ich dachte an den Mann am Pranger und die Geschichte, die wir von der Fischverkäuferin gehört hatten. Es musste sich um ein und denselben Mann handeln.

Diego warf das Fell, das er gekauft hatte, über den Sattel, bezahlte den Stallknecht und folgte uns zum Lager.

»Dort unten ist es«, sagte ich, als wir die Stadttore hinter uns ließen.

Diego hob die Augenbrauen. »Das müssen über tausend Menschen sein.« Er klang überrascht.

Seine Reaktion erfüllte mich mit Stolz. »Wenn Nicolaus spricht, strömen die Menschen zu uns. Er öffnet ihnen die Herzen, sodass sie die Stimme Gottes hören und erkennen, was der Herr von ihnen verlangt.«

»Hast du sie gehört?«

Ich dachte an die Stimme in meiner Hütte in Winetre. »Ja, das habe ich.«

Er nickte, ohne nachzufragen.

Konrad lief voraus, als er Nicolaus am Rand des Lagers entdeckte, den Beutel mit den Münzen an die Brust gedrückt. Cornelius folgte ihm, aber er war jünger und konnte noch nicht mithalten.

»Warte!«, rief er.

Diego sah ihnen nach. Ich bemerkte, dass er Nicolaus musterte.

»Ist er das?«

»Ja, das ist Nicolaus.«

»Und wer sind die Männer?«

Ich folgte seinem Blick. Eine Gruppe Berittener näherte sich von der Straße. Ihre Kleidung war staubbedeckt, als wären sie schon lange unterwegs. Sie waren bewaffnet und trugen Rüstungsteile, wirkten aber nicht wie Ritter. »Ich habe sie noch nie gesehen.«

Wir änderten die Richtung und gingen auf Nicolaus zu. Der nahm gerade den Beutel von Konrad entgegen, als Lukas ihn auf die Männer aufmerksam machte. Sie waren zu acht.

Nicolaus strich Konrad über den Kopf, dann reichte er den Beutel an Lukas weiter. Cornelius befand sich fast zwanzig Schritte hinter Konrad und wäre sicherlich gern bei der Übergabe des Beutels dabei gewesen. Darauf würde ich meinen Sohn am Abend noch ansprechen, das nahm ich mir fest vor.

Die Männer stiegen von ihren Pferden ab. Sie husteten, spuckten aus und klopften sich den Staub aus der Kleidung. Nicolaus ging ihnen nicht entgegen, stützte sich nur auf seinen Schäferstab und sah sie abwartend an.

Ich blieb stehen. Diego bemerkte es erst nach über einer Pferdelänge und drehte sich um. »Was ist los? Möchtest du mich ihm nicht vorstellen?«

»Ich möchte mich nur nicht in Dinge einmischen, die mich nichts angehen.« Ich winkte meinem Sohn. »Konrad, komm hierher.«

Er gehorchte, wenn auch zögernd.

Diego beobachtete die Männer, wie sie ihre Pferde bei den Zügeln nahmen und mit steifen Schritten auf Nicolaus zugingen. »Hast du Angst vor ihnen?«, fragte er.

Ich antwortete nicht. Auch andere im Lager hatten die Männer mittlerweile bemerkt, unterbrachen ihre Arbeiten, stießen diejenigen an, denen noch nichts aufgefallen war, und zeigten in Nicolaus' Richtung.

Konrad blieb neben mir stehen. »Was ist denn los?«

Ich sah mich nach Hugo um, entdeckte ihn aber nirgends.

Wahrscheinlich ging er am Ufer entlang und sammelte Treibholz fürs Feuer.

Cornelius hockte einige Schritte entfernt im Gras. Er drehte uns den Rücken zu. Ich war mir nicht sicher, glaubte aber, dass er weinte.

»Was ist denn los?«, fragte Konrad lauter und fordernder.

»Ich habe dich lieber hier bei mir.«

Er seufzte. Es klang übertrieben.

Die Männer blieben vor Nicolaus stehen. Einer von ihnen begann zu sprechen. Er war grobschlächtig und groß. Ein Schwert hing an seinem Gürtel. Nicolaus hörte ihm zu, nickte ab und zu, sagte selbst kaum etwas. Lukas stand neben ihm, starr und mit durchgedrücktem Rücken wie ein Wächter.

Plötzlich trat Nicolaus vor und umarmte den Mann, der mit ihm gesprochen hatte. Gemeinsam knieten sie nieder, zuerst die Fremden, dann Nicolaus und Lukas. Einen Moment später hallte ihr gerufenes »Amen« über das Ufer. Sie bekreuzigten sich, grinsten und schlugen sich gegenseitig auf die Schulter. Die Drohung, die wie eine dunkle Wolke über ihnen gehangen hatte, verschwand. Sie wirkten auf einmal offenherzig und freundlich.

Diego drehte sich zu mir um. »Würdest du mich jetzt vorstellen?«

Ich kam mir dumm vor, so wie ein Kalb, das bei einem Sommergewitter vor Angst die Stalltür eintritt. »Ja, natürlich.«

Konrad schloss sich uns an, Cornelius warf uns einen Blick zu und wandte sich dann wieder ab. Seine Wangen waren gerötet.

»... dass Gott euch zu uns geführt hat«, hörte ich Nicolaus sagen, als wir näher herankamen.

»Er hat euch in einer Vision gesehen«, fügte Lukas hinzu.

Nicolaus runzelte die Stirn. Ich hatte den Eindruck, dass er widersprechen wolle, aber er sagte nichts.

Der grobschlächtige Mann, der mich beim Näherkommen eher an einen Bären erinnerte, kratzte sich am Kopf. Seine Haare waren kurz geschoren und braun. »Hätte nicht gedacht, dass Gott sich um ein paar Soldaten wie uns schert.«

»Gott schert sich um jeden, der sich bemüht, nach seinem Wort zu leben, und manchmal sogar um die, die es nicht tun.« Nicolaus drehte den Kopf und sah Diego an.

»Das ist Diego aus Spanien«, sagte ich rasch. »Er bittet um die Ehre, sich uns anschließen zu dürfen. Auch er hat Gottes Wort vernommen.«

Diego verneigte sich, ein wenig übertrieben, wie ich fand.

Die Soldaten sahen sich an, einer hob die Augenbrauen. »Wo ist denn Spanien?«

Ein anderer Soldat zuckte mit den Schultern. »Keine Ahnung.«

Diego räusperte sich. »Spanien liegt im Süden, weit weg. Es ist ein heißes, trockenes Land voller Spanier. Es würde euch wahrscheinlich nicht behagen.«

»Ah ja.« Der Soldat wirkte verlegen.

Nicolaus wandte sich mir zu, während Lukas Diego mit deutlichem Misstrauen musterte. »Madlen, kennst du diesen Mann?«

»Ein wenig. Er …« Ich zögerte, als die Erinnerung, die ich in meinem Geist eingeschlossen hatte, gegen ihre Kerkertüren anstürmte. »Er hat mir geholfen, als ich Hilfe brauchte.«

»Hat er das?« Nicolaus tauschte einen kurzen Blick mit Lukas. »Und Gott hat zu dir gesprochen, Diego?«

»So ist es.«

»Du wirst weder rasten noch ruhen, bis wir das Heilige Grab befreit haben?«

»Mein Leben würde ich dafür geben.« Zum ersten Mal klang Diego so, als meine er das, was er sagte, auch ernst.

Nicolaus drehte den Schäferstab nachdenklich zwischen seinen Fingern. Lukas verschränkte die Arme vor der Brust.

»Wisst ihr, was Gott im Traum zu mir gesagt hat?«, fragte Diego. Ebenso wie ich musste er erkannt haben, dass die Zeichen für seine Aufnahme nicht gut standen. »Er sagte: Sei der Lotse, der den Kapitän mit seinem Schiff in einen tückischen Hafen führt. Schenke ihm dein Wissen, auf dass der Kreuzzug siegreich ende.«

Einen Moment herrschte Stille. Niemand schien zu wissen, was die Worte bedeuten sollten. Dann plötzlich weiteten sich Konrads Augen. »Du warst schon mal im Heiligen Land!«

Diego nickte. »Ich kenne den Weg und kann euch führen.«

»Gott wird uns führen!« Lukas hatte die Worte regelrecht ausgestoßen.

»Gott hat mich geschickt, euch zu führen.«

Die Soldaten raunten untereinander. Unsicher sahen sie zu Nicolaus, der immer noch seinen Schäferstab drehte. Als Lukas Diego erbost antworten wollte, hob er die Hand. »Wenn Gott mir diese Soldaten ...«, er nickte ihnen zu, »... geschickt hat, um uns zu beschützen, warum sollte er dann nicht auch diesen Mann geschickt haben, um uns zu führen?«

Niemand widersprach ihm, auch Lukas nicht.

»Knie nieder.«

Diego ging auf die Knie und neigte den Kopf. Ich lauschte dem Kreuzfahrerschwur, beobachtete aber gleichzeitig auch Lukas und erkannte, dass er mit dieser Entscheidung nicht einverstanden war. Ich fragte mich, ob er an Nicolaus oder dem Spanier zweifelte.

Am Ende des Schwurs sagte Diego »Amen« und erhob sich.

Schon bald umringten ihn die Soldaten und stellten Fragen über das Heilige Land und die Sarazenen. Konrad lauschte gebannt. Ich ließ ihn stehen und machte mich auf die Suche nach Hugo. Ich fühlte mich unwohl, nervös, so als würde ich Schuld an etwas haben, das ich noch nicht mal verstand.

Ich fand Hugo am Fluss. Gemeinsam sammelten wir Treibholz, bis die Sonne über dem Rhein unterging. Erst als wir den Karren voller Holz auf die Wiese zogen, kam mir in den Sinn, dass sich Diego nach dem Schwur nicht bekreuzigt hatte.

Kapitel 7

Am frühen Morgen, noch vor Sonnenaufgang, kam die kranke Frau vorbei, mit der ich auf dem Marktplatz gesprochen hatte. Sie brachte ihre Kinder, zwei kleine Söhne und zwei ältere Töchter. Nicolaus nahm sie auf, so wie ich gehofft hatte.

Unter Tränen verabschiedeten sich die Kinder von ihrer Mutter, dann verschwand die Frau hinter den Stadtmauern Bonns. Ich war mir sicher, dass ich sie niemals wiedersehen würde.

Wir nahmen die Kinder auf, gaben ihnen Brot und Bier und jubelten, als sie ihren Schwur ablegten. Anfangs wirkten sie noch verschüchtert, doch dank der vielen anderen Kinder legten sie ihre Angst rasch ab.

Ich hatte die Nacht an Nicolaus' Feuer verbracht und seinen Worten gelauscht. Er sagte nicht viel, doch jeder einzelne Satz erschien mir so weise wie die Worte aus der Heiligen Schrift. Ich verehrte ihn wie einen Heiligen.

Ich versuchte die gleiche Zuneigung für Lukas zu empfinden, doch das fiel mir schwer. Er wirkte schlecht gelaunt und eifersüchtig, unterbrach mich jedes Mal, wenn ich Nicolaus etwas fragen wollte. Schon am Abend drängte er auf einen baldigen Aufbruch. Schließlich, so sagte er, seien die Soldaten doch der Grund für den verlorenen Tag gewesen. Sie waren erschienen, und damit hatte sich die Vision erfüllt.

Nicolaus schien davon nicht überzeugt zu sein, aber am Morgen, nachdem die Kinder ihren Schwur geleistet hatten und wir uns zum gemeinsamen Gebet versammelten, rief er zum Aufbruch.

Freudig packten wir das Lager zusammen, luden Vorräte und Ausrüstung auf Ochsenwagen und Handkarren, dann zogen wir los.

Nicolaus führte uns, den Schäferstab hoch erhoben, sodass wir ihn stets sehen konnten. Viele von uns hatten sich mit Asche das gleiche Symbol auf Stirn oder Hemd gemalt, mit dem der Herr ihn gezeichnet hatte. Einige Mädchen hatten sogar Banner mit dem abgebrochenen Kreuz genäht, die über den Karren im Wind flatterten.

Diego überließ Nicolaus die Führung. »Immer flussaufwärts am Rhein entlang«, hatte er gesagt und sich zurückgezogen. Er ritt meist allein, nur ab und zu schloss er sich kleineren Gruppen an. Mit mir sprach er kaum ein Wort, warum auch, schließlich war er bei aller Freundlichkeit von höherem Stand als ich, auch wenn ich nicht genau wusste, wie hoch. Vater Ignatius' Worte fielen mir ein: Der Fisch gehört ins Wasser, der Vogel in die Luft. Was hatte der eine dem anderen schon zu sagen.

Wir fanden eine schmale Straße, gerade breit genug für zwei Ochsenkarren, die am Rhein entlangführte. Die Soldaten befanden sich mal vor, mal hinter, mal neben uns wie die Hunde eines Schäfers, die seine Herde zusammenhalten mussten. Ich war froh, dass sie sich uns angeschlossen hatten.

Der Drachenfels rückte rasch näher, und nach einer Weile bemerkte ich beinahe erschrocken, dass wir Winetre erreicht hatten.

Noch nie hatte ich es von der anderen Seite des Flusses gesehen. Die Hütten hoben sich kaum von dem lehmigen Boden ab, die Kirche wirkte ärmlich und klein. Ein paar Boote dümpelten in der Bucht, und ich sah Fischer darauf, wusste, dass ich jeden von ihnen kannte, aber sie waren so weit weg, dass ich keine Gesichter ausmachen konnte. Ich war froh darüber.

»Seht«, sagte ich zu meinen Söhnen. »Winetre.«

Hugo warf einen kurzen Blick auf das Dorf, Konrad einen etwas längeren. »Es ist so klein«, sagte Konrad. »War es immer schon so?«

Ich lachte. »Es war nie größer.«

Ich sah hinauf zur Burg, stellte mir die Menschen dort vor, die Arbeiten, die sie erledigten, die Gespräche, die sie führten. All das erschien mir klein und unbedeutend, sogar die Wut des Schultheiß schreckte mich nicht mehr. Ich verstand nicht, weshalb ich je Angst vor ihm gehabt hatte.

Wir ließen Winetre hinter uns und zogen weiter nach Süden. Die Schiffer auf dem Rhein winkten uns zu. Einige legten an und fragten, wer wir seien und wohin unser Weg führte. Der Matrose eines Schiffers sprang sogar von Bord und schloss sich uns an. Seinen Herrn hörten wir bis hinter die nächste Biegung fluchen.

Die Dörfer, an denen wir vorbeikamen, lagen nie weit voneinander entfernt. Sie bestanden aus ein paar Häusern, Feldern und Gärten. Meistens ritten zwei Soldaten vor, um nach dem Rechten zu sehen und uns anzukündigen. Wenn wir eintrafen, wurden wir von den Bewohnern begrüßt und beschenkt. Einige ließen sich von Nicolaus segnen.

Fast überall schlossen sich uns Menschen an, manchmal nur ein oder zwei, einmal sogar fast das ganze Dorf. Knechte und Mägde, Viertelhufer und Halbhufer, Tagelöhner und Kinder streckten auf den Feldern ihre schmerzenden Rücken, klopften sich den Schmutz aus der Kleidung oder legten ihr Werkzeug beiseite. Die Bauern, für die sie arbeiteten, liefen ihnen zeternd und schreiend hinterher.

»Die Saat steht an!«, rief einer und versuchte seinen Knecht am Wollumhang zurückzuziehen. »Wer soll die Arbeit machen?«

»Komm mit uns«, sagte der Knecht und riss sich los. »Dann wird Gott sich um alles kümmern.«

»Ihr seid doch verrückt!« Der Bauer blieb keuchend stehen.

Andere schlossen auf zu ihm. Sie wirkten verwirrt und besorgt. »Wir werden im Winter verhungern, wenn wir nicht säen.«

»Das wird Gott nicht zulassen«, rief ihm eine Frau zu, die wir bereits in Köln aufgenommen hatten. »Hört auf ihn, dann wird es euch gut ergehen, auch ohne Aussaat.«

Die Bauern blieben mit verkniffenen Gesichtern zurück. Ich war mir sicher, dass nur die Soldaten einen Übergriff verhinderten.

An diesem Abend fragte ich Nicolaus, was mit denen geschehen würde, die wir zurückgelassen hatten.

»Gott hat mit ihnen andere Pläne als mit uns«, sagte er. »Wir müssen das Opfer der Reise bringen, sie das des Verlustes. Mach dir keine Sorgen. Solange sie auf ihn vertrauen, wird ihnen kein Leid zustoßen.«

Das tröstete mich weniger, als ich gehofft hatte, denn weder meine Mutter noch meine Schwestern hatten eine Wahl gehabt. Ich hatte für mich und für sie entschieden.

»Solche Bedenken sind Sünde«, sagte Lukas, als ich den Gedanken aussprach. »Nur Kleingläubige zweifeln an Gottes Güte.«

Danach sagte ich nichts mehr.

In den folgenden Tagen wurden die Dörfer weniger und die Berge höher. Die Straße wand sich am Fluss entlang. Manchmal war sie so schmal und steil, dass die Räder der Ochsenkarren an den Bäumen und Felsen entlangschrammten.

Eines Morgens begann es zu regnen. Erst drei Tage später sahen wir die Sonne wieder. Wir schliefen am Straßenrand unter Baumkronen und Felsvorsprüngen. Die Kleidung hing nass und schwer an unseren Körpern, die feuchte Wolle stach mir in die Haut. Eine alte Frau starb in der zweiten Regennacht, ein Säugling am Morgen darauf. Wir begruben sie im schlammigen Boden, sprachen ein Gebet und zogen weiter.

Mit der Sonne kehrte unsere Zuversicht zurück. Es wurde wieder gesungen und gelacht, und als wir die Berge hinter uns ließen und eine Stadt im Tal vor uns sahen, entrollten wir die Banner und zogen singend über die Felder.

Die Stadt hieß Andernach. Sie war von Schafweiden und Feldern umgeben und lag in einer sandigen Bucht. Man erlaubte uns, dort unser Lager aufzuschlagen. Nicolaus ging mit Lukas in die Stadt, um zu den Menschen zu sprechen, alle anderen setzten sich in den warmen Sand und ruhten sich aus.

Hinter den Stadtmauern sah ich halbfertige Kirchtürme. Soldaten drängten sich neugierig auf den Mauerzinnen, auf den Feldern sahen Bauern und Knechte zu uns herüber. Der Empfang unterschied sich nicht von dem in anderen Orten.

Die Sonne war kaum vorgerückt, als ich einen Tumult hinter dem offenen Stadttor hörte. Die Soldaten standen auf, einige andere ebenfalls. Hugo und Konrad wollten auf das Tor zulaufen, aber ich hielt sie zurück. Ich bemerkte Diego, der nicht weit von uns entfernt neben seinem Pferd stand, das er noch nicht abgesattelt hatte. Eine Hand hielt er im Rücken unter dem Wollumhang verborgen. Ich fragte mich, ob er eine Waffe versteckte.

Nicolaus und Lukas tauchten im Tor auf. Priester umringten sie. Ihre schwarzen Kutten flatterten im Wind wie Krähenflügel.

»Das lasse ich nicht zu!«, schrie einer von ihnen. Als Einziger trug er einen reich bestickten Schal und eine hohe, dunkle Mütze. »Deine Blasphemie kannst du den Heiden predigen!«

Zwei andere Priester stießen Nicolaus aus dem Tor. Er stolperte und wäre gestürzt, hätte Lukas ihn nicht am Ellenbogen festgehalten.

Die Soldaten zogen ihre Schwerter. Fast das ganze Lager hatte sich mittlerweile erhoben. Ich hörte wütende Rufe. Nicolaus löste sich aus Lukas' Griff und hob die Arme. »Nein!«, schrie er. »Lasst sie in Ruhe. Sie wissen nicht, was sie tun!«

Seine Worte jagten mir einen Schauer über den Rücken. Waren sie nicht die gleichen, die Jesus am Kreuz gerufen hatte?

»Wie kannst du es wagen?« Der Priester, ein noch junger, schlanker Mann mit fein geschnittenen Gesichtszügen, hob die Hand, als wolle er Nicolaus ins Gesicht schlagen, ließ sie dann aber langsam sinken. Ich wusste nicht, ob die Soldaten der Stadtwache, die in diesem Moment im Tor erschienen waren, seine Entscheidung beeinflusst hatten oder ob es ihm als unchristlich erschien, einen Jungen zu schlagen, der sich nicht einmal wehrte.

»Was ist hier los?«, fragte der Hauptmann der Wache. Er hatte uns auf Befehl des Stadtrats die Erlaubnis erteilt, in der Bucht zu lagern.

»Dieser … dieser …« – der Priester schüttelte den Kopf und zeigte nur stumm mit dem Zeigefinger auf Nicolaus, als wisse er nicht, wie er ihn nennen sollte – »… hat vor meiner Kirche zu einem Kreuzzug der Kinder und Armen aufgerufen. Er verblendet die Gläubigen und führt sie mit falschen Worten ins Verderben. Das werde ich nicht zulassen!«

Unmut regte sich im Lager. Hugo stieß ein Schimpfwort aus, das mich hätte erröten lassen, wäre ich nicht so wütend gewesen. Der Hauptmann drehte sich zu uns um. Er wirkte nervös. »Setzt euch wieder hin«, rief er. »Bleibt ruhig. Keinem wird etwas geschehen, das verspreche ich.«

Niemand setzte sich, doch das Stimmengewirr ließ nach. Der Hauptmann nickte Nicolaus und dem Priester zu, und gemeinsam gingen sie hinter das Tor. Lukas blieb zurück, biss sich auf die Lippe und starrte zu Boden. Ungeduldig warteten wir. Aus den Augenwinkeln sah ich, dass Diego nun im Sattel seines Pferdes saß und Trockenobst aß. Beide Hände waren sichtbar.

Nach einer Weile tauchte Nicolaus mit den beiden anderen auf. Mit langen Schritten ging er auf uns zu, sprang auf ein Fass und hob seinen Stab. »Der Rat der Stadt hält sein Versprechen. Bis zum morgigen Tag dürfen wir hier lagern.«

Einige applaudierten, die meisten warteten ab.

»Doch es ist uns verboten, die Stadt zu betreten und für unsere Sache zu werben.« Nicolaus wartete, bis sich der Unmut gelegt hatte, dann fuhr er fort: »Und ich habe Priester Aßmus erlaubt, zu euch zu sprechen. Erweist ihm Respekt und lauscht seinen Worten.«

Er sprang hinab und verbeugte sich knapp vor dem Priester. Der stieg auf das Fass, ohne ihn zu beachten.

Hugo verschränkte die Arme vor der Brust, und Konrad murmelte: »Pfaffe!«

Ich stieß ihn an. »Sei still.«

Priester Aßmus begann zu sprechen, und seine Stimme hallte über die Bucht, während er uns von den Kreuzzügen der hohen Herren, der Ritter, Könige und Päpste erzählte und die Gräuel der Sarazenen mit einer Leidenschaft schilderte, als könne uns nur sein Wort vor der Hölle bewahren, die vor uns lag. Schließlich erinnerte er uns an unsere Pflichten, an die Aufgaben eines jeden Standes, die erfüllt werden mussten, damit die Welt nicht ins Chaos stürzte. Dem Bauern stand das Pferd nicht zu, dem Ritter nicht die Scholle. Konnten wir denn nicht verstehen, dass die natürliche Ordnung der Dinge ins Wanken geriet, wenn der eine sich die Aufgaben des anderen anmaßte? War es nicht, als wolle ein Vogel im Wasser leben und ein Fisch die Lüfte durchstreifen?

Er war ein guter Redner, besser als Nicolaus, viel besser als Vater Ignatius.

»Ihr habt das Gelübde des Kreuzfahrers abgelegt«, sagte er am Ende seiner Rede. »Nur dem Papst steht es zu, euch davon zu befreien. Aber ich kann dafür sorgen, dass er von eurem Schicksal erfährt. Er wird sich gnädig zeigen, so wie der Herr es tun würde, dessen bin ich mir sicher. Deshalb bitte ich all die, denen ich die Augen geöffnet habe, die dem falschen Propheten nicht länger folgen wollen, vorzutreten. Gottes Gnade ist euch gewiss.« Er faltete die Hände, als wolle er beten.

Nicolaus stand neben ihm am Boden, klein und mager. Trotzdem schien er ihn zu überragen. Ich sah mich um. Die Menschen des Lagers wirkten wie Mauerwerk, undurchdringlich und stark. Niemand bewegte sich. Nein, das stimmte nicht. Einer schob sich durch die Menge. Es war der Dieb mit dem Brandmal auf der Wange, der in Köln den Eid abgelegt hatte. Sein Name war Ott. Er trat vor das Fass und hob den Kopf, sah Priester Aßmus in die Augen und sagte laut: »Leck … mich … am … Arsch!«

Wir alle lachten, selbst Lukas. Nur Nicolaus reagierte nicht. Der Priester blinzelte, warf einen unsicheren Blick zur Stadtwache, aber der Hauptmann hob nur die Schultern.

»Du weißt, dass ich dich dafür an den Pranger bringen könnte«, sagte der Priester.

Ott zog die Nase hoch. »'nen Dreck kannst du. Ich bin Kreuzfahrer. Ich könnte dir auf die Schuhe scheißen und dabei ›Halleluja‹ rufen, und mir würde nichts passieren!«

Applaus kam auf. Die Menge, darunter auch meine Söhne, johlte und klatschte. Ott sprach aus, was wir alle dachten.

Priester Aßmus neigte den Kopf. »Ich verstehe«, sagte er und dann so leise, dass ich ihn kaum verstehen konnte: »Ihr tut mir leid.«

Er stieg vom Fass und ging durch das Tor, ohne sich noch einmal umzudrehen. Die anderen Priester schlossen sich ihm an, bildeten hinter ihm einen breiten schwarzen Vorhang.

Wir klopften Ott auf die Schultern und feierten ihn bis spät in die Nacht, während Nicolaus am Rande des Lagers stand und mit den Menschen sprach, die sich aus der Stadt geschlichen hatten, um ihn reden zu hören.

Als wir am nächsten Morgen aufbrachen, waren wir mehr als je zuvor.

Kapitel 8

In jedem Ort, jeder Stadt, jedem Dorf schlossen sich uns neue Mitstreiter an. Die meisten waren arm, hatten kaum mehr als die dutzendfach geflickte Kleidung, die sie am Leib trugen.

In Walresheim trafen wir jedoch auf einen alten, wohlhabenden Bauern, der uns die Hälfte seiner Kühe und ein paar Schafe schenkte, damit wir seinen schwachsinnigen Sohn mitnahmen. Der Junge, körperlich längst ein Mann, hatte einen eingedrückten krummen Kopf und lallte wie ein Kleinkind. Nicolaus nahm ihm das Gelübde ab, obwohl uns allen klar war, dass der Bauer nicht auf das Seelenheil seines Sohns bedacht war, sondern nur verhindern wollte, dass er seinen Hof erbte. Ich nahm an, dass es noch einen zweiten, normalen Sohn in der Familie gab.

»Verständlich«, sagte Diego, als wir abends Wasser aus dem Rhein schöpften, »wenn auch nicht sehr christlich.«

Er hatte recht, trotzdem begrüßten alle die Entscheidung des Bauern. Das Vieh gab Milch für die Kleinkinder und alten Leute und würde uns, das hatte Diego selbst gesagt, in den Bergen, die vor uns lagen, mit Fleisch versorgen. Dort, in dem Gebirge, das er Alpen nannte, würde es im Winter so kalt, dass Menschen, die ihre Hütten verließen, im Stehen erfroren. Ich hielt das für übertrieben, schließlich hatte ich mein ganzes Leben am Fuße des Siebengebirges verbracht, und dort war niemand auf diese Weise ums Leben gekommen. Trotzdem war ich froh, als er hinzufügte, dass wir die Berge noch im Sommer überqueren würden.

Anfangs saß Diego nachts allein an einem kleinen Feuer, doch je länger die Reise andauerte, desto mehr Kinder scharten sich um ihn. Cornelius war der Erste, der ihn nach dem Heiligen Land fragte. Er bekam nicht genug von den Geschichten über Jerusalem und die Sarazenen und erzählte sie weiter, als wäre er selbst schon dort gewesen.

Bald stritten sich die Kinder um einen Platz an Diegos Feuer. Nur die Erwachsenen begegneten ihm weiterhin mit Misstrauen. Das lag weniger an seinem fremdländischen Aussehen als an den merkwürdigen Dingen, die er tat. So reinigte er sich nach jedem Mahl mit einem Zweig die Zähne und wusch sich morgens und abends mit Wasser, das er über dem Feuer erwärmte. Der Barbier Michael, zu dem jeder ging, den wunde Füße oder Zahnschmerzen plagten, prophezeite, Diego würde nicht lange leben, wenn er seinen Körper auf diese Weise der Natur aussetzte.

Eines Abends, als ich mit Nicolaus, Lukas und einigen anderen, denen diese Ehre erwiesen wurde, am Feuer betete, kam Gottfried hinzu. Höflich wartete er, bis Nicolaus geendet hatte, dann setzte er sich auf dessen Geste hin zu uns. Er wirkte besorgt.

»Nicolaus«, sagte er, »wie viel weißt du über Diego?«

Während des Gebets waren mir fast die Augen zugefallen, doch als ich seinen Tonfall hörte, verschwand meine Müdigkeit.

Nicolaus strich mit den Fingern über seinen Stab, der neben ihm am Boden lag. »Ich weiß, was er uns erzählt hat: dass er aus Spanien kommt und den Weg ins Heilige Land kennt.«

Gottfried nickte und sah sich verstohlen um. »Bist du sicher«, sagte er dann leise, »dass er wirklich schon einmal im Heiligen Land gewesen ist?«

»Warum?« Lukas stellte die Frage, fordernd und ungeduldig wie immer. »Was weißt du?«

»Nichts, aber…« Gottfried zögerte. »Ich habe mir die Geschichten angehört, die die Kinder erzählen. Cornelius redet ja von nichts anderem mehr als dem Heiligen Land. Aber in keiner, wirklich keiner …« – er machte eine Pause, versicherte sich mit Blicken, dass wir ihm alle zuhörten – »kommen Elefanten vor.«

Gottfried lehnte sich zurück, als sei damit alles gesagt.

Nicolaus und Lukas sahen sich kurz an. Die Reaktion schien Gottfried zu enttäuschen.

»Versteht ihr denn nicht?«, fragte er. »Jeder weiß, dass die Menschen im Heiligen Land auf Elefanten reiten, dass es dort von Elefanten nur so wimmelt. Wenn einer behauptet, im Heiligen Land gewesen zu sein, aber keine Elefanten erwähnt, was heißt das eurer Meinung nach?«

»Dass er lügt«, antwortete Lukas.

Nicolaus hob die Hand. »Er ist ein Kreuzfahrer wie wir. Es ist unchristlich, einander der Lüge zu bezichtigen.«

»Das ist auch nicht meine Absicht«, sagte Gottfried rasch. »Es ist mir nur aufgefallen, und ich wollte nicht, dass diese Zweifel in meiner Seele gären und sie vergiften. Ich weiß nun, dass ich mich nicht länger darum sorgen muss. Du wirst entscheiden, ob diese Zweifel berechtigt sind oder nicht.« Schwerfällig und mit knackenden Knien erhob er sich. »Danke, dass du mich angehört hast.«

Dann trat er aus dem Schein des Feuers und verschwand in der Dunkelheit.

Nicolaus starrte in die Flammen. Keiner sagte ein Wort. Nach einer Weile sah er auf. Sein Blick traf den meinen. »Du hast ihn zu uns gebracht, Madlen. Was denkst du?«

Alle wandten sich mir zu. Mein Mund wurde trocken. Ich räusperte mich. »Er hat mir Brot geschenkt, als ich in Not war, und sich uns aus freien Stücken angeschlossen. Ich glaube nicht, dass er uns Böses will.«

»Aber glaubst du, dass er im Heiligen Land war?«, fragte Lukas.

»Woher soll ich wissen, wo er war und wo er nicht war?« Es war eine unfreundliche Antwort, für die ich mich im nächsten Moment schämte, aber niemand, auch nicht Lukas, wies mich deswegen zurecht.

»Ich werde deswegen beten«, sagte Nicolaus, stand auf und ließ uns schweigend und nachdenklich am Feuer zurück.

In den Tagen danach, als wir weiter am Rhein entlangzogen und die Tage wärmer und länger wurden, wartete ich auf Nicolaus' Entscheidung, aber er erwähnte das Gespräch am Feuer nicht mehr. Ich hingegen dachte ständig darüber nach.

Immer wieder ertappte ich mich dabei, dass ich Diego aus der Ferne anstarrte, als könne ich in seinen Kopf blicken. Ich hoffte, dass er es nicht bemerkte.

Tage und Orte flossen ineinander, bis ich sie kaum noch voneinander unterscheiden konnte. Ich stand auf unzähligen Marktplätzen, bettelte vor unzähligen Kirchen, sprach mit mehr Menschen als in meinem ganzen Leben zuvor. Ich begriff allmählich, wie ich mit ihnen zu reden hatte, wen das Abenteuer reizte und wer von tiefem Glauben erfüllt war. Die Armen verließen oft zu Dutzenden ihre Behausungen oder liefen einfach von den Feldern davon, die Reichen blieben zurück. Immer öfter kamen uns bereits Gruppen von Tagelöhnern, Knechten und Mägden entgegen, denen reisende Kaufleute und Schiffer von unserem Kreuzzug erzählt hatten.

Doch je größer unser Kreuzzug wurde, desto langsamer kamen wir voran. Das schien vor allem Diego zu beunruhigen, der mehrfach darum bat, die Krüppel und Greise abzuweisen. Nicolaus hörte nicht auf ihn. Gerade sie, so sagte er, hatten es verdient, die Tore Jerusalems mit eigenen Augen zu sehen. Trotzdem verließen uns einige. Gerade in den ersten Wochen, als die Landschaft noch unwegsam und die Wege steil waren, starben Alte, Gebrechliche und auch einige Kleinkinder. Einige wurden krank und mussten in Dörfern zurückgelassen werden, auch Peters ältester Sohn gehörte dazu; er hatte sich den Fuß in einem Kaninchenbau gebrochen. Ein Gerber nahm ihm für einen Viertelpfennig auf und versprach, sich um ihn zu kümmern.

Andere verschwanden einfach in der Nacht. Um sie trauerten wir am meisten, denn sie hatten ihr Gelübde gebrochen und würden im Jenseits all die Qualen der Hölle erleiden.

Die Reise wurde angenehmer, als wir bei Mainz die Berge hinter uns ließen. Vor uns lag ein breites fruchtbares Tal, in dem wir ohne große Anstrengung vorankamen. Der Bischof von Mainz empfing uns persönlich, segnete uns und versprach, jedem die Beichte abzunehmen, der sich nach Vergebung sehnte. Mittlerweile war der Kreuzzug so groß geworden, dass wir nicht alle die Stadt betreten konnten. Wir hätten sie überschwemmt, sagte die Stadtwache.

In dieser Nacht hatte Nicolaus eine Vision. Der Engel erschien und nahm ihn bei der Hand. »Siehe«, sagte er, wie Nicolaus am Morgen darauf weitergab, »du bist der Schäfer deiner Herde und sollst sie führen mit all den Rechten und Pflichten, die Gott einem Schäfer gewährt und auferlegt. Dies ist meine Botschaft an dich.«

Wir sprachen über die Bedeutung dieser Worte und einigten uns schließlich darauf, dass Gott Nicolaus zum Priester ernannt hatte. Ein paar warfen ein, nur ein Bischof könne einen Priester weihen, aber Ott sprach wie so oft die Wahrheit aus: »So 'n Engel steht doch über 'nem Bischof, oder? Also wenn der 'nen Priester weihen kann, dann der Engel erst recht.«

Seine Worte wurden weitergegeben, denn bei so vielen Menschen war es unmöglich, zu allen gleichzeitig zu sprechen. Niemand hatte offenbar etwas dagegen einzuwenden, und so war es Nicolaus, nicht der Bischof, der den Kreuzrittern unter freiem Himmel im Schatten des Mainzer Doms die Beichte abnahm. Das alles fand öffentlich statt, im Beisein aller. »Was einer hört, müssen alle hören«, sagte Nicolaus, als der Erste vor ihm niederkniete. »Die Wahrheit gehört uns allen. Es gibt keine Geheimnisse.«

Der Mann, ein Tagelöhner, der bereits seit dem ersten Tag bei uns war, widersprach dem nicht, sondern gestand seine unzüchtigen Gedanken, seinen Neid und dass er unflätige Ausdrücke benutzt hatte. Ich hatte mich in die Menge zurückgezogen, bis Nicolaus mich nicht mehr sah. Ich hatte Angst vor der Beichte.

Wir erhielten in Mainz viele neue Anhänger, aber auch Vorräte. Wie immer sammelte Lukas den Besitz unserer neuen Mitstreiter ein, das Geld wurde in Beuteln verstaut, die Gegenstände verkauft. Ich hätte es schöner gefunden, wir hätten sie im Rhein versenkt, so wie am Anfang der Reise, doch das konnten wir uns nicht mehr leisten. Zu viele mussten versorgt werden, und wie Diego sagte, hatten wir noch nicht einmal ein Viertel der Reise hinter uns. Ich hoffte, dass er tatsächlich wusste, wovon er sprach.

Den ganzen nächsten Tag, während wir im Nieselregen einer schlammigen Straße folgten, dachte ich über Diego nach.

Ich hatte begonnen, an seinen Worten zu zweifeln, alles zu hinterfragen, was er tat. Die Saat, die Gottfried zu Nicolaus ans Feuer getrieben hatte, war in meinem Kopf aufgegangen. Doch wenn die Wahrheit allen zustand, wie Nicolaus gesagt hatte, stand es dann nicht auch Diego zu, von meinen Zweifeln zu hören?

Am späten Nachmittag bekam ich ihn schließlich zu Gesicht. Er ritt ein wenig hinter mir, unterhielt sich mit einigen jungen Männern. Ich winkte ihm zu, als er in meine Richtung sah.

»Hast du Elefanten gesehen?«, fragte ich ihn, noch bevor er sein Pferd neben mir gezügelt hatte. Konrad und Hugo, die vor mir gingen, drehten sich um, Diego runzelte die Stirn.

»Sollte ich?«, fragte er.

Sein Grinsen machte mich wütend. Ich verschränkte die Arme vor der Brust. »Du erzählst all diese Geschichten über das Heilige Land, aber du sprichst nie von Elefanten. Dabei weiß jeder, dass sie von den Menschen dort als Reittiere benutzt werden.« Und dann setzte ich hinzu: »Ein paar von uns glauben, dass du nie dort warst.«

Es überraschte mich, wie anklagend und verärgert ich klang. In meinen Gedanken hatten die Worte, die ich mir zurechtgelegt hatte, anders gewirkt.

Diego grinste nicht mehr. »Ein paar von uns«, wiederholte er. »Ich dachte, ich gehöre zu *uns*.«

Ich öffnete den Mund, wollte ihm erklären, wie ich es gemeint hatte, doch dann wurde mir klar, dass es nichts zu erklären gab. Ich hatte es genau so gemeint, wie ich es gesagt hatte. Ich schloss den Mund.

Diego schüttelte den Kopf und trieb sein Pferd an. Schlamm spritzte über meine Röcke.

»Was ist denn los, Mutter?«, fragte Hugo.

Ich schwieg.

In dieser Nacht riss mich ein Schrei aus dem Schlaf.

Im ersten Moment, als ich mich erschrocken aufsetzte, dachte ich, es wäre mein eigener gewesen, doch dann hörte ich ihn erneut.

»Da ist er! Haltet ihn fest!« Die Frauenstimme klang schrill, überschlug sich beinahe.

Lukas sprang auf der anderen Seite des Feuers auf. Überall regten sich Menschen, sahen sich verwirrt und suchend um. Rufe wurden laut. Soldaten liefen ohne Rüstung, aber mit gezogenen Schwertern an mir vorbei.

»Was ist hier los?«

»Ein Dieb!« Wieder die Frauenstimme. Sie klang näher als zuvor. »Er läuft auf die Felder!«

Wir hatten unser Dorf entlang der Straße und auf einer großen Wiese aufgeschlagen. Dahinter lagen die Felder des Dorfes, das wir am Abend aufgesucht hatten. Der Landjunker, der ihm vorstand, hatte uns erlaubt, die Nacht in der Nähe zu verbringen. Es war ein armes Dorf ohne Mühle oder Kirche. Wahrscheinlich hatte einer der Bauern der Versuchung unserer vollen Karren nicht widerstanden.

Ich schloss mich den anderen Menschen an, die zu den Feldern strömten. Einige hielten Knüppel in den Händen. Diego lief an mir vorbei und schloss zu den Soldaten auf, die an der Spitze gingen. In der klaren Vollmondnacht leuchtete Lukas' Haar zwischen ihnen wie Silber.

»Schwärmt aus!«, schrie er. »Kreist ihn ein.«

»Wen denn?«, rief jemand zurück. »Wer ist es?«

Er erhielt keine Antwort. Wir versuchten uns auf der Wiese zu verteilen und eine Reihe wie bei einer Treibjagd zu bilden, stolperten aber eher sinnlos durch die Nacht. Wären wir nicht so viele gewesen, hätte der Dieb sicherlich mit Leichtigkeit durch die Lücken in unseren Reihen schlüpfen können. So blieb ihm nichts anderes übrig, als vor uns her über das Feld zu laufen.

»Ich sehe ihn!«, schrie Lena. Sie ging rechts von mir, ein resolutes, kräftiges Mädchen, das sich uns in einem Ort namens Godesberg angeschlossen hatte. Eine Hand hatte sie ausgestreckt, in der anderen hielt sie einen Ast. Sie musste ihn aus dem Feuer gezogen haben, denn seine Spitze glühte noch rot.

Ich kniff die Augen zusammen. Das Feld lag wie ein schwarzes Tuch vor uns. Die Erde unter meinen Füßen war frisch umgepflügt und weich. Beinahe wäre mein Blick an dem Dieb vorbeigeglitten, denn er stand reglos auf dem Feld, allerdings weniger als einen Steinwurf entfernt. Doch erst als er sich bewegte, bemerkte ich ihn.

»Bleib stehen!«, rief ich, ebenso wie hundert andere. Er wandte sich von uns ab und rannte los. Der umgepflügte Boden war tückisch, immer wieder stolperte er, verschwand kurz aus meinem Blickfeld und tauchte wieder auf, wenn er sich aufrappelte und weiterlief. Wir folgten ihm. Kinder liefen voran, begannen ihn von beiden Seiten einzukreisen. Ich sah mich nach Konrad und Hugo um, entdeckte sie aber nirgends. Ich hoffte, dass sie auf sich aufpassten.

Beim nächsten Atemzug stieß ich mit den Zehen gegen etwas. Es klimperte, ich taumelte. Lena griff nach mir, aber ihre Hand verfehlte meinen Arm, und dann stürzte ich auch schon in den Dreck. Es tat nicht weh.

Ich stützte mich ab und wollte aufstehen, doch etwas prallte in meinen Rücken, warf mich wieder zu Boden, und ein Mann schlug fluchend neben mir auf. Ein nackter Fuß trat auf meine Hand, grub sie tief in den Dreck, ein anderer setzte neben meinem Kopf auf.

Ich schrie, nicht vor Schmerzen, sondern aus Angst. Ich sah nichts als schwarze Schatten über und neben mir, hörte nur Keuchen und überraschtes Stöhnen. Füße, Beine und Knie prallten gegen mich. Dem Mann neben mir trat jemand so fest ins Gesicht, dass ich seine Nase brechen hörte. Schreiend krümmte er sich zusammen, versuchte seinen Kopf mit den Armen zu schützen.

Ich wollte wegkriechen, doch die Füße waren überall. Meine Hand berührte etwas Weiches, Schweres. Ich zog es heran und presste mein Gesicht hinein, um mich vor den Tritten zu schützen.

»Hilfe!« Lenas Stimme. »Hier sind welche gestürzt! Helft ihnen!«

Sie wurde von der Menge zurückgedrängt. Einige bemerkten, was passiert war, und blieben stehen, doch die meisten sahen mich und den Mann so spät, dass sie nur noch über uns springen oder – schlimmer noch – auf uns treten konnten.

Immer wieder versuchte ich hochzukommen, immer wieder warf mich die Menge zu Boden. Der Mann neben mir regte sich nicht mehr. Mir war übel vor Schmerz und Angst. Jeder Tritt ließ mich aufstöhnen, jeder Schlag brachte mich dem Vergessen näher. Die Welle aus Menschen, die über mich schwappte, erschien mir endlos. Benommen erkannte ich, dass ich darin ertrinken würde.

Schwere Stiefel sprangen plötzlich über mich hinweg. Hände ergriffen meine Arme, rissen mich hoch. Etwas klimperte. Meine rechte Hand war schwerer als die linke. Ich wusste nicht, wieso.

Irgendwo schrie jemand: »Der Dieb! Der Dieb! Wir haben ihn!«

Einen Moment lang glaubte ich, die Stimme meinte mich. »Ich habe nichts gestohlen.«

»Ich weiß«, antwortete ein Mann mit seltsamem Akzent.

Dann verschwand der Vollmond über mir. Es wurde still und dunkel.

Kapitel 9

Ich erwachte, als mir jemand Wasser ins Gesicht spritzte. Ich lag an einem der Feuer, und man hatte ein Fell unter mir ausgebreitet. Konrad hockte mit feuchten Wangen neben mir und hielt meine dreckverkrustete Hand, Hugo stand zu meinen Füßen, verunsichert, das sah ich ihm an, auch wenn er versuchte, es nicht zu zeigen. Einige andere standen um mich herum, darunter auch Lena und Michael, der Barbierlehrling.

»Keine Angst, es geht mir gut«, behauptete ich. Mein Kopf pochte, mein Rücken und meine Hand schmerzten. Vorsichtig setzte ich mich auf, und für einen Moment schaukelte die Welt, als säße ich auf einem Schiff, dann verschwand das Gefühl.

»Ich wollte dir helfen«, sagte Lena. »Bei Gott, ich habe es versucht. Aber alle schrien durcheinander, niemand hörte auf mich.« Sie war den Tränen nah. »Wenn der Spanier nicht gewesen wäre …«

Ich erinnerte mich verschwommen an seine Stimme. »Wo ist er?«

Michael nahm einen Schluck Bier aus einem Holzbecher. »Keine Ahnung, wahrscheinlich bei Peter, so wie die anderen.«

Ich runzelte die Stirn. »Was ist denn mit Peter? Ist ihm etwas passiert?«

»Noch nicht«, sagte eine Frau, die ich nicht kannte und die im Dialekt dieser Gegend sprach. »Aber er wollte uns bestehlen. Das kann nicht gut für ihn ausgehen.«

»Peter? Peter aus Köln?« Ich konnte nicht glauben, was ich da hörte.

»Ja, Mama.« Konrad ließ meine Hand los und sah auf einen Punkt jenseits des Feuers. »Nicolaus redet mit ihm. Wenn es dir besser geht, können wir dann hingehen und zuhören?«

»Warum gehen wir nicht alle?« Michael stand auf, und er und Hugo halfen mir auf die Beine. Ich war erleichtert, als die Schmerzen nicht schlimmer wurden. »Nicolaus wollte dich eh sprechen«, fuhr der Barbierlehrling fort. »Ich hab ihm gesagt, ich bring dich zu ihm, sobald ich sicher bin, dass du nicht ernsthaft verletzt bist.« Er musterte mich einen Moment. »Bist du doch nicht, oder?«

Ich schüttelte den Kopf. Es schmerzte, aber das ließ ich mir nicht anmerken. »Warum will er mich sprechen?«

»Weil du den Beutel mit Diebesgut in der Hand hattest, als dich der Spanier fand. Du wolltest ihn nicht loslassen.«

Ich konnte mich nicht daran erinnern. »Was ist mit dem Mann geschehen, der neben mir lag?«, wollte ich wissen. »Geht es ihm gut?«

»Bestimmt.« Lena bekreuzigte sich. »Der Herr hat ihn zu sich genommen.«

Ich bekreuzigte mich ebenfalls.

Konrad wich nicht von meiner Seite, während wir durch das Lager gingen. Immer wieder sah er zu mir hoch, als wolle er sich versichern, dass es mir wirklich gutging. Ich tat so, als würde ich es nicht bemerken, und versuchte nicht zu hinken.

Schon aus der Ferne hörte ich aufgeregte Stimmen, dann sah ich Menschen, die sich um einen großen, mit brennenden Fackeln abgesteckten Kreis versammelt hatten.

In der Mitte stand ein Karren und darauf Peter. Sein linkes Auge war zugeschwollen, sein Kinn blutverschmiert. Man hatte ihn mit Stricken gefesselt und einen Ast hindurchgeschoben, sodass er sich nicht setzen, noch nicht einmal den Rücken krümmen konnte.

Als ich mich auf die Zehenspitzen stellte und über die Köpfe vor mir blickte, entdeckte ich Nicolaus und Lukas. Nicolaus saß auf einem Fass und drehte den Schäferstab zwischen seinen Händen, Lukas ging auf und ab. Hinter dem Karren standen die Soldaten, reglos und stumm wie behauene Säulen in einer Kirche.

Diego saß ein wenig abseits von ihnen auf einem Baumstumpf und knackte Nüsse mit dem Griff seines Messers. Was sich vor ihm abspielte, schien ihn nicht zu interessieren.

Am liebsten wäre ich zu ihm gegangen, um mich zu bedanken, aber ich traute mich nicht, den Kreis zu betreten, und von der anderen Seite wäre ich nicht an ihn herangekommen, denn fast der gesamte Kreuzzug hatte sich um den Karren versammelt.

»Du behauptest, du hättest das Geld nicht für dich genommen«, sagte Lukas in diesem Moment laut.

»Das stimmt.« Peters Stimme klang rau, ich hörte die Angst, die darin lag. »Ich wollte es meinem Jungen bringen, damit sich ein richtiger Arzt seinen Fuß ansehen kann. Ich wusste doch nicht, wie viel ich brauche, deshalb habe ich den ganzen Beutel genommen.« Seine Schultern hoben und senkten sich, als wollte er seine gefesselten Arme bewegen. »Ich hätte den Rest zurückgebracht, Gott ist mein Zeuge.«

Nicolaus hob den Kopf. Lukas trat zu ihm, hörte einen Moment zu und nickte. »Es war Gottes Wille, dass sich dein Sohn den Fuß gebrochen hat, und Gottes Wille, dass ein Gerber ihn aufnahm. Wir haben diesem Samariter sogar Geld gegeben, damit er sieht, dass Gott die Mildtätigen belohnt.«

»Einen Viertelpfennig!«, stieß Peter hervor und bewegte sich in seinen Fesseln wie eine Schlange. »Wir haben Manfred, meinen ältesten Sohn, mit einem Viertelpfennig in die Hände eines Gerbers gegeben! Man kann ihnen nicht trauen, das weiß doch jeder.«

»He«, rief eine dunkle Stimme, vermutlich die eines Gerbers. Einige lachten.

Lukas hob die Hand, und das Lachen erstarb. »Kann man Gott nicht trauen?«, fragte er.

Peter senkte den Kopf. Einen Moment schwieg er, dann sagte er leiser als zuvor: »Doch … doch, das kann man.«

»Warum hast du es dann nicht getan?«

»Weil …« Peter zögerte. »Es ging um meinen Sohn. Ich hatte Angst um ihn. Immer wieder sah ich ihn in der Hütte liegen, umgeben von all dem Unrat und dem Gestank. Ich …« Er brach ab, schüttelte den Kopf und taumelte. Mühsam fing er sich wieder. »Ich wusste, dass es falsch war, das Geld zu nehmen, aber ich konnte nicht anders.«

Lukas sah ihn scharf an. »Du hast gestohlen, obwohl du es nicht wolltest?«

»So ist es wohl. Ich hätte auf Gott vertrauen sollen, und ich weiß selber nicht, was mich dazu trieb, das Geld zu nehmen.«

»Der Teufel.«

Nicolaus sprach leise, es war beinahe ein Flüstern, trotzdem verstand ich seine Worte genau. Ein Raunen ging durch die Menge, einige wichen zurück. Diego hörte auf, Nüsse zu knacken, Konrad ergriff meine Hand. Sogar Hugo rückte näher an mich heran.

»Nein.« Peter schüttelte den Kopf. »Es war nicht der Teufel, nur Dummheit, die mich …«

»Sei ruhig!«, unterbrach ihn Lukas.

»Habt ihr wirklich geglaubt, er würde uns in Ruhe lassen?« Nicolaus stand auf und lehnte den Schäferstab an das Fass, auf dem er gesessen hatte. »Unser Glauben ist ihm ein Gräuel, unser Kreuzzug widert ihn an. Er fährt in die Krähen am Himmel und die Würmer im Boden und beobachtet uns, seit der Erste sein Gelübde abgelegt hat.« Nicolaus trat an den Rand des Kreises, schritt ihn langsam ab. Das Licht der Fackeln erschuf tiefe Ringe unter seinen Augen. »Vielleicht dachte er, wir wären nicht stark genug. Vielleicht dachte er, seine Diener im Heiligen Land hätten nichts zu befürchten. Vielleicht lachte er über uns.«

»Sei verflucht, Teufel!«, rief eine Frau.

»Amen«, antwortete eine andere.

»Aber er lacht nicht mehr«, sagte Nicolaus. Langsam ging er an mir vorbei. »Er hat die Stärke unseres Glaubens erkannt und bekommt Angst!« Er schrie das letzte Wort, und Jubel kam auf. »Mit List und Tücke versucht er uns aufzuhalten. Und darum … darum fuhr er in diesen Mann und brachte ihn vom rechten Weg ab!« Und mit diesen Worten zeigte er auf Peter.

Der schüttelte so heftig den Kopf, dass er beinahe gestürzt wäre. »Nein!«, rief er. »Nein, nein, nein. Ich war es, nicht der Teufel, ich ganz allein!«

Ein Soldat trat einen Schritt vor und hämmerte ihm seinen Schwertknauf in die Kniekehle. Peter knickte ein, schlug so schwer auf die Bretter des Karrens, dass eines unter ihm brach.

Konrads Hand krampfte sich um meine.

»Er steckt immer noch in ihm!«, rief Nicolaus über Peters Wimmern hinweg. »Der Teufel zwingt ihn zu leugnen. Er ist zu feige, sich uns zu offenbaren!«

»Dann holen wir ihn raus!«, sagte Hugo neben mir laut.

Ich drehte überrascht den Kopf. Andere nahmen den Satz auf, verkürzten ihn, bis daraus ein Chor wurde: »Holt ihn raus!«

Nicolaus nahm seinen Stab, hielt ihn hoch, und die Stimmen verstummten. »Ich werde Gott bitten, mir die Weisheit zu gewähren, in dieser Angelegenheit richtig zu entscheiden. Morgen sehen wir weiter!« Er wandte sich an die Soldaten. »Bis dahin soll der Gefangene weder essen noch trinken oder schlafen. Bitte sorgt dafür.«

Die Männer nickten. Ich sah zu der Stelle, wo Diego gesessen hatte, doch der Baumstamm war leer, nur einige Nussschalen lagen noch darauf.

Neben mir teilte sich die Menge. Nicolaus schritt hindurch, so wie er eines Tages durch das geteilte Meer bis zum Heiligen Land schreiten würde. Er blieb nicht neben mir stehen, sondern sagte nur leise: »Komm mit.«

Ich folgte ihm zur Straße, während sich die Menge allmählich auflöste und kleine Gruppen an uns vorbeigingen. Die Gespräche, die sie führten, drehten sich um Peter und den Diebstahl.

Auf der anderen Seite der Straße lag ein kleines Waldstück. Wir gingen ein paar Schritte hinein, und es wurde dunkel, als die Baumkronen den Vollmond verdeckten. Eine Frau, die im Unterholz gehockt hatte, zog erschrocken die Luft ein, als sie uns sah, stand auf und eilte mit gesenktem Blick zurück zur Straße. Es roch nach Kot.

Nicolaus blieb stehen. In der Dunkelheit war sein Gesicht ein verschwommener weißer Fleck. »Man hat mir gesagt«, begann er, »du hattest den Beutel voller Münzen, den Peter stehlen wollte, fest umklammert, als man dich gefunden hat, und du hättest ihn nicht loslassen wollen.«

»Ich wollte ihn nicht stehlen«, sagte ich, obwohl ich nicht einmal mehr wusste, dass ich den Beutel überhaupt gehalten hatte.

»Ich weiß.« Das Gleiche hatte Diego gesagt. Ich erinnerte mich an den Klang seiner Stimme.

»Ein anderer hätte das vielleicht getan, hätte den Beutel vergraben und gewartet, bis wir die Suche danach aufgegeben hatten, aber nicht du.« Nicolaus machte eine Pause. »Weißt du, warum?«

Ich schüttelte den Kopf.

»Weil du weiter bist als die anderen.« Ich hörte die Freude in seinen Worten. »Du hast Gottes Wort verstanden.«

Ich wollte ihm widersprechen, aber er ließ es nicht zu.

»Du«, fuhr er fort, »hast damals am Rhein willentlich deinen einzigen Besitz hergegeben, als die anderen noch zögerten. Und nun hast du das Geld für uns bewahrt. Das ist ein Fingerzeig Gottes. Er hat dich erwählt.«

Stolz erfüllte mich. Es war ein schönes Gefühl, warm und befriedigend wie eine gute Mahlzeit. »Wozu hat er mich erwählt?«, fragte ich.

Nicolaus zögerte. »Ich weiß es noch nicht, aber der Engel wird es mir schon noch verraten.«

Das war enttäuschend, trotzdem versuchte ich das Gefühl festzuhalten und nicht in Ungeduld zu verfallen. Gott würde seinen Willen offenbaren, wenn die Zeit gekommen war.

»Soll ich dir die Beichte abnehmen?«, fragte Nicolaus.

»Nein.« Meine Antwort kam zu schnell, klang gehetzt. »Nein«, sagte ich ein zweites Mal, ruhiger und gelassener. »Ich danke dir, aber mein Kopf schmerzt zu sehr. Bestimmt würde ich die Hälfte meiner Sünden vergessen.«

Nicolaus lachte. Auf einmal klang er wie ein Junge, nicht wie ein Werkzeug Gottes. »So viel hast du bestimmt nicht zu beichten.«

Da lachte auch ich, wenn auch gezwungen. Ein Teil von mir wollte ihm berichten, wollte berichten, was an jenem schrecklichen Morgen in Köln geschehen war, doch ein anderer schreckte vor dem Gedanken zurück, den Kerker zu öffnen, in dem ich meine Erinnerungen eingesperrt hatte. Es war schlimm genug, dass sie im Schlaf herauskamen.

Nicolaus begleitete mich zurück zur Straße, dann blieb er wieder stehen. »Ich werde nicht mit ins Lager kommen«, sagte er. »Wenn Lukas fragt, sag ihm, dass ich um den Rat Gottes beten werde. Morgen früh muss ich entscheiden, was mit Peter geschehen soll. Das erwartet man von mir.«

»Dann wünsche ich dir Glück.«

Ich ging zurück zu den Feuern. Eine Weile suchte ich nach Diego, um mich zu bedanken, aber ich konnte ihn nirgends entdecken.

Die meisten Menschen waren noch auf, obwohl es mitten in der Nacht war. Die Aufregung ließ sie nicht schlafen.

Lukas saß am Feuer und starrte in die Flammen. Als ich sah, dass niemand bei ihm war, änderte ich rasch die Richtung. Ich wollte nicht mit ihm allein sein.

Schließlich entdeckte ich Hugo und Konrad. Gottfried, Lena und zwei Mädchen, die mir bekannt vorkamen, wärmten sich ebenfalls am Feuer. Der Platz neben Gottfried, an dem sonst Peter gesessen hatte, war leer. Auch seine beiden Söhne waren nicht zu sehen. Ich nahm an, dass sie gemeinsam mit dem Vater beteten.

Ich setzte mich zwischen Konrad und Hugo. »Habt ihr den Spanier gesehen?«

Sie schüttelten den Kopf. Keiner am Feuer wusste, wo er war.

»Er hat dich gerettet, hörte ich«, sagte Gottfried.

»Ja. Ohne ihn …« … wäre ich jetzt tot, hatte ich sagen wollen, doch gerade noch rechtzeitig dachte ich an meine Söhne. »… wäre es mir schlechter ergangen.«

»Und jetzt willst du dich bei ihm bedanken?«, fragte eines der Mädchen.

»Das würde ich gern, wenn ich ihn nur finden könnte.«

»Er ist mir unheimlich«, sagte das andere Mädchen. Beide waren zierlich und klein und wirkten wie Schwestern. »Er redet so komisch, und seine Augen sind schwarz wie Asche.«

»Braun«, widersprach ich.

»Der Teufel hat schwarze Augen«, sagte Gottfried düster. »Das weiß ich von den Mönchen.«

»Ich dachte, rot.« Konrad grinste.

Hugo stieß ihm den Ellenbogen in die Seite. »Darüber macht man keine Witze.«

»Au.« Konrad wollte nach seinem Bruder schlagen, aber ich hielt seine Hand fest. »Hört auf damit, beide.«

»Er hat recht.« Gottfried streckte sich am Feuer aus und gähnte. »Nur Narren lachen über den Teufel.«

»Sag ich doch.« Hugo wirkte zufrieden. Er sah mich an, suchte nach Anerkennung. Ich nickte, obwohl ich nichts Schlimmes dabei finden konnte, über den Teufel zu lachen. Aber es war besser, wenn Konrad lernte, in welcher Gesellschaft man scherzen durfte und in welcher man besser schwieg. Das fiel ihm noch schwer.

Wir sprachen eine Weile über Peter, dann wurden die anderen müde und legten sich schlafen.

Ich ging zu Nicolaus' Feuer. Erleichtert sah ich, dass Lukas bereits schlief. Ich setzte mich leise auf die andere Seite des Feuers und rollte das Fell aus, das Nicolaus mir geschenkt hatte.

Ich drehte mich gerade auf die Seite, als ich Lukas' Stimme hörte. »Wo ist er?«

Er musste nicht erklären, wen er meinte.

»Im Wald«, antwortete ich. »Er sagt, er will um göttlichen Beistand bitten, damit er morgen, wenn die Leute wissen wollen, was mit Peter geschieht, die richtige Antwort geben kann.«

»Was hat er sonst noch gesagt?«

»Das musst du ihn fragen, nicht mich.«

Ich hörte, wie er sich umdrehte.

Mein Herzschlag wurde langsamer, doch mein Körper schmerzte, egal, wie ich mich hinlegte, und meine Gedanken kamen nicht zur Ruhe, sprangen zwischen Peter, Nicolaus und Diego hin und her. Irgendwann dachte ich nur noch an Nicolaus, an sein Jungenlachen und an die Entscheidung, die er treffen musste. Es war nicht richtig, ihn damit allein zu lassen. Diese Prüfung hatte Gott nicht nur ihm auferlegt, sondern uns allen. Wir waren Gleiche unter Gleichen, die alles teilten und keine Geheimnisse voreinander hatten. Das war es doch, was Nicolaus immer wieder sagte. Doch wir wagten es nicht, diese eine Entscheidung miteinander zu teilen, weil jeder froh war, dass Nicolaus sie uns abnahm. Das war falsch.

Ich setzte mich auf, schlug meinen Wollumhang, in den ich mich gewickelt hatte, zurück. Er war feucht vom Nachttau. Am

Horizont sah ich einen ersten grauen Streifen über den Bäumen. Es würde bald hell werden.

Leise erhob ich mich und schlich an den schlafenden Menschen vorbei zur Straße. Holz knackte in den Feuern. Der Geruch von Asche hing in der Luft.

Ich überquerte die Straße und blieb lauschend vor dem kleinen Waldstück stehen. Ich hörte nichts außer den Geräuschen des Waldes und des Lagers hinter mir. Vorsichtig ging ich tiefer in den Wald hinein. Zweige zerbrachen unter meinen Füßen, das Herbstlaub des vergangenen Jahres raschelte. Ohne den Feuerschein gewöhnten sich meine Augen rasch an die Dunkelheit, aber vor mir wurde der Wald so dicht, dass er eine wabernde schwarze Wand zu bilden schien. Äste strichen wie Fingernägel über mein Gesicht. Plötzlich dachte ich an Wilhelm und hätte beinahe geschrien.

Und dann hörte ich das Flüstern. Eine Stimme wisperte unverständliche Worte, hektisch und schnell, unterbrochen von kurzen, scharfen Atemzügen. Sie war nicht weit entfernt. Ich ging auf sie zu, bemühte mich, leise aufzutreten, redete mir ein, dass es Nicolaus' Stimme war und dass das Zittern meiner Hände von der Kälte der Nacht rührte.

Das Flüstern wurde lauter, aber die Worte blieben unverständlich. Es war ganz in meiner Nähe.

Beinahe wäre ich über Nicolaus gestolpert. Er hockte im Laub, die Knie angezogen, die Arme um sie gelegt. Sein Körper wippte vor und zurück, schnell und rhythmisch, als lausche er Trommelschlägen. Er hatte sich übergeben. Ich roch das Erbrochene.

»Nicolaus?«, fragte ich leise.

Er reagierte nicht. Die Worte, die er flüsterte, klangen fremder als alles, was ich je gehört hatte, und dazwischen zischte, krächzte und brummte er, stieß einmal sogar ein kurzes kreischendes Lachen aus, das mich zusammenzucken ließ. Seine Augen waren weit aufgerissen und weiß.

Ich wagte es nicht, mich ihm zu nähern, zog mich stattdessen zwischen die Bäume zurück, aus Angst, den Engel, der in ihn gefahren war, zu stören. Ich dankte Gott für das Wunder, das er mich erleben ließ, schloss die Augen und lauschte den fremden Worten. Es war kein Latein – ich war immer davon ausgegangen, dass Gott und die Engel die Sprache der Priester sprachen –, sondern etwas anderes, eine fremde göttliche Sprache, die des Himmels. Ich ließ sie ein in meine Seele, hoffte, dass sie mir Linderung gewähren und meine Erinnerungen beruhigen würde.

Irgendwann brach sie ab. Ich öffnete die Augen und sah, dass Nicolaus zusammengesackt war und schlief. Es war schon fast hell, aber ich weckte ihn nicht, sondern ging langsam zurück zum Lager, immer noch gefangen von dem Geheimnis, das ich erfahren hatte.

Ich schlich zum Feuer und legte mich hin, das Gesicht von den Flammen abgewandt, die Augen geöffnet, und war bemüht, die Worte nicht zu vergessen, die Sprache in meinen Gedanken festzuhalten, aber sie entzog sich mir, stieg aus meiner Erinnerung auf wie Nebel über einem Fluss in den Himmel. Vielleicht war das besser so. Die Sprache der Engel war nicht für Menschen bestimmt.

Kurz vor Sonnenaufgang hörte ich, wie sich Lukas auf der anderen Seite des Feuers erhob. Er zog die Stiefel an, die ein Schuster dem Kreuzzug geschenkt hatte, dann ging er davon. Erst lange nach Sonnenaufgang, als wir alle schon ungeduldig warteten und die Soldaten, die Peter in seinem Karren bewachten, nervös wurden, kehrte er zurück, mit Nicolaus an seiner Seite.

Konrad berührte meine Hand. »Da ist er.«

Ich sah Nicolaus ebenfalls. Er wirkte blass und erschöpft. Seine Stirn glänzte, als hätte er Fieber. Er trug ein frisches weißes Leinenhemd, durch dessen Stoff man sein dunkles Muttermal erahnen konnte. Seine Füße schlurften durch den Matsch, er konnte kaum die Beine heben. Lukas stützte ihn unauffällig am Ellenbogen, sodass man es kaum bemerkte.

Die Soldaten erhoben sich. Einer stieß seinen schlafenden Kameraden an, der erschrocken hochfuhr.

Peter hatte die Nacht stehend auf dem Karren verbracht, trotzdem wirkte er nicht so erschöpft wie Nicolaus. Jemand, wahrscheinlich einer seiner Söhne, hatte ihm ein Fell über die Schultern gelegt.

Die beiden Jungen standen ebenfalls auf, als sie Nicolaus bemerkten. Einer faltete die Hände und senkte den Kopf, während der andere dem Richter seines Vaters trotzig entgegenblickte.

Die Menge ließ Nicolaus durch. Obwohl die Fackeln, die in der Nacht den Kreis gebildet hatten, längst verloschen waren, trat niemand über diese unsichtbare Grenze. Eine seltsame Spannung lag über uns allen. Kaum jemand sagte etwas, und wenn doch, dann flüsternd und mit nervösem Blick.

Ich tastete nach Konrads Hand. Er zog sie nicht weg. Hugo hatte die Arme vor der Brust verschränkt und die Lippen zusammengekniffen. Ich sah ein einzelnes Barthaar an seinem Kinn.

Nicolaus blieb in der Mitte des Kreises stehen, drehte Peter den Rücken zu und stützte sich schwer auf seinen Schäferstab. Lukas trat zurück, wenn auch zögernd, so wie jemand, der den letzten Stein auf eine Mauer gelegt hat, sich aber nicht sicher war, dass sie halten wird.

»Der Engel hat in der Nacht zu mir gesprochen«, begann Nicolaus.

Vereinzelt riefen Menschen: »Halleluja!«

Nicolaus wartete, bis Stille einkehrte, dann fuhr er fort. »Er führte mich zu einem Feld, auf dem der Roggen hoch stand wie kurz vor der Erntezeit. In der Mitte des Feldes stand eine Pflanze. Sie war verkümmert und voller Käfer. Die Pflanzen um sie herum bogen sich unter der Last ihres Korns, nur diese eine war von den Käfern zerfressen und trug kein einziges Korn. Der Engel fragte mich: ›Was willst du tun mit dieser Pflanze?‹« Nicolaus machte eine Pause. Er wirkte kräftiger als zuvor, gefestigter. »Was hättet ihr dem Engel geantwortet?«, fragte er nach einem Moment.

»Herausziehen!«, rief ein Junge. Er war so klein, dass ich ihn zwischen den anderen nur hören, aber nicht sehen konnte. »Herausziehen, bevor die Käfer das ganze Feld kahl fressen!«

Nicolaus nickte. »Das war genau die Antwort, die auch ich dem Engel gab. Daraufhin brachte er mich hierher zurück, und als ich im Wald dort hinten erwachte, hatte ich meine Entscheidung gefällt.«

Er wandte sich ab, als wäre damit alles gesagt.

Lukas trat zu ihm. Die beiden sprachen leise miteinander, während Peter über ihnen auf sie herabblickte. Sein Kopf zitterte wie der eines Greises. Seine Söhne standen weiterhin neben ihm, aber ihnen war anzusehen, dass sie die Hoffnung aufgegeben hatten.

»Verstehe ich nicht«, flüsterte Konrad. »Was hat das Roggenfeld mit Peter zu tun?«

»Wir müssen mit Peter das Gleiche tun wie mit der Pflanze«, antwortete Hugo an meiner Stelle, »sonst vergiftet der Teufel in ihm uns alle, Dummkopf.«

»Red vernünftig mit deinem Bruder«, sagte ich scharf.

Hugo hob nur die Schultern.

Konrad sah mich an. »Sie wollen Peter umbringen?« Er klang, als könnte er nicht begreifen, dass jemand, den er kannte, getötet werden sollte.

»Ich weiß …«

Ich unterbrach mich, weil ich auf einmal Hufschlag hörte. Lukas, der Nicolaus zu dem Baumstumpf hatte führen wollen, auf dem Diego in der Nacht zuvor gesessen hatte, blieb stehen.

Es war ein einzelnes Pferd, sein Reiter war staubbedeckt und hatte die Kapuze seines Umhangs tief ins Gesicht gezogen, doch ich erkannte ihn trotzdem an seiner Kleidung.

Es war Diego.

Er zog die Kapuze vom Kopf, als er sich näherte.

»Ich dachte, den Spanier wären wir los«, hörte ich jemanden sagen. Die Stimme war mir nicht vertraut, aber sie klang alt.

Diego lenkte sein Pferd durch die Menge, und erst als er im Kreis angelangt war, stieg er aus dem Sattel. Er schüttelte sich, Staub wallte auf, dann drehte er sich zu Nicolaus um und verbeugte sich so übertrieben, dass ich das Gesicht verzog.

»Ich habe mir erlaubt«, sagte er laut, »in den umliegenden Dörfern Erkundigungen einzuholen. Und siehe da, es hat Gott gefallen, dieses Unheil in der Nähe eines Gerichtsfleckens über uns zu bringen. Der Richter dort, ein Schultheiß, ist ein ehrenwerter Mann, der mit Verbrechen und Teufelswerk in gleichem Maß vertraut ist.«

»Woher willst du das wissen?«, fragte Lukas.

Diego lockerte den Sattelgurt seines Pferdes. »Weil ich ihn gefragt habe«, sagte er beinahe beiläufig. »Er ließ mich trotz der unchristlichen Stunde ein, gab mir Wein und Brot und lauschte meiner Geschichte. Er ist bereit, für uns ein Notgericht einzuberufen. Noch heute.«

»Er unterwirft sich dem Gericht«, rief Knut, Peters zweitältester Sohn.

»Ja!« Peter reckte das Kinn vor. »Ich erkenne es an. Es soll über mich urteilen.«

Nicolaus setzte sich auf den Baumstumpf und legte sich den Stab über beide Knie. Er beachtete den Mann auf dem Karren nicht, als er zu Diego sagte: »Du hast wie ein wahrer Christ gehandelt. Du hast die Angst deiner Brüder und Schwestern gesehen und versucht, sie zu lindern. Dafür danken wir dir alle aus tiefstem Herzen.«

Diego neigte den Kopf, als ahne er, was als Nächstes kam. »Aber?«

»Aber«, nahm Nicolaus sein Wort auf, »der Engel ist mir in der Nacht erschienen und hat die Verantwortung für diesen Sünder und sein Schicksal an mich übertragen. Kein Gericht steht über dem Gottes.«

Um mich herum nickten Menschen. »Amen«, sagte Hugo.

Diego fuhr sich müde durchs Haar. »Natürlich nicht, aber bedeutet Verantwortung nicht, dass du entscheiden musst, was mit Peter geschieht? Und könnte deine Entscheidung nicht lauten, ihn dem Gericht zu übergeben?«

»Nein.« Das war alles, was Nicolaus antwortete.

Diego hob die Augenbrauen. »Nein?«

Lukas schien eingreifen zu wollen, aber da stand Nicolaus auf und deutete mit seinem Stab auf den Spanier. »Verstehst du denn nicht, was hier geschieht? Wer wir sind? Welche Kräfte sich gegen uns verschworen haben, um diesen Kreuzzug zu verhindern?« Speichel sprühte von seinen Lippen, und rote Flecke bildeten sich auf seinen Wangen. »Wir sind die Streiter des Heiligen Grabs, die Gotteskrieger, die Jerusalem befreien werden. Wir sind mächtiger als jeder Schultheiß, jeder Vogt, jeder König.«

Einige stießen erschrocken den Atem aus, als er dies sagte. Ich sah mich um, befürchtete auf einmal, ein Fremder könne seine Worte hören.

»Sie alle sind gescheitert, wo wir siegen werden«, fuhr Nicolaus fort. »Warum? Neid nagt an ihrer Seele, wenn sie uns sehen, und sie sind erfüllt von Missgunst. Der Teufel hat leichtes Spiel mit solch schwachen Menschen, sieh dir nur Peter an! Und ihren Gerichten willst du dich unterwerfen? Sie würden eher uns die Schlinge um den Hals legen als ihm.«

Er taumelte. Lukas war sofort an seiner Seite, um ihn zu stützen, und sagte wütend zu Diego: »Wie kannst du es wagen, die Worte des Engels zu hinterfragen? Wenn dein Glaube so schwach ist, warum verschwindest du nicht?«

»Genau!«, schrie ein Mädchen. Es war eines der beiden, die in der Nacht an unserem Feuer gesessen hatten. »Was willst du überhaupt hier?«

Diego hob beschwichtigend die Hände. »Es war nicht meine Absicht, Unfrieden zu stiften.«

»Ich weiß«, sagte Nicolaus. Die Blässe war in sein Gesicht zurückgekehrt. »Du hast aus Mitgefühl gehandelt, das ehrt dich. Und zudem ist es vielleicht gut, dass nun alle wissen, gegen was wir ankämpfen müssen.« Er schüttelte Lukas' Griff ab und drehte sich zu Peter um. Doch er sah ihn nicht an, sondern nickte nur einem der Soldaten zu. »Übergebt seinen Körper dem Feuer.«

Peter warf sich in seinen Fesseln herum, schreiend vor Angst. Seine Söhne streckten die Arme aus, versuchten ihn zu erreichen, vielleicht, um ihn zu umarmen, vielleicht, um ihn festzuhalten.

»Wartet!« Mir wurde erst klar, dass ich es gerufen hatte, als alle den Kopf wandten und mich ansahen.

Selbst Nicolaus fuhr herum, ob erschrocken oder wütend, konnte ich nicht sagen. Er winkte mich heran. Die Menge teilte sich vor mir. Konrad ließ meine Hand nur zögernd los.

Ich trat in den Kreis. Meine Beine zitterten so sehr, dass ich Angst hatte zu stürzen. Diego warf mir einen Blick zu und schüttelte kaum merklich den Kopf, als wollte er mich warnen.

»Sprich«, sagte Lukas. Peter schrie so laut, dass ich ihn kaum verstand. Ein Soldat sprang auf den Karren, schlug ihm mit dem Knauf seines Schwertes ins Gesicht, und die Schreie brachen ab, steif fiel Peter um. Wenn seine Söhne ihn nicht aufgefangen hätten, wäre er mit dem Kopf auf die Bretter geschlagen.

»Sprich«, sagte Lukas erneut. Es klang wie ein Befehl.

Ich sah Nicolaus an. »Verbrenne ihn nicht. Das ist ein schrecklicher Tod, schlimmer als jeder andere. Er hat doch nur versucht, seinen Sohn zu retten.« Einen Moment lang dachte ich an Konrad und Hugo, fragte mich, ob ich dem Teufel hätte widerstehen können. »Satan hat seine Liebe ausgenutzt, mehr nicht.«

»Sie hat recht.« Ich hatte nicht geglaubt, dass Diego noch einmal etwas sagen würde. »Peter ist keinen Pakt mit dem Teufel eingegangen. Er hat heimlich von ihm Besitz ergriffen.«

Nicolaus stützte sich auf seinen Stab und schloss die Augen. Eine ganze Weile lang schwieg er. Ich hörte meinen eigenen lauten Herzschlag, Peters benommenes Wimmern, das Rascheln und Flüstern der Menge. Konrad und Hugo waren mir so weit gefolgt, dass sie ganz vorne standen. Ich lächelte, Konrad lächelte zurück, Hugo verzog nur den Mund. Ich sah die Angst in ihren Augen.

»Ich habe meine Seele gefunden«, sagte Nicolaus plötzlich. Ich sah ihn an, wusste nicht, was er damit meinte.

Er öffnete die Augen, sie waren blutunterlaufen und trüb, und ich erschrak bei ihrem Anblick.

»Ich bin die Stimme Gottes, mehr nicht«, fuhr er fort. »Ich verkünde, was der Engel sagt, und Lukas ist meine Hand. Er verwandelt die Worte des Engels in Wirklichkeit. Aber du …« Er nahm den Blick nicht von mir. »Du, Madlen, bist meine Seele. Du erkennst, was der Stimme und der Hand verborgen bleibt.«

Nicolaus wandte sich ab von mir. Ich war so erleichtert, dass ich seufzte.

»Wir werden Peter nicht verbrennen wie einen Hexer«, rief er der Menge zu. »Wir sind Christen, keine Barbaren. Gott soll entscheiden, ob er ihn dem Teufel überlässt oder ihn zu sich holt, denn nur seine Gerechtigkeit ist wahre Gerechtigkeit.«

»Amen«, sagten viele Stimmen gleichzeitig. Ich bekreuzigte mich und wollte an Nicolaus vorbei zu meinen Söhnen gehen, aber er hielt mich auf.

»Danke, Schwester«, flüsterte er. »Gott spricht wahrhaftig aus deinem Herzen.«

Ich senkte den Kopf, um den Stolz nicht zu zeigen, den ich bei seinem Lob verspürte. Aus den Augenwinkeln sah ich, wie Diego nach den Zügeln seines Pferdes griff und sich den Sattel über die

Schulter warf. Die Menge teilte sich nur zögernd, ließ ihn dann aber durch.

»Und ich sage euch, er ist ein Betrüger.« Gottfrieds Stimme. Sie kam von der anderen Seite des Kreises. »Er war noch nie im Heiligen Land, da bin ich mir sicher.«

Ohne sich umzudrehen, schüttelte Diego den Kopf.

»Was passiert denn jetzt mit Peter?«, fragte Konrad, als ich den Kreis verlassen hatte.

»Sie fahren ihn irgendwo hin«, sagte Hugo.

Er hatte recht. Einer der Soldaten führte einen Ochsen heran und spannte ihn vor den Karren. Peters Söhne halfen ihm mit Tränen in den Augen. Wie wir alle wussten sie, dass ihr Vater den Tag nicht überleben würde. Zu schwer war die Sünde, mit der er sich befleckt hatte.

Der Soldat stieg auf den Kutschbock und ließ sich die Zügel geben. Peters jüngster Sohn wollte ihm folgen, aber Lukas hielt ihn zurück, nickte stattdessen zwei anderen Soldaten zu. Sie kletterten in den Karren und richteten den halb Bewusstlosen auf.

Ich sah Peters Gesicht. Es war voller Blut, und eine rote Spur zog sich über die Brust seines Hemdes. Immer wieder schüttelte er den Kopf, als begriffe er nicht, was geschah.

Mit einem Ruck setzte sich der Karren in Bewegung. Nicolaus ging voran, wir alle folgten ihm. Nach einem Moment begann er zu singen, ein klagendes, trauriges Lied über Leid und Tod. Jeder von uns kannte es, trotzdem fielen nur wenige zögernd und leise ein. Hugo gehörte zu den wenigen. Er stieß mich an. »Warum singst du nicht?«, fragte er.

»Mir ist nicht danach.«

Der Karren rumpelte über die Wiese, dann auf einem Weg am Feld entlang. Ich sah, dass wir es in der Nacht völlig verwüstet hatten. Der Bauer, der dort gesät hatte, würde an seiner Ernte keine Freude haben.

Wir müssen ihn entschädigen, dachte ich, sonst wird er im nächsten Winter hungern.

Hinter dem Feld lag eine breite Schafweide und dahinter der Rhein. Der Fluss war zu meinem ständigen Begleiter geworden. Ich schätzte sein Wasser, das Treibholz, das er uns schenkte, und sein Rauschen, das immer gleich klang, egal, wie sehr sich die Landschaft um uns herum veränderte. Doch an diesem Morgen betrachtete ich ihn zum ersten Mal mit einem mulmigen Gefühl.

Konrad schien das Gleiche zu empfinden. »Sie werden Peter umbringen, oder?«

»Ich glaube schon.«

Hugo trat gegen einen Stein. »Sollen sie doch. Er hat es verdient.«

Seine Härte war mir schon zuvor aufgefallen, aber nicht so deutlich wie in diesem Moment. Früher war er anders gewesen, freudiger und – ich schreckte beinahe vor dem Wort zurück – netter.

»Er ist ein Christ«, sagte ich. »Wir wünschen uns nicht den Tod anderer Christen, auch wenn sie etwas Böses getan haben.«

»Auge um Auge«, gab Hugo zurück. »So will es Gott.«

»Er will aber auch, dass wir Mitgefühl zeigen«, begann ich, sprach aber dann nicht weiter, weil Nicolaus das Lied beendete und am Ufer des Flusses stehen blieb.

Der Soldat stoppte den Karren noch auf der Wiese, damit die Räder nicht in Sand und Schlamm versanken, dann sprang er vom Kutschbock. Zwei seiner Kameraden gingen an ihm vorbei und legten das Brett, das sie getragen hatten, in den Sand. Es war fast so lang wie ein Mann, aber schmal wie ein Zaunpfahl. Es war mir vorher nicht aufgefallen, weil die Soldaten auf der anderen Seite des Karrens gegangen waren. Auf einmal wusste ich, was geschehen würde.

»Konrad, Hugo«, sagte ich, »wollt ihr nicht zurück ins Lager gehen und euch um das Frühstück kümmern?«

Die beiden sahen mich an, als wäre der Teufel auch in mich gefahren, dann schüttelten sie den Kopf. Ich hätte es ihnen befehlen können, doch dann wären sie heimlich ans Ufer zurückgeschlichen, um zuzusehen. Also ließ ich es.

Soldaten hoben Peter von dem Karren, lösten die Knoten seiner Fesseln. Seine Söhne knieten gemeinsam mit Nicolaus am Ufer. Ich hörte sie beten, gelegentlich schluchzen. Sie hatten ihrem Vater den Rücken zugewandt. Ich glaubte nicht, dass sie wussten, was ihm bevorstand.

Peter hingegen erkannte es in dem Moment, als man ihn an das Brett fesselte, und die Benommenheit fiel von ihm ab.

»Nein«, stieß er hervor. »Nein, nein!«

Er schien zu keinem anderen Wort mehr fähig zu sein. Seine Söhne drehten sich zu ihm um, der Jüngere wollte aufspringen, aber Nicolaus legte ihm die Hand auf die Schulter und zog ihn wieder in den Sand. Er sagte etwas, das ich nicht hören konnte, doch ich sah, wie sich die beiden Jungen versteiften, die Köpfe senkten und noch lauter und inbrünstiger beteten als zuvor.

Um sie herum verteilten sich die Menschen am Ufer. Kinder liefen spielend umher, wirkten aber aufgekratzt. Sie spürten die Anspannung der Erwachsenen, auch wenn die Kleinsten sie nicht verstanden.

Ich entdeckte Diego im Schatten eines Baumes. Mit vor der Brust verschränkten Armen beobachtete er das Geschehen. In seiner dunklen, staubigen Kleidung war er fast nicht zu sehen. Kein anderer stand in seiner Nähe.

Peters Rufe verwandelten sich in Schreie, als die Soldaten die Stricke festzogen und ihn mit ihren Schwertern ans Ufer trieben. Seine Hände waren um das Holz geschlungen, seine Wange wurde von der engen Fesselung dagegengepresst. Es sah aus, als umarme er das Brett.

Vor Nicolaus ließ Peter sich fallen. Er landete auf der Seite, begann zu wimmern, zu betteln und zu stammeln. Sein jüngerer

Sohn schlug die Hände vors Gesicht, der ältere schrie seine Gebete: »Herr, erbarme dich seiner! Herr, erbarme dich seiner! Herr, erbarme dich seiner!«

Lukas stapfte barfuß an ihm vorbei durch den Sand. »Hebt ihn schon auf!«, befahl er den Soldaten.

Vier von ihnen waren nötig, um den zappelnden, sich windenden Mann zum Wasser zu tragen. Sand klebte in Peters Haaren. Er riss mit solcher Kraft an seinen Fesseln, dass ihm Blut von den Händen über die Arme lief.

Konrad ergriff meine Hand. Seine war schweißnass und kalt. »Was machen sie mit ihm?«, flüsterte er.

Ich antwortete ebenso leise. »Sie werfen ihn ins Wasser. Wenn er oben treibt, heißt das, dass der Teufel noch in ihm steckt, aber wenn er sinkt, dann hat Gott ihn zu sich genommen.«

»Dann ist es gut, wenn er stirbt, und schlecht, wenn er lebt?«

Ich nickte. Konrad schwieg.

Hugo stand auf meiner anderen Seite. Es dauerte einen Moment, doch dann spürte ich auch seine Hand in der meinen. Ich drückte sie.

Lukas watete in den Fluss. Die Soldaten folgten ihm, standen schließlich bis zum Bauch im Wasser. Sie trugen Peter zwischen sich. Er schrie um Hilfe. Die Menschen am Fluss, die dort in Dreier- und Viererreihen standen, sahen ihn an, die meisten die Hände gefaltet, aber nur wenige bewegten die Lippen. Peters Schreie und Knuts »Herr, erbarme dich seiner! Herr, erbarme dich seiner!« lähmte die Gedanken. Niemand rührte sich, außer Lukas und den Soldaten.

Nicolaus musste ihnen ein Zeichen gegeben haben, denn plötzlich holten die Soldaten aus wie mit einem Rammbock und warfen Peter in den Fluss. Lukas stieß ihn weiter zur Mitte, hinein in die Strömung.

Peters Schreie brachen so plötzlich ab, dass ich schon glaubte, er sei vor Schreck gestorben. Doch dann sah ich, wie er den Kopf hob. Einer der Stricke musste gerissen sein. Das Brett, auf dem er lag, wurde vom Ufer abgetrieben, ging jedoch nicht unter. Peter schnappte nach Luft, begann kreischend zu lachen. Sein Gesicht verzerrte sich, sah auf einmal aus wie die Steinstatuen am Kölner Dom. Teuflisch. Besessen.

Menschen schrien auf, bekreuzigten sich oder fielen auf die Knie, baten Gott um Beistand gegen den Satan. Die Strömung erfasste das Brett, riss es mit, und Wellen schwappten darüber hinweg. Peter hustete und keuchte, hörte aber nicht auf zu lachen.

Und dann kippte das Brett.

Schneller als ein Lidschlag drehte es sich, und mit einem Mal war Peter verschwunden. Sein Lachen verstummte, als habe es nie existiert. Ich sah das Brett noch ein paar Mal zwischen den Wellen auftauchen, dann war es auch verschwunden.

Stille legte sich über das Ufer. Die Menschen, die gekniet hatten, standen auf, ungläubig, aber erleichtert. Niemand sagte etwas. Konrad hatte seine Finger so fest in meinen Unterarm gekrallt, dass es schmerzte.

»Ist er tot?«, flüsterte Hugo.

»Halleluja!« Nicolaus stand auf, bevor ich antworten konnte, und ging an den Reihen der Kreuzfahrer entlang. Knut und Sven folgten ihm mit gesenktem Kopf und schlurfenden Schritten.

»Seht den Sieg des Herrn!«, rief Nicolaus. »Staunt über seine Macht. Vor euren Augen hat er den Teufel aus Peter getrieben und den Sünder zu sich genommen.«

»Halleluja!«, rief Hugo mit vielen anderen.

»Kniet nieder und dankt ihm!«

Wir alle knieten uns hin, auch Knut und Sven. Ich sah zu Diego, der immer noch unter dem Baum stand. Er rührte sich nicht.

Stumm beteten wir. Irgendwann sagte Nicolaus »Amen«. Wir standen auf, aber er bat uns mit einer Geste zu warten. »Während der Herr und der Teufel um Peters Seele stritten, haben Knut und

Sven für ihren Vater gebetet. Sie wollten, dass Gott ihn zu sich holt.« Er nickte den beiden Jungen zu. »Damit sind seine Sünden auf Erden abgegolten. Niemand wird euch wegen der Taten eures Vaters anklagen oder verhöhnen.«

Er warf einen Blick in die Menge. Ich sah Cornelius zwischen einigen Erwachsenen stehen. Er weinte.

»Niemand«, sagte Nicolaus mit fester Stimme.

Kapitel 10

Es änderte sich vieles nach diesem Tag. Lukas ließ von da ab die Vorratskarren von den Soldaten bewachen. Wir konnten uns nicht mehr nehmen, was wir brauchten, mussten um jeden Sack Mehl, jedes Stück Dörrfleisch und jedes Fell bitten. Morgens bildeten sich lange Schlangen vor den Karren. An manchen Tagen konnten wir erst lange nach Sonnenaufgang aufbrechen. Den Karren, auf dem sich Geld und Wertsachen befanden, lenkte Lukas persönlich. Abends stellte er ihn neben unserem Feuer ab und schlief in seiner Nähe.

Nicolaus verließ uns fast jede Nacht. Manchmal folgte ich ihm heimlich, in der Hoffnung, noch einmal der Sprache des Himmels lauschen zu dürfen, doch der Engel zeigte sich nicht. Ich spürte, dass Nicolaus sich Sorgen machte, auch wenn er immer wieder sagte, die Abwesenheit des Engels zeige nur, dass wir auf dem richtigen Weg seien.

Die Landschaft, durch die wir zogen, war bewaldet und flach. Der Rhein teilte sich in unzählige kleinere Arme und Nebenflüsse, die uns den Weg erschwerten und oft dazu führten, dass wir stundenlang nach einer geeigneten Furt suchen mussten, um mit den Karren überzusetzen. In den ersten Tagen nach Peters Erlösung – Nicolaus bestand darauf, dass wir seinen Tod so nannten – schien eine Dunkelheit über dem Kreuzzug zu liegen, die selbst die warmen Sonnenstrahlen nicht vertreiben konnten. Kleine

Kinder schrien bei jedem Ast, der in den Wellen des Rheins auftauchte, »Peter!«, die älteren zogen sie damit auf. Cornelius fragte Nicolaus so oft, ob Peter denn wirklich in den Himmel gekommen sei, dass Lukas ihm schließlich verbot, darüber zu sprechen.

Die Dunkelheit wich erst von uns, als wir Speyer erreichten. Der Bischof der Stadt weigerte sich zwar, uns zu begrüßen, doch die Stadtherren empfingen uns mit großer Herzlichkeit. Wir durften auf den Wiesen außerhalb der Stadtmauern lagern, Brauer spendeten Bier, reiche Kaufleute ließen Schweine für uns schlachten, und man betete und feierte mit uns.

»Der Ratsherr von Speyer hat mich zu einem Bankett eingeladen«, eröffnete uns Nicolaus, als er am Morgen nach unserer Ankunft aus der Stadt ans Feuer zurückkehrte. »Ich möchte, dass Lukas und du mitkommen.«

Ich legte Konrads Wollumhang, den ich hatte flicken wollen, beiseite. »Ich? Was soll ich auf einem Bankett?«

»Was soll ich dort?« Er hob die Schultern, wirkte auf einmal verunsichert. »Zwischen all den feinen Leuten, was soll ich mit denen reden?«

Ich hätte beinahe gelacht. Er wirkte auf einmal wieder wie ein ganz normaler Junge. »Du redest mit einem Engel, aber hast Angst vor einem Ratsherrn?«

Meine Worte taten mir leid, noch bevor ich sie ganz ausgesprochen hatte. Nicolaus stand verärgert und beschämt auf. »Dann gehen Lukas und ich eben allein.«

»Warte.«

Er drehte sich um.

Ich strich mir die Haare aus dem Gesicht und lächelte entschuldigend. »Natürlich komme ich mit, wenn du das möchtest.«

Nicolaus nickte.

»Aber es wäre gut, wenn du Diego ebenfalls fragen würdest.«

»Den Spanier?« Er hob die Augenbrauen. »Wieso?«

»Weil er bestimmt weiß, wie man sich bei feinen Leuten benimmt. Wir wollen doch nicht wie Bauerntölpel wirken.«

»Nein.« Nicolaus dachte einen Moment nach, dann sagte er: »Gut, aber du wirst ihn fragen.«

Er verließ das Feuer, bevor ich mich weigern konnte. Es war unschicklich für eine Frau, einen fremden Mann um seine Begleitung zu bitten. Durch den Kreuzzug waren wir zwar gezwungen, die Regeln des Anstands zu lockern, aber wir bemühten uns, sie dennoch so weit einzuhalten, wie es möglich war.

Ich nahm das Brett mit Brot und kaltem, vom Vorabend übrig gebliebenem Schweinebauch, das ich hatte essen wollen, stand auf und sah mich suchend um. Diego saß auf einem Hocker in der Sonne und putzte seinen Sattel.

Wie so oft war er allein. Die Kinder, die anfangs seine Nähe gesucht hatten, kamen kaum noch zu ihm. Das Misstrauen der Erwachsenen war auf sie übergesprungen wie ein Feuer.

Er sah erst auf, als ich neben ihm stehen blieb und mein Schatten auf sein Gesicht fiel. »Ich habe dir etwas zu essen gebracht«, sagte ich.

Er warf einen kurzen Blick auf das Brett. »Danke, Schwester, aber ich bin nicht hungrig.«

»Und …« Ich zögerte, wusste nicht so recht, wie ich anfangen sollte. »Und ich möchte dich in Nicolaus' Namen fragen, ob du uns heute zum Bankett bei dem Ratsherrn der Stadt begleitest.«

»Warum fragt er mich nicht selbst?« Diego klang gleichgültig. Mit den Fingern nahm er etwas Fett aus einem Holznapf und begann es auf dem Sattel zu verreiben.

»Weil er keine Zeit hat.«

»Aha.« Er sah auf einen Punkt in der Ferne. Ich folgte seinem Blick und sah Nicolaus, der sich auf einem Fell in der Sonne ausgestreckt hatte und gähnte.

Ich verzog das Gesicht. »Wirst du uns begleiten?«

»Ja.«

Mit langsamen, kreisenden Bewegungen arbeitete er das Fett in das Leder des Sattels ein. Adern traten blau auf seinem Handrücken hervor. Er schenkte mir nicht mehr Beachtung als ein Bauer einem Huhn, das auf dem Hof neben ihm nach Würmern sucht.

Ich stand da, mit dem Brett voller Schweinebauch in der Hand, und fühlte mich dumm. Ich wollte mich entschuldigen, mich bedanken, mich einfach umdrehen und gehen, doch je länger ich wartete, desto schwieriger wurde es, das eine oder das andere zu tun.

Nach einer Weile sah er dann doch auf. »Möchtest du sonst noch etwas, Schwester?«

»Es …«, begann ich. Am liebsten wäre ich gegangen, doch das wäre feige gewesen. Er hatte mir geholfen, mehr als einmal, und ich hatte es ihm mit Misstrauen gedankt. »Es tut mir leid, was ich gesagt habe, und ich danke dir, dass du mich trotzdem gerettet hast.« Die Worte sprudelten so schnell aus mir heraus, dass ich sie selbst kaum verstehen konnte. »Und jetzt muss ich zu meinen Söhnen.«

Ich ging los. Der Geruch des Schweinebauchs stach in meine Nase. Ich kam drei Schritte weit, dann hielt mich Diego auf. »Warte.«

Er legte den Sattel ins Gras, stand auf und kam zu mir. Aus den Augenwinkeln sah ich, dass einige Menschen uns neugierig beobachteten. Die meisten Erwachsenen mieden Diego. Dass ihn ausgerechnet eine Frau aufsuchte und allein mit ihm sprach, verstieß fast schon gegen die Regeln des Anstands und würde abends am Feuer bestimmt für Gesprächsstoff sorgen.

Mir fiel das Brett ein, das ich in Händen hielt, und ich dachte erschrocken: Wie sieht das nur aus?

Diego schien meinen Gesichtsausdruck misszuverstehen, denn er hob beschwichtigend die Hände. »Keine Angst, ich will dir doch nichts tun.«

»Ich weiß.« Ich trat einen Schritt nach hinten, um etwas mehr Abstand zwischen uns zu bringen. Er machte einen Schritt vor, ich einen weiteren zurück.

»Was ist denn …?« Er klang verärgert, brach dann jedoch ab und sah sich kurz um, bemerkte die Menschen, die uns versteckt hinter ihren Tätigkeiten beobachteten. »Oh«, sagte er und blieb stehen. Er räusperte sich. »Ich nehme beides mit Freuden an, deine Entschuldigung und deinen Dank.«

Ich nickte, ohne ihn anzusehen. Es verunsicherte mich, dass man uns beobachtete.

Dieses Mal hielt Diego mich nicht auf, als ich ging.

Den Rest des Tages verbrachte ich mit Hugo und Konrad. Wir molken Kühe, sammelten Holz und angelten im Fluss. Dass wir nichts fingen, störte uns nicht. Es gab genug zu essen, zum ersten Mal in unserem Leben machten wir uns keine Gedanken über die nächste Mahlzeit.

Bis zum Nachmittag lenkte mich die Arbeit ab, doch dann begann ich mit Nervosität an den Abend zu denken. Der Ratsherr erwartete uns nach der Abendmesse in seinem Haus. Das waren nur noch wenige Stunden.

Ich wurde immer fahriger, hörte Konrad und Hugo kaum noch zu. Schließlich verabschiedete ich mich von ihnen. Sie wussten von dem Bankett und baten mich, ihnen alles darüber zu erzählen, wenn ich zurückkam, vor allem, was es zu essen gegeben hatte. Konrad erinnerte mich zweimal daran, bevor er mich gehen ließ.

Ich fand Lukas bei den Karren, so wie ich vermutet hatte. Die Soldaten hatten sie am Rande der Wiese zusammengeschoben und einen Zaun aus Stricken und Pflöcken um sie errichtet. Erst als Lukas ihnen zunickte, durfte ich hinein.

»Ich würde mir gern etwas von der gespendeten Kleidung nehmen«, sagte ich.

Lukas musterte mich. »Wieso? An deiner ist doch nichts auszusetzen.«

»Wenn ich so zum Bankett gehe, werden selbst die Dienstboten lachen.«

»Würde dich das stören?«, fragte jemand hinter mir.

Ich drehte mich erschrocken um. Nicolaus stand auf der anderen Seite des Zauns. Er hatte dort auf einem Fell gelegen.

Einen Moment lang dachte ich über seine Worte nach, dann nickte ich. »Ja.«

»Warum?«

»Weil ...« Ich zögerte. »Weil ich nicht möchte, dass sie auf uns herabsehen. Wir haben Respekt verdient.«

Nicolaus lächelte und ging auf den Zaun zu. Ein Soldat zog hastig einen Pflock heraus und zerrte das Seil nach oben, damit er eintreten konnte.

»Sie werden uns erst respektieren, wenn wir die Fahne des Kreuzes über Jerusalem hissen. Bis dahin werden sie lachen, uns verhöhnen und beschimpfen. Kleidung wird daran nichts ändern.«

Ich ahnte, dass das stimmte, doch in meinen Gedanken sah ich die Adligen und Kirchenfürsten, die zu den Banketten meines Herrn – nein, so durfte ich nicht denken, der Graf war nicht mehr mein Herr – angereist waren. Die Pelze, die sie getragen hatten, der feine Samt, die Farben ... Als schritten Pfaue zwischen Spatzen hindurch. Sie hatten uns noch nicht einmal angesehen. Unsere Kleidung, schmutzig und braun wie die Erde, hatte uns unsichtbar gemacht.

»Ich möchte dazugehören«, sagte ich nach einem Moment. »Wenigstens für einen Abend.«

»Du weißt, dass du in Gottes Hierarchie weit über ihnen stehst.« Nicolaus sah mich an.

Ich nickte, beschämt darüber, wie wichtig es mir war, für wenige Stunden eine Lüge zu leben.

Er schwieg und drehte den Schäferstab zwischen seinen Fingern. Ich hatte längst erkannt, dass er das stets dann tat, wenn er über etwas nachdachte.

»Nimm dir, was du möchtest«, sagte er schließlich, »solange du es heute Nacht zurücklegst.«

Er klang enttäuscht, als hätte er mehr von mir erwartet.

»Ich danke dir.«

Lukas begleitete mich zu dem Karren mit gespendeter Kleidung, wollte wohl aufpassen, dass ich nicht mehr nahm, als mir zustand. Die meisten Sachen waren einfach: Wollumhänge, so oft geflickt wie meiner, Leinenhemden, schwere Wollröcke und Beinlinge. Zögerlich zog ich das eine oder andere Kleidungsstück heraus, betrachtete es und legte es wieder zurück. Ich kam mir vor, als täte ich etwas Verbotenes, als dränge ich in das Leben fremder Menschen ein. Es war ein seltsames Gefühl, schließlich waren all diese Sachen gespendet worden, trotzdem konnte ich es nicht abschütteln. Am Boden des Karrens fand ich Lederschuhe. Sie waren mir zu groß, aber ich nahm sie trotzdem.

»Die passen dir doch nicht«, sagte Lukas, als er sie sah. Er hatte ebenfalls begonnen, in dem Karren herumzuwühlen, aus Langeweile, vermutete ich. Nicolaus saß ein Stück entfernt auf einem Fass und beobachtete uns.

Ich hob die Schultern. »Wenn ich Blätter hineinstopfe, wird es schon gehen.«

Meine Hoffnung sank, je länger die Suche dauerte. Nach einer Weile stieg ich in den Karren, wühlte darin mit beiden Händen. Alles, was ich fand, war erdfarben, schmutzigbraun und grau. Es war, als steckten meine Arme in Dreck.

Und dann sah ich es. Etwas leuchtete blau zwischen Wolle und Leinen. Ich griff danach, spürte den weichen, dichten Stoff. Es war ein Kleid. Ich zog es heraus, bewunderte die blaue Farbe, die in der Sonne zu leuchten schien, die weit fallenden Ärmel und die kunstvoll bestickten Bünde. Ein feiner Schleier steckte im Gürtel. Es war das Kleid einer Dame, gemacht für Schlösser und Bankette, für rauschende Feste und Kirchgänge am Sonntag. Ich wusste nicht, wie es in den Karren geraten war, wer es gespendet hatte und warum. Ich wusste nur, dass ich es nicht wieder zurücklegen würde.

»Das kannst du nicht anziehen«, sagte Lukas. »Du bist eine Magd, keine …«

»Ich bin eine Kreuzfahrerin.« Ich stieg vom Karren, das Kleid unter dem Arm haltend. »Nur Gott darf entscheiden, welche Farben ich trage und welche nicht.«

»Sie hat recht«, sagte Nicolaus. »Der Stand, aus dem wir kommen, ob wir frei oder unfrei waren, bedeutet dem Herrn nichts.«

»Aber er bedeutet vielleicht der Stadtwache etwas.« Lukas widersprach Nicolaus nur selten, aber wenn er es tat, dann mit großer Vehemenz. »Man könnte sie verhaften.«

Nicolaus wischte seinen Widerspruch mit einer Geste fort, stand auf und stieg über den Zaun, bevor ein Soldat ihn durchlassen konnte. »Zieh es an, Madlen«, sagte er über die Schulter an mich gewandt. »Es wird dir nichts geschehen.«

Und das tat ich. Im Unterholz, so weit vom Lager entfernt, wie ich zu gehen wagte, legte ich meine Lumpen ab und streifte mir das Kleid über den Kopf.

Es roch feucht und ein wenig nach Erde, so als hätte es im Regen gelegen. Vielleicht hatte es die Besitzerin deshalb gespendet. Es war mir egal. Der Stoff glitt weich wie Wasser über meine Haut. Nichts kratzte, nichts juckte, es gab keine einzige raue Stelle. Noch nie hatte ich etwas so Schönes gespürt.

Das Kleid war zu lang, aber ich raffte es mithilfe meines Gürtels zusammen. Dann stopfte ich Blätter in meine neuen Schuhe und zog sie an. Sie knirschten und raschelten bei jedem Schritt, kleine Zweige stachen in meine Fußsohlen, doch das störte mich nicht. Ich genoss jede Bewegung, während das Kleid meine Beine umspielte.

Menschen liefen zusammen, als ich ins Lager zurückkehrte, und zeigten auf mich. Ein paar klatschten, andere wirkten schockiert. Konrad lachte, während Hugo mich nur voller Überraschung anstarrte.

Ich entdeckte Diego zwischen den Menschen. Er verbeugte sich vor mir wie vor einer Dame, dann trat er an meine Seite.

»Ihr werdet den Ratsherrn verzaubern.«

»Ihr?«

»So redet man mit einer Dame.«

Ich senkte den Kopf, um mein Lächeln zu verbergen.

Gemeinsam gingen wir zum Feuer, an dem Lukas und Nicolaus bereits warteten. Überrascht sah ich, dass sich Lukas ebenfalls umgezogen hatte. Er trug Beinlinge, ein sauberes Leinenhemd, eine zu kurze Weste und einen zu kleinen braunen Hut. Nur Nicolaus sah aus wie an jedem gewöhnlichen Tag, barfuß und zerlumpt.

Beide sagten nichts zu meinem Kleid, aber während wir in die Stadt gingen, starrte mich Lukas immer wieder an.

Ich dachte an die Mägde auf Burg Drachenfels und wünschte, sie könnten mich sehen.

Das Haus von Adalbert, dem Ratsherrn von Speyer, lag direkt am Marktplatz, gegenüber dem Dom. Ich sah zu seinem Turm empor und dankte Gott für all das, was er mir von der Welt zeigte.

Die Stadtwachen, die an den Stadttoren standen und durch die Gassen patrouillierten, beachteten uns nicht, so wie Nicolaus vorhergesagt hatte. Ich sah viele von ihnen, mehr als in Köln oder Mainz.

Adalberts Haus war ein mächtiger, breiter Steinbau, fast schon eine kleine Burg. Es gab ein Tor, vor dem uns Dienstboten bereits erwarteten, und einen Vorhof, in dem Schalen voller Wasser auf Tischen standen. Ich hielt mich hinter Diego, tat, was er tat: Ich wusch mir die Hände in dem duftenden, von getrockneten Blüten bedeckten Wasser und trocknete sie an einem Leinentuch ab, das ein Dienstbote bereithielt. Der Mann warf mir einen merkwürdigen Blick zu, als ich mich bedankte. Ich biss mir auf die Lippen. Eine Magd bedankt sich, keine Dame.

Ein anderer Dienstbote, besser gekleidet und wohlgenährter als der erste, fragte uns nach unseren Namen, dann wurden wir durch eine große Holztür in einen Gang geführt. Überall roch es nach Essen, so wie ich es von den Banketten auf Burg Drachenfels kannte.

Der Dienstbote blieb am Ende des Gangs in einer geöffneten Tür stehen. Ich hörte das Prasseln eines Feuers und laute Stimmen. »Bitte heißt willkommen, ehrenwerte Herren und Damen, Nicolaus, Diego, Lukas und Madlen.«

Die Gespräche verstummten. Der Dienstbote trat zur Seite und verneigte sich. Wir gingen an ihm vorbei in den Saal.

Er war groß. Zwei lange Tischreihen standen an den Seitenwänden, eine dritte, kürzere schloss sie am Ende des Saals an. Im Kamin neben mir brannte ein Feuer. Ich spürte seine Hitze auf meinen Wangen. Kerzen brannten in großen silbernen Leuchtern auf den Tischen. Unter der Decke hingen mit Ketten befestigte Räder voller Kerzen. Wachs tropfte auf den Boden zwischen den Tischreihen.

»Willkommen.« Ein dicker, bartloser Mann mit dichtem graublondem Haar erhob sich und kam auf uns zu. Er hatte am Kopfende gesessen, deshalb vermutete ich, dass es sich um Adalbert handelte. Die Plätze neben ihm waren leer.

Diego trat ihm entgegen und verneigte sich, nicht übertrieben, sondern knapp. Er bedankte sich und stellte uns noch einmal vor.

Ich ließ meinen Blick über die anderen Gäste schweifen. Es waren fast ein Dutzend, die meisten davon Männer. Adalbert stellte sie nacheinander vor. Einen Gewürzhändler mit seiner Frau, einen Jesuitenpriester, zwei Viehhändler, einer mit Frau, einen Benediktinermönch, zwei Krämer, einen Vogt und einen Stoffhändler.

An ihm blieb mein Blick hängen. Er war wohlgenährt, so wie die meisten anderen am Tisch, trug aber eine seltsame Kappe auf dem Hinterkopf. Auf Burg Drachenfels hatte ich einmal einen Juden gesehen. Er hatte dort Vieh vom Grafen gekauft. Vater Ignatius hatte in der Predigt am Sonntag danach über ihn gesprochen und gesagt, Juden bedürften unserer besonderen Vergebung, da sie Jesus Christus getötet hatten. Ich beschloss, dem Stoffhändler in diesem Geist gegenüberzutreten.

»Kommt«, sagte Adalbert, nachdem er uns begrüßt hatte. Er führte uns zum Kopfende und bat Nicolaus, zu seiner Rechten Platz zu nehmen. Lukas setzte sich neben ihn, Diego nahm auf der linken Seite des Gastgebers Platz, so wie es erbeten wurde. Ich war dankbar, dass ich neben Diego sitzen durfte und es auf der anderen Seite nichts als das Ende des Tischs gab.

Dienstboten rückten laut unsere Stühle zurecht. Das Laub in meinen Schuhen knirschte, als ich an den anderen Gästen vorbei zu meinem Platz ging. Alle lächelten und grüßten freundlich, trotzdem fühlte ich mich unwohl.

Lukas schien es ähnlich zu gehen, denn er setzte sich steif auf seinen Platz und vermied es, jemanden anzusehen. Nicolaus wirkte unnahbar wie so oft, wenn er von Fremden umgeben war. Nur Diego schien sich wohlzufühlen. Noch bevor die Diener begonnen hatten, die Weinkelche zu füllen, scherzte er bereits mit der Frau des Gewürzhändlers.

Ihr Name war Elisabeth, der ihres Mannes Alfons. Sie waren die Ältesten am Tisch und wurden von den anderen mit Respekt behandelt.

Diener trugen Holzschalen mit Wasser auf und reichten uns Leinentücher, zuerst Adalbert, dann seinen Ehrengästen, wie er uns bezeichnete, und schließlich allen, die sonst noch am Tisch saßen.

Ich wusch mir erneut die Hände und wischte sie an einem Tuch ab. Die weiten Ärmel meines Kleids rutschten bis über die Ellenbogen, als ich die Arme hob. Ich bemerkte, dass Elisabeth mich beobachtete. Meine Hände waren braungebrannt und kräftig, ihre hell und schmal.

»Verzeiht«, sagte sie zu Diego, ohne den Blick von mir zu nehmen. »Ist das Eure Gemahlin?«

Ich wurde rot und senkte rasch den Kopf.

Diego lächelte. »Nein, Madlen ist nur eine Kreuzfahrerin, so wie ich. Kein anderes Band verbindet uns.«

»Dann entschuldigt meine Direktheit. Ich bin es nicht gewöhnt, Frauen ohne einen Gatten oder einen Verwandten am Banketttisch zu sehen.« Sie lachte zu schrill und zu laut. »Früher wäre das nicht möglich gewesen, aber heutzutage ist ja alles anders. Da kann man mal sehen, wie alt ich schon bin.« Die Männer am Tisch, vor allem Adalbert, versuchten ihr zu widersprechen, aber sie winkte ab. »Ich habe einen Spiegel, meine Herren, und ein Portrait aus meiner Jugend, also strengt euch nicht an.« Ihr scharfer Blick fand zu mir zurück. »Wollte Euch Euer Gatte nicht auf dem Gottesfeldzug begleiten?«

Ich legte die Hände in den Schoß. »Ich bin verwitwet. Mein Mann starb vor einigen Monaten. Er hatte einen Unfall.«

Diego sah mich kurz an.

Elisabeths Augen weiteten sich. »Wie taktlos von mir.« Sie schlug ihrem Mann leicht auf den Oberschenkel. »Alfons, wieso erlaubst du mir, so viel zu reden?«

»Ich …«, begann er, aber sie unterbrach ihn sofort wieder.

»Ein Unfall, wie furchtbar. Ist er vom Pferd gestürzt? So hat Gott meinen Vater zu sich geholt.«

Ihre Fragen erschienen mir unhöflich, aber ich wusste nicht, ob reiche Leute vielleicht immer so miteinander umgingen.

Alle anderen Unterhaltungen im Raum waren verstummt. Man hörte uns zu. Das machte mich nervös.

»Nein, er …« Ich stockte. Auf einmal wurde mir klar, was die Fragerei bedeutete, weshalb sie mich bei jeder Antwort musterte wie ein Stallmeister ein neues Reitpferd. Elisabeth versuchte meinen Stand herauszufinden. Meine braun gebrannte Haut, die schwieligen Hände und das blaue Kleid passten nicht zusammen.

»Ich denke, Madlen hat genug Fragen beantwortet«, sagte Diego. »Wollt Ihr nicht lieber Geschichten von unserer Reise hören?«

Adalbert griff den Vorschlag sofort auf. »Deshalb habe ich Euch doch eingeladen. Berichtet von Euren Abenteuern.« Er sah Nicolaus an. »Und von dem Engel, der zu Euch spricht.«

Ich hätte es dabei belassen können, doch etwas in mir, der Teil, der mich zu den Zimmern der Bediensteten über dem Tor hatte blicken lassen, der Teil, der sich Vater Ignatius widersetzt hatte, drängte mich zu einer Antwort.

»Er starb im Steinbruch«, sagte ich in die kurze Stille, die nach Adalberts Worten einsetzte. Elisabeth, die sich dem Krämer neben ihr zugewandt hatte, wandte den Kopf. »Er war ein Knecht in den Diensten des Grafen vom Drachenfels. Ich arbeitete auf der Burg als Magd.« Ich sah Elisabeth in die Augen. »Doch nun bin ich Kreuzfahrerin.«

Sie zögerte, als wisse sie nicht, was sie darauf antworten solle.

»Ja, das bist du wohl«, sagte sie nach einem Moment.

Ihre Worte hingen in der Luft. Niemand sagte etwas, niemand sah mich direkt an, nur verstohlen aus den Augenwinkeln. Ich fühlte mich unwohl, so als hätte ich das Kleid jemandem gestohlen und wäre es nicht wert, es zu tragen. Der Puls hämmerte mir in den Schläfen. Ich wünschte mir die Lumpen herbei, die ich im Lager zurückgelassen hatte. Doch ich zwang mich, nichts davon zu zeigen, sondern mit ruhiger Hand das Weinglas zu greifen.

»Einen Trinkspruch«, sagte Diego, bevor ich es an die Lippen heben konnte. »Auf unseren großzügigen Gastgeber Adalbert und seine erlauchten und ehrenwerten Gäste. Möge Gott euch alle schützen.«

Wir tranken. Über den Rand des Kelchs hinweg sah ich, dass die Diener eine große Platte voll mit gekochten Hühnern in den Saal trugen. Erleichtert schloss ich die Augen. Das Essen würde uns vom Reden abhalten.

Die Diener stellten das große Holzbrett vor Adalbert ab. Zwei weitere Bedienstete trugen Tabletts mit Soßen hinein und stellten die Schalen in regelmäßigen Abständen auf den Tisch, neben die kleinen Fässchen mit Salz, die dort schon gestanden hatten.

Während Adalbert die Hühner mit seinem Messer so kunstvoll tranchierte, dass seine Gäste ihm applaudierten, brachten uns Diener Holzbretter und Löffel, die sie vor unseren Plätzen ablegten. Ich nahm meinen Löffel. Sein Griff bestand aus einem kunstvoll geschnitzten hellen Material, das fast wie ein Knochen aussah, aber leichter erschien.

Diego bemerkte meine Bewunderung. »Das ist Elfenbein«, sagte er leise.

»Elfenbein?«

»Die Stoßzähne von Elefanten bestehen daraus.«

Ich sah Diego an. »Dann hat er es aus dem Heiligen Land?«

Seine Mundwinkel zuckten. »Nein.«

Adalbert legte sich selbst einige besonders gute Stücke der Hühner auf das Brett, so wie es ihm als Hausherr zustand, dann reichte er das Brett weiter. Nicolaus griff wahllos zu, Lukas ebenso. Seit unserer Vorstellung hatten beide mit niemandem ein Wort oder einen Blick gewechselt.

Ich zog mein altes, rostiges Messer aus dem Gürtel und begann das Fleisch, das man mir gereicht hatte, zu zerteilen. Es war so zart, dass es von den Knochen abfiel.

»Erzählt von Eurer Reise«, sagte Adalbert mit vollem Mund.

Nicolaus bemerkte erst nach einem Moment, dass die Aufforderung an ihn gerichtet war, und schluckte das Stück Huhn, das er gerade abgebissen hatte, hinunter. Dann wischte er sich die Finger an seinem Hemd ab.

Einige Gäste hoben die Augenbrauen. Anscheinend gehörte sich entweder das Schlucken, das Abwischen der Finger oder beides nicht. Mir fiel auf, dass Nicolaus zum ersten Mal in meiner Gegenwart etwas aß.

»Ich …«, begann Nicolaus zögernd. »Ich sah einen Engel, der mir sagte, was ich zu tun hatte. Ich tat es und werde es weiterhin tun, bis das Heilige Land befreit ist.«

Er warf einen kurzen, flackernden Blick auf seine Zuhörer. »Das ist alles.«

Ich hatte ihn noch nie so nervös erlebt. Vor ganzen Städten hatte er voll Leidenschaft und Überzeugung gesprochen, doch in dieser kleinen Runde versagte ihm fast die Stimme.

»Und du glaubst wirklich, dass ihr Jerusalem erreichen werdet?«, fragte Petrus, der Benediktinermönch. Er hatte dichtes rotes Haar und ein sommersprossiges rundes Gesicht, das ihn jünger wirken ließ, als er war.

Nicolaus nickte. »Das Meer wird sich vor uns teilen wie vor Moses.«

Klaus, der ältere der beiden Krämer, nahm eine Messerspitze Salz aus einem der Fässchen. »Du verlangst viel vom Herrn.«

»Ich verlange nichts von ihm. Der Engel sagt mir, was geschehen wird. Ich befolge nur seine Befehle.«

»Und woher weißt du, dass es ein Engel ist, der zu dir spricht?« Der Jesuit – sein Name war Richard – stellte die Frage, während er einen Löffel Soße auf seinen Hühnerstücken verteilte. Sie war so dick, dass man sie fast schneiden konnte, genauso wie Köche sie immer auf der Burg gemacht hatten.

»Weil er mir gesagt hat, dass er ein Engel ist.«

»Würde der Teufel das nicht auch sagen?«

Nicolaus blinzelte. Sein Adamsapfel hüpfte auf und ab. »Ich bin nicht vom Teufel auf diese Reise geschickt worden.«

Richard zog Haut von einem Hühnerbein und wischte die Soße damit auf. »Woher willst du das wissen?«

»Weil der Teufel bereits versucht hat, uns aufzuhalten.« Nicolaus schob das Holzbrett von sich. Sein Ärger gab ihm Sicherheit. »Wieso sollte er sich selbst aufhalten?«

Die Blicke aller wandten sich dem Jesuiten zu, doch der hob nur die Schultern. »Wenn es wahr ist, was du sagst, dann gäbe es keinen Grund dafür, und du wärst auf dem Weg, den Gott für dich bestimmt hat. Dann würde ich dir Glück wünschen und dich vielleicht ein wenig beneiden.«

Die anderen Gäste lachten höflich, aber weder Lukas, Nicolaus noch ich stimmten ein.

»Aber Ihr denkt, dass ich lüge.« Nicolaus umkrampfte sein Messer so fest, dass die Handknöchel weiß und spitz hervortraten. Das Lachen erstarb.

»Ich hoffe, dass du es nicht tust.« Richard legte einen Hühnerknochen auf den Tisch. »Für dich und die … wie viele sind es? Sieben- oder achttausend? … Menschen, die an deine Worte glauben.«

»Nun, so viele sind es wohl nicht«, unterbrach Diego die Unterhaltung. »Aber ihr alle seid eingeladen, nach Genua zu kommen und dem Schauspiel, wenn sich das Meer vor uns teilt, beizuwohnen. Es wird sicherlich ein unvergessliches Spektakel.«

Ein paar Gäste lachten.

»Wäre ich jung und – hör mal weg, Alfons – ungebunden«, sagte Elisabeth, »würde ich Eure Einladung vielleicht sogar annehmen.«

Nun lachten alle.

Lukas flüsterte Nicolaus etwas zu. Der legte nach einem Moment das Messer beiseite.

Diego begann die Gäste mit Anekdoten von unserer Reise zu unterhalten. Die meisten waren mir unbekannt. Diener räumten das Essen ab, obwohl noch Fleisch auf den Brettern lag. Ich wollte sie darauf hinweisen, doch dann fiel mir ein, wie oft wir uns in der Küche über die Reste aus dem Herrenhaus gefreut hatten, also sagte ich nichts, sondern versuchte mir nur zu merken, was wir aßen. Hugo und Konrad hatten mich schließlich darum gebeten.

Es folgten Dörrfleisch mit Erbsenmus, Rindfleisch mit drei verschiedenen Soßen, Braten mit Nüssen und ein süßer gelber Brei, der kaum noch in meinen Magen Platz fand. Aber es wäre unhöflich gewesen, nicht wenigstens davon zu probieren, also aß ich so viel ich konnte.

Die Gespräche um mich herum drehten sich bereits nach dem zweiten Gang nicht mehr um unseren Kreuzzug. Man sprach über Politik, über Diebesbanden und anderes Gesindel, das die Stadt unsicher machte, über die hohen Pfefferpreise, die unsichere Reichslage und die Frage, ob sich Friedrich wohl doch noch zum König würde krönen lassen.

Für das meiste interessierte ich mich nicht, und ich verstand noch weniger. Adalbert begann schon bald mit Diego über Pferde zu reden. Hätte mich das Essen nicht beschäftigt, wäre ich wohl eingeschlafen.

Als Käse und Butter aufgetragen wurden, wusste ich, dass der Abend seinem Ende entgegenging. Auf Burg Drachenfels war das jedenfalls stets der letzte Gang gewesen. Ich zwang mich, etwas von dem Käse zu essen, trank noch einen Schluck Wein, dann durften wir uns endlich verabschieden.

Diego war der Einzige von uns, der das zu bedauern schien.

Adalbert führte uns persönlich über den Hof bis zum Tor seines Anwesens. Die anderen Gäste blieben im Saal zurück.

»Stadtgeschäfte«, sagte er. Seine Wangen waren vom Wein gerötet. »Ihr wisst ja nicht, wie schwer es ist, eine Stadt zu regieren. Da muss man sogar Juden und Krämer an seinen Tisch lassen.«

Er schlug Diego auf die Schulter, lachte und ging leicht unsicher zurück zum Speisesaal.

Lukas atmete tief durch und streckte sich. Diener eilten an uns vorbei, Krüge voller Wein in den Händen. Nur einer, ein junger Mann mit vorstehenden Schneidezähnen, blieb stehen, als er uns sah.

»Seid Ihr Nicolaus?«, fragte er Diego leise.

Der lächelte. »Nein, aber du stehst neben ihm.«

»Verzeiht.« Der Diener neigte den Kopf. Er hatte die Arme um den Weinkrug geschlungen, als wolle er sich daran wärmen. »Ich habe von Euch gehört«, sagte er dann zu Nicolaus. »Ihr …«

»Ich bin nicht dein Herr, also sprich nicht so mit mir. Wenn du dich dem Kreuzzug ins Heilige Land anschließt, wird nur noch Gott dein Herr sein, niemand sonst.«

Nicolaus' Wandlung überraschte mich. Im Speisesaal hatte er verschüchtert und knabenhaft gewirkt, doch nun sprach er wieder mit jener Leidenschaft, die ich seit seiner ersten Rede bewunderte. Im Schein der Fackeln, die den Hof erhellten, betrachtete ich das Gesicht des Dieners, sah, wie seine Augen zu glänzen begannen und Nicolaus' Traum auch zu seinem wurde.

Ein Windstoß fuhr durch das offene Tor. Ich wollte den Schleier über mein Haar legen, doch als ich danach auf meiner Schulter tastete, fand ich nichts.

»Ich habe meinen Schleier im Speisesaal vergessen«, sagte ich leise zu Diego, um Nicolaus nicht zu unterbrechen. »Wartet hier einen Moment.«

Er nickte.

Rasch ging ich durch den Hof in den Gang, der zum Saal führte. Zwei Diener kamen mir entgegen, beachteten mich jedoch nicht. Am liebsten hätte ich sie gebeten, für mich im Saal nach dem Schleier zu suchen, aber sie wirkten so beschäftigt, dass ich sie nicht aufhalten wollte.

Ich war noch drei Schritte von der Tür entfernt, als ich die laute, tiefe Stimme des Benediktinermönchs hörte. »Er ist ein Unfreier, ein Dahergelaufener, der sich wichtig machen will.«

Ich blieb stehen.

»Das ist ihm gelungen«, sagte Richard. »Ich bin heute Morgen an den Wiesen vorbeigeritten. Achttausend lagern da mindestens, vielleicht sogar zehn.«

»Diego sagte, es wären nicht so viele.« Elisabeths Stimme.

»Er hat den ganzen Abend versucht, die Sache zu verharmlosen.« Aaron, der Stoffhändler, rülpste. »Sie hat mit einem Jungen angefangen, Tausende haben sich ihm angeschlossen …«

»Aus Faulheit.« Ich erkannte die Stimme nicht. Sie gehörte wohl Alfons, der den ganzen Abend nur sehr wenig gesagt hatte. »Sie wandern auf anderer Leute Kosten umher und setzen dem Gesindel Flausen in den Kopf, während zuhause die Arbeit liegen bleibt.«

»Da habt Ihr recht«, sagte Adalbert. »Seht Euch doch nur diese Magd an. Sitzt hier in einem blauen Kleid, schlägt sich den Bauch voll und spielt sich auf wie eine Dame. Was kommt als Nächstes? Ein Schuster auf dem Königsthron?«

»Darüber würde ich mir keine Sorgen machen.« Elisabeths Stimme klang schneidend. »Man kann einem Schwein zwar Vogelfedern annähen, aber fliegen wird es trotzdem nicht.«

Die anderen lachten.

Meine Wangen brannten. Ich wandte mich ab, rannte beinahe durch den Gang zurück. Nicht einmal der Teufel mit seinem Dreizack hätte mich in den Saal treiben können.

»Was sagt denn der Papst zu dieser Angelegenheit?«, hörte ich Petrus durch das Rauschen in meinem Kopf fragen.

Richard antwortete ihm: »Ich habe noch nichts aus Rom gehört, aber gefallen wird ihm das sicherlich nicht.«

Die Stimmen wurden leiser, dann endlich erreichte ich den Hof.

Ich blieb einen Moment in der Tür stehen und atmete tief durch, versuchte mir nichts anmerken zu lassen. Die Nachtluft kühlte mein heißes Gesicht. Scham stieg bitter in mir auf.

»Da bist du ja«, sagte Diego, als ich neben ihn trat. »Hast du deinen Schleier gefunden?«

Ich schüttelte den Kopf. »Ich muss ihn schon in der Stadt verloren haben.« Er schien widersprechen zu wollen, aber ich ließ ihn nicht zu Wort kommen. »Wo ist der Diener?«

Nicolaus ging bereits durch das Tor. »Er will sich von seiner Familie verabschieden und morgen früh zu uns kommen.«

»Ich glaube nicht, dass er das tut«, sagte Lukas. »Er hat zu viel Angst vor seinem Herrn.«

»Gerade deshalb wird er kommen.«

Ich hörte noch das weitere Gespräch der beiden, ohne die Worte zu verstehen. Andere kreisten in meinen Gedanken. Wie hatte ich nur glauben können, eine so hochgestellte Persönlichkeit wie Adalbert würde uns aus purer Freundlichkeit in seine Welt einladen? Ein Zeitvertreib waren wir für ihn und seine Gesellschaft gewesen, nicht besser als die Tanzbären, die ich auf Marktplätzen gesehen hatte. Sie hielten uns für faul, dumm und anmaßend. Jedes nette Wort, jedes Lächeln war eine Lüge gewesen.

»Geht es dir gut?« Diegos Stimme riss mich aus meinen Gedanken.

Ich zwang mich, ihn anzusehen. »Ja, ich bin nur etwas müde.«

»Schlechte Unterhaltung und schlechtes Essen können sehr ermüdend sein.«

»Ich dachte, dir hätte der Abend gefallen.«

Diego lachte leise. Die schmale Gasse, in die wir einbogen, schien die Laute zu schlucken. »Nein.«

»Aber Adalbert gehört doch demselben Stand an wie du, oder?«

Er zögerte. In der Dunkelheit konnte ich sein Gesicht nicht sehen. »Selbst wenn dem so wäre, hätte das nichts …«

»Da ist er!«, rief plötzlich jemand.

Ich schrak zusammen. Neben mir fuhr Diego herum. Ich hörte, wie Metall über Metall schleifte, sah einen Schatten aus der Lücke zwischen zwei Häusern auftauchen, dann einen zweiten und dritten. Hände stießen mich zur Seite.

»Lauf weg!«, schrie Lukas. Er warf sich den Schatten entgegen, rammte einen mit der Schulter und schlug ihm die Faust gegen den Kopf. Der Mann fluchte.

Ich wich zurück und sah mich nach Nicolaus um. Er stand an der Tür einer geschlossenen Tischlerwerkstatt, den Schäferstab erhoben, als wolle er damit zuschlagen. Doch niemand war in seiner Nähe. Lukas und Diego hielten die Schatten zurück.

Sie waren zu viert. Einer hielt einen Knüppel in der Hand, ein anderer zwei lange Messer. Der Nachthimmel war so bewölkt, dass ich kaum mehr erkennen konnte.

Lukas hockte auf einem der Männer, schlug ihm schreiend die Fäuste ins Gesicht. Der zweite, größere Mann warf ihn mit einem Tritt von seinem Gegner. Lukas' Schreie brachen abrupt ab. Er ging zu Boden.

Die beiden anderen drängten Diego gegen eine Hauswand. Sie drehten mir den Rücken zu. Ich wusste nicht, ob sie bewaffnet waren, sah nur, dass Diego mit einer langen, seltsam gekrümmten Klinge nach ihnen stach. Die Männer blieben außer Reichweite, versuchten abwechselnd vorzustoßen.

Nicolaus lief plötzlich los, hob den Schäferstab wie eine Axt über den Kopf und schlug zu. Holz splitterte.

Der Mann, der Lukas zu Boden getreten hatte, ließ den Knüppel fallen, presste beide Hände in seinen Rücken.

Nicolaus schlug mit dem abgebrochenen Stab weiter auf ihn ein. Laute drangen aus seinem Mund, fremd und guttural, gurgelnd, als spräche er sie unter Wasser.

Der Engel, dachte ich. Der Engel führt seine Hand.

Der Straßenräuber – zumindest nahm ich an, dass die Männer uns berauben wollten –, den Lukas niedergeschlagen hatte, erhob sich und schüttelte sich. Die Wolkendecke riss über mir auf, und ich sah, wie sich das Mondlicht auf seinem kahlen Schädel spiegelte. Die Messerklinge in seiner Hand blitzte.

Lukas kroch zur Seite, wirkte benommen.

Der Engel schien Nicolaus mit gewaltiger Kraft zu erfüllen, denn er schlug immer weiter auf den Straßenräuber ein, der schon längst am Boden lag, den Rücken aufgerissen, blutend und stöhnend.

Hinter einigen Fenstern flackerte Kerzenschein auf. »Was ist denn hier los?«, rief ein Mann.

»Hilfe!«, schrie ich. »Hilfe!«

Die Räuber, die Diego angriffen, erkannten, dass ihnen nicht mehr viel Zeit blieb. Einer von ihnen brüllte seine Wut in die Nacht und schleuderte die Waffe, die er gehalten hatte, nach seinem Gegner. Diego entging dem Messer, doch der zweite nutzte den Moment und holte aus.

Ich zog mein Messer, das kleine, verrostete, stumpfe Messer. Erst als ich am Arm des Mannes hing und ihn zu Boden riss, wurde mir klar, was ich tat. Ich holte aus, wollte zustechen, doch dann sah ich Wilhelms Gesicht. Es schob sich wie ein Geist über das des Räubers. Ich schrie auf.

Alles schien gleichzeitig zu geschehen. Ich hörte ein reißendes Geräusch, ein Gurgeln, sah den Knüppel des Mannes unter mir meinem Gesicht entgegenrasen, hob die Arme, hörte Lukas hinter mir schreien, Nicolaus reden, Diego fluchen.

Alles gleichzeitig, so schnell, dass ich nichts tun konnte, so langsam, dass ich jeden Holzsplitter im Knüppel sah, jeden Atemzug des Mannes unter mir hörte.

Etwas blitzte neben mir auf.

Der Knüppel fiel zu Boden, Blut schoss aus einem Armstumpf, spritzte über meine Haut und das blaue Kleid. Der Straßenräuber starrte auf seinen Arm, die Augen aufgerissen, den Mund zu einem Schrei verzerrt, der nicht kommen wollte.

Eine Hand zog mich hoch. »Weg hier«, sagte Diego. In der anderen Hand hielt er ein blutiges, gekrümmtes Schwert.

Ich kam auf die Beine, sah aus den Augenwinkeln Lukas, der Nicolaus in den Arm fiel und ihn sanft von seinem Gegner trennte. Der Mann rührte sich nicht mehr.

Diego keuchte. Schweiß lief ihm über die Stirn. »Die Stadtwache ist bestimmt schon unterwegs. Wir müssen verschwinden, bevor sich herumspricht, dass etwas passiert …«

Einen Lidschlag lang sah ich die Hauswand hinter ihm, beim nächsten das Gesicht des Kahlköpfigen.

»Vorsicht!«

Ich schleuderte ihm das Messer entgegen. Es prallte seitlich gegen seine Stirn, die Klinge zog eine blutige Spur über die Haut.

Diego fuhr im gleichen Moment herum. Sein Schwert zuckte durch die Luft, so kurz, dass ich es beinahe nicht gesehen hätte. Blut quoll aus der Kehle des Kahlköpfigen. Er ließ das Messer fallen, ging gurgelnd und zuckend zu Boden.

Diego zog mich hinter sich her. Lukas und Nicolaus stützten sich gegenseitig. Mehr stolpernd als laufend verließen wir die Stadt.

»Der Teufel schickt seine Handlanger«, stieß Lukas zwischen kurzen Atemzügen hervor, als wir das Lager erreichten. »Nicolaus, du darfst nicht mehr in die Städte gehen. Es wird zu gefährlich für dich.«

Wir alle stimmten zu, doch nachts, als ich am Feuer lag und versuchte, die Augen nicht zu schließen, dachte ich an den Kampf.

Da ist er, hatte einer der Männer geschrien. Zwei hatten sich auf Diego gestürzt, und der Kahlköpfige war an Nicolaus vorbeigehuscht, um in seinen Rücken zu gelangen.

Nicht Nicolaus hatten sie töten wollen …

Die Speisen des Abends lagen plötzlich wie Steine in meinem Magen.

… sondern Diego.

Kapitel 11

Ich sprach weder über meinen Verdacht noch über das, was im Saal des Ratsherrn über uns und über mich gesagt worden war. Ich schlüpfte wieder in meine rauen, kratzenden Lumpen und versteckte das blaue Kleid so tief unter den anderen Sachen, die im Karren lagen, dass ich es nicht mehr sehen musste.

Nur meine Gedanken konnte ich nicht so tief vergraben. Elisabeths Worte verfolgten mich fast so sehr wie Wilhelms Gesicht. Kleinigkeiten reichten, um mir die Schamesröte wieder auf die Wangen zu treiben: eine Vogelfeder im Haar eines Kindes, das Gelächter einer alten Frau, Lukas' Mahnungen zur Vorsicht.

Über kaum etwas anderes redete er, wenn wir abends am Feuer saßen. Mal verdächtigte er Adalbert, gedungene Mörder angeheuert zu haben, mal den Bischof von Mainz, manchmal sogar den pferdezähnigen Diener, der sich uns am Morgen des Aufbruchs in Speyer angeschlossen hatte.

Eines Abends, als die belauschte Unterhaltung erneut wie ein Feuer in meinen Gedanken brannte, fragte ich schließlich: »Glaubt ihr, dass der Papst unseren Kreuzzug unterstützt?«

»Natürlich«, sagte Nicolaus ohne Zögern. »Wenn der Engel zu mir spricht, dann auch zum Papst. Das wäre sonst doch …« Er suchte nach dem richtigen Wort.

»Unhöflich?«, schlug Diego vor.

Nicolaus nickte, auch wenn es wohl nicht das war, was er gemeint hatte.

»Und wenn der Engel nur zu dir gesprochen hat?«, fragte ich. »Wenn der Papst nichts davon weiß und es von Menschen erfährt, die uns vielleicht nicht wohlgesonnen sind?«

Diego warf mir einen neugierigen Blick zu, Lukas wirkte nachdenklich, aber Nicolaus hob nur die Schultern. »Er ist der Papst«, sagte er. »Weiß er nicht alles?«

Danach wandte sich die Unterhaltung anderen Dingen zu.

Viele hatten sich an diesem Frühlingsabend um das Feuer versammelt. Vierzig Tage waren seit Ostern vergangen, so schätzten wir, obwohl niemand mitgezählt hatte. Längst hatten wir den Überblick über die Wochentage verloren. Wir aßen Fleisch und Fisch, wie es uns gefiel, egal, ob es ein Mittwoch oder Freitag war. Der Engel hatte es uns erlaubt, damit unser Weg nicht noch schwerer wurde, als er es bereits war.

Und so feierten wir an diesem Abend Christi Himmelfahrt, weil Gottfried gesagt hatte, es seien vierzig Tage vergangen. Auf einem Karren waren Lukas, Hugo, Konrad und nach einigen Wortgefechten auch Cornelius durch die umliegenden Dörfer gezogen und hatten alle Hühner aufgekauft, die sie finden konnten. Keiner von ihnen hatte die Bauern gefragt, ob der Festtag tatsächlich gekommen war. Sie wollten nicht enttäuscht werden.

Trotz der Mühe, die sich Lukas und die Kinder gemacht hatten, reichten die Hühner nicht für den ganzen Kreuzzug. Konrad kam schließlich auf die Idee, eines pro Feuer auszugeben, sodass zumindest jeder ein Stück vom Fleisch bekam. Lena nähte eine Jesusfigur aus ein paar Lumpen, Hugo schnitzte ein Kreuz. Singend und betend zogen wir die Figur an einem Strick empor in einen Baum, während kleine Kinder ein Stück Holz mit einer geschnitzten Teufelsfratze in den Staub traten. Danach aßen wir Huhn mit Haferschleim.

Gottfried erzählte an unserem Feuer die Geschichte von der

Himmelfahrt Christi, dann tranken wir Wein und sangen die neuen Lieder, die wir auf der Reise gelernt hatten. Erst spät in der Nacht legten wir uns schlafen.

Der Wein weckte mich noch vor Sonnenaufgang. Ich legte den Wollumhang zur Seite, unter dem ich geschlafen hatte, und stand auf. Es war still im Lager. Nur ab und zu hustete oder schnarchte jemand. Ich ging an den Feuern vorbei durch das niedergetrampelte feuchte Gras bis zu einem Wald in der Nähe des Flusses. Dort hockte ich mich hin.

Erst als ich wieder aufstand und meine Röcke fallen ließ, bemerkte ich, dass ich nicht allein war.

Jemand kicherte leise und verstohlen. Ich drehte den Kopf, wagte es kaum, mich zu bewegen. Das Rascheln meiner Kleidung erschien mir so laut wie der Glockenschlag in einem Kirchturm.

Als Kind hatte ich Angst vor den Geistern im Wald gehabt und gebetet, wenn wir dort Pilze suchten. Nun kehrte das Gefühl, an das ich jahrelang nicht mehr gedacht hatte, zurück. Stumm begann ich zu beten.

Es raschelte. Nicht meine eigene Kleidung bewegte sich, sondern die eines anderen.

»Ist es schon Morgen?«, fragte eine leise, hohe Mädchenstimme. Ich erkannte sie wieder. Sie gehörte Antonia, einer der Töchter der Frau, die uns ihre Kinder in Bonn gebracht hatte.

»Nein, wir haben noch Zeit.« Die Stimme eines Jungen. Er hieß Bernhard und sah Hugo ein wenig ähnlich. Mehr wusste ich nicht über ihn.

Anna kicherte. Es war das gleiche Geräusch, das ich zuvor gehört hatte. »Willst du noch mal?«

Die Frage blieb unbeantwortet. Ich hörte ein Rascheln, dann ein Stöhnen.

Die Schwere des Weins schwand aus meinem Kopf. Ich wusste,

was dort geschah. Ein Schwur wurde gebrochen, ein heiliger Eid, zu dem sich jeder von uns verpflichtet hatte.

Einen Moment lang war ich unentschlossen, fragte mich, ob ich dem Tun der beiden ein Ende setzen sollte. Doch dann zog ich mich leise zurück. Ich würde mit ihnen reden, wenn der Zeitpunkt günstig war. Sie waren beide noch so jung, dass sie vielleicht nicht einmal verstanden, wie groß die Sünde war, die sie begingen.

Ich verließ das Gebüsch und strich meine Röcke gerade. Ein erster grauer Streifen tauchte am Horizont auf. Schon bald würde das Lager erwachen. Ich wandte mich Nicolaus' Feuer zu und zuckte zusammen, als ich einen Mann keine drei Schritte von mir entfernt stehen sah.

Er hob die Hände. »Verzeih, ich wollte dich nicht erschrecken, Schwester.«

Es war Rüdiger, der Anführer der Soldaten. Er war barfuß, sonst hätte ich ihn schon früher gehört.

»Hast du nicht. Ich habe dich nur nicht gesehen.«

Er nickte und ging weiter, dem Wald mit seinen Büschen und dichtem Unterholz entgegen.

»Willst du dort …«, begann ich und brach dann ab, weil es sich nicht gehörte, einen Mann auf so etwas anzusprechen.

Rüdiger verstand auch so. »Genau das, Schwester.«

Er wandte sich ab.

»Ich würde es nicht dort tun«, sagte ich laut, hoffte dabei, dass Antonia und Bernhard nicht zu sehr in ihrer eigenen Welt versunken waren.

Rüdiger sah mich an. »Warum nicht?«

»Weil … es dort Tiere gibt. Ich habe sie knurren gehört.«

»Tiere?« Er tastete nach seinem Schwert, doch er hatte den Gürtel wohl vor dem Schlafengehen abgelegt; seine Hand griff ins Leere.

»Ja, große Tiere. Sie haben mir Angst gemacht.«

Das war die falsche Antwort, das begriff ich, als Rüdiger den Rücken durchdrückte und die Hände in die Hüften stemmte. »Mir hat noch kein Tier Angst gemacht, Schwester. Mach dir keine Sorgen, ich sehe mir das mal an.«

Ich wollte etwas entgegnen, ihn aufhalten, aber bevor mir etwas einfiel, verschwand er bereits zwischen den Büschen. Mit angehaltenem Atem lauschte ich. Es war noch dunkel. Wenn Antonia und Bernhard schnell genug waren, wenn sie sich verbargen …

»Verdammte Scheiße!« Rüdigers Gebrüll versetzte mir einen Stich. Ich hörte Schreie, knackende Äste, erste Rufe aus dem Lager. Menschen erhoben sich an den Feuern, sahen sich verwirrt um.

Nur Lidschläge später stürmte Rüdiger aus den Büschen. Er zog Antonia und Bernhard hinter sich her. Beide waren halb nackt. Antonia versuchte ihre Brüste mit einem Umhang zu bedecken.

»Hier sind deine Tiere!« Er stieß mir die beiden entgegen.

Bernhard stolperte und ging zu Boden. Er blutete aus der Nase. Antonia blieb zitternd stehen, den Wollumhang unter das Kinn gezogen, den Kopf gesenkt.

Sie taten mir leid. Während sich Menschen um uns herum versammelten, ging ich zu Bernhard, nahm ihm sein Leinenhemd aus der Hand und reichte es Antonia. Sie zog es rasch über. Es war zu groß, bedeckte aber ihre Blöße.

Rüdiger wurde sich der Menschenmenge bewusst. »Getrieben haben sie es!«, schrie er. »Dahinten im Wald!«

Einige bekreuzigten sich, andere riefen Schmähungen.

»Sie sind doch fast noch Kinder«, sagte ich, aber meine Stimme ging in den Rufen unter.

Nicolaus und Lukas tauchten zwischen den Kreuzfahrern auf. Seinen Schäferstab hatte Nicolaus durch einen knorrigen Ast ersetzt. Hugo schnitzte ihm bereits einen neuen, doch das war noch ein Geheimnis.

»Was ist passiert?«, fragte Lukas.

Rüdiger ging mit langen Schritten auf ihn und Nicolaus zu. Er erzählte ihnen alles, ließ vor allem nicht aus, dass ich die beiden im Wald für Tiere gehalten hätte. »Da weiß man ja schon, wie sie es dort getrieben haben«, schloss er.

Ich sah mich nach meinen Söhnen um, konnte sie jedoch nirgends entdecken. Sie verbargen sich wahrscheinlich hinter Erwachsenen, weil sie wussten, dass ich sie zurück zum Feuer schicken würde.

Dafür sah ich Antonias etwa gleichaltrige Schwester und ihre beiden kleinen Brüder. Antonias Schwester – ihr Name war Elisabeth – starrte entsetzt, die beiden Jungen, beide zwischen zehn und zwölf, drückten sich an sie und begannen zu weinen.

Als Rüdiger seine Geschichte beendet hatte, fuhr sich Nicolaus müde mit der Hand durchs Gesicht. »Ich werde den Engel um Vergebung bitten«, sagte er leise zu Lukas. »Kümmere du dich um die Sünder.«

»Das werde ich.«

»Warte.« Ich trat vor, aber Nicolaus winkte ab, ohne sich umzudrehen, und die Lücke in der Menge schloss sich hinter ihm.

Lukas ging langsam um Antonia und Bernhard herum. Sie weinte leise, er hockte stumm neben ihr am Boden. Blut tropfte aus seiner Nase ins Gras.

»Ihr habt ein heiliges Versprechen gebrochen, einen Schwur, den ihr vor Gott selbst geleistet habt«, rief Lukas so laut, dass es alle hören konnten. »Verdammt seid ihr dafür, verdammt bis ans Ende der Zeit! Verdammt!«

»Verdammt! Verdammt! Verdammt!« Die Menge wurde zum Chor, wiederholte das Wort wieder und immer wieder. Antonia brach zitternd zusammen. Bernhard legte die Arme um sie, vergrub den Kopf in ihrer Halsbeuge.

Lukas ging neben ihnen in die Hocke. »Aber wisst ihr, was noch schlimmer ist?«, sagte er leiser. Der Chor erstarb. Die Menge rückte näher heran. »Dass eure Unzucht euch wichtiger war als die Befreiung des Heiligen Grabs.«

Seine Hand schoss vor, griff in Bernhards Haare und riss seinen Kopf zurück. Der Junge schrie auf.

»Dein Schwanz«, brüllte Lukas, »hat nicht nur die Hure neben dir besudelt, sondern den ganzen Kreuzzug!«

Er stieß Bernhard zurück und spuckte ihm ins Gesicht.

»Hure!«, schrie Rüdiger. Sein Speichel traf Antonias Schulter.

Die Umstehenden nahmen die Schreie auf, spuckten und schimpften, schrien und fluchten.

»Hört auf!« Ich versuchte, mich zwischen die Menge und die beiden Sünder zu drängen. »Lukas! Hör auf damit!«

Er wandte den Kopf und sah mich an. Sein Gesicht hatte einen merkwürdigen Ausdruck angenommen, so wie jemand, der plötzlich etwas begriff, was ihm zuvor verborgen gewesen war.

»Nein«, sagte er. »Du bist Nicolaus' Seele, nicht die meine.«

Er hatte recht. Ich musste mit Nicolaus sprechen, nicht mit Lukas. Ich drängte mich durch die Menge, doch eine Hand zog mich zur Seite. Im ersten Moment wollte ich mich losreißen, doch dann erkannte ich, dass es Diego war, der mich aus der Menge zerrte.

»Hast du Nicolaus gesehen?«, fragte ich.

»Lass geschehen, was geschehen muss.«

»Was?«

Diego wiederholte nicht, was er gesagt hatte.

Ich fuhr mir durch die Haare. »Das Mädchen … Erinnerst du dich an die Frau in Bonn, die uns ihre Kinder brachte? Das ist eine ihrer Töchter, die dort bespuckt wird. Ich habe der Frau versprochen, dass es ihr bei uns gutgehen würde.«

Ich wandte mich um, suchte mit meinen Blicken Elisabeth, Antonias Schwester, konnte sie aber nicht mehr entdecken. Sie musste ihre weinenden Brüder weggeschafft haben, damit sie das erniedrigende Spektakel nicht weiter mit ansehen mussten.

»Du hast dein Versprechen nicht gebrochen, das Mädchen seines schon.« Diego sah sich um, als wollte er nicht, dass uns jemand zuhörte. »Du wirst niemandem helfen, wenn du dich zwischen Nicolaus und Lukas stellst.«

»Nicolaus nannte mich seine Seele. Er verlässt sich auf mich.«

»Bis ihm der Engel sagt, er soll es bleiben lassen.«

Ich wollte Diego fragen, was er damit meinte, da erklang Lukas' Stimme.

»Ruhe!«, schrie er. Dreimal musste er den Befehl wiederholen, bis die letzten Rufe verstummten. Ich drehte mich um, sah aber nichts außer die Rücken und Köpfe der Menschen. Im Zwielicht des frühen Morgens wirkten sie alle grau.

»Eine Bestrafung soll das begangene Verbrechen widerspiegeln, so will es der Herr«, rief Lukas. »Auge um Auge, Zahn um Zahn.« Applaus kam auf. Von Antonia und Bernhard war nichts zu hören.

»Willst du wirklich bleiben?«, fragte Diego.

Ich nickte.

Er verschränkte die Arme vor der Brust und stellte sich neben mich, eher wie ein Bewacher als ein Wächter. »Wenn du meinst.«

»Wie Tiere haben sie ihre Unzucht im Wald getrieben«, fuhr Lukas fort. »Unter den Augen des Herrn zogen sie sich aus und brachen das Gelübde, das sie ihm gegeben haben.« Er wartete, bis sich Flüche und Beschimpfungen gelegt hatten. »Sie sind es nicht länger wert, an unserer Seite am Feuer zu sitzen, mit uns zu marschieren und zu essen. Sie sind es nicht länger wert, Menschen zu sein.« Dieses Mal war es Applaus, der ihn unterbrach. Lukas genoss seine Rolle als Richter. Ich hörte es an seiner Stimme. »Deshalb werde ich dich …« Er geriet ins Stocken.

»Bernhard«, rief jemand.

»Deshalb werde ich dich, Bernhard, und dich, Antonia, im Namen des Kreuzzugs, den der Herr selbst gesegnet hat, verbannen. Keinen Blick werdet ihr mehr auf uns richten, keinen Schritt mehr mit uns tun. Ihr seid verbannt aus der Gemeinschaft der Kreuzfahrer!«

Mäßiger Applaus kam auf. Die Menge hatte mehr erwartet. Lukas schien das zu merken, denn ich sah über die Köpfe der Menschen hinweg, wie er die Arme hob.

»Doch das ist nicht alles! Ihr sollt von uns gehen wie die Tiere, die ihr seid.« Lukas ließ die Arme sinken. »Nackt.«

»Nein!« Ich hörte Antonias Schrei und schlug die Hände vors Gesicht. Es kam Bewegung in die Menge. Kurz tauchte Bernhard zwischen zwei Kindern auf, dann wurde er zurückgezogen.

»Zieht euch aus, wenn ihr nicht wollt, dass ich euch die Kleider vom Leib reiße!«, rief Rüdiger. Gelächter klang auf.

Ich machte einen Schritt vor, wollte mich an den Menschen vorbeidrängen, doch wieder hielt mich Diego auf. »Mach es nicht schlimmer für sie. Das ist ein mildes Urteil.«

»Milde?« Ich fuhr herum, riss mich aus seinem Griff. »Vielleicht ist es in deinem Land normal, nackt umherzulaufen wie im Paradies, aber hier kann ich mir nichts Beschämenderes vorstellen. Was sollen die beiden denn machen? So können sie sich in kein Dorf wagen. Sie werden verhungern.«

Hinter mir johlte die Menge. Kleine Kinder lachten aufgeregt und nervös.

Diego winkte ab. »Das werden sie nicht. Sie müssen nur behaupten, man habe sie überfallen.«

»Nicht jeder lügt so gut wie du.« Ich biss mir auf die Lippe, aber es war zu spät, die Worte waren heraus.

Diego wirkte überrascht. »Was soll das heißen?« Er blinzelte. »Geht es etwa schon wieder um das Heilige Land und die verdammten Elefanten?«

»Ja.« Das war eine Lüge, und ich sah Diego an, dass er mir nicht glaubte.

Trotzdem spielte er mit. »Du wirst ja bald sehen, dass es dort keine Elefanten gibt.«

Das Johlen und Klatschen der Menge nahm zu. Sie teilte sich und ließ zuerst Bernhard, dann Antonia durch. Beide stolperten durch das Gras, versuchten ihre Blöße zu bedecken. Menschen spuckten sie an, Dreck und Hühnerknochen flogen durch die Luft. Ein Stein traf Antonia am Arm und hinterließ eine blutige Schramme. Sie schrie und weinte.

Bernhard griff nach ihrer Hand, zog sie hinter sich her. Auch über seine Wangen liefen Tränen. Ich musste die Augen schließen, so sehr erinnerte er mich an Hugo.

Als ich sie wieder öffnete, hatten die beiden die Straße erreicht. Einige Kinder liefen ihnen noch nach, bewarfen sie mit allem, was sie finden konnten, der Rest der Menge begann sich zu zerstreuen. Schließlich stand nur noch Lukas neben den Kleiderbündeln, die Antonia und Bernhard zurückgelassen hatten. Er raffte sie zusammen und kam auf mich zu.

»Sorg dafür, dass sie gewaschen werden.« Er ließ die Bündel vor mir fallen. »Vielleicht kann sie jemand gebrauchen.«

Ich schluckte die Worte herunter, die mir auf der Zunge gelegen hatten, und sagte stattdessen: »Das werde ich.«

»Gut.« Er ging weiter.

Ich hob die Kleidung auf. Es waren Lumpen, die nach Schweiß und Wald rochen. Die Einzigen, die sie gebrauchen konnten, hatte Lukas aus dem Lager gejagt.

Mit den Lumpen auf dem Arm ging ich hinunter zum Fluss. Diego folgte mir schweigend. Ich war wütend auf Lukas, auf Antonia und Bernhard. Und auf mich selbst. Einer todkranken Frau hatte ich versprochen, auf ihre Kinder zu achten, doch das hatte ich nicht getan. Nicht einmal meine eigenen Söhne hatte ich seit diesem Kreuzzug so oft gesehen wie Nicolaus.

An seinem Feuer zu sitzen und seinen Visionen zu lauschen war mir wichtiger gewesen als ein Versprechen, wichtiger als meine eigene Familie.

Schilf stand hoch am Ufer des Rheins. Ich ging daran entlang, bis ich eine Stelle fand, an der ich ungehindert bis zum Wasser gelangen konnte. Barfuß watete ich hinein.

Es war kühl und trüb. Eine Ente saß auf einem Stein zwischen den Schilfrohren und beobachtete mich. Jenseits des Rheins ging die Sonne auf.

Ich zögerte einen Moment, dann holte ich mit beiden Armen aus und warf die Lumpen in den Fluss. Die Ente flatterte erschrocken auf.

»Was machst du da?«

Ich hatte fast vergessen, dass Diego mich begleitete. »Ich gebe dem Herrn die Gelegenheit, Antonia und Bernhard ihre Kleidung zurückzugeben, wenn ihm das gefällt.«

Die Lumpen sogen sich rasch mit Wasser voll, doch sie gingen nicht unter, sondern wurden von der Strömung mitgezogen.

Ich drehte mich um und watete aus dem Fluss.

»Und was ist mit Lukas?«, fragte Diego.

»Solche Lumpen liegen zu Dutzenden auf den Karren. Ihm wird nichts auffallen.« Es war ein gutes Gefühl, nicht getan zu haben, was er wollte.

»Sei vorsichtig.« Diego sah sich um. Es war eine Angewohnheit, die mir schon öfter bei ihm aufgefallen war, so als befürchtete er ständig, belauscht oder beobachtet zu werden. »Du nimmst dir viel heraus, mancher würde sagen, zu viel.«

»Ich versuche nur zu sein, was Nicolaus von mir erwartet. Seine Seele, sein Gewissen.« Langsam ging ich am Ufer entlang. Wasser tropfte aus dem Saum meiner Röcke.

Diego schloss zu mir auf. »Er hat dir diese Stellung gegeben, er kann sie dir ebenso schnell wieder nehmen. Ein Wort des Engels …« Er ließ den Satz unvollendet.

Es war das zweite Mal an diesem Morgen, dass er den Engel erwähnte. Beim ersten Mal hatte ich nicht verstanden, was er damit sagen wollte, diesmal schon.

Ich blieb stehen, ebenso überrascht wie entsetzt. »Glaubst du etwa, dass Nicolaus lügt? Dass er dem Engel seine eigenen Worte in den Mund legt?«

»Nein, natürlich nicht.« Diego schüttelte den Kopf. Sein dunkles Haar fiel ihm in die Stirn. »Aber ich glaube, dass Lukas Nicolaus nähersteht als du. Wenn er Zweifel an dir sät, wenn die Zwietracht zwischen dir und ihm den Kreuzzug gefährdet, wird Nicolaus den Engel fragen, wer von euch gehen soll. Und was, wenn der Engel deinen Namen nennt? Was wirst du dann tun? Wohin wirst du gehen?«

Er hatte noch nie so ernst zu mir gesprochen, so eindringlich. Ich fragte mich, ob er etwas bemerkt hatte, das mir verborgen geblieben war. Es stimmte, ich hatte Lukas einige Male widersprochen, doch das war nie ohne Grund geschehen. Fast nie. Ich bereute bereits, die Lumpen in den Fluss geworfen zu haben.

»Dann werde ich ab jetzt vorsichtiger sein«, sagte ich.

Diego lächelte, wirkte erleichtert, dass ich seinen Rat angenommen hatte. Schweigend gingen wir am Ufer entlang.

Ich sah den Enten auf dem Wasser zu, lauschte dem Rauschen des Schilfs im Wind. »Was ist mit dir?«, fragte ich schließlich, als sich das Schweigen endlos zu dehnen schien. »Lukas mag dich nicht, Nicolaus …« Ich zögerte, entschied mich dann für die Wahrheit. »… auch nicht. Wohin würdest du gehen, wenn der Engel deinen Namen nennt?«

Diego breitete die Arme aus. »Wohin ich will. Ich habe Geld, eine Heimat, in der weder der Ochsenpflug noch der Pranger auf mich warten, und genug Zeit, um nach Rom zu pilgern, damit mich der Papst von meinem Gelübde entbindet und ich die Ewigkeit nicht in der Hölle verbringen muss.«

»Und warum hast du dich uns angeschlossen, wenn du so frei bist?«

Er sah mich an. »Weil ich an den Engel glaube.«

Sein Mund lächelte, seine Augen nicht.

Am nächsten Morgen waren Elisabeth und ihre kleinen Brüder verschwunden. Sie mussten sich heimlich in der Nacht davongeschlichen haben.

Ich stellte mir vor, dass sie Kleidung gestohlen, Bernhard und Antonia gefunden und mit ihnen auf dem Weg in irgendein Dorf waren, um ein neues Leben zu beginnen. Ich stellte es mir vor, obwohl ich ahnte, dass es nicht so sein würde. Gott schenkte denen, die seine Gesetze brachen, kein Glück. Das hob er sich für die Rechtschaffenen auf.

Für uns.

Der Gedanke schmeckte bitter.

Kapitel 12

Der Engel vergab uns die Unzucht von Antonia und Bernhard, mahnte uns aber erneut zur Keuschheit. Und so wurde beschlossen, die Feuer neu aufzuteilen. Von nun an sollten Frauen und Kinder separat von den Männern sitzen und auch essen und schlafen. Selbst Verheiratete und Verwandte wurden davon nicht ausgenommen.

Der Vorschlag stammte von Lukas und wurde von Nicolaus freudig, von allen anderen eher verhalten aufgenommen. Vor meiner Unterhaltung mit Diego hätte ich mir nichts dabei gedacht, doch nun fragte ich mich, ob es ihm dabei wirklich nur um Keuschheit ging.

Ich fand mich mit Konrad, Cornelius, Lena, zwei Mädchen namens Demuth und Else und Erik, dem Sohn eines Fischers aus Worms, an einem Feuer wieder. Hugo durfte nicht bei mir bleiben, er war bereits zu alt. Er saß zuerst mit Peters Söhnen und Gottfried am Feuer, wechselte jedoch zu Nicolaus, nachdem er ihm seinen selbstgeschnitzten Schäferstab geschenkt hatte. Der Engel hatte es so bestimmt, um ihn für seine Gabe zu belohnen. Konrad war anfangs neidisch, freundete sich jedoch schnell mit Erik an und sprach kaum noch mit seinem Bruder.

Ich versuchte immer wieder, die beiden zusammenzubringen, aber Hugo zog es vor, an der Spitze des Kreuzzugs zu marschieren, hinter Nicolaus und Lukas. Er folgte ihnen wie ein Welpe, doch mir kam es so vor, als behandelten sie ihn wie einen Diener. Ich sagte nichts, denn es schien Hugo nicht zu stören.

Auch Diego fand ein Feuer. Zu meiner Überraschung waren es die Soldaten, die ihn aufnahmen. Manchmal, wenn ich nachts wach lag und dem Fluss lauschte, hörte ich ihn reden und lachen.

Die Reise wurde eintöniger, je weiter südlich wir kamen. Um Nicolaus vor den Häschern des Teufels zu schützen, machten wir einen Bogen um die großen Städte und Burgen.

Nur wenige von uns durften ab und zu mit Lukas eine Stadt aufsuchen, um Vorräte einzukaufen, zu betteln und Menschen, die sich uns anschließen wollten, zum Lager zu begleiten. Einige Male nahm Lukas sogar mich mit, aber wir sprachen nicht miteinander.

Ich hatte gedacht, dass mich Nicolaus rasch vergessen würde, nachdem ich sein Feuer verlassen hatte, doch das war nicht der Fall. Jeden Morgen nach dem Frühstück bat er mich zu sich, berichtete von seinen Entscheidungen und holte meinen Rat ein. Es ging zumeist um unwichtige Dinge, um Kreuzfahrer, die um neue Kleidung baten, oder um die Frage, ob wir die heilige Messe feiern sollten, wenn aus der Ferne Kirchenglocken die Gläubigen zu sich riefen.

Eines Morgens sagte er jedoch: »Ich habe gestern mit dem Spanier gesprochen.« Aus einem Grund, der mir nicht klar war, nannte Nicolaus Diego fast nie beim Namen. »Er möchte, dass wir dem Rhein nicht länger folgen, sondern uns nach Osten wenden, um dann die Alpen am Brennerpass zu überqueren.«

»Und du möchtest das nicht?«

Nicolaus neigte den Kopf. »Es geht nicht darum, was ich möchte. Der Engel hat mir in seiner ersten Vision befohlen, dem Rhein zu folgen und dann die Alpen zu überqueren. Er sagte nichts davon, den Fluss vorab zu verlassen.«

Er erhob sich und begann langsam auf und ab zu gehen. Den

Schäferstab, den Hugo ihm geschenkt hatte, drehte er dabei zwischen den Händen. Seine Arme waren so dünn, dass ich erschrak.

»Warum«, fragte Nicolaus, »hat Gott mir den Spanier geschickt? Ist er der Helfer, der mich auf den rechten Pfad führen, oder die Versuchung, die mich vom rechten Pfad abbringen soll?«

»Hast du den Engel gefragt?«

»Wohl schon ein Dutzend Mal, aber er schweigt dazu. Es ist meine Entscheidung, meine Prüfung.« Nicolaus setzte sich ans Feuer und legte den Stab neben sich.

Aus den Augenwinkeln sah ich Lukas. Er stand an dem Karren, in dem wir die Wertsachen aufbewahrten, und tat so, als würde er etwas suchen. Doch sein Blick glitt immer wieder zu Nicolaus und mir herüber.

»Was würde passieren, wenn wir Diegos Rat befolgten?«, fragte ich.

Nicolaus hob die Schultern. »Wir würden sicherlich einen ganzen Monat länger brauchen, das gibt der Spanier selbst zu. Allerdings ist der Brenner vielbereist und gilt als sicher. Die Frage ist nur, ob die vielen Reisenden und Pilger die Dörfer und Städte nicht schon leergekauft haben, wenn wir dort eintreffen. Auch dieses Problem gesteht der Spanier ein.«

»Trotzdem rät er dir zu diesem Pass?« Ein seltsames Gefühl breitete sich in mir aus. »Warum? Was erwartet uns, wenn wir dem Rhein weiter bis zu den Alpen folgen?«

»Der Pass entlang eines Berges namens Gotthard. Der Spanier hat ihn selbst nicht bereist, aber er hat gehört, dass er unwegsam und gefährlich ist. Doch der Weg wäre auch kürzer, und wir müssten uns weniger Sorgen um unsere Vorräte machen.« Er sah mich an. »Lukas hält den Gotthard für den richtigen Weg, aber ich bin mir nicht sicher. Du bist mein Gewissen, Madlen, was rätst du mir?«

»Folge dem Rat des Spaniers«, sagte ich, ohne zu zögern. »Er hat als Einziger von uns bereits die Alpen überquert und weiß, wovon er redet.«

»Wenn seine Worte der Wahrheit entsprechen und uns der Teufel nicht durch ihn versuchen will.« Nicolaus wandte den Kopf und starrte ins Feuer. Die Unterhaltung war beendet.

Ich stand auf und wollte zurück zu meinem Feuer gehen, aber Lukas trat mir auf halbem Weg entgegen. »Was wollte er von dir?«

Diesmal schluckte ich die Worte, die ich sagen wollte, nicht hinunter. »Das Gleiche wie von dir.«

»Und was hast du geantwortet?«

»Das Gegenteil von dem, was du geantwortet hast.«

Lukas verzog das Gesicht, sagte jedoch nichts mehr.

Kurze Zeit später brachen wir auf. Im Laufe des Tages sprach sich herum, vor welcher Entscheidung wir standen. Niemand wusste, worin sich die beiden Pässe unterschieden, trotzdem wollte jeder mitreden.

»Wir müssen den Gotthardpass nehmen«, hörte ich gegen Mittag Gottfried sagen. »Er trägt den Namen des Herrn in sich, während Brenner mir zu sehr nach Hölle klingt.«

Ich fragte mich allmählich, weshalb ich ihn je ernst genommen hatte.

Als wir abends auf einem Hügel lagerten, um den Mücken im sumpfigen Tal zu entgehen, rief Nicolaus uns alle zusammen. Er verkündete, er habe nach einem Tag des Fastens und Betens seine Entscheidung getroffen.

»Wir werden den Gotthardpass nehmen«, sagte er.

Die meisten wirkten erleichtert. Nur Diego hockte sich sichtlich verärgert ans Feuer und warf einen großen Ast in die Flammen. Er schüttelte den Kopf. Funken stoben auf und verglühten in der Nacht.

Am nächsten Morgen ging es weiter durch eine flache, feuchte Landschaft. Sie war voller Sümpfe und von winzigen Seitenarmen des Rheins durchzogen. Wir rissen Zweige von den Bäumen und versuchten, mit ihnen die Mücken zu vertreiben, die sich in großen schwarzen Wolken auf uns stürzten. Die Luft roch faulig. Aus Angst vor Krankheiten banden wir uns Stofftücher vor Mund und Nase.

Die schweren Karren kamen in den Sümpfen nur langsam voran. Einige Male mussten wir umdrehen, wenn ein Weg zu morastig wurde oder in hohem Schilf endete. Unsere Stimmung sank im gleichen Maße, in dem die Mückenstiche zunahmen.

Die Erwachsenen redeten kaum noch miteinander, es wurde nicht mehr gesungen. Nur den Kindern schienen die Sümpfe nichts auszumachen. Sie verbrachten die Tage damit, Frösche zu fangen oder nach Vogeleiern zu suchen.

Menschen gab es nur wenige in diesem stinkenden, verpesteten Land. Ihre Dörfer lagen auf Hügeln abseits der Sümpfe und waren so arm, dass selbst die Lehnsherren aussahen wie Tagelöhner. Trotzdem begrüßte man uns stets mit großer Freundlichkeit.

Irgendwann fanden die Seitenarme wieder zum Rhein zurück, das Land wurde hügeliger und trockener, die Straßen breiter. Ein Händler, der sich aus Angst vor Wegelagerern dem Kreuzzug einige Tage anschloss, erklärte, wir würden uns einer Stadt namens Straßburg nähern. Sie war auch sein Ziel.

Er verließ uns, als wir noch einen Tagesmarsch von der Stadt entfernt waren, allerdings nicht, ohne uns zu versprechen, den anderen Händlern von unserer Ankunft zu berichten, damit sie ihr Warenangebot aufstocken konnten.

Wir lagerten in einem Wald zwischen zwei Hügeln. Am Vortag hatte es zu regnen begonnen, und es sah nicht so aus, als würde es bald aufhören. Das dichte Blätterdach schützte uns, nur Feuer ließen sich mit dem feuchten Holz nicht anzünden. Also hockten wir in unsere Umhänge gehüllt und an Baumstämme gelehnt in der Dunkelheit und hingen unseren Gedanken nach.

Als ich am Morgen erwachte, regnete es immer noch. Ich stand auf, wrang meinen vollgesogenen Wollumhang aus und legte ihn mir wieder über die Schultern. Dann verließ ich den Wald und warf einen Blick die Hügel hinauf.

Die Wolken waren grau und hingen so tief, dass sie die Kuppen der Hügel verbargen. Nebel stieg über einem Fluss auf, den der Händler Ill genannt hatte. Der Rhein lag hinter uns.

Es war noch früh, aber Kinder spielten bereits am Ufer der Ill, und Konrad und Erik angelten dort. Cornelius stand in ihrer Nähe und sagte ab und zu etwas. Sie beachteten ihn nicht. Der Junge tat mir leid. So viel Zeit war vergangen, seit er in Köln zu uns gestoßen war, aber er hatte noch keinen einzigen Freund gefunden.

»Cornelius!«, rief ich.

Er drehte sich um und kam eifrig auf mich zu wie ein junger Hund, der auf einen Knochen hofft. »Ja, Madlen?«

»Würdest du mir einen Gefallen tun und dich anstellen, damit wir etwas Dörrfleisch bekommen? Noch ist wenig an den Karren los.«

Er runzelte die Stirn. »Im Haus meines Vaters mussten sich immer die Frauen um das Essen kümmern.«

Mir fiel auf einmal wieder ein, weshalb er keine Freunde fand. »Hier ist es anders«, sagte ich. »Das weißt du. Aber wenn du das Dörrfleisch für unser Feuer bekommst, finde ich bestimmt auch noch ein paar Kirschen für dich.«

Lena und ich hatten am Vortag einige Bäume entdeckt und abgeerntet, bevor ein anderer darauf aufmerksam hatte werden können. Nur die anderen am Feuer wussten von unserer Entdeckung, vor dem Rest des Kreuzzugs hielten wir sie geheim.

Cornelius' Augen leuchteten. »Ich werde bestimmt ganz viel Fleisch bekommen.«

Bevor ich ihm antworten konnte, lief er zu der Lichtung im Wald, auf der die Karren standen. Diego, der gerade zwischen den Bäumen hervorkam, musste zur Seite springen, sonst wäre er mit ihm zusammengeprallt. Cornelius rannte weiter, ohne sich zu entschuldigen.

»Wo will der denn so schnell hin?«, fragte Diego, als er neben mir stehen blieb. Der tagelange Regen hatte seine Lederkleidung durchweicht und geschwärzt. Wasser lief ihm aus den Haaren.

»Dörrfleisch holen, bevor sich alle anderen anstellen.«

Er lächelte, doch irgendwie wirkte dieses Lächeln bedauernd. »Dein Feuer ist sehr gut organisiert, Madlen. Unseres weniger, außer wenn es um Alkohol geht, dann steht Rüdiger als Erster in der Schlange.«

Ich lachte. »Du kannst gern zu uns …«

… kommen, hatte ich sagen wollen, doch das ging ja nicht mehr.

Wir blieben nebeneinander stehen, schweigend. Das geschah öfter. Wir begannen Gespräche, die im Nichts endeten, weil einer etwas sagte, auf das der andere nicht antworten konnte. Bei niemandem sonst im Kreuzzug passierte mir das. Vielleicht lag es daran, dass Diego Spanier war.

Ich war erleichtert, als Konrad mich rief. »Mama? Sieh mal.«

Mit der Angel zeigte er über den Fluss.

»Konrad, Erik, kommt sofort her!«, befahl ich, als ich sah, auf was er zeigte.

»Ich hole Nicolaus.« Diego wandte sich bereits ab, lief in den Wald zurück.

Einige Kreuzfahrer bemerkten die Aufregung, sahen sich suchend um und zeigten dann ebenfalls auf die andere Seite des Flusses.

Auf das Heer, das durch eine Furt anrückte.

Es waren Hunderte. Ich konnte die Anzahl nicht richtig einschätzen, damit habe ich stets Probleme, aber ich erkannte, dass es mehr Menschen waren als in unserem Dorf und weniger als im Kreuzzug.

In Fünferreihen ritten sie in den Fluss hinein. Wasser spritzte bis unter die Bäuche ihrer Pferde, Banner klebten nass an den Lanzen, die von der ersten Reihe hochgehalten wurde. Vor ihnen ritt nur noch ein Mann. Als Einziger trug er weder Rüstung noch Lanze oder Bogen, nur einen ledernen Waffenrock, auf dem ein rotgoldenes Wappen prangte. Das gleiche Wappen sah ich auf der Rüstung der Soldaten.

Konrad und Erik blieben neben mir stehen. »Wer ist das?«, fragte mein Sohn.

Ich stieß beide Jungen in Richtung Wald. »Versteckt euch, und kommt erst raus, wenn ich es erlaube!«

Konrad wollte aufbegehren, aber Erik zog ihn mit. »Komm schon!«

Ich wich mit ihnen zurück zwischen die Bäume. Sie wollten stehen bleiben, als ich es tat, aber ich befahl ihnen, noch weiter zurückzugehen.

Ich wusste zwar, dass sie heimlich beobachten würden, was weiterhin geschah, doch zumindest würden sie den Soldaten nicht zu nahe kommen.

Nicolaus und Lukas tauchten am Ufer auf. Diego folgte ihnen mit den Soldaten und einigen anderen Männern. Ich sah Hugo, Gottfried und Ott zwischen ihnen, aber auch Peters Söhne. Keiner von ihnen war bewaffnet. Selbst die Schwertscheiden der Soldaten hingen leer an ihren Gürteln.

Das fremde Heer erreichte unser Ufer. Die hintere Hälfte schwärmte aus und nahm Aufstellung im Wasser. Pfeile wurden aus Köchern gezogen, Bogen angelegt.

Die vordere Hälfte blieb bei ihrem Anführer. Der zügelte sein Pferd. Er war ein großer, kräftiger Mann mit dunklem kurzem Haar und einem roten Gesicht. Er wirkte wütend.

»Wer spricht für euch Gesindel?«, schrie er. Seine Stimme klang rau und hell, so als benutzte er sie häufiger zum Schreien als zum Reden.

Wir alle sahen Nicolaus an. Er trat vor, die Hand fest um seinen Schäferstab geschlossen.

»Ich.«

Der Mann auf dem Pferd musterte ihn. »Und wer bist du?«

»Nicolaus.« Ich bewunderte seine Ruhe. Er schien die Pfeile, die sich auf ihn richteten, nicht einmal zu bemerken.

»Was für ein Nicolaus?«, fragte der Mann laut. Sein Pferd tänzelte unter ihm. »Graf Nicolaus? Herzog Nicolaus? König Nicolaus?« Er sah die Soldaten neben sich an. Sie lachten, eher pflichtschuldig als erheitert.

»Nur Nicolaus.«

»Nun … Nicolaus.« Der Reiter sprach den Namen wie eine Beleidigung aus. »Mein Name ist Hugo Ripelinus, Ratsherr der Stadt Straßburg, was bedeutet, dass du vor mir niederknien solltest.« Seine Stimme wurde lauter, schneidender. »Dass ihr alle vor mir niederknien solltet!«

Einige Männer, die mit nach vorn gelaufen waren, schienen gehorchen zu wollen, doch dann warfen sie einen Blick auf Nicolaus, der sich nicht rührte, und blieben ebenfalls stehen, nervös, aber aufrecht.

Hugo Ripelinus wartete einen Moment. Als immer noch nichts geschah, nickte er den Soldaten neben sich zu. Vier von ihnen lösten sich aus der Gruppe, trieben ihre Pferde mit kurzen Zungenschnalzern auf uns zu. Ich dachte, sie würden anhalten, aber sie ritten mitten in die Männer hinein, rammten sie mit ihren Pferden, traten nach ihnen und schlugen sie mit den stumpfen Enden der Lanzen.

Hufe rissen den weichen Boden auf, Dreck spritzte empor. Männer gingen schreiend vor Überraschung und Angst zu Boden, versuchten sich vor den Tritten und Schlägen mit erhobenen Armen zu schützen.

Ich sprang auf, wollte zu Hugo laufen, doch Diego war bereits da und stieß ihn zur Seite, weg von den Pferden und Soldaten.

Hugo schrie etwas, er klang wütend. Diego beachtete es nicht, zog ihn nur tiefer in den Wald, bis ich ihn nicht mehr sehen konnte.

Ich sah zurück zu den Soldaten. Fast alle Männer und Jungen, die Nicolaus umringt hatten, waren zu Boden gegangen, sogar unsere eigenen Soldaten. Nicolaus selbst stand noch, geschützt von Lukas, der sich vor ihn gestellt hatte. Die Soldaten auf den Pferden mieden ihn.

»Seht doch nur«, sagte eine Frau, die sich hinter einem viel zu schmalen Baumstamm versteckte. »Der Herr hält seine Hand über ihn.«

Es wirkte tatsächlich so.

Ripelinus ließ seine Soldaten gewähren, befahl ihnen nicht, auch Nicolaus niederzureiten, der zwischen all den stöhnenden Männern und Jungen stand wie ein Baum zwischen vom Sturm geknickten Ähren auf dem Feld.

Mit einem Pfiff rief Ripelinus die Soldaten zurück. Die Reihe hinter ihm schloss sich wieder. »Der Erste, der aufsteht, bekommt einen Pfeil in den Kopf«, sagte er so beiläufig, als würde er über das Wetter reden.

Ott, der sich bereits hatte aufrichten wollen, sank zurück in den Dreck. Auch alle anderen blieben liegen.

Ripelinus trieb sein Pferd langsam auf Nicolaus zu. Lukas beachtete er nicht. »Wenn man keinen Respekt bekommt, muss man ihn sich verschaffen.«

Nicolaus wich nicht zurück. »Wir respektieren Euch, aber wir knien nur vor Gott dem Herrn und seinem Stellvertreter auf Erden. Dieses Recht steht uns als Kreuzfahrern zu.«

»Ihr seid keine verdammten Kreuzfahrer!«, schrie Ripelinus.

Sein Pferd stieg erschrocken auf. Er wäre beinahe gestürzt, klammerte sich aber im letzten Moment am Hals des Tieres fest. Sogar seine eigenen Soldaten bekreuzigten sich. Das konnte kein Zufall sein. Gott zeigte dem Ratsherrn sein Missfallen.

Ripelinus rückte seinen Hut zurecht. Er wirkte verstört, fast schon ängstlich. »Ihr habt zwei Stunden, um von hier zu verschwinden. Jeden Tagelöhner, Viehdieb und Schafhirten«, er sah Nicolaus an, »der nach dieser Frist noch in der Nähe meiner Stadt angetroffen wird, lasse ich wegen Ketzerei anklagen.«

»Ketzerei?« Gleich mehrere stießen das Wort hervor.

»Das könnt Ihr nicht.« Die Ruhe, die Nicolaus scheinbar mühelos beibehalten hatte, schwand. »Ein Engel des Herrn hat uns diese Reise befohlen.«

»Nur der Papst darf sie befehlen.« Ripelinus schüttelte den Kopf. Wassertropfen lösten sich von seinem Hut und fielen ihm auf die Schultern. »Glaubt ihr, jeder Dahergelaufene kann sich so einfach zum Kreuzfahrer aufschwingen, nur weil er im Suff Stimmen hört? Ihr würdet euch in der ganzen Welt umhertreiben und Unfug stiften, wäre das so einfach. Der Papst befiehlt einen Kreuzzug, und solange ich nicht von ihm erfahre, dass er das getan hat, seid ihr für mich Gesindel, das sich vor der Arbeit drücken will.« Er wendete sein Pferd, sah aber noch einmal zurück zu Nicolaus. Sein Gesicht war noch mehr gerötet als zuvor, seine Unterlippe zitterte vor Wut. »Du bist wie eine Pest über das Land gekommen. Ich werde nicht zulassen, dass du auch meine Stadt vergiftest.«

Mit einem Schrei trieb er sein Pferd an, jagte es zwischen den Reihen der Soldaten hindurch, die ihm auswichen und dann ebenfalls hastig wendeten. Erst als ich sie auf der anderen Seite des Flusses sah, wagte ich es, mein Versteck zu verlassen.

Ott setzte sich auf und spuckte in den Schlamm. »Arschloch.«

Niemand lachte, niemand sagte etwas. Die Jungen und Männer um ihn herum standen auf, nur einige blieben stöhnend, einer sogar reglos liegen. Es war Peters jüngster Sohn, Sven.

Ich kniete mich neben ihn. Ein Pferdehuf hatte ihn an der Stirn getroffen. Man konnte den Abdruck, der die Haut aufgerissen und den Knochen eingedrückt hatte, erkennen. Die Augen des Jungen waren geöffnet, zuckten von einer Seite zur anderen. Er schien mich nicht wahrzunehmen.

»Sven!« Knut hinkte heran, ließ sich neben seinem Bruder in den Schlamm fallen. Mit einer Hand strich er ihm durch das Haar. Seine Finger waren blutig, als er sie zurückzog.

»Wird er wieder gesund?«, fragte er mich, weil es wohl keinen anderen gab, den er hätte fragen können.

»Nein. Ich glaube nicht.«

Er begann zu weinen.

Gemeinsam saßen wir neben Sven, weinend und betend, während seine Augen zuckend in den Himmel starrten.

Konrad kam zu uns. Er blieb hinter mir stehen, die Hand auf meine Schulter gelegt, während die anderen das Lager abbauten.

»Mama, Sven weint«, sagte er nach einer Weile, doch es waren keine Tränen, die über Svens Schläfen liefen, sondern nur Regenwasser, das sich in seinen Augen gesammelt hatte. In seinen stillen, starren Augen.

Er war tot.

Wir begruben ihn am Fuße des Hügels. Ich suchte nach Nicolaus, um ihn ein Gebet sprechen zu lassen, aber er und Lukas waren verschwunden.

»Sie haben nicht gesagt, wohin sie gehen, nur dass wir nicht auf sie warten sollen«, sagte Gottfried. Mit seinem gesunden Arm trieb er einen Ochsen vor sich her. »Aber ich spreche gern ein Gebet, wenn Knut das will.«

»Das wäre sehr nett von dir.«

Nur eine Handvoll Menschen standen um das frische Grab herum, als Gottfried sein Gebet sprach und allen versicherte, dass Sven den Tod eines Kreuzfahrers gestorben war und bereits an Gottes Seite saß. Konrad stieß ein Kreuz in den Boden, das er aus zwei Ästen und einem Strick zusammengebunden hatte, dann ließen wir Knut am Grab seines Bruders zurück. Die Reise hatte ihm alles genommen, den Vater und die Brüder. Ich hatte Mitleid mit ihm.

»Gottes Wege kann der Mensch nicht ergründen«, sagte Gottfried, als ich das erwähnte. »Nur er weiß, weshalb Knut eine solche Prüfung verdient hat. Verschenk dein Mitleid besser nicht an jemanden, der es vielleicht nicht verdient hat.«

Es war das Grausamste, was ich ihn je hatte sagen hören.

Rasch bauten wir das Lager ab. Die Worte des Ratsherrn hingen über uns wie ein drohender Sturm. Ketzer stellte man auf den Scheiterhaufen. Einen schrecklicheren Tod konnte ich mir nicht vorstellen.

Gottfried, Konrad und ich deckten gerade einen Karren voller Mehlsäcke mit Stoffen ab, als ich Hugos Stimme hörte.

»Mach das nie wieder«, schrie er. »Nie wieder!«

Ich fuhr herum, entdeckte meinen Sohn und Diego am Waldesrand neben den Pferden. Hugo hielt sein Messer in der ausgestreckten Hand, Diego stand einfach nur da. Ich sah seinen linken Arm, die rechte Hand hielt er unter seinem Umhang, und seit dem Abend in Speyer wusste ich, was er dort verbarg.

Konrad ließ den Stoff sinken. »Will sich Hugo mit Diego prügeln?«, fragte er. Die Vorstellung schien ihm zu gefallen, denn er grinste und lief auf die beiden zu.

Ich folgte ihm.

Ein paar Jungen, wahrscheinlich Freunde von Hugo, kamen ebenfalls hinzu. Die meisten anderen warfen nur einen kurzen Blick auf die beiden, dann kümmerten sie sich wieder um ihre Arbeit. Wir hatten nicht viel Zeit.

»Was ist hier los?«, fragte ich Hugo. »Wieso hältst du ein Messer in der Hand?«

Er wandte den Blick nicht von Diego. »Damit er nicht vergisst, was ich sage. Er soll das nicht noch einmal machen.«

»Wovon redest du?«

Diego antwortete an seiner Stelle. »Ich habe ihn in den Wald gezogen, als die Soldaten kamen. Das nimmt er mir übel.«

»Nicolaus hat mich gebeten mitzukommen. Mich! Und jetzt sieht es so aus, als hätte ich ihn im Stich gelassen.« Hugo war so wütend, dass seine Stimme zitterte.

Konrad stieß mich an. »Gleich heult er.«

Ich beachtete ihn nicht. »Steck das Messer weg, Hugo, und zwar sofort!«

»Zuerst muss er versprechen, dass er Nicolaus sagt, was er getan hat. Dass es nicht meine Schuld war.«

»Ich werde es ihm sagen«, versprach Diego.

Hugo ließ das Messer sinken und wischte sich die Nase mit dem Ärmel ab.

Diego nahm die Hand unter seinem Umhang hervor und hob die Schultern. »Ich wollte wirklich nur helfen, Madlen.«

»Ich brauche keine Hilfe von einem wie dir.« Hugo wandte sich ab.

Es war, als spülte eine Welle über Diego hinweg. Er zuckte zusammen, seine Augen weiteten sich, dann hatte er sich wieder in der Gewalt.

»Einem wie mir?«, fragte er. »Was soll das heißen?«

»Nichts.« Hugo steckte das Messer in seinen Gürtel und sah mich an. »Ich muss noch Lukas' Sachen zusammenpacken.«

Ich hielt ihn nicht auf, als er zu seinen Freunden lief und sich ihnen anschloss. Einer klopfte ihm auf die Schulter. Es sah aus wie ein Lob.

Kapitel 13

»Madlen?«

Ich war so müde, dass ich Diegos Stimme erst nach einem Moment wahrnahm. Zwei Tage waren seit Svens Tod vergangen und zwei Nächte voller Albträume.

Diego zügelte sein Pferd und stieg aus dem Sattel. Lena, die neben mir ging, wich zur Seite, als wolle sie nichts mit ihm zu tun haben. Ihre Augen glänzten fiebrig. So wie viele hatte sie die schlechte Luft in den Sümpfen nicht vertragen. Über ein Dutzend litten bereits an hohem Fieber und Schüttelfrost. Einigen von ihnen ging es so schlecht, dass sie auf den Karren mitfahren mussten.

Ich hob den Kopf, unterdrückte mühsam ein Gähnen. »Was ist?«

Diego sah sich um. Es schien ihm nicht zu behagen, dass wir von so vielen Menschen umgeben waren. Die meisten starrten gedankenverloren vor sich hin, aber ich ahnte, dass sie uns zuhörten und auf eine gedankenlose Geste oder ein unkeusches Wort hofften, das sie abends am Feuer weitertratschen konnten. Der Kreuzzug lebte mittlerweile von Gerüchten und Skandalen, nichts anderes vertrieb die Langeweile besser.

»Es geht um das, was Hugo vor ein paar Tagen zu mir gesagt hat«, begann Diego. Mir war klar, was er meinte. »Ich würde gern mit ihm reden und die Sache aus der Welt schaffen.«

Ich fragte mich, wieso ihn die Meinung eines Kindes kümmerte, sprach es aber nicht aus. »Ich habe nichts dagegen.«

»Es wäre …« Er zögerte einen Moment, suchte nach dem richtigen Wort. »… hilfreich, wenn du ihn um dieses Gespräch bitten würdest. Ich möchte nicht noch mehr zur Unterhaltung beitragen.«

»Das werde ich.«

Diego nickte. Er wirkte so ernst, als hätte er um eine Audienz bei einem hohen Herrn gebeten. Das erschien mir seltsam, doch vielleicht war es in dem Land, aus dem er stammte, üblich.

Nebeneinander gingen wir die breite Straße entlang. Lena blieb eine Weile in meiner Nähe, dann, als ihr klar wurde, dass Diego in nächster Zeit nicht wieder auf sein Pferd steigen würde, ließ sie sich nach einem kurzen, vorwurfsvollen Blick zurückfallen. Es war Männern und Frauen zwar nicht verboten, nebeneinander zu gehen, doch gern gesehen wurde es nicht. Vor allem Lukas erinnerte uns häufig daran, dass Keuschheit unsere einzige Waffe gegen den Teufel war.

Dabei gab es außer der Keuschheit längst andere Waffen im Kreuzzug. Seit wir Straßburg hinter uns gelassen hatten, sah ich abends am Feuer immer mehr Kinder, die Äste zu Speeren spitzten oder aus ihnen Steinschleudern schnitzten. Fast in jedem Gürtel steckte ein Knüppel. Die Stimmung war grimmig und entschlossen, unter den Kindern mehr als unter den Erwachsenen. Wir lassen uns nicht aufhalten, schienen ihre Gesichter sagen zu wollen, weder vom Teufel noch von der Herrschaft.

Aus den Augenwinkeln betrachtete ich Diego. Seit Beginn unserer Reise hatten die meisten zugenommen – zwei volle Mahlzeiten am Tag sorgten dafür –, doch er wirkte dünner als bei unserer ersten Begegnung. Seine Kieferknochen standen deutlich hervor, sein Gesicht war schmal. Er bemerkte nicht, dass ich ihn beobachtete, sah nur starr geradeaus, über den Kreuzzug hinweg auf die bewaldeten Berge im hellen Sonnenlicht. Die Schatten weißer

Wolken glitten über sie hinweg, verdunkelten sie einen Moment und gaben sie wieder frei. Es sah aus, als würde die Hand Gottes sie streicheln.

»Sind das die Alpen?«, fragte ich, als mir das Schweigen unangenehm wurde.

Er schüttelte den Kopf. »Nein, das ist der Schwarzwald. Die Alpen sind so hoch, dass sie die Wolken berühren.«

»Die Wolken berühren?« Ich lachte. »Nichts kann so hoch sein.«

Ein Junge, der vor mir ging, drehte sich um.

Diego lächelte. »Du wirst sie bald mit eigenen Augen sehen. Dann kannst du dich bei mir ent…«

»Wie bald?«, unterbrach ihn der Junge. Er gehörte zu Hugos Freunden, aber ich kannte seinen Namen nicht. »Wie bald?«, wiederholte er, als er keine Antwort erhielt. Sein Tonfall erschien mir dreist.

»Zwei oder drei Wochen. Es ist nicht mehr weit.«

Der Junge wandte sich ohne ein Wort des Dankes ab. Etwas blitzte in Diegos Augen auf, nicht Ärger, so wie ich es erwartet hätte, sondern Besorgnis. Er wickelte die Zügel seines Pferdes um eine Hand und schwang sich in den Sattel.

»Sprich mit deinem Sohn«, sagte er, dann ritt er davon.

Erst gegen Abend sah ich ihn wieder. Den ganzen Tag über waren wir einer breiten Straße gefolgt, die sich dem Rhein entlangwand. Es war ein gutes, fruchtbares Land mit Feldern, auf denen der Roggen und der Weizen hoch standen. Die Menschen waren freundlich und großzügig, obwohl wir einander kaum verstanden. Einige schlossen sich uns an, aber die meisten blieben in ihren Dörfern.

Ich entdeckte Diego an einer Weggabelung. Ein wohlhabend aussehender Mann mit dichtem dunklem Backenbart stand neben ihm. Mehrere Karren reihten sich an der Straße auf. Knechte breiteten Waren auf großen Decken aus. Bewaffnete Wachen sahen ihnen gelangweilt zu.

Lukas löste sich aus der vordersten Gruppe und ging zusammen mit einigen Jungen, darunter auch Hugo, auf den Händler mit dem Backenbart zu. Nicolaus blieb zurück. Seit Svens Tod hatte er kaum ein Wort gesprochen.

Ich schob mich an den Menschen vorbei, die langsamer geworden waren oder sich bereits ins Gras zu beiden Seiten der Straße setzten.

»Alles, was ihr hier seht, könnt ihr auch kaufen«, hörte ich den Händler sagen, als ich näher kam. »Frische, gute Ware, direkt aus dem Kloster.«

»Was für ein Kloster?«, fragte Lukas. Langsam ging er an den Kisten und Fässern vorbei. Er erinnerte mich an einen Burgherrn, der die Abgaben seiner Bauern überprüfte.

»Das der Benediktinermönche, keinen halben Tag von hier. Ihnen gehört die ganze Gegend.« Der Händler zog an seiner Weste. Er trug gute, teure Kleidung in bunten Farben, die seinem Stand nicht angemessen waren. Er musste reich sein, sonst hätte er die Strafen, die ihm dafür auferlegt wurden, kaum bezahlen können.

Sein Blick glitt über die lange Schlange der Kreuzfahrer, so als versuche er sie durchzuzählen. »Ihr habt eine Menge Mäuler zu stopfen und noch einen weiten Weg zu gehen. Ich habe schon viel über euch gehört, und aus Respekt vor eurem Mut und eurem Glauben werde ich euch natürlich einen guten …« Er zögerte und schüttelte den Kopf über sich selbst. »… ach was, einen hervorragenden Preis machen. Ich will mich nicht an denen bereichern, die dem Willen des Herrn folgen.«

»Keine Sorge, das wirst du nicht.« Etwas Bedrohliches schwang in Lukas' Stimme mit.

Der Händler wich einen Schritt zurück. Ich sah zu Nicolaus, doch der schien der Unterhaltung nicht zu folgen. Sein Blick war nach innen gekehrt, seine Lippen bewegten sich wie im Gebet.

»Ich meine es ernst«, sagte der Händler. Nervös leckte er sich über die Lippen. »Ihr werdet nicht mehr zahlen, als mir die Brüder abgeknöpft haben. Darauf gebe ich mein Wort.«

Lukas nickte kurz den Jungen zu, die hinter ihm standen, und sie traten vor. Mein Mund wurde trocken, als ich den Knüppel in Hugos Hand sah.

Nun bemerkten auch die Wachen, dass etwas nicht stimmte. Die Stimmung war umgeschlagen wie das Wetter am Ende eines schwülen, heißen Sommertags. Ein Gewitter lag plötzlich in der Luft.

»Pass auf, gleich wird sich Hugo prügeln«, hörte ich Konrad sagen. Er stand mit Erik einige Schritte hinter mir. »So wie damals mit dem Gesellen. Den hat er …«

Ich verstand nicht, was er danach sagte, denn Diegos Stimme übertönte die seine, wahrscheinlich nicht unabsichtlich. »Was Lukas meint«, begann er, »ist, dass eine Spende von einem wohlhabenden, gottesfürchtigen Mann wie dir uns sehr willkommen wäre und …«

»Ich kann selbst sagen, was ich meine und was nicht«, unterbrach ihn Lukas. Seine Stimme war hart und scharf wie eine gezogene Klinge.

Diego sah ihn an. »Dann sag es.«

Die beiden standen sich gegenüber, Mann und Junge. Die Knechte unterbrachen ihre Arbeit. Der Händler wich weiter zurück, in Richtung seiner Wachen, die nervös zusammenrückten. Sie waren zu zehnt und gewöhnt daran, allein durch den Anblick ihrer Schwerter Gesindel und Wegelagerer zu vertreiben. Wir machten ihnen Angst.

»Sag es.« Diego ging einen Schritt auf Lukas zu. Er war etwas größer als der Junge. Ich fragte mich, ob er sich noch an den Rat erinnerte, den er mir gegeben hatte.

Lukas hielt seinem Blick stand, das Kinn vorgestreckt, die Augen zusammengekniffen. Seine Hände ballten und öffneten sich.

»Ich will alles!«, stieß er dann so unerwartet hervor, dass Diego blinzelte. »Alles, was er ausgelegt hat, alles auf dem Karren, alles, was er besitzt. Ich will alles!«

Einer der Knechte drehte sich um und lief davon. Niemand hielt ihn auf.

»Bitte nicht.« Der Händler fiel zwischen seinen Wachen auf die Knie. »Mein ganzes Geld steckt in diesen Waren. Wovon soll ich meine Familie ernähren, wenn ihr sie mir nehmt?«

»Von dem, was Gott dir gibt, so wie wir!«, schrie jemand.

Jubel brach aus.

Neben mir stellte sich Lena auf die Zehenspitzen. »Sieh dir nur die ganzen Kisten an.« Aufregung ließ ihre Stimme kippen. »Was ist da wohl alles drin?«

»Gott hat ihm gegeben, was er hat.« Diego klang müde, so als wüsste er, dass die Entscheidung bereits gefallen war. »Es steht uns nicht zu, es ihm zu nehmen.«

Lukas hob die Hand. »Gott«, rief er, »hat dafür gesorgt, dass sich unsere Wege kreuzen. Wenn die Waren nicht für uns bestimmt wären, hätte er ihn auf einen anderen Pfad geschickt!«

»Wir gehen immer hier lang«, murmelte eine der Wachen, aber niemand hörte hin.

Lukas legte Hugo die Hand auf die Schulter. »Hilf den Knechten beim Beladen der Karren. Und achte darauf, dass sie sich nichts einstecken.«

»Ja, Lukas.« Mit sichtlichem Stolz drückte Hugo den Rücken durch. Am liebsten hätte ich ihn zu mir befohlen, aber damit hätte ich ihn gedemütigt. Er sah zu Lukas auf wie zu einem Vater.

Die Wachen warfen einander kurz Blicke zu, doch keiner der Männer wagte es, auch nur die Hand auf den Schwertknauf zu legen. Ich dachte an die Soldaten in Straßburg und fragte mich für einen kurzen Moment, was geschehen wäre, wenn wir ihnen alle mit Knüppeln in den Händen entgegengetreten wären.

Der Händler fuhr sich mit beiden Händen durchs Gesicht, dann ließ er die Arme sinken. »Nehmt, was ihr wollt.« Tränen liefen ihm über die Wangen. »Ich werde euch nicht aufhalten.«

»Wie auch?«, fragte einer der Jungen neben Lukas.

Der Händler drehte den Kopf, doch er sah nicht den Jungen an, sondern Diego. »Aber dich …« Die Tränen legten sich auf seine Stimme. Er räusperte sich. »Dich verfluche ich. Hättest du mich nicht gebeten zu warten, wäre ich schon längst weit weg.«

Diego erwiderte seinen Blick. »Es tut mir …«, begann er, aber Lukas unterbrach ihn lachend.

»Gottes Wege sind wirklich verschlungen, wenn sogar einer wie du auf ihnen wandeln kann.«

Einer wie du … Das Gleiche hatte Hugo gesagt. Ich wusste nicht, worum es ging, aber es schien Diego zu treffen, denn er stand einen Moment nur stumm da, bevor er sich abwandte, nach den Zügeln seines Pferdes griff und aufsaß.

»Ich werde nach einem geeigneten Ort für unser Nachtlager suchen.«

Lukas wischte seine Worte mit einer Geste zur Seite. Ich sah Diego nach, bis er zwischen einigen Bäumen verschwand.

Die Knechte beluden die Karren mit den Waren, die sie kurz zuvor erst neben der Straße ausgebreitet hatten. Hugo stand neben ihnen, die Daumen in den Gürtel gehakt, und gab Anweisungen, als wäre er ihr Herr. Mir gefiel nicht, wie er sich aufspielte.

Als die Karren beladen und die Waren mit Stricken gesichert waren, kniete einer der Knechte nieder und bat darum, mit uns ziehen zu dürfen. Der Händler spuckte vor ihm aus und fluchte, aber Lukas gewährte ihm seinen Wunsch. Mit großer Ernsthaftigkeit nahm er dem Knecht, einem Jungen namens Rudolf, sein Kreuzfahrergelübde ab.

Ich sah zu Nicolaus, der sonst immer darauf bestand, mit den Neuankömmlingen zu beten. Er bewegte sich nicht, schien in einer Welt versunken zu sein, zu der nur er Zugang hatte. Ich fragte mich, ob er mit dem Engel sprach.

Wir ließen den Händler mit seinen Wachen und dem letzten Knecht zurück. Als ich mich umdrehte, sah ich, dass er immer noch am Boden kniete und die Hände vors Gesicht geschlagen hatte. Die Wachen hielten die Köpfe gesenkt und vermieden es, ihn anzusehen.

Anstatt der Straße weiter zu folgen, bog Lukas an der Kreuzung nach rechts ab. Niemand beschwerte sich oder fragte, warum er das tat. Die Stimmung war gut. Menschen redeten und scherzten miteinander, Kinder versuchten, einen Blick auf die Waren des Händlers zu erhaschen. Eine neue Leichtigkeit lag in unseren Schritten. Was auch immer uns bedrückt hatte, war verschwunden.

Ich wollte zu Lukas aufschließen, um ihn zu fragen, weshalb wir die Straße verlassen hatten, aber Konrad hielt mich auf. Er und Erik hielten Äste in den Händen, die sie wie Schwerter führten. Cornelius lief hinter ihnen her. Sie beachteten ihn nicht.

»Meinst du, der Händler hatte Gold dabei?«, fragte Konrad.

»Oder Smaragde?« Erik sprach das Wort aus, als wisse er nicht, was es bedeutete.

»Vielleicht«, sagte ich. »Wir werden sehen.«

Konrad hörte kaum zu. »Hast du die Wachen gesehen?« Er fuchtelte mit seinem Ast umher. »Die hatten Schwerter und Rüstungen, aber sie haben nichts gemacht.«

»Weil wir so viele sind.« Erik parierte seinen Schlag. »Deshalb haben sie Angst bekommen.«

Konrad runzelte die Stirn. Einen Moment lang sah er aus wie sein Vater. »Aber ein Schafhirte hat doch auch keine Angst vor seiner Herde.«

Vor mir drehte sich Ott um. Der Knüppel, der in seinem

Gürtel steckte, war größer als ein Kleinkind. »Dann sind wir wohl keine Schafe mehr«, sagte er und grinste dabei so breit, dass das Schandmal auf seiner Wange fast in den Hautfalten verschwand.

»Mein Vater hat eine große Schafherde.« Cornelius zerrte an meinem Ärmel. »Wir könnten jeden Tag ein Schaf essen, wenn wir wollten.«

»Halt die Fresse!« Konrad holte mit seinem Ast aus, aber ich fiel ihm in den Arm, entwand ihm die Waffe mit einem Ruck.

»Lass ihn in Ruhe.«

Erik kicherte, während sich Cornelius erschrocken hinter mir versteckte. »Was wollt ihr denn? Ich sag doch nur die Wahrheit.«

»Einen Scheiß tust du!« Es gefiel mir nicht, dass Ott sich einmischte. Er war der gröbste Mann, der mir je begegnet war. »Bei allem, was du erzählst, müsste dein Vater Papst und Kaiser in einer Person sein. Pass besser auf, dass Nicolaus nichts von deinen Lügen erfährt.«

»Sonst hängt er dich an der Zunge auf.« Konrad stieß ein krächzendes Geräusch aus. Erik lachte und klopfte ihm auf die Schulter.

Ich ging dazwischen, bevor sie noch mehr sagen konnten. »Cornelius, geh zu den Frauen hinten beim Küchenwagen und frag sie, ob sie noch etwas brauchen. Beeil dich, wir werden bald rasten.«

»Ja, Madlen.« Er war sichtlich froh, weggeschickt zu werden.

Ich wartete, bis er zwischen den Menschen und Karren verschwunden war, dann wandte ich mich Konrad und Erik zu. »Und ihr«, begann ich, »benehmt euch gefälligst endlich mal wie Christen. Kümmert euch um ihn. Er ist ganz allein hier.«

Konrad senkte den Kopf. »Ich kann ihn nicht leiden.«

»Gerade deshalb ist es deine Christenpflicht, ihn zu deinem Freund zu machen. Wenn es einfach wäre, seinen Nächsten zu lieben, könnte es ja jeder Heide.«

Ich stutzte, als mir klar wurde, dass Klara genau die gleichen

Worte zu mir gesagt hatte, an dem Morgen, als ich erfuhr, dass ich nicht nach Köln durfte. Ich hatte seit Wochen nicht mehr an sie gedacht.

»Und das gilt auch für dich, Erik.«

»Ja, Madlen.« Er wich meinem Blick aus, ebenso wie Konrad. Ott tat so, als würde er meine Worte nicht hören.

»Kann ich mein Schwert wiederhaben?«, fragte Konrad nach einem Moment.

»Gleich.« Mir fiel ein, was er bei der Begegnung mit dem Händler über Hugo gesagt hatte. »Geh schon mal vor, Erik.«

Der Junge wirkte fast ebenso erleichtert wie Cornelius.

Ich nahm Konrad beiseite, weg von all den Ohren und Augen, die uns umgaben. Auf einem Feld blieben wir stehen.

»Was meintest du eben, als du gesagt hast, Hugo würde den Händler verprügeln wie den Gesellen in Köln?«

Die Frage schien ihn zu überraschen. Er hob die Schultern. »Nichts Besonderes. Nur dass man sich mit Hugo nicht anlegen sollte.«

Ich dachte an den kleinen, ruhigen Jungen, den ich dem Schreiner mitgegeben hatte. Er war besonnen gewesen für sein Alter und hatte sich nie mit anderen geprügelt. »Hat Hugo denn etwas getan?«

Konrad trat von einem Fuß auf den anderen. Er wollte nicht antworten, aber als er meinen Blick sah, tat er es doch. »In der Schreinerei, zu der wir in Köln kamen, gab es einen Gesellen. Walter. Er war viel größer als wir, aber ungeschickt. Meister Paul sagte immer, er habe zwei linke Hände.« Konrad lachte. »Zwei linke Hände, weil er so viel kaputt machte und die Hocker, die er baute, ständig umfielen.«

»Und er mochte Hugo nicht?«

»Anfangs schon, aber dann wurde Hugo immer besser, zuerst besser als ich, dann besser als Walter. Der Meister hat ihn oft gelobt. Er durfte sogar schon allein Tische bauen, so gut war er.«

Ich ahnte, worauf die Geschichte hinauslaufen würde. »Was hat Walter dazu gesagt?«

»Nicht viel, aber er fing an, Hugos Werkzeug kaputt zu machen, ihn beim Meister anzuschwärzen und so. Einmal, als wir allein in der Werkstatt waren, hat er Hugo so fest gegen den Kopf getreten, dass es anfing zu bluten und nicht mehr aufhören wollte. Ich hatte Angst, dass er sterben würde.« Er holte tief Luft. »Aber dann kam ein Barbier und hat ihm geholfen.«

»Habt ihr Meister Paul davon erzählt?«

Konrad schüttelte den Kopf. »Nein. Walter war der Neffe von unserem Zunftmeister. Es hätte sich nichts geändert, wenn wir zu ihm gegangen wären.«

Die Verbitterung in seiner Stimme tat mir weh. »Und dann?«

»Es wurde immer schlimmer. Walter lauerte Hugo auf, schlug ihn, stahl sein Essen und warf einmal sogar seinen Hammer in den Rhein. Ich glaube, dass Meister Paul wusste, was vorging, aber er musste Hugo trotzdem bestrafen, schon wegen der anderen Lehrlinge.« Konrad zog die Nase hoch. »Und dann kam der Tag, an dem Hugo sein Gesellenstück präsentieren sollte, einen Esstisch für das Haus eines Kaufmanns. Die halbe Zunft kam, um ihn sich anzusehen, aber als Hugo sie in die Werkstatt führte, stand da nur ein klappriger alter Tisch mit drei Beinen und Astlöchern in der Platte. Alle lachten, sogar Hugo, bis er Walter bat, seinen Tisch zurückzugeben, und der behauptete, er habe nichts verändert.«

Konrads Blick war auf einen weit entfernten Punkt gerichtet. Mit den Fingern strich er über sein Hemd, ließ sie an einer Naht entlanggleiten.

»Hugo hatte so hart für sein Gesellenstück gearbeitet. Er wollte zu einem anderen Schreiner wechseln, weg von Walter und Meister Paul. Aber nun stand ihm ein weiteres Jahr bevor.« Konrad zögerte. »Weißt du, wie das ist, wenn man ein Hemd anzieht, das einem zu klein ist, und es immer zwickt und spannt und das schlimmer wird mit jedem Tag, bis es auf einmal reißt und man sich befreit fühlt, bis man versteht, dass es jetzt kaputt ist?«

Ich nickte, obwohl ich nicht verstand, was er damit sagen wollte.

»So war das in Hugos Kopf. Er zog auf einmal seinen Hammer aus dem Gürtel und stürzte sich auf Walter. Vier Männer versuchten Hugo von ihm wegzuziehen, aber er schlug immer weiter auf ihn ein. Als es ihnen schließlich gelang, hatte er Walter den Kiefer gebrochen und bestimmt ein Dutzend Zähne ausgeschlagen. Alles war voller Blut, und es war so schrecklich laut. Walter schrie, Hugo brüllte und tobte, die anderen riefen durcheinander. Menschen kamen in die Werkstatt gerannt. Ich bekam Angst und lief davon.«

Er schluckte. Ich wischte mir mit dem Handrücken über die Wange. Sie war feucht. Ich hatte nicht bemerkt, dass ich angefangen hatte zu weinen.

»Als ich abends zurückkam, saß Hugo bereits im Kerker. Ein paar Tage später stand er vor dem Zunftgericht. Man stellte ihn an den Pranger und gab ihm zwanzig Stockschläge. Dann warf man ihn aus der Zunft. Von da an sahen wir uns nur noch sonntags zur Kirche. Hugo half auf dem Markt aus, wenn es Arbeit gab, ansonsten zweigte ich etwas von meinem Essen ab und brachte es ihm heimlich. Er schlief in Hauseingängen und Schuppen.«

»Warum kam er nicht zurück nach Winetre? Er hätte eine Anstellung auf der Burg bekommen können.«

»Nach allem, was du und Vater für uns getan hattet? Das konnte er nicht.« Konrad schüttelte den Kopf. »Lieber lebte er wie eine Ratte auf der Straße. Was er dort erlebt hat, was er gesehen hat … Er ist nicht mehr der Hugo, den du kanntest.«

Seine Worte schmerzten, aber ich wusste, dass er recht hatte. Den Jungen, den ich Meister Paul zusammen mit zwei Schweinen und einigen Schafen überlassen hatte, würde ich nie wiedersehen.

»Was ist mit dir?«, fragte ich, um den Gedanken abzuschütteln. »Bist du in der Werkstatt geblieben?«

»Ja. Ich hatte Angst, als Walter zurückkam, aber er hatte mich immer gemocht, und daran änderte sich nichts. Als ich besser wurde als er, tat ich so, als wäre ich schlechter.« Er lächelte. »Aber hinter seinem Rücken nannte ich ihn Fischmaul, weil er seit der Tracht Prügel den Mund nicht mehr richtig schließen konnte. Irgendwann nannten ihn alle so, sogar Meister Paul.« Das Lächeln verschwand aus seinem Gesicht. »Du wirst doch Hugo nicht sagen, dass ich dir das alles erzählt habe, oder? Er will nicht, dass du davon erfährst.«

Ich nahm Konrad in den Arm, drückte ihn fest an mich. Er wehrte sich nicht. Tränen liefen über meine Wangen in sein Haar. »Natürlich nicht«, sagte ich leise. »Das bleibt unser Geheimnis.«

Ich spürte, wie er die Arme um mich legte. Eine Weile blieben wir so stehen. Langsam zog der Kreuzzug an uns vorbei. Einige Menschen musterten uns neugierig, aber ich beachtete sie nicht.

Irgendwann hob Konrad den Kopf. »Kriege ich jetzt mein Schwert wieder?«

Lachend wischte ich mir die Tränen aus den Augen. »Du hast es dir verdient.«

Er nahm mir den Ast aus der Hand, wandte sich ab und lief am Kreuzzug entlang, vermutlich, um Erik zu finden.

»Sei nett zu Cornelius!«, rief ich ihm nach.

Er winkte, ohne sich umzudrehen.

Als es dunkel wurde, kehrte auch Diego zu uns zurück. Er musste stundenlang am Rhein auf uns gewartet haben, bis ihm klar wurde, dass wir nicht mehr kommen würden.

Neben dem Küchenwagen zügelte er sein Pferd. Ich saß auf dem Wagen, zusammen mit einigen anderen Frauen und Mädchen, und säuberte die Fische, die am Tag gefangen worden waren. Der Kreuzzug bewegte sich so langsam, dass die Angler oft ganze Vormittage am Rhein verbrachten, ohne Angst haben zu müssen, uns nicht mehr einzuholen.

»Warum haben wir die Straße verlassen?«, fragte Diego.

Die Mädchen sahen auf, als sie seine Stimme hörten. Eine alte Frau legte sich ein Tuch übers Haar.

»Weil Lukas das Kloster aufsuchen möchte, um dort um Hilfe für die Kranken zu bitten«, sagte ich. So hatte es sich zumindest bis zu uns herumgesprochen.

Diego stützte sich auf den Sattelknauf. »Weiß jemand, wie das Kloster heißt?«

Ich räusperte mich und wartete, ob nicht jemand anderes die Frage beantworten würde. Es wäre mir lieber gewesen, wenn auch andere mit ihm geredet hätten. »Rudolf, der Knecht des Händlers, müsste es wissen. Er war ja heute Morgen noch dort.«

Diego nickte. »Dann werde ich ihn suchen.« Er führte sein Pferd näher an den Wagen heran und beugte sich zu mir. »Hast du mit deinem Sohn gesprochen?« Das Murmeln, Klappern und Raunen des Kreuzzugs war so laut, dass ich ihn kaum verstehen konnte.

Ich schüttelte den Kopf. »Es hat sich nicht ergeben. Morgen.«

Er wirkte enttäuscht, nickte jedoch. In der Dämmerung schien das Weiße in seinen Augen zu leuchten. »Dann werde ich mich gedulden.« Er zügelte sein Pferd und ließ unseren Wagen an sich vorbeiziehen.

Ich wollte mich nicht zu ihm umdrehen, tat es aber dennoch. Auf dem Pferd ragte er aus der Menge der Wanderer. Obwohl er von Menschen umgeben war, wirkte er allein.

Renate, eines der Mädchen auf dem Wagen, rückte näher an mich heran. »Was weißt du über ihn?« Ihre Stimme war kaum mehr als ein Flüstern.

»Nichts«, antwortete ich ehrlich. »Außer dass er Spanier ist.«

»Glaubst du, dass eine Frau zuhause auf ihn wartet?«

Ich hatte mir noch nie Gedanken darüber gemacht. Seit Beginn der Reise schien alles, was sich außerhalb unseres Kreuzzugs abspielte, an Bedeutung zu verlieren.

»Vielleicht.« Ich sah Renate an. »Wieso willst du das wissen?«

Trotz des schlechter werdenden Lichts sah ich, dass sie errötete. Kurz warf sie einen Blick auf die alte Frau, doch die hatte die Augen geschlossen und schien zu schlafen. »Weißt du, die anderen Mädchen und ich, wir haben geredet. Wenn der Spanier nicht so aussieht wie andere Männer, dann müssten doch auch die Spanierinnen nicht so aussehen wie andere Frauen, oder?«

Ich runzelte die Stirn, versuchte zu verstehen, was sie damit sagen wollte. »Meinst du, dass sie dunkler sind?«

»Ja, auch.« Renate biss sich auf die Lippe. »Aber eigentlich dachten wir mehr an …« Sie sah sich erneut um und zeigte dann mit dem Zeigefinger zwischen ihre Beine. »Hier.«

Ihre Antwort überraschte mich so sehr, dass mir die Worte fehlten. Dreimal musste ich ansetzen, bevor ich etwas erwidern konnte. »Wieso glaubst du, dass er dort anders ist?«

»Weil es jemand erzählt hat, und jetzt sagen es alle.«

»Wer hat das erzählt?«

Renate hob die Schultern. »Weiß nicht, jemand eben.«

Ich legte den Fisch, den ich hatte ausnehmen wollen, beiseite und sprang vom Wagen.

»Wo willst du hin?«, rief mir das Mädchen nach, aber ich antwortete nicht.

Rasch ging ich am Kreuzzug entlang nach vorn, den Blick auf die Gesichter gerichtet, die mich umgaben. Ein unangenehm kaltes Gefühl breitete sich in meinem Magen aus. Ich zog meinen Umhang vor der Brust zusammen, obwohl der Abend windstill und warm war.

Ich fand Hugo dort, wo ich ihn vermutet hatte, in der ersten Gruppe, knapp hinter Lukas. Er trug einen Speer mit dem Banner unseres Kreuzzugs. Schlaff hing der Stoff an dem Holz herunter.

Hugo drehte den Kopf, als er mich bemerkte. Ich ergriff seinen Ellenbogen und zog ihn zur Seite. »Ich muss mit dir reden«, sagte ich leise.

Einer der Jungen neben ihm grinste. »Hast du was geklaut?«

Ärger blitzte in Hugos Augen auf, aber er ließ sich von mir aus dem Tross herausführen. Wir gingen in ein Feld. Ähren strichen leise raschelnd an meinem Rock entlang. Hinter einer Hecke blieb ich stehen.

»Was erzählst du über Diego?«

Es war bereits so dunkel, dass ich die Überraschung in seinem Gesicht nur erahnen konnte.

Er zog seinen Arm aus meinem Griff. »Nichts.«

Ich hörte die Lüge in diesem einen, kurzen Wort. Vielleicht war der Junge, der vor mir stand und die Arme vor der Brust verschränkte, nicht mehr der Sohn, den ich gekannt hatte, aber ich wusste immer noch, wann er die Unwahrheit sagte.

»Du hetzt alle gegen ihn auf mit den Lügen, die du verbreitest. Wieso …«

»Ich habe nicht gelogen!«, schrie Hugo. Speichel benetzte mein Gesicht. »Alles, was ich sage, ist wahr!«

»Und was sagst du?«

Stille antwortete mir. Ich hörte nur die Geräusche des Kreuzzugs und Hugos schnellen Atem. Eine leichte Brise kam auf und verfing sich im Stoff des Banners.

»Was sagst du?«, fragte ich noch einmal.

Hugo fuhr sich mit der freien Hand über die Augen. »Ich habe …«, begann er, dann schüttelte er den Kopf. »Ich kann darüber mit dir nicht reden. Es ist unanständig.«

»Ich habe schon gehört, dass er anders ist.« Es fiel mir schwer, die Worte vor meinem Sohn auszusprechen. Ich spürte, wie sich meine Wangen röteten. »Da unten«, fügte ich schließlich leise hinzu.

Hugo wirkte erleichtert, dass er das nicht selbst hatte sagen müssen. »Ja, genau.«

»Und woher weißt du das?«

»Mutter, bitte.«

»Sag es mir, Hugo. Vorher lasse ich dich nicht gehen.«

Er seufzte. »Dreh dich um«, sagte er dann. »Ich kann dir das nicht erzählen, wenn du mich ansiehst.«

Ich kam seiner Bitte nach und betrachtete statt ihm das Roggenfeld, das sich vor mir im Halbdunkel ausdehnte.

»Vor ein paar Tagen«, sagte Hugo, »hockte ich morgens im Wald hinter ein paar Büschen. Ich hatte wohl etwas Schlechtes gegessen, denn es war schon das dritte Mal an diesem Morgen. Die Büsche waren ziemlich hoch. Durch ihre Blätter sah ich Diego. Er stellte sich direkt vor mir an einen Baum, ohne mich zu bemerken. Und dann sah ich es.«

»Was?«, fragte ich, als er nicht fortfuhr.

Hugo räusperte sich. »Dass er beschnitten ist.«

Ich drehte mich verwirrt um. Das Wort kannte ich nicht. »Dass er was ist?«

Mein Sohn schüttelte den Kopf. »Ich sage es nicht noch mal.«

»Aber ich verstehe nicht, was das heißen soll.« Ich kam mir vor wie ein dummes kleines Mädchen, das etwas fragte, was alle anderen längst begriffen hatten.

»Weißt du das wirklich nicht?« Hugo verdrehte die Augen. Ich sah, wie sehr es ihm gefiel, mir überlegen zu sein.

»Nein.«

»Es heißt, dass er ein verdammter Jude ist.«

Kapitel 14

Ich ging Diego aus dem Weg. Den ganzen Abend saß ich mit Lena und den anderen Mädchen am Feuer oder tat so, als wäre ich in ein Gebet vertieft, wenn ich ihn sah. Am nächsten Morgen suchte ich mir eine große Gruppe und blieb in ihrer Mitte. Zweimal ritt Diego an mir vorbei, ohne mich zu bemerken.

Mir war klar, dass ich die Begegnung mit ihm nur aufschob, doch ich brauchte die Zeit, um darüber nachzudenken, wie ich ihm entgegentreten sollte, wenn es so weit war.

Hugo hatte behauptet, nur Lukas und Nicolaus wüssten von seiner Entdeckung, aber Renates Bemerkungen auf dem Küchenwagen bewiesen, dass das nicht stimmte. Obwohl sich noch nicht herumgesprochen hatte, dass ein Jude in unserer Mitte lebte, kursierten bereits zahlreiche Gerüchte. Früher oder später würde jemand die richtigen Schlussfolgerungen ziehen.

Ich fragte mich, was dann geschehen würde. War es einem Juden verboten, einen christlichen Kreuzzug zu begleiten? Entweihte er ihn durch seine Anwesenheit? Ich kannte die Antwort auf diese Fragen nicht, ebenso wenig wie Nicolaus, der seit Tagen um den Rat des Engels bat. Bisher vergeblich. Ich hoffte, dass der Engel sich erbarmte, bevor ich Diego wieder begegnete. Der Gedanke daran machte mir Angst, mehr als es seine dunkle Haut und seine seltsame Sprache anfangs getan hatten. Auf einmal wirkte er so viel fremder und unheimlicher als zuvor.

Den ganzen Morgen über versuchte ich mich von dem abzulenken, was ich erfahren hatte, doch die Neugier ließ mir keine Ruhe. Es war sündhaft und falsch, mich davon leiten zu lassen, das wusste ich. Später würde ich Gott um Vergebung bitten.

Gottfried hielt sich zusammen mit einigen jungen Männern im vorderen Teil des Kreuzzugs auf. Er bewunderte Nicolaus so sehr, dass er sich bemühte, in seiner Nähe zu bleiben. Nur bis an sein Feuer war er noch nicht vorgestoßen.

Er wandte den Kopf, als er mich bemerkte. »Madlen. Du hast dich rar gemacht in letzter Zeit. Braucht Nicolaus so oft deinen Rat, dass du dich nicht mehr mit deinen alten Freunden abgeben kannst?«

Ich hörte den Neid in seiner Stimme, beachtete ihn jedoch nicht. »Was weißt du über Juden?«, fragte ich stattdessen.

Gottfried runzelte die Stirn. »Warum interessieren dich die Mörder unseres Heilands?«

Ich hatte mir die Antwort längst zurechtgelegt. »Weil sie im Heiligen Land leben und ich wissen will, wer sie sind, bevor wir ihnen begegnen.«

Gottfried nickte. Sein verkrüppelter Arm bewegte sich im Rhythmus seines Körpers wie ein verdorrter Ast im Wind. »Dann war es vernünftig, zu mir zu kommen.« Er richtete den Blick in den wolkenlosen Himmel. »Aus meiner Zeit im Kloster weiß ich, dass die Juden ein verfluchtes Volk sind. Sie ...«

Mit wachsendem Unbehagen lauschte ich seinen Worten. Gottfried erzählte, wie die Juden unseren Herrn gequält und verhöhnt hatten, wie sie sich bis zu diesem Tag an ihre rückständige Religion klammerten und den wahren Heiland leugneten. Die meisten waren aus dem Heiligen Land vertrieben worden und mussten durch die Welt ziehen, ohne je eine Heimat zu finden. Die Zurückgebliebenen beugten den Rücken vor ihren sarazenischen Herren, »denn«, sagte Gottfried, »die Juden sind feige und faul. Man kann ihnen nicht trauen, denkt nur an unseren Heiland.«

Ich bekreuzigte mich. Die vier jungen Männer, die ihm bislang stumm zugehört hatten, taten es mir gleich.

»Bedeutet das, dass alle Juden zur Hölle fahren?«, fragte einer.

Gottfried nickte. »So ist es. Sie haben unseren Herrn sehenden Auges abgelehnt, deshalb werden sie bis in die Ewigkeit brennen. Im tiefsten Inneren wissen sie das, deshalb wollen sie uns Christen nur Böses. Jeder weiß, dass sie Kinder stehlen, um sie als Juden aufzuziehen, und dass sie Christen mit Wucherzinsen in den Ruin treiben. Sie hassen uns, weil wir in den Himmel kommen und sie nicht. Passt also auf, wenn ihr einem begegnet.«

Mein Kopf fühlte sich heiß an, fast so, als hätte ich Fieber. »Weißt du das alles sicher?« Meine Stimme klang kleinlaut und dünn.

»Natürlich«, sagte Gottfried. »Die Mönche haben oft darüber gesprochen.«

Einer der jungen Männer nickte. »Er hat recht. Auf unserem Hof war einmal ein Jude. Keine drei Tage später ist mein kleiner Bruder verschwunden. Er wollte am Teich vor dem Dorf angeln gehen, und niemand hat ihn je wieder gesehen.«

»So etwas kann passieren, wenn man nicht aufpasst.« Gottfried sah mich an. »Konnte ich deine Frage beantworten?«

»Ja, das konntest du.«

Die Unterhaltung wandte sich anderen Themen zu. Sie sprachen über das Heilige Land und die Wunder, die sie dort sehen würden. Ich hörte nicht mehr zu. Meine Gedanken beschäftigten sich mit all dem, was Diego gesagt und getan hatte. Nichts davon wirkte jüdisch. Ich begann zu hoffen, dass sich Hugo geirrt hatte. Kein Mensch, auch kein Jude, konnte sich so gut verstellen. Ich hasste die Stimme in meinem Kopf, die diesem Gedanken ein »Oder?« hinzufügte.

Am frühen Nachmittag erreichten wir das Kloster. Es lag auf einem Hügel inmitten von Weinbergen und gelben Weizenfeldern.

In einiger Entfernung sah ich die Dächer einiger Hütten zwischen Brombeerhecken und Obstbäumen.

Wir folgten einem breiten Weg den Hügel hinauf. Das Kloster ragte über uns empor, ein dunkles Steingebäude, umgeben von hohen Mauern. Das Kreuz auf der Spitze des höchsten Turms warf einen Schatten über den Weg. Es erschien mir falsch, darauf zu treten, also bat ich Gott bei jedem Schritt um Verzeihung. Auch die Menschen um mich herum murmelten leise und bekreuzigten sich, als sie den Schatten erreichten.

Der Weg endete in einem großen Tor. Es war geöffnet, ich konnte die Mönche dahinter sehen. Sie arbeiteten in einem großen Kräutergarten, ihre Rücken waren gekrümmt, die Arme ausgestreckt. Sie jäteten Unkraut. Einer erhob sich, strich sich mit dem Ärmel seiner Kutte über die Tonsur. Dann sah er in unsere Richtung. Einen Moment blieb er reglos stehen. Ein anderer Mönch streckte sich ebenfalls.

Lukas winkte und rief: »Gott zum Gruße, Brüder!«

Der zweite Mönch drehte sich um und lief davon. Der andere, der uns zuerst bemerkt hatte, blieb stehen und schien nicht recht zu wissen, was er tun sollte. Ich hörte eine Stimme rufen, konnte aber die Worte nicht verstehen. Der Mönch, der stehen geblieben war, ging rasch mit einigen anderen zum Tor, und vor unseren Augen schlossen sie es.

»Was ist denn jetzt los?«, fragte Ott irgendwo hinter mir. Lukas sah Nicolaus an, doch der reagierte nicht. Hugo begann das Banner an seinem Speer zu schwenken.

Lukas formte die Hände vor dem Mund zu einem Trichter. »Wir sind Kreuzfahrer!«, rief er, und seine Stimme hallte über den Hügel. »Wir begehren Einlass im Namen des Herrn!«

Einige Gesichter tauchten über der Mauer auf. Niemand antwortete.

Ich sah mich um. Die Jungen, die neben mir standen, wirkten ratlos. Einige hoben die Schultern. Ein paar setzten sich an den

Wegesrand, so als wäre ihnen klar, dass es so bald nicht weitergehen würde.

Diego führte sein Pferd an ihnen vorbei. Unsere Blicke trafen sich einen Moment, aber ich sah weg, bevor er mich grüßen konnte. Ich hörte, wie Dreck und kleine Steine unter seinen Stiefeln knirschten, dann Stille.

Ich sah auf. Diego war neben Lukas stehen geblieben und legte die Hände an den Mund, so wie der es zuvor getan hatte. Er rief Worte in einer Sprache, die ich nicht verstand, die mir aber zugleich auch seltsam vertraut erschien.

»Das ist Latein«, sagte Gottfried ein Stück hinter mir.

Gern hätte ich ihn gefragt, ob das eine Sprache war, die auch Juden beherrschten, doch ich fürchtete mich vor der Antwort.

Wir warteten, den Blick auf die Mauern gerichtet. Diego rief erneut etwas, dann wiederholte auch Lukas seine Worte. Nichts geschah.

»Vielleicht haben sie ein Schweigegelübde abgelegt«, sagte jemand.

»Dann könnten sie trotzdem das Tor aufmachen, oder?«, entgegnete ein anderer. Auch andere Stimmen wurden laut. Sie schwankten zwischen Verwirrung und Ärger.

»Wir haben Kranke dabei, die eure Hilfe brauchen!«, rief Lukas. Er klang beinahe verzweifelt.

Nicolaus stand reglos neben ihm. Nur das Hemd, was er trug, bewegte sich. Er schien zu zittern.

Plötzlich geriet Bewegung in die Mönche auf der Mauer. Sie machten einem grauhaarigen, dicken Mann Platz, der sich schwer auf die Schultern zweier kleiner Jungen stützte. An den Zinnen blieb er stehen. Seine Kutte war prächtiger als die der anderen. Der Hut, den er trug, wirkte beinahe wie eine Krone.

»Ihr werdet hier keine Hilfe finden!«, rief er. Sein Dialekt war kaum zu verstehen. Hinter mir fragten einige nach, was er gesagt hatte.

»Wir sind Kreuzfah…«, begann Lukas, aber der alte Mann ließ ihn nicht ausreden.

»Ketzer seid ihr! Denkt ihr, wir wissen nicht, was ihr Gesindel so treibt?« Er legte die Hände auf die Mauerbrüstung. Die Jungen hielten ihn an den Hüften fest. »Ihr feiert Messen ohne Priester, haltet Gericht und nehmt euch gegenseitig die Beichte ab!« Mit jedem Wort schien er wütender zu werden. »Kein anständiger Christ würde euch auch nur einen Schluck Wasser geben. Da könnte er ja gleich dem Teufel die Hand schütteln!« Wie ein Prediger auf der Kanzel, der vor den sieben Todsünden warnt, schrie er auf uns ein. Ich hörte kleine Kinder weinen. Erwachsene starrten den Mönch mit offenem Mund an. Lukas versuchte ihn immer wieder zu unterbrechen, aber es gelang ihm nicht. »Selbst der Papst weiß schon davon! Die heilige Inquisition wird er bestellen, um mit euch aufzuräumen. Brennen werdet ihr Ketzer, brennen!«

Nicolaus brach zusammen. Menschen schrien auf. Lukas ging neben ihm in die Knie.

Ich bahnte mir einen Weg nach vorn, nahm meinen Umhang ab und versuchte den zuckenden, um sich schlagenden Jungen darin einzuwickeln, denn ich hatte Angst, dass er sich sonst verletzte. Dass Diego mir half, bemerkte ich erst, als seine dunkle Hand meine berührte.

Gemeinsam gelang es uns, Nicolaus in den Stoff einzuschlagen. Er bäumte sich auf. Weißer Schaum quoll ihm aus dem Mund. Die Adern an seinem Hals standen so weit vor, dass ich dachte, sie müssten platzen. Die Augen waren vollkommen weiß. Ihr Anblick war so verstörend, dass ich nicht hinsehen konnte.

»Da!«, schrie der Mann auf der Mauer in das Chaos. »Seht doch, wie sich der Teufel den Ersten von euch holt!«

Laut und krächzend begann er zu lachen.

Nicolaus zuckte unter mir. Schaum lief ihm übers Kinn. Ich hielt ihn mit aller Kraft fest. Diego umarmte ihn, versuchte ihn davon abzuhalten, sich aus dem Umhang zu befreien. Ich hörte

Lukas seinen Namen schreien und Gott um Hilfe anflehen. Menschen fielen auf die Knie, die Hände zum Himmel gestreckt. Die Mönche johlten, der alte Mann lachte.

»Seht hin, Ketzer!«, schrie er. »Der Teufel ist unter euch!«

Nicolaus erschlaffte. Es geschah so plötzlich, dass ich beinahe auf ihn gestürzt wäre. Ich fing mich im letzten Moment.

Nicolaus sah mich an. Sein Blick war klar.

»Die Klinge des Gerechten wird ins Herz des Bösen stoßen …«

Ein Schatten fiel über mich. Ich hob den Kopf, sah Hugo über mir. Das Banner des Kreuzzugs verdeckte sein Gesicht. Einen Arm hatte er ausgestreckt, mit dem anderen holte er aus.

Ich schrie. Diego sprang auf.

Zu spät.

Der Speer schoss durch die Luft, so langsam, dass mein Blick ihm folgen konnte, und doch so schnell, dass mein Schrei erst abbrach, als er sein Ziel traf. Das Lachen des alten Mannes verstummte. Ein Holzschaft ragte aus seiner Brust. Der Wind presste das Banner wie ein Totenhemd gegen seinen Körper. Erschrocken sprangen die Jungen, die ihn festgehalten hatten, zurück.

Der alte Mann stand einen Augenblick da. Er hob eine Hand, schien nach dem Speer greifen zu wollen, doch er ballte nur die Faust in der Luft. Dann kippte er nach vorn, rutschte über den abschüssigen Stein der Brüstung und fiel von der Mauer. Nass und schwer schlug er auf.

Der Speer steckte in seiner Brust. Das Banner senkte sich über seinen Kopf. Noch einmal wurde es vom Wind emporgetragen, dann lag es still.

Die Gesichter verschwanden hinter der Mauer. Nur einer der kleinen Jungen stellte sich auf die Zehenspitzen, um nach unten zu sehen. Jemand ergriff seine Schulter und stieß ihn weg.

Ich packte Hugos Arme, zog mich an ihnen hoch. Meine Knie zitterten so sehr, dass ich kaum stehen konnte.

»Was hast du getan?« Ich wollte ihm die Worte entgegenschreien, aber ich brachte nur ein Flüstern zustande.

Hugo blinzelte, den Blick auf die Leiche gerichtet. Sein Gesicht war blass. »Was Nicolaus wollte. Ich habe nur getan, was er wollte.« Mit sichtlicher Mühe riss er sich von dem Anblick des Toten los und sah sich um. »Das stimmt doch, oder?«

»Nein.« Nicolaus setzte sich zitternd auf und ergriff seine Hand. »Du hast getan, was der Engel wollte.« Er lächelte. »Du hast nicht gezögert und nicht an dein eigenes Wohl gedacht wie ein wahrer Ritter Gottes. Der Engel wird es dir danken.«

In seinen Worten lag eine solche Ruhe, dass meine Knie aufhörten zu zittern. Ich umarmte Hugo. Er legte seine Arme um mich und drückte den Kopf gegen meine Schulter. »Alles wird gut«, flüsterte er. In diesem Moment glaubte ich ihm.

Als ich ihn schließlich losließ, hockte Lukas bereits neben Nicolaus. Er hatte den Umhang weggezogen und ihm einen Weinschlauch gereicht. Leise sprachen sie miteinander. Lukas wirkte erleichtert, lächelte immer wieder. Nicolaus' Schweigen musste stärker auf ihm gelastet haben, als mir klar gewesen war. Ich hatte geglaubt, er wäre neidisch auf Nicolaus gewesen, doch nun erkannte ich, dass er wie Petrus war, zufrieden damit, seinem Herrn als Erster unter vielen dienen zu dürfen.

Auch die anderen beruhigten sich zusehends. Die Furcht, die uns alle vor so kurzer Zeit erfasst hatte, verschwand. Ein paar betrachteten die Leiche oder warfen misstrauische Blicke zu der Mauer, doch ängstlich wirkte niemand. Nicolaus war zu uns zurückgekehrt und hatte Worte des Engels übermittelt. Der alte Mann hatte gelogen.

Diego stand einige Schritte von mir entfernt. Er hatte die Arme vor der Brust verschränkt und betrachtete das Kloster.

»Und was jetzt?«, fragte er, als Lukas und Nicolaus ihr Gespräch beendet hatten.

»Jetzt werden sie uns das Tor öffnen.« Lukas half Nicolaus auf die Beine. Hugo stellte sich vor ihn, als wolle er ihn mit seinem Körper schützen.

»Ihr Mönche!«, schrie Lukas. »Ich weiß, dass ihr mich hört! Zeigt euch!«

Er wartete, aber nichts regte sich. »Ihr habt gesehen, wie Gott den Lügner in eurer Mitte niedergestreckt hat. Also lasst uns ein, zeigt uns die Gastfreundschaft, die Kreuzfahrern zusteht, helft unseren Kranken – und nichts wird euch geschehen!« Ich glaubte, Stimmen hinter den Mauern zu hören. Sie verstummten, als Lukas fortfuhr. »Aber wenn ihr uns weiter beleidigt und warten lasst, dann werden für jeden Tag, den wir vor euren Toren verbringen, zehn Mönche sterben, wenn ihr uns denn schließlich doch öffnen müsst, weil euch Wasser und Nahrung ausgehen.«

Ein Raunen ging durch die Menge. Diego hob die Augenbrauen. Ich fragte mich, ob ihn als Juden der Gedanke, Mönche hinzurichten, irgendwie berührte.

Lukas ging einige Schritte vor und setzte sich auf den Boden. Eine Windböe wirbelte seine Haare hoch. Das Banner, das die Leiche des alten Mannes bedeckte, hob sich. Es sah aus, als wolle er sich aufrichten, so wie es Lazarus getan hatte. Der Gedanke ließ mich erschaudern.

Hugo beachtete die Leiche nicht. Er hielt Nicolaus' Stab in der Hand und ließ den Blick über die Mauer gleiten, auf der Suche nach Angreifern. Es war mir klar, dass er sein Leben geben würde, wenn Nicolaus es verlangte. Das ängstigte mich, erfüllte mich jedoch zugleich mit Stolz. Ich wandte den Kopf und sah, dass Konrad, Erik und Cornelius hinter einem Karren hockten und durch die Radspeichen zu der Leiche hinüberstarrten. Der Tod des alten Mannes schien sie stärker zu berühren als Hugo.

Ich zuckte zusammen, als Metall klirrte. Hinter den Mauern erklang ein schleifendes, lautes Geräusch, dann polterte etwas. Das Tor wurde einen Spalt weit geöffnet. Ein Mönch trat heraus. Vor dem großen Holztor mit Eisenringen so breit wie Kuhköpfe wirkte er wie ein Kind. Mit den Händen rieb er sich die Oberarme, so als würde er frieren.

»Bitte tut uns nichts«, sagte er. »Wir sind nur Diener Gottes, die keinem etwas Böses wünschen.«

Sein Blick fiel auf die Leiche. Er blinzelte und wandte den Kopf, damit er sie nicht mehr sehen musste.

»Das klang aber eben noch anders«, murmelte Ott.

Der Mönch blieb stehen. Er war jung und hatte ein weiches, rundes Gesicht. Unsicher drehte er sich zum Tor um, so als erhoffe er sich Rat von seinen Ordensbrüdern, die sicherlich dahinter warteten.

Nicolaus nahm Hugo seinen Stab aus der Hand und ging langsam auf den Mönch zu. Sein Hemd war schweißnass und klebte an seinem Rücken. Er blieb vor dem Mönch stehen. Dessen Blick flackerte. Er hatte Angst.

Nicolaus rammte den Stab in den Staub, dann umarmte er den Mönch. Eine ganze Weile blieben sie so stehen, und dann – ob aus Verzweiflung oder Überzeugung, kann ich nicht sagen – erwiderte der Mönch die Umarmung.

Nicolaus klopfte ihm auf die Schulter und löste sich von ihm. »Kommt heraus!«, sagte er so laut, dass man es auch hinter den Klostermauern hören musste. »Lasst uns den Bruder, den ihr verloren habt, gemeinsam begraben, so wie Jesus Christus es gewollt hätte.«

Er ging zu der Leiche, bekreuzigte sich und legte die Hände um den Schaft des Speers. Dann nickte er dem Mönch zu. Der stellte sich neben ihn und legte seine Hände ebenfalls um den Schaft. Gemeinsam zogen sie den Speer aus der Brust des Toten. Das Banner glitt von seinem Gesicht. Die Augen waren aufgerissen, der Schädel vom Aufprall eingedrückt.

Um mich herum bekreuzigten sich Menschen. Ich sah kurz zu Diego hinüber. Er stand reglos da und beobachtete die Vorgänge.

Nicolaus schnitt das Banner vom Speer ab und breitete es

wieder über dem Toten aus. Den Speer zerbrach er über seinem Knie. »Wir brauchen ihn nicht mehr. Kein Diener Gottes, ob Kreuzritter oder Mönch, soll einem anderen Leid zufügen. So will es der Engel.«

»Amen«, sagte Hugo. Das Wort wurde von vielen anderen aufgenommen, im Kreuzzug und im Kloster.

Nicolaus ergriff die Hände der Leiche und drückte sie brüderlich. »Wo begrabt ihr eure Toten?«

»Ich zeige es dir.« Der Mönch drehte sich zum Tor um, das laut knarrend zur Gänze geöffent wurde. Mehr als zwei Dutzend Mönche standen dort, schweigend und nervös. Ich sah alte und junge zwischen ihnen, darunter auch die beiden Jungen, die den alten Mann gestützt hatten. Ihre Tonsuren waren nicht größer als Münzen. Anscheinend waren sie erst vor Kurzem ins Kloster eingetreten.

Nicolaus ließ den Toten los, ging zu den Mönchen und umarmte jeden einzelnen. Hugos Haltung spannte sich, er fürchtete wohl, einer von ihnen könnte eine Klinge im Ärmel seiner Kutte verbergen. Doch nichts geschah. Die meisten Mönche ließen es zu, dass Nicolaus sie an sich drückte, einige wenige erwiderten die Geste sogar.

Lukas stand auf und drehte sich zu uns um. »Kommt«, sagte er. »Begrüßt sie. Zeigt ihnen, dass sie richtig gehandelt haben, indem sie uns das Tor öffneten.«

Zögerlich setzte sich der Kreuzzug in Bewegung. Konrad tauchte neben mir auf. »Darf ich auch?«, fragte er.

Ich nickte und nahm seine Hand. »Wir gehen zusammen.«

Einige Mönche kamen uns entgegen. Sie trugen Schaufeln. Ich begrüßte sie freundlich, so wie es Lukas verlangt hatte. Sie nickten, wagten es aber nicht, mir in die Augen zu sehen.

»Wer war der alte Mann?«, fragte Konrad, als sie sich abwenden wollten.

»Vater Augustinus«, sagte einer der Mönche. Seine Tonsur

war deutlich größer als die der Novizen, die neben ihm standen. »Unser Abt.«

»Ist er jetzt im Himmel?«

»Ja.« Der Mönch nickte. »Das ist er.«

Er kniete neben dem Toten nieder. Die Novizen, die ihm gefolgt waren, legten die Schaufeln beiseite und begannen zu beten.

»Wenn er jetzt im Himmel ist«, sagte Konrad leise zu mir, »dann ist es ja gar nicht schlimm, was Hugo gemacht hat, oder?«

Ich wusste nicht, was ich auf die Frage antworten sollte. »Hugo hat getan, was der Engel wollte.«

Ich sah Konrad an, dass er damit unzufrieden war, aber er fragte nicht weiter nach.

Nicolaus kniete ebenfalls neben dem toten Abt nieder. Die Mönche sahen kurz auf, dann setzten sie ihr Gebet fort.

Durch das große Tor betraten Konrad und ich das Kloster. Es war fast so groß wie Burg Drachenfels. Das steinerne Haupthaus war von Kräuter- und Gemüsegärten umgeben. Links lagen Stallungen, rechts der Küchentrakt. Die Mauern, zu deren Wehrgängen Leitern führten, waren unbesetzt. Hühner liefen umher. Irgendwo hörte ich ein Schwein grunzen. Ich sah weder Knechte noch Mägde. Novizen erledigten wohl die niederen Arbeiten.

»Sind noch andere Mönche im Haupthaus?« Es war Diegos Stimme. Ich drehte den Kopf. Er stand vor einem der Mönche, einem älteren, zahnlosen Mann.

»Nein, alle haben sich hier versammelt.«

»Das ist aber ein sehr großes Haus für so wenige Menschen.« Diego klang misstrauisch.

Der alte Mann nickte. »Fast der ganze Orden ist auf Pilgerreise nach Rom. Vater Augustinus wollte sie eigentlich anführen, aber seine Gicht ließ es nicht zu. Er war deswegen sehr verärgert.« Er sah zum Tor. Draußen trugen Nicolaus, Lukas und mehrere Mönche den Toten vorbei. »Nicht, dass das noch eine Rolle spielt«, fügte der alte Mann hinzu. Ich hatte den Eindruck, dass ihn der Tod des Abts nicht sehr betrübte.

Diego entgegnete etwas auf Latein. Der Mönch blinzelte überrascht, dann lächelte er. »So ist es.«

Immer mehr Menschen kamen durch das Tor. Die beiden Gruppen, Mönche und Kreuzfahrer, standen sich gegenüber, musterten einander, aber kaum einer sagte etwas. Es war eine seltsame Situation. Wir waren keine Gäste, die Mönche keine Gastgeber. Wir hatten sie gezwungen, die Tore zu öffnen, behandelten sie aber nicht wie Besiegte, und sie behandelten uns nicht wie Eroberer. Es gab keine Regeln für eine solche Begegnung. Niemand wusste, welches Verhalten angemessen war.

Vielleicht waren deshalb alle, sogar die Mönche, so erleichtert, als Lukas im offenen Tor auftauchte. »Wir sind fertig«, rief er. »Ihr könnt dem Abt die letzte Ehre erweisen.«

»Wollen wir uns nicht lieber das Haus ansehen?«, fragte Konrad, als wir uns den anderen anschlossen.

Ich schüttelte den Kopf. »Erst wenn es uns jemand erlaubt.«

»Und wer?«

»Nicolaus, Lukas, einer der Mönche …« Ich brach ab, als mir klar wurde, dass ich es vorzog, den Anweisungen derer zu folgen, die wir besiegt hatten, als eine eigene Entscheidung zu treffen. War das immer schon so gewesen? War mir das nur nie aufgefallen?

»Wir werden uns das Haus später ansehen«, sagte ich. »Nur du und ich, wenn du willst.«

»Und Erik?«

»Wenn du möchtest.« Es versetzte mir einen Stich, dass er nicht an seinen Bruder dachte. »Und natürlich Hugo.«

Konrad nickte und schwieg.

Der Abt war bereits begraben, als wir den kleinen Friedhof hinter dem Kloster erreichten. Aufgeworfene frische Erde kennzeichnete das Grab. Nicolaus und der alte Mönch, mit dem Diego gesprochen hatte – der Stellvertreter des Abts, hörte ich jemanden sagen –, sprachen ein Gebet, der eine auf Deutsch, der andere auf Latein, dann sangen wir alle gemeinsam ein Lied.

Unsere Stimmen hallten über den Hügel ins Tal hinab. Ein Schwarm Krähen stieg auf und flog über das kleine Dorf hinter den Feldern hinweg. Menschen standen dort, wahrscheinlich Dorfbewohner, die sich fragten, was im Kloster geschah.

Als wir das Lied zu Ende gesungen hatten, bekreuzigten wir uns, dann gingen wir zurück zum Tor. Aus den Augenwinkeln sah ich, wie Lukas Diego am Arm berührte. »Ich möchte, dass du ins Dorf reitest und die Bewohner zu dem Fest einlädst.«

»Was für ein Fest?«

»Das, was hier gleich stattfinden wird. Nicolaus muss sich ausruhen. Er sagt zwar nichts, aber die lange Suche nach dem Engel hat ihn erschöpft. Ein Tag Rast wird ihm guttun, ebenso wie den Kranken.«

»Hat er den Engel denn gefunden?«, fragte Diego.

»Das hat er, gepriesen sei der Herr.« Lukas lächelte. »Und der Engel hatte viele gute Ratschläge für uns. Nicolaus wird sie bestimmt bald allen erzählen.«

Sein Blick ruhte einen Moment zu lang auf Diego. Der tat so, als bemerke er es nicht. »Ich hole mein Pferd.«

Er ging an mir vorbei, ohne etwas zu sagen.

Die Nachricht des geplanten Festes sprach sich schnell herum. Konrad vergaß, dass er sich das Haus hatte ansehen wollen. Stattdessen lief er mit den anderen Kindern über den Hof, fing Hühner ein und drehte ihnen den Hals um. Frauen setzten sich an der Mauer in die Sonne und rupften die Vögel, während Mönche Tische und Bänke in den Hof trugen. Dort war mehr Platz als im Speisesaal, doch längst nicht genug für den gesamten Kreuzzug. Und so breiteten wir uns rechts und links des Weges aus. Einige begannen Brennholz zu sammeln, bis jemand rief, im Kloster gäbe es genug davon.

Kurz darauf entdeckte Ott den Weinkeller. Zusammen mit den Mönchen rollte er die Fässer in den Hof. Es waren Dutzende, jemand behauptete, weit mehr als einhundert. Andere trugen Kisten voller Trockenobst und prall gefüllte Weizenmehlsäcke herbei. Schon bald stieg Rauch aus den kleinen Fenstern der Küche auf. Der Geruch von frischem Brot ließ meinen Magen knurren.

Anfangs hielten sich die meisten Mönche abseits bei den Stallungen auf und beobachteten uns. Einige versuchten die Soldaten davon abzuhalten, die Schweine und Ziegen zu schlachten, aber ein Blick von Ott brachte sie zum Schweigen. Erst als das erste Weinfass angeschlagen wurde und das Fett der Spanferkel zischend ins Feuer tropfte, lösten sich einige Mönche aus ihrer Gruppe. Ich hätte gern geglaubt, dass unsere Fröhlichkeit auf sie übergesprungen war, doch wahrscheinlich wollten sie einfach nicht leer ausgehen, während wir uns an ihren Vorräten labten.

Ich half in der Küche, bis Nicolaus mich an einen der Tische im Hof bat. Lukas saß dort bereits, ebenso wie Hugo, Gottfried, Lena und einige Mönche. Diego, der zurückgekommen sein musste, während ich Fleisch zerteilt hatte, stand auf und bot mir den Platz neben sich an. Es wäre unhöflich gewesen abzulehnen, also setzte ich mich zwischen ihn und Lena. Es war so eng, dass unsere Oberschenkel sich berührten.

»Hast du mit deinem Sohn gesprochen?«, fragte mich Diego leise, als er mir einen Holzbecher mit Wein reichte.

Ich schüttelte den Kopf, dann tat ich so, als wolle ich Gottfried zuhören, der den Mönchen Geschichten von unserer Reise erzählte. Ich spürte, dass Diego mich musterte. Rasch trank ich einen Schluck Wein. Er war schwer und süß, unverdünnt. In meinem Magen wurde es warm. Ich griff nach einem Schweinefuß und begann zu essen. Nach einer Weile sah Diego weg.

Es waren einfache Speisen, die wir in der Kürze der Zeit zubereitet hatten. Schwein und Huhn, über dem Feuer gegrillt, und Brot. Außerdem streuten wir frische Kräuter über das Fleisch. Diego aß kaum etwas, nur ein wenig Huhn und Trockenobst. Einige Male versuchte er eine Unterhaltung mit mir anzufangen, aber ich blieb einsilbig.

Meine Gedanken drehten sich um das, was Gottfried gesagt hatte. Ich konnte an nichts anderes denken, wenn ich Diego ansah. Schließlich begannen er und der alte Mönch, der uns gegenübersaß – sein Name war Vater Adolphus –, miteinander auf Latein zu reden.

Ich wandte mich Lena zu. Wir sprachen über die Dörfer, aus denen wir kamen, die Familien und Herren, die wir zurückgelassen hatten, und über die kleinen Geheimnisse, die wir von den anderen im Kreuzzug erfahren hatten.

Irgendwann wurde es dunkel. Eine kurze Geste von Vater Adolphus reichte, um die Novizen, die mit Konrad, Erik und Cornelius am Nebentisch saßen, aufspringen zu lassen. Sie liefen ins Haus und kehrten kurze Zeit später mit Kerzenständern zurück, die sie auf den Tischen verteilten. Das warme Licht erhellte den Hof. Konrad drehte sich immer wieder um, als wolle er sich den Anblick einprägen. Ich glaubte nicht, dass er je in seinem Leben bei Kerzenlicht gegessen hatte.

Um mich herum wurde gescherzt, gelacht und gesungen. Die Sommernacht war mild und trocken. Nur Nicolaus fröstelte. Er war müde und schlief beinahe im Sitzen ein. Vater Adolphus bot ihm mit schwerer Zunge eine Zelle im Haus an. Nicolaus nahm an und ließ sich von Lukas und einem Novizen ins Innere des Haupthauses führen.

»Wie sieht es wohl dort drinnen aus?«, fragte Lena, die ihnen ebenso wie ich nachsah.

»Wollen wir es herausfinden?« Ich fragte mich, warum noch keiner auf diesen Gedanken gekommen war. Wir hatten uns nur im Küchentrakt und in den Vorratskellern aufgehalten. Niemand hatte es gewagt, das Haupthaus zu betreten.

Lena rülpste, kicherte und schüttelte den Kopf. »Ich trau mich nicht«, sagte sie, aber ich sah ihr an, dass sie es nicht ernst meinte.

»Komm schon.« Ich fasste sie am Arm und stand auf. Kurz wurde mir schwindelig. Ich stützte mich mit den Händen auf der Tischplatte ab, bis das Gefühl vorüber war.

Diego erhob sich, als ich aufstand. »Wo wollt ihr hin?«, fragte er. Sein Akzent klang stärker durch als zuvor.

»Ist ein Geheimnis.« Lena war so aufgeregt, dass sie beinahe über die Bank gestolpert wäre. Sie lachte.

Diego runzelte die Stirn, setzte dann aber seine Unterhaltung mit dem Mönch fort. Ich war froh, dass er die Frage auf sich beruhen ließ. Ich wusste nicht, was ich auf weitere Fragen hätte antworten sollen. Meine Gedanken erschienen mir seltsam langsam. In meinem Kopf rauschte es.

Lena und ich füllten unsere Becher an einem frischen Weinfass auf, dann gingen wir auf den Küchentrakt zu. Wir kicherten und lachten. Außerhalb des Kerzenlichts war es dunkel. Wir schlugen einen großen Bogen um die Tische, wollten nicht, dass uns jemand bemerkte, ohne dass ich hätte sagen können, warum nicht. Lena wollte bereits die große Treppe zur Eingangstür hinaufgehen, als ich sie am Rock zurückzog und auf den auf- und abhüpfenden Kerzenschein im Inneren zeigte. Wir wichen zurück, verbargen uns in den Schatten und tranken Wein.

Lukas und der Novize verließen das Gebäude. Der junge Mönch blies die Kerze aus und stellte sie auf das steinerne Geländer. So dicht gingen sie an uns vorbei, dass wir sie hätten berühren können.

Wir warteten, bis sie an unseren Tisch zurückgekehrt waren, dann liefen wir die Treppe hinauf. Die Tür stand offen. Dahinter war es dunkel.

»Wir werden nichts sehen«, flüsterte Lena.

Ich nahm den Kerzenhalter vom Geländer. Das Metall war noch warm von der Hand des Novizen. »Auf Burg Drachenfels musste die Dienerschaft in jedem Raum Feuerzeug bereitlegen«, sagte ich leise, als ich in den Gang trat. Holzdielen knarrten unter meinen nackten Füßen. »Vielleicht ist es hier auch so.«

Wir tasteten uns an den Wänden entlang bis zum ersten Zimmer. Meine Finger fanden einen Vorsprung und darauf eine Zunderbüchse. »Hier.«

»Mach die Kerze an.« Lena stand neben mir. Ihre Silhouette verschwamm vor meinen Augen. Ich blinzelte.

»Noch nicht, sonst sieht man uns von draußen.«

Wir gingen tiefer in den Gang hinein, bogen dann nach rechts ab. Ich stellte meinen Holzbecher auf den Boden, öffnete die Büchse und nahm den Zunder heraus. Lena schlug Stahl und Flint zusammen, bis ein Funke übersprang. Wir pusteten vorsichtig in den Zunder, mussten lachen, dann zündeten wir die Kerze an der kleinen Flamme an. Im Licht sahen wir, dass der Gang in einer steinernen Wendeltreppe endete.

»Komm, wir gehen nach oben.«

Lena zögerte. »Wollen wir uns nicht erst mal unten umsehen?«

»Auf dem Rückweg.« Ich ging bereits vor und nahm die Kerze mit. Lena folgte mir, hielt sich mit einer Hand an meiner Schulter fest.

»Pass auf, dass die Kerze nicht ausgeht«, flüsterte sie.

Ich nickte. Die Flamme flackerte, als wir auf die ersten Treppenstufen traten, brannte dann aber ruhig weiter.

Langsam stiegen wir höher. Die Treppe war schmal, die Stufen hoch. Lena rutschte zweimal aus und hätte mich beinahe nach unten gerissen, wenn ich mich nicht im letzten Moment festgehalten hätte. Wir lachten beide darüber, trotzdem war ich erleichtert, als wir die Treppe hinter uns hatten und in einen weiteren Gang traten.

Gemälde hingen an den Wänden. Im Kerzenlicht konnte ich

nur erkennen, dass Menschen darauf abgebildet waren. Vor einer Holztür blieben wir stehen. Sie war geschlossen.

»Wir müssen leise sein«, flüsterte ich. »Vielleicht schläft Nicolaus in einem der Zimmer.«

Lena legte den Zeigefinger an die Lippen, dann drückte sie gegen den Eisengriff der Tür und schob sie auf. Das Holz kratzte über den Steinboden. Ich hielt die Kerze hinein. Das Zimmer war klein. Ein Kreuz hing an der Wand, darunter stand ein Eimer. In einer Ecke lag Stroh. Ein Stück Stoff bedeckte ein schmales Fenster.

Der Anblick war enttäuschend. Ich hatte mit Betten gerechnet, mit Prunk und Gold, mit einem Gemach, so wie die, von denen die Hausdiener auf Burg Drachenfels erzählten.

»Sieht aus wie bei uns zuhause.« Lena rülpste und trank einen Schluck Wein aus ihrem Holzbecher. Mir fiel auf, dass ich meinen unten vergessen hatte. Zurückgehen wollte ich jedoch nicht, also bat ich Lena um einen Schluck. Sie reichte mir den Becher. »Wollen wir weitergehen?« Sie lallte.

Ich nickte. Wir zogen die Tür hinter uns zu. Zwei weitere Zimmer boten den gleichen Anblick. Die Enttäuschung machte mich müde. Auf einmal spürte ich, wie betrunken ich war. Ich konnte kaum noch gerade gehen.

»Ich muss pinkeln«, sagte Lena.

»Nimm doch einen Eimer in einem der Zimmer.« Ich drückte eine dunkle Tür auf, die fast am Ende des Gangs lag.

»Da, wo die Mönche rein machen?« Lena kicherte und schüttelte sich. »Das bringt bestimmt Unglück.«

Wieder hielt ich die Kerze ins Zimmer. Ein Spiegel reflektierte das Licht und riss mein Gesicht aus der Dunkelheit.

»Lena«, sagte ich leise. »Sieh mal.«

Sie stellte sich hinter mir auf die Zehenspitzen und blickte über meine Schulter. »Ist das …?«

»Ja.« Ich trat ein. »Ein Bett.«

Auf einer schweren Holztruhe entdeckte ich einen Kerzenleuchter. Ich zündete die Kerzen darin an. Mit jeder Flamme erhellte sich das Zimmer weiter.

Es war groß. Der Boden war mit Teppichen bedeckt, ebenso die Außenwand rechts und links des Fensters. An den anderen Wänden hingen Gemälde. Ein großer Schrank stand zwischen ihnen, daneben eine Truhe, in deren Deckel eine getöpferte Waschschüssel eingelassen war.

Auf der anderen Seite, neben einer schmalen Tür, befand sich ein kleiner Altar, über dem ein Kreuz hing. Eine schmale, gepolsterte Bank stand davor. Sie sollte wohl das Knien erleichtern.

Lena ging an mir vorbei zu dem breiten vierpfostigen Bett, das den meisten Platz im Zimmer einnahm. Das dunkle Holz war mit Schnitzereien bedeckt. Ein hellblauer Himmel spannte sich darüber, die Vorhänge an den Pfosten hatten die gleiche Farbe.

»Da kann ja eine ganze Familie drin schlafen«, sagte Lena. Sie war am Fuße des Bettes stehen geblieben. »Ist das wirklich nur für einen?«

»Ich glaube nicht, dass der Abt sein Bett mit anderen geteilt hat.« Ich stellte die Kerze ab und ging langsam um das Bett herum. Tücher, große Kissen und bunte Steppdecken lagen darauf.

»Woher weißt du, dass es dem Abt gehört hat?«, fragte Lena. Weder sie noch ich hatten das Bett bisher berührt.

»Wem sonst?«

Sie nickte. Dann ging sie so nahe an das Bett heran, dass ihre Beine den Holzrahmen berührten. »Soll ich?«

Ich verstand nicht, was sie meinte, aber bevor ich ihr antworten konnte, stieß sich Lena ab und landete auf allen vieren zwischen den Kissen. Ihre Augen weiteten sich. »Die sind so weich!«, stieß sie hervor und umarmte eines davon. Sie ließ sich auf die Seite fallen, rieb ihr Gesicht an den Tüchern. »Das ist Seide, Madlen. Fühl doch mal.« Sie warf mir das Ende eines Tuchs zu.

Ich streckte die Arme danach aus, sah, wie es auf meiner Haut landete und nach unten glitt. Der Stoff war so leicht, dass ich ihn kaum spürte.

Lena drehte sich auf den Rücken, streckte Arme und Beine aus, griff nach den Steppdecken und rollte sich hinein. Das Bett war so kurz, dass ihre Füße über dem Holzboden hingen. Sie quiekte wie ein Ferkel.

»Ich werde nie wieder aufstehen«, rief sie. »Wenn ich mal sterbe, soll man mich mit dem Bett begraben.«

Sie lachte, zuerst leise, dann immer lauter, bis ihr Tränen aus den Augen liefen. »Stell dir doch mal vor, wie alle gucken würden, wenn ich in dem Bett zur Kirche …«

Sie brach ab, konnte vor Lachen nichts mehr sagen. Ihre Tränen verdunkelten den Stoff des Kissens, auf dem sie lag.

Ich setzte mich auf die Bettkante. Das Stroh unter all den Decken und Tüchern knisterte. Das Bett war wirklich so weich, wie Lena gesagt hatte. Nichts stach oder kratzte, alles war glatt.

Ich ließ mich in die Kissen sinken, lag Kopf an Kopf mit Lena da und starrte auf den Himmel. Er drehte sich langsam über mir. Auf meiner Zunge lag der süße Geschmack des Weins.

»Ich will nie wieder nach Hause«, sagte ich.

Lenas Lachen erstarb. Sie wischte sich die Tränen aus den Augen. »Ich auch nicht.«

Wir schwiegen eine Weile. Ich schloss die Augen und lauschte dem Rauschen der Blätter vor dem Fenster.

»Aber das müssen wir auch nicht«, sagte Lena irgendwann. »Wenn wir Jerusalem befreit haben, wird man uns mit Gold überschütten. Wir werden jede Nacht in einem solchen Bett schlafen und …«

Es polterte.

Ich öffnete die Augen. Lena setzte sich auf. »Was war das?«, fragte sie.

»Das kam von unten.« Ich erhob mich und ging zur Tür. Der Boden schwankte wie ein Bootsdeck. Vorsichtig zog ich die Tür einen Spalt weit auf. Das Poltern wurde lauter. Gelächter und Gespräche mischten sich hinein. Ich erkannte Gottfrieds Stimme zwischen einigen fremden.

»Die anderen sind hier. Sie erkunden das Haus.«

Lena sprang auf. Sie schwankte und musste sich an einem der Bettpfosten festhalten. »Lass uns zu ihnen gehen«, sagte sie. »Es gibt hier bestimmt noch viel zu sehen.«

»Geh ruhig.« Ich trat beiseite und gab den Weg frei. »Ich komme gleich nach.«

Lena grinste. »Willst du in den Nachttopf des Abts pinkeln?«

»So was in der Art.«

Sie nahm die Kerze von der Truhe und verließ das Zimmer. »Wo seid ihr?«, hörte ich sie draußen auf dem Gang rufen, bevor ich die Tür schloss und den Riegel vorschob.

Mit dem Rücken lehnte ich mich gegen das kühle Holz und schloss die Augen. Es tat gut, allein zu sein.

Ich versuchte mich an den Gedanken zu erinnern, den ich vor dem Poltern gehabt hatte. Lena glaubte fest daran, dass sich am Ende des Kreuzzugs alles für uns ändern würde. Den meisten ging es wohl so. Doch seit dem Abend in Speyer, seit den hämischen Worten im Speisesaal glaubte ich das nicht mehr. Es war egal, ob wir Jerusalem befreiten. Selbst wenn wir ihnen den Heiland selbst brachten – der Gedanke war so blasphemisch, dass ich mich rasch bekreuzigte –, sie würden uns nie willkommen heißen. Wir waren als Unfreie geboren worden, und als Unfreie würden wir sterben, auch wenn wir es vielleicht in einem Bett so wie dem des Abts taten. Die Erkenntnis drückte mich nieder. Ich war froh, dass Lena sie nicht hören musste.

Holz knarrte. »Oh.«

Der kurze spitze Schrei war heraus, bevor ich die Augen öffnete. Diego stand in der schmalen Seitentür. Er hielt den Griff noch in der Hand.

»Ich wusste nicht, dass jemand hier ist.«

Ich spürte meinen Herzschlag bis in die Kehle. Tief atmete ich durch. »Ich wollte gerade zu den anderen«, sagte ich. Meine Stimme überschlug sich. Ich tastete nach der Tür, wollte sie aufziehen, aber sie stieß gegen ein Hindernis.

Diego betrat den Raum. »Warte.« Er blieb neben mir stehen und schob den Riegel zurück. »Warum hast du dich eingeschlossen?«

»Ich wollte allein sein.«

»Dann habe ich dich gestört. Entschuldige.« Diego wandte sich ab und ging zurück zu der zweiten, schmalen Tür.

»Was ist denn dort?«, fragte ich.

»Sieh es dir an.« Er verneigte sich leicht wie ein Ritter vor einer Dame und stolperte.

Ich lachte. »Du bist betrunken.«

Er lächelte. »Du auch.«

Die Tür führte in einen kleinen, fensterlosen Raum. Regale, die bis unter die Decke reichten, säumten die Wände. Darin standen Bücher, schwere, in dunkles Leder gebundene Folianten, so wie ich sie bisher nur in Kirchen gesehen hatte. Die meisten waren breiter als meine Hand, einige wenige aber auch schmaler als zwei Finger.

»Sind das alles Bibeln?«, fragte ich.

»Nein.« Diegos Mundwinkel zuckten. Es war nett von ihm, mich nicht auszulachen. »Es sind aber theol…« Er unterbrach sich. »Es sind größtenteils Bücher über Gott und Jesus Christus, Schriften von Kirchenvätern und Philosophen.«

Ich fragte nicht, was das letzte Wort bedeutete.

Diego ging zu einem kleinen Tisch voller Papier. Kerzen brannten darauf. Daneben stand ein Stuhl mit hoher Lehne. »Es ist zwar nichts Seltenes darunter, aber für ein so kleines Kloster ist das eine beachtliche Sammlung.«

Er griff nach einem Holzbecher auf dem Tisch und reichte ihn mir.

Ich schüttelte den Kopf. Mir war nicht nach noch mehr Wein. »Woher weißt du, dass sie nicht selten sind?«

Diego stellte den Becher ab, griff scheinbar wahllos in eines der Regale und zog ein schwer aussehendes Buch heraus. »Ich kenne mich ein wenig damit aus.«

Er schlug es auf, drehte es in meine Richtung. Im Kerzenschein sah ich unverständliche Zeichen und verschlungene bunte Symbole. Ich ging näher heran. Das erste Symbol auf der Seite war größer als die anderen. Es schien wie ein Baum aus einem gezeichneten Boden zu wachsen und war von Ranken umgeben.

Ich zeigte darauf. »Das sieht aus wie das Mal auf Nicolaus' Brust.«

»Ja. Das ist der griechische Buchstabe Tau. Er symbolisiert die Auferstehung.«

Er blätterte weiter. Auf beinahe jeder Seite gab es Buchstaben, die mit Ranken, Blumen oder Tierköpfen versehen waren. »In diesem Buch geht es um die Reisen der Apostel. Der Mönch, der es geschrieben hat, erwähnt jeden Ort, den sie besuchten, und was sie dort taten.«

Ich besah mir das Regal, während er redete. Ein besonders dickes, in Leder gebundenes und mit einer Schnalle versehenes Buch erregte meine Aufmerksamkeit. »Was ist das?«

Diego hob den Kopf und lachte. »Eine Bibel.«

Ich stellte mich auf die Zehenspitzen und zog mit beiden Händen daran. Diego half mir. Er stand so dicht neben mir, dass ich die Gewürze des Weins in seinem Atem roch, Nelke und Honig. Ich wich nicht aus.

Diego schob einige Papiere zur Seite und legte das Buch auf den Tisch. Das Leder war abgegriffen und dunkel, das Gold abgeblättert.

»Er hat wohl oft darin gelesen.« Diego öffnete die Schnalle, schob eine Hand zwischen die Seiten und schlug das Buch auf. Etwas rutschte heraus, das Bild einer Frau.

Ich nahm es hoch, betrachtete es im Kerzenlicht. Die Frau stand vor einem Brunnen und wusch sich. Ich sah ihre Brüste, den Bauchnabel, die kleine Rundung zwischen den Schenkeln, an der sie sich berührte. Sie war nackt.

Ich hatte so etwas noch nie gesehen.

Diego räusperte sich. Er nahm mir das Bild aus der Hand und schob es wieder zwischen die Seiten. Dann klappte er das Buch zu. »Auch Äbte sind Menschen«, sagte er.

Ich begriff erst nach einem Moment, was er damit meinte. Meine Wangen wurden heiß. Stille breitete sich im Raum aus. Eine der heruntergebrannten Kerzen flackerte und verlosch. Mir wurde auf einmal klar, dass Diego und ich allein waren. Die anderen waren unten. Ich hörte ihre Schritte und das dumpfe Gelächter. Sie schienen unendlich weit entfernt.

»Vielleicht sollten wir …«, begann ich.

»Ja.« Die Antwort kam schnell. Diego drehte sich zur Tür, wobei seine Hand unabsichtlich die meine berührte.

Ich griff nach der seinen und hielt sie fest. Er blieb stehen, zögerte, dann wandte er sich mir zu.

Ich sah in seine dunklen Augen und beugte mich vor. Wir küssten uns.

Ich schmeckte Wein. Bartstoppeln kitzelten meine Mundwinkel. Seine Arme schlossen sich um mich, unsere Körper wurden gegeneinander gedrückt. Ich versank in seinem Geruch, wollte ihn in mich aufnehmen, zu einem Teil meiner selbst machen.

Wir mussten den Raum verlassen haben, denn plötzlich spürte ich das Bett in meinen Kniekehlen und ließ mich fallen. Diego landete halb auf, halb neben mir. Er schob meinen Rock nach oben, während ich nach seiner Gürtelschnalle tastete. Seine Küsse glitten über meinen Hals, seine Hände berührten mich, dass ich mich unter ihm aufbäumte.

Und dann, ungewollt und unerwünscht, kamen die Gedanken

an das, was er war, was sein Volk getan hatte, was mit ihm geschehen würde. Trauer mischte sich in meine Leidenschaft.

Ich presste ihn an mich. »Ich will nicht, dass du in der Hölle brennst.«

Diego erstarrte. »Was soll …«, begann er, sprach den Satz aber nicht zu Ende. Er setzte sich auf. Die Wärme verschwand von meinem Körper. Trotz der Decken wurde mir kalt.

»Du weißt es also«, sagte er.

Langsam zog ich den Rock über meine Knie. »Ja.«

Er fuhr sich mit den Händen durchs Gesicht. »Wer noch?«

»Hugo, Lukas, Nicolaus, vielleicht ein paar andere.« Ich setzte mich ebenfalls auf.

»Verdammt.« Diego schlug mit der flachen Hand in eines der Kissen. Er drehte mir den Rücken zu. Ich konnte sein Gesicht nicht sehen. »Du hättest es mir sagen sollen.« Er stand auf und schloss die Schnalle seines Gürtels.

Diego hatte recht. Es war feige gewesen, den Moment hinauszuzögern.

»Das stimmt«, sagte ich. »Es tut mir leid.«

»Ja.« Er drehte sich um. Es überraschte mich, ihn lächeln zu sehen. »Dann muss ich wohl abwarten, was der Engel von mir hält.«

Er betrachtete sich kurz im Spiegel.

Das Poltern aus dem unteren Stockwerk hatte sich auf die Treppe verlagert. Die anderen kamen näher. Ich wollte noch so viel zu Diego sagen, noch länger mit ihm zusammen sein, doch der Zeitpunkt war vorbei.

Er öffnete die Tür. »Warte ein wenig, bevor du das Zimmer verlässt. Wir wollen keinen Verdacht erregen.«

Allein blieb ich im Gemach des Abts zurück. Ich dachte an die beiden Kinder, die nackt aus dem Kreuzzug gejagt worden waren. Wenn jemand hereingekommen wäre, während wir … Ich führte den Gedanken nicht zu Ende, sondern stand rasch auf und zog die Decken glatt.

Vor dem Spiegel blieb ich stehen. Es war das erste Mal, dass ich mich in einem betrachten konnte. Ich war dünn und sah müde aus. Meine Wangen waren gerötet, die Haare hingen mir schweißnass in die Stirn. Ich strich sie zurück, dann sah ich meinen Rock. Mir war nicht klar gewesen, wie schmutzig er war. Welche Farbe er einst gehabt hatte, war unter dem Dreck und bei all den vielen Flicken nicht mehr zu erkennen.

Ich wandte mich beinahe angewidert ab, ging in den Nebenraum und blies die Kerzen aus. Die Bibel, in deren Seiten das unanständige Bild steckte, lag noch auf dem Tisch, und das Bild ragte über die Ränder der Seiten. Ich zog es heraus, betrachtete die Frau darauf, ging zurück zum Spiegel und hielt es neben mein Gesicht. Die nackte Frau war so viel schöner als ich, so viel reiner. Alles an ihr war ebenmäßig und hell, ihre Haut, ihr Haar, sogar ihre Augen. So wie sie stellte ich mir eine Frau vor, die Diego begehrte, nicht wie mich.

Im Gang rülpste jemand laut. Ich hörte schwere Schritte, dann wurde die Tür aufgerissen.

Hastig faltete ich das Bild zusammen und steckte es in meinen Gürtel. Eine ganze Gruppe Kreuzfahrer stürmte herein, Männer und Frauen. Ich kannte keinen von ihnen.

»Ein Bett!«, schrie der Erste. Er nahm Anlauf und warf sich hinein. Die Pfosten knarrten.

Ein anderer, um dessen Hals ein Weinschlauch hing, sah mich an. »Hast du es schon ausprobiert, Schwester?«

Ich gab mich schüchtern und senkte den Kopf. »Nein.«

»Dann lass uns mal.« Er packte eine der Frauen, die kreischend lachte, an den Hüften und schob sie zum Bett. Andere öffneten die Truhen und Schränke. Sie mussten irgendwo Kleidung gefunden haben, denn einer trug eine Pelzmütze, sein Begleiter ein viel zu kleines Lederwams.

Ich drückte mich an ihnen vorbei durch die Tür. Der Gang füllte sich mit Menschen. Einige legten sich in den Mönchszellen ins Stroh, andere setzten sich an die Wände, aßen Fleisch und tranken Wein. Ein Stockwerk tiefer begann jemand auf einer Flöte zu spielen. Rhythmisches Klatschen begleitete ihn. Gesang, der nicht zur Melodie des Flötenspielers passte, drang aus dem Hof zu mir empor. Überall wurde gelacht.

Ich stieg über einen Betrunkenen, der auf der Wendeltreppe einschlief, und ging nach unten. Auf dem Weg nach draußen sah ich keinen einzigen Mönch, nur Kreuzfahrer. Fast jeder bot mir Wein an, ein oder zwei auch Dinge, bei denen ich mich beschämt abwandte. Ich sah Menschen, die Gemälde von den Wänden rissen, und andere, die sie davon abhalten wollten. In einer Ecke hockte ein Mann und schiss auf den Teppich. Eine ältere Frau feuerte ihn an. Allen lief Schweiß über das Gesicht. Es war heiß und stickig im Haupthaus.

Eine Ewigkeit schien zu vergehen, bis ich endlich wieder im Hof stand und die kalte, klare Nachtluft einatmete. An den Tischen saßen noch einige Menschen, redeten und lachten. Ein paar schliefen auf oder unter den Bänken. Ich entdeckte Hugo und Konrad zwischen den Schlafenden; Hugo lag ausgestreckt auf einer Bank und schnarchte, Konrad hatte sich unter einem Tisch zusammengerollt und hielt noch ein Stück Brot in der Hand. Erik lag neben ihm, Cornelius ein Stück entfernt. Auch sie schliefen.

Ich suchte nach Diego, sah ihn jedoch nirgends. Was ich ihm gesagt hätte, wäre er da gewesen, wusste ich nicht. Irgendetwas, um ihm die Sorge zu nehmen. Irgendetwas, um ihn an das zu erinnern, was vor meinen dummen, überflüssigen Worten zwischen uns gewesen war.

Die Trunkenheit wich langsam von mir und ließ nur Müdigkeit zurück. Ich wollte nicht allein sein, also legte ich mich neben Konrad und schloss die Augen.

Ein Schrei weckte mich. Jemand rüttelte mich an der Schulter.

»Mama! Mama!« Konrads Stimme. »Es brennt!«

Ich stützte mich auf die Ellenbogen. Mein Mund war trocken, Kopfschmerzen hämmerten hinter meiner Stirn. Meine Lider waren so schwer, dass ich sie kaum öffnen konnte. Mit den Handballen rieb ich mir die Augen.

Einen Moment lang glaubte ich, wieder in Winetre in unserer Hütte zu sein. Ich wollte nach Heinrich rufen, nach meiner Mutter, doch dann kehrte die Klarheit in meine Gedanken zurück. Ich richtete mich auf, stieß mir den Kopf am Tisch und kroch darunter hervor.

Der Himmel über mir war schwarz, aber über dem Hof lag ein merkwürdiges rotes Licht. Menschen liefen umher, schwarze Schatten vor den orange-gelben Flammen, die aus den Fenstern des Klosters schlugen. Eine Frau rannte schreiend aus der Tür. Sie zog einen Umhang aus Feuer hinter sich her. Brennend brach sie auf dem Hof zusammen. Zwei Männer, Diego und Lukas, liefen auf sie zu, aber die Hitze des Feuers trieb sie zurück. Die Frau schlug um sich, dann lag sie still.

Pferde wieherten ängstlich in den Ställen, während das Feuer fauchte und brüllte wie eine höllische Kreatur. Funken stoben empor, Flammen krochen über das Dach, dem Kreuz auf dem First entgegen, und Stroh regnete brennend auf den Hof. Rauchschwaden hingen in der Luft, reizten Augen und Kehle. Ein nackter Mann schlug hart auf einem der Tische auf. Die Knochen in seinen Beinen bohrten sich durch die Haut wie berstendes Holz. Er schrie und kreischte. Ich erkannte ihn. Es war Rudolf, der Knecht des Händlers, dem wir die Waren abgenommen hatten.

Ich sah nach oben. In dem Fenster, aus dem er gesprungen sein musste, stand ein zweiter, ebenfalls nackter Mann. Als er sah, was mit Rudolf geschehen war, verschwand er.

Ich ergriff Konrads Hand und drehte mich zu den anderen beiden Jungen um, die unter dem Tisch hockten. Das Feuer spiegelte sich in ihren aufgerissenen Augen.

»Bleibt bei mir«, sagte ich. Gemeinsam liefen wir über den

Hof. Cornelius hielt sich mit der Hand an meinem Rock fest, Erik an Konrads Umhang. Ich rief nach Hugo. Rauch biss in meine Augen, Funken stachen wie Insekten in mein Gesicht. Wir klopften sie uns gegenseitig aus der Kleidung.

Rudolfs Kreischen wurde nicht leiser. Ich hatte noch nie einen Menschen so schreien gehört.

Wir liefen auf das Tor zu. Durch den Rauch sah ich Diego und einen Mönch vor den Ställen stehen. Im nächsten Moment galoppierten Pferde über den Hof, sprangen über Tische und warfen Bänke um. Ich drückte mich mit den Kindern gegen eine Mauer. Die Pferde stürmten an uns vorbei wie Geister im Nebel.

»Hugo!« Meine Rufe gingen im Wiehern der Pferde, im Schreien der Menschen und im Fauchen des Feuers unter, trotzdem gab ich nicht auf.

»Da ist er«, sagte Konrad plötzlich. Er zeigte in Richtung der Tische. Ich sah Hugo aus dem Rauch auftauchen. Er hatte sich Rudolf über die Schultern geworfen. Blut tropfte von dessen Füßen. Er hatte aufgehört zu schreien. Hugo schien das Gewicht des Mannes nicht zu spüren. Mit langen Schritten ging er auf uns zu.

»Wo ist Nicolaus?«, fragte ich ihn, als er uns einholte. Es beschämte mich, dass ich vorher nicht an ihn gedacht hatte.

»Draußen. Lukas hat ihn aus dem Haus geholt.«

»Gepriesen sei der Herr«, sagte Cornelius.

»Amen«, antworteten Hugo und ich gleichzeitig.

Wir liefen durch das Tor auf den Hügel hinaus und blieben erst stehen, als die Luft klarer wurde und unsere Augen nicht mehr tränten.

»Madlen!« Lena tauchte zwischen zwei Karren auf, lief mir entgegen und umarmte mich. Eine Wolke aus Wein und Rauch umgab sie. »Ich hatte solche Angst, als ich Diego fand, aber dich nicht. Jemand sagte, er hätte euch vorher zusammen oben im Haus gesehen.«

Ich erwiderte die Umarmung. Schuld breitete sich kalt wie Eis in mir aus. Aus den Augenwinkeln sah ich, dass Hugo mich musterte. Ich tat so, als bemerke ich es nicht. »Nein, das kann nicht sein. Ich bin kurz nach dir nach unten gegangen. Als es anfing zu brennen, schlief ich schon draußen.«

»Ist ja auch egal. Ich bin nur froh, dass dir nichts passiert ist.«

Wir lösten uns voneinander. Lenas Blick fiel auf Rudolf, der bewusstlos über Hugos Schulter hing. »O mein Gott, der arme Junge. Wartet, ich hole Hilfe.«

Zusammen mit den Jungen lud ich Mehlsäcke von einem Karren, dann legten wir Rudolf vorsichtig auf die Bretter. Seine Wunden bluteten, aber nicht so stark, dass man sie hätte abbinden müssen.

Konrad starrte auf die Beine des Knechts. »Wird er wieder gehen können?«, fragte er.

»Nein«, sagte Cornelius. Die Härte in seiner Stimme überraschte mich.

Ich strich Konrad über die Haare. Asche färbte meine Fingerkuppen schwarz. »Wenn es Gott gefällt, wird Rudolf wieder gehen können. Wir sollten darum beten.«

»So ist es.« Hugo streckte sich, sein Rücken knackte.

Ich sah mich um. Hunderte standen mit uns auf dem Hügel und starrten auf das brennende Kloster. Im Schein des Feuers sahen selbst die Mönche aus wie Teufel.

Diego tauchte zwischen ihnen auf. Er saß auf einem ungesattelten Pferd, zog ein zweites hinter sich her und sah sich suchend um. Ich wagte es nicht, ihn zu rufen, ging nur ein paar Schritte vor, sodass Hugo nicht mehr zwischen ihm und mir stand. Vielleicht war es Zufall, vielleicht sah er die Bewegung, denn er wandte den Kopf.

Unsere Blicke trafen sich. Erleichterung hellte sein Gesicht wie ein Lichtstrahl auf. Ich lächelte unwillkürlich, doch dann dachte ich plötzlich wieder an seine Hände auf meiner Haut, an seinen

Atem in meiner Kehle. Eine Wollust hatte mich ergriffen, wie ich sie selbst für Heinrich nie empfunden hatte. Das war nicht die christliche Liebe, wie sie Vater Ignatius beschrieben hatte, sondern teuflische, viehische Begierde. Schuld und Scham überkamen mich.

Etwas musste sich in meinem Gesicht verändert haben, denn Diego senkte den Kopf, trat seinem Pferd leicht in die Flanke und wandte sich ab. Ich sah ihm nach, bis mich laute Rufe ablenkten.

Konrad zeigte aufgeregt auf das Kloster. Das Feuer hatte sich über das gesamte Dach ausgebreitet und ergriff nun auch das gewaltige dreimal mannshohe Kreuz. Es kroch an dem Holz hinauf, schlängelte sich um den Querbalken und leckte züngelnd an der Spitze.

Um mich herum knieten Menschen nieder. Einige beteten, aber die meisten starrten nur stumm und mit gefalteten Händen auf das brennende Kreuz. In ihren Gesichtern las ich Schuld und Reue. Ich kniete ebenfalls, dann auch Konrad und Hugo.

Die Flammen schlugen immer höher, bis das Holz unter ihnen verschwand und nur noch ein feuriges Fanal am dunklen Himmel hing.

Ich hob den Blick, als Nicolaus an mir vorbeiging. Vor dem Tor blieb er stehen, steckte den Schäferstab in den Boden und breitete die Arme aus, den Kopf in den Nacken gelegt. Nimm mich, schien er sagen zu wollen, nimm mich anstelle meiner Herde.

Es krachte. Holz barst und zerplatzte. Brennende Splitter schossen wie Sternschnuppen durch die Luft. Und dann kippte das Kreuz. Zuerst langsam, dann immer schneller neigte es sich zur Seite. Flammen zischten und fauchten, spien Funken und Rauch. Es war, als bestünde das Dach aus Wachs, in dem das Kreuz versank. Doch dann knallte es so laut und tief, dass mein Körper erbebte.

Eine Kugel aus Feuer, Rauch und Trümmern, größer als die Sonne, schoss aus dem zerstörten Gebälk. Sie fauchte Nicolaus entgegen, schneller als alles, was ich je gesehen hatte, schneller als ein Falke, schneller als ein galoppierendes Pferd, schneller, als Regen aus dem Himmel fiel. Die Wolke quoll durch das Tor, hüllte Nicolaus ein. Funken glühten darin wie die Augen einer Bestie.

Wir schrien auf. Ich wandte den Kopf ab, als Asche uns entgegenwehte. Alle knieten am Boden, niemand stand, nur weit entfernt, fast am Fuße des Hügels, inmitten betender Kreuzritter, sah ich einen Reiter. Es war Diego. Er hatte sein Pferd gezügelt und wandte dem Kloster den Rücken zu, so als interessiere ihn nicht, was dort geschah.

Ich sah zurück zum Tor. Die Wolke löste sich allmählich auf. Asche regnete auf uns nieder, Funken stiegen in den Himmel. Ich biss mir auf die Lippen, Konrads Hände verkrampften sich, Hugo zitterte.

Eine Gestalt tauchte im Rauch auf. Ich sah ausgestreckte Arme und ein Hemd, in das Funken faustgroße Löcher gebrannt hatten. Nicolaus' Gesicht war immer noch dem Himmel zugewandt, aber Asche und Staub bedeckten es. Er drehte sich um und neigte den Kopf. Ich konnte sehen, dass er unverletzt war.

Jubel wurde laut, Menschen stießen Dankgebete aus.

Nicolaus nahm den Schäferstab und hob erneut die Arme. Der Jubel erstarb. Nur das Fauchen des Feuers war zu hören.

»Uns ist vergeben«, rief er.

Ich war nicht die Einzige, die weinte.

Kapitel 15

Es gefiel Gott, Rudolf nicht wieder gehen zu lassen. Der Knecht starb vier Tage nach dem Feuer, schreiend und wimmernd, gezeichnet vom Fieber.

Wir wussten nicht genau, wie viele im Feuer umgekommen waren. Es waren mindestens zwanzig, vier davon Mönche. Die überlebenden schlossen sich uns bis zu einem Ort namens Basel an. Sie hofften, dort in einem Benediktinerkloster unterzukommen. So wie wir betrachteten sie das Feuer als eine Strafe Gottes.

Wir alle hatten an diesem Abend gesündigt, hatten der Völlerei, der Trunkenheit und der Unzucht gefrönt. Das Feuer hatte uns gereinigt, und durch Nicolaus' mutige Tat wurden wir wieder in die Gnade Gottes aufgenommen. Wir spürten es, sahen die Zeichen. Die Kranken erholten sich, die Wunden der Verletzten – außer denen, deren Sünden zu schwer gewesen waren – verheilten. Es wurde wärmer, und die wenigen Wolken, die wir sahen, zogen über den Kreuzzug hinweg, ohne Regen zu bringen. Uns war vergeben.

Wir taten alles, um uns diese Gnade zu erhalten. Jeden Tag beteten und fasteten wir. Nicolaus nahm uns wieder die Beichte ab. Einige Male fragte er, ob auch ich beichten wolle, aber ich fand stets eine Ausrede.

Nicht nur ich schreckte vor der Beichte zurück. Auch Cornelius trat nie vor, wenn Nicolaus uns zusammenrief. Da er sonst jede Gelegenheit wahrnahm, um Aufmerksamkeit zu erregen, wunderte mich das.

Diego nahm an keiner Beichte teil, auch nicht als Zuschauer. Während wir dem Kreislauf aus Geständnis, Reue und Vergebung lauschten, stieg er auf sein Pferd, suchte nach Plätzen für unser Nachtlager oder nach einem Marktflecken, dessen Kaufleute bereit waren, uns etwas zu verkaufen.

Seit wir Basel und den Rhein hinter uns gelassen hatten, wurde es immer schwieriger, Waren zu bekommen. Orte wie Liestal und Olten schlossen die Stadttore, wenn sie uns sahen. In Zofingen stellten sich die Einwohner auf die Wehrgänge ihrer Mauern und schrien uns an. Es war erniedrigend und unheimlich, an ihnen vorbeizuziehen.

»Die können froh sein, dass wir ehrbare Christen sind«, sagte Ott, als wir am Tor vorbeigingen, »sonst würde ich ihnen ihr Scheißkaff unter dem Hintern anzünden.«

Mir wurde klar, dass er recht hatte. Die Menschen, die sich hinter niedrigen Mauern und Gräben verbargen, hatten uns nichts entgegenzusetzen. Fast zehntausend waren wir, das sagte Lukas zumindest immer. Wir hätten den Ort überrennen können, wäre das unsere Absicht gewesen. Die Bewohner waren unserer Gnade ausgeliefert, so wie wir der Gnade des Himmels. Nach dieser Erkenntnis störten mich ihre Schreie und Beschimpfungen nicht mehr so sehr. Wir waren ihnen überlegen; sie waren nur zu dumm, das zu erkennen.

Die Händler fanden trotzdem zu uns, auch wenn die Stadttore geschlossen blieben. Meistens tauchten sie in der Nacht auf, mit ein oder zwei Karren, die sie vorbei an bestochenen Wachen heimlich aus der Stadt gebracht hatten.

»Ihr werdet hier nirgendwo freundlich empfangen werden«, sagte einer von ihnen, als Lukas ihn nach den geschlossenen Stadttoren fragte. »Das ganze Land ist fest in Pfaffenhand. Die Bischöfe von Konstanz, Basel und Sitten haben verlauten lassen, dass euer Kreuzzug nicht rechtens ist, weil sie Angst haben, dass ihnen die Novizen weglaufen. Und da mein Herr, der Graf von Frohburg, ein rückgratloser Weichling ist, beugt er sich dem Willen der Pfaffen, anstatt uns in Ruhe unseren Geschäften nachgehen zu lassen.«

Ich hatte noch nie jemanden so respektlos über Adel und Kirche reden hören. »Und der Papst?«, fragte ich. »Was sagt er dazu?«

»Der kümmert sich um solche Dinge nicht. Ich war schon oft in Rom, doch dort wird nur über Politik geredet. Sizilien hin oder her, Otto oder Friedrich … Gottes Namen aber hört man selten. Heilige Stadt? Von wegen.«

Wir kauften ihm alles ab, was er uns gebracht hatte. Er versprach, am nächsten Abend wiederzukommen. Wir warteten, aber er tauchte nicht auf. Eine Gruppe Pilger, die sich uns nach einer Rast in Zofingen aus Angst vor Wegelagerern anschlossen, berichteten von einem Händler, den man erschlagen im Graben gefunden hatte. Wir beteten für ihn, bevor wir weiterzogen.

Ich suchte nach Diego, hoffte, dass er mir erklären konnte, was der Händler gemeint hatte. Der kümmert sich um solche Dinge nicht, hatte er gesagt, aber wie war es möglich, dass der Papst sich mehr für Politik interessierte als für die Befreiung Jerusalems? War das nicht die wichtigste Aufgabe der Christenheit?

Aber ich fand Diego nicht. Er musste unterwegs sein wie so oft seit der Nacht im Kloster. Er schien nicht nur mir aus dem Weg gehen zu wollen, sondern dem gesamten Kreuzzug. Meistens ritt er bereits frühmorgens los und kehrte erst in der Nacht zurück. Einige Male hatte ich auf ihn gewartet, doch er war immer nach nur kurzem Gruß zum Feuer der Soldaten gegangen, so als wären wir Fremde. Ich wusste nicht, ob es ihn beschämte, dass er eine Frau begehrt hatte, die so weit unter ihm stand, oder ob er unsere Sünde so sehr bereute, dass er mir nicht mehr in die Augen sehen konnte. Beides hätte ich verstanden.

Die Pilger verließen uns in Luzern, wo bereits eine größere Gruppe auf sie wartete. Wir umgingen die Stadt, wichen auf Wege aus, die uns mitten in das hügelige, stark bewaldete Land führten. Es gab kaum noch Dörfer, nur einsam gelegene kleine Höfe, die Bauern dem Wald abgerungen hatten. An einem machten wir halt, aber die Hütte war verlassen, die Weide leer. Ich sah, dass der Boden aufgewühlt war. Hufabdrücke hatten sich tief in den Sand gegraben.

»Wegelagerer«, sagte Gottfried. Er war neben mir stehen geblieben und sah sich um, als erwarte er, bewaffnete Räuber aus dem Wald stürmen zu sehen. »Die Bauern sind bestimmt nicht weit gekommen.«

Er hatte recht. Wir fanden zwei Männer hinter der Hütte. Sie hingen an Stricken von einem Ast. Beide waren nackt. Zu ihren Füßen lag eine Frau. Ihre Brüste waren blutverschmiert. Tote Augen starrten in den Himmel. Konrad wandte sich ab, ohne dass ich etwas sagen musste.

»Wo sind die Kinder?«, fragte Lena, den Blick auf ein einfach geschnitztes Pferd gerichtet, das inmitten eines Hufabdrucks lag.

»Sie opfern sie dem Teufel.« Gottfried scharrte das Pferd mit dem Fuß zu, als wolle er es begraben. »Dann können die Pfeile der Soldaten sie nicht mehr treffen.«

»Sie verkaufen sie«, sagte Diego hinter mir. Ich drehte mich um und sah, dass er sein Pferd an den Zügeln führte. »Reiche Bauern zahlen gut für Kinder, wenn sie gesund und stark sind.«

Gottfried stemmte seinen gesunden Arm in die Hüfte. »Blödsinn. Kein Christ würde einen anderen kaufen.« Er zögerte, als überlege er, ob es klug war fortzufahren, dann tat er es. »Juden hingegen, nun, bei denen ist das anders. Die stehlen Kinder von Christen, weshalb sollten sie nicht auch welche kaufen?«

Diego sah ihn an. Sein Gesicht war so reglos, dass es wie ein Gemälde wirkte. »Ja, weshalb eigentlich nicht?«

Ein merkwürdiger Tonfall lag in seiner Stimme. Gottfried wirkte unsicher. Er runzelte die Stirn. »Was soll das heißen?«

Diego antwortete nicht. Er schwang sich in den Sattel und ritt auf Gottfried zu, gerade so schnell, dass der alte Mann hastig ausweichen musste.

Ich weiß nicht, woher die Klinge stammte, die plötzlich in Diegos Hand lag. Es war dieselbe, mit der er uns bei dem Überfall in Speyer verteidigt hatte. Er holte aus. Gottfried hob den Arm und krächzte etwas, das ich nicht verstand. Im nächsten Moment war Diego bereits an ihm vorbei.

Die Klinge schnitt durch die Stricke, an denen die beiden Toten hingen. Die Männer fielen in den Sand. Ein Schwarm Fliegen, der auf ihnen gesessen hatte, flog auf und ließ sich dann wieder nieder.

»Dass wir nicht reden, sondern eure Christen begraben sollten. Das soll das heißen«, rief Diego grimmig.

Ich sah mich um. Gottfried war zu verstört, um zu begreifen, was Diego da gesagt hatte, die anderen, Konrad, Erik, Lena und ein paar Soldaten, würden daraus kaum die richtigen Schlussfolgerungen ziehen. Vielleicht gelang es Diego, sein Geheimnis noch einige Tage vor dem Rest des Kreuzzugs zu verbergen, doch Gottfried würde bestimmt dafür sorgen, dass es sich schnell herumsprach. Dass er es bisher noch nicht getan hatte, führte ich auf einen Befehl Nicolaus' zurück. Es gab keine andere Erklärung.

Wir begruben die drei Menschen, Nicolaus sprach ein kurzes Gebet, dann ließen wir den Hof hinter uns. Es wurde langsam dunkel, aber keiner von uns wollte dort lagern.

Schließlich, als wir die, die vor und hinter uns gingen, nicht mehr sehen konnten, ließen wir uns einfach zwischen den Bäumen nieder. Die breiten Baumkronen verbargen den Nachthimmel vor uns. Es roch nach Harz und Moos. Der Wald war so trocken, dass wir es nicht wagten, Feuer zu entzünden.

Von einem der Vorratskarren besorgte ich ein wenig Dörrfleisch und Bier für Konrad und mich. An einen Baumstamm gelehnt aßen wir. Wir hatten nicht genug, um satt zu werden, aber ich war es gewohnt, hungrig einzuschlafen.

»Mama«, flüsterte Konrad, als ich gerade die Augen schloss. »Was ist eine Judenhure?«

Der Schreck war scharf wie Schmerz. Ich biss mir auf die Lippen. »Wieso fragst du das?«, flüsterte ich zurück.

»Weiß nicht, nur so.« Es raschelte neben mir, als sich Konrad in seinen Umhang einwickelte.

»Hat jemand das Wort gesagt?«

»Ja. Er hat Gottfried was erzählt, hörte aber auf, als er mich sah. Ich hab nur das Wort gehört.«

Mein Herz pochte bis in meine Kehle. »Und wer hat's gesagt?«

Konrad gähnte. »Lukas.«

Ich lag wach, bis sich der Himmel über uns grau färbte.

Wir brachen rasch auf am nächsten Morgen, konnten es kaum erwarten, die Enge des Waldes zu verlassen. Sonnenlicht tauchte die Bäume und Sträucher in ein seltsam weiches, schwaches Licht. Stimmen klangen gedämpft, selbst das Knacken der Zweige unter unseren Füßen war kaum zu hören. Mücken tanzten in den Sonnenstrahlen, die durch das Blätterdach bis auf den Boden fielen. Der Weg war schmal, die Karren passten nur knapp darauf. Der Kreuzzug war ein nicht enden wollendes Band aus Köpfen und Schultern, das sich vor und hinter mir erstreckte; ich wusste nicht, wie weit.

Ab und zu hielt ich nach Diego Ausschau, aber wegen der tief hängenden Äste führte der sein Pferd wohl am Zügel, denn ich sah ihn selbst von den Hügelkuppen nicht. Die Angst machte mich unleidlich. Zweimal blaffte ich Konrad wegen einer Kleinigkeit an, bevor er mich allein ließ und mit Erik weiter nach vorn lief. Es tat mir leid, aber ich konnte nichts daran ändern.

Meine Gedanken verliefen im Kreis und kehrten jedes Mal zu diesem einen Wort zurück: Judenhure.

Am späten Vormittag lichtete sich der Wald endlich. Aus Bäumen wurden hohe Sträucher. Einige Mädchen verließen den Weg, um die Beeren, die daran hingen, in Körben zu ernten. Der Kreuzzug wurde langsamer, kam fast zum Stehen.

»Was ist denn los?«, fragte ich.

Lena drehte sich einige Schritte vor mir um. »Die dort vorn gehen nicht weiter.«

»Warum denn nicht?« Ich schob mich an Kindern und Frauen vorbei, dann auch an Lena. Mehr als einen Steinwurf von ihr entfernt stand ein Karren voll mit Mehlsäcken, der von einem Ochsen gezogen wurde. Ein kleiner Junge saß darauf. Er blickte starr nach vorn. Die Zügel hingen locker in seinen Händen. Der Ochse hatte den Kopf zur Seite gedreht und fraß Blätter von einem Zweig. Der Weg vor ihm war frei.

»Warum fährst du nicht weiter?«, fragte ich den Jungen viel herrischer, als ich gewollt hatte, aber er sah mich nicht einmal an. Ich drehte den Kopf, folgte seinem Blick – und erstarrte.

Der Atem wich aus meiner Kehle. Was ich da sah, konnte es nicht geben. Es war zu hoch, zu groß, zu viel.

Wie eine gewaltige Wand aus Fels, Eis und Schnee ragte das Gebirge empor. Seine Gipfel schienen am Himmel zu kratzen.

»Leben dort oben Engel?«, fragte der Junge neben mir.

Es wurde still im Kreuzzug. Einige bekreuzigten sich, manche flüsterten »O Gott«. Keiner von uns hatte geahnt, was das Wort Alpen bedeutete. Ich erinnerte mich an meine Ungläubigkeit, als Diego behauptete, die Alpen würden den Himmel berühren. Einen solchen Ort hatte ich mir nicht vorstellen können, und es erschien mir unpassend, dass man ihn mit derselben Bezeichnung bedachte wie die Berge, auf denen Burg Drachenfels lag. Die Alpen waren kein *Gebirge*, sie waren der gewaltige, beängstigende Beweis für die unendliche Macht des Schöpfers.

Ich ging auf die Knie, und um mich herum taten es mir Menschen gleich, ohne dass sie jemand dazu aufgefordert hatte. Ich faltete die Hände zum Gebet, aber im Angesicht der Berge erschien mir jeder Gedanke unerheblich und jedes Wort zu winzig und leise, um im Himmel gehört zu werden. Also kniete ich auf den Mehlsäcken und schwieg.

Nach einer Weile tauchte Lukas vor uns auf. Er klatschte in die Hände. »Weiter!«, rief er. »Der Tag ist noch jung!«

Zögernd standen wir auf, setzten uns wieder in Bewegung. Lukas' Blick streifte mich, aber ich konnte in seinem Gesicht keinen bestimmten Ausdruck erkennen.

Der Junge ließ die Zügel knallen. Ich sprang vom Karren, als sich der Ochse schnaufend in Bewegung setzte, und ging zu Lena, die sich den Staub aus dem Rock klopfte. Sie wirkte verstört und ängstlich.

»Wie sollen wir diese … Alpen …«, der Name schien ihr nicht über die Lippen kommen zu wollen, »… überqueren? Sieh doch, sie ragen bis in den Himmel. Gott wird uns niederstrecken, wenn wir es wagen, ihm so nahe zu kommen.«

»Die Pässe führen doch nicht über die Gipfel«, sagte ich, obwohl ich das nicht genau wusste. »Viele Menschen benutzen sie, ohne sich den Zorn Gottes zuzuziehen.«

Lena war nicht überzeugt. »Wer weiß, ob das stimmt.«

Wir redeten wenig nach diesen ersten Worten. Das Gebirge schüchterte uns ein. Es war, als würde es unseren Gesprächen lauschen und über jeden Satz ein Urteil fällen. Andere mussten es ähnlich empfinden, denn die wenigen Unterhaltungen, die ich hörte, wurden geflüstert.

Der Weg brachte uns von den Hügeln hinunter zurück zur Hauptstraße. Sie führte an einem großen See entlang. Sonnenstrahlen glitzerten auf tiefblauem Wasser. Ich sah Boote, auf denen Fischer standen und Netze auswarfen. Vögel kreisten über ihnen. Dörfer lagen am Seeufer, eingerahmt von Hügeln, so als wollten die Menschen, die dort lebten, sich vor dem Gebirge verstecken. Eine leichte Brise trocknete den Schweiß auf meiner Stirn.

»Ich würde am liebsten hierbleiben«, sagte Lena. Ihr Blick hing an den Booten auf dem Wasser. »Einen guten Mann finden, heiraten, ihm ein paar Kinder gebären und in Frieden alt werden.«

»Und was ist mit dem Gold, mit dem man uns nach der Befreiung Jerusalems überschütten wird?«

Es waren ihre eigenen Worte gewesen, aber Lena drehte nur kurz den Kopf in Richtung der Alpen, dann hob sie die Schultern. »Sollen sie eine andere damit überschütten.«

Wir bogen auf die Hauptstraße ein. Sie war so breit, dass mehrere Karren nebeneinander fahren konnten. Die lange Reihe des Kreuzzugs zog sich zusammen. Es bildeten sich Gruppen, die Gespräche wurden lauter. Wir gewöhnten uns allmählich an den Anblick der Alpen.

An einer Zollstation, die nur aus einem Schlagbaum und ein paar Hütten am Seeufer bestand, begegneten wir einigen Soldaten. Sie winkten uns durch. Einer ließ sich von Nicolaus segnen, während die anderen zusahen und den Kopf schüttelten. In ihrem seltsamen Dialekt sagten sie etwas, das ich nicht verstand. Es klang jedoch freundlich.

Bislang hatten wir nur in Burgund Zoll auf unsere Vorräte zahlen müssen. In allen anderen Fürstentümern und Grafschaften hatte man darauf verzichtet. Ich hoffte, dass sich daran nichts änderte, denn das Geld wurde knapp. Seit Basel hatten wir keine Stadt mehr betreten, hatten weder betteln noch Wertsachen verkaufen können. Die Anzahl der Mehlsäcke und Dörrfleischfässer auf den Karren nahm ständig ab. An den Blicken, die manche darauf warfen, erkannte ich, dass auch sie sich Sorgen zu machen begannen.

Wir lagerten am Südufer des Sees. Ich ging an den Feuern vorbei, bis ich jenes fand, an dem sich die Soldaten niedergelassen hatten. Diegos Pferd graste festgebunden an einem Pflock, er selbst saß einige Schritte entfernt auf einem Stein und nahm Fische aus, die er wohl einer der Frauen abgekauft hatte, die uns im Lager aufsuchten, um den Fang ihrer Männer anzubieten. Er hob den Kopf, als er mich sah. Ich nickte und ging in Richtung der bewaldeten Hügel. Diego folgte mir nach einem Moment.

»Jemand hat uns gesehen«, sagte ich, als wir das Lager verlassen hatten und allein zwischen hochgewachsenen Tannen standen.

Ihm war sofort klar, was ich damit meinte.

»Das kann nicht sein. Es war niemand außer uns im Zimmer.« In der Dämmerung wirkten seine Augen schwarz.

»Vielleicht hat jemand nur kurz die Tür geöffnet und hineingesehen.« Ich atmete tief durch. Die Angst, die ich den ganzen Tag über unterdrückt hatte, kehrte zurück. »Konrad hat gehört, wie Lukas das Wort Judenhure benutzte.«

Es auszusprechen widerte mich an.

Diego stieß einen kurzen, scharfen Fluch in einer Sprache aus, die ich nicht verstand. Dann fuhr er sich mit beiden Händen durch die Haare. »Bist du sicher, dass er dich meinte?«

Ich hätte beinahe gelacht. »Wen sollte Lukas denn sonst meinen?«

Diego schien etwas entgegnen zu wollen, verzog dann aber nur das Gesicht. Einen Moment lang standen wir uns schweigend gegenüber. Ein Vogel flatterte irgendwo empor. Die Gespräche an den Feuern waren nicht mehr als ein entferntes Raunen und Säuseln, ein Hintergrundgeräusch wie das Rauschen eines Flusses.

»Es tut mir leid«, sagte Diego plötzlich. Er streckte die Hand aus. Ich ergriff sie, ohne nachzudenken, spürte, wie seine Finger sich um die meinen schlossen. Es war ein schönes Gefühl.

»Was machen wir jetzt?«, fragte ich.

»Abwarten, was Lukas mit seinem Wissen anfängt. Halt dich

fern von ihm, misch dich nicht in seine Angelegenheiten ein, bleib ruhig.«

»Aber er hat Gottfried schon alles erzählt.«

Diego schüttelte den Kopf. »Wir wissen nicht, was er Gottfried erzählt hat. Lukas ist schlau. Er wird das, was er weiß, erst einsetzen, wenn es ihm einen Vorteil bringt. Du musst nur dafür sorgen, dass es nicht dazu kommt.«

Meine Hand lag warm in der seinen. »Und was ist mit dir?«

»Mir wird schon etwas einfallen.« Ich spürte sein Lächeln mehr, als dass ich es sah. Er ließ meine Hand los. »Geh vor, ich warte noch ein wenig, damit man uns nicht zusammen sieht.«

Ich zögerte. So viele Fragen gingen mir durch den Kopf, so viele Dinge, die ich wissen wollte, aber nicht zu fragen wagte. Wieso schloss sich ein Jude einem Kreuzzug an? Wer waren die Männer, die uns in Speyer angegriffen hatten? Hatten uns wirklich nur Trunkenheit und Wollust übermannt, oder gab es mehr zwischen uns?

Im Zentrum von allem stand jedoch eine Frage, so wie die Erde im Zentrum des Himmels stand, und alle anderen Fragen kreisten um sie.

Ich hob den Kopf und sah Diego an. »Wie ist es, Jude zu sein?«

Er lachte. Ich hatte nicht damit gerechnet, dass er das tun würde.

»Wie ist es, Christin zu sein?«

Ich wand mich aus der Frage heraus, wusste nicht, wie ich sie beantworten sollte. »Ich bin so geboren. Es …«

Diego ließ mich nicht ausreden. »Und ich wurde als Jude geboren. Wo ist da der Unterschied?«

»Da ist ein sehr großer Unterschied.« Mir gefiel seine herablassende Art nicht. Er sprach mit mir, als wäre ich ein Kind, das nicht wusste, wovon es redete. Ich stemmte die Hände in die Hüften. »Unser Heiland ist für meine Sünden gestorben. Ich bin erlöst worden und werde in den Himmel kommen, du nicht. Also, wenn du nur Jude bist, weil du so geboren wurdest, weshalb willst du die Hölle auf dich nehmen? Weshalb wirst du nicht einfach Christ?«

Diego lachte nicht mehr. Er fuhr sich mit der Zunge über die Lippen. »Weil«, begann er langsam, »nicht alle Menschen an dasselbe glauben.«

»Du … du glaubst nicht an Jesus Christus?«

»Ich halte ihn nicht für Gottes Sohn.« Diego räusperte sich. »Wir Juden halten ihn nicht dafür.«

»Und wer ist euer Erlöser?«

»Das wissen wir nicht. Wir warten noch auf ihn.«

Mir war noch nie jemand begegnet, der nicht an Jesus Christus glaubt. Gottfried hatte zwar gesagt, die Juden hätten unseren Herrn getötet, aber dass sie trotz der Auferstehung und all den Wundern noch nicht an ihn glaubten, war mir nicht klar gewesen.

Diego schien mein Schweigen unangenehm zu sein. Er hob die Arme, verschränkte sie vor der Brust, ließ sie wieder sinken und kratzte sich am Bein. »Um auf deine Frage zurückzukommen, wie es ist, Jude zu sein: Vielleicht kann man das so sagen, dass ihr glaubt, die Antwort bereits zu kennen, während wir noch nach ihr suchen.«

Ich hörte keine Überzeugung in seiner Stimme, nur Zweifel. Das sagte ich ihm.

Er hob die Schultern. »Vielleicht sind die Zweifel Teil der Suche.«

Beinahe wäre mir rausgerutscht, dass ich ihn bedauerte, dass es schöner war zu glauben und zu wissen anstatt zu zweifeln und zu fragen.

»Ich wäre keine gute Jüdin« war das Einzige, was ich schließlich sagte.

Diego lachte. »Geh besser, sonst vermisst man dich noch.«

»Wirst du mir weiterhin aus dem Weg gehen?«

»Ja. Es ist besser so.«

Er hatte recht, aber ich bedauerte es trotzdem.

Es war bereits dunkel, als ich den Wald verließ. Erst beim dritten Versuch fand ich zu meinem Feuer zurück. Konrad sah auf, als ich meinen Umhang neben ihm im Gras ausbreitete. Er und Erik spielten ein Spiel mit Stöcken, Muscheln und Steinen.

»Lukas sucht dich«, sagte er. Der Name versetzte mir einen Stich. »Er will mit dir reden.«

»Hat er gesagt, warum?«

Konrad schüttelte den Kopf, dann wandte er sich wieder dem Spiel zu. »He, du hast geschummelt. Die Muschel lag eben in deinem Haus.«

Erik hob die Hände. »Gar nicht wahr.«

Ich stand auf und legte mir den Umhang wieder um die Schultern. Das Feuer, an dem Nicolaus, Lukas und die anderen saßen, war nicht weit entfernt. Ich hatte es gesehen, als wir unseres aufgeschichtet hatten.

Nicolaus winkte mich heran. »Setz dich, Madlen«, sagte er. »Hast du schon gegessen?«

Das hatte ich nicht, trotzdem nickte ich. Die Angst nahm mir jeglichen Appetit.

Lukas zog Gräten aus einem Fisch, der vor ihm auf einem großen Blatt lag. »Dir ist bestimmt nicht entgangen, dass im Kreuzzug geredet wird«, sagte er.

»Nein.« Ich faltete die Hände, damit niemand sah, wie sehr meine Finger zitterten. Außer Lukas und Nicolaus saßen Hugo, Gottfried und einige Jungen, die ich nicht mit Namen kannte, am Feuer. Sie aßen und tranken mit ausdruckslosen Gesichtern. Ich konnte nicht erkennen, was in ihnen vorging.

»Der Herr wird sich auch weiterhin um uns kümmern«, sagte Nicolaus, »so wie er es auf der ganzen Reise getan hat. Niemand muss sich Sorgen machen.«

Hugo nickte. »Amen.«

»Dennoch«, fuhr Lukas fort, ohne darauf einzugehen, »sollten wir Vorkehrungen treffen. Vielleicht will uns der Herr prüfen.«

Gottfried wischte sich den Mund ab. Fett glänzte an seinem Kinn. »Denkt daran, was ich gesehen habe.«

Ich runzelte die Stirn. Die Unterhaltung verlief anders, als ich erwartet hatte. Ich verstand ihren Sinn nicht mehr. »Was hast du denn gesehen?«, fragte ich.

»Einen dreibeinigen Fuchs, der eine Krähe fraß.« Gottfried bekreuzigte sich. »Das ist ein schlimmes Omen. Der Herr versucht uns vor etwas zu warnen.«

»Und der Engel schweigt.« Lukas warf das Blatt mit dem Skelett des Fischs ins Feuer. »Deshalb glaube ich, dass wir selbst für unser Wohl sorgen sollten.«

Vergeblich versuchte ich, seine Worte auf mich und Diego zu beziehen. Meine Finger hörten auf zu zittern, die Krämpfe in meinem Magen ließen nach.

Nicolaus seufzte. »Aus diesem Grund habe ich dich zu uns gebeten, Madlen. Ich möchte wissen, was du von Lukas' Plänen hältst.«

Auch ohne zu wissen, wie diese Pläne aussahen, begriff ich, dass er damit nicht einverstanden war. »Ich werde dir meine ehrliche Meinung sagen.«

»Das weiß ich. Deshalb bin ich so froh, dass der Engel dich zu uns geführt hat.« Er nickte Lukas zu. »Erzähle es ihr.«

Der große, blonde Junge trank aus seinem Weinschlauch, dann räusperte er sich. »Wir müssen etwas wegen unserer Vorräte unternehmen. Die halb leeren Karren bereiten allen Sorgen.«

Darum ging es also. Mein ganzer Körper schien sich mit einem Mal zu entkrampfen. Ich hoffte, dass man mir die Erleichterung nicht ansah.

»Die Soldaten achten darauf, dass sich niemand mehr nimmt, als ihm zusteht.« Lukas wischte sich die Finger im Gras ab. »Aber der Kreuzzug ist zu groß, sie können sich nicht jedes Gesicht merken. Manche stellen sich zwei- oder dreimal an.«

»Ist das wirklich wahr?« Ich konnte mir kaum vorstellen, dass ein Kreuzfahrer einen anderen so hinterhältig betrog.

Hugo mischte sich in die Unterhaltung ein. »Ich habe es selbst gesehen.«

Er war mein Sohn, also glaubte ich ihm. Hätte Lukas es gesagt, wäre ich misstrauischer gewesen.

»Der Teufel verbirgt sich überall. Sogar wir sind nicht vor ihm gefeit, das haben wir ja schon erkennen müssen.« Gottfried spuckte ins Feuer und schüttelte angewidert den Kopf.

»So ist es.« Lukas sah mich an. Ich weiß alles, sagten sein Blick und das Lächeln, das kaum wahrnehmbar seine Mundwinkel umspielte.

Ich faltete erneut die Hände. Mein Mund wurde so trocken, dass ich nicht wusste, ob mir auch nur ein Wort über die Lippen gekommen wäre, hätte ich versucht zu sprechen.

Lukas nahm seinen Blick nicht von mir, als er weitersprach. »Bisher konnten wir uns Betrügereien leisten, es gab stets genug zu essen, doch damit ist es nun vorbei. Diego glaubt zwar, dass die Dörfer am Pass auf Reisende eingerichtet sind, aber da er nie den Gotthardpass genommen hat, kann er das nicht mit Sicherheit sagen.«

»Wenn er überhaupt je die Alpen überquert hat«, murmelte Gottfried. »Weiß doch jeder, dass Leute wie er lügen.«

Lukas ging nicht darauf ein. »Wir sollten also versuchen, mit den Vorräten, die wir haben, auszukommen. Deshalb möchte ich, dass an jedem Feuer einer sitzt, der auf die gerechte Verteilung achtet.« Er sprach ruhig und besonnen wie ein viel älterer Mann. »Hugo hat bereits einige Jungen ausgesucht, die keine Familie im Kreuzzug haben und Nicolaus besonders ergeben sind. Sie werden niemanden vorziehen.«

»Du willst sie auch an die Feuer der Frauen und Kinder setzen?«, fragte ich. Eigentlich hätte ich stolz auf meinen Sohn sein müssen, doch stattdessen spürte ich nur Zweifel.

»Daran habe ich gedacht.« Lukas lächelte wieder dieses falsche, überlegene Lächeln. »Sie sollen ein besonderes Gelübde ablegen, so wie Mönche. Es würde dich doch nicht stören, mit einem Mönch am Feuer zu sitzen, oder?«

»Nein, das würde es nicht.« Es sind aber keine Mönche, auch wenn du sie so nennst, dachte ich, sondern Kinder.

»Also was hältst du davon?« Nicolaus sah mich an, aber es war Lukas' Blick, den ich spürte. Auf einmal begann ich daran zu zweifeln, dass Konrad das Wort, das mich selbst in Gedanken anekelte, zufällig gehört hatte. Zu ausgeklügelt erschien mir Lukas' Plan. Worauf er damit abzielte, wusste ich nicht, dass ich nichts daran ändern konnte, schon. Er hatte mich in der Hand.

»Es ist ein guter Vorschlag.«

Nicolaus hob die Augenbrauen. Sein Gesichtsausdruck zwang mich zu einer Erklärung.

»Wenn die Menschen nicht von sich aus zu christlicher Bescheidenheit fähig sind, muss man sie dazu anhalten.« Ich verschluckte mich fast an meinen eigenen Worten. »Zumindest bis wir die Alpen überquert haben.«

»Dann soll es so sein.« Nicolaus schien von meiner Antwort überrascht; er hatte wohl damit gerechnet, dass ich Lukas widersprechen würde. »Aber ich möchte«, fuhr er nach einem Moment fort, »dass auch an unserem Feuer jemand sitzt. Wir sind Gleiche unter Gleichen. Niemand soll sagen, dass es zwei Stände unter uns gibt.«

Lukas atmete hörbar auf. »Das ist eine weise Entscheidung. Du wirst sehen, dass sie uns gut über die Alpen bringen wird.«

Alles an ihm – seine Mimik, seine Körperhaltung, sein freudiger Tonfall – strahlte Zufriedenheit aus. Er hatte erreicht, was er wollte. Ich zweifelte nicht daran, dass er das Beste für uns alle im Sinn hatte, nur daran, dass er tatsächlich wusste, was das Beste war.

Ich erhob mich. Lukas nickte mir kaum merklich zu, so als wären wir Verschwörer.

Der Junge, der am nächsten Morgen meinem Feuer zugeteilt wurde, hieß Hermann. Er war nur ein wenig älter als Konrad und wirkte verschüchtert und nervös. Lukas hatte uns gebeten, die Wächter der Bescheidenheit, wie er sie nannte, als »Brüder« anzusprechen. Damit wir sie erkennen konnten, trug jeder ein Stück Leinen um den Oberarm, das aus der Kleidung auf den Karren gerissen worden war. Es waren über hundert.

Ich fragte mich, ob Hugo sie wirklich so schnell gefunden oder ob er schon länger gewusst hatte, dass ihm diese Aufgabe zuteilwerden würde.

Konrad und Erik gehörten nicht zu den Auserwählten, Cornelius schon. Ich konnte erkennen, dass das an den beiden nagte. Cornelius stolzierte immer wieder mit seiner Armbinde an ihnen vorbei. Lange würde das nicht gutgehen.

Wir packten das Lager zusammen und brachen auf. Es war ein schöner Sommertag, warm und trocken. Wir warfen unsere Umhänge auf Karren, rollten die Ärmel unserer Hemden hoch und hielten das Gesicht in die Sonne. Der Schnee auf den Alpen leuchtete so weiß, dass es in den Augen schmerzte.

Wir ließen den See hinter uns und bogen auf die Straße ein, die zum Gotthardpass führte. Sie wand sich zwischen bewaldeten Hügeln und Weiden hindurch. Vieh sahen wir jedoch kaum. Ich nahm an, dass die meisten Bauern ihre Tiere aus Angst vor Diebstählen in den Ställen gelassen hatten.

»Ich bin froh, dass sie uns dieser Versuchung nicht aussetzen«, sagte Lena, als wir darüber sprachen. »Der ein oder andere könnte ihr vielleicht nicht widerstehen.«

Sie richtete den Blick auf Ott, der mit nacktem Oberkörper einige Schritte vor uns ging. Ich nickte.

Diego hielt sich an das, was er gesagt hatte, und bemühte sich auch weiterhin darum, mir nicht zu begegnen. Doch er entfernte sich nicht mehr so weit vom Kreuzzug wie zuvor, suchte stattdessen Lukas' Nähe. Es waren nur kurze Gespräche, die beide miteinander führten, und wenn ich ihnen nahe genug war, konnte ich die Anspannung in Lukas' Gesicht erkennen. Er bemühte sich um Höflichkeit, aber das fiel ihm sichtlich schwer. Ich wusste nicht, was Diego mit diesen Gesprächen bezweckte. Auf mich wirkten sie wie eine Provokation.

Außer den Bauern und Knechten, die uns ab und zu ihre Waren verkaufen wollten, begegneten wir kaum Menschen. Die Pilger und Händler, denen wir auf unserer Reise so oft begegnet waren, schienen die Straße zum Gotthardpass zu meiden. Die wenigen, die wir trafen, hatten wie wir noch nie die Alpen überquert und verließen sich auf die Ratschläge von Freunden.

Doch am Mittag des nächsten Tages sahen wir Karren. In einer langen Reihe kamen sie uns entgegen. Eine Weile lang, als sie noch weit entfernt waren, hielten wir die Menschen, die auf ihnen saßen und neben ihnen gingen, für Händler, doch irgendwann bemerkten wir die Lumpen, die sie trugen, und ihre nackten Füße. Das, was sich auf den Karren stapelte, waren keine Waren, sondern Habseligkeiten. Ein paar Möbelstücke, Werkzeug, Kleidung und Vorräte. Hühner, die man mit Stricken an den Brettern festgebunden hatte, flatterten umher. Bauern trieben Vieh mit langen Gerten vor sich her. Sie sahen nicht aus wie Reisende, sondern wie Menschen, die auf der Flucht waren.

Die Kolonne kam zum Stehen, als wir auf einer Höhe mit ihr waren.

»Gott zum Gruße«, sagte Nicolaus.

Der Fahrer des ersten Karrens, ein alter Mann mit faltigem, sonnenverbranntem Gesicht und einem weißen Bart, der ihm fast bis zum Bauch reichte, nickte. »Seid ihr auf dem Weg zum Gotthard?«, fragte er. Es fiel mir schwer, ihn zu verstehen.

»Was hat er gesagt?«, flüsterte Lena neben mir. Ich wiederholte seine Frage.

»Ja«, antwortete Nicolaus. »Wir sind ein Kreuzzug, der das Heilige Land befreien wird.«

Der alte Mann zeigte mit dem Kopf zurück in die Richtung, aus der die Kolonne gekommen war. »Aber nicht, wenn ihr den Gotthard nehmt. Da oben stehen Ottos Truppen. Sie plündern die Dörfer und tun den Frauen Gewalt an. Wir sind geflohen, bevor sie auch über uns herfallen konnten. Ist eine verdammte Sauerei.«

»Truppen?«, fragte Lukas nach. Er war neben Nicolaus getreten. »Blockieren sie den Pass?«

»Otto weiß, dass Friedrich einen der Pässe nehmen muss, will er sich im Heiligen Römischen Reich zum König krönen lassen. Also hat er die großen Passstraßen abgeriegelt. Wer da durch will, muss an seinen Truppen vorbei.« Der alte Mann warf einen Blick über den Kreuzzug. Unter den buschigen weißen Brauen waren seine Augen fast nicht zu sehen. »Ihr seid viele, vielleicht habt ihr Glück, und die Soldaten lassen euch in Ruhe. Darauf wetten würde ich aber nicht.«

»Wir müssen nicht darauf wetten.« Nicolaus drehte den Schäferstab zwischen den Fingern. »Gott hält seine Hand über uns.«

Der alte Mann schnalzte mit der Zunge. Die Ochsen, die den Karren zogen, setzten sich in Bewegung. »Das haben schon viele geglaubt.«

Langsam zog die Kolonne an uns vorbei. Ich blickte in müde, erschöpfte Gesichter, sah zusammengekniffene Lippen und stumpf blickende Augen. Die Menschen musterten uns ebenfalls. Eine alte Frau bekreuzigte sich, ein Mann betrachtete uns mit einem Ausdruck, den ich erst verstand, als sie längst weitergezogen waren.

Mitleid. Er hatte Mitleid mit uns.

Kapitel 16

Keiner von uns wollte umkehren. Ich sah es in den Gesichtern der Kreuzfahrer, hörte es in ihren Gesprächen, spürte es in mir selbst. Nicolaus schritt voran, in die Hügel hinein, den Alpen entgegen, und wir folgten ihm.

Immer mehr Menschen kamen uns entgegen, unter ihnen jedoch nur wenige Dorfbewohner. Die meisten waren Pilger, die in kleinen Gruppen reisten, und Händler, die sich zu Karawanen zusammengeschlossen hatten. Die Geschichten, die sie uns erzählten, unterschieden sich kaum. Truppen blockierten den Pass, es wurde gemordet und geplündert. Man riet uns, auf einen anderen Pass auszuweichen oder gar umzukehren, aber Nicolaus lehnte stets ab, bat Pilger stattdessen, sich uns anzuschließen und mit Gottes Schutz die Alpen zu überqueren. Niemand folgte der Aufforderung. Nach einer Weile beachtete ich die Unterhaltungen nicht mehr.

Die Wiesen rechts und links der Straße wurden steiler. Das Gras stand hoch. Mädchen liefen hindurch und pflückten die bunten Blumen, die überall wuchsen. Es war warm und sonnig. Die Gefahr, von der die Dorfbewohner und all die Pilger gesprochen hatten, erschien mir weiter entfernt als Winetre. Selbst das Mitleid, das ich im Gesicht des alten Mannes gesehen hatte, berührte mich kaum noch. Mir ging es nicht allein so. Überall wurde gelacht und gescherzt. Die Gespräche drehten sich um die

Berge und das Land, das uns dahinter erwartete, nur selten um die Soldaten.

»Sie werden uns nicht angreifen«, hörte ich Gottfried hinter mir sagen. »Das sind Christen wie du und ich. Wenn sie hören, wohin wir unterwegs sind, werden sie uns Glück wünschen, mehr nicht.«

»Wäre auch besser für sie.« Ott lachte laut. Einer der Ochsen schnaubte und schüttelte den Kopf, Fliegen stiegen von seinen Ohren in die Höhe. Sie waren überall, saßen vor allem auf den Tieren und den Karren voller Lebensmittel. Kleine Kinder versuchten sie mit Zweigen zu vertreiben, scheuchten sie aber nur kurz auf. Ich hatte noch nie so viele Fliegen gesehen.

»Das ist der Teufel«, sagte Konrad abends, als wir am Feuer saßen und darauf warteten, dass Hermann unsere Rationen brachte. »Er beobachtet uns durch ihre Augen.«

Die anderen sahen von ihrer Arbeit auf. Sie stopften Kleidung und schnitzten Speere für den Fischfang. In den Gebirgsbächen schwammen die Fische manchmal so dicht nebeneinander, dass man sie fast mit der Hand fangen konnte.

»Woher weißt du das?«, fragte ich.

Konrad hob die Schultern. »Lukas hat das zu Hugo gesagt.«

»Was dem Teufel alles einfällt.« Lena schüttelte sich. »Ekelhaft.«

»Nein«, sagte Konrad. Er legte seinen Speer neben sich. »Lukas meinte, das sei gut, weil es zeigt, dass er Angst vor uns hat.«

»Ich fände es besser, wenn der Teufel uns einfach in Ruhe ließe.« Lena strich über einen neuen Flicken in ihrem Rock. »Man kann nur in Frieden leben, wenn man den Mächtigen nicht auffällt.«

»Aber wir wollen doch nicht in Frieden leben, sondern das Heilige Grab befreien«, entgegnete Konrad. Feuerschein erhellte seine Augen, ließ sie glänzen wie im Fieber. »Oder glaubst du nicht, dass wir das schaffen werden?«

Hermann hob den Kopf, sah aber nicht zu uns herüber. Mir war nicht aufgefallen, dass er zuhörte.

»Wir glauben alle fest daran«, sagte ich, bevor Lena antworten konnte. »Aber wer wird schon gern vom Teufel belauscht? Das wollte Lena damit ausdrücken.«

Sie warf mir einen Blick zu und nickte dann wortlos.

Hermann senkte den Kopf. Er war ein schüchterner Junge, stets höflich zu allen am Feuer. Trotzdem sprachen wir nicht offen, wenn er sich in der Nähe aufhielt, so als gehöre er zu einem höheren Stand, mit dem man vorsichtig umgehen musste. Er spürte das. Ich konnte sehen, dass ihn unser Verhalten verunsicherte, aber daran konnte niemand etwas ändern. Er bestimmte über unsere Nahrung, also war er keiner von uns.

Wir brachen früh auf am nächsten Morgen. Tau glitzerte wie Eis auf den satten, grünen Wiesen. Ein Adler saß auf einem Felsen und wärmte sein Gefieder in der Sonne. Er flog krächzend empor, als Diego an ihm vorbeiritt, und kreiste am Himmel. Ich folgte ihm eine Weile mit meinen Blicken, bemüht darum, Diego nicht anzusehen. Es erschreckte mich, wie sehr ich seine Berührung, den Klang seiner Stimme vermisste.

Die Straße wurde schmaler, die Steinbrocken, die anfangs noch vereinzelt im Gras aufragten, wuchsen zusammen, bis sie zu schroffen, grauen Felsen wurden, die auf beiden Seiten unseres Weges steil emporstiegen. Hartes gelbes Gras klammerte sich an ihre Vorsprünge. Der Schatten der Felsen fiel über die Straße, raubte uns die Wärme des Sonnenlichts. Es wurde kühl. Ich blickte zurück auf das weite offene Land, das hinter uns lag. Als es hinter einer Biegung verschwand, erschien es mir bereits wie ein Traum.

Wir sprachen nur wenig. Das Knirschen der Wagenräder und die Geräusche unserer eigenen Schritte hallten von den Felswänden wider. Konrad blieb dicht neben mir. Ab und zu sah er empor zu dem wolkenlosen blauen Himmel, der sich wie ein Fluss zwischen den Felsen hindurchwand. Er wirkte ergriffen, so als stünde er in einer Kathedrale.

»Sie sind so hoch«, sagte er nach einer Weile.

Ich dachte an das, was Diego gesagt hatte. »Und sie werden noch höher.«

»Werden wir dann den Himmel noch sehen?«

»Ich weiß es nicht. Frag Diego.«

Konrad wich meinem Blick aus. »Vielleicht später.«

Ich fragte mich, was er außer dem schrecklichen Wort noch gehört hatte.

»Seht mal.« Erik tauchte neben uns auf. Er war atemlos und blass. Seit ein paar Tagen quälte ihn ein Durchfall, der sich trotz unserer Gebete nicht linderte. »Dort sind Häuser.«

Ich stellte mich auf die Zehenspitzen, ebenso wie alle anderen, die seine Worte gehört hatten. Über Köpfe und Schultern hinweg sah ich die Dächer einiger Hütten. Steine lagen auf dem dunklen Holz, vielleicht, damit es bei einem Sturm nicht weggerissen wurde.

Erik ergriff Konrads Hand. »Komm, wir sehen uns das an.«

Ich hielt beide zurück. »Ihr wartet, bis wir alle dort sind.«

Sie gehorchten murrend und mit zusammengepressten Lippen. Ein wenig vor uns, abgegrenzt von einer Schar der Jungen, die Lukas als »Wächter der Bescheidenheit« bezeichnete und die wir »die Brüder« nannten, hielt Lukas Nicolaus ebenfalls zurück.

Der Kreuzzug kam zum Stehen. Nur Diego ritt voran, auf das Dorf zu. Ich kletterte auf einen Felsvorsprung und hielt mich an einem Grasbüschel fest. Es war so hart, dass man sich daran schneiden konnte.

Das Dorf war klein. Es gab nur acht Hütten, vier auf jeder Seite, und ein größeres, zweistöckiges Gebäude, das wie ein Gasthaus aussah. Einige Türen standen offen, Habseligkeiten lagen verstreut davor, Stühle, Tische, ein paar Eimer. Ein Kalb stand kauend in der Mitte der Straße, verschwand jedoch zwischen den Hütten, als Diego sich näherte.

Er sah in die Hütten hinein, ritt bis zum Ende des Dorfs und wendete sein Pferd. »Es ist niemand hier«, rief er. Seine Stimme brach sich an den Felsen. Ein Windstoß schlug eine der offenen Türen zu, und es klang wie ein Donnerschlag. Diegos Umhang flatterte.

Lukas nickte den »Brüdern« zu. Eine Handvoll löste sich aus der Gruppe und lief zu den Hütten. Hugo führte sie an. Sie durchsuchten das ganze Dorf, blickten durch jedes Fenster und warfen Tische um, als glaubten sie, Ritter könnten sich darunter verbergen. Ihre Sorgfalt wirkte komisch. Sogar Gottfried grinste.

»Er hat recht!«, rief Hugo schließlich. Ich sah, wie Diego das Gesicht verzog.

Der Kreuzzug setzte sich wieder in Bewegung. Nicolaus schritt voran, Lukas und die Brüder folgten ihm.

»Dürfen wir jetzt?«, fragte Konrad. Er wirkte ungeduldig.

Ich nickte. »Aber macht nichts kaputt. Die Menschen, die hier wohnen, kommen bestimmt bald zurück.«

Er und Erik liefen los, bevor ich den letzten Satz beendet hatte. Einige andere Kinder rannten hinter ihnen her. Cornelius war nicht darunter. Er blieb bei den Brüdern.

»Das muss das Dorf der Leute sein, denen wir gestern begegnet sind«, sagte Lena. »Wieso leben sie hier, wenn es im Tal so viel schöner ist?«

»Wegen der Reisenden.« Gottfried schloss sich uns an, als wir das Dorf betraten. »Sie bieten sich ihnen als Führer über die Pässe an und verkaufen ihnen Waren und Schlafplätze im Gasthaus. Man muss aber aufpassen, haben die Mönche gesagt. Manche sind Heiden, die aufrechte Christen in Schluchten werfen, um sie ihren Göttern zu opfern.«

Wir bekreuzigten uns rasch. »Kann man die Heiden von den

Christen unterscheiden?«, fragte Lena, während sie durch eine offene Tür in eine Hütte blickte.

»Heiden sind verschlagen und heimtückisch, so wie …« Gottfried sprach nicht weiter, deutete nur mit dem Kinn zum Gasthaus, vor dem Diego gerade vom Pferd stieg.

Red keinen Unsinn, dachte ich, biss aber nur die Zähne zusammen. Lena sah zuerst Gottfried, dann mich an. »So wie wer?«, fragte sie. »Was meinst …«

Trommelschläge unterbrachen sie. Von überall schienen sie zu ertönen. Wir fuhren herum, versuchten im Widerhall der Felsen zu erkennen, woher sie kamen. Nein, erkannte ich im nächsten Moment, keine Trommelschläge, Pferdehufe. Reiter.

Diego schwang sich auf sein Pferd. Lukas ergriff Nicolaus' Arm und zog ihn zurück, während die Brüder wie aufgescheucht auf die Straße liefen. Hugo schrie ihnen Befehle zu, aber sie schienen nicht zu verstehen, was er von ihnen wollte.

Ich sah mich um. Konrad und Erik waren hinter den Hütten verschwunden, suchten wahrscheinlich nach dem Kalb. Ich hoffte, dass sie sich dort versteckten.

Der Hufschlag wurde lauter. Ich konnte immer noch nicht erkennen, aus welcher Richtung er kam, doch dann sah ich, wie Diego zurückwich. Einen Atemzug später trabten Reiter um die Biegung hinter dem Gasthaus. Sie waren zu fünft. Schwerter hingen an ihren Gürteln, sie trugen Lederkappen und Waffenröcke, auf denen ein Wappen abgebildet war, das ich nicht kannte. Als sie uns sahen, zügelten sie ihre Pferde.

»Ottos Soldaten«, sagte Gottfried leise. Er hatte die Augen zusammengekniffen und musterte die Männer.

Ich sah zu Hugo. Er stand vor einer der Hütten, umgeben von anderen Brüdern. Sie schienen nicht zu wissen, was sie tun sollten, und sahen ratlos zu uns herüber.

Bleib zurück, dachte ich. Bitte, Gott, lass ihn keine Dummheiten machen.

Nicolaus schüttelte Lukas' Hand ab und ging auf die Soldaten zu. Diego beobachtete ihn. Seine freie Hand war unter dem Umhang verborgen.

»Seid gegrüßt, meine Freunde«, rief Nicolaus. »Wir sind Kreuzfahrer auf dem Weg ins Heilige Land und erbitten freies Geleit.«

Die Reiter antworteten nicht. Einer von ihnen richtete sich im Sattel auf, als wollte er auf diese Weise die Menschenmenge aus Kindern, Jugendlichen und Greisen besser überblicken. Sein Gesicht war wie versteinert. Ich fragte mich, was er in uns sah.

Nach einem Moment wendete er sein Pferd. Er schien der Anführer der kleinen Gruppe zu sein, denn die anderen folgten ihm. Sie traten ihren Pferden in die Flanken und verschwanden hinter der Biegung. Der Trommelschlag der Hufe verhallte. Einige Male erschien es fast so, als würden sie zurückkehren, doch irgendwann wurde es still.

Nicolaus drehte sich um. Er wirkte enttäuscht. »Weiter«, sagte er.

Lukas hob die Hand. »Wir sollten zuerst die Hütten nach Essbarem durchsuchen.«

»Du gibst hier keine Befehle.« Nicolaus' Gesicht verzerrte sich, wurde zur Fratze. Die Hand, in der er den Stab hielt, begann zu zittern. »Und du hältst mich auch nicht zurück. Der Engel beschützt mich, nicht du!«

Es war, als habe er Lukas ins Gesicht geschlagen. Der Junge machte einen Schritt nach hinten, prallte gegen den Bruder, der dort stand. »Der Engel beschützt dich durch mich, das hast du selbst …«

Nicolaus ließ ihn nicht ausreden. »Wir ziehen weiter!« Seine Stimme wurde lauter, hallte von den Felsen wider, bis sie kaum noch zu verstehen war. »Kein Unheil wird uns zustoßen! Wir werden weder Hunger leiden noch Durst. Der Herr wird uns versorgen. Er wird das Brot auf unseren Karren mehren und Wasser in

Wein verwandeln, so wie Jesus es am See Genezareth tat. Vertraut auf ihn, dann wird sich alles andere fügen!«

Seine Wut verschwand so schnell, wie sie gekommen war. Seine Hand zitterte nicht mehr, sein Gesicht entspannte sich. Er blinzelte. »Amen.«

»Amen.« Tausendfach brach sich das Wort an den Felsen. Ich hörte Verunsicherung in den Stimmen, aber auch eine sture Entschlossenheit, so wie ich sie ebenfalls empfand. Keiner von uns hatte Nicolaus je so erlebt, aber vielleicht hatte er auch nie zuvor so sein müssen.

»Das wird Lukas guttun.« Gottfried sprach meine Gedanken aus. Ich nickte, während Lena langsam den Kopf schüttelte.

»Mir macht das Angst«, sagte sie leise. »Sie sollten sich nicht streiten.«

Der Kreuzzug setzte sich langsam wieder in Bewegung. Nicolaus ging voran, die »Brüder« sammelten sich um Hugo, ein paar auch um Lukas. Er blieb zurück. Die Menge teilte sich, strömte zu beiden Seiten an ihm vorbei wie ein Fluss an einem Felsen.

Ich wandte den Kopf und rief nach Konrad. Nach einem Moment tauchte er mit Erik zwischen den Hütten auf. Sie zogen das Kalb an einem Strick hinter sich her. Beide grinsten und winkten mir zu. Ich winkte zurück, wandte mich ab und zuckte erschrocken zusammen, als Lukas plötzlich vor mir stand.

»Steckst du dahinter?« Seine Frage klang wie das Zischen einer Schlange. Gottfried zog Lena beiseite. Trotz all der Menschen fühlte ich mich auf einmal allein.

»Nein.«

»Du hast ihn nicht gegen mich aufgebracht?«

»Wir haben seit Tagen nicht miteinander gesprochen. Du warst doch die ganze Zeit bei ihm und hättest das gesehen.«

»Das stimmt.« Lukas fuhr sich durch die Haare. »Aber irgendjemand muss Lügen über mich erzählt haben. Von sich heraus hätte Nicolaus so etwas nie gesagt. Er weiß doch, dass ich mein Leben für ihn geben würde.«

Er sah mich fragend an. Der Mann war aus seinen Augen verschwunden, nur der Junge war darin zurückgeblieben.

»Wenn du willst, rede ich mit Nicolaus«, sagte ich.

»Ich brauche keine Hilfe von einer wie dir.«

Es klang nicht wie eine Beleidigung, sondern wie eine Tatsache, die niemand leugnen konnte. Ich wandte mich ab und ließ ihn stehen.

»Was wollte er?«, fragte Lena, als ich sie einholte. Konrad und Erik waren zu ihr gestoßen, zeigten mir stolz das Kalb.

»Nichts.«

Sie sah mich an, fragte aber nicht noch einmal.

Hinter dem Dorf wurde die Straße breiter, die Berge wichen zurück, schufen Platz für kleine Weiden und ein paar Scheunen. Das Sonnenlicht fiel bis auf den Boden, wärmte ihn und uns.

»Ich bin froh, dass ich dort nicht leben muss«, sagte Konrad mit einem Blick zurück auf die dunkle, enge Schlucht. »Immer im Schatten, nie in der Sonne.«

Gottfried räusperte sich. »Man muss das Schicksal annehmen, das Gott einem gegeben hat, sonst wird man nie glücklich. Merk dir das für dein Leben.«

Hinter seinem Rücken streckte Erik ihm die Zunge heraus.

Ich verkniff mir ein Lächeln, sah stattdessen zu Nicolaus, der weit vor uns den Kreuzzug anführte. Diego ging neben ihm. In der Hand hielt er die Zügel seines Pferdes und gestikulierte mit der freien Hand, als würde er etwas erzählen. Nicolaus nickte ab und zu.

Ich wünschte, ich hätte hören können, über was sie sprachen, aber ich konnte Diego nur aus der Ferne beobachten. Er wirkte entspannt. Die Zügel hingen locker in seiner Hand, sein Umhang flatterte im Rhythmus seiner Schritte. Wahrscheinlich berichtete er Nicolaus von seinen Reisen. Er war ein guter Erzähler, nur deshalb duldeten ihn die Soldaten an ihrem Feuer.

Neben ihm wirkte Nicolaus klein und schmächtig wie ein Kind. Mir fiel auf, dass er das rechte Bein ein wenig nachzog. Das hatte ich zuvor nie bemerkt.

Am Fuße eines Hügels blieb Diego plötzlich stehen. Die Straße führte gerade wie eine Stoffbahn in der Auslage eines Händlers hinauf. Nicolaus ging einige Schritte weiter, wurde dann aber wohl von Diego gerufen, denn er blieb ebenfalls stehen und sah zuerst zurück, dann wieder nach vorn, den Hügel hinauf. Etwas stimmte nicht, das ahnte ich, noch bevor Diego aufsaß, zu Nicolaus ritt und ihn hinter sich auf den Pferderücken zog.

»Soldaten!«, rief er, während er sein Pferd antrieb. Staub wallte auf, raubte mir den Blick auf den Hügel. Die Brüder nahmen den Ruf auf, gaben ihn weiter, bis er durch den Kreuzzug hallte wie ein Echo.

Wir blieben stehen. Konrad wickelte den Strick, an dem das Kalb hing, fester um seine Hand. »Was passiert jetzt?«

»Wir kämpfen.« Erik leckte sich aufgeregt über die Lippen. Seine Wangen färbten sich rot.

Diego brachte sein Pferd neben uns zum Stehen. Staub wallte auf und stach mir in den Augen. Nicolaus rutschte vom Rücken des Pferdes. Er blickte zurück zum Hügel.

»Sie werden uns nichts tun«, sagte er. »Gott ist mit uns.«

Diego sah mich an. »Nach hinten, schnell!«, rief er. »Es sind Bo…«

Der Klang eines Horns, laut und klagend, unterbrach ihn. Ein zweites fiel ein, dann ein drittes. Dumpfer, grollender Donner mischte sich in diesen Laut. Ich war nicht die Einzige, die in den wolkenlosen Himmel sah.

Etwas schob sich über die Hügelkuppe. Es war so breit, dass es das ganze Tal ausfüllte, und glitzerte und glänzte wie Wasser in der Morgensonne. Der Anblick blendete mich, alles verschwamm zu einem gleißenden Funkeln. So muss es sein, wenn man dem Heiland selbst ins Gesicht blickt.

Der Lichtschein kam näher. Ich blinzelte, als er in Dutzende kleinerer zu zerfallen schien und ich auf einmal Helme und Brustplatten erkannte. Das waren keine göttlichen Gestalten. Das waren Ritter.

Sie hielten an. Das Donnern der Pferdehufe erstarb. Zwischen den gewaltigen Schlachtrössern tauchten Bogenschützen auf, bildeten Reihen vor den Rittern. Es waren viele, weit mehr als hundert.

Um mich herum brach plötzlich Panik aus. Der Kreuzzug fächerte auf. Menschen verließen die Straße, liefen hinein in die Weiden, auf Unterstände und Scheunen zu. Kinder schrien. Ich ergriff Konrads und Eriks Hand und zog die Jungen hinter mir her. Das Kalb wurde mitgerissen und muhte laut.

»Lena, komm!«, rief ich, als ich sie mit offenem Mund und auf den Hügel gerichteten Blick auf der Straße stehen sah. Sie war von dem Glitzern ebenso beeindruckt wie die anderen. Zögernd folgte sie mir.

Ich drehte den Kopf, rief nach Hugo, entdeckte ihn jedoch nirgends. Mein Blick blieb an Diego hängen. Er war von seinem Pferd gestiegen und hielt Nicolaus fest, der sich aus seinem Griff zu winden versuchte. Lukas lief auf beide zu, dicht gefolgt von einigen Brüdern. Sein Gesicht war gerötet, er schien Diego anzuschreien.

Dann hörte ich das Summen. Wie ein gewaltiger Bienenschwarm erfüllte es die Luft. Ich ahnte, von was es stammte. Unwillkürlich presste ich Konrad und Erik an mich.

Der erste Pfeil bohrte sich neben meinem Fuß in den Staub. Ich hörte dumpfe Einschläge wie Fausthiebe in Stoffballen, dann Schreie, dutzendfach, hundertfach. Menschen brachen zusammen, wanden sich am Boden. Ein Mädchen taumelte an mir vorbei. In seinem Kopf steckte ein Pfeil.

»Hugo!« Mein Ruf ging im Lärm unter.

Menschen prallten gegen mich. Ich wurde beinahe umgerissen, als ich versuchte, Konrad und Erik aus der Menge hinauszuführen. Ein Karren donnerte an mir vorbei auf die Wiese, gezogen von Ochsen mit angstgeweiteten Augen, in deren Rücken Pfeile steckten. Wagenräder prallten gegen Steine und zerbrachen, der Karren wurde umgeworfen. Holz splitterte, Mehlsäcke platzten und schleuderten eine Wolke aus dunklem Mehl in die Luft. Die Deichsel brach, dann blieb der Karren liegen. Die aneinandergeketteten Ochsen galoppierten durch das Gras. Ein kleines Kind verschwand unter ihren Hufen.

Ich zog Konrad und Erik weiter. Auf dem Hügel griffen die Bogenschützen in ihre Köcher, bereiteten sich auf die nächste Salve vor.

Konrads Finger bohrten sich in meine Hand. »Mama!«

Ich fuhr herum. Das Kalb, das er und Erik gefangen hatten, lag tot im Staub, zwei Pfeile steckten in seinem Leib.

»Lass es los«, schrie ich.

Konrad schüttelte den Kopf. »Ich kann nicht.«

Erst in diesem Moment sah ich, dass er den Strick, an dem das Kalb hing, mehrfach um sein Handgelenk gewickelt und verknotet hatte. Er riss daran, kam jedoch nicht frei.

Ich ließ Erik los. Der Junge klammerte sich an meinen Arm und schluchzte.

»Versteck dich unter dem Karren, Erik!«

Er gehorchte erst, als ich ihn mit dem Fuß wegstieß.

Ich zog das Messer aus dem Gürtel. Die rostige Klinge glitt von dem Strick um Konrads Handgelenk ab. Ich versuchte es erneut. Konrad hielt den Strick straff, achtete aber mehr auf die Bogenschützen als auf das Messer.

»Sie haben die Pfeile in der Hand«, sagte er. Eine Faser des Stricks löste sich.

»Verteilt euch!« Ich zuckte zusammen, als ein Soldat plötzlich neben mir sein Pferd zügelte. »Nicht zurück zum Dorf!«, schrie er. »Greift an, stürmt den Hügel!« Er hob das Schwert und rammte seinem Pferd die Fersen in die Flanken.

»Warte!«, rief ich, aber er schien mich nicht zu hören. Sein Pferd sprang durch das Chaos aus Menschen und Karren, wieherte und strauchelte. Keinen Steinwurf von mir entfernt stürzte der Soldat. Kinder stoben auseinander, ängstlich und verwirrt.

Die nächste Faser riss. Ich warf einen Blick zurück zum Dorf. Immer mehr Menschen drängten sich dort. Kreuzfahrer rückten nach, die nicht wussten, was sie erwartete, während andere verzweifelt versuchten, zurück in die enge Schlucht zu gelangen.

Noch eine Faser. Konrad zerrte an dem Strick. Das Kalb rutschte einen Schritt weit durch den Staub, aber der Hanf hielt.

»Sie legen an.« Konrads Stimme zitterte. Dann streckte er sich so plötzlich, dass ich mit der Klinge abglitt und eine blutige Spur auf seinem Handrücken hinterließ. Er schien es nicht einmal zu bemerken. »Da ist Hugo. – Hugo!«, schrie er lauter. »Hilf uns!«

Es hatte keinen Zweck, der Lärm war zu groß. Konrad sprang hoch, winkte mit der freien Hand. Ich hielt ihn fest. Der nächste Atemzug konnte bereits eine erneute Pfeilsalve bringen, aber der Strick war erst zur Hälfte durchtrennt.

»Zieh!« Ich schrie Konrad an, ließ das Messer fallen und ergriff den Strick mit beiden Händen. Zusammen mit Konrad zog ich das Kalb hinter uns her. Der tote Leib rutschte durch Staub, dann durch hohes Gras. Steine, die wir nicht einmal sahen, wurden zu zusätzlichen Hindernissen. Wir zogen und rissen an dem Strick. Blut lief über Konrads Handgelenk. Sein Gesicht war verzerrt.

Erik kroch unter dem umgestürzten Karren hervor, nur wenige Schritte von uns entfernt.

»Bleib darunter!«, rief ich. »Sie schießen gleich!«

Ich stellte mir die Männer vor, die auf dem Hügel standen, wie sie die Sehnen ihrer Bögen zurückzogen, wie die Federn der Pfeile ihre Wangen kitzelten, wie sie an den Eisenspitzen vorbei mit zusammengekniffenen Augen ins Tal blickten und nach Zielen suchten. Wie sie die Sehnen losließen. Wie die Pfeile davonschnellten.

»Komm nicht raus!«

Erik hörte nicht auf mich. Mit wenigen Schritten war er bei uns, griff nach dem Strick und zog und zerrte. Das Kalb – es musste sich zwischen Steinen verfangen haben – bewegte sich nicht, doch der Strick riss, und wir stolperten zurück. Konrad und Erik fielen ins Gras, ich fing mich. »Unter den Karren! Los!«

Es war zu spät. Das Summen des Bienenschwarms kam erneut über uns.

Pfeile bohrten sich ins Gras und schlugen dumpf in das Holz des Karrens ein. Schreie stiegen in den Himmel wie ein aufgescheuchter Vogelschwarm, darunter auch der eines Jungen direkt neben mir.

Ich fuhr herum. Konrad hockte im Gras, die Arme um den eigenen Körper geschlagen, die Augen aufgerissen. Erik lag vor ihm. Er wand sich schreiend. Ich fragte mich, ob Gott mir die Erleichterung verzeihen würde, die ich beim Anblick des Pfeils in Eriks Oberschenkel verspürte. Konrad war nicht getroffen worden.

»Unter den Karren!« Ich packte Erik an den Schultern und begann zu ziehen. Er schrie auf, riss ganze Grasbüschel aus dem Boden, als sich seine Hände zu Fäusten zusammenkrampften, wehrte sich aber nicht. Konrad erreichte den Karren als Erster. Er kroch darunter und warf die Säcke heraus, die dort lagen, schaffte Platz.

Trotzdem wurde es eng, als ich ihm folgte und Erik mit einem letzten Ruck unter das Holz zog. Dunkles Mehl stieg in Wolken um uns auf. Es legte sich auf Haare, Kleidung und Haut. Konrad hustete und nieste. Erik schluchzte leise.

Der Karren lag mit dem Kutschbock auf einem Felsen, mit der Kante der Ladefläche hatte er den Boden aufgewühlt wie ein Pflug. Ich befahl Konrad, ganz nach hinten zu kriechen, wo der Spalt zwischen Holz und Gras am schmalsten war. Dort war es am sichersten. Er legte sich im aufgewühlten Dreck auf die Seite und zog die Knie bis unter das Kinn. Seine Hände zitterten.

»Wird er sterben?«, fragte er.

Eriks Schluchzen verstummte. Seine Augen weiteten sich. Er sah mich an. »Ich will nicht sterben.«

»Ich weiß.« Das war alles, was ich sagte. Ich wollte ihn nicht anlügen. Vorsichtig riss ich seine Hose auf. Der Pfeil hatte sein Bein durchschlagen und war knapp über dem Knie ausgetreten. Die Eisenspitze war voller Blut und Dreck. Heinrich hatte mir einmal erzählt, dass Bogenschützen ihre Pfeile in Kot tauchten, um das Blut ihrer Gegner zu vergiften. Ich hoffte, dass diese Schützen es nicht getan hatten.

Mit einer schnellen Bewegung brach ich das hintere Ende des Pfeiles ab. Erik schrie. Ich biss die Zähne zusammen, versuchte ihn nicht zu beachten und zog den Pfeil mit einem Ruck an der Spitze aus der Wunde.

Erik schrie und weinte, Konrad schien in sich selbst verschwinden zu wollen, so klein hatte er sich zusammengerollt. Blut tropfte auf meine Hand, aber es war kaum mehr als zuvor. Vielleicht wollte Gott Erik doch noch nicht an seiner Seite haben.

Eriks Schreie wurden zu einem Wimmern. Ich spuckte in die Wunde, so wie meine Mutter es mir beigebracht hatte, dann riss ich ein Stück Stoff aus Erics Leinenhemd und wickelte es um sein Bein. Er stöhnte, als ich es verknotete.

»Bleib ruhig liegen. Beweg dich nicht.«

Erik nickte. Schweiß und Tränen hatten helle Linien in das Mehl auf seinem Gesicht gezogen. Draußen vor dem Karren flog die dritte Pfeilsalve durch die Luft. Erik zuckte zusammen, als ihr Summen durch das Tal sirrte. Ich legte ihm eine Hand auf den Arm. »Keine Angst, hier sind wir sicher.«

Dann sah ich unter den Brettern hindurch. Überall lagen Menschen im Staub oder krochen mit Pfeilen im Körper auf die Weiden zu. Manche riefen nach Hilfe, sowohl nach menschlicher als auch göttlicher, doch die meisten schrien nur ihren Schmerz in den wolkenlosen Himmel. Ich suchte nach Hugo und Diego, konnte sie jedoch nicht entdecken. Was weiter unten, in Richtung des Dorfs geschah, konnte ich nicht erkennen. Der Karren versperrte mir die Sicht.

Hörner erklangen auf dem Hügel. Das Geräusch, laut und melancholisch wie ein Totengesang, ließ mich erzittern. Erik zog seinen Arm unter meiner Hand weg und hielt sich die Ohren zu. Konrad hob den Kopf, aber der Spalt zwischen Holz und Gras war so schmal, dass er nicht sehen konnte, was sich draußen abspielte.

»Was ist los?«, fragte er. Ich hörte Angst in seiner Stimme, aber auch Neugier.

Die Bogenschützen ließen ihre Waffen sinken und wandten sich ab. Ich fasste Hoffnung. Vielleicht hatten uns die Anführer der Soldaten nur zeigen wollen, dass sie mächtiger waren als wir, dass wir uns nicht standesgemäß benommen hatten. Vielleicht war der Überfall nicht mehr gewesen als eine grausame Lektion.

Doch dann setzten sich die Ritter in Bewegung. Wie eine gleißende Flutwelle aus geschmolzenem Silber ergossen sie sich über den Hügel. Ihre Rüstungen blendeten mich. Das Donnern ihrer Pferdehufe spürte ich bis in den Magen.

Konrad nahm die Hände von den Ohren. »Sind das die Ritter?«

»Ja.«

Er stöhnte auf. Erik schwieg.

Ich griff hinter mich und zog einen der aufgeplatzten Mehlsäcke heran. Die Ritter trabten auf das Dorf zu, trieben die Menschen, die noch gehen konnten, wie Schafe vor sich her. Sie waren mit langen Schwertern und Schilden bewaffnet. Ich schätzte, dass es kaum mehr als hundert waren, die, in ihren Rüstungen auf gepanzerten Pferden sitzend, nach allen schlugen, die in ihre Nähe kamen. Niemand stellte sich ihnen entgegen. Wer konnte, floh.

Die Reihe der Ritter wurde breiter. Sie dehnte sich bis zu den Berghängen aus. Fußvolk folgte. Die Soldaten stachen mit Schwertern und Speeren all die ab, die durch die Reihe geschlüpft waren.

Der Drang zu fliehen war beinahe übermächtig. Ich wollte Konrad bei der Hand nehmen, aufspringen und loslaufen, nur weg von den Männern mit ihren Klingen. Doch ich zwang mich, einen Sack nach dem anderen in den Spalt vor Erik und mir zu schieben. Unter diesem Karren würden wir vielleicht überleben, dort draußen mit Sicherheit nicht.

Aus den Augenwinkeln sah ich, wie Konrad nach vorn kroch und begann, die andere Seite mit Säcken zu versperren. Nach und nach wurde es dunkel unter dem Karren. Durch den Spalt, der schließlich übrig blieb, konnte ich kaum noch etwas sehen. Aber ich hörte die Schreie und Rufe, das Schlagen von Metall, das Wiehern der Pferde und ab und zu – unvorstellbar – Gelächter.

Die stickige, von Mehl durchzogene Luft reizte meine Kehle. Ich warf einen Blick auf Erik, der reglos neben mir lag. Seine Lider flatterten. Er schien mich kaum noch wahrzunehmen.

»Erik.« Ich berührte ihn an der Schulter.

Er öffnete die Augen. »Ich …«, begann er.

Das Wiehern eines Pferdes unterbrach ihn. Es klang erschreckend nahe. Ich wandte den Blick und sah durch den Spalt nach draußen.

Ein Pferdehuf stampfte vor mir auf. Mehl wallte empor.

Ich biss mir auf die Lippen. Hinter mir legte Konrad Erik eine Hand auf den Mund.

Das Pferd stand unmittelbar neben dem Karren. Ich sah seine Läufe und die eisernen Stiefel des Ritters in ihren Steigbügeln. Leder knirschte. Ich stellte mir vor, wie sich der Mann im Sattel aufrichtete, vielleicht zum Dorf hinuntersah. Sein Kettenhemd klirrte bei jeder Bewegung.

Dann bewegte sich der Fuß im Steigbügel. Der Ritter stieg ab.

Schwerfällig machte er einen Schritt auf den Karren zu. Ich wich zurück, obwohl ich sicher war, dass er mich nicht sehen konnte. Der Spalt war viel zu schmal.

Der Ritter hustete. Seine Stiefel verschwanden aus meinem Sichtfeld. Das Klirren seiner Rüstung wurde leiser, dann kehrte es auf der anderen Seite des Karrens zurück. Er ging um uns herum.

Ich legte einen Arm um Konrad und ergriff Eriks Hand. Der Ritter beendete seine Runde und blieb vor dem Spalt stehen.

Plötzlich bohrte sich eine Schwertspitze in den Spalt. Ein Ruck. Der Mehlsack daneben wurde zur Seite gerissen. Sonnenlicht fiel in unser Versteck.

Ich schrie. Konrad klammerte sich an mich, Erik trat mit dem gesunden Bein, versuchte sich aus dem hellen Halbkreis zu schieben, den die Sonne schuf.

Der Schatten des Ritters fiel in den Halbkreis. Es klirrte, als der Mann sich bückte, um unter den Karren zu blicken. Das Visier seines Helms war hochgeklappt. Die Spitze seines Schwertes richtete sich zuerst auf Erik, dann auf Konrad, schließlich auf mich.

Unsere Blicke trafen sich. Er war ein hart aussehender Mann mit sonnenverbranntem Gesicht und kurzen Bartstoppeln. Er hatte Augen wie Regenwasser, grau und kühl. Sie musterten mich.

Niemand sagte etwas. Ich hielt seinen Blick fest, versuchte nicht an die Schwertspitze zu denken, die einen Stoß weit von mir entfernt in der Luft hing. Es begann nach Urin zu riechen. Ein dünnes Rinnsal versickerte zwischen Eriks Beinen im Gras. Ich dachte, der Ritter würde darüber lachen, aber das tat er nicht.

Nach einer Weile – ich weiß nicht mehr, wie viel Zeit vergangen war – änderte sich etwas in seinem Gesicht. Die Veränderung war so gering, dass man sie kaum erkennen konnte. Eine Falte, die sich glättete, ein Kiefermuskel, der sich entspannte. Noch einmal strich sein Blick über Konrad und Erik, dann ließ er sein Schwert sinken, drehte sich um und ging zu seinem Pferd. Ich hörte, wie er aufstieg, dann Hufschlag.

Konrad stieß den Atem aus. Er löste sich aus meiner Umarmung, als sei es ihm auf einmal peinlich, so eng umschlungen mit seiner Mutter im Gras zu sitzen. Erik begann zu beten. Ich faltete die Hände und lauschte meinem Herzschlag. Nach und nach wurde er langsamer.

Der Schlachtlärm hatte sich verlagert, kam mittlerweile aus Richtung des Dorfs. Durch die Öffnung, die der Ritter geschlagen hatte, sah ich einen leeren Hügel und nur noch vereinzelt Soldaten. Wir waren hinter ihren Reihen, getrennt von allen anderen.

Ich kroch unter dem Karren hervor.

»Was machst du da?«, fragte Konrad. Er hatte seinen Wasserschlauch abgenommen und Erik gereicht, der sein Gebet unterbrach.

»Keine Angst, ich gehe nicht weg.«

Der Wind, der durch das Tal wehte, kühlte meinen Schweiß. Ich richtete mich so weit auf, dass ich durch die Speichen der Wagenräder zum Dorf blicken konnte. Dort drängten sich Ritter. Sie schienen sich gegenseitig zu behindern, kamen weder vor noch zurück. In ihren gebrüllten Befehlen hörte ich Wut und Frustration.

»Warum rücken sie nicht vor?« Ich zuckte zusammen, als ich Konrads Stimme so dicht neben mir hörte. Er war ebenfalls unter dem Karren hervorgekrochen.

»Etwas versperrt ihnen wohl …«

Dumpfes Gebrüll unterbrach mich. Es kam aus Tausenden Kehlen, irgendwo dort unten im Dorf. In die Ritter kam Bewegung, doch sie rückten nicht vor, sondern wendeten ihre Pferde, versuchten zurückzureiten. Fußsoldaten wichen aus, stießen gegen Pferde und gegeneinander. Ritter drängten sie zur Seite, galoppierten ohne Rücksicht durch die eigenen Männer. Ich hörte schrilles Wiehern und Schreie. Einige Pferde stiegen auf, andere traten aus, trafen Flanken, Beine und Köpfe.

Und dann plötzlich sah ich Ott. Inmitten einer Gruppe aus Männern, Jungen und Mädchen stürmte er aus dem Schatten der Berge. Das Schwert in seiner Hand war voller Blut. Ein Helm saß schief auf seinem Kopf. Er war ihm zu klein.

Otts Gebrüll ging im Lärm unter, aber ich sah ihn und sein verzerrtes Gesicht, als er einem der Pferde das Schwert von unten in den Leib rammte. Das Tier ging wiehernd zu Boden, und der Ritter, der darauf gesessen hatte, wurde aus dem Sattel geschleudert, überschlug sich mehrfach, bevor er liegen blieb. Ein Mädchen stürzte sich auf ihn wie ein Tier, hackte mit einem kleinen Messer auf die ungeschützte Stelle zwischen Helm und Brustplatte ein. Blut spritzte über ihre Schürze und besudelte ihr hellblondes Haar.

»Da ist Hugo!« Konrad sprang auf. »Ich hol ihn.«

Ich wollte nach seiner Hand greifen, ihn festhalten, aber er war so schnell, dass mir der Stoff seines Hemdes durch die Finger glitt. Konrad lief auf die Menge zu, die sich wie eine Flutwelle in das Tal ergoss, winkte und schrie.

»Bleib hier!«

Es war sinnlos, er wollte mich nicht hören. Ich stand auf, sah nun auch, was Konrad gesehen hatte: Hugo, der mit einem Schwert in beiden Händen vorwärtsstürmte. Er war umgeben von Brüdern und den Soldaten des Kreuzzugs. Weitere Kinder und Jugendliche, die mit Brettern bewaffnet waren, folgten ihm. Sie schlugen um sich, als hielten sie Dreschflegel in Händen. Es waren so viele, dass die Ritter zurückgedrängt wurden und sich kaum mit ihren Schilden gegen die prasselnden Schläge schützen konnten. Die meisten trafen jedoch nicht sie, sondern ihre Pferde. Die Tiere gerieten in Panik.

Plötzlich tauchte Diego aus den Schatten hinter den Brüdern auf. Er saß auf seinem Pferd, das seltsam krumme Schwert in der einen, den Schild eines Ritters am anderen Arm. Er trieb das Tier mit den Beinen an, lenkte es durch die Menge nach vorn, bis er die Brüder erreichte. Sie standen einer Gruppe von fünf Rittern gegenüber, die ihre Pferde verloren hatten und nun rasch von der Menge eingekreist wurden. Die Männer bildeten einen Kreis und gaben sich gegenseitig mit ihren Schilden Deckung. Die Schwerter ragten dazwischen hervor, warteten auf den ersten Angreifer, der sich zu weit vorwagte. Brüder schlugen mit Brettern nach ihnen und versuchten die Deckung zu durchbrechen, sprangen aber immer wieder zurück. Sie wirkten wie junge Hunde, die einen Igel aufgespürt hatten.

Konrad lief einen Bogen, um den Soldaten aus dem Weg zu gehen. Er winkte immer noch. Ich machte einen unsicheren Schritt nach vorn, dann einen zweiten.

»Lass mich nicht allein!«, rief Erik unter dem Karren.

»Rühr dich nicht. Ich bin bald wieder da.«

Ich lief los und versuchte, das Flehen seiner Stimme zu vergessen. Allein konnte ich nichts für ihn tun. Wir brauchten Hilfe, das hatte Konrad erkannt. Und vielleicht brauchten er und Hugo sie auch.

Es war leicht, Konrad zu folgen, aber ich musste dabei auch Hugo im Auge behalten. Einige Ritter hatten inzwischen die Lage ihrer Kameraden erkannt und teilten sich auf. Während die Brüder um Hugo weiterhin die fünf Männer angriffen, versuchten die Soldaten, die anderen Kinder und Jugendlichen in eine Art Schlachtordnung zu bringen und sie vor den Rittern an ihren Seiten zu schützen. Die Menge rückte kaum noch vor, der Angriff geriet ins Stocken.

Ich warf einen Blick zurück zum Hügel. An seinem Fuß begann sich das Fußvolk zu sammeln. Bogenschützen liefen von der Hügelspitze hinunter ins Tal. Ein gutes Dutzend Ritter war bei ihnen. Als ich den Kopf wieder drehte, sah ich, dass sich Diego im Sattel aufgerichtet hatte und in die gleiche Richtung blickte. Er rief den Soldaten des Kreuzzugs etwas zu. Rüdiger hob die Schultern, als wolle er sagen: Ich kann nichts daran ändern.

Wir wurden eingekesselt. Diejenigen, die in der Mitte standen, konnten nichts tun, während die an den Seiten von Rittern und Speerträgern angegriffen wurden. Kaum jemand schien zu begreifen, dass nur fünf Ritter, die in der Mitte der Straße standen, unseren Vormarsch gestoppt hatten.

Konrad bog unmittelbar vor dem Dorfeingang nach links ab, tauchte in die Menge ein. Die Menschen standen so dicht gedrängt, dass er kaum weiterkommen würde. Dort hinten war er zumindest für den Moment in Sicherheit.

Vor dem Hügel versammelten sich die Bogenschützen um einen der Ritter. Er gestikulierte, während er auf sie einredete. Ich sah, wie die Bogenschützen den Kopf schüttelten. Sie schienen sich mit ihm zu streiten.

Er wollte, dass sie auf uns schossen, erkannte ich. Auf uns und ihre eigenen Leute.

Den Rittern würde nur wenig geschehen, aber die Fußsoldaten trugen leichte Rüstung und waren gegen Pfeile kaum besser geschützt als wir.

Diego auf seinem Pferd bahnte sich einen Weg durch die Menge. Er beugte sich nach unten, packte Hugo an der Schulter, wollte ihn vielleicht vor dem warnen, was sich am Hügel anbahnte. Doch Hugo schüttelte seine Hand ab, so wie ich befürchtet hatte. Diegos Pferd tänzelte. Er selbst sah sich um, offenbar, ohne einen Ausweg zu finden, und schlug wütend mit der Faust auf den Sattelknauf.

In diesem Moment entdeckte ich die Ochsen. Keinen Steinwurf entfernt grasten sie auf der Weide. Es waren dieselben, die den Karren umgeworfen und sich von ihm befreit hatten. Sie waren immer noch eingespannt, die Deichsel schleifte hinter ihnen durch das Gras. Es steckten Pfeile in ihren Körpern, doch schwer verletzt waren sie nicht.

Am Hügel senkten die Bogenschützen die Köpfe. Einer trat gegen einen Stein. Sie fügten sich ihrem Herrn, das sah ich ihnen an.

Ich ging auf die Ochsen zu, lautlos betend, dass der Schmerz sie nicht scheu gemacht hatte. Einer drehte den Kopf. Seine dunklen braunen Augen musterten mich einen Moment, dann senkte er den Kopf und fraß weiter.

Ich bückte mich und zog einen Pfeil aus dem Boden, dann stand ich bereits hinter den Tieren. Ich roch ihr Blut, sah die Fliegen, die in ihren Wunden saßen, und die Zügel am Boden. Als Kind war ich oft auf den Karren der Händler bis zur Burg gefahren. Ich hatte zwischen den Ochsen gehockt und sie sogar gelenkt, wenn die Fahrer mir die Zügel überlassen hatten. Doch ich war kein Kind mehr. Zwischen den Tieren gab es kaum Platz für mich.

Trotzdem trat ich an die Deichsel heran und hob die Zügel auf. Ein Ochse schnaubte tief. Ein letztes Mal zögerte ich, dann kletterte ich über die Deichsel zwischen die Tiere.

Die Ochsen schüttelten sich. Einer trat nach hinten aus. Die Deichsel bog sich unter meinem Gewicht. Ich hörte Stoff reißen, als mein Rock an einem herausstehenden Holznagel hängen blieb.

Die Tiere begannen sich zu bewegen, unsicher und verwirrt. Sie schüttelten die Köpfe, als sie den Druck der Zügel spürten, ließen sich aber dann führen. Ihre Körper schlugen bei jedem Schritt gegen meine Schultern, Ellenbogen und Hüften, quetschten mich so sehr zusammen, dass ich beinahe aufgeschrien hätte.

Ich biss mir auf die Lippen, lockerte die Zügel und lenkte die Ochsen der Menge entgegen. Es standen vielleicht zwei Dutzend Menschen zwischen mir und den fünf Rittern.

Ich habe nicht mehr Moral als die Bogenschützen! Der Gedanke tauchte ungebeten in mir auf. Ich schüttelte ihn ab, dann nahm ich die Zügel zwischen die Zähne und holte mit dem Pfeil aus.

Ich bohrte ihn in die Flanke des rechten Ochsen. Das Tier brüllte, machte einen Satz nach vorn, und der andere Ochse wurde mitgerissen. Die Deichsel knirschte, ich verlor fast das

Gleichgewicht und musste mich mit beiden Schultern gegen die Tiere stemmen, während sie durch das Gras preschten. Ich nahm die Zügel aus dem Mund, riss daran, um die Ochsen trotz ihrer Angst und ihrem Schmerz zu lenken. Es erschien mir wie ein Wunder, dass sie nicht ausbrachen.

Hinter uns riss die Deichsel Gras und Erde aus dem Boden und wühlte die Weide auf. Vor uns schrien Menschen auf, als sie das Gespann sahen. Es donnerte mitten zwischen ihnen in die Menge. Köpfe tauchten neben mir auf, Speere, die halbherzig hochgerissen wurden.

Ein heftiger Schlag traf die Deichsel. Ich wurde emporgeschleudert, dann zur Seite, die Zügel entglitten mir. Ich landete auf dem Rücken eines Ochsen, versuchte mich an seiner Schulter festzukrallen, rutschte ab und sah plötzlich die Straße unter mir. Der Aufprall raubte mir für einen Moment den Atem, ich hustete Staub und Speichel. Die Welt um mich herum schien zu beben, aber ich zwang mich, auf die Knie zu kommen, und wischte mir die Tränen aus den Augen.

Die Ochsen pflügten sich immer noch ihren Weg durch die Menge. Die Ritter, deren Schilde sie vor Schlägen und Stichen geschützt hatten, machten einen Satz zur Seite, rissen den Kreis auseinander. Einer geriet unter die Hufe, die anderen wurden von Brettern und Schwertern getroffen. Innerhalb weniger Atemzüge war es vorbei.

Mit einem Schrei warfen sich die Brüder nach vorn. Die Menge folgte ihnen, ahnte weder, was sie aufgehalten hatte, noch weshalb es nun weiterging. Ich kämpfte mich hoch, aus Angst, von ihnen zertrampelt zu werden. Jemand legte seinen Arm um mich. Es war Diego.

»Nur für eine kleine Weile«, sagte er leise, als er mich an sich drückte. Um uns herum stürmte die Menge weiter vorwärts.

Kapitel 17

Ich saß auf dem Hügel und blickte hinunter ins Tal. Die Sonne war bereits hinter den Bergen untergegangen, Dunkelheit legte sich wie ein Leichentuch über die Wiesen und die breite Straße in ihrer Mitte.

Wir hatten gesiegt, hatten die Soldaten, Ritter und Bogenschützen vertrieben. Weit über hundert lagen tot am Boden, die anderen waren geflohen. Es gab keine Verletzten. Wie Tiere waren wir über die Kriechenden und Schreienden hergefallen, wie Teufel. Ich erinnerte mich nur an kurze Momente, an erhobene Schwerter, zersplitternde Knochen, wildes Gebrüll. Meine Hände waren voller Blut. Ich hoffte, dass es Eriks war.

Diego, Konrad und ich hatten den Jungen zu den anderen Verletzten gebracht. In einer langen Reihe lagen sie auf der Straße, vom Hügel an bis hinunter zum Dorfeingang. Es waren Hunderte. Ein Stöhnen und Wimmern hing über dem Tal. Michael, der Barbierlehrling, eilte zwischen den Verletzten umher. Er schien nicht zu wissen, was er tun sollte.

Konrad saß neben Erik. Ich hatte ihm gezeigt, wie man eine Wunde säubert und verbindet. Er war geschickter, als ich geglaubt hatte, und ich war mir sicher, dass er sich auch weiterhin um Erik kümmern würde. Die beiden waren auf der Reise zu Brüdern geworden, Konrad und Hugo zu Fremden.

Ich kniff die Augen zusammen und versuchte Hugo in der einsetzenden Dunkelheit zu finden, und ich entdeckte ihn schließlich neben Lukas und Nicolaus. Er hielt Abstand zu ihnen wie ein Diener, der die Unterhaltung hoher Herren nicht stören will. Sie gingen zwischen Leichen hindurch, neben denen Kinder hockten. Lukas hatte befohlen, alles einzusammeln, was wertvoll oder nützlich erschien, nicht nur bei den Toten des Feindes, sondern auch bei unseren eigenen. Und es waren viele, bei Gott, so viele.

»Tausend«, hatte Diego gesagt, als ich ihn danach fragte. »Vielleicht auch mehr.«

Ihre Habseligkeiten füllten Säcke und Karren. Ab und zu fand ein Kind jemanden, der noch lebte, und rief Ältere herbei, die den Verletzten zu den anderen trugen. Die Stimmung war bedrückt. Der Sieg war freudlos.

Menschen saßen allein oder in kleinen Gruppen im Gras und starrten ins Nichts. Kaum jemand unterhielt sich. Einzig Ott und die Soldaten hatten ein Feuer entzündet, saßen davor und aßen und tranken neben den Toten. Ihr Gelächter mischte sich in das Stöhnen der Verletzten.

»Das ist das Ende des Kreuzzugs«, sagte Diego. Er saß hinter mir auf einem Stein und säuberte seine Klinge mit einem Lappen, mir den Rücken zugewandt.

Ich versuchte nicht, ihn anzusehen. Es befand sich zwar niemand in unserer Nähe, aber auf dem Kreuzzug war man nie allein. Wer konnte schon sagen, wessen Augen uns gerade beobachteten.

»Wir können die Verletzten nicht über den Pass bringen«, fuhr Diego fort. »Das würde niemand überleben. Zurücklassen können wir sie auch nicht; Ottos restliche Soldaten würden alle aus Rache abschlachten. Wir können sie nur auf die Dörfer und Klöster in der Umgebung verteilen und hoffen, dass man sie dort gut behandelt. Das wird Wochen dauern. Bis dahin hat Otto frische Truppen an den Pass gebracht. Ein zweites Mal werden sie nicht so leichtsinnig angreifen. Wir haben keine Wahl, wir müssen zurück.«

»Dann kommen wir alle in die Hölle.« Ich schluckte. Der Gedanke, dass Konrad und Hugo bis in die Ewigkeit leiden mussten, war entsetzlich. »Wir haben ein Gelübde vor Gott abgelegt. Wenn wir es nicht erfüllen, werden wir keine Gnade vor ihm finden.«

»Glaubst du, dass Gott so grausam ist?«

Es gefiel mir nicht, wie leichtfertig seine Frage klang, so als nähme er sie nicht ernst. Trotzdem dachte ich darüber nach. Ich betrachtete das Tal vor mir, die vielen Menschen, tote und lebende, den Himmel mit seinen Sternen und die schroffen schwarzen Silhouetten der Berge.

»Ich weiß es nicht«, sagte ich. Es war die Wahrheit.

»Wenn du das …«

Der klagende Ruf eines Horns unterbrach ihn. Diego sprang auf. Das Pferd, das er neben sich an einem Strauch festgebunden hatte, wieherte. Mein Magen krampfte sich zusammen. Überall im Tal erhoben sich Menschen. Manche schrien und fluchten, die meisten sahen sich nur verwirrt um.

Dann entdeckte ich Cornelius. Er grinste und hielt das Horn hoch, das er wohl im Gras gefunden hatte. Ein zweites Mal setzte er es an. Er schien nicht zu bemerken, was er auslöste.

Ein Mann, es war Gottfried, hinkte heran, bevor Cornelius mehr als einen kurzen Ton hervorgebracht hatte, und schlug ihm das Horn aus dem Mund. Es fiel ins Gras. Cornelius wich zurück und hob die Hände, als wolle er sich ergeben. Gottfried schrie ihn an. Ich hörte seine Stimme, verstand die Worte aber nicht. Nach einem letzten lauten Wort wandte er sich ab und ließ Cornelius stehen.

Immer das Falsche zum falschen Moment, dachte ich, während sich Cornelius ins Gras setzte, die Beine mit den Armen umschlang und den Kopf auf die Knie legte. Seine Schultern zuckten. Ich war mir sicher, dass er weinte.

»Da ist Nicolaus«, sagte Diego hinter mir. Ich hörte, wie er seine Klinge wegsteckte. »Sieht so aus, als wolle er etwas sagen.«

Er hatte recht. Nicolaus ging mit langen Schritten die Straße entlang. Mir fiel auf, dass er nicht mehr hinkte. Am Fuße des Hügels, neben dem ersten Verletzten in der langen Reihe, blieb er stehen.

»Erhebe dich!«, sagte er so laut, dass es von den Berghängen widerhallte. »Erhebe dich im Namen Gottes!«

Der Junge, der im Staub lag, stützte sich auf die Ellenbogen. Sein Oberkörper war verbunden. In der Dunkelheit wirkte das Blut darauf schwarz. Langsam kam er auf die Beine. Er schwankte, als Nicolaus ihn mit dem Schäferstab berührte.

»Gott liebt dich.« Nicolaus trat vor den nächsten Verletzten, ein Mädchen mit einem blutigen, notdürftig geschienten Bein. Ein Junge hockte hinter ihrem Kopf und verbeugte sich tief, als er Nicolaus sah. Ich kannte die beiden nicht.

»Erhebe dich im Namen Gottes.« Das Mädchen nickte. Ich biss mir auf die Lippen, als es sich aufrichtete. Im nächsten Moment sackte es mit einem Aufschrei zusammen. Der Junge stützte den Kopf des Mädchens.

Nicolaus ging die Reihe der Verletzten weiter ab. Überall standen Menschen auf und kamen zur Straße. Im schwindenden Licht glaubte ich in ihren Gesichtern das zu sehen, was auch ich fühlte: Hoffnung.

»Was macht er da?«, fragte Diego. »Denkt er etwa …?« Er unterbrach sich. »Er will ein Wunder vollbringen, oder? Die Lahmen gehen lassen, die Blinden sehend machen?«

Da war sie wieder, diese Leichtfertigkeit, die ich schon so oft bei ihm erlebt hatte. Dieses Mal ignorierte ich es, achtete stattdessen nur auf Nicolaus und seinen langen, einsamen Weg.

Ein paar Verletzte standen auf, wenn er sie ansprach, doch die meisten blieben liegen. Er ließ niemanden aus, weder die Sterbenden noch die mit zerquetschten oder abgehackten Gliedmaßen. Als er am Ende der Straße angekommen war, konnte ich in der Dunkelheit nichts mehr erkennen. Irgendjemand zündete eine Fackel an und brachte sie Nicolaus. Ich sah nicht, wer es war, vielleicht Hugo, vielleicht aber auch Lukas.

Gemeinsam gingen sie den Weg zurück. Noch einmal blieb Nicolaus vor all denen, die noch am Boden lagen, stehen, ebenso wie vor denen, die bereits wieder zusammengebrochen waren.

Dumpfes Murmeln setzte ein. Die Menschen begannen zu beten. Meine Muskeln schmerzten, als ich mich erhob und den Hügel hinab zu ihnen ging. Ich hockte mich neben Konrad, ergriff seine und Eriks Hand und fiel in das Gebet ein. Diego blieb allein zurück.

Wir beteten die ganze Nacht hindurch. Unablässig schritt Nicolaus die Reihe ab, stellte immer wieder dieselbe Frage. Nach einer Weile klang seine Stimme heiser, und seine nackten Fußsohlen schlurften durch den Staub. Doch er machte weiter. Nur die Fackelträger wechselten sich ab.

Unzählige Male kam er an Erik vorbei. Der Junge versuchte aufzustehen, aber die Wunde war zu schwer, er selbst zu schwach. Konrad und er beteten zu Gott, zur Mutter Gottes und zu den Heiligen. Ab und zu schlief einer von ihnen ein, aber der andere weckte ihn stets.

Am Morgen, als das erste graue Licht den Boden berührte, blieb Nicolaus stehen. Er trank einen Kelch Wein, den Hugo ihm reichte, dann wandte er sich an uns alle.

»Während der Schlacht hat der Engel zu mir gesprochen.« Die Menge rückte enger zusammen. Diejenigen, die geschlafen hatten, wurden von anderen geweckt und setzten sich auf. »Er sagte: ›Sieh, wie deine Brüder und Schwestern kämpfen. Sind sie nicht mutig wie Löwen?‹« Einige Jungen klopften sich gegenseitig auf die Schulter. »Ich sah hin, so wie es der Engel befohlen hatte. Ich sah ihren großen Mut, aber ich sah auch, wie sie unter Schwertern und Pfeilen fielen. Ich fragte den Engel: ›Wieso nimmt mir der Herr die Frommsten weg, die, die es verdient hätten, das Heilige Land mit eigenen Augen zu sehen? Wieso schwächt er uns vor unserem großen Kampf?‹«

Ich hörte atemlos zu. Er hatte dem Engel die gleichen Fragen gestellt, die auch mich beschäftigten.

»Der Engel sagte: ›Wenn nur ein Einziger bei dir wäre, so würdest du doch siegreich sein. Und trauere nicht um die Gefallenen. Sie sehen Gottes Himmelreich. Das ist mehr als das Heilige Land.‹«

Menschen nickten und riefen »Amen«.

»›Aber was ist mit den Verletzten?‹, fragte ich. ›Mit jenen, denen der Feind Beine und Arme genommen hat, die zu schwach für die lange Reise sind?‹«

Nicolaus drehte sich langsam, als wolle er jeden einmal ansehen. Es wurde still. Wir alle spürten, dass er zu den wichtigsten Worten des Engels kam.

»›Sorge dich nicht um sie‹, sagte der Engel. ›Dank Gottes großer Gnade werden sich all die aus dem Staub erheben und stolz neben dir schreiten, die ohne Fehl sind. Doch die Sünder, die deine heilige Reise vergiften wollten, die wird er liegen lassen, also lass du sie auch liegen. Denn nicht der Feind hat sie niedergestreckt, sondern Gott selbst!‹« Nicolaus streckte die Arme in die Luft. »Gott selbst!«, schrie er.

Stille antwortete ihm. Die Menschen sahen sich an, schienen nicht zu verstehen, was er gerade gesagt hatte.

»Wer wollte den Kreuzzug vergiften?«, fragte Konrad leise.

»Ich weiß es nicht«, flüsterte ich zurück.

Nicolaus zeigte mit seinem Schäferstab hinein in die Berge, als visiere er einen Feind über die Klinge eines Schwertes an, dann ging er ohne ein weiteres Wort los.

Lukas eilte ihm nach, doch die meisten blieben zögernd stehen. »Was soll das heißen?«, rief jemand. »Sind das alles Sünder?«

Nicolaus drehte sich nicht einmal um. Er ging so schnell, dass die Menschen Angst bekamen, ihn zu verlieren, und an seine Seite liefen. Ich sah, wie Diego sich Nicolaus in den Weg stellen wollte, aber Lukas drängte ihn zur Seite, schlug ihm ansatzlos in den Magen, und Diego sackte zusammen und blieb gekrümmt im Staub liegen. Nicolaus ging an ihm vorbei, als existiere er nicht.

»Ich bin kein Sünder«, sagte Erik. Sein Blick richtete sich auf mich, erzwang mein Mitleid. »Hilf mir.«

Ich traf meine Entscheidung, ohne nachzudenken. »Konrad, fass mit an.«

Gemeinsam hievten wir Erik hoch. Es musste weh tun, aber er presste die Lippen aufeinander und schwieg, so als befürchte er, wir würden unsere Meinung ändern, wenn er einen Schmerzenslaut vernehmen ließ.

Andere bemerkten, was wir taten. Einige von ihnen halfen ihren eigenen verletzten Verwandten oder Freunden auf, stützten oder trugen sie. Manche kamen nur ein paar Schritte weit, bevor das Gewicht oder die Schreie der Verwundeten sie zum Aufgeben zwangen. Ich versuchte sie nicht zu beachten. Wir konnten nur Erik helfen, niemandem sonst.

Und niemand half uns. Jungen und Männer weit kräftiger als Konrad gingen an uns vorbei. Sie hätten jeden der schreienden und weinenden Verletzten mitnehmen können, wenn sie es nur gewollt hatten. Aber sie taten es nicht. Die Starken ließen die Schwachen zurück.

Es fiel uns nicht schwer, Erik zu stützen. Er war klein für sein Alter und leicht. Einen Arm schlang er um Konrads Schultern, den anderen hatte er in meinen Ellenbogen gehakt. Wir kamen schneller voran als die meisten anderen, die Verletzte mitnahmen. Ich warf einen Blick zurück, die Straße entlang. Hunderte lagen immer noch dort. Wie Bettler streckten sie ihre Hände Vorbeigehenden entgegen, doch Mitleid fanden sie nur selten.

Als ich den Kopf wieder drehte, sah ich Diego, der sich den Staub von der Kleidung klopfte, dann stieg er auf sein Pferd und ritt uns entgegen.

Ich wollte von ihm wissen, ob er bei dem Schlag verletzt worden war, aber er wischte die Frage mit einer Geste beiseite, als wolle er nicht darüber sprechen.

»Brauchst du Hilfe?«, fragte er. »Du kannst mein Pferd haben.«

Ich schüttelte den Kopf. »Nein, die Wunde würde nur wieder aufreißen. Aber ...« Ich fuhr mir mit der freien Hand durch die Haare. »Wenn du wirklich helfen willst, dann reite zurück. Finde jemanden, der sich unserer Verletzten annimmt.«

Diego antwortete nicht. Er dachte darüber nach, wie er mir die Bitte abschlagen konnte, das sah ich in seinem Blick und in den Falten, die sich um seine Mundwinkel bildeten.

»Es ... Ich schäme mich so für uns.« Meine Kehle wurde eng. Das waren nicht die Worte, die ich hatte sagen wollen, aber die, die ich sagen musste. »Als alles anfing, waren wir gleich. Eine Familie, besser als eine Familie. Jeder hat dem anderen geholfen, keiner hatte weniger, als er brauchte. Oder mehr. Wir waren gleich. Aber jetzt?« Ich zeigte auf einen der sogenannten Brüder, als er an uns vorbeiging. Einige Kinder folgten ihm. Sie zogen einen Karren, der viel zu schwer für sie war. »Jetzt ist es so wie überall.«

Diego sah die Straße hinunter, betrachtete die Verletzten. Ein Mädchen mit bandagierten Beinen kroch langsam an der Reihe entlang. Er senkte den Blick. »Ich weiß. Aber gerade deshalb möchte ich dich ... euch hier nicht allein lassen.«

»Zu Pferd wirst du uns schnell wieder einholen.« Ich verstand nicht, weshalb er sich so sträubte. »Außer dir kann ich niemanden darum bitten.«

Die Falten um Diegos Mundwinkel glätteten sich. »Dann kommt mit mir«, sagte er leise. »Wir können in einer Woche in Luzern sein.«

»Und dann? Wie sollen wir den Kreuzzug wieder einholen?«

Diego schwieg.

Und ich verstand.

»Nein«, sagte ich. »Hugo würde nicht mitkommen, und …«

Konrad unterbrach mich. »Und wir würden in die Hölle kommen. Wir sind Kreuzritter.«

»Ihr seid keine Kreuzritter, ihr seid …«, begann Diego verärgert, sprach den Satz aber nicht zu Ende.

»Was sind wir?«, fragte ich.

Er schüttelte den Kopf und richtete sich im Sattel auf. »Ich werde ein paar Tage brauchen. Markiert den Weg mit Stofffetzen, damit ich euch finde.«

Eine merkwürdige Unsicherheit schlich sich in seinen Blick. Ich hielt die Zügel des Pferdes fest, als er sich abwenden wollte.

»Du kommst doch wieder zurück, oder?«

Diego sah mich nicht an. »So Gott will.«

Ich senkte die Hand. Er trat seinem Pferd leicht in die Flanken und ließ es die Straße hinuntertraben. Den Verletzten rief er zu, er würde Hilfe holen. Sie schienen ihm nicht zu glauben.

Ich sah Diego nach, bis die Dunkelheit der Schlucht ihn verschluckte. Dann wandte ich mich dem Hügel zu und der Straße, die uns tiefer in die Alpen hineinführen würde.

»Kommt er wirklich wieder?«, fragte Konrad nach einem Moment.

Ich hob die Schultern. »So Gott will.«

In meinem Magen kribbelte es.

Kapitel 18

Ich wartete vier, fünf, sechs Tage lang. Am siebten drehte ich mich nicht länger um.

Nicolaus fragte einige Male nach ihm, Lukas wirkte erleichtert. »Der Jude hätte nur Unglück über uns gebracht«, sagte er eines Morgens. »Sei froh, dass er weg ist.«

Ein kleiner Teil von mir war tatsächlich froh darüber, weil nun auch die Gerüchte verstummten, doch der andere, weit größere vermisste ihn. Ich sah oft zu den Feuern der Soldaten hinüber und stellte mir vor, er säße dort. Manchmal glaubte ich sogar, seine Stimme zu hören.

Es war albern. Ich wusste fast nichts über ihn, unsere Gespräche konnte ich an zwei Händen abzählen, und bei unserer einzigen Begegnung waren wir so betrunken gewesen, dass ich mich kaum noch daran erinnern konnte. Und trotzdem vermisste ich ihn, in manchen Nächten sogar mehr als Heinrich. Ich bat Gott dafür um Vergebung, doch das änderte nichts.

Die Straße wurde steiler und kurvenreicher, je weiter wir in die Berge vorstießen. Manchmal mussten wir die Karren schieben, weil die Ochsen allein sie nicht hinaufziehen konnten, manchmal ging es so steil nach unten, dass wir uns mit aller Kraft gegen das Holz stemmen mussten. Ein Junge wurde dabei von einem Wagenrad zerquetscht. Wir begruben ihn unter Steinen.

Alles war grau, die Straße, das Geröll zu beiden Seiten und die steilen Felswände. Sogar der Himmel hatte sein strahlendes Blau verloren.

Es wurde kühler. Nachts schliefen die meisten von uns unter zwei Umhängen. Morgens knirschte gefrorener Tau unter unseren Füßen. Ab und zu zweigten kleinere Wege von der Straße ab. Ich nahm an, dass sie zu Pilgerstationen führten, aber aus Angst vor einem Überfall der Soldaten folgten wir ihnen nicht. Es gab zwar keinen Hinweis darauf, dass sie uns folgten, aber Lukas schürte die Angst vor ihnen mit immer neuen Behauptungen. Nicolaus ließ ihn gewähren. Der Ärger, den er vor einigen Tagen gegenüber seinem treuesten Jünger, wie Lukas sich mittlerweile nannte, geäußert hatte, schien verflogen zu sein.

»So wenig?«, fragte Lena am Morgen des achten Tags, als Hermann einen Korb mit Brot ans Feuer brachte. Ein paar alte harte Kanten lagen darin.

Else, eines der Mädchen, die unserem Feuer zugeteilt waren, schüttelte den Kopf. »Das ist halb so viel wie gestern. Höchstens.«

Ich knotete den frischen Verband um Eriks Bein fest. Die Wunde heilte nur langsam, und er hatte immer noch leichtes Fieber und Durchfall. Aber die Farbe war schon in sein Gesicht zurückgekehrt. Es sah nicht so aus, als wolle Gott ihn sterben lassen.

Hermann stellte den Korb ab. »Ich kann nichts dafür«, sagte er. »Keiner kriegt mehr.«

Seine Stimme zitterte. Ich nahm es ebenso wahr wie Lena. Sie erhob sich und sagte: »Du lügst doch. Wer kriegt mehr als wir?«

»Niemand.« Hermann wagte es nicht, sie anzusehen.

»Wer?« Lena war größer als er. Mit geballten Fäusten stand sie vor ihm und blickte auf den Jungen hinab. Eine Haarsträhne fiel ihr über die Augen. Sie pustete sie wütend weg. »Wer?!«

Hermann wich zurück. »Es ist doch nur gerecht«, schrie er sie mit kippender Stimme an. »Wir Brüder müssen kämpfen, wenn die Soldaten wiederkommen. Wenn wir nicht essen, sind wir nicht stark genug dafür.«

»Kämpfen? Du? Dir schlägt doch der Wind das Schwert aus der Hand.« Lena verschränkte die Arme vor der Brust. »Also, wo ist es?«

»Was?«

»Das, was du extra bekommen hast.«

»Ich …« Hermann schien vor Angst kaum weitersprechen zu können. »Ich habe es hinter dem Karren gegessen, damit ihr das nicht seht.«

»Dann hast du gewusst, dass es falsch ist, du kleine Ratte.« Lena holte mit der Hand aus.

»Lena.« Ich stand auf. Sie drehte den Kopf, die Hand immer noch erhoben. Hermann stolperte einige Schritte zurück und verschwand zwischen den Karren.

»Das bringt doch nichts«, sagte ich. »Er tut nur, was Lukas ihm befiehlt.«

Lena ließ die Hand sinken. In ihren Augen blitzte es. Ihr Ärger suchte ein Ziel. »Und dein Sohn. Hugo ist genauso schlimm.«

»Das stimmt nicht.« Ich wollte mir nicht anmerken lassen, dass die Anschuldigung mich getroffen hatte. »Er ist ein guter Junge, der seinem Glauben folgt.«

»Seinem Magen wohl eher.«

Ich schüttelte den Kopf und setzte mich. »Ich werde mich nicht mit dir streiten. Konrad, nimm unseren Anteil.«

Else und Demuth, das andere Mädchen, griffen rasch in den Korb, sicherten sich die größten Stücke, bevor Konrad seine Wahl treffen konnte. Lena blieb abwartend stehen. Sie konnte aufbrausend sein, aber sie kümmerte sich um andere. Und sie wusste, dass wir unseren Anteil mit Erik teilen mussten. Lukas hatte den Brüdern verboten, Essen an die Verletzten auszugeben. Gott, so hatte er gesagt, wollte sie nicht im Kreuzzug haben, also würde der Kreuzzug sie auch nicht versorgen.

Konrad hatte zwei faustgroße Brotkanten ergattert. Wir kratzten den Schimmel mit dem Messer ab, dann teilten wir sie sorgfältig zwischen uns auf.

Lena nahm das letzte Stück Brot. Unsere Blicke trafen sich. Sie lächelte knapp. Es war ihre Art der Entschuldigung. Ich nickte, obwohl ihre Worte immer noch schmerzten. Freundlichkeit war das erste Opfer des Hungers. So war es immer. Menschlichkeit war das zweite, doch daran wollte ich noch nicht denken.

Das Brot war hart und grau, durchsetzt von grünen Stellen, so wie die Felsen, die uns umgaben. Ich weichte es in einem Krug mit Wasser auf. Es schmeckte widerlich, doch wenigstens füllte es den Magen.

Konrad kaute ein wenig auf seinem Brot herum, dann steckte er es Erik zu. Er dachte wohl, ich sähe es nicht.

Ich schwieg. Er würde es auch weiterhin tun, egal, was ich sagte. So gut kannte ich ihn mittlerweile wieder.

Kapitel 19

Wir verbrachten den Tag auf der Straße. Die ewig gleichen Geräusche des Kreuzzugs – das Rascheln, Klirren, Schnaufen und Murmeln – lullten mich ein. Gegen Mittag zogen einige Jungen los, um Bergziegen zu jagen, die sie in den Felsen entdeckt hatten. Am Abend kehrten sie enttäuscht und ohne Beute zurück. Ich hockte hinter Nicolaus am Boden und schichtete Feuerholz auf, als sie ihm ihr Scheitern gestanden.

»Sorgt ihr euch etwa deswegen?«, fragte Nicolaus. Ich hörte das Lächeln in seiner Stimme.

Der älteste der Jungen, sein Name war Andreas, nickte. »Ja, das tun wir. Die Vorräte gehen zur Neige. Wenn das so weitergeht, müssen wir das Salz von den Felsen lutschen.«

Das hätte von Gottfried stammen können. In den letzten Tagen redete er nur noch über Essen.

Nicolaus lachte. »Wenn es so weitergeht«, wiederholte er, »wird Gott die Felsen in Wachteln verwandeln, und wir werden das Salz von ihren gebratenen Flügeln lutschen.«

Ich wandte den Kopf. Er sprach laut, und ich bemerkte, dass ein paar der Kinder und Jugendlichen seinen Worten lauschten.

Nicolaus legte Andreas die Hand auf die Schulter. »Niemand muss sich Sorgen machen. Gottes Blick ruht auf unserem Kreuzzug. Es hat ihm gefallen, uns von unseren Familien zu trennen, von unseren Dörfern, doch geschadet hat es uns nicht. Und nun nimmt er uns das Essen.« Nicolaus drehte sich langsam um und sprach zu allen, die nahe genug standen, um ihn hören zu können. »Warum? Weil er uns erlösen will von den Zwängen der Menschen. Dazu hat er uns auf diesen Weg geführt. Wenn wir ihn zu Ende gehen, mutig und mit reinem Herzen, werden wir sein wie Heilige. Wir werden uns von allem Sterblichen befreien, bis nur noch Gott übrig ist.«

»Hat das der Engel gesagt?«, rief jemand.

Nicolaus zögerte einen Lidschlag lang. »Ja«, sagte er dann, »so ist es.«

»Gott wird uns Essen geben?« Die Frage kam von Gottfried. Er stützte sich auf einen Wanderstab. Der lange Weg hinterließ Spuren.

»Wenn es nötig ist. Doch den Frommsten unter uns wird er den Hunger nehmen, so wie er es bei mir getan hat.«

Die Jungen, die vor ihm standen, sahen sich an. »Du isst nichts?«, fragte Andreas nach einem Moment. Es klang nicht so, als würde er ihm glauben.

»Bete, dann wirst auch du befreit werden.« Nicolaus setzte sich in Bewegung, und die Menschen machten ihm Platz, als er zwischen ihnen hindurchschritt, um dann die Straße entlangzugehen und schließlich neben einer kleinen Gruppe Kreuzfahrer stehen zu bleiben. Sie knieten vor ihm nieder, er segnete sie und half ihnen auf. Uns beachtete er nicht mehr.

»Es stimmt«, sagte Gottfried. »Ich habe ihn noch nie essen sehen.«

Andere nickten. Ich dachte an das Bankett in Speyer. Dort hatte er gegessen, wohl aus Höflichkeit. Seitdem hatte er in meiner Gegenwart keinen Bissen mehr zu sich genommen.

»Stell dir nur mal vor, wie das wäre, nie wieder hungrig zu sein.« Konrad legte ein paar Äste und Zweige neben mir auf den Boden. Er und Ott hatten den Tag damit verbracht, Feuerholz zu sammeln. Sie hatten kaum etwas gefunden.

Ott kratzte sich. »Gibt nur zwei Wege, wie du das erreichen kannst, Junge. Werd ein König oder ein Heiliger. Kannst du dir aussuchen.«

Andreas grinste, Konrad verzog das Gesicht. »Ich hab nicht gemeint, dass es so kommen wird, nur dass es schön wäre.«

Ott brach einen Ast über dem Knie entzwei. Sein Blick verlor sich in der Ferne. »Ja«, sagte er überraschend leise, »das wäre es.«

Wir kümmerten uns nicht mehr um die Jungen und Mädchen, die aufgeregt über das Wunder sprachen, das Gott an Nicolaus vollbracht hatte. Ruhig schichteten wir das Feuerholz auf, während hinter uns Gebete laut wurden. Gottfried leitete sie.

Ich sah, wie Konrad sich umdrehte. »Willst du mit ihnen beten?«, fragte ich.

Er schüttelte den Kopf. »Nein, ich glaube nicht, dass sie es richtig machen.«

Wir warteten, bis die Kälte durch den Boden in unsere Körper zog, bevor wir das Feuer anzündeten. Die Nacht war lang, und wir wollten das Holz nicht verschwenden. Eingehüllt in unsere Umhänge, die Beine dicht an den Körper gezogen, saßen wir da und starrten in die Flammen.

Erik lehnte an einem Stein. Sein verletztes Bein hatte er ausgestreckt. Er trank verdünnten Wein, den Lena in der Asche des Feuers erhitzt hatte. Wir anderen tranken Wasser, das aus Felsspalten tropfte, und mischten Kräuter vom Wegesrand hinein. Das Wasser war reiner und klarer als alles, was ich je zuvor getrunken hatte.

An den Feuern um uns herum wurde bereits gegessen. Wir warteten auf Hermann, aber als er schließlich kam, brachte er nicht unser Abendessen mit, sondern Lukas und Hugo.

Sie sahen Lena an.

»Steh auf«, sagte Lukas.

»Warum?« Lena stocherte mit einem Ast im Feuer, Funken stoben in den dunklen Himmel.

»Weil ich dich darum bitte.«

Hugo machte einen Schritt auf sie zu. Sein Schatten fiel über ihr Gesicht. »Du hörst doch, was Lukas sagt. Steh auf.«

»Geht es um heute Morgen?«, fragte Lena. Ihre Stimme kam aus der Dunkelheit, die Hugos Schatten schuf. »Um das, was ich zu Hermann gesagt habe?«

Niemand antwortete. Hermann trat unruhig von einem Fuß auf den anderen. Er wagte es nicht, jemanden anzusehen.

Hugo ergriff Lenas Arm. »Komm.«

Sie ließ sich ohne Gegenwehr hochziehen und vom Feuer wegführen. Bevor sie aus dem Schein der Flammen verschwand, drehte sie noch einmal den Kopf. »Wartet nicht mit dem Essen auf mich.« Ihr Lächeln wirkte verkrampft.

Lukas schüttelte den Kopf. »Es wird heute Abend kein Essen an diesem Feuer geben. Betet und fastet. Das wird eurer Seele guttun. Und eurer Demut«, fügte er mit einem Blick auf mich hinzu. Nur Konrad bemerkte es.

Schweigend blieben wir am Feuer zurück. Die Leere in meinem Magen schmerzte.

»Was werden sie mit ihr machen?«, fragte Erik nach einer Weile mit leiser Stimme.

»Ihr wird nichts geschehen«, sagte ich. »Hab keine Angst.«

Else stieß so laut die Luft aus, dass ich es über das Prasseln des Feuers hörte. »Natürlich wird ihr etwas geschehen. Sie hat einen Bruder beleidigt.«

»Das war doch nur Hermann.« Erik streckte sich vorsichtig aus. Konrad reichte ihm eine Decke, dann rollte er sich in seinen Umhang ein. Er war merkwürdig still.

»Einen Bruder«, wiederholte Else. »Lukas sagte doch, dass wir sie wie Priester behandeln sollen. Würdest du einen Priester beleidigen?«

»Nein.« Erik kratzte sich an seinem Verband. »Aber Lena ist nett. Ich will nicht, dass ihr etwas geschieht.«

Ich mischte mich ein, bevor Else etwas darauf sagen konnte. »Wenn dir wirklich etwas an Lena liegt, dann bete für sie. Das sollten wir vielleicht alle tun.«

Ich faltete die Hände. Die anderen senkten die Köpfe und murmelten leise vor sich hin, auch Else, nur Konrad nicht. Er lag mit geschlossenen Augen unter seinem Umhang und tat so, als würde er schlafen. Seine unregelmäßigen Atemzüge verrieten ihn jedoch. Er dachte nach, doch worüber, das kann ich nicht sagen.

Ich wollte nicht einschlafen, aber schließlich tat ich es doch, schreckte erst hoch, als eine Hand meine Schulter berührte.

Lena hockte neben mir am Boden. Ihre Augen waren verquollen und gerötet, so als habe sie geweint. Sie hielt ihren Wollumhang in beiden Händen, presste ihn fest gegen die Brust.

»Lena.« Ich sah mich um. Es war noch dunkel. Im Lager herrschte Stille.

Lena schluchzte so plötzlich, dass ich zusammenzuckte. Erik öffnete die Augen, Konrad hob den Kopf. Auf der anderen Seite des Feuers setzten sich Else und Demuth auf.

»Was ist denn los?«, flüsterte ich. »Was haben sie getan?«

»Es tut mir so leid, dass ihr nichts zu essen bekommen habt.« Durch das Schluchzen konnte ich Lena kaum verstehen. Ich wollte sie in den Arm nehmen, aber sie wich zurück, als sie meine Absicht erkannte.

»Ist nicht schlimm«, sagte Erik. Er stützte sich auf die Ellenbogen. »Dann essen wir eben morgen.«

»Niemand ist dir böse«, fügte ich leise hinzu. Ich wollte nicht, dass Else meine Worte hörte und widersprach. »Du musst keine Angst haben.«

Sie nickte. Ihr Schluchzen verstummte.

»Haben sie dir weh getan?«, fragte ich.

Lena nickte erneut. Sie drehte sich, bis ich ihren Rücken sehen konnte. Ihr Hemd war zerrissen, wülstige lange Striemen bedeckten ihre Haut. An einigen Stellen waren sie aufgeplatzt, hatten Spuren geronnenen Blutes hinterlassen.

Etwas verkrampfte sich in mir. Ich griff nach einem Wasserschlauch. Erik reichte mir das Leinen, das ich für seinen Verbandswechsel am nächsten Morgen zurechtgelegt hatte.

»Wer war das?«, fragte er. In seinen Augen standen Tränen der Wut. Mir wurde auf einmal klar, dass er in Lena verliebt war.

»Die Brüder … Lukas …« Lena ließ ihren Umhang sinken, als ich begann, die Wunden abzutupfen. »Ist doch egal, wer es war.«

Ihre Resignation war die einer alten Frau.

»Hugo?« Ich wollte es nicht wissen, trotzdem musste ich fragen.

»Ja, auch Hugo.«

Ich biss mir auf die Lippen. Konrad zog die Knie unters Kinn und starrte in das niedergebrannte Feuer. Als ich mit den Wunden fertig war, stand Else auf der anderen Seite auf. Sie schüttelte den Wollumhang aus, auf dem sie gelegen hatte, und kam herüber.

»Hier«, sagte sie. »Falls dir kalt wird.«

Lena nahm den Umhang und legte ihn sich um die Schultern. Sie wirkte überrascht. »Danke.«

Else blieb einen Moment unsicher stehen. »Das war falsch von ihnen«, sagte sie dann. »Sie hätten das nicht tun dürfen.«

»Ja.« Lena legte sich vorsichtig auf die Seite. »Ich weiß.«

Ich schüttelte den Kopf, als ich sah, dass Else fortfahren wollte. »Lass sie schlafen.«

Sie wirkte aufgewühlt. »Die Strafe war viel zu hart. Nicolaus muss davon erfahren.«

»Nicolaus wird nichts unternehmen.« Es waren die ersten Worte, die Konrad in dieser Nacht sprach. »Ihn interessiert nur, was der Engel sagt. Wir müssen allein klarkommen. Wie immer.«

Else sah ihn an und runzelte die Stirn. »Das stimmt nicht.

Nicolaus ist unser Schäfer, wir sind seine Herde. Wir bedeuten ihm viel.«

Konrad beachtete sie nicht mehr. Sie wartete auf seine Antwort. Als sie ausblieb, drehte sie sich um und ging zurück zu ihrem Schlafplatz.

»Denkst du das wirklich?«, fragte ich Konrad leise.

Er hielt den Blick auf das Feuer gerichtet. »Was soll ich denn sonst denken? Nicolaus ist mit seinen Gedanken bereits im Himmel, und wir sind hier unten. Er sieht uns doch gar nicht mehr.«

»Nicolaus führt uns. Das ist die Aufgabe, die Gott ihm gegeben hat. Wir folgen ihm, so gut wir können.«

»Und werden dabei ausgepeitscht und müssen hungern.«

Die Verbitterung, mit der er sprach, schien lange in ihm gegärt zu haben. Ich befürchtete, dass er seine Worte auch anderen gegenüber wiederholen würde.

»Es gibt eine natürliche Ordnung in der Welt, Konrad«, sagte ich eindringlich. »Jedem wird ein Platz zugewiesen, in der Burg, der Tischlerei, auch hier im Kreuzzug. Es geht nicht anders, sonst würde doch Chaos ausbrechen. Finde dich mit deinem Platz ab. Den Rest wird Gott richten, so wie Nicolaus es sagt.«

Konrad legte sich hin und drehte mir den Rücken zu. »Vielleicht«, sagte er so leise, dass ich ihn kaum verstand. »Aber vielleicht auch nicht.«

Am nächsten Morgen tauchte Hermann mit einem Brotkorb auf, so als wäre nichts geschehen. Wir teilten uns die verschimmelten Kanten. Sie reichten aus, um mir das Schwindelgefühl zu nehmen und die Krämpfe in meinem Magen zu beruhigen.

Noch während wir aßen, stand Konrad auf und setzte sich neben Hermann, um sich leise mit ihm zu unterhalten. Ich hielt den Atem an, wartete auf einen Aufschrei, einen Faustschlag, einen Stoß, aber nichts geschah. Ab und zu lachten die beiden sogar.

Erik sah mich an, als wollte er fragen, was das sollte, während Lena in ihren Umhängen zu verschwinden schien. Sie wagte es nicht einmal, in Hermanns Richtung zu blicken.

Konrad verbrachte fast den ganzen Tag mit Hermann und auch den nächsten. Am Morgen des dritten Tages verließ er unser Feuer. Als er zurückkehrte, trug er die Armbinde der Brüder.

Kapitel 20

Es traf Erik härter als mich. Schweigend und mit gesenktem Kopf hinkte er neben mir her, an der einen Seite auf mich, an der anderen auf einen Stock gestützt. Ich versuchte einige Male mit Konrad zu reden, aber er wimmelte mich ab und ging mir und Erik schließlich ganz aus dem Weg. Am Abend blieb er unserem Feuer fern, saß stattdessen bei einigen Brüdern, darunter auch Hugo und Cornelius.

»Was habe ich ihm denn getan?«, fragte Erik, als wir nachts unter einem stumpfen, schwarzen Himmel lagen. »Wieso mag er mich nicht mehr?«

»Ich weiß es nicht«, sagte ich. Es war die Wahrheit.

Regen weckte uns im Morgengrauen. Wir aßen das wenige Brot, das Hermann uns gebracht hatte, dann zogen wir uns die Umhänge über die Köpfe und marschierten weiter. Der Regen war schwer und kalt, drückte uns nieder. Wie Schildkröten unter einem Panzer aus Wasser kämpften wir uns den Berg empor.

Und blieben stehen, als die Menschen vor uns anhielten.

Ich wollte Erik bei einem Karren zurücklassen, aber er weigerte sich, dort zu bleiben. Er hatte Angst, das sah ich ihm an. Sein bester Freund hatte ihn verlassen, außer mir war ihm niemand geblieben.

Also schoben wir uns gemeinsam durch die Menge, obwohl es mühsam war und wir nur langsam vorankamen. Schließlich öffneten sich die Felsen zu beiden Seiten und gaben den Blick auf ein Plateau frei, das in einem Abgrund endete.

Ich ging näher heran. Mir wurde schwindelig, als ich einen Blick in die Schlucht warf, die sich unter uns erstreckte. Sie war nicht breit, aber so tief, als hätte der Teufel selbst mit seiner Kralle eine Furche bis in die Hölle ziehen wollen. Schroffe, moosbewachsene Felsen glänzten im Regen. Ein Fluss warf sich rauschend gegen sie. Verkrüppelte, halb kahle Bäume krallten sich in die Steilwände.

Auf beiden Seiten der Schlucht befanden sich große Holzkonstruktionen, von denen durchtrennte und zerfaserte Seile hingen. Wasser tropfte von ihnen herab. Am Boden der Schlucht sah ich zertrümmerte Bretter.

»Das müssen die Soldaten gewesen sein«, hörte ich Lukas sagen. »Verdammte Scheißheiden.«

Er ging auf dem Plateau auf und ab. Nicolaus stand vor ihm und drehte den Stab zwischen den Fingern seiner rechten Hand. Ich sah Konrad mit einigen Brüdern in seiner Nähe. Sie warfen Steine in die Schlucht. Als er mich bemerkte, stellte er sich so, dass der Körper eines Bruders ihn verdeckte.

»Was jetzt?«, fragte Lukas. »Wir können keine neue Brücke bauen, und ich wette mit dir, dass die Soldaten schon auf uns warten, wenn wir zurückgehen.«

»Vielleicht lässt Gott uns ja Flügel wachsen.« Die Bemerkung kam von Ott, natürlich. Einige Kinder lachten.

Nicolaus warf ihm einen kurzen Blick zu, dann wandte er sich an Lukas. »Nicht die Soldaten haben uns die Brücke genommen, sondern der Herr. Er will, dass wir einen anderen Weg nehmen. Also zweifle nicht an ihm, sondern befolge seinen Befehl.«

Lukas breitete in einer Geste der Hilflosigkeit die Arme aus. »Sag mir, wie ich das tun soll. Wo ist der Weg, auf den uns Gott führen will?«

»Hier?«

Ich drehte den Kopf, als ich Konrads Stimme hörte. Er stand am Rand des Plateaus, dort, wo es mit den Wänden der Schlucht verschmolz, und bog einige Sträucher auseinander. »Hier ist ein Pfad«, sagte er. »Aber ich weiß nicht, wie weit er geht.«

Nicolaus lächelte, dann verkrampfte sich auf einmal sein ganzes Gesicht. Tiefe Falten bildeten sich um seine hochgezogenen Mundwinkel, seine Lippen wurden schmal und weiß. Er zuckte mit dem Kopf, sein linkes Auge begann zu schielen.

Einen Lidschlag später war es vorbei. Sein Gesicht entspannte sich, die Falten verschwanden. Nur seine Pupille verharrte im Augenwinkel.

»Weit genug«, sagte Nicolaus. »Gott hat deinen Blick nicht umsonst dorthin gelenkt.« Er stutzte, schien erst in diesem Moment zu bemerken, dass wir ihn anstarrten. »Was ist?«

Erik öffnete den Mund, aber ich kam ihm zuvor. »Nichts. Es überrascht uns nur, wie schnell sich alles fügt.«

»Das sollte es nicht, Madlen. Gerade du hast die Hand des Herrn schon oft gespürt. Zweifle nicht an ihm, wie es andere tun.«

Die Bemerkung galt Lukas, doch der stand bereits neben Konrad und hörte sie nicht; er hatte den ganzen Zwischenfall nicht mitbekommen. Ich fragte mich, ob Nicolaus auf dem linken Auge überhaupt noch etwas sah. Noch bevor ich den Gedanken zu Ende führen konnte, glitt seine Pupille zurück in die normale Position. Nicolaus griff sich an die linke Schläfe und blinzelte.

»Was geschieht mit ihm?«, flüsterte Erik.

»Das geht nur ihn und den Engel etwas an. Wir sollten uns nicht einmischen.«

Erik starrte mich an. »War das der Engel?«

Ich nickte.

»Er hat recht«, rief Lukas herüber. »Hier ist ein Pfad, aber er ist zu schmal für die Karren. Wir sollten zuerst jemanden vorschicken, bevor wir …«

Nicolaus ließ ihn nicht ausreden. »Ladet die Karren ab. Nehmt, was ihr tragen könnt. Kommt!«

Ein fast schon fiebriger Eifer ergriff von ihm Besitz. Er wedelte mit den Armen, als wollte er Hühner aufscheuchen. Ott gab seinen Befehl weiter, rief ihn in die Menge hinein.

Ich berührte Erik an der Schulter. »Bleib hier. Ich bin gleich wieder da.«

Er wollte widersprechen, aber ich ließ ihn einfach stehen. Wir hatten nicht viel Zeit. Aus den Augenwinkeln sah ich, wie Lukas zu den Brüdern lief und sie in Richtung der Karren stieß. Ich war nicht die Einzige, die erkannt hatte, welche Gelegenheit sich hier bot. Kinder und Heranwachsende stürmten auf die Ochsenkarren zu, die Nahrung geladen hatten. Ich sah, wie ein Mädchen versuchte, einen Mehlsack herunterzuziehen, der fast so groß wie es selbst war. Zwei Jungen kamen hinzu, stießen das Mädchen zur Seite, nur um selbst von einem größeren Jungen weggeschubst zu werden.

Ich kämpfte mich zu einem Karren mit Broten und Fässern voller Dörrfleisch durch. Ein kleines Mädchen kam mir entgegen, hielt ein in Stoff eingeschlagenes Brot in den Armen, presste es mit gesenktem Kopf an sich wie eine Mutter einen Säugling. So schnell lief es an den Beinen der Größeren vorbei, dass niemand den Reichtum in seinen Armen bemerkte.

Keine Armeslänge trennte mich von dem Karren, doch die Menge wogte hin und her. Ich musste mich in ihr treiben lassen, konnte nicht meinen eigenen Weg gehen. Als ich dem Karren endlich wieder nahe kam, hörte ich bereits die Schreie der Brüder, sah, wie sich die Menge teilte und Lukas hindurchschritt, umgeben von Brüdern mit Schwertern und Knüppeln in den Händen.

Ich streckte mich, versuchte einen der Brotlaibe zu greifen, aber es war zu spät. Die Menge wich zurück und ich mit ihr. Die Brüder sammelten sich rund um den Karren.

»Hört auf!«, schrie Lukas. »Ihr wollt stehlen, was allen zusteht!«

Vielleicht stimmte das, doch es waren nicht seine Worte, die uns verharren ließen, sondern die Waffen der Brüder. Die Menge löste sich auf.

Ich fand Erik dort, wo ich ihn zurückgelassen hatte. Er lehnte an einem Felsen und winkte, als er mich sah.

»Ich habe versucht, etwas zu essen zu bekommen«, sagte ich, »aber die Brüder waren schneller.«

Erik hob die Schultern. »Macht nichts.«

Er sah sich um. Hinter uns wurden die Ochsen ausgespannt. Menschen luden sich Säcke mit Kleidung auf den Rücken. Die Lebensmittel verteilte Lukas auf die Brüder.

»Sieh mal«, sagte Erik leise, als er sich sicher war, dass uns niemand beobachtete.

Mit einer Hand zog er den Kragen seines nassen Hemdes nach unten. Die Kante eines Brotlaibs kam hervor und etwas, das in Stoff eingeschlagen war.

»Käse«, flüsterte er.

Mein Magen begann zu knurren. Ich musste Speichel hinunterschlucken, bevor ich antworten konnte. »Woher hast du das?«

Er grinste. »Es lag heute Morgen unter meinem Umhang. Konrad muss es mir zugesteckt haben.«

Ich war so erleichtert, dass ich ihn umarmte. Der Brotlaib unter Eriks Hemd drückte gegen meine Rippen. »Du darfst niemandem etwas davon erzählen, hörst du?«

»Ich weiß.«

»Hast du mit Konrad gesprochen?«

»Nein. Als ich wach wurde, war niemand da, nur das Brot lag dort.« Erik ließ den Kragen los und zog seinen Umhang über dem Hemd zusammen. Die Ausbeulung darunter war kaum zu sehen.

Ich ergriff seinen Arm und stützte ihn, als er einen Schritt nach vorn machte.

»Konrad hat uns nicht verlassen«, sagte Erik. »Und er ist immer noch mein Freund.«

»Ja.« Sorge mischte sich in meine Erleichterung. Ich wischte mir Regenwasser aus den Augen. »Wir müssen sehr vorsichtig sein, Erik. Wir dürfen nur essen, wenn es keiner sieht. Konrad riskiert sehr viel für uns.«

Er nickte. Sein Gesicht wirkte ernst.

Wir schlossen uns der ersten Gruppe hinter Nicolaus an.

Bevor wir den Pfad betraten, riss ich ein Stück Stoff aus meinem Hemdsärmel und band es an einem Strauch fest, so wie ich es bei jeder Abzweigung getan hatte. Die ersten Male hatte Erik noch gefragt, wann Diego uns wohl einholen würde, mittlerweile schwieg er.

Der Pfad war schmal. Nur zwei Menschen konnten nebeneinander hergehen, ohne dem Abgrund zu nahe zu kommen. Erik bat darum, an der Felswand gehen zu dürfen. Wir tauschten die Plätze. Nur eine Armeslänge von mir entfernt wurde aus dem Pfad eine Steilwand, die bis zum Grund der Schlucht reichte. Lange, dürre Äste ragten bis zu uns herauf. Sie sahen aus wie Klauen.

Vor uns hüpfte Nicolaus' Schäferstab auf und ab. Hinter uns hörte ich lautes Muhen und Fluchen. Die Ochsen weigerten sich anscheinend, den Pfad zu betreten. Vielleicht würden einige Menschen zurückbleiben, um sie zu schlachten, vielleicht vertrauten sie aber auch auf das, was Nicolaus gesagt hatte. Ich wusste nicht, welche Entscheidung sie trafen, aber irgendwann verstummte das Muhen.

Der Regen, der nachgelassen hatte, als wir auf dem Plateau standen, wurde wieder stärker. Graue Schwaden stiegen aus der Schlucht empor. Die Wolken hingen so tief, dass wir die Berge nicht mehr sehen konnten. Die Felsen glänzten nass, große Pfützen standen auf dem Weg. Jemand begann halbherzig zu singen, aber das Prasseln des Regens übertönte das fromme Lied. Mir war kalt. Eriks Lippen zitterten.

»Das Brot wird ganz nass«, flüsterte er.

»Dann ist es wenigstens weich, wenn wir nachher davon essen.«

Er lächelte und zog die Schultern hoch. Ich hatte Angst, dass sein Fieber zurückkommen würde, wenn wir nicht bald einen Unterschlupf fanden.

Der Pfad wurde schmaler, Erik und ich drängten uns aneinander. Ich richtete den Blick auf meine Füße, versuchte nicht an den Abgrund neben mir zu denken. Einmal glaubte ich einen Schrei weit hinter uns zu hören, aber als ich den Kopf drehte, sah ich nur Menschen, die wie wir durch den Regen schlurften.

Und dann blieb Nicolaus stehen. Ich bemerkte es erst, als die Kinder, die vor mir gingen, ebenfalls stehen blieben. Ich stellte mich auf die Zehenspitzen.

Nicolaus winkte und zeigte mit seinem Stab auf etwas in der Felswand. Er kniete nieder, betete und bekreuzigte sich. Dann ging er weiter.

Wir warteten, während vor uns eine Reihe nach der anderen das Gleiche tat. Erik wurde immer ungeduldiger, je näher wir der Stelle kamen. Als wir sie schließlich erreichten, wirkte er im ersten Moment enttäuscht, denn wir sahen nur eine Nische im Fels. Ich trat heran – und sah die Statue.

Sie war so groß wie Erik. Man hatte sie aus dem Stein geschlagen, jedoch mit einem Geschick, wie ich es sonst nur aus großen Kathedralen kannte. Es war eine Frau. Sie trug ein langes Gewand, und ein Schal bedeckte ihr Haar. Ich sah den feinen Schnitt ihres Gesichts und den Faltenwurf des Kleides, das bis auf ihre nackten Füße fiel. Eine Hand hatte sie erhoben, als wollte sie all die grüßen, die den Weg zu ihr gefunden hatten, die andere war abgebrochen und lag vor ihr auf dem Boden. Eine Tonvase stand daneben, die Blumen darin waren vertrocknet.

Ich fiel auf die Knie und betete. Ich betete für Konrad, für Hugo, für Erik und Nicolaus, der uns zu ihr geführt hatte. Und nach kurzem Zögern betete ich auch für Diego.

»Ist das die Mutter Gottes?«, fragte Erik, als ich mich erhob. Meine Kleidung war so schwer und nass, dass ich mich am Fels abstützen musste.

Ich nickte.

»Wird sie böse, wenn ich nicht vor ihr knie?«

»Nein, sie versteht, warum du das nicht kannst. Bete ruhig zu ihr.«

Erik wirkte verschüchtert, als er mir seinen Stock reichte und die Hände faltete. »Amen«, sagte er nach einem kurzen Moment.

»Willst du nicht noch mehr sagen?«, fragte ich.

Er schüttelte den Kopf und nahm seinen Stock. Nach einigen Schritten fügte er hinzu: »Ich bete nicht gern.«

»Warum nicht?«

»Weil ich immer Angst habe, was Falsches zu sagen.« Er sah mich an. »Was, wenn ich Gott bitte, mein Bein wieder gesund zu machen, aber er will, dass ich daran sterbe und zu ihm komme? Dann will ich doch etwas, was Gott nicht will. Und dann wird er bestimmt wütend, weil ich mich ihm widersetze, obwohl ich gar nicht weiß, dass ich das tue.«

Ich presste die Lippen fest aufeinander, um nicht zu lachen. »Gott wird nicht wütend, wenn du um etwas bittest, das er dir nicht gewähren kann.«

»Woher weißt du das?«

Ich wusste es nicht. Trotzdem gab ich ihm eine Antwort. »Weil es ungerecht wäre. Und Gott ist gerecht, oder glaubst du etwa nicht?«

»Doch.« Er hinkte mit gesenktem Kopf weiter. Regen tropfte aus seinen Haaren. »Wenn er nicht gerecht ist, wer sonst?«

Er klang erwachsener als je zuvor. Mir wurde auf einmal klar, dass ich nichts über ihn wusste. »Erik«, begann ich. »Warum bist …«

»Sieh mal«, unterbrach er mich, bevor ich die Frage beenden konnte. »Der Pfad knickt ab.«

Vor uns verschwand der Pfad zwischen den Felsen, führte weg von der Schlucht. Ich atmete auf. Die Vorstellung, die Nacht am Rande des Abgrunds verbringen zu müssen, hatte mir keine Ruhe gelassen.

Als wir die Abzweigung erreichten, sah ich, dass der Weg kaum breiter wurde, aber steil anstieg. An manchen Stellen bildeten die moosbewachsenen Felsen fast schon eine Treppe. Wasser lief in schmalen Bahnen über sie und tropfte hinter uns in die Schlucht.

Erik blieb stehen. Kinder schoben sich an der Felswand vorbei, ohne uns zu beachten. »Wie sollen wir da raufkommen?«

»Wir schaffen das.« Ich sah mich um. Dort, wo der Pfad abknickte, gab es eine Spalte im Fels, halb verdeckt von Sträuchern. Sie war breit genug für einen Menschen. Ich berührte Eriks Schulter. »Geh dort hinein. Iss etwas. Ich pass auf, dass es niemand sieht.«

Er nickte und hinkte hinter die Sträucher. Ich betrachtete die Gesichter der Menschen, die sich auf den Weg nach oben machten. Die meisten wirkten hoffnungsvoll, wenn auch ein wenig unsicher. Anspannung sah ich nur in denen der wenigen Erwachsenen.

Es dauerte nicht lange, bis Erik neben mir auftauchte. »Ich habe etwas für dich liegenlassen«, sagte er leise.

Brot und ein faustgroßes Stück Käse erwarteten mich, als ich die Sträucher zurückbog. Das Brot war hell, fast so weiß wie die in den Häusern der Reichen, und weich. Der Anblick reichte, um meinen Mund mit Speichel zu füllen.

Ich biss in den Käse.

Mein Magen schien in meine Kehle springen zu wollen, so als könne er die Nahrung kaum noch erwarten. Ich schlang Brot und Käse hinunter, ohne etwas zu schmecken. Mir war nicht klar gewesen, wie hungrig ich war. Ich verschluckte mich und musste husten.

»Ist das Madlen?«, fragte eine Stimme vor den Sträuchern. Es war Elses.

»Ja«, sagte Erik. Durch die Blätter sah ich, wie er sich zwischen mich und das Mädchen stellte.

»Was macht sie denn da?«

Ich wandte mich rasch ab und griff nach meinem Wasserschlauch. Der Hustenreiz ließ nicht nach.

»Was glaubst du wohl, was sie da macht?«, fragte Erik zurück.

»Brauchst du noch lange?«, rief Else. »Ich muss auch.«

Ich konnte nicht antworten. Mein Mund war voller Brot. Ich kaute und hustete in meinen Hemdsärmel. Eine Nadel schien in meiner Kehle zu sitzen. Mir stiegen Tränen in die Augen.

»Was ist denn los, Madlen?« Else klang auf einmal besorgt.

»Es ist nichts«, sagte Erik. »Geh weiter. Dort oben gibt es bestimmt noch andere Spalten, in die du dich hocken kannst.«

»Ich will mich aber in die hocken.«

Ich spuckte einen Teil des trockenen Brots aus und schluckte den Rest herunter, während sich die beiden weiter stritten.

»Bin gleich fertig«, rief ich, als mein Mund endlich leer war. »Moment noch.«

Rasch schob ich die Brotreste mit dem Fuß unter einen Strauch. Zum ersten Mal seit Tagen war mein Magen voll. Ich trat aus der Felsspalte. »So, jetzt kannst du.«

Else setzte zu einer Antwort an, stutzte dann jedoch. Erik drehte sich zu mir um. Seine Augen weiteten sich. Ich ahnte, was sie sahen, noch bevor ich an mir herunterblickte und die Brotkrumen auf meinem Hemd entdeckte. Auf dem nassen, schmutzigen Leinen schienen die weißen Krumen wie Schneeflocken zu leuchten.

»Woher hast du das Brot?«

Ich klopfte die Krumen von meinem Hemd. »Von den Karren, die abgeladen wurden. Jeder, der konnte, hat sich was genommen.«

Die Lüge kam so flüssig über meine Lippen, als hätte ich sie mir schon lange vorher zurechtgelegt.

»Wir teilen es gern mit dir«, fügte Erik hinzu, aber Else schüttelte den Kopf.

»Nein, das ist ungerecht. Ihr hättet es nicht nehmen dürfen.« Mit jedem Satz sprach sie lauter. »Es gehört uns allen. Ihr stehlt von uns.«

Eine Gruppe Heranwachsender wurde auf sie aufmerksam und blieb stehen. »Was wurde gestohlen?«, fragte ein sommersprossiges Mädchen.

»Nichts.« Ich wollte Else beiseitenehmen, doch sie wich meinem Griff aus und suchte Schutz bei der Gruppe. Anklagend zeigte sie auf Erik und mich. »Die beiden haben …«

Der Rest ihrer Worte ging in einem Krachen unter. Es schien von überall her zu kommen, hallte durch die Schlucht und brach sich an den Felswänden. Ein dumpfes Grollen folgte. Es klang wie der Donner eines herannahenden Gewitters, ließ jedoch nicht nach, sondern wurde lauter, immer lauter, bis …

Schreie erklangen, und der Schlamm kam.

Eine riesige Woge aus Dreck, Steinen, Wasser und Menschen stürzte den Pfad hinab. Sie schwappte an den Felsen empor, riss Bäume mitsamt Wurzeln aus, zertrümmerte Stämme und Knochen.

Menschen verschwanden einfach in ihr, als würden sie von einem gewaltigen, rasenden Ungeheuer verschluckt. Steine, groß wie Köpfe, wurden von der Welle emporgeschleudert und schossen uns entgegen. Manche zerplatzten an den Felswänden. Es regnete Splitter, Schlamm und Blut.

Ich sah Menschen, die den steilen Pfad hinabrannten. Andere stolperten, überschlugen sich, stürzten uns entgegen. Die Woge war schneller als sie alle, hämmerte sie nieder, bis sie zu einem Teil des Schlamms wurden.

Die Todesangst der Schreienden sprang wie eine Flamme auf uns über. Das sommersprossige Mädchen reagierte als Erste. Es warf sich herum, weg von der Abzweigung und der Woge, die sich aus ihr ergoss. Der Rest der Gruppe lief ebenfalls los, hinein in die Nachfolgenden, die noch nicht begriffen hatten, in welcher Gefahr wir uns befanden. Die Gruppe stieß sie beiseite. Lang gezogene Schreie hallten durch die Schlucht, als Menschen in die Tiefe stürzten.

»Erik!«, schrie ich, als er ihnen folgen wollte. Ich griff nach seiner Hand. Unsere Finger berührten sich. Else sah zu mir, dann zu den anderen. Ich streckte die andere Hand aus, aber sie wandte sich bereits ab.

Ein Stein traf sie am Kopf. Er verschwand in einer Wolke aus Blut und Knochen.

Ich zog Erik auf den Spalt zu. Er stolperte und schrie, als er auf sein verletztes Bein fiel. Sein Sturz riss mich zurück.

Schmerz zuckte durch meine Schulter. Mein Griff lockerte sich. Ich spürte, wie sich Eriks Finger in mein Handgelenk krallten und die Haut aufrissen. Mit aller Kraft zog ich ihn auf den Spalt zu. Nur noch ein Schritt.

Ein Schlag traf meinen Rücken. Ich wurde nach vorn geschleudert, durch die Sträucher in den Spalt hinein. Schlamm quoll durch die Öffnung und klatschte gegen die Wände. Es wurde plötzlich dunkel.

Ich spürte Eriks Finger. Sie glitten von meinem Handgelenk ab, aber ich griff nach, packte seine Hand mit meiner und hielt sie fest. Ich hörte Schreie und begriff erst, als ich keuchend Luft holte und sie abbrachen, dass ich sie ausgestoßen hatte.

Der Schlamm presste mich gegen den Fels. Immer neue Schläge trafen mich. Äste zerbrachen in der Öffnung, Steine polterten in den Spalt. Mein Rücken brannte, Blut lief mir in die Augen. Der Schlamm stand mir bis zur Brust, stieg immer höher. Mit der freien Hand krallte ich mich in den Fels.

Meine Beine knickten immer wieder ein, das Gewicht, das an meinem Arm hing, war unendlich schwer. Ich schrie und zog, spuckte Schlamm und Blut, keuchte und kämpfte. Doch irgendwann – schließlich, endlich – stand ich.

Mit beiden Händen zog ich Erik heran. Er hing in meinen Armen. Schlamm tropfte aus seinen Haaren zu Boden. Sein Kopf rollte auf seinen Schultern hin und her, so als würde ihn nur noch die Haut dort halten. Ich stützte ihn in meiner Armbeuge, wischte mit dem Ärmel Blut und Dreck aus seinem Gesicht.

Seine Augen waren geöffnet. Schlamm quoll ihm aus Mund und Nase. Vollkommen reglos lag er in meinen Armen.

Draußen wurde es still.

Erik war tot.

Kapitel 21

Wir begruben Erik unter Schlamm und Steinen in dem Spalt, in dem er gestorben war. Konrad weinte lautlos. Er war bei der ersten Gruppe gewesen, zusammen mit Nicolaus, Hugo, Lukas und den meisten anderen Brüdern. Sie hatten die Schlammlawine erst bemerkt, als sie hinter ihnen aus einer Abzweigung in die Tiefe stürzte. Nicolaus' forsche, rasche Schritte hatten sie vor dem Tod bewahrt. Ich versuchte Gott für diese Gnade zu danken, aber sobald ich die Augen schloss, sah ich Eriks Gesicht und den Schlamm, der aus seinem Mund quoll. Nach einer Weile gab ich auf.

Um uns herum stapften Menschen ziellos wie Betrunkene durch den Schlamm. Dumpfes Schluchzen hing über der Schlucht, ein Geräusch geboren aus der Trauer von Tausenden. Der Regen ließ allmählich nach.

»Wen begrabt ihr da?«

Ich sah auf, als ich Lukas' Stimme hörte. Er stand hinter mir, die Daumen in den Gürtel gehakt. Schlamm bedeckte seine Beine.

»Erik.« Konrad rutschte auf Knien tiefer in den Spalt. In einer Hand hielt er das Kreuz, das er aus zwei Ästen und einem Strick gebastelt hatte.

»Hmmhm.« Mehr sagte Lukas dazu nicht. Er drehte den Kopf, sah zurück zu dem Weg, den wir gekommen waren. Einige wenige Kreuzzügler, hauptsächlich Greise und Krüppel, befanden sich noch dort. Ich erwartete, dass Lukas zu ihnen gehen würde, um sie anzutreiben, doch dann wandte er sich wieder an Konrad.

»Gott hat dir heute etwas Wichtiges beigebracht«, sagte er.

»Und was?« Konrad legte das Kreuz beiseite und schichtete einige Steine auf, die ich ihm anreichte.

»Dass sein Wille geschieht, egal, was wir versuchen.« Lukas senkte den Kopf und spuckte auf seine Stiefelspitze. Dann rieb er sie an seiner Wade trocken. Das Leder, das unter dem Schlamm zum Vorschein kam, wirkte edel und neu. »Es war Gottes Wunsch, die Sünder zurückzulassen. Du hast dich dem widersetzt, und jetzt ist Erik tot.«

Konrad schloss seine Hand fest um einen Stein. Für einen Moment sah er aus wie Hugo, wütend und zu allem bereit. »Ich habe Erik nicht umgebracht. Er war mein Freund.«

»Dann würde ich vorschlagen, dass du dir deine Freunde demnächst unter den Rechtschaffenen und nicht unter den Sündern suchst.« Lukas warf einen Blick in die Schlucht. Menschen lagen mit zerschmetterten Gliedmaßen im Schlamm. »Sieht so aus, als sei Gott mit der Säuberung des Kreuzzugs noch lange nicht fertig.«

Ich hob die Hand, um Konrad aufzuhalten, aber das war nicht nötig. Er nahm das provisorische Kreuz und schlug es am Kopfende von Eriks Grab mit dem Stein in den Boden. »Ich werde über deine Worte nachdenken«, sagte er. Nur seine gepresste Stimme verriet die Anspannung, unter der er stand. Ich glaube nicht, dass ich an seiner Stelle zu dieser Selbstbeherrschung fähig gewesen wäre.

Lukas wirkte überrascht. »Gut. Dann mach dich bereit zum Aufbruch. Wir müssen einen Platz für die Nacht finden.«

Ich sah ihm nach, als er den steilen, mit Leichen, Steinen und Ästen bedeckten Weg hinaufging. Konrad kroch aus dem Spalt und stand auf. »Ist es wirklich meine Schuld, dass Erik nicht mehr lebt?«

»Nein«, sagte ich rasch und ergriff seine Hand. Sie war kalt und schmutzig. »Du warst barmherzig, so wie Gott es von uns verlangt.«

»Und wieso ist Erik dann tot?«

Weil seine Zeit gekommen war? Weil Gott ihn zu sich holen wollte? Weil der Herr uns prüfen will? Das alles dachte ich, ohne es auszusprechen. Die Worte hätten so kalt und falsch geklungen wie die von Lukas.

»Die Frage kann dir niemand beantworten«, sagte ich schließlich.

»Nicolaus kann es.« Konrad warf einen letzten Blick auf das schmale Grab, ließ meine Hand los und bekreuzigte sich. »Ich werde mit ihm reden.«

Ich stand auf. Mein Körper schmerzte bei jeder Bewegung. Die Steine, von denen ich getroffen worden war, hatten faustgroße Blutergüsse hinterlassen.

Ich folgte Konrad den steilen, glitschigen Weg hinauf und streckte den Arm aus, um Erik zu stützen, doch neben mir war nur Leere. Ich biss die Zähne zusammen, suchte Trost in der Vorstellung, dass der Herr Erik zu sich genommen hatte, doch das war schwer.

Erik hatte Angst vor Gott gehabt. Würde er nun die Ewigkeit in Furcht verbringen? Der Gedanke ließ mich nicht los.

Der Weg wurde immer steiler, die Felswände rückten näher. Schließlich kletterte ich auf allen vieren weiter, grub die Hände in den Schlamm und stieß mich mit den Füßen von Steinen und Grasbüscheln ab.

Kinder keuchten um mich herum. Manche zogen schwere Bündel hinter sich her. Ab und zu glitt jemand aus und rutschte auf dem Bauch einige Fuß nach unten. Niemand sprach.

Ich sah eine Abzweigung links von mir. Sie war breiter als der Weg, auf dem wir uns befanden. Rinnsale liefen daraus hervor, umspülten meine Arme und Beine, und das Wasser war kalt wie Eis. Aus dieser Abzweigung musste die Welle gekommen sein, denn oberhalb von ihr fehlte der Schlamm, der den Weg weiter unten bedeckte. Ich atmete auf, als ich sie hinter mir ließ.

»Komm«, hörte ich Konrad über mir rufen. »Du hast es gleich geschafft.«

Ich hob den Kopf und strich mir eine schmutzige Haarsträhne aus dem Gesicht. Es hatte aufgehört zu regnen. Der Schlamm, der meinen ganzen Körper bedeckte, begann zu verkrusten.

Konrad stand weniger als eine Manneslänge entfernt über mir, ein Schatten in der einsetzenden Dunkelheit. Ich kämpfte mich ihm entgegen, schob mich mit einer letzten Anstrengung auf das Plateau, wo der Weg endete. Konrad setzte sich neben mich auf den Fels und reichte mir seinen Wasserschlauch.

Ich trank den verdünnten Wein, hustete und sah zurück in die Schlucht. Braun und flach wie Küchenschaben schoben sich Menschen den Weg hinauf. Greise und Krüppel standen am Abgrund, winkten und schrien Worte, die ich nicht verstand. Trotzdem wusste ich, dass sie uns um Hilfe baten, ebenso wie ich wusste, dass wir sie ihnen nicht gewähren würden. Der Kreuzzug wurde gesäubert.

Ich wandte mich ab. Konrad hatte recht. Es gab nur einen, mit dem wir darüber reden konnten, nur einen, der uns Gottes Zorn erklären konnte.

»Lass uns Nicolaus suchen«, sagte ich.

Er war leicht zu finden. Reglos, die Arme dem Himmel entgegengestreckt, als könnte nur er die Wolken davon abhalten, auf uns zu stürzen, stand er auf einem Fels in der Mitte des Plateaus. Brüder umgaben ihn wie ein Palisadenzaun, ihm den Rücken zugewandt. Fast alle hatten die Arme vor der Brust verschränkt. Ich entdeckte Hugo zwischen ihnen.

»Ich muss mit Nicolaus reden«, sagte ich, als ich vor ihm stehen blieb.

Er sah mir nicht in die Augen. »Geht nicht. Niemand darf ihn stören.«

»Wer sagt das?«

»Nicolaus selbst. Er hat Lukas gebeten, dafür zu sorgen, dass man ihn in Ruhe lässt, damit er den Engel besser hören kann.« Die Antwort schien Hugo unangenehm zu sein.

Cornelius mischte sich ein. Er stand links neben Hugo, trat jedoch vor, damit ich ihn und wohl auch das Schwert an seinem Gürtel sah. »Vor allem«, sagte er, »sollst du ihn nicht stören, das hat Lukas ganz deutlich gemacht.«

»Danke, du Trottel.« Hugo schüttelte den Kopf. »Mutter, das hat mit dir …«

Ich ließ ihn nicht ausreden. »Nicolaus! Ich muss dich etwas fragen!«

Er blinzelte nicht einmal.

Cornelius machte einen Schritt auf mich zu. »Hau ab!«, schrie er. Seine Stimme überschlug sich. »Lass ihn in Ruhe! Du machst uns alles kaputt.«

Auch die anderen Brüder traten vor. Hugo streckte die Arme aus, als wolle er sie aufhalten. »Sie geht doch schon, seht ihr? Es ist alles in Ordnung.«

Aus den Augenwinkeln sah ich, wie Konrad von mir abrückte und sich zwischen die Brüder stellte. Er tat das Richtige, trotzdem versetzte es mir einen Stich.

Ich wich zurück. »Hugo hat recht. Ich werde Nicolaus nicht belästigen, wenn das sein Wunsch ist. Bitte sagt ihm nur, dass ich ihn sprechen möchte.«

Cornelius verschränkte die Arme vor der Brust. »Das steht uns nicht zu. Das musst du Lukas sagen. Er überbreitet Nicolaus die Bitten seiner Jünger und teilt ihnen seine Antwort mit.«

»Unterbreitet«, sagte Konrad leise.

»Jünger?«, fragte ich, überzeugt davon, dass Cornelius das Wort missverstanden haben musste, aber er scheuchte mich bereits mit Gesten davon, als wäre ich ein Huhn, das der Kornkammer zu nahe gekommen war. Ich wandte mich ab und wünschte, Diego wäre bei uns geblieben.

Ich war kaum zehn Schritte weit gekommen, als jemand meinen Namen rief. »Madlen?«

»Lena?« Ich schloss sie in die Arme. Ihre Haare waren schlammverkrustet und rochen nach Regen.

Sie umarmte mich so fest, dass ich aufstöhnte. Rasch ließ sie mich los. »Bist du verletzt?«

»Nein.«

Sie ergriff meine Hand und führte mich zu einer kleinen Gruppe, die sich im Schutz einiger Felsen niedergelassen hatte. »Ich bin so froh, dass du noch lebst«, sagte sie. Die Worte sprudelten aus ihr heraus. Sie erzählte mir von der Schlammwelle, als wäre ich nicht selbst dabei gewesen.

Wir setzten uns zu den anderen. Gottfried war dort, ebenso Ott, Renate und einige Kinder, die aneinandergekuschelt schliefen. Ich berichtete von Eriks Tod.

Wir schwiegen eine Weile, dann sprach Gottfried ein Gebet. Ich faltete die Hände und dachte an etwas anderes. Erik hätte nicht gewollt, dass wir für ihn beten.

Das Holz war zu feucht für ein Feuer, also saßen wir im Dunkeln und redeten, um die Kälte zu vergessen. Kein Bruder kam vorbei, um uns etwas zu essen zu bringen, aber wir wagten es auch nicht, um etwas zu bitten. Die Neuigkeit, dass wir mit Nicolaus nicht mehr reden durften, hatte sich bereits herumgesprochen. Es hieß, die Sünder, angestiftet vom Teufel selbst, hätten Nicolaus all ihre Sorgen und Wünsche aufgelastet, bis er selbst begonnen hätte, an den Worten des Engels zu zweifeln. Mit der Schlammwelle hatte Gott die Sünder bestraft und Nicolaus zurück auf den rechten Weg geführt.

»Wir hätten das von Anfang an so machen sollen.« Gottfried

zog seinen Umhang enger um seinen mageren Körper. »Es kann doch auch nicht jeder Tagelöhner zum König laufen, wenn ihm etwas nicht passt. Und Nicolaus ist eine Art König, oder?«

Ich dachte an das, was Cornelius gesagt hatte. »Er nennt uns seine Jünger.«

»Jünger?« Ott lachte. Es war das erste Mal seit der Lawine, dass ich jemanden lachen hörte. »Hätte nie gedacht, dass mich mal jemand so nennen würde.«

Ich lehnte mich an einen der Felsen, sah in den schwarzen, wolkenverhangenen Himmel und fragte mich, wie Nicolaus sich wohl selbst nannte, wenn er allein war. Irgendwann schloss ich die Augen.

Als ich sie wieder öffnete, schneite es.

Es waren nur kleine Flocken, die vom Wind wie Staub über das Plateau geweht wurden und schmolzen. Nichts blieb liegen, trotzdem versetzte der Anblick des Schnees uns allen einen Schock. Niemand hatte geglaubt, dass es mitten im Sommer in den Bergen schneien würde. Dabei befanden wir uns längst noch nicht auf den Gipfeln der Alpen. Felsen ragten unmöglich hoch empor, und der Weg, den Rüdiger mit seinen Soldaten noch am Abend ausgekundschaftet hatte, führte steil nach oben.

»Wie weit es wohl noch ist?«, fragte Lena, während wir den getrockneten Schlamm aus unseren Umhängen schlugen.

»Weit«, sagte ich. »Viel weiter, als wir glauben.«

Sie warf mir einen merkwürdigen Blick zu, schien die Stimmung zu spüren, in der ich mich befand. Vielleicht lag es an Eriks Tod, vielleicht auch nur am Hunger, aber an diesem Morgen glaubte ich nicht, dass wir unser Ziel jemals erreichen würden.

Trotzdem schloss ich mich den anderen an, fiel in ihren Gesang ein und folgte dem Schäferstab. Nichts anderes konnte ich tun.

Den ganzen Tag über, während wir den steilen Weg hinaufstiegen, sah ich Brüder am Wegesrand stehen. Erst nach einer Weile begriff ich, dass sie uns durchzählten. Sie wollten wissen, wie viele nach der Schlacht und der Lawine übrig waren. Ich schätzte, dass wir ungefähr die Hälfte verloren hatten.

Nicht alle waren gestorben. Viele, wenn nicht sogar die meisten, hatten wir zurückgelassen. Manche mochten sogar geflohen sein, weil ihnen ihr Leben lieber war als ihr Seelenheil. Sie brachen den Eid, den sie vor Gott geleistet hatten, und darum wartete die ewige Verdammnis auf sie. Sie taten mir leid.

Je höher wir stiegen, desto schwerer fiel mir das Atmen. Es war ein seltsames Gefühl, beinahe so, als bekäme ich nicht genügend Luft in die Lungen, egal, wie tief ich auch einatmete. Einige bekamen Kopfschmerzen. Ein kleiner Junge weigerte sich weiterzugehen und wurde schließlich von zwei älteren getragen.

»Das solltet ihr lassen«, hörte ich einen Bruder sagen. »Seine Sünde macht ihn schwach. Stellt euch nicht zwischen ihn und die Strafe, die Gott für ihn auserwählt hat.«

Die beiden Jungen zögerten, doch dann trugen sie den kleineren zu meiner Erleichterung weiter.

»Hoffentlich bringen sie damit nicht eine zweite Lawine über uns«, flüsterte Lena neben mir. Die Sonne, die ab und zu zwischen den Wolken hervorkam, hatte ihr Gesicht gerötet.

»Glaubst du wirklich, dass Gott so grausam ist?«, fragte ich.

»Wenn der Kreuzzug rein sein muss, bleibt ihm vielleicht keine Wahl. Schließlich geht es um das Grab seines Sohnes.« Sie bekreuzigte sich.

»Der Junge ist keine sechs Jahre alt. Welche Sünde könnte er schon begangen haben?«

Lena hob die Schultern. »Was weiß ich.« Sie stützte sich an einem Felsen ab und sah mich an. Menschen schoben sich langsam an uns vorbei. »Du denkst zu viel nach«, sagte sie leise. »Tue das nicht. Du machst es nur schlimmer.«

»Was mache ich schlimmer?«

»Alles. Nicolaus befolgt die Befehle des Engels, und der erhält seine von Gott. Wenn du an Nicolaus zweifelst, dann zweifelst du an Gott. Willst du das wirklich?«

»Nein.« Ich wischte mir den Schweiß aus der Stirn. »Das will ich nicht.«

Lena lächelte, aber ihre Augen blieben ernst. Ihre Hand strich über meinen Arm. »Dann mach es nicht wie ich. Warte nicht, bis jemand die Rute hebt, sondern tue, was man dir sagt. Bete, dass wir eines Tages vor den Toren Jerusalems stehen und die Sarazenen in die Flucht schlagen. Ich bin sicher, dass Gott das gefallen wird.«

»Das denke ich auch.« Das war keine Lüge. Ich glaubte wirklich, dass Gott von mir erwartete, wie ein Schaf der Herde zu folgen. Da mir das so schwerfiel, war es wahrscheinlich die Prüfung, die er für mich erwählt hatte.

Wenn es leicht wäre, könnte ja jeder Heide fromm sein, hörte ich Klara in meinen Gedanken sagen.

Nein, leicht war es nicht. Ganz und gar nicht.

Am Abend lagerten wir auf dem Weg, in der Nähe einiger Rinnsale, die aus dem Felsen liefen. Wir füllten unsere Wasserschläuche auf und aßen die faustgroßen Brotkanten, die von den Brüdern an uns ausgegeben wurden. Es war nicht genug, um satt zu werden, im Gegenteil, ich spürte den Hunger danach umso deutlicher.

Konrad steckte mir ein zweites Stück zu, als niemand hinsah. Ich steckte es in mein Hemd und aß eine Hälfte davon heimlich in der Nacht. Die andere Hälfte schob ich unter Lenas Umhang.

Als ich am Morgen erwachte, war Lena bereits aufgestanden. Das Brot war verschwunden. Den ganzen Tag über wartete ich darauf, dass sie es erwähnte, aber das tat sie nicht. Vielleicht dachte sie, der Engel hätte es ihr gebracht.

Der Weg wurde immer steiler, der Wind kühler. Es gab kaum noch Pflanzen, nur Gras und Sträucher wuchsen zwischen den Felsen. Diejenigen, die Schwerter hatten, schlugen mit ihnen Äste und Zweige ab. Die Nächte waren so kalt, dass sich alle nach einem Feuer sehnten.

Ich sah nach vorn. Der Schäferstab war nicht mehr zu sehen. Nicolaus und die Brüder mussten die Hügelkuppe bereits hinter sich haben. Wir gingen schneller, um sie nicht zu verlieren. Wir wussten, dass sie nicht auf uns warten würden.

Nach einer Weile tauchte der Stab wieder auf, zuerst die Spitze, dann nach und nach immer mehr, bis auch ich auf der Kuppe stand und Nicolaus auf einem Stein sitzen sah. Er lächelte.

Atemlos lehnte ich mich an den Felsen. Meine Augen schmerzten im plötzlichen Sonnenlicht. Lena ließ sich von mir den letzten Schritt ziehen und blieb stehen.

»Großer Gott«, stieß sie hervor, als sie die Ebene sah, die vor uns lag.

Blassgrünes Moos und gelbes, hartes Gras bedeckte den felsigen Boden. Überall lag Geröll, so als habe Gottes Faust eine gewaltige Burg zertrümmert. Berge, die mir nach den schroffen Felsen beinahe sanft erschienen, rahmten die Ebene im Osten und Westen ein. Sie schienen sich bis zum Rand der Welt zu erstrecken.

Mein Blick löste sich von ihnen, richtete sich auf das, was auch Nicolaus betrachtete.

Es war ein Berg. Schlafend wie ein Drache lag er vor uns. Seine Schuppen bohrten sich in den blauen Himmel. Schnee lag auf ihren Spitzen, zog sich in langen Bahnen fast bis zur Ebene hinunter. Felsen ragten grau zwischen dem Weiß hervor. Raubvögel kreisten vor ihm wie Wächter.

»Sankt Gotthard«, sagte Nicolaus. Aus den Augenwinkeln sah ich, wie Lukas den Brüdern zunickte. Rasch umringten sie Nicolaus, bildeten eine Mauer zwischen ihm und uns.

Er sprang auf und richtete den Stab auf den Berg. »Ihn müssen wir bezwingen, dann ist der Weg ins Heilige Land frei. B-b-betet, meine Jünger. B-b-betet mit mir.«

»Seit wann stottert er?«, fragte Lena leise.

Ich schüttelte den Kopf. Nicolaus schien noch mehr sagen zu wollen, aber Lukas trat einen Schritt vor und hob die Arme. »Auf die Knie, Brüder und Schwestern! Dankt Gott dafür, dass er uns bis zu diesem Ort geführt hat, und bittet ihn, uns nicht zu verlassen, auch wenn wir seiner nicht würdig sind.«

Wir knieten nieder; niemand blieb stehen. Während die anderen den Kopf senkten, hob ich den Blick. Lukas drängte sich an den Brüdern vorbei in den Kreis, den sie gebildet hatten. Er streckte die Hand aus und half Nicolaus, von dem Stein zu klettern. Es war ein seltsamer Anblick, fast so, als beobachtete man einen erwachsenen Mann, der seinen alten Vater beim Kirchgang stützte. Gemeinsam verließen sie den Kreis. Die Brüder folgten ihnen.

Wir warteten, aber Nicolaus sagte nichts mehr. Nach einer Weile, als meine Knie bereits zu schmerzen begannen, sagte Gottfried »Amen«. Nach und nach kam der Kreuzzug wieder auf die Beine. Einige sahen sich verwirrt nach Nicolaus um, die meisten gingen jedoch einfach los, dem Berg entgegen.

Wir brauchten zwei Tage, um die Ebene zu überqueren. Eine alte Frau brach sich den Fuß; wir ließen sie mit etwas Wasser und einem hölzernen Kreuz zurück. Den dritten Tag verbrachten wir am Fuß des Berges mit der Suche nach einem Pfad. Als wir ihn fanden, beteten wir gemeinsam mit Nicolaus. Er stotterte nicht, aber sein linkes Auge schielte. Am nächsten Morgen wirkte es wieder normal.

Ich war nicht die Einzige, die diese Veränderungen bemerkte. Zwei Jungen sprachen und lachten darüber, ohne den Bruder in ihrer Nähe zu bemerken. Lukas ließ sie an Händen und Füßen zusammenbinden. Niemand drehte sich nach ihnen um, als wir am Morgen des vierten Tages den Aufstieg begannen.

Die Sonne brannte so sehr auf unserer Haut, dass wir uns Tücher um den Kopf wickelten. Wir stiegen den Berghang empor, folgten einem Pfad, der sich an Felsen vorbeiwand und manchmal zurück zu sich selbst zu führen schien. Ab und zu entdeckten wir in Stein gemeißelte Symbole. Sie bestanden aus Linien und Kreisen, lang gezogenen Strichen und schrägen Kreuzen. Sie wirkten unheimlich und fremd.

Einige Kinder begannen zu weinen, wenn sie die Zeichen sahen. Gottfried schlug vor, sie zu zerstören, da sie von Heiden stammen mussten. Lukas stimmte zu und befahl den Brüdern, sie mit ihren Schwertern zu zerkratzen.

Fast alle waren froh darüber und genossen die kurzen Pausen, nur Nicolaus ging jedes Mal ungeduldig auf und ab. Ihm schien der Aufstieg als Einzigem nichts auszumachen.

Am Morgen des fünften Tages brach er das letzte Brot mit uns.

Am Abend des sechsten Tages kam der Sturm.

Kapitel 22

»Mir ist so kalt.« Lenas Lippen zitterten, ihre Zähne schlugen aufeinander, und ich sah ihren Atem als graue Wolke aus ihrem Mund aufsteigen.

Vor dem Felsvorsprung, unter den wir uns geflüchtet hatten, schlugen Hagelkörner groß wie Radieschen auf und zerplatzten, und bei jedem schweren Windstoß mussten wir bis an die Felswand zurückweichen, um nicht getroffen zu werden. Ihr Prasseln war ein Trommelwirbel, das Heulen des Sturms ein nicht enden wollender Trompetenstoß. Mit aller Macht warf er sich gegen die Felsen, hinter die wir uns geflüchtet hatten wie Bauern vor angreifenden Truppen in eine Stadt.

Wir wurden belagert, Gott allein wusste, wie lange schon.

Es hatte am Abend zuvor angefangen, zuerst als starker Wind, der Wolken vor sich hertrieb und an unserer Kleidung zerrte. Wir hatten kaum Zeit gehabt, Schutz zu suchen, bevor er zum Sturm wurde, uns mit Hagel, Regen und Schnee attackierte. Die ganze Nacht hatte er getobt. Mittlerweile musste es längst Tag sein, vielleicht sogar schon Abend, doch in der grauen Welt, die er um uns herum erschaffen hatte, war das nicht zu erkennen.

»Komm her.« Ich rückte näher an Lena heran und rieb ihr mit den Händen die Arme. Nasse Haare hingen ihr ins Gesicht. Ihre Kleidung war schwer und feucht, so wie meine.

Lena schloss die Augen. »Was haben wir nur getan«, sagte sie.

»Womit haben wir das verdient.« Es waren keine Fragen. Sie hatte die Worte schon so oft gesagt, dass sie keine Antwort mehr erwartete.

Ich rieb ihre Arme, bis meine zu schmerzen begannen, dann hörte ich auf. Ihren Rücken berührte ich nicht. Sie war dort empfindlich, seit sie geschlagen worden war.

Ich steckte die Hände unter meine Achseln. »Es hört bestimmt bald auf. So schnell der Sturm gekommen ist, so schnell wird er sich auch wieder legen.«

Ein Blitz riss unsere graue Welt auf. Einen Lidschlag lang sah ich Gesichter und hochgezogene Schultern unter anderen Vorsprüngen. Dann dröhnte Donner in meinem Kopf und meinem Magen.

Lena schrie erschrocken auf, dann wandte sie mir das Gesicht zu. »Meinst du?«

Ich musste lachen. »Vielleicht später.«

Eine Weile starrten wir in den Regen. Ich ertappte mich dabei, dass meine Gedanken immer wieder zu Diego zurückkehrten. Ich fragte mich, wo er war, was er gerade tat, ob er an einem warmen Feuer saß, irgendwo in einer Stadt und etwas aß, einen Eintopf vielleicht oder …

Ich zuckte zusammen, als ein Schatten plötzlich auf mich zustürzte. Wasser spritzte mir entgegen, Stiefel glitten auf dem Felsen aus, dann prallte jemand gegen mich.

»Au!« Es war Cornelius. Die Hoffnung, die ich einen Moment lang verspürt hatte, verflüchtigte sich sofort.

Cornelius setzte sich auf. »Nicolaus schickt mich. Er will, dass wir weitergehen.«

»Bei diesem Wetter?« Lena sah ihn an, als habe er den Verstand verloren. »Bist du sicher, dass er das gesagt hat?«

»Ja. Lukas hat uns seinen Befehl weitergegeben. Wir haben fast nichts mehr zu essen. Wenn wir hierbleiben …« Er brach ab.

»Fast?«, fragte Lena. »Ich dachte, es gäbe gar nichts mehr.« Sie beugte sich vor, Haarsträhnen fielen ihr ins Gesicht. Sie strich sie wütend beiseite. »Soll das etwa heißen, dass ihr Brüder …«, sie betonte das Wort wie eine Beleidigung, »… noch etwas habt?«

Cornelius wich zurück. Regen lief ihm in die Augen. »Ich tue doch nur, was Lukas sagt. Und ich habe auch nichts zu essen bekommen.«

Ich trat Lena gegen den Fuß und schüttelte den Kopf, als sie mich ansah. Sie kniff die Lippen zusammen, nickte aber nach einem Moment. Dann winkte sie Cornelius zu. »Komm wieder her. Ich bin dir nicht böse. Wenn es ums Essen geht, vergesse ich nur, was ich gelernt habe.«

Ihr Blick traf den meinen. Wir wussten beide, was sie damit meinte.

Cornelius zögerte, doch der nächste Blitz trieb ihn wieder unter den Vorsprung.

»Setz dich erst mal«, sagte Lena. »Und dann erklär uns genau, was Nicolaus befohlen hat.«

»Nichts«, antwortete ich an Cornelius' Stelle. »Nicolaus kümmern die Vorräte nicht. Er denkt, dass Gott für uns sorgen wird, wenn alles aufgebraucht ist. Dies sind Lukas' Befehle, nicht seine.«

Es war nicht sehr klug, das auszusprechen. Cornelius würde es Lukas berichten, wenn er sich einen Vorteil davon versprach. Doch das war mir egal. Lukas sollte ruhig erfahren, dass ihm nicht jeder im Kreuzzug glaubte.

»Ich weiß nur, was mir und den anderen befohlen wurde.« Cornelius sah unsicher in den Sturm hinaus. Der Wind zerrte an seinen nassen Haaren. »Wir sollen alle zusammenrufen, damit es weitergeht. Er besteht darauf.« Einige Schatten tauchten zwischen den Felsen auf, kämpften sich durch das Unwetter. »Da, seht doch. Sie gehorchen. Warum könnt ihr das nicht?« Er klang weinerlich.

Ein Blitz zuckte über den Himmel, tauchte die Landschaft in

ein grelles weißes Licht. Ein zweiter folgte. Es knallte scharf, Funken sprühten.

Ich sah, wie ein Junge durch die Luft geschleudert wurde. Mit brennenden Haaren und dampfender Kleidung schlug er vor unserem Unterschlupf auf. Sein Gesicht war verkohlt.

Eine junge Frau begann zu kreischen. Sie lief an uns vorbei, zog Flammen wie einen Umhang hinter sich her. Nach nur wenigen Schritten brach sie zusammen. Der Geruch von gebratenem Fleisch hing plötzlich in der Luft.

Mein Magen begann zu knurren. Entsetzt schlug ich mit der Hand darauf.

Cornelius wich mit einem Aufschrei zurück, stolperte und fiel neben mir in den Schlamm.

Ich nahm ihn in den Arm, hielt ihn fest, während er weinte. Lena rückte näher an mich heran, bis ich meinen freien Arm um ihre Schultern legen konnte. Aneinandergepresst blieben wir sitzen.

»Ich will nicht gehorchen«, flüsterte sie. »Ich will nicht.«

»Dann *werden* wir es auch nicht.« Ich schloss die Augen. Die Blitze hatten sich weiß in meine Lider gebrannt. Die verkohlte Leiche des Jungen lag nur wenige Schritte von mir entfernt, aber der Sturm trug den Geruch weg von uns. Mir wurde übel, als ich an mein Magenknurren dachte.

Schweigend starrten wir in den Sturm. Selbst Cornelius sagte nichts. Um uns herum wurde es dunkel. Zuerst dachte ich, es wäre das Unwetter, doch dann wurde mir klar, dass es die Nacht war, die über uns hereinbrach.

Es wurde kalt. Schneeflocken mischten sich in den Regen, anfangs nur vereinzelt, dann immer mehr, bis schwere nasse Flocken in unseren Unterschlupf wehten. Cornelius zog die Beine bis unters Kinn. Seine spitzen Knie drückten gegen meine Hüfte. Er zitterte.

Neben mir stöhnte Lena leise. »Der Schnee bleibt liegen. Haben wir denn noch nicht genug gelitten?«

Ich schwieg und lauschte dem Heulen des Sturms. Meine Lider wurden schwer.

Hunger und Kälte rissen mich aus dem Schlaf. Mein Magen brannte, meine Hände waren steif. Ich hatte geträumt, nicht von Konrad oder Hugo, nicht einmal von Diego, sondern von Heinrich. Er hatte in der Tür unserer Hütte gestanden, während ich im Hof saß und ein Huhn rupfte. Ich spürte immer noch die Wärme der Sonnenstrahlen auf meinem Rücken.

Der Schneesturm tobte immer noch. Über uns hing ein blutroter wirbelnder Himmel. Blitze zuckten, schlugen krachend in Fels ein. Schnee lag kniehoch an den windgeschützten Stellen zwischen den Felsen. Cornelius' Stiefelspitzen waren weiß, und der tote Junge war unter einer weißen Schicht begraben. Nur eine Hand ragte hervor. Ihre verkrampften Finger zeigten auf uns.

Lena wachte auf, als ich mich vorbeugte, um zu beten. In dem seltsam roten Licht schien ihr Gesicht zu verschwimmen.

»Mein Gott«, sagte sie mit belegter Stimme. Der tosende Sturm riss ihr die Worte von den Lippen. »Ist das die Hölle?«

Ich betete stumm weiter.

»Ist das die Hölle?« Es war Cornelius, der die Frage wiederholte. Schnee rutschte von seinen Stiefeln, als er sich aufsetzte. »Hat uns der Teufel geholt?«

Lenas Augen glänzten feucht. Ihre Wangen waren gerötet. Sie hatte Fieber. »Warum tut uns Gott das an? Wir haben doch alles für ihn aufgegeben. Wieso schickt er uns in die Hölle?«

Cornelius fuhr sich mit den Händen übers Gesicht. »Er bestraft uns für all die Sünden, die wir begangen haben«, sagte er. »Für die Lügen und …« Er drehte sich zu mir um. »Wir hätten beichten sollen, bevor wir den Berg bestiegen. Warum haben wir das nicht getan?«

Ich sah auf, als mir klar wurde, dass er recht hatte. »Wir haben nicht daran gedacht.«

»Und jetzt ist es zu spät.« Lena hielt den Kopf gesenkt, als könnte sie den Anblick des Himmels nicht ertragen. »Nicolaus hätte uns die Beichte abnehmen und den Kreuzzug reinigen sollen.«

Cornelius ging auf die Knie. Schnee knirschte unter ihm. »Lass es uns jetzt tun. Es ist noch nicht zu spät. Nimm mir die Beichte ab.«

Meine Augen weiteten sich, als ich begriff, dass er mich meinte. »Das geht nicht. Ich bin kein Priester.«

»Das ist Nicolaus auch nicht. Bitte tu es, Madlen.« Seine blau gefrorenen Lippen zitterten. Trotzdem legte er seinen Umhang ab und breitete ihn vor sich aus, damit ich darauf knien konnte. »Bitte.«

»Wir nehmen sie uns gegenseitig ab«, sagte Lena und nieste. »Das ist immer noch besser, als voller Sünde in den Tod zu gehen.« Sie klang gefasst, so als hätte sie für sich beschlossen, dass es keinen Ausweg mehr gab.

Donner rollte über den Berghang. Irgendwo schrie ein Kind, laut und anhaltend, als würde man es in siedendes Wasser tauchen. Der Laut fraß sich in meinen Kopf, hallte weiter, als der Schrei längst erstorben war.

»Bitte«, sagte Lena in das Heulen des Sturms hinein.

Ich kniete auf dem Stoff nieder. Der Wind bauschte ihn auf. Cornelius faltete die Hände. »Vergib mir, Va…« Er zögerte und begann von vorn. »Vergib mir, Vater, denn ich habe gesündigt.«

»Was hast du getan?«, fragte ich, als er nicht fortfuhr. Meine Finger waren so steif, dass ich die Hände kaum falten konnte.

»Ich habe…« Er zögerte erneut. »Ich…« Er ließ die Hände sinken und sah mich an. Tränen standen in seinen Augen. »Es ist alles gelogen. Mein Vater ist gar kein Kaufmann. Wir haben auch keine Dienstboten. Er ist Henker.« Die Worte sprudelten aus ihm hervor wie Wasser aus einer Quelle. »Meine Mutter sagt, niemand darf das wissen, aber ich glaube, dass es alle wissen. Sie starren mich so komisch an, wenn wir in unserer feinen Kleidung zur Kirche gehen. Kleidung, die wir von den Toten haben. Alles, was wir besitzen, ist von den Toten!«

Er schrie mir den letzten Satz über das Tosen des Winds entgegen, dann sackten seine Schultern herab. Zitternd sank er in sich zusammen.

»Ich schäme mich so.«

Lena sah ihn an wie einen Fremden. Ekel schlich sich in ihr Gesicht. Ich wollte Cornelius in die Arme nehmen, aber er wich zurück, als ich sie ausstreckte.

»Gott vergibt dir«, sagte ich. »Du musst dich nicht mehr schämen.«

Er sah nicht auf. Hinter ihm zuckte ein Blitz über den Himmel, verästelte sich dutzendfach und erlosch. Zwei Lidschläge später donnerte es. Das Gewitter zog weiter.

»Jetzt du«, sagte Cornelius leise, als der Donner verhallte. Mit dem Handrücken wischte er sich die Tränen aus den Augen. »Beichte.«

»Vergib mir, Vater.« Ich hörte mich die Worte sagen, aber es war, als lauschte ich einer anderen, als säße ich weit weg und würde mich selbst beobachten. »Ich habe einen Mann getötet.«

Es klang flach und gleichgültig.

»Was?« Lenas Augen weiteten sich. »Was hast du getan?«

Ich wollte nichts erklären, wollte nicht wieder an das Gesicht im Dreck denken, an den Stein in meiner Hand, an die Gasse, in der es geschehen war. »Ich habe einen Mann getötet, das ist alles.«

Cornelius hob den Kopf. Als ich seinen Blick sah, wusste ich, dass er es verstand.

»Gott vergibt dir«, sagte er.

Ich wartete auf die Erleichterung, dass eine Last von meinen Schultern genommen wurde, und auf die Erkenntnis, dass ich schon viel früher um Vergebung hätte bitten müssen. Doch alles war wie zuvor.

Lena atmete tief durch. Schnee lag wie eine Haube auf ihren Haaren. »Er kann dir für so etwas nicht ver…«

Rüdigers Stimme unterbrach sie. »Alles raus! Sammelt euch. Der Sturm legt sich!« Er stapfte durch den Schnee vor unserem Unterschlupf, winkte und gestikulierte.

Er hatte recht. Der Sturm ließ tatsächlich nach. Der blutrote Himmel hellte sich auf, aber es schneite immer noch so stark, dass man kaum eine Mannlänge weit sehen konnte.

»Los!«, brüllte er. »Wir müssen weiter!«

Cornelius lachte. »Das waren wir. Gott hat unsere Beichte angenommen.«

Ich stand auf und reichte ihm seinen durchnässten Umhang. Lena starrte mich von der Seite her an.

»Geh zurück zu den Brüdern«, sagte ich. »Richte Konrad und Hugo aus, dass es mir gutgeht.«

Er verschwand zwischen den Schneeflocken. Ich wollte ihm folgen, bemerkte aber dann, dass Lena sich von mir abwandte.

»Wo willst du hin?«

Sie winkte ab. »Ich gehe mit Rüdiger. Was du getan hast…« Sie brach ab und schüttelte den Kopf. Schnee fiel auf ihre Schultern. »Das kann dir niemand vergeben. Ich will nicht, dass Gott mich mit dir sieht.«

»Du weißt doch gar nicht, was *er* getan hat.« Ich machte einen Schritt auf sie zu, aber Lena drehte sich um und lief Rüdiger nach.

Ich hörte, wie sie seinen Namen rief, dann sah ich nur noch wirbelnde Flocken.

Wir kämpften uns durch den Schnee, verlorene graue Gestalten in einer wirren, weißen Welt. Anfangs achtete ich noch darauf, in der Nähe der anderen zu bleiben, doch nach einer Weile zählte nichts mehr außer dem nächsten Schritt. Manchmal sank ich bis zu den Waden ein, dann wieder stolperte ich über vereisten Fels.

Der Weg war unter dem Schnee verborgen, ich wusste längst

nicht mehr, ob ich mich noch auf ihm befand oder meinem Tod entgegenging. Einmal wurde einer der Soldaten nicht weit weg von mir von einer Felsspalte verschluckt, ein anderes Mal brach der Schnee unter einem Mädchen ein. Ich suchte nach ihr, fand aber nur ein Loch, dessen Boden ich nicht sehen konnte. Irgendwann drehte ich mich um und merkte, dass ich allein war.

Ich blieb stehen. Mein Herz hämmerte bis in die Schläfen. Um mich herum wirbelte Schnee. Ich rief nach Lena, nach Konrad, Hugo, jedem, der mir einfiel, aber niemand antwortete. Mühsam zwang ich mich zur Ruhe. Tausende waren auf dem Berghang unterwegs. Es war nur eine Frage der Zeit, bis ich jemanden finden würde.

Der Berghang wurde steiler. Immer wieder rutschte ich aus. Meine Füße hatte ich in Leinen und Wolle eingewickelt. In den ersten Stunden hatte das die Kälte abgehalten, doch mittlerweile waren die Stoffe durchnässt, und der Schnee bildete kleine harte Klumpen an den Fasern, die gegen meine Fußsohlen drückten.

Mit der Dunkelheit kam die Angst. Immer wieder drehte ich mich um, aber ich sah nur Fels und Schnee. Der Berggipfel ragte schwarz über mir auf, die Rückenschuppe des Drachen, der mich gefangen hielt. Alles hätte ich für einen Sonnenstrahl gegeben, sogar meine Seele. Wenn der Teufel in diesem Moment zu mir gekommen wäre, so dachte ich, hätte ich sie ihm verkauft.

Ein Schatten huschte einen Steinwurf vor mir durch den Schnee. Ich zuckte zusammen, verfluchte meine frevlerischen Gedanken und zögerte, bevor ich nach ihm rief. Es kam keine Antwort. Die Schneeflocken dämpften jedes Geräusch.

Ich ging auf die Stelle zu, an der ich ihn zu sehen geglaubt hatte, und stolperte. Jemand lag im Schnee. Graue Wolle bedeckte einen Körper.

Ich bückte mich, zog den Stoff zurück und blickte in Gottfrieds starres Gesicht.

Seine Augen waren geschlossen, der Mund stand offen. Er hatte sich zusammengerollt und seinen verkrüppelten Arm unter den Kopf geschoben, als wäre der Schnee sein Nachtlager. Es sah aus, als würde er schlafen.

»Gottfried«, sagte ich leise und legte den Stoff vorsichtig wieder über sein Gesicht. »Möge Gott gerechter zu dir sein, als du es zu anderen warst.«

Und dann sah ich es. Mit einem Schrei wich ich zurück.

Sein linkes Bein fehlte. Ein zertrümmerter Oberschenkelknochen ragte unter seinem Umhang hervor. Der Schnee um ihn herum war rot. Ich sah Fußspuren darin.

Hastig drehte ich den Kopf, glaubte bereits den Teufel hinter mir zu spüren, doch da war nichts.

Ich ging an der Leiche vorbei, sah, dass die Spuren seitlich zwischen einige Felsen führten. Sie mussten frisch sein, sonst hätte der Schnee sie bereits zugedeckt. Ich folgte ihnen, obwohl sich alles in mir dagegen sträubte. Ich musste erfahren, was geschehen war.

Die Schatten der Felsen fielen lang über den Schnee. Beinahe verlor ich die Spur dort, doch nach einem Moment fand ich sie wieder. Sie führte zu einer Spalte. Etwas flackerte darin. Ich sah hinein, aber der Felsspalt knickte ab. Ich konnte nichts erkennen, hörte nur leise Stimmen.

Vorsichtig schob ich mich hinein. Sand knirschte unter meinen Füßen. Das Flackern wurde heller. Irgendwo vor mir brannte ein Feuer. Rauch zog träge an mir vorbei. Ich war in einer Höhle.

Ich beugte mich zur Seite, bis ich an dem Fels vorbeisehen konnte.

Fünf Brüder saßen um ein Lagerfeuer. Ich erkannte Hermann und Michael, die Namen der drei anderen kannte ich nicht. Lukas stand neben ihnen. Er trennte mit einem Messer Fleisch von einem Knochen.

Ich biss mir auf die Lippen, bis ich Blut schmeckte. Am Ende des Knochens saß ein menschlicher Fuß.

»Mutter?«

Ich fuhr herum und prallte gegen eine Schulter. Hände griffen nach mir. Ich schlug sie weg, versuchte meinen Sohn zur Seite zu drängen, doch im gleichen Moment riss mich jemand zurück. Ich fiel hart auf den Stein.

»Lauf weg!«, schrie ich. »Du weißt nicht, was hier geschieht!«

»Doch, das weiß ich«, sagte Konrad.

Kapitel 23

Mit beiden Händen stieß ich Konrad zurück, sprang über ihn, als er fiel, und lief aus der Höhle, hinein in die Dunkelheit. Hinter mir wurden Stimmen laut.

»Schnappt die Judenhure!«

»Was macht ihr denn?«

Meine Füße versanken im Schnee, ich stolperte, fing mich, rannte den Berg weiter hinauf. Alle Gedanken schwanden aus mir, nur Bilder blieben, mischten sich in die Flocken. Ich sah Lukas' Überraschung, Konrads teilnahmsloses Gesicht – und den Fuß. Immer wieder den Fuß.

Ich hustete und würgte, taumelte und rannte. Die Kälte brannte in meiner Kehle, meine Beine wurden schwer. Felsen schälten sich aus der Dunkelheit wie Säulen hervor, die einen grauen Himmel trugen. Ich lief zwischen ihnen hindurch.

Meine Zehen prallten gegen etwas Hartes. Schmerz schoss durch meinen Fuß. Ich stürzte, presste eine Hand auf den Mund, um einen Schrei zu unterdrücken. Krämpfe zuckten durch meine Beine. Ich zitterte so sehr, dass ich nicht aufstehen konnte.

Ich hörte knirschende Schritte, sah mich hastig um, aber außer dem Felsen, hinter dem ich lag, schien es kein Versteck zu geben. Mit den Händen schaufelte ich Schnee über meinen Körper; sie waren steif wie Holz und schmerzten, aber ich hörte nicht auf, wühlte mich in den Schnee hinein.

Das Knirschen kam näher und brach ab.

»Wie viel weiter noch?«, fragte Hermann.

»Noch ein wenig.«

Ich zuckte zusammen. Das war Konrads Stimme.

»Ich verstehe nicht, weshalb wir das Wunder geheim halten. Soll die Ju… deine Mutter doch allen davon erzählen. Dann können sie auch daran teilhaben.«

»Sie würden es nicht begreifen. Menschen sind dumm.«

Konrad klang kalt und fremd. Hätte ich seine Stimme nicht erkannt, nie wäre ich auf den Gedanken gekommen, dass mein Sohn so etwas sagte.

»Und was passiert mit ihr, wenn wir sie finden?«, fragte Hermann. Er ging langsam weiter. »Muss sie ster…«

»Nein«, unterbrach ihn Konrad rasch, als wäre dies ein Wort, das er nicht ausgesprochen hören wollte. »Natürlich nicht. Ich bin sicher, dass sie alles verstehen wird, wenn Lukas es ihr erklärt.«

Seine Stimme wurde leiser. Hermann antwortete etwas, aber es ging im Fauchen des Winds unter. Ich hörte nur »Nicolaus«, dann nichts mehr.

Er ist noch nicht verloren, dachte ich. Mit aller Kraft, die ich aufbringen konnte, klammerte ich mich an seine Worte. Egal, wovon Lukas ihn überzeugt hat, egal, was er getan hat.

Der Fuß…

Er ist nicht bereit, mir etwas anzutun. Es ist Gutes in ihm…

Die Kälte des Schnees kroch in meinen Körper, doch ich wagte es noch nicht aufzustehen. Ich dachte an das, was ich als Nächstes tun würde: Ich musste Nicolaus sagen, was Lukas hinter seinem Rücken tat. Niemand sonst durfte etwas davon erfahren, selbst Hugo nicht. Er hätte seinen eigenen Bruder getötet, hätte er geglaubt, dass der Teufel von ihm Besitz ergriffen hätte. Und vielleicht war es so. Vielleicht kämpfte Konrad in diesem Moment um seine Seele.

Ich setzte mich auf, als die Kälte unerträglich wurde. Über

mir schimmerten Sterne zwischen den Wolken hindurch. Der Schneefall ließ nach. Meine Beine zitterten unter meinem Gewicht, aber die Krämpfe, die ich befürchtet hatte, blieben aus.

Langsam schlich ich an den Felsen entlang. Hermann und Konrad konnten nicht weit sein. Ich hatte Angst, ihnen zu begegnen, also versuchte ich einen Bogen zu schlagen, der mich weiter den Berg hinauf, aber weg von ihnen brachte.

Der Hang breitete sich weit und weiß zu beiden Seiten aus. Ich zögerte, dann ging ich in die Richtung, wo der Weg steiler wurde. Der Kreuzzug musste den Berg überqueren. Wenn ich die anderen finden wollte, musste ich das auch.

Das Schneefeld schien kein Ende zu nehmen. Immer weiter riss die Wolkendecke auf. Der Sternenhimmel war so klar und hell, wie ich ihn nie zuvor gesehen hatte. Meine Angst verging, als ich ihn betrachtete. Es war, als würde sie emporgetragen, hinein in die glitzernden und funkelnden Lichter. Ruhe überkam mich und Wärme, als würde Gott selbst mich in eine Decke hüllen, so wie es meine Mutter früher getan hatte, wenn ich in Winternächten geweint hatte, weil wir kein Feuerholz mehr hatten. Ich wollte in der Wärme bleiben, zu einem Teil von ihr werden und niemals wieder aus ihr …

Kälte drang mir in Mund und Nase. Ich hustete Schnee und riss die Augen auf. Spitze Felsen ragten vor mir empor. Ohne es zu bemerken, musste ich gestürzt sein.

Meine Zähne schlugen aufeinander. Zitternd kam ich auf die Beine, presste die Hände unter meine Arme und zog die Schultern hoch. Nadeln schienen in meine Haut zu stechen. Meine Beine waren steif wie die eines neugeborenen Kalbs.

Ich taumelte vorwärts, wusste weder, wie lange ich im Schnee gelegen hatte, noch, wo ich war. Der Himmel hatte sich wieder zugezogen. Vielleicht hatte ich aber auch nur von den Sternen geträumt.

Schnee knirschte unter mir, und ich brach bis zur Hüfte ein. Etwas krachte, der Boden sackte unter mir weg, alles begann sich zu bewegen, und Schnee hüllte mich ein. Ich rutschte, gefangen in einer weißen Masse, die mich nicht loslassen wollte.

Ein Felsspalt.

Der Gedanke stand plötzlich in meinem Kopf. Mit einem Ruck wurde ich nach vorn geworfen. Ich streckte die Arme aus, um mich an irgendetwas festzuhalten, griff aber nur in die Luft.

Und dann stürzte ich.

Meine Schreie gingen im Donnern und Krachen des Schnees unter. Ich überschlug mich, einmal, zweimal, ein Dutzend Mal. Ich war ein Blatt in einem Sturm, ein Stück Treibholz in einem Wasserfall, ein Regentropfen inmitten des Hagels.

Als ich schließlich liegen blieb, nach einer Ewigkeit aus Chaos und Schmerz, war alles um mich herum dunkel. Schnee verstopfte mir Mund und Nase, ich ruderte mit den Armen, stieß mich mit den Beinen ab, ohne zu wissen, wo oben und unten war. Jede Bewegung war schwer, so entsetzlich schwer. Ich konnte nicht atmen, nicht sehen, spürte nichts als Angst. Sterne tanzten vor meinen Augen. Ich dachte an den Himmel aus meinem Traum und wollte mich emportragen lassen. Es wäre so einfach.

Nein. Nicht so.

Ich krallte mich in den Schnee, streckte die Arme aus, und dann – auf einmal – stieß meine Hand in den Nachthimmel. Ich stampelte mich an die Oberfläche, zog keuchend und hustend die kalte Luft ein. Die Welt drehte sich und verschwamm, mir war übel.

Auf dem Bauch kroch ich weiter. Da war etwas vor mir, ein Schein, so als ginge die Sonne weit entfernt auf. Ich stützte mich auf die Ellenbogen, wollte meine Beine zwingen, mich zu tragen, und schluchzte vor Enttäuschung auf, als sie unter mir einknickten.

Ich sackte zusammen, eine Hand in den Schnee gekrallt, die andere nach dem Schein ausgestreckt.

Es war vorbei.

Ich schloss die Augen und ließ mich empor zu den Sternen tragen.

Eine Stimme riss mich zurück. »Wo, zur Hölle, kommst du denn her?«

Kapitel 24

Die Zeit verging wie im Traum. Ich schlief und aß und schlief. Ab und zu stellte mir jemand Fragen. Vielleicht beantwortete ich sie, vielleicht träumte ich es auch nur. Bis zum Jüngsten Gericht hätte ich so verbleiben können, warm und satt, doch irgendwann nahm die Welt um mich herum wieder Formen an.

Ich lag unter Decken und Fellen in einem Zelt. Es bestand aus roten und weißen Stoffbahnen. Ich bewegte meine Finger und sah zu, wie sie ihre Farbe veränderten, von dunkel zu hell und wieder zurück. Die Erinnerung an das, was geschehen war, wartete hinter einem Wall aus Müdigkeit und Stille.

»Du hast Glück, dass du sie noch hast.«

Erschrocken drehte ich den Kopf. Einen Atemzug lang glaubte ich Diego zu sehen und seine Stimme zu hören. Der Mann sprach mit dem gleichen Akzent wie er, hatte die gleiche dunkle Haut. Aber er war älter. Graue Strähnen durchzogen sein Haar.

»Was?«, fragte ich.

»Deine Finger.« Er ging um mein Lager herum und reichte mir einen Kelch. »Wenn dich die Soldaten nicht so schnell in der Lawine entdeckt hätten, müsstest du von jetzt an mit den Füßen essen.« Er lächelte knapp.

Ich setzte mich auf, nahm den Kelch in beide Hände und trank. Der Wein darin war warm und schmeckte nach Nelken. »Wo … bin ich?«

»Vor dem Gotthardpass. Oder dahinter, wenn man es von der Richtung her betrachtet, aus der du gekommen bist.«

Ich hätte mich beinahe verschluckt. »Dann haben wir es geschafft?«

»*Du* hast es geschafft.« Er nahm den leeren Kelch und stellte ihn auf einen Holztisch. »Wir wissen nicht, was aus den anderen geworden ist, von denen du im Fieber gesprochen hast. Unsere Patrouillen haben niemanden gefunden, noch nicht einmal Leichen.« Mein Gesicht schien meine Gefühle widerzuspiegeln, denn er fügte rasch hinzu: »Was nichts bedeuten muss. Es gibt Dutzende kleiner Pässe in diesen Bergen, die sie haben nehmen können.«

Ich versuchte ihm zu glauben, aber das fiel mir schwer.

Er räusperte sich. »Mein Herr hat darum gebeten, dich zu ihm zu bringen, sobald es dir besser geht. Auf der Truhe liegt frische Kleidung, leider nichts, was einer … äh …«, einen Moment lang suchte er nach dem richtigen Wort, »… einer Dame angemessen wäre. Zieh dich an und komm dann zu mir. Ich werde vor dem Zelt warten.«

Er ging zum Eingang. Ich wollte bereits die Decken zurückschlagen, als er sich noch einmal umdrehte. »Oh, ich habe mich nicht vorgestellt. Mein Name ist Abdul.«

»Bist du Spanier?«, fragte ich.

»Nein, ich stamme aus Damaskus.«

Er schien eine Reaktion zu erwarten, doch ich wusste nicht, welche.

»Aha«, sagte ich schließlich nur.

Abdul hob die Augenbrauen.

»Beeil dich bitte«, sagte er, dann verließ er das Zelt.

Ich warf die Felle und Decken beiseite und errötete, als ich meiner Nacktheit gewahr wurde. Jemand musste mich ausgezogen und gewaschen haben. Sogar mein Haar roch frisch.

Ich nahm mir vor, Abdul nicht danach zu fragen. Ich hätte mich zu Tode geschämt, wenn er es gewesen wäre.

Rasch schlüpfte ich in die viel zu weiten Beinlinge, die auf der Truhe gelegen hatten, und zog mir ein Leinenhemd über den Kopf. Es war so groß, dass es mir bis über die Knie reichte. Derjenige, der die Kleidung bereitgelegt hatte, hatte neben einem Schal auch einige Stricke hinterlassen. Mit einem schnürte ich die Beinlinge zusammen, mit einem anderen das Hemd. Den Schal legte ich über mein Haar, den Umhang über die Schultern. Nur die Stiefel ließ ich stehen. Sie hätten mir nicht gepasst.

Ich schlug die Stoffbahn, die den Eingang verdeckte, zurück und trat hinaus in den grauen Nachmittag.

Einige Soldaten mit glänzenden Brustplatten und hochgeschobenen Visieren führten ihre Pferde an mir vorbei durch das Lager. Hinter ihnen ragten Berge und Felsen empor. In den Schatten lag Schnee.

Es war ein kleines Lager, nicht annährend mit denen zu vergleichen, die der Kreuzzug aufgeschlagen hatte. Ich sah Zelte, vor denen Männer saßen und ihre Waffen reinigten. Sie warfen mir neugierige Blicke zu. Einer stieß den Soldaten neben sich an und wies mit einem Kopfnicken in meine Richtung. Als er bemerkte, dass ich ihn ansah, blickte er zur Seite.

Abdul musterte meine Kleidung.

»Das wird gehen. Komm.«

Er führte mich an Pfützen vorbei und zwischen den Zelten hindurch. Der Boden bestand aus Schlamm und Pferdekot. Ich bemühte mich, beidem auszuweichen, trotzdem waren meine braunen Beinlinge voller Spritzer, als wir vor einem Zelt stehen blieben, das größer als die anderen war. Vor ihm steckte ein Speer im Boden, an dem ein Schild mit Wappen hing.

»Warte hier«, sagte Abdul und verschwand im Zelt.

Ich hörte dumpfe Stimmen und sah Schemen hinter den hellen Stoffbahnen. Ich strich den Schal auf meinen Haaren glatt.

Meine Kleidung ziemte sich nicht. Ich fühlte mich unwohl ohne den langen Rock, den ich gewohnt war.

Die Zeltbahn wurde zurückgeschlagen, und Abdul winkte mich hinein. »Mein Herr hat jetzt Zeit für dich.«

Ich duckte mich unter dem Stoff hindurch und betrat das Zelt. Abdul verließ es hinter mir.

Meine Füße berührten Teppiche, so weich wie Schnee und so warm wie eine Sommerwiese. Ich dachte an den Schlamm, den ich hineintrug, und blieb stehen.

Zwei Männer sahen mich an. Sie saßen auf breiten Holzstühlen mit gepolsterten Lehnen. Der jüngere der beiden Männer hatte seine Beine auf den flachen Tisch gelegt. Eine ausgebreitete Pergamentrolle bedeckte seine Oberschenkel. Der ältere hatte die Beine ebenfalls ausgestreckt, sodass sich die Fersen seiner Stiefel in die Teppiche gruben, mit denen das gesamte Zelt ausgelegt war. Getrockneter Schlamm hing an seinen Sohlen. Beide Männer trugen Kleidung aus Leder und fein gesponnener Wolle.

»Komm rein«, sagte der ältere. Er hatte eine raue, befehlsgewohnte Stimme.

»Meine Füße sind dreckig.«

Die beiden Männer sahen sich an. Der jüngere grinste, der ältere lachte. »Alles in diesen Scheißbergen ist dreckig. Komm rein und setz dich.«

Ich ging zu einem Schemel, der vor dem Tisch stand. Es sah aus, als hätte man ihn für genau diese Gelegenheit dort hingestellt. Ich setzte mich und legte die Hände auf die Oberschenkel. Die Männer musterten mich. Ich senkte den Kopf.

»Mein Name ist Richard«, sagte der ältere. Seinen Begleiter stellte er nicht vor.

»Madlen.«

»Wie?«

Ich sprach lauter, ohne den Blick zu heben. »Madlen, Herr.«

»Woher kommst du, Madlen?«

»Winetre.«

»Wo, zur Hölle, ist das?«

»Eine Tagesreise von Köln entfernt, Herr.«

Der jüngere Mann pfiff durch die Zähne. Er hatte ein weiches, freundliches Gesicht, aber seine Augen waren die eines Falken.

»Dann hast du diesen Blödsinn ja von Anfang an mitgemacht.« Richard griff nach einem der beiden Kelche, die auf dem Tisch standen, trank jedoch nicht daraus, sondern stellte ihn auf der Armlehne seines Stuhls ab.

Ich schluckte meinen Ärger hinunter. »Ich weiß nicht, was Ihr meint, Herr.«

»Natürlich weißt du das. Begreifst du eigentlich, was euer so genannter Kreuzzug angerichtet hat? Felder liegen brach, ganze Dörfer sind wie ausgestorben …«

Ich ließ die Worte an mir vorbeiziehen. Dutzende Male hatte ich sie gehört, von Landjunkern, Stadträten und Priestern. Sie berührten mich nicht mehr.

»Es reicht, Richard«, sagte der jüngere Mann mit sanfter Stimme. Mir wurde auf einmal klar, dass sie wie Lukas und Nicolaus waren, damals, als alles begann. Nicht Richard führte das Kommando, sondern der andere.

Er rollte die Schriftrolle, die auf seinen Schenkeln lag, zusammen. »Erzähl uns von deiner Reise.«

»Was wollt Ihr hören, Herr?«

»Alles.«

Ich räusperte mich.

Der Jüngere schob mir seinen Weinkelch mit dem Fuß zu. »Lass nichts aus.«

Ich ließ vieles aus – Diego, das Bankett in Speyer, das Feuer im Kloster. Als ich von den Soldaten am Pass berichtete, warfen sich die beiden Männer einen kurzen Blick zu.

»Was für Soldaten?«, fragte Richard.

»Einer der Dorfbewohner sagte, es seien …«, ich versuchte

mich an den Namen zu erinnern, den er genannt hatte, »... Ottos Männer?«

»Ich wusste es.« Richard schlug mit der Faust auf die Armlehne, dass Wein aus seinem Kelch schwappte und auf den Teppich tropfte. »Von Anfang an habe ich gesagt: ›Majestät, lasst uns den Brenner nehmen!‹ Aber nein, Ihr wolltet ja unbedingt über den ...« Er ließ den Satz unvollendet.

Der jüngere Mann sah ihn an. Seine Mundwinkel zuckten, als würde er sich ein Lachen verbeißen.

»Ach, Scheiße«, sagte Richard.

Ich hob den Kopf. Gesprächsfetzen tauchten in meinen Gedanken auf, Geschichten, die Gottfried am Lagerfeuer über die beiden feindlichen Könige erzählt hatte, die um das Heilige Römische Reich stritten. Otto, der Welfe, und Friedrich, der in Italien darauf lauerte, zurückkehren zu können.

Ich rutschte von meinem Schemel, fiel auf die Knie und neigte den Kopf. »Mein König.«

»Noch nicht.« Ich hörte das Lächeln in Friedrichs Stimme. »Außer du lebst in Sizilien.«

»Es tut mir leid, Majestät«, sagte Richard. »Ich habe schneller geredet, als ich denken kann.«

»Du hast keinen Schaden angerichtet.« Der König wandte sich an mich. »Mein General möchte unsere Reise geheim halten, aber da Ottos Soldaten bereits den Pass blockieren, können wir wohl davon ausgehen, dass die Katze aus dem Sack ist. Also setz dich wieder, Madlen, und sag mir, was ihr mit den Soldaten gemacht habt.«

»Ja, Majestät.« Ich konnte kaum sprechen. Vor mir saß ein König. Ich wollte einen Schluck Wein aus dem Kelch trinken, den er mir zugeschoben hatte, aber als ich sah, wie sehr meine Hände zitterten, legte ich sie lieber in den Schoß. Leiser und bedachter als zuvor fuhr ich fort, erzählte von dem Kampf und unserem Sieg.

»Sie sind vor euch geflohen?« Friedrich lachte.

»Weiber«, murmelte Richard, dann beugte er sich vor. »Wie viele waren es?«

»Ich kann schlecht schätzen, Herr.«

»Waren es mehr als die Männer, die hier im Lager sind?«

»Ja, Herr, viel mehr. Aber selbst wenn es weniger wären, kämt ihr nicht weiter. Die Soldaten haben eine Brücke zerstört. Nur deshalb haben wir uns verlaufen.«

»Scheiße.« Richard sah seinen König an. »Wir müssen zurück.«

Friedrich legte den Kopf in den Nacken und starrte die Zeltdecke an. »Darüber reden wir später«, sagte er. »Erzähl deine Geschichte zu Ende, Madlen. Ich will wissen, wie sie ausgeht.«

Richard wirkte ungeduldig, deshalb fasste ich mich kurz. Ich erzählte von den Rationen, der Ungerechtigkeit und Lenas Bestrafung. Nur den Grund für meine Flucht ließ ich aus. Die Gedanken daran wollte ich nicht zurückbringen.

»Schöner Kreuzzug«, sagte Richard, als ich geendet hatte. Er leerte seinen Krug und rülpste. »Dieser Lukas ist ein verdammter Hurensohn.«

Ich war entsetzt über die Sprache, die er in Anwesenheit seines Königs benutzte, aber Friedrich schien das nichts auszumachen.

»Nein. Er versucht nur, etwas zusammenzuhalten, was auseinanderbricht, aber er weiß nicht, wie.« Er sah mich an. »Was willst du jetzt tun, Madlen?«

»Die anderen finden.«

»Und dann?«

Die Frage überraschte mich. Ich hatte darüber nicht nachgedacht, doch in diesem Moment, unter dem kühlen Blick des Königs, wurde mir klar, was ich zu tun hatte. »Ihn beenden. Den Kreuzzug beenden.« Ich schluckte. »Er hat uns verändert. Wir sind wie …«, ich suchte nach einem Wort, das ausdrückte, was ich sagen wollte, »… verzerrt. Wenn er nicht endet, dann werden wir uns nicht mehr wiedererkennen. Niemals.«

Friedrich schwieg.

»Das ist ja alles gut und schön.« Richard stand auf, streckte sich, und seine Gelenke knackten. »Aber Ihr habt eine Krönung vor Euch, Majestät. Wenn Ihr nicht vorher den Kopf verliert. Also sollten wir uns allmählich mit der Frage beschäftigen, wie wir es anstellen, dass selbiger Kopf auf Euren Schultern bleibt. Mit Eurer Erlaubnis werde ich die Dame für ihre guten Dienste entlohnen und weiterziehen lassen. Sie …«

»Der Papst verbringt den Sommer in Modena, dort musst du hingehen«, sagte Friedrich, der Richard nicht mal beachtete. »Nur er kann die Kreuzfahrer von ihrem Gelübde entbinden. Und das wird Innozenz mit Freuden tun. Ihr …«

»Warum?« Ich senkte rasch den Kopf, als mir klar wurde, dass ich den König unterbrochen hatte. »Verzeiht, Majestät.«

Er ging nicht auf meine Entschuldigung ein. »Ihr seid eine Peinlichkeit für die Kirche. Je schneller sie euch loswird, umso besser.« Nachdenklich rieb er sich die Schläfe. »Du kannst bis Meranum mit uns reisen, danach gebe ich dir ein paar Männer mit. Der Kreuzzug ist langsam. Wenn du dich beeilst, bist du trotz des Umwegs über Modena vor ihm in Genua.« Er grinste. »So, Richard, und jetzt kümmern wir uns um meinen Kopf.«

Ich stand auf, verneigte mich tief und verließ rückwärts das Zelt, während Friedrich bereits die Pergamentrolle auf dem Tisch ausbreitete. Er schien mich nicht mehr wahrzunehmen.

Seine Worte schwirrten durch meinen Kopf wie Mücken in einer Sommernacht. Jedes Mal, wenn ich sie zu greifen versuchte, entzogen sie sich mir. Ich hatte einen König getroffen, der mich zum Papst schicken wollte.

Was für ein Irrsinn, dachte ich.

Abdul saß auf einem Schemel neben dem Zelt. Ich lief fast in ihn hinein, bevor ich ihn bemerkte.

»Ist dein Gespräch gut verlaufen?«, fragte er.

»Ja … Ich weiß nicht, vielleicht.«

Er stand auf. »Mein Herr isst abends immer mit den Soldaten. Es könnte sein, dass dort Dinge besprochen werden, die nicht für deine Ohren bestimmt sind, also nimm es ihm nicht übel, wenn er dich dort nicht sehen möchte.«

»Abdul, ich weiß, wer er ist.«

»In diesem Fall«, entgegnete er ohne jede Überraschung, »wirst du ihm wahrscheinlich willkommen sein.«

Gemeinsam gingen wir durch das Lager. Erneut fielen mir die Blicke der Soldaten auf. »Warum sehen sie mich so an?«, fragte ich leise.

»Sie sind neugierig. Es kursieren viele Gerüchte über euren Kreuzzug. Jesus Christus persönlich führt ihn angeblich an, sagen einige.«

Es klang so albern, dass ich lachen musste, doch dann dachte ich an Nicolaus und den Engel, und mein Lachen erstarb. »Nein, das tut er nicht.«

Abdul musterte mich aus den Augenwinkeln. Ich befürchtete, er würde eine Frage stellen, die ich nicht beantworten wollte, also ließ ich ihn nicht zu Wort kommen. »Kann ich vielleicht bei den Vorbereitungen für das Essen helfen? Ich war Magd auf einer Burg.«

»Das ist sehr freundlich von dir, aber für einen Gast des Königs wäre das unangebracht.«

Er bog nach links ab. Vor uns lag das Küchenzelt. Einige Männer hängten gerade einen großen Kessel über eine Feuerstelle. Ein gehäutetes Reh war mit Stricken an einer der Zeltstangen festgebunden. Ich sah, wie einer der Soldaten mit einem langen Messer Fleisch von den Läufen zog.

Wein und Galle stiegen aus meinem Magen empor. Ich übergab mich in den Schlamm.

Die meisten Soldaten stammten aus Sizilien und sprachen nur Italienisch. Als wir beim Essen zusammensaßen, stellten sie mir durch Friedrich einige Fragen, nach deren Beantwortung ihr Interesse rasch erlahmte.

Nein, Jesus Christus hatte uns nicht angeführt, und nein, die Jungfrau Maria war uns nie erschienen. Ich hatte nur einen dürren Jungen mit einem Mal auf der Brust gesehen, der seltsame Laute ausstieß.

Am Tisch mit den Soldaten unter einem felsgrauen Himmel und mit vollem Magen erschien mir der Kreuzzug wie ein Traum.

Am nächsten Morgen brachen wir auf. Ich war das Reiten nicht gewöhnt und schlief deshalb die ersten beiden Nächte auf dem Bauch. Danach wurde es besser.

Anfangs verbrachte ich viel Zeit mit Abdul. Er erklärte mir den Konflikt zwischen Friedrich und Otto und brachte mir ein paar Brocken Italienisch bei. Erst gegen Ende der Reise erfuhr ich, dass er Sarazene war. Danach hielt ich mich von ihm fern. Es schien ihn zu verletzen, doch er sprach mich nicht darauf an.

Wir erreichten Meranum eine Woche nach unserem Aufbruch am Gotthardpass. Ich ließ mir dort sittlichere Kleidung schneidern, einen langen Rock aus guter Wolle und zwei Hemden. Sogar Stiefel kaufte ich mir. Das Geld dafür hatte mir Friedrich gegeben.

Vor den Stadttoren sammelten wir uns schließlich. Der König schenkte mir das Pferd, auf dem ich saß, und einen Beutel voller Münzen. Zwei Soldaten stellte er mir zum Schutz ab. Richard schüttelte den Kopf, als er das sah.

»Hier«, sagte Friedrich. Er zog eine Pergamentrolle aus der Tasche und reichte sie mir; sie war mit rotem Wachs versiegelt. »Gib das der Palastwache in Modena. Der Rest wird sich dann schon ergeben.« Ich wollte ihm danken, aber er hielt mich mit einer Geste davon ab. »Lebe ein gutes Leben, Madlen. Finde deine

Söhne und bete ab und zu für mich. Und …«, er sah zu Abdul, der von seinem Pferd gestiegen war und den Sattelgurt nachzog, »… versuche Menschen danach zu beurteilen, was sie tun, nicht nach dem, was du in ihnen zu sehen glaubst.«

Ich senkte den Kopf. »Das werde ich, Majestät.«

»Gut.« Friedrich wendete sein Pferd und stellte sich in die Steigbügel. »Aufbruch!«, rief er.

Ohne sich noch einmal zu mir umzudrehen, ritt er los. Seine Soldaten folgten ihm. Abdul stieg hastig in den Sattel. Er führte sein Pferd an mir vorbei.

»Entschuldige«, sagte ich, als wir auf einer Höhe waren. Es fiel mir schwer, aber wenn ich befolgen wollte, was der König geraten hatte, musste ich bei diesem Sarazenen anfangen.

Abdul beachtete mich nicht. Durch den Hufschlag, die Rufe der Männer und das Klirren der Waffen hatte er meine Entschuldigung wohl nicht gehört. Das sagte ich mir zumindest.

Zurück blieben nur die beiden Soldaten und ich.

»Il Papa?«, sagte einer von ihnen. Beide waren Sizilianer, klein und dunkel. Sie sahen sich so ähnlich wie Brüder.

Ich nickte. »Si, il Papa. Rapidamente.«

Die Soldaten lachten. Dann machten wir uns auf den Weg nach Modena, auf den Weg zum Papst.

Kapitel 25

Heiß und staubig dehnte sich die Ebene vor uns aus. Getreidefelder flimmerten im Sonnenlicht. Die Straße, auf der wir ritten, war so gerade, dass es aussah, als habe man die Landschaft mit einem Schwert zerteilt.

Wir begegneten zahlreichen Menschen, hauptsächlich Händlern und Gruppen von Pilgern, aber auch Soldaten mit fremden Wappen auf der Brust, die uns misstrauisch musterten. Abends lagerten wir am Wegesrand oder schliefen auf Stroh in den kleinen Gasthäusern, die es überall entlang der Straße gab. Wir aßen scharf gewürzten Schinken und milden Käse, tranken gesüßte Ziegenmilch und leichten Wein.

Sergio und Roberto versuchten mir Italienisch beizubringen und ich ihnen Deutsch. Wir kamen nicht sehr weit damit, aber es vertrieb die Zeit und hielt meine Gedanken davon ab, zum Kreuzzug zurückzukehren – und zu meinen Söhnen.

Fast zwei Wochen vergingen, bis wir die Dächer Modenas in der Ferne sahen. Am Stadttor verabschiedeten sich die Soldaten von mir. Friedrich hatte ihnen befohlen, an den Gotthardpass zurückzukehren und mit einigen anderen, die dort geblieben waren, eine provisorische Brücke zu errichten. Er hoffte, dass Ottos Soldaten seine Abwesenheit nicht bemerkten und den Brennerpass unbewacht ließen. So hatte ich den Plan zumindest verstanden.

Ich wünschte ihm Glück.

Die Stadtwache beschrieb mir den Weg zum Palast. Sie gestikulierten und wiederholten ihre Anweisungen so lange, bis ich sie schließlich verstand.

Ich stieg vom Pferd und führte es durch die schmalen Gassen, vorbei an Häusern aus braunroten Ziegeln mit kleinen Fenstern und schmalen Türen. Ich fand einen Mietstall und stellte das Pferd dort unter. Der Mann, der ihn leitete, warf mir einen seltsamen Blick zu, sagte aber nichts. In Modena war es wohl ebenso unüblich, eine Frau allein zu sehen, wie in Bonn oder Bern.

Ich dankte ihm mit ein paar holpernden Worten, dann betrat ich wieder die Gassen. Zu Fuß fiel ich weniger auf.

Überall wurde geredet, gefeilscht, gehandelt. Über den Dächern sah ich die Spitze einer Kirche. Dorthin hatte mich die Stadtwache geschickt.

Die Gasse endete in einem großen Platz, auf dem sich Marktstände aneinanderreihten. Hinter ihnen ragte, von Gerüsten umgeben, die halbfertige Kirche empor. Es war eine der schönsten, die ich je gesehen habe. Ihr heller Stein schien in der Sonne zu leuchten. Steinmetze, Schmiede und Schreiner arbeiteten in offenen Werkstätten neben ihrem Eingang, und Arbeiter liefen wie Katzen über die Gerüste.

Ich wandte mich nach rechts, schob mich durch die Menge aus Marktschreiern, Gauklern und Stadtbewohnern. Zwei Männer in bunter Kleidung spielten auf einer Klampfe und sangen mit verstellten Stimmen ein Lied. Die Menge lachte bei jeder Strophe. Ich machte einen Bogen um sie. Eine Hand legte ich auf den Geldbeutel an meinem Gürtel, mit der anderen presste ich die Pergamentrolle gegen die Brust. Sergio hatte mich vor Dieben gewarnt.

Der Palast war fast so groß wie die Kirche, aber nicht so hoch. Sein Eingang befand sich in einem von Soldaten bewachten Uhrenturm. Fahnen hingen von seinen Dächern, bewegten sich träge im Wind. Es war heiß.

Einige Schritte vor dem Eingang stand ein großes steinernes Gebilde. Es erinnerte mich an ein Rednerpult, so wie man es in manchen Kirchen sieht. Eisenringe hingen daran. Zwei Männer wuschen es mit nassen Lappen ab. Das Wasser, das zu Boden tropfte, bildete rote Pfützen. Offenbar war es mit Blut vermischt.

Was für ein merkwürdiger Pranger, dachte ich.

Die Soldaten vor dem Eingang kreuzten ihre Lanzen, als ich auf sie zuging. Einer sagte etwas, das ich nicht verstand. Wortlos hielt ich ihnen die Pergamentrolle entgegen, zeigte auf das rote Wachssiegel. »Il Papa. Prego.«

Einer der Soldaten warf einen kurzen Blick darauf, dann drehte er sich um und verschwand im Gang hinter der offenen Tür. Sein Kamerad blieb stehen und musterte mich aus dunklen Augen. Ich fühlte mich unwohl unter seinem Blick.

Die Sonne brannte auf meinen Rücken, Schweiß stand mir auf der Stirn. Ich wusste nicht, ob ich mehr Angst davor hatte, weggeschickt oder eingelassen zu werden. Hinter mir beendeten die beiden Sänger ihr Lied. Die Menge johlte und applaudierte.

Nur wenig später tauchte der Soldat wieder im Eingang auf. Ein Priester begleitete ihn, die Pergamentrolle in einer Hand, mit der er rhythmisch gegen seinen Oberschenkel schlug. Ich sah, dass das Siegel gebrochen war.

»Bist du Madlen?«, fragte der Priester auf Deutsch.

Ich nickte.

»Du hast Glück. Die Audienzen für den Tag haben gerade erst begonnen.«

Sein Gewand wehte hinter ihm her, als er mich durch im Halbdunkel liegende lange Gänge führte. Der Boden war aus Marmor, die Fenster verbargen sich hinter geschlossenen Kippläden. Vor jeder Tür stand ein Soldat.

Zwei Treppen gingen wir hinauf, dann Gänge voller Wandteppiche und Porträts entlang, bis der Priester schließlich vor einer zweiflügligen Holztür stehen blieb. Ein Flügel stand offen.

Dahinter lag ein weiterer Gang, von Sonnenstrahlen erhellt. An den Fenstern gab es keine Läden, die Wände waren kahl.

Rund zwei Dutzend Menschen warteten dort. Die meisten saßen auf dem Steinboden, ein paar gingen auf und ab. Ein ungeheuer dicker, gut gekleideter Mann hatte sich einen Hocker mitgebracht, der unter seinem Gewicht knarrte. Ein Junge, schwarz wie Asche, stand neben ihm und wedelte mit einem Fächer aus langen Vogelfedern.

Ich erinnerte mich an das, was Ritter von Alen eine Ewigkeit zuvor über Krieger mit schwarzer Haut gesagt hatte.

»Warte hier, bis man dich aufruft.« Die Stimme des Priesters riss mich aus meinen Gedanken. Er gab mir die Pergamentrolle zurück, und als ich eingetreten war, schloss er die Tür hinter mir.

Es war heiß und stickig in dem Gang. Die Menschen musterten mich teilnahmslos. Viele hatten Wein dabei, manche sogar Brot und Käse. Ich begann zu bereuen, dass ich meinen Wasserschlauch am Sattel gelassen hatte.

Ich fand einen Platz im Schatten, weit weg von dem schwarzen Jungen und dem dicken Mann, und setzte mich. Die Wand in meinem Rücken war warm. Mir gegenüber saßen ein Mann und eine Frau. Sie hielt einen Säugling im Arm, der Mann an ihrer Seite starrte aus leeren Augenhöhlen ins Nichts. Als sie meinen Blick bemerkte, begann sie zu reden, und ihre Worte prasselten wie Hagel auf mich ein. Der Mann schüttelte langsam den Kopf, so als hätte er alles, was sie sagte, schon gehört.

»Ich verstehe nicht«, sagte ich, als sie zum ersten Mal Luft holte. »Non capisco.«

Die Frau blinzelte, dann winkte sie beinahe empört ab und wiegte das Kind in ihren Armen.

Der dicke Mann in der Mitte des Gangs drehte sich zu mir um. »Sie sagt, ihr Mann sei ins Kloster gerufen worden, um das Dach zu reparieren. Dabei hat er wohl *versehentlich*...«, er betonte das Wort und verdrehte die Augen, »... eine der Nonnen nackt gesehen. Die hat ihn bemerkt, das Ganze ging vor Gericht, ihm wurden die Augen ausgestochen, und jetzt kann er die Familie nicht mehr ernähren, die Steuern nicht bezahlen, und das ganze Pack wird bald vom Hof gejagt.«

Der Blick der Frau glitt von mir zu ihm und wieder zurück. Sie ahnte, dass wir über sie sprachen. Es war mir unangenehm.

»Will sie den Papst um Hilfe bitten?«

»So wie jeder hier.« Der dicke Mann stand auf und kam zu mir. Er hatte schütteres braunes Haar und ein glattes, rundes Gesicht. Sein Hemd und die Samtweste, die er darüber trug, spannten sich über einem Bauch, auf den man einen Stuhl hätte stellen können. Der schwarze Junge klappte seinen Fächer zusammen, nahm den Hocker und folgte ihm. Ich wich zur Seite, als er näher kam.

»Habt Ihr noch nie einen wie ihn gesehen?«, fragte der dicke Mann.

»Nein.«

»Hässlich wie die Nacht sind sie, aber die besten Sklaven, die man für Geld bekommen kann.« Er wartete, bis ihm der Junge den Hocker wieder hingestellt hatte, dann setzte er sich. »Man nennt mich übrigens Jakob das Schwein. Ich handele mit allem, was nicht verboten ist. Und wie darf ich Euch anreden?« Er grinste.

Mir wurde mit einem Schlag klar, dass er mich für wohlhabend hielt. Meine Kleidung war neu und ungestopft, das Hemd, das ich am Morgen angezogen hatte, sauber.

»Ich bin Madlen.«

»Und was bringt Euch hierher, Madlen?«

»Meine Söhne haben ein Kreuzfahrergelübde abgelegt. Ich möchte, dass der Papst es aufhebt.«

Jakob beugte sich so weit vor, wie es sein Bauch erlaubte. »Sind sie etwa bei diesem Kreuzzug, von dem alle reden?«

»Ja. Sie …«

Er ließ mich nicht ausreden. »Ich habe gehört, Hunderte sind aus dem Heiligen Römischen Reich aufgebrochen, hauptsächlich Kinder von Tagelöhnern und Bauern.« Ein merkwürdiger Ausdruck lag in seinem Blick, Neugier, aber auch etwas anderes, das ich nicht einordnen konnte.

»Es sind eher Tausende«, sagte ich. »Ein Junge namens Nicolaus führt sie nach Genua. Dort soll sich das Meer für sie teilen.«

»Tatsächlich?«

Hinter Jakob schüttelte der schwarze Sklave leicht den Kopf, als wollte er mich warnen.

»Wisst Ihr, wo sie sind?«

Ich wurde vorsichtig. »Nein.«

»Schade. Ich hätte Euch gern geholfen.« Er wandte den Kopf, als die Tür am Ende des Gangs geöffnet wurde.

Ein Diener trat heraus. »Madlen?«

Ich stand hastig auf.

Ein Raunen ging durch die Wartenden. Manche fluchten leise.

Jakob hob die Augenbrauen. »Ihr müsst Freunde in hoher Stellung haben.«

Sein Blick folgte mir, als ich durch den Gang zur Tür ging. Kurz bevor ich eintrat, hörte ich, wie er den Diener zu sich rief. Dann schloss sich die Tür hinter mir.

Der Raum, in dem ich stand, war groß. Licht fiel durch die Ritzen der Fensterläden auf einen Marmorboden, in den bunte Mosaike eingelassen waren. Gemälde, auf denen Heilige abgebildet waren, hingen an den Wänden. Ein Vorhang aus rotem Samt teilte den Raum. Ich sah Schatten dahinter, ob von Menschen oder Möbelstücken, konnte ich nicht erkennen.

Der Mann, der vor mir auf einem mit Holzschnitzereien verzierten Stuhl saß, war nicht der Papst. Er war kaum älter als ich, schlank und blond. Sein Gewand wirkte schlicht, aber ich sah, dass es aus Seide war. Eine scharlachrote, samtene Mozetta bedeckte seine Schultern, und er trug ein großes, goldenes Kreuz an einer ebenfalls goldenen Kette. Vor ihm stand eine gepolsterte knöchelhohe Bank. Dort knieten die Bittsteller wohl, wenn Innozenz sie persönlich empfing.

»Gib mir die Pergamentrolle«, sagte der Priester und streckte ungeduldig die Hand aus. Ringe funkelten an seinen Fingern. Die Steine, die in sie eingelassen waren, sahen aus, wie ich mir Edelsteine vorstellte.

Ich nahm allen Mut zusammen. »Ihr seid nicht der Papst.«

»Nein, das bin ich nicht.« Ärger huschte flüchtig über sein Gesicht. »Mein Name ist Maurizio Kardinal de Soveno, Berater und Vertrauter von Papst Innozenz dem Dritten. Entweder sprichst du mit mir oder mit niemandem.«

Die Zurechtweisung war hart und erschien mir unangebracht. Ich schluckte eine Entgegnung hinunter und reichte ihm das Pergament.

Er rollte es auseinander. Sein Blick glitt darüber, er verzog die Lippen, dass sie einen schmalen Strich bildeten, und begann von vorn zu lesen.

»Du hast meine Erlaubnis zu knien, Weib«, sagte er nach einem Moment.

Wortlos kniete ich auf der schmalen Bank nieder. Ich hörte, wie eine Tür im abgetrennten Teil des Raums geöffnet wurde und eine Stimme flüsterte. Durchzug bauschte den Vorhang auf und ließ ihn wieder in sich zusammenfallen, als die Tür geschlossen wurde.

Der Kardinal hob kurz den Blick, kehrte aber fast sofort wieder zu dem Pergament zurück.

»Weißt du eigentlich, was darin steht, Weib?«, fragte er nach einer Weile. »Hat man dir das Schriftstück vorgelesen?«

»Nein, Herr, der König sagte nur, es würde dafür sorgen, dass man mich zu Seiner Heiligkeit vorlässt. Ich wollte ihn bitten, das Kreuzfahrergelübde von uns allen zu nehmen.«

»Dafür gibt es keinen Grund.« Der Kardinal schüttelte den Kopf. »Euer Kreuzzug hat nie existiert.«

»Aber wir haben das Gelübde abgelegt.«

»Nur Seine Heiligkeit kann einen Kreuzzug ausrufen, nicht ein dahergelaufener Bauernlümmel. Wo kämen wir hin, wenn jeder durch die Welt stolzieren würde, wie es ihm gerade gefällt!« Der Ärger auf seinem Gesicht war nicht mehr zu übersehen. »Seine Heiligkeit verurteilt euer Vorhaben. Alle Klöster und Diözesen wurden angewiesen, euch keine Unterstützung zu gewähren. Ihr gehört auf das Feld, nicht ins Heilige Land.«

»Wir gehören an den Ort, an dem uns der Herr haben will.« Ich dachte an all das, was wir erlitten hatten, an das, was Konrad und Hugo vielleicht in diesem Augenblick durchmachten. »Ich hatte gehofft, der Engel würde uns zu diesem Ort führen, aber nun glaube ich, dass wir fehlgeleitet wurden. Deshalb bin ich hier und nicht, weil es mir gefiel, durch die Welt zu stolzieren, wie Ihr es nennt.«

Der Kardinal setzte zu einer erbosten Antwort an, aber ein Räuspern von der anderen Seite des Vorhangs kam ihm zuvor. Er stand auf, trat dicht an den Vorhang und lauschte einen Moment, dann hielt er das Pergament hoch, sodass ich seinen Mund nicht sehen konnte, und antwortete.

Ich versuchte einen Blick auf die Gestalt hinter dem Vorhang zu erhaschen, sah aber nur einen Schatten. Trotzdem nahm ich an, dass es der Papst selbst war, der dort stand. Ich war wohl zu unbedeutend für eine Audienz.

Schließlich nickte der Kardinal. »Zurück zu den Wünschen von König Friedrich«, sagte er, während er zu seinem Stuhl zurückkehrte und sich wieder setzte. »Er schreibt, Seine Heiligkeit möge euch eine Amnestie erteilen, euch also von all den Verbrechen freisprechen, die ihr vor und während eures Unterfangens begangen habt. Dazu gehören insbesondere ketzerische Taten wie das Studium der Bibel ohne einen Priester und das Abnehmen der Beichte durch Laien.« Er sah mich an. »Diese Verbrechen wiegen besonders schwer in den Augen Seiner Heiligkeit.«

Ich biss mir auf die Lippen. Ich hatte nicht einmal geahnt, dass wir etwas Verbotenes taten, als wir gemeinsam die Psalme sprachen, die Gottfried von den Mönchen gelernt hatte, und uns gegenseitig die Beichte abnahmen. Ungewöhnlich, ja, aber nicht verboten. Sonst hätte ich Friedrich nichts davon erzählt.

»Um der Kirche die Entscheidung zu erleichtern, bittet er außerdem darum, über all die den Kirchenbann auszusprechen, die bis zum nächsten Sommer nicht in ihre Dörfer und Städte zurückgekehrt sind und sich dort bei einem Priester gemeldet haben. Er hofft, dass damit Nachahmer abgeschreckt werden.«

Etwas krampfte meinen Magen zusammen. »Kirchenbann? Aber wir sind doch nur dem Engel gefolgt.«

»Du weißt nicht, wem ihr gefolgt seid.« Der Ärger war aus dem Gesicht des Kardinals verschwunden und durch Kälte ersetzt worden. »Ihr hättet einem Priester von der Vision erzählen und abwarten sollen, was er entscheidet. Ihr habt euch eure missliche Lage selbst zuzuschreiben. Aber«, fuhr er fort, bevor ich noch etwas einwerfen konnte, »dies sind, wie gesagt, die Wünsche von König Friedrich. Der Heilige Vater hat in seiner Weisheit beschlossen, ihnen nicht zu entsprechen.« Er stand auf. Das Pergament, das auf seinen Knien gelegen hatte, fiel zu Boden. »Erhebe dich, Weib.«

Ich folgte dem Befehl. Meine Knie waren weich.

»Hiermit spreche ich im Namen des Heiligen Stuhls und der einzig wahren Kirche den Bann über alle aus, die in ketzerischer Absicht dem Pilgerzug des falschen Propheten gefolgt sind.« Seine Stimme hallte durch den Raum. »Ein Jahr lang werden sie ausgeschlossen von den heiligen Sakramenten. In diesem Zeitraum soll kein Gottesacker ihre Gebeine aufnehmen, kein Priester ihre Beichte hören. Sie sind verdammt, fernab der Gläubigen in Dunkelheit zu wandeln, bis das Jahr vergangen ist.« Er sah mich an. Seine Mundwinkel zuckten. »Und du, Madlen, sollst in das Heim zurückkehren, das der Herr für dich bereitet hat. Dort sollst du einen Priester aufsuchen und deine Sünden gestehen. Erst wenn er beschließt, dass du wieder bereit bist, dich der einzig wahren Kirche zu unterwerfen, soll der Bann von dir genommen werden. Gott sei all euren Seelen gnädig.« Er stieß das Pergament mit dem Fuß beiseite. »Und nun geh mir aus den Augen, Weib. Du bist dem Herrn ein Gräuel.«

Der Kardinal drehte sich um und faltete die Hände hinter dem Rücken. Ich starrte auf seinen Hinterkopf, unfähig, einen klaren Gedanken zu fassen. Auf der anderen Seite des Raums raschelte es.

»Heiliger Vater!« Mit drei langen Schritten erreichte ich den Vorhang. Aus den Augenwinkeln sah ich, wie der Kardinal herumfuhr. Er rief nach der Wache.

Ich riss den Vorhang beiseite, erfasste den Raum mit einem Blick.

Eine gepolsterte Bank stand unter einem großen Gemälde, dahinter ein schwarzer Junge, der einen Fächer zusammenklappte. Der Mann, den ich hatte flüstern hören, war bereits bis zur Tür gegangen, zog sie gerade auf. Sein massiger Rücken verbarg den Gang, der vor ihm lag. Er wandte den Kopf.

Es war Jakob das Schwein.

Hände ergriffen meine Arme, zogen mich quer durch den Raum und hinaus in den Gang, aus dem ich gekommen war.

Die Menschen, die dort saßen, sahen überrascht auf. Der blinde Mann fragte etwas, seine Frau antwortete aufgeregt. Dann hatte ich den Gang auch schon verlassen.

Die beiden Soldaten hielten weiterhin meine Arme fest, zerrten mich die Treppen hinunter, meine Ellenbogen rieben gegen ihre Brustplatten. Ich wurde durch den Eingang nach draußen gestoßen.

Einer der Soldaten trat nach mir, traf jedoch nicht. Der andere schrie mir etwas auf Italienisch hinterher.

Ich stolperte in die Mittagshitze. Menschen blieben stehen und starrten mir nach. Vor dem Pranger wurde gejohlt und gepfiffen.

Ich lief an der Menge vorbei, floh zwischen die Marktstände und blieb irgendwann stehen. Mit zittriger Hand fuhr ich mir durchs Gesicht. Ich verstand nicht, was in dem Palast geschehen war, wieso Jakob das Schwein mit dem Kardinal gesprochen hatte, weshalb man uns mit dem Kirchenbann belegt hatte.

Die beiden Männer, neben deren Werkzeugstand ich stehen geblieben war, musterten mich, während sie vorgaben, ihre Waren zu sortieren. Ich bildete mir ein, dass sie sehen konnten, was ich war. Dass ich nicht mehr zu ihnen gehörte. Der Gedanke war furchterregend. Ich wagte es kaum noch, einen Blick auf die Kirche zu werfen und auf das Kreuz darauf. Ich hatte kein Recht mehr dazu.

Tief atmete ich durch. Es ließ sich nichts daran ändern. Ich musste Konrad und Hugo finden und all die anderen, die nicht ahnten, zu was sie geworden waren. Daran klammerte ich mich, als ich an den Ständen vorbei über den Platz ging.

Die Menge vor dem Pranger war größer geworden. Ich ging näher heran und entdeckte einen Karren, auf dem ein leerer großer Käfig stand. Auf dem Kreuzzug hatte jemand von einem Bären erzählt, den er einmal am Pranger gesehen hatte. Man hatte ihn zu Tode gesteinigt, um den Teufel aus ihm zu vertreiben. Wenn es auf diesem Platz zu etwas Ähnlichem kam, wollte ich es nicht sehen.

Ich wandte mich bereits ab, als ein Mann vor mir zur Seite trat und ich das Pferd sah, das hinter dem Karren angebunden war.

O nein, dachte ich.

Hastig kämpfte ich mich durch die Menge nach vorn. Einige fluchten unwillig, aber die meisten machten mir Platz. Außer mir waren nur wenige Frauen anwesend. Keine war allein.

Als Erstes entdeckte ich den Mann neben dem Pranger. Er war groß und dick, wenn auch nicht annährend so fett wie Jakob –

was hatte er mit dem Kardinal besprochen? – und trug eine lange fleckige Robe. Sein Gesicht verbarg er unter schwarzem Stoff.

Er reckte die Fäuste in die Luft, und ich sah die Lederriemen, die er um seine Knöchel gebunden hatte. Blut tropfte von ihnen herab. Er schrie etwas. Die Menge johlte. Dann bückte er sich und verschwand aus meinem Gesichtsfeld.

Ich stellte mich auf die Zehenspitzen, versuchte etwas über die Köpfe und Schultern der anderen zu sehen. Ketten klirrten, dann zog der Folterknecht einen Mann vom Boden hoch. Seine Kleidung war zerrissen. Schweißnasses Haar hing in ein blutüberströmtes Gesicht. Er war kaum noch bei Bewusstsein.

Diego!

Der Folterknecht schrie wieder etwas und winkte. Anscheinend rief er jemanden zu sich.

Wie ein riesiges Tier drehte die Menge den Kopf nach links, zu der Schmiede, die dort errichtet worden war. Ein Junge lief dem Henker entgegen. Er hatte ein langes Eisen in der Hand, an dessen Spitze sich ein rot glühender Kreis befand. Das Symbol, das darin eingelassen war, konnte ich nicht erkennen, der Junge war noch zu weit weg.

Doch dann kam er näher, und ich sah, dass es ein Davidstern war, das Symbol der Juden.

Ich presste die Hand vor den Mund, ahnte auf einmal, was geschehen würde.

Neben dem Pranger blieb der Junge stehen. Der Folterknecht nahm ihm das Eisen aus der Hand, hielt es hoch und drehte sich, damit jeder es sehen konnte. Die Menge begann zu brüllen. Immer wieder stieß sie dasselbe Wort aus.

»Ebreo! Ebreo! Ebreo!«

Ich wusste nicht, was es bedeutete, aber ich konnte es mir denken: Jude.

Diego hob den Kopf. Seine Augen weiteten sich, er zerrte an

den Ketten, die ihn an dem Pranger hielten. Der Folterknecht verkrallte die freie Hand in seine Haare, riss seinen Kopf zurück. Diego trat nach ihm, aber die Ketten waren zu kurz. Der Junge holte mit der Faust aus und schlug ihm in den Magen.

Als Diego zusammensackte, packte der Junge seinen Kopf, drehte ihn so, dass sein Gesicht dem Folterknecht zugewandt war. Der richtete das Eisen darauf.

Und stieß zu.

Diegos Schrei, lang gezogen und gequält, riss mich aus meiner Erstarrung.

Ich warf mich nach vorn, zwischen Schultern und Arme, aber die Männer, die dort standen, ließen mich nicht durch. Einer drehte sich um und stieß mich zurück, glaubte vielleicht, ich wolle ihm die Sicht auf das Spektakel nehmen.

Die Menge grölte und pfiff, als der Folterknecht das Eisen von Diegos Wange nahm und sein Werk präsentierte. Die Haut war aufgeplatzt und schwarz verbrannt, der Kreis mit dem eingelassenen Stern deutlich zu sehen.

Männer warfen Münzen, die der Junge einsammelte. Der Folterknecht ließ Diegos Kopf los. Haltlos sackte er ihm auf die Brust. Er hatte das Bewusstsein verloren, und ich dankte Gott dafür.

»Was, zum Teufel, machst du denn da?«, schrie eine Stimme rau und auf Deutsch. Drei Männer in Lederrüstung bahnten sich einen Weg durch die Menge. »Zur Schau stellen, hab ich gesagt, nicht umbringen, du dämlicher Narr!«

Neben dem Pranger blieben die Männer stehen. Einer hob Diegos Kopf am Kinn hoch und sah ihm ins Gesicht. Dann lachte er. »Eines muss man ihm lassen, Ulf. Er weiß, wie man die Leute begeistert.«

Ulf, der größte und kräftigste der drei, spuckte aus. »Bring ihn wieder in den Käfig. Tot nützt er uns nichts.«

Der dritte Mann winkte den Folterknecht und den Jungen heran. Gestenreich redeten sie aufeinander ein. Anscheinend ging es darum, wie das Geld aufgeteilt werden sollte.

Ich beachtete sie nicht weiter. Mein Blick galt Diego. Ulf und der zweite Mann, der kleiner und jünger war als er, lösten Diegos Ketten und warfen ihn in den Käfig auf dem Karren. Einer der vier Ochsen, die davor eingespannt waren, muhte laut.

Die Menge zerstreute sich rasch, bis nur noch ich dastand. Ich sah, wie die Männer dem Folterknecht und dem Jungen die Hand gaben und Ulf das Geld in seinen Beutel steckte. Erst dann bemerkten sie mich.

»Es gibt nichts mehr zu sehen«, sagte der Kleinere. »Geh zurück und fick deinen Bruder oder was auch immer ihr hier in diesem seltsamen Land macht.«

Die anderen beiden lachten.

Ich wusste nicht, was ich sagen würde, als ich den Mund öffnete. »Ich habe keinen Bruder.«

Das Lachen erstarb. Der Kleinere errötete sogar und senkte den Blick, Ulf verzog das Gesicht. »Verzeiht. Christoph dachte nicht, dass Ihr ihn verstehen würdet. Er hat einen derben Humor.«

Ich ging auf die Entschuldigung nicht ein. Auf Burg Drachenfels hatte ich oft genug erlebt, wie man mit denen umging, die unter einem standen. »Ihr seid Soldaten?«

»Ja. Wir dienen Seiner Heiligkeit. Wir hatten gehofft, ihn hier zu treffen, aber …« Ulf hob die Schultern.

»Er ist nicht mehr hier?«, fragte ich überrascht.

»Nein, vor einer Woche ist er nach Florenz aufgebrochen. Jetzt müssen wir ihm folgen und beten, dass er noch dort ist. Wir haben Befehl, den Gefangenen direkt zu ihm zu bringen.«

»Und auf dem Weg dorthin stellt ihr ihn aus?« Meine Stimme zitterte vor Erregung.

»Der Kardinal will es so. Ist gut für die Moral, sagt er.«

»Und für unseren Geldbeutel«, fügte Christoph hinzu.

Diego stöhnte in seinem Käfig. Ich hatte Angst, dass er aufwachen und mich erkennen würde. Wer konnte schon wissen, was er in seinem Zustand sagte.

»Ich möchte nicht unhöflich sein.« Ulf räusperte sich. »Aber wir müssen aufbrechen. Wir haben einen langen Weg vor uns.«

»Auf dem ich euch, wenn es keine Umstände bereitet, gern begleiten würde.« Ich spielte mit dem Geldbeutel an meinem Gürtel. »Ich würde euch für euren Schutz natürlich entlohnen.«

»Allein?«

»Ja. Ich wurde bei einem Unwetter von meiner Eskorte getrennt, aber ich bin sicher, dass ich sie in Florenz treffen werde.« Es war, als führe Gott meine Zunge; ich schien gar nichts Falsches sagen zu können. Ein Teil von mir hörte meinen Worten verwundert zu.

Ulf sah die anderen beiden an. Sie nickten knapp. »Ich habe nichts dagegen, wenn sie uns nicht aufhält«, fügte Christoph hinzu. Der dritte Mann schwieg.

»Ich habe ein Pferd«, sagte ich rasch.

»Dann ist es beschlossen.« Ulf wollte sich abwenden, aber ich hielt ihn auf.

»Dieser Gefangene ist doch hoffentlich nicht gefährlich, oder?«

»Und wie er das ist. Seine Heiligkeit verfolgt ihn seit Jahren. Dutzende Soldaten hat er schon umgebracht.«

Unwillkürlich dachte ich an den Abend in Speyer und die Männer, die uns angegriffen hatten.

Ulf schlug mit der flachen Hand gegen den Käfig. »Er schmuggelt teuflische Schriften ins Christenreich, und als wäre das nicht schlimm genug, spioniert er auch noch für die Sarazenen. Verdammter Jude.«

Ich spürte, wie mir das Blut aus dem Gesicht wich.

Christoph schien das zu bemerken, denn er legte eine Hand auf seinen Schwertgriff. »Aber habt keine Angst, wir werden nicht zulassen, dass er Euch etwas antut.«

Diego stöhnte in seinem Käfig. Ich wandte mich ab.

Kapitel 26

Er erwachte kurz hinter den Stadttoren.

Mit einer Hand tastete Diego nach seiner geschwollenen, verkrusteten Wange, seine Finger zuckten jedoch zurück, bevor er sie berühren konnte. Schmerzen verzerrten sein Gesicht.

Er sah sich um, und unsere Blicke trafen sich. Überraschung stand in seinen Augen, Verwirrung, Freude? Ich war mir nicht sicher.

»Starr die Dame nicht so an!« Christoph trat gegen die hölzernen Verstrebungen des Käfigs. Die Ketten, mit denen er verschlossen war, rasselten, das schwere Vorhängeschloss schlug hin und her.

Diego wandte den Blick nicht ab, ich schon. Ich sagte mir, dass ich es tat, weil ich einen Verräter und Ketzer nicht ansehen wollte, und nicht, weil ich befürchtete, dass ihn die Soldaten ansonsten bestrafen würden.

Ulf ritt neben mir auf einem alten, müden Pferd, das unter der Hitze zu leiden schien. Christoph saß zwischen Vorräten auf der Ladefläche des Karrens, die Hände im Nacken gefaltet, den Rücken gegen die Seitenwand gelehnt. Stummer saß auf dem Kutschbock und lenkte die vier Ochsen, die den Karren zogen. Ich hatte ihn noch nie sprechen hören.

»Er ist stumm«, sagte Ulf, als ich ihn danach fragte. »Wir dienen seit vielen Jahren zusammen, aber niemand weiß, wie er richtig heißt. Also nennen wir ihn Stummer.«

Ich starrte auf Stummers breiten Rücken. »Ihr hättet ihm einen vernünftigen Namen geben sollen.«

»Ja, ich weiß.« Ulf klang fast schon zerknirscht. »Aber jetzt ist es zu spät. Er hat sich dran gewöhnt.« Er spuckte in den Staub der Straße.

Die Landschaft erschien endlos und öde. Nur hin und wieder wurden die Felder von Obstplantagen, Wäldern oder kleinen Dörfern unterbrochen.

Wir zogen nach Süden. Obwohl ich nicht wusste, wo Genua lag, war ich mir sicher, dass dies die falsche Richtung war, sonst hätte der Plan des Königs keinen Sinn ergeben. Ich durfte nicht zu lange warten.

Das Fass Wein, das ich in der Stadt erworben hatte, stand neben Christoph im Schatten des Kutschbocks. Der Händler hatte mir in schlechtem Deutsch versichert, der Wein sei stark und süß, etwas für Herrschaften, nicht für »Tölpel«. Er hatte mir recht viele Münzen dafür abgenommen, aber da ich deren Wert nicht kannte, konnte ich nur vermuten, dass er mich übervorteilt hatte. Es war egal, ich hatte keine andere Wahl.

Die Soldaten sprachen nicht viel, weder miteinander noch mit mir. Diego sah mich einige Male an, aber ich tat immer so, als würde ich es nicht bemerken.

Gegen Abend erreichten wir einen kleinen Fluss. Ich hatte die Soldaten großzügig für ihre Begleitung entlohnt und tat das, was jede wohlhabende Dame in Gegenwart einfacher Leute getan hätte: nichts.

Während die Soldaten Holz für ein Feuer sammelten und Wasser aus dem Fluss schöpften, ging ich am Ufer entlang und ließ den Wind den Schweiß auf meinem Rücken kühlen. Es war ein schöner, warmer Sommerabend. Ich hing meinen Gedanken nach, bis Ulf mich rief. Dann kehrte ich ins Lager zurück.

Sie hatten sich Mühe gegeben, das Brot auf eine Decke gelegt, den Käse auf einige Stücke Baumrinde, die sie von den Stämmen abgeschnitten haben mussten. Das Weinfass stand auf dem Boden und war bereits geöffnet. Ein kleines Lagerfeuer brannte, obwohl es noch nicht ganz dunkel war.

Ich hätte sie beinahe auf die Verschwendung von Brennholz hingewiesen, doch dann schwieg ich. Das war nicht der Kreuzzug, und wir durchquerten nicht mehr die Alpen. Es gab genügend Holz.

Ulf hakte die Daumen in den Gürtel. »Wir wollten uns bedanken für den Wein und den Käse. Das ist sehr großzügig.«

»Nur eine Kleinigkeit.« Ich winkte ab, so wie es meine Herrin getan hätte, und hoffte, dass mein Magenknurren die Illusion nicht zerstörte. »Ihr habt mir aus einer großen Not geholfen. Esst und trinkt, so viel ihr wollt.«

Das taten sie. Mit ihren Messern schnitten sie faustgroße Stücke aus dem Käse und stopften ihn sich so schnell in den Mund, dass sich Christoph schon beim zweiten Bissen verschluckte. Stummer tauchte Holzbecher in das Fass und reichte ihm einen. Den zweiten gab er mir.

Der Wein war stark, so wie der Händler versprochen hatte. Ich nippte nur daran und aß ein wenig Brot mit Käse. Gier war undamenhaft.

»Was ist mit ihm?«, fragte ich mit einem Blick auf Diego, der mit geschlossenen Augen in seinem Käfig hockte.

Ulf schluckte. »Dem Gefangenen? Was soll mit ihm sein?«

»Bekommt er nichts?«

Die Soldaten sahen sich an. Christoph lachte mit vollem Mund. »Von diesem Festmahl? Natürlich nicht.«

»Vielleicht etwas Brot und Wasser?«

Stummer stieß Ulf an und stand auf. Mit einer Hand griff er nach dem Eimer voller Wasser, den er im Fluss gefüllt hatte, mit der anderen nahm er ein Stück Brot. Breit grinsend ging er auf den Karren zu.

Diego öffnete die Augen, beobachtete ihn, ohne sich zu bewegen. Vor dem Käfig blieb der Soldat stehen. Er drehte sich zu uns um, als wolle er sicherstellen, dass wir auch sahen, was er tat, dann hielt er Diego das Brot hin. Der zögerte einen Moment, bevor er danach griff.

Stummer zog die Hand zuerst weg, streckte sie im nächsten Moment aber wieder aus. Diego jedoch griff kein zweites Mal nach dem Brot, sondern schloss wieder die Augen.

Stummer wirkte enttäuscht, doch dann fiel ihm der Eimer in seiner Hand wieder ein. Er holte damit aus und schüttete das Wasser in den Käfig. Das Brot ließ er fallen, trat es mit dem Absatz seines Stiefels in den Sand und warf es hinterher.

Diego reagierte nicht. Es war, als würde er nicht bemerken, was neben ihm geschah. Wasser tropfte ihm aus den Haaren. Das Brot lag zwischen den Streben auf der Ladefläche.

Stummer drehte sich und streckte die Arme aus wie ein Feuerschlucker nach einer gelungenen Vorstellung. Der Eimer baumelte in seiner linken Hand. Seine Kameraden lachten und klatschten in die Hände.

Ulf sah mich grinsend an. »Brot und Wasser«, sagte er. »Wie gewünscht.«

Ich rang mir ein Lächeln ab. »Er verdient es nicht besser.«

»So ist es. Einer, der Christen an die verdammten Sarazenen verrät, verdient noch nicht mal die Luft zum Atmen.«

Stummer kehrte zurück ans Lagerfeuer, und Christoph klopfte ihm auf die Schulter, bevor Stummer seinen Becher neu füllte.

Ich beobachtete die Soldaten. Sie tranken den Wein unverdünnt, so wie ich gehofft hatte. Anfangs bezogen sie mich aus Höflichkeit in ihre Gespräche mit ein, doch irgendwann kreisten sie nur noch um Dinge, die ich nicht verstand, und Personen, die ich nicht kannte.

Ich sagte ihnen, dass ich müde wäre, und legte mich ein wenig abseits des Feuers hin, hoffte, dass sie mich vergessen würden. Die Soldaten hatten den ganzen Tag über großen Anstand gezeigt, aber ich hatte Angst, dass sich das ändern würde, wenn sie betrunken waren.

Auf dem Rücken liegend, die Arme hinter dem Kopf verschränkt, wartete ich.

Die Nacht war sternenklar und warm, das Gespräch hinter mir laut und unverständlich. Ab und zu rülpste jemand. Ich hörte, wie die Soldaten aufstanden und gegen Bäume pinkelten. Einmal kündigte Ulf an, er würde dem Juden ins Gesicht pissen, aber das Scheppern von Metall und Christophs betrunkenes Lachen verrieten mir, dass es ihm nicht gelungen war. Ansonsten ignorierten sie Diego.

Es fiel mir nicht schwer, wach zu bleiben. Mein Herz pochte, mein Mund war trocken. Die Stimmen der beiden Soldaten wurden lauter, ihre Worte undeutlicher. Nach einer Weile verstummten sie ganz.

Ich wartete.

Erst als einer von ihnen laut zu schnarchen begann, hob ich den Kopf. Sie hatten kein Holz nachgelegt, das Feuer war fast heruntergebrannt. Dennoch waren die beiden Körper, die rechts und links von ihm lagen, im Mondschein deutlich auszumachen.

Zwei Körper.

Ich stutzte. Wo war der dritte?

Ich wagte es nicht aufzustehen, kroch stattdessen durch das Gras. Die Stiefel mit ihren harten lauten Sohlen ließ ich zurück.

Als ich näher an das Feuer herankam, sah ich, dass Ulf und Christoph dort schliefen. Stummer lehnte an einem Rad des Karrens, das Weinfass im Arm wie eine Frau, und er trank immer noch.

Ein Zweig knackte unter meiner Hand. Niemand reagierte. Nur Diegos Ketten klirrten leise. Er hatte sich auf dem Boden zusammengerollt, denn der Käfig war so klein, dass er sich nicht ausstrecken konnte. Ich dachte an den langen Weg, den er darin zurückgelegt hatte, über die Alpen bis hierher. Und es war meine Schuld, dass er gefasst worden war. Hätte ich ihm nicht …

Ich unterbrach den Gedanken, wurde wütend auf mich selbst. Er war ein Verräter, der bestraft werden musste. Was diese Männer getan hatten, war richtig, was ich vorhatte, falsch.

Stummer sank das Kinn auf die Brust. Er schreckte hoch, kratzte sich und trank erneut einen Schluck Wein. Sein ganzer Oberkörper schwankte bei der Bewegung. Nur wenig später sank sein Kopf wieder nach unten. Dieses Mal hob er ihn nicht mehr.

Ich kroch ihm entgegen, befürchtete bei jedem Atemzug, er könnte aufwachen und mich entdecken. Doch Stummer regte sich nicht. Neben dem Karren richtete ich mich langsam auf und erschrak, als ich in Diegos geöffnete Augen blickte.

»Ich wusste nicht, dass du so gut lügen kannst«, flüsterte er.

»Wenn du es mich gelehrt hättest, könnte ich es bestimmt noch besser.«

Er blinzelte. »Sie haben dir gesagt, weshalb ich hier bin?«

»Das haben sie, und ich hasse dich dafür. Aber das ist jetzt nicht wichtig. Wie kriege ich dich aus dem Käfig?«

»Du willst mich befreien?« Im Mondlicht sah ich die Verwirrung in seinem Blick.

»Ja.«

»Warum?«

Ich hätte vor Anspannung beinahe geschrien, zwang mich aber weiterhin zu flüstern. »Weil ich eine Frau bin und nicht allein reisen kann, und weil ich keine Ahnung habe, wo Genua liegt.«

Diego setzte sich auf. »Gib mir ein Messer und die Decke, die neben dem Feuer liegt.«

Ich gab ihm die neue Klinge, die in meinem Gürtel steckte, und schlich zurück. Es lagen noch ein wenig Brot und Käse auf der Decke. Ich steckte sie mir unter das Hemd, dann brachte ich die Decke zu Diego, schob sie durch die Holzstäbe.

Er schnitt den Stoff mit dem Messer an und zerriss ihn in mehrere Stücke, die er sich um die Ketten wickelte. Das Klirren verstummte nicht ganz, aber es wurde leiser und dumpfer. Dann steckte er das Messer in das Vorhängeschloss an seinem rechten Fuß.

»Hat nicht einer der Soldaten den Schlüssel?«

»Das ist zu gefährlich.« Diego machte eine Pause und presste die Lippen zusammen. Das Reden bereitete ihm Schmerzen. »Wenn sie aufwachen, bringen sie uns beide um.«

Das Schloss klickte. Diego griff danach, doch zu langsam – es polterte zu Boden. Ich hörte, wie Stummer scharf die Luft einzog. Er hob den Kopf. Ich wagte es nicht, mich zu bewegen.

Stummer schien sich aufrichten zu wollen. Mit einem Arm stützte er sich auf dem Boden ab, mit dem anderen auf dem Weinfass. Eine Handbreit kam er hoch, bevor er wieder nach unten sackte. Sein Kopf pendelte vor und zurück. Schließlich lehnte er ihn an das Wagenrad und saß still. Seine Atemzüge wurden gleichmäßiger.

Ich nickte Diego zu.

Er befreite sich rasch von seinen Ketten und legte sie eingewickelt in den Stoff auf den Boden. Mir fiel auf, dass er barfuß war. Die Soldaten hatten ihm wohl die Stiefel gestohlen. Auch seine Lederkleidung war verschwunden; er trug nur noch ein blutverschmiertes zerrissenes Hemd und schmutzige Beinlinge.

»Dreh das Schloss zu mir«, flüsterte er.

Ich hielt es fest, während er mit dem Messer darin stocherte. Seine Bewegungen wirkten ungeschickt, beinahe linkisch, aber nach wenigen Atemzügen sprang das Schloss auf.

Ich zog es heraus, dann ließen wir die Kette langsam auf die Ladefläche sinken. Das Klirren des Metalls schien über das Land zu hallen. Trotzdem regten sich die Soldaten nicht.

Diego kletterte aus dem Käfig und sprang zu Boden. Seine Beine gaben unter ihm nach, und er wäre gestürzt, wenn ich ihn nicht festgehalten hätte. Er roch nach Schweiß und Blut und nach dem Abend im Kloster. Ich ließ ihn los.

Diego massierte sich die Beine. In einer Sprache, die ich nicht verstand, fluchte er leise. Dann, so schnell, dass ich kaum begriff, was geschah, trat er einen Schritt zur Seite, drückte mit einer Hand Stummers Kopf gegen das Wagenrad und schnitt ihm mit dem Messer in der anderen die Kehle durch.

Blut spritzte aus der Wunde, die Beine des Soldaten zuckten, seine Hand rutschte in das Weinfass. Es roch nach Urin.

Diego hielt Stummers Kopf fest, bis sich der Mann nicht mehr regte, dann ließ er ihn auf die Brust fallen und drehte sich um. Im Feuerschein sah ich den Blick, den er den Schlafenden zuwarf.

»Nein.« Ich legte meine Hand auf seinen Arm, versuchte ihn nach unten zu drücken. »Lass sie leben.«

»Sie wissen, wie ich aussehe.« Er wandte mir seine Wange zu. »Wie ich *jetzt* aussehe.«

Ich schluckte, ließ seinen Arm aber nicht los. »Wenn du nur einen Schritt auf sie zumachst, schreie ich.«

»Warum kümmern sie dich?«

»Sie sollen nicht wegen mir sterben.«

Diego zögerte, dann senkte er langsam den Arm. »Ich verstehe.«

Ich war mir nicht sicher, ob das stimmte.

Wir legten uns Sättel und Taschen über die Schulter und banden die Pferde los. Ihre Hufe waren im Gras fast nicht zu hören, trotzdem führten wir sie an den Zügeln in die Dunkelheit, bis das Lagerfeuer hinter uns nicht mehr zu sehen war. Erst dann sattelten wir sie und saßen auf.

Schweigend ritten wir durch die Nacht. Die Straße war breit, das Mondlicht hell. Ich blieb hinter Diego. Nach einer Weile drehte er sich im Sattel um.

»Wo ist der Rest des Kreuzzugs?«, fragte er.

»Auf dem Weg nach Genua.«

»Warum bist du nicht dort?«

»Wir wurden getrennt.« Ich wollte nicht mit ihm reden. Er war ein Feind der Christenheit, aber ich ahnte, dass ich ihm selbst das vergeben würde, wenn ich mich in das Netz, das er aus Worten spinnen konnte, einweben ließ.

»Habt ihr die Alpen gut überwunden?«

»Ich weiß es nicht.« Ich machte eine Pause. »Erik ist tot.«

»Das tut mir leid.« Diego wartete. »Willst du nicht wissen, wie es mir ergangen ist?«, fragte er, als ich schwieg.

»Nein.«

Er drehte sich zurück und schüttelte den Kopf. Den Rest der Nacht sprachen wir kein Wort mehr miteinander.

Als die Sonne aufging, hörte ich den Gesang. Männerstimmen lobten den Herrn und priesen seine Schöpfung mit solcher Freude, dass man glauben konnte, sie allein hätten die Sonne an diesem Morgen hervorgebracht. Der Rauch eines kleinen Feuers stieg über Bäumen auf. Ich sah Gestalten hinter den Stämmen. Sie winkten uns zu.

Diego zügelte sein Pferd und wartete, bis ich zu ihm aufgeschlossen hatte. »Wenn sie fragen«, sagte er, »sind wir Mann und Frau. Man hat uns überfallen.«

Ich wollte widersprechen, aber er ritt bereits voraus.

Hinter dem Straßengraben, auf einer Lichtung neben einem Bach, kniete gut ein Dutzend junger Männer im Gras. Im ersten Moment wollte ich den Blick abwenden, weil ich dachte, sie wären nackt, doch dann erhoben sie sich, und ich sah, dass jeder von ihnen einen einfachen Lendenschurz trug.

Ihre Haut war von der Sonne verbrannt. Lange, halb vernarbte Striemen zogen sich bei manchen über Brust und Oberschenkel. Die Köpfe aller waren kahl geschoren.

»Seid willkommen, Fremde«, rief einer zuerst auf Deutsch,

dann auf Italienisch. Ich sah, dass er eine Peitsche mit mehreren kurzen Lederriemen in der Hand hielt. »Wir teilen gern alles mit euch, was unser ist.«

»Sieht so aus, als hätte man sie schon oft beim Wort genommen«, sagte Diego leise zu mir, dann zügelte er sein Pferd vor den Männern. »Wir …«, begann er, aber ein Mann trat vor den, der gesprochen hatte, und hob abwehrend die Hand.

»Du nicht, Jude. Störe nicht den Frieden rechtschaffener Christen. Zieh deiner Wege.«

Diego richtete sich im Sattel auf. »Wen nennst du hier Jude?« Dann, als wäre ihm die Brandwunde auf seiner Wange gerade erst bewusst geworden, setzte er sich wieder und sah mich an. »Habe ich nicht gesagt, dass es so sein würde, Weib? Dass man mich ausstoßen würde wegen dieses Gesindels?«

Er stieß das letzte Wort hervor, legte all den Hass, den er für die Soldaten empfinden musste, hinein.

Die Männer warfen sich kurze, verwirrte Blicke zu. Einer hob die Schultern.

Diego atmete tief durch. »Mein Weib und ich wurden gestern überfallen. Zum Glück konnte sie entkommen, aber mich hielten die Räuber fest. Sie dachten, wir hätten Geld wegen der guten Kleidung meines Weibs. Dabei haben wir monatelang nur Mehlsuppe gegessen, um uns die teure Kleidung leisten zu können, damit sie sich bei der Priesterweihe unseres Sohns zwischen den ganzen feinen Frauen nicht schämen muss. Unser Herr hat uns sogar Pferde geliehen, aber das alles haben die Räuber nicht geglaubt. Und als sie kein Gold fanden, wurden sie so wütend, dass sie mir *das* angetan haben.« Er zeigte auf seine Wange. »Und nun nennt ihr mich Jude. Sehe ich etwa aus wie einer? Wirke ich verschlagen auf euch? Quillt mir das Gold aus den Taschen?«

Verstohlen schob ich den halb vollen Geldbeutel unter meinen Gürtel.

Diego riss an seinem Hemd. »Würde ein Jude sich so zeigen? Würde er sein Weib barfuß reiten lassen? Würde er zur Priesterweihe seines Sohns reisen?«

Ich spürte, wie sich die Stimmung änderte. Einige Männer schüttelten den Kopf und sahen den an, der Diego des Lagers hatte verweisen wollen.

»Das tut mir leid, Freund«, sagte er. »Der Herr hat eine schwere Prüfung für dich und dein Weib ersonnen. Wenn du dich ihr würdig erweist, wird dein Lohn groß sein.« Er winkte uns heran. »Kommt. Esst mit uns. Magnus wird sich um deine Wunden kümmern.«

»Ich danke euch. Ihr seid wahre Christen.« Diego stieg von seinem Pferd. Er strauchelte kurz, dann hatte er sich wieder in der Gewalt.

Ich sah die aufgescheuerte Haut an seinen Unterarmen und Knöcheln, dort, wo die Ketten gesessen hatten, und hoffte, dass sie den Männern nicht auffiel. Wenn sie seine Geschichte hinterfragten, würden sie seine List erkennen.

Ich stieg ebenfalls ab. Nach dem langen Ritt war mein Rücken steif. Die Männer machten uns am Feuer Platz, holten Weinschläuche und dunkle Brote hervor. Derjenige, den der Anführer Magnus genannt hatte, betrachtete die Brandwunde und verschwand zwischen den Bäumen, um Kräuter zu holen.

Einer der Männer teilte das Brot in gleich große Stücke. Es war so wenig, dass mich das schlechte Gewissen packte. Ich ging zurück zu meinem Pferd und zog den Käse aus der Tasche, den ich in der Nacht zuvor dort verstaut hatte.

»Wie mein Ehemann schon sagte«, erklärte ich, als ich das halbe Rad neben das Brot legte, »konnte ich entkommen, zum Glück mit unserem Proviant. Nehmt, so viel ihr braucht.«

Diego war nicht damit einverstanden, das konnte ich ihm ansehen, aber er nickte. »Für eure Gastfreundschaft.«

Einige der Männer starrten den Käse an wie einen Schatz.

»Wir danken euch«, sagte der Anführer, »im Namen all der Bedürftigen, mit denen wir ihn teilen werden.«

Die letzten Worte betonte er, und die Männer, die den Käse angestarrt hatten, senkten den Blick. Einer nahm eine der Peitschen, die am Boden lagen, stand auf und zog sie sich mit einem kraftvollen Schlag über den Bauch. Ich zuckte zusammen.

Die Männer waren Mönche, das erklärten sie uns, während sie ein klein wenig Brot und Käse aßen. Der Anführer hieß Johannes und war der Sohn eines Herzogs, so wie auch die anderen von hohem Stand waren. Sie alle hatten ihr Leben hinter den sicheren Mauern eines Benediktinerklosters bei Bozen verbracht, bis *der Ruf*, wie sie es nannten, sie ereilte.

»Reisende«, sagte Johannes, »erzählten uns von diesen Kindern, die aufgebrochen sind, um das Heilige Land zu befreien. Ein Kreuzzug der Unschuldigen, der Armen, der Krüppel, angeführt von einem Schäfer mit dem Mal eines Kreuzes auf der Brust. Habt ihr je etwas Schöneres gehört?«

Diego warf mir einen warnenden Blick zu. Ich schwieg.

»Als wir davon erfuhren, fühlten wir uns, als seien wir blind gewesen und sähen zum ersten Mal das Licht der Sonne. Diese Kinder in ihren Lumpen sind die wahre Kirche, nicht die Bischöfe, Kardinäle und Päpste. Wir zogen unsere Gewänder aus und kehrten dem Orden den Rücken.«

Aus den Augenwinkeln sah ich, wie Magnus aus dem Wald zurückkam. Er setzte sich ans Feuer und begann eine Handvoll Kräuter mit einem Stein in einer Schale zu zerstampfen. Der Unterhaltung schenkte er keine Beachtung.

»Und jetzt zieht ihr durchs Land?«, fragte Diego.

Johannes nickte. »Zuerst waren wir beim Orden der Minderen Brüder und sprachen mit Franz von Assisi. Er regte uns dazu an, Armut wirklich zu erleben, um in Leid und Buße zu Gott zu finden. Das tun wir seitdem jeden Tag. Wir leben von dem, was man uns gibt, und teilen alles mit denen, die weniger haben als wir. Arme, Ausgestoßene, Verkrüppelte, alle sind uns willkommen.«

»Aber keine Juden«, sagte Diego ruhig.

Die Mönche lachten. Johannes schüttelte den Kopf. »Die Mörder des Herrn sind keinem anständigen Christen willkommen. Ich hoffe, du bist nicht noch immer böse über die Verwechslung.«

»Wohin seid ihr jetzt unterwegs?«

Magnus schüttete ein wenig verdünnten Wein in die Kräuter, spuckte hinein und rührte alles um, dann stand er auf und ging neben Diego in die Hocke. Der sah ihn mit sichtlichem Misstrauen an.

»Ich weiß, was ich tue«, sagte Magnus. Mit einem Blatt gab er die zähe Flüssigkeit auf die Wunde. Diego zuckte, ließ ihn dann aber mit zusammengepressten Lippen gewähren.

»Wir wollen nach Florenz, um den Papst zu treffen. Es gibt noch andere, die unsere Sicht der Kirche vertreten. Wir müssen uns von Prunk und Gold abwenden, so wie es Christus getan hat. Darin liegt das Heil. Wenn Seine Heiligkeit sich unsere Erlebnisse anhört, wird er es auch so sehen, daran glauben wir fest.«

Ich dachte an die Ringe an den Fingern des Kardinals, an die Marmorfußböden im Palast und die Gewänder aus Seide. »Ich werde für euch beten«, sagte ich.

Johannes lächelte.

Magnus stellte die Holzschale mit der Flüssigkeit beiseite. Eine grüngraue Schicht bedeckte Diegos Wange. »Lass es drauf, bis es von selbst abfällt. Meide schwere Speisen und alles, was im Wasser lebt. Dann wird die Wunde rasch heilen.«

»Danke.«

»Danke dem Herrn, der mir diese Gabe verliehen hat.« Magnus stutzte und neigte den Kopf. »Hört ihr das?«

»Was?«, fragte einer der Männer.

Im gleichen Moment hörte ich es ebenfalls. Ein rasselndes,

knirschendes Geräusch, begleitet von einem merkwürdigen Klingeln. Es kam näher.

Johannes stand auf. »Da sind Menschen auf der Straße.«

Ich sah sie zwischen den Bäumen. In schmutzige Lumpen gehüllt, die Gesichter unter Kapuzen verborgen, kamen sie auf uns zu.

Etwas erschien mir seltsam an ihnen. Erst nach einem Augenblick wurde mir klar, dass fast alle humpelten. Die meisten zogen sich auf Krücken die Straße entlang. Einige waren mit Stricken an ihrem Vordermann festgebunden oder hatten ihm die Hand auf die Schulter gelegt. Diejenigen, die keine Krücken benötigten, hielten Rasseln, die unablässig schwangen. Kleine Glocken hingen an ihrer Kleidung.

»Aussätzige«, sagte Magnus.

Ein Eisklumpen schien in meinen Magen zu fallen. Nur einmal in meinem Leben, als Kind, war ich Aussätzigen begegnet. Sie hatten vor unserem Dorf um Essen gebettelt, bis die Männer Steine nach ihnen geworfen und sie vertrieben hatten. Nächtelang hatte ich von ihnen geträumt.

Johannes sprang auf. »Freunde! Seid willkommen! Setzt euch an unser Feuer.« Er wiederholte den Gruß auf Italienisch.

Die Aussätzigen schienen nicht zu begreifen, dass sie gemeint waren. Sie schlurften weiter, blieben erst stehen, als er sie noch einmal anrief. Die Rasseln und Glocken verstummten.

»Kommt!« Johannes winkte sie heran. »Der Herr heißt all seine Kinder an seinem Tisch willkommen, auch ihr lebt in seiner Gnade. Kommt und esst mit uns.«

Die anderen Mönche schienen seine Begeisterung nicht zu teilen. Viele wichen zurück.

Langsam, so als befürchteten sie eine Falle, humpelten uns die Aussätzigen entgegen. Ich sah Arm- und Beinstümpfe, Füße ohne Zehen, Hände ohne Finger, blinde Augen. Verwesungsgestank breitete sich aus, einer der Mönche würgte. Auf der ganzen Welt konnte es keine schlimmere Gottesstrafe geben als den Aussatz. Welch schreckliche Dinge diese Menschen getan haben mussten.

Diego stand auf und streckte mir die Hand entgegen. Ohne nachzudenken, ergriff ich sie. Der Anblick der Aussätzigen verstörte mich.

»Wir danken euch für eure Gastfreundschaft«, sagte Diego, während er bereits nach den Zügeln seines Pferdes griff. »Geht mit Gott.«

Johannes beachtete uns nicht mehr. Lächelnd ging er auf die Aussätzigen zu und umarmte eine alte Frau, die nur einen Fuß hatte. Sie wollte zurückweichen, aber er ließ es nicht zu. Die Glocken an ihren Ärmeln klingelten.

»Komm, Schwester«, sagte Johannes, als er die Umarmung löste. »Wir haben Brot, Käse und das Wort des Herrn. Teilt es mit uns.«

Ich stieg auf mein Pferd, folgte Diego, der einen Bogen um die Gruppe machte und zur Straße zurückritt. Ich drehte mich noch einmal nach den Mönchen um.

Die Aussätzigen nahmen schwerfällig an ihrem Feuer Platz. Johannes entkorkte einen Weinschlauch, trank daraus und reichte ihn weiter.

Als wir die Straße erreichten, schüttelte sich Diego. Ohne dass ich es bemerkt hatte, ritten wir auf einmal nebeneinander.

»Aussatz ist eine widerwärtige Krankheit«, sagte er.

»Ist das der Grund, aus dem du für die Sarazenen spionierst?«, fragte ich.

Diego runzelte die Stirn. »Wegen Aussatz?«

»Wegen Christen, die ihr Mahl eher mit Aussätzigen teilen als mit Juden.«

»Ja.« Er schwieg einen Moment, dann schüttelte er den Kopf. »Nein. Ich tue es, damit es nicht überall so wird, damit die Christen nicht wieder in Jerusalem einfallen. Es ist so anders dort.

Die Sarazenen behandeln uns mit Respekt. Es war nicht immer so, dafür müssen wir den Christen danken. Hätten sie Jerusalem nicht überfallen und hätten die Sarazenen nicht erlebt, wie Juden Seite an Seite mit ihnen kämpften, wäre es vielleicht anders gekommen. Heutzutage aber würde dort niemand auf die Idee kommen, *so etwas*...«, er zeigte auf sein Brandmal, »... zu tun. Und ich möchte, dass es so bleibt.«

»Christen fallen nicht irgendwo ein.« Der Gedanke erschien mir lächerlich. Wir versuchten doch nur das zurückzuholen, was die Heiden uns genommen hatten.

»Du hast sie nicht erlebt, und hoffentlich wirst du das auch nie.« Er klang beinahe verbittert.

Ich aber wurde wütend. »Wenn du uns so sehr verabscheust, wieso hast du dich Nicolaus angeschlossen?«

Diego hob die Schultern. »Um unterzutauchen. Die Truppen des Papstes waren mir auf der Spur. Außerdem war dieser Kreuzzug...« Er unterbrach sich. »So seltsam es klingt, aber Johannes hat recht. Der Kreuzzug war das erste Schöne, was ich im Christenreich gesehen habe.« Diego schwieg einen Moment, dann räusperte er sich. »Außer den Kirchen. Ihr baut fantastische Kirchen.«

Es sollte wohl wie ein Scherz klingen, aber das tat es nicht. Diego wollte offenbar nicht eingestehen, dass Nicolaus ihn berührt hatte, so wie uns alle. Es passte nicht zu der Überlegenheit, mit der er so gern auf uns herabblickte.

Meine Gedanken kehrten zu dem Tag in Köln zurück und den Worten, die ich dort von einem mageren Jungen mit Schäferstab gehört hatte.

»Aber es blieb nicht schön«, sagte ich leise. »Es wurde schrecklich.«

»Ja, aber du warst da.«

Und da war es, das Netz, das ich erwartet hatte. Ich zügelte mein Pferd. »Reite vor. Ich will nicht mit dir reden.«

Diego drehte sich zu mir um. »Was? Aber was habe ich …?«
Ich kniff die Lippen fest aufeinander. Nach einem Moment ritt er weiter. Ich folgte ihm mit zwei Pferdelängen Abstand. Es war besser so.

Kapitel 27

Nach dem nächsten Dorf verließen wir die große Straße und bogen nach Westen auf eine kleinere ab. Sie schlängelte sich durch Obsthaine, aus denen Diego Früchte stahl, die ich noch nie gesehen hatte. Sie waren orange und schmeckten säuerlich.

Wir sprachen nur das Nötigste miteinander. Ab und zu versuchte Diego eine Unterhaltung zu beginnen, aber ich antwortete so einsilbig, dass er nach kurzer Zeit aufgab.

Gegen Abend begann es zu regnen. Wir fanden einen Hof, dessen Bauer uns erlaubte, in seiner Scheune zu übernachten. Dank der Kräuterkruste konnte er Diegos Brandmal nicht erkennen.

Ich ließ mich in das weiche Stroh fallen und betrachtete den Staub, der im Abendlicht, das durch die Ritzen fiel, tanzte.

Diego hielt sich fern von mir. Mit gekreuzten Beinen saß er an einer Wand, öffnete seine Satteltasche und zog ein in dünnes Leder eingeschlagenes Paket heraus. Mit einer Hand säuberte er den Boden von Stroh und Schmutz, dann legte er das Paket darauf und faltete das Leder auseinander.

Ich stützte den Kopf auf eine Hand, den Arm angewinkelt, und sah ihm zu. Er wirkte in sich versunken, fast schon ehrfürchtig.

Was ist das?, wollte ich ihn fragen, verbiss es mir aber im letzten Moment.

In dem Paket befanden sich eng beschriebene Pergamentseiten.

Diego zog eine hervor, hielt sie ins Licht und begann zu lesen. Enttäuscht legte ich mich zurück ins Stroh und schloss die Augen.

»Was auf diesen Seiten steht«, sagte Diego, als ich beinahe eingeschlafen war, »ist älter als die Evangelien und das Römische Reich. Als es geschrieben wurde, war die Welt noch eine andere.«

Ich drehte mich auf die Seite und stopfte Stroh unter meinen Kopf.

»Die Kirche bestraft den Besitz dieser Seiten mit dem Tod.«

Mit einem Ruck setzte ich mich auf. »Wieso trägst du sie dann mit dir herum?«

»Weil ich sie einem reichen Mann in Köln versprochen hatte, der mir dafür Informationen über Pläne gegen die Sarazenen geben wollte. Leider wurde ich bereits verfolgt und konnte ihn nicht treffen.«

»Dann wirf sie weg. Wenn die Kirche sie verbietet, müssen sie gefährlich sein.«

Er hob die Seiten hoch, zeigte sie mir. »Es ist nur eine Geschichte. Was soll daran gefährlich sein?«

»Du weißt nicht alles, Diego. Vielleicht verwirrt sie den Geist.«

»Das glaube ich nicht.« Er legte alle Seiten bis auf eine zurück in das Paket. Diese eine hielt er schräg ins Licht. Draußen wurde der Regen stärker. Langsam und stockend begann er die Worte, die darauf standen, zu übersetzen.

»Lass das«, sagte ich. »Mich interessiert nicht, was dort steht.«

»Du solltest es dir anhören. Vielleicht bemerkst du ja eine Gefahr, die mir entgeht.«

»Oder es verwirrt uns beide.« Das Wissen, etwas zu hören, das mit dem Tode bestraft werden konnte, war unheimlich. Tief grub ich mich in das Stroh ein. Diegos Stimme wurde leiser, doch ganz verschwand sie nicht.

Ich kniff die Augenlider zusammen und versuchte an etwas anderes zu denken, nicht auf das zu achten, was dem Mann in der Geschichte zustieß. Er war König eines Reichs, von dem ich noch nie gehört hatte, aber er konnte dort nicht bleiben, musste auf eine lange Reise voller Gefahren gehen.

Sein Schicksal berührte etwas in mir, erschien mir vertraut.

Ich schüttelte den Kopf, um die Worte zu vertreiben, aber wie lästige Mücken kehrten sie immer wieder zurück. Bis in den Schlaf verfolgten sie mich.

Als ich erwachte, hatte es aufgehört zu regnen. Wir aßen mit der Bauernfamilie und brachen auf. Diego ritt vor, ich folgte ihm, so wie am Tag zuvor.

Er versuchte nicht mehr, sich mit mir zu unterhalten. Es war fast schon enttäuschend.

Der Tag verging in quälender Langeweile. An einer Kreuzung fragte Diego einen Mann nach dem Weg. Er schickte uns nach Süden, aber die Straße knickte schon bald in westliche Richtung ab.

»Ist das gut?«, fragte ich.

Diego nickte.

Das war die einzige Unterhaltung, die wir an diesem Tag führten.

Die Nacht verbrachten wir auf einer Lichtung in der Nähe der Straße. Diego las aus den Seiten vor, ich tat so, als würde ich schlafen. Die Geschichte war spannend.

Der König aus dem fremden Land begegnete grausamen Ungeheuern und bestand viele Gefahren. Beinahe hätte ich Diego gefragt, ob das alles wirklich geschehen war, doch im letzten Moment verbot ich es mir.

Er sollte nicht wissen, dass ich zuhörte.

Die Tage reihten sich aneinander, eintönig und öde. Wir ließen die Ebene hinter uns und gelangten in ein bergiges Land. Die Straße wurde schmaler, und die einzigen Menschen, die wir sahen, waren Hirten mit großen Ziegenherden. Sie verkauften uns Milch und Käse, einmal sogar Fleisch, das wir abends mit Zwiebeln über dem Feuer brieten.

Ich begann mich auf die Nächte zu freuen. Diego hatte die Angewohnheit, die Geschichte an den spannendsten Stellen abzubrechen und sich schlafen zu legen, doch das störte mich nicht. So konnte ich den ganzen Tag darüber nachdenken, wie der König die Gefahr überwinden würde.

Die Kruste auf Diegos Wange fiel im Laufe der Tage ab. Seine anderen kleinen Verletzungen verschwanden, doch der eingebrannte Stern blieb, eine schwarze, hässliche Narbe in seinem Gesicht.

Die Menschen, die wir trafen, sprachen ihn nicht darauf an, auch wenn ihre Blicke an dem Stern hängen blieben. Aber ihr Verhalten änderte sich. Sie wurden unsicherer, vorsichtiger, nicht so, als stünden sie vor einem Feind, sondern vor einem Fremden, mit dem sie nichts gemein hatten. Immer wieder beobachtete ich das.

»Du hast unrecht«, sagte ich an dem Abend, an dem wir die Ziege aßen, mit vollem Mund.

Wir saßen nebeneinander in einer windgeschützten Senke. Es war kühl in den Bergen.

»Mit was?« Diego ließ nicht erkennen, ob es ihn überraschte, dass ich das Wort an ihn richtete. Ich hätte es vielleicht auch nicht tun sollen, es widersprach meiner selbstgewählten Regel, aber was ich gesehen hatte, war mir wichtig.

»Wir sind nicht alle so, wie du denkst.«

Er runzelte die Stirn. »Wenn du meinst …«

Ich zerbrach einen Knochen und sog das Mark heraus. »Bevor ich auf den Kreuzzug ging, kannte ich nur Christen. Ich wusste, dass es Sarazenen gibt, die unsere Feinde sind, und Juden, die Jesus Christus ermordet haben. Der Hirte, dem wir heute begegnet sind, weiß doch auch nicht mehr. Du bist wahrscheinlich der erste und letzte Jude, den er in seinem Leben gesehen hat. Natürlich ist er misstrauisch.«

»Christen lehnen jeden ab, der kein Christ ist«, sagte Diego, so als erlaubte der Satz keinen Widerspruch.

Ich widersprach dennoch. »Das stimmt nicht. König Friedrich von Sizilien reist sogar mit einem Sarazenen.«

»Woher willst du das wissen?«

»Weil ich es selbst gesehen habe.«

Überrascht ließ Diego das Fleischstück sinken, in das er hatte beißen wollen. »Du bist dem König von Sizilien begegnet?«

»Er hat mir geholfen.« Ich dachte an den Kirchenbann. »In gewisser Weise.«

»Erzähl mir davon. Man sagt, er sei ein großer Mann.« Diego beugte sich vor. Seine Hand berührte mein Knie.

Ich zog es zurück, warf den Knochen ins Feuer und legte mich auf die Seite, rollte mich in meinen Wollumhang ein.

»Er ist Christ«, sagte ich. »Du würdest ihn nicht mögen.«

Diego antwortete nicht.

Nach einer Weile raschelte es. Ich dachte, er würde mit der Geschichte fortfahren, aber es blieb still. Als ich den Kopf drehte, sah ich, dass er sich ebenfalls hingelegt hatte.

Es fiel mir schwer, ohne den Klang seiner Stimme einzuschlafen.

Auch am nächsten Abend las er nicht. Wir lagerten außerhalb eines Bergdorfs. Die Häuser aus grauem Stein schienen mit dem Fels zu verschmelzen. Jede flache Stelle wurde ausgenutzt, selbst der kleinste Fleck beheimatete eine Hütte oder einen Garten. Das Meckern der Ziegen begleitete mich in den Schlaf. Es war nicht dasselbe.

Am Morgen danach schlug das Wetter um, und es begann zu regnen. Mit gesenkten Köpfen und schwerer Kleidung ritten wir den Weg hinunter, der sich zwischen Felswänden hindurchwand. Manchmal ging es auf einer Seite so steil nach unten, dass wir abstiegen, aus Angst, etwas könne die Pferde erschrecken und sie uns in den Abgrund werfen.

Bis zum Abend hörte es nicht auf zu regnen. Eine Bäuerin, die wir in einem winzigen Kräutergarten trafen, beschrieb uns den Weg zu einer verlassenen Hütte ganz in der Nähe. Jemand hatte sich darin umgebracht, deshalb wollte dort niemand leben, und selbst das Holz verwertete man nicht, denn es war angeblich verflucht, so wie der Mann, der sich am Dachbalken erhängt hatte.

Ich wünschte, Diego hätte mir das nicht übersetzt, denn den ganzen Abend über, während unsere Überkleidung am Feuer hing, um zu trocknen, musste ich daran denken, und immer wieder warf ich einen Blick auf den Balken, stellte mir vor, wie der Mann daran hin- und herschwang wie eine Schweinehälfte in der Burgküche. Der Gedanke nahm mir den Appetit. Am liebsten hätte ich vor der Hütte geschlafen, aber es gab dort keinen Unterschlupf, nur nackten Fels. Ich hätte mir den Tod geholt.

In der Hütte knackte es überall, als das Feuer das Holz, aus dem sie errichtet war, erwärmte. Es gab kein Möbelstück, nur Stroh, und das kehrte ich beiseite, bevor ich mich niederließ, denn ich schlief lieber auf dem nackten Boden als auf dem Lager eines Selbstmörders.

Ich hatte erwartet, dass Diego über mich lachen würde, aber er setzte sich ebenfalls auf das blanke Holz und zuckte wie ich zusammen, wenn es in der Hütte plötzlich laut knackte. Auch Juden glauben wohl an Geister.

Wir aßen schweigend, während das Feuer lange Schatten über die Holzwände warf. Draußen wieherte eines der Pferde, die wir unter einem Baum angebunden hatten. Es erschreckte mich so sehr, dass ich mich verschluckte und hustete. Diego klopfte mir auf den Rücken. Mir war nicht aufgefallen, dass wir so dicht nebeneinandersaßen.

Ich wischte mir die Tränen aus den Augen und legte das Brot beiseite. »Lies weiter, Diego.« Als er nicht reagierte, fügte ich hinzu: »Bitte.«

Mit dem Fuß zog er seine Satteltasche heran und öffnete sie. »Ich dachte, du wolltest die Geschichte nicht hören.«

»Doch.«

Ich lauschte seinen Worten, als er zuerst stockend, dann immer flüssiger zu übersetzen begann.

Der König kämpfte mit großer List gegen die Ungeheuer, die ihn bedrohten, aber bei all seiner Klugheit konnte er nicht verhindern, dass Männer, die sich ihm angeschlossen hatten, starben. Das machte mich traurig. Ich wünschte, er hätte alle retten können.

Der Regen wurde heftiger, tropfte durch das morsche Dach ins Stroh. Ich spürte Diegos Wärme, hörte seine Stimme und legte mich hin. Der Dachbalken über mir wirkte im Schein des Feuers schwarz. Jedes Mal, wenn ein Windstoß unter der Tür hindurchwehte, flackerten die Flammen, und dann sah es aus, als würde er sich bewegen oder etwas an ihm. Ich kniff die Augen zusammen, versuchte an nichts anderes als die Geschichte zu denken, die Diego vorlas, doch das Bild des Balkens, die Vorstellung, dass ein Mann daran hing, glitten immer wieder darüber, so wie Wellen über ein Ufer. Die Angst ließ mich nicht schlafen. Selbst der König von Ithaca konnte daran nichts ändern.

Ich setzte mich auf. Diego unterbrach sich. »Soll ich aufhören?«

»Nein.«

Er las weiter. Unsere Knie berührten sich. Ich tat nichts dagegen. Diegos Aussprache wurde schlechter, manche Worte vergaß er zu übersetzen, andere fielen ihm erst nach einem Moment ein.

Ich legte meine Hand auf seine Hüfte und strich mit ihr über die Innenseite seines Oberschenkels. Diego zog den Atem ein. Er legte die Seite weg, ließ den König mit erhobenem Schwert am Strand eines Meeres stehen, dann wandte er sich mir zu und schob seine Hand unter mein Hemd. Seine Haut fühlte sich rau auf meinen Brüsten an. Er küsste mich auf den Hals, auf den Mund, auf die Wangen.

Ich vergaß den Dachbalken.

Es war eine wunderbare Zeit. Wir lernten uns kennen. Nicht die Religion, die wir hatten, nicht die Stände, aus denen wir kamen – uns.

Tage und Nächte vergingen, ohne dass ich sie gezählt hatte. Manchmal vergaß ich beinahe sogar, weshalb wir uns auf dieser Reise befanden. Ich lauschte der Geschichte des Odysseus und erzählte von jenem Tag, an dem ich einen König kennengelernt hatte. Nur den Kirchenbann erwähnte ich nie. Ich wollte es, aber es ergab sich keine Gelegenheit. Vielleicht war es auch besser so.

Wir liebten uns, scherzten und redeten.

Als wir die Berge schließlich hinter uns ließen und ich über eine tiefblaue Bucht auf die Stadt im Sonnenschein blickte, wusste ich, dass es vorbei war. Nie wieder würden wir eine solche Zeit erleben, egal, wie lange wir lebten. Die Erkenntnis stimmte mich traurig.

»Was ist los?«, fragte Diego, als er einen Blick in mein Gesicht warf. »Ich dachte, du würdest dich freuen, Genua zu sehen.«

»Das tue ich.« Am liebsten wäre ich umgekehrt, zurück in die zwanglose Ungewissheit, in der alles möglich erschienen war.

Er musterte mich einen Moment lang, dann ließ er sein Pferd lostraben, und ich folgte ihm den Weg hinunter und in die Stadt hinein.

Sie war anders als die Städte, in denen ich zuvor gewesen war. Die Häuser waren hoch, die Gassen schmal, und ein Wirrwarr fremder Sprachen begrüßte mich, in dem ich ab und zu auch deutsche Worte aufschnappte. Tagelöhner boten lautstark ihre Dienste an, Karren rumpelten über befestigte Straßen. Ich sah Käfige mit seltsamen Tieren, Stände, die sich unter Fisch und Fleisch bogen, reiche Kaufleute, die sich mit den Farben von

Königen schmückten. Mönche zogen an ihnen vorbei, barfuß und mit braunen Kutten, die nur von einem Strick zusammengehalten wurden. Sie erinnerten mich an die Brüder, denen wir auf der Straße begegnet waren. Über der ganzen Stadt lag der Geruch des Meers.

Nie zuvor hatte ich ein Meer gesehen. Ich folgte Diego zum Hafen und verharrte. Endlos breitete sich das Wasser vor mir aus. Fischerboote glitten am Horizont entlang, größere Handelsschiffe lagen an der Kaimauer. Wind spielte mit ein paar Haarsträhnen, die sich unter meinem Schal hervorgeschlichen hatten. Die Luft schmeckte nach Salz.

»Meerwasser ist salzig«, erklärte mir Diego, als ich ihn darauf ansprach. »Man kann es nicht trinken.«

Mühsam riss ich mich von dem Anblick des Meers los. Wasser, das man nicht trinken konnte – in was für einer seltsamen Welt wir leben.

Wir fanden einen Mietstall und gaben die Pferde dort ab. Mit den Satteltaschen über den Schultern gingen wir am Hafen entlang. Ich sah mich suchend um, sah aber keine Spur des Kreuzzugs.

Schließlich fanden wir ein Gasthaus. Alte Männer saßen vor seiner Tür an langen Holztischen, tranken Wein und spielten ein kompliziert aussehendes Spiel mit Holzfiguren und Würfeln. Wir gingen auf sie zu und grüßten. Sie antworteten freundlich, das Mal auf Diegos Wange schien sie nicht zu stören. In einer Hafenstadt wie dieser war man Fremdes und Merkwürdiges wohl gewohnt.

»Ich werde ihnen erklären, weshalb wir hier sind«, sagte Diego zu mir. »Vielleicht haben sie etwas vom Kreuzzug gehört.«

Er redete mit den Männern, aber einer unterbrach ihn nach wenigen Sätzen, erklärte etwas mit ausholenden Gesten. Diegos Gesicht spannte sich an.

»Was ist los?«, fragte ich, als der Mann geendet hatte.

»Wir haben ihn verpasst. Der Kreuzzug ist vor ein paar Tagen hier angekommen.«

Seine Worte trafen mich wie ein Schlag. »Das kann nicht sein. Der König sagte, ich hätte genügend Zeit.«

Diego fragte den Mann etwas. Nach dessen Antwort sah er mich an und erklärte: »Er ist sich sicher. Es waren rund tausend Menschen, die meisten Kinder.«

»Tausend … Mein Gott.« Wie viele hatten wir nur verloren?

»Er sagt, die Stadtbewohner hätten solches Mitleid mit ihnen gehabt, dass sie ihnen Nahrung und Kleidung schenkten.« Diego zögerte. »Sie müssen schlimm ausgesehen haben.«

Tränen stiegen mir in die Augen. Die Männer sahen mich an. Sie wirkten neugierig. Einer fragte Diego etwas. Nach dessen Antwort legte einer von ihnen mir tröstend seine knochige Hand auf den Arm.

»Armes Kind«, sagte er auf Italienisch und dann noch etwas mit »Gott«, das ich nicht verstand.

»Frag ihn, ob sich das Meer geteilt hat.«

»Ich glaube nicht, dass …«

»Frag ihn.«

Diego übersetzte meine Worte.

Die alten Männer schüttelten den Kopf, nicht verneinend, sondern ungläubig, als wäre das die dümmste Frage, die sie je gehört hätten. Einer sagte etwas, zeigte dabei mal auf das Meer, dann wieder zur Tür des Gasthauses.

Diego nickte. »Er sagt, sie seien hierhergekommen und hätten sich singend an der Hafenmauer aufgestellt. Bei ihnen war ein Junge, der in einem Handkarren lag. Sie schoben ihn bis zur Mauer, setzten ihn auf und warteten.«

»Nicolaus«, sagte ich.

»Ja. Stundenlang haben sie wohl hier in der Hitze gestanden und gewartet, dass er für sie das Meer teilt. Aber es geschah nichts.« Er forderte den Mann mit einer Geste auf weiterzuerzählen. »Als es dunkel wurde, kam die Stadtwache, um sie zu vertreiben«, fuhr er mit seiner Übersetzung fort. »Ein großer blonder Junge – das muss Lukas gewesen sein – bat sie, ihnen noch etwas Zeit zu geben. Die Wachen ließen sich wohl aus Mitleid darauf ein. Allerdings – und jetzt wird es etwas wirr – gab es Streit, und zwar innerhalb des Kreuzzugs. Niemand hier spricht Deutsch, deshalb wissen sie nicht, worüber gestritten wurde, aber sie glauben, dass einige wenige die anderen zwangen zusammenzubleiben. Am nächsten Morgen tauchte jemand auf und führte Lukas ins Gasthaus. Als er herauskam, verkündete er etwas. Manche Kinder jubelten, aber die meisten schienen sich nicht über das zu freuen, was er sagte.«

Der alte Mann fuhr fort. Diego hörte zu.

»Die Bewaffneten des Kreuzzugs bewachten die Unbewaffneten und ließen nicht zu, dass jemand von ihnen den Hafen verließ. Gegen Mittag legten einige Schiffe an. Der Kreuzzug verteilte sich auf sie, dann fuhren sie hinaus aufs Meer.«

»Weiß er, wohin sie gefahren sind?«

Der alte Mann schüttelte den Kopf. Ein anderer sagte etwas und lachte kopfschüttelnd.

»Was ist denn daran so komisch?«, fragte ich.

Diego verzog das Gesicht. »Er weiß nicht, wohin die Schiffe unterwegs sind, aber sein Freund hier hat einen Händler an Bord gehen sehen, den er kennt, und er sagt, wie dumm müsse man sein, jemandem zu trauen, der sich selbst – wie war das? – Jakob das Schwein nennt.«

»Jakob …« Meine Knie wurden weich, und ich musste mich an der Tischkante abstützen. »Ich bin ihm begegnet«, keuchte ich. »Er … er hat mich nach dem Kreuzzug gefragt.«

»Was?« Diego bedankte sich hastig bei den Männern, dann ergriff er meinen Arm und führte mich in die Schankstube. Sie war dunkel und roch nach altem Fett. »Woher kennst du …?«

Ich entzog mich seinem Griff. »Wir müssen sofort ein Schiff

finden. Jakob das Schwein handelt mit Sklaven!« Einige Gäste starrten mich an, doch das war mir egal. »Diego, er wird Konrad und Hugo an die Sarazenen verkaufen!«

Diego schüttelte den Kopf. »Nein, das kann er nicht. Man würde ihn aus der Stadt jagen, wenn herauskäme, dass er Christen in die Sklaverei gibt.«

»Aber wir gehören nicht mehr zur Kirche.« Meine Stimme überschlug sich. »Man hat einen Bann über uns gesprochen. Jakob kann machen, was er will.«

Er starrte mich schweigend an. Ich sah, wie sich seine Kiefermuskeln unter dem Davidsstern bewegten.

»Ich werde uns ein Schiff besorgen«, sagte er schließlich mit ruhiger Stimme.

Wir verließen den Schankraum gemeinsam. Es war unschicklich für eine Frau, sich allein an einem solchen Ort aufzuhalten.

Ich setzte mich auf eine freie Bank und sah auf das Meer hinaus, während Diego noch einmal mit den Männern redete. Sie schienen ihm helfen zu können, denn nach kurzer Zeit ging er rasch an der Hafenmauer entlang.

Es ist meine Schuld, dachte ich. Hätte ich Jakob nichts erzählt, wäre das nie passiert. Ich stellte mir vor, wie Hugo, Konrad und all die anderen an der Mauer gestanden und darauf gewartet hatten, dass sich das Meer teilte. Ich hatte an vielem gezweifelt, an Lukas, an unserem Überleben, sogar an Nicolaus, doch nie daran, dass seine Worte eintreffen würden, würden wir unser Ziel erreichen. Warum sollte Gott uns nicht schenken, was er Moses geschenkt hatte?

Wie groß die Enttäuschung des Kreuzzugs gewesen sein musste. Cornelius hatte bestimmt geweint, Lena wohl auch. Es fiel mir schwer, daran zu denken, was Konrad getan hatte, aber Hugo hatte sicherlich am Hafenbecken gestanden und das Meer verflucht.

Und Lukas? Ja, der hatte nach Schuldigen gesucht.

Er hätte sie nicht zwingen dürfen zu bleiben.

Als Diego nach einer Weile noch nicht wiedergekommen war, erlaubte ich es meinen Gedanken, in die Höhle zurückzukehren, die ihren Schrecken noch längst nicht verloren hatte. Vielleicht war das der Moment gewesen, als sich Gott endgültig von uns abgewandt hatte. Vielleicht hatte er dafür gesorgt, dass wir aus der Kirche ausgeschlossen wurden und ich Jakob das Schwein traf.

Ein Schatten fiel über mich.

»Ich habe eine Schiffspassage für uns beide. Die Pferde sind verkauft.«

»Du hast dein Pferd verkauft?« Ich wusste, wie sehr er an dem Tier gehangen hatte.

»Es ging nicht anders. Das erste Schiff, das ausläuft, ist schon fast voll.« Er räusperte sich. »Wir werden in Antioch neue kaufen.«

Ich ergriff seine Hand. »Es tut mir leid.«

Er setzte sich neben mich und ging nicht weiter darauf ein. »Der Kapitän sagt, dass sie noch ein paar Tage brauchen. Er schickt jemanden, wenn es so weit ist. Wir können im Gasthaus übernachten.« Diego drückte meine Hand. »Und dann solltest du mir endlich alles erzählen.«

Das tat ich, als wir abends im Gasthaus saßen. Nicht alles erzählte ich, aber doch das meiste. Sogar die Höhle ließ ich nicht aus.

Seine Augen weiteten sich, als ich Konrad erwähnte, aber er urteilte nicht über ihn, und dafür war ich ihm dankbar.

Wir mussten in getrennten Zimmern schlafen. Es gab eines für Frauen, eines für Männer, beide mit niedrigen dunklen Decken und mit frischem Stroh ausgelegt. Ich teilte mir meines mit drei Frauen, die auf einer Pilgerfahrt nach Rom waren. Sie warteten auf ein anderes Schiff, weil unseres bereits voll war. Mehr verstand ich nicht.

Diego teilte sich seines mit zweien der Ehemänner. Der dritte hatte sich geweigert, mit einem Juden im Zimmer zu schlafen, und so hatte ihm der Wirt ein Lager hinter dem Schankraum bereitet. Die Lüge von dem Überfall erzählte Diego nicht noch einmal, und ich war froh darüber. Wäre er damit aufgeflogen, hätte man ihn wahrscheinlich an den Pranger gestellt.

Am sechsten Tag kam endlich ein Schiffsjunge zu uns und sagte, dass wir beim nächsten Sonnenaufgang auslaufen würden. Ich war so aufgeregt, dass ich in der Nacht kaum schlafen konnte. Noch vor Sonnenaufgang, als sich das erste Grau des Tages am Himmel vor meinem Fenster zeigte, stand ich auf. Die beiden anderen Frauen schliefen noch, während ich meine Sachen packte und das Zimmer verließ. Die Holzbohlen knarrten unter meinen nackten Füßen.

Ich lauschte an Diegos Tür und hörte leise Stimmen. Er war also auch schon wach.

Unten in der Schankstube bereiteten sich die Wirtsleute auf den Tag vor. Kochgeschirr klapperte, jemand lachte, dann klopfte es laut an der Eingangstür.

Ich blieb stehen. Vor mir führte eine schmale, steile Treppe nach unten. Durch das Geländer konnte ich zwar in den Schankraum sehen, aber nicht bis zur Tür.

Der Wirt ging an der Theke vorbei und verschwand aus meinem Blickfeld. Quietschend wurde die Tür geöffnet, dann polterten Schritte. Jemand sagte etwas auf Italienisch. Es klang befehlend. Der Wirt antwortete, wich dabei so weit zurück, dass ich ihn wieder sehen konnte. Metall klirrte, dann sah ich Stiefelspitzen und im nächsten Moment einen Soldaten. Er trug eine Brustplatte, auf der das Wappen des Papstes glänzte. Ein zweiter Soldat betrat hinter ihm den Schankraum, dann ein dritter.

Ich wandte mich ab, lief durch den kurzen Gang zurück und riss die Tür zum Zimmer der Männer auf. Einer stand nur mit einem Lendenschurz bekleidet vor mir, und als er mich sah, griff er nach seinem Umhang und hielt ihn sich vor den Körper. Der andere fuhr von seinem Strohlager hoch. Diego hockte am Boden neben seinen Satteltaschen. Überrascht sah er auf.

»Soldaten«, stieß ich hervor.

Er biss sich auf die Lippen. Einen Atemzug lang blieb er am Boden hocken, dann sprang er auf, warf sich die Satteltasche über die Schulter, lief zum Fenster und sah hinaus. »Hier lang!«

Der Mann im Lendenschurz fluchte, als ich ihn zur Seite stieß. Der andere sah uns nur verwirrt zu.

Diego stieg aus dem Fenster, zögerte einen Moment und sprang.

Vor der Zimmertür polterte es. Ich raffte meine Röcke und schwang ein Bein über das Fensterbrett. Zwischen mir und dem Dach, auf dem Diego stand, lag mehr als eine Mannlänge.

»Komm schon!«, rief Diego.

Ich hörte laute Schritte auf der Treppe und warf meine Tasche nach unten. Mein anderes Bein schien den Boden nicht verlassen zu wollen. Drei Anläufe brauchte ich, bis ich endlich im Fenster hockte. Meine Hände krallten sich in das Holz. Die Schritte kamen näher. Der halb nackte Mann schien die Situation zu begreifen, denn mit einem Mal rief er laut nach den Soldaten. Dann ließ er seinen Umhang fallen und griff nach mir.

Ich stieß mich ab.

Diego fing mich auf, und gemeinsam gingen wir zu Boden. Das Dach unter uns knirschte, Staub wallte auf. Ich kam auf die Beine und sah zurück zum Fenster. Der Kopf eines Soldaten tauchte dort auf und verschwand wieder. Diego ergriff meine Hand, hatte sich beide Satteltaschen über den Arm geschlungen.

Wir liefen über das Dach. Unter uns rief jemand etwas. Die Häuser lagen so dicht nebeneinander, dass wir von Dach zu Dach springen konnten, bis wir schließlich das nächste höhere Gebäude erreichten. Diego blieb am Dachrand stehen und sah nach unten.

So früh am Morgen war in der Stadt noch wenig los. Einige

Bettler lagen in den Hauseingängen, ansonsten war die Gasse unter uns leer.

»Hast du jemandem gesagt, dass wir auf ein Schiff warten?«, fragte Diego schwer atmend.

Ich schüttelte den Kopf. »Du?«

»Nein, aber der Wirt könnte es wissen. Dann müssen die Soldaten nur zur Anlegestelle gehen und auf uns warten.«

»Wir müssen es trotzdem versuchen. Wir haben nicht genug Geld, um eine zweite Überfahrt zu bezahlen.«

Ich wartete Diegos Antwort nicht ab, sondern ging in die Knie und sprang in die Gasse. Ein blinder Bettler hob erschrocken den Kopf und tastete den Boden um sich herum ab. Diego landete neben mir.

»Wir gehen hin, dann sehen wir weiter«, bestimmte er.

Zweimal mussten wir im Wirrwarr der Gassen nach dem Weg fragen, dann sah ich endlich das Meer zwischen den Gebäuden hindurchschimmern. Auf der anderen Seite, über den Bergen mit ihren Kirchen und Palästen, wurde der Himmel heller. Die Sonne ging auf.

»Wir müssen uns beeilen«, drängte ich und lief vor.

Je näher wir dem Hafen kamen, desto mehr erwachte die Stadt zum Leben. Als wir schließlich an der Mauer ankamen, waren die Straßen bereits belebt. Wir achteten darauf, zwischen Karren und Warenträgern zu bleiben, während wir auf das Schiff zuliefen.

Diego hielt mich auf, als ich zu rennen begann. »Wir dürfen nicht auffallen.«

Es fiel mir schwer, langsamer zu werden. Ich sah mehrere Soldaten. Einige patrouillierten an der Mauer entlang, eine große Gruppe ging über eine Planke an Bord unseres Schiffes.

Mein ganzer Körper begann zu kribbeln, Diego blieb stehen, doch dann drehte sich einer der Männer um, und ich sah ein fremdes Wappen auf seiner Brust. Ich lachte. Ein Warenträger warf mir einen merkwürdigen Blick zu.

Niemand hielt uns auf, als wir das Schiff betraten. Ich sah zurück, suchte zwischen den Menschen am Hafen nach päpstlichen Wappen, entdeckte aber keines. Trotzdem blieb ich an der Reling stehen und wartete, bis die Planke eingezogen wurde und das große Segel unter lauten Rufen entrollt wurde. Erst dann drehte ich mich um und drückte Diegos Hand.

»Wir haben Glück gehabt«, sagte er leise.

Das Schiff war kleiner, als ich erwartet hatte. Es hatte einen Mast und ein langes Segel, und das hintere Drittel war höher als der Rest des Schiffs, als habe man dort ein zweites Stockwerk gebaut. Dort befand sich ein großes Drehkreuz, mit dem das Schiff gesteuert wurde. Leitern führten nach dort hinauf, andere hinab in den Frachtraum unter unseren Füßen. Rund um das Drehkreuz war der einzig freie Platz, der Rest des Decks war überfüllt mit Waren und Menschen.

Die besten Plätze befanden sich im hinteren Drittel oder im Frachtraum und waren bereits weg. Die Soldaten beanspruchten weit mehr, als ihnen zustand, aber niemand wagte es, sie darauf aufmerksam zu machen.

Schließlich fanden wir im vorderen Teil des Schiffs eine Nische zwischen vertäuten Stoffballen, die gerade genug Platz für zwei Menschen und Schutz vor dem Wind bot. Eine Weile sah ich zu, wie sich die Stadt immer weiter entfernte, dann ließ ich mich neben Diego nieder.

»Ich hoffe, es regnet nicht«, sagte ich.

Diego lächelte. Seit wir abgelegt hatten, besserte sich seine Stimmung immer mehr. »Die meisten Leute machen sich über ganz andere Dinge Sorgen, wenn sie zum ersten Mal auf einem Schiff reisen.«

»Das ist nicht mein erstes Mal. Ich bin schon auf dem Rhein

von Winetre nach Köln gefahren.« Mir wurde klar, wie lächerlich das klang, als ich an das schier endlose Wasser rund um das Schiff dachte.

Diego streckte sich und schlug die Beine übereinander. »Erzähl mir von Winetre. Was vermisst du?«

»Ich vermisse …« Nachdenklich sah ich in den Himmel, über den weiße Wolken träge dahinzogen und kreischende Möwen flogen. Es war warm.

»Nichts«, sagte ich.

Kapitel 28

Wir blieben in der Nähe der Küste, entfernten uns selten aus dessen Sichtweite. In den ersten Tagen standen die meisten Passagiere an der Reling und übergaben sich, doch nach einer Weile ließ das nach. Ich blieb von der Seekrankheit verschont, ebenso Diego, für den dies die achte Überfahrt war.

Wir verbrachten die Zeit damit, uns mit den anderen Reisenden zu unterhalten. Bis ganz nach Antioch fuhren außer uns nur die Soldaten, aber die hielten sich von uns fern. Sie stammten aus Burgund, wie ich erfuhr, und als ich einmal in ihrer Nähe stand, sagte einer von ihnen laut, sodass ich es hören musste, dass er Juden nicht ausstehen könnte. Da Diego und ich als Mann und Frau reisten, nahmen sie an, dass wir denselben Glauben hatten, und Diego war aufgrund des Brandmals eindeutig als Jude zu erkennen.

Die meisten anderen Passagiere waren Händler, doch sogar Adlige waren an Bord, nämlich ein Vater mit seiner Tochter, die er an einen sizilianischen Grafen verheiraten wollte. Das Mädchen war kaum älter als Konrad. Sie saß oft an Deck und betrachtete das Porträt ihres zukünftigen Ehemanns. Gesehen hatte sie ihn noch nie.

Das erste Mal hielten wir in der Nähe von Rom, luden Waren ab und nahmen neue auf. Diego und ich gingen an Land, um frischen Proviant zu kaufen und endlich wieder etwas Warmes zu essen. An Bord herrschte ein striktes Feuerverbot, und der Kapitän erinnerte uns immer wieder daran, dass er jeden von Bord werfen würde, der dagegen verstieß. Ich wusste nicht, ob er das ernst meinte.

In Sizilien ging der Adlige mit seiner Tochter von Bord. Das Mädchen weinte, als es das Schiff verließ. Eine Kutsche wartete bereits am Hafen auf die beiden. Ich sah, wie sie einstiegen und wegfuhren.

Jeden Abend las Diego mir von der Geschichte vor. Als wir Sizilien hinter uns ließen, musste er sie wieder von vorn beginnen. Es gab so vieles, was ich noch einmal hören wollte.

Solange wir noch in italienischen Häfen anlegten, fragte Diego jedes Mal nach Jakob und dem Kreuzzug, aber er erfuhr nie etwas. Da er kein Griechisch sprach, konnte er nicht weiterforschen, als das Schiff schließlich von einer kleinen Insel zur nächsten segelte. Ich war nicht nur enttäuscht, sondern auch aufs Äußerste besorgt, ließ es mir aber nicht anmerken. Spätestens an unserem Ziel würde ich erfahren, was aus meinen Söhnen und dem Rest des Kreuzzugs geworden war.

Die Häfen, an denen wir anlegten, veränderten sich, je weiter wir nach Osten kamen. Ich sah Kirchen mit seltsamen Doppelkreuzen und erfuhr, dass es Christen gab, die sich nicht der Unfehlbarkeit des Papstes unterstellten. Nie zuvor hatte ich davon gehört.

Irgendwann, nach mehr Tagen, als ich zählen konnte, legten wir an einer kleinen Insel an. Fischer hielten uns auf ausgestreckten Händen ihre Waren entgegen oder zeigten auf große Feuer, über denen der Fisch gegrillt wurde.

Es war so heiß, dass ich an ihnen vorbei zu einem Stand mit Orangen ging. Diego blieb zurück und wartete, dass unser Fisch fertig gegrillt war. »Ich komme gleich nach«, rief er mir nach, als ich ging.

Der Bauer, der die Orangen verkaufte, bemerkte mich nicht, als ich an seinen Stand trat. Er redete mit einer Gruppe Nonnen, die anscheinend um den Preis feilschten. Sie trugen schwarze lange Trachten und verbargen ihr Haar unter eng anliegenden Hauben. Der heiße Wind wehte ihnen die Schleier ins Gesicht. Vor ihrer Brust hingen einfache Holzkreuze, nicht so wie die der Griechen; es waren Nonnen der einzig wahren Kirche.

Ich hockte mich in den Schatten eines Baums und wartete. Wie Krähen beugten sich die Nonnen über das Obst. Mal befühlten sie eine Orange, dann wieder mit eine andere. Sie wackelten mit den Köpfen und wedelten mit den Händen. Minderwertige Ware, sagten ihre Gesten. Viel zu teuer. Ich stützte das Kinn in die Hände und seufzte.

»Madlen?«

Die Stimme war vertraut. Ich hob den Kopf, sprang im nächsten Moment auf und umarmte die Nonne, die neben mich getreten war.

»Lena!«

Wir lachten oder weinten – ich bin mir nicht sicher, was von beidem – und hielten uns in den Armen. Fragen schossen mir durch den Kopf, schnell wie Pfeile, aber keine einzige konnte ich festhalten. Schließlich ließ ich Lena los und stellte die erste, die mir einfiel. »Wo sind meine Söhne?«

Lena rückte ihre Haube zurecht und schob eine Haarsträhne, die herausgerutscht war, zurück. »Auf einem der Schiffe, nehme ich an, aber ich weiß es nicht sicher. Ich war so krank, dass ich mich an kaum etwas erinnern kann.«

Eine der Nonnen am Stand rief etwas. Sie und alle anderen hielten eine Orange in der Hand. Der Bauer wirkte unzufrieden. Lena antwortete zögernd und langsam.

»Mein Griechisch ist noch nicht sehr gut«, erklärte sie, als sich die Nonnen, die sie gerufen hatte, abwandten. »Ich glaube, ich habe ihnen gesagt, dass ich nachkomme.«

Wir setzten uns in den Schatten. »Erzähl mir alles, Lena. Was machst du hier? Was ist geschehen?«

Sie schüttelte den Kopf. Der Schleier fiel ihr ins Gesicht. Ärgerlich schob sie ihn zur Seite. Ich hatte den Eindruck, dass der Dienst am Herrn nicht ihre Erfüllung war.

»Ich möchte mich zuerst bei dir entschuldigen«, begann sie. »Als du gesagt hast, du hättest jemanden getötet, war ich außer mir. Es war falsch, dich einfach stehen zu lassen. Ich habe jeden Tag darum gebetet, dass du noch lebst.« Sie lächelte. »Und das tust du.«

Aus den Augenwinkeln erblickte ich Diego, in den Händen ein großes Blatt, auf dem zwei Fische lagen. Ich sah ihn an und schüttelte den Kopf. Irritiert blieb er stehen.

Lena folgte meinem Blick. »Was macht er denn hier?« Es klang ablehnend. Ich wusste, dass sie Angst vor Diego hatte.

»Er hilft mir bei der Suche nach Hugo und Konrad.«

Lena musterte mich. Ich sah die Frage in ihrem Blick, aber mir war klar, dass sie ungestellt bleiben würde.

»Also«, sagte ich, um davon abzulenken, »was machst du hier?«

»Dem Herrn dienen.« Ihre Augen weiteten sich. »O Jesus, du weißt es ja noch gar nicht …«

»Was?«

Sie stand auf und ging los. »Ich zeige es dir.«

Ich folgte ihr aus dem Schatten des Baums hinaus in die heiße Mittagssonne. Diego sah uns nach.

»Du bist nicht als Einzige bei dem Sturm verschwunden«, sagte Lena. »Als er endlich aufhörte, konnten wir auch viele andere nicht mehr finden. Lukas war das egal. Er und die Brüder zogen einfach weiter, überließen es uns mitzukommen oder nicht. Sie nahmen auf niemanden Rücksicht. Cornelius erzählte allen, es wäre deine Schuld, dass wir hungerten. Deine Sünden hätten uns verdorben. Es war eine schlimme Zeit.«

Ich presste die Lippen zusammen, stellte mir vor, wie Konrad und Hugo darunter gelitten haben mussten.

Wir stiegen einen Hügel empor, ließen das Dorf hinter uns. Die Landschaft flimmerte in der Sonne. Alles war verdorrt. Sträucher ohne Blätter reckten ihre Zweige der Sonne entgegen. Gelbes, hartes Gras, das selbst die Ziegen verschmähten, wuchs zwischen ihnen. Der Dreck war so heiß, dass meine Fußsohlen schmerzten.

»War Konrad bei ihnen?«

Die Antwort war Lena sichtlich unangenehm. »Er war so etwas wie ein Hofnarr für König Lukas. So nannten wir ihn heimlich. Sie waren unzertrennlich.«

»Und Hugo?«

»Nachdem Konrad zu einem der so genannten *Brüder* geworden war, hatte Hugo immer weniger mit ihm zu tun. Konrad blieb bei Nicolaus, kümmerte sich um ihn, wenn es …« Sie unterbrach sich und schüttelte den Kopf, als wollte sie die Gedanken vertreiben. »Ich wurde kurz nach dem Sturm krank. Wäre Ott nicht gewesen, meine Gebeine würden jetzt irgendwo am Rande der Alpen vermodern. Er hat mich bis nach Genua getragen.«

Auf der Hügelkuppe blieben wir stehen, atmeten durch und tranken Wasser aus meinem Schlauch. Lena sah sich um, und als sie in unserer Nähe nur ein paar Ziegen entdeckte, riss sie sich die Nonnenhaube vom Kopf.

»Aaah.« Sie hielt ihr Gesicht in den Wind, schüttelte ihr langes Haar und fuhr sich mit beiden Händen hindurch. »O Gott, tut das gut.«

Ich warf einen Blick über das Tal jenseits des Hügels. Eine kleine, aus grauem Stein errichtete Kirche stand in der Senke, umgeben von Feldern, Gärten und Hütten. Nonnen arbeiteten in der sengenden Hitze.

»Was geschah dann?«, fragte ich.

Lena hob die Schultern. »Viele verhungerten in den Bergen. Nur die Brüder schienen stets genug zu essen zu haben. Lukas sagte, der Engel sorge für die Rechtschaffenen. Ich weiß nicht, woher das Essen kam.«

Ich wusste es, schwieg jedoch.

Sie setzte sich auf einen Stein und legte die Haube wieder an. »An mehr kann ich mich nicht erinnern. Ich war so krank, dass ich Traum und Wirklichkeit nicht mehr unterscheiden konnte. Irgendwann waren wir auf einem Schiff, dann, als immer mehr krank wurden, ließen sie uns hier auf der Insel zurück. Nonnen pflegten uns, aber ich war die Einzige, die überlebte. Fast die Einzige.«

»Was meinst du damit?«

»Das wirst du noch erfahren.« Lena stopfte die letzten Haarsträhnen unter die Haube, dann stand sie auf. »Wie sehe ich aus?«

Ich lächelte. »Wie eine Nonne.«

»Gut.«

Wir gingen auf die Kirche zu. Es wurde heißer, als wir die Talsohle erreichten, wo wir uns einen Weg durch die Ziegen bahnten, von denen es auf der Insel mehr zu geben schien als Menschen. Ein Hirte beobachtete uns von seinem Platz unter einem Baum aus, und die Nonnen sahen auf, als wir uns näherten. Eine ältere rief Lena etwas zu. Es klang barsch.

»Was will sie von dir?«, fragte ich.

»Ich habe sie nicht verstanden.« Lena blieb vor der Kirche stehen und wusch sich Hände und Füße in einem Eimer Wasser. Ich tat es ihr gleich. Das Wasser war lauwarm, Fliegen schwammen darin.

Die schwere Eingangstür knarrte, als Lena sie aufzog. Die Kirche lag im Halbdunkel, Bänke standen vor einem Altar, über dem ein großes Holzkreuz hing. In einer Nische sah ich eine Marienstatue, darunter brannten einige Kerzen.

Durch die geöffnete Tür fiel Licht ins Innere der Kirche, während unsere nassen Fußsohlen Spuren auf dem dunklen Holz hinterließen. Neben dem Weihwasserbecken knieten wir nieder und bekreuzigten uns. Dann folgte ich Lena weiter an den Bänken vorbei. Sie bog nach rechts ab.

Ich roch ihn, bevor ich ihn sah. Er stank nach Kot, Urin und Erbrochenem. Die Ketten, die ihn an einem Balken hielten, schnitten in seine Brust. Es sah aus, als wollten sie das Mal auf seiner Haut durchschneiden.

Seine Rippen standen hervor, seine nackten Gliedmaßen schienen nur noch aus Knochen und Gelenken zu bestehen. Das linke Bein war nach innen gedreht, der Fuß verkrampft. Sein Kopf hing schlaff nach vorn. Er trug einen Lendenschurz. Unter ihm trocknete eine Pfütze aus Urin.

»Er isst nichts«, sagte Lena leise. »Und wenn ich doch mal etwas in ihn hineinkriege, kommt es sofort wieder raus.«

Ich blieb vor ihm stehen. »Nicolaus …«

Sein Kopf zuckte und sank wieder nach vorn.

»Am Anfang hatte er noch gute und schlechte Tage, doch nur die schlechten sind geblieben.« Lena setzte sich auf eine Bank. »Du hast Glück, dass du ihn noch einmal sehen kannst.«

»Was ist mit ihm geschehen?«

»Er verlässt unsere Welt, denke ich. Der Engel holt ihn zu sich, Stück für Stück.«

Ich verstand zunächst nicht, wie sie das meinte, doch dann hob Nicolaus den Kopf. Sein rechtes Auge war von einem weißen Film überzogen, das linke schielte.

»D-du … d-du b-b-bist … Hu-hure … hier«, stotterte er. Das Sprechen schien ihn anzustrengen, bei jedem Wort verzerrte sich sein Gesicht, und die Muskeln an seinen Kiefern zuckten.

»Ich wollte sehen, wie es dir geht.« Ich streckte die Hand aus, strich ihm über die Wange, und das Zucken ließ nach. Er schloss sein schielendes Auge, das andere blieb offen. Wie ein Tier schmiegte er sich gegen meine sanfte Berührung. »Alles wird gut, Nicolaus. Du kannst dich jetzt ausruhen.«

Ich spürte plötzliches wildes Zucken unter meiner Hand, zog sie im letzten Moment weg, als Nicolaus nach mir schnappte.

»Hure!«, schrie er. »Hure! Hure! Hure!«

Das Wort hallte durch die Kirche. Ich wich erschrocken zurück. Er hörte nicht auf zu schreien, wiederholte das Wort immer wieder, wobei ihm der Speichel von den Lippen spritzte.

Lena war aufgesprungen, hatte nach einem Stock gegriffen und schlug Nicolaus damit in den Magen. Er hörte auf zu schreien und würgte.

»Wenn er einmal angefangen hat, bekommt man ihn nur so wieder ruhig«, erklärte Lena ungerührt, als sie meinen Blick gewahrte. »Sonst schreit er, bis seine Stimme versagt. Die Nonnen dachten, es würde vielleicht besser werden, wenn sie ihn in die Kirche bringen und er die Messe hören kann, aber bisher …« Sie brach ab und hob die Schultern. »Ich pflege ihn, so gut ich kann. Deshalb bin ich hiergeblieben. Es sollen ihn keine Fremden ins Grab begleiten, das verdient er nicht.«

»Nein.«

Wir setzten uns nebeneinander auf die Bank. Nicolaus hing in seinen Ketten und stöhnte. Sein Anblick verstörte mich. Warum vernichtete Gott einen Jungen, den er selbst erwählt hatte?

»Vielleicht liebt er ihn wie seinen Sohn«, sagte Lena, als ich ihr die Frage stellte.

Wir schwiegen. Nicolaus stöhnte.

»Willst du hierbleiben?«, fragte ich nach einer Weile.

»Warum nicht.« Sie klang resigniert. »Die Nonnen sind froh über jede, die zur römischen Kirche gehört. Sie lassen mich größtenteils in Ruhe. Ich pflege Nicolaus, arbeite auf dem Feld und bekomme genug zu essen. Es gibt Schlimmeres.«

»Der Papst hat den ganzen Kreuzzug für ein Jahr mit einem Kirchenbann belegt.«

Lena sah mich an, und Angst stand in ihren Augen. »Warum?«

»Weil wir Nicolaus gefolgt sind.«

Sie dachte einen Moment darüber nach. »Glaubst du, die Nonnen werden davon erfahren?«

»Solange du es ihnen nicht sagst…« Ich schüttelte den Kopf.

Das schien sie zu beruhigen.

Ich lächelte. »Und du solltest versuchen, in diesem einen Jahr nicht zu sterben.«

»Ich gebe mein Bestes.« Lena lachte. »Ich will nicht die Ewigkeit mit Heiden und Jud…« Sie unterbrach sich und verzog das Gesicht. »Du weißt schon, was ich meine.«

Ich wünschte, ich hätte es nicht gewusst.

Nicolaus hob den Kopf. »Madlen?«

Ich stand auf. »Ich bin hier.«

»Ist es nicht wunderschön?« Das Stottern war verschwunden. Sein blindes Auge starrte ins Nichts.

Ich warf Lena einen kurzen Blick zu, aber sie hob nur die Schultern.

»Ja«, sagte ich, »das ist es.«

»Ich weiß, dass du gezweifelt hast. Alle haben gezweifelt. Doch jetzt höre ich sie l-lachen. G-ganz Jerusalem lacht.«

»Jerusalem?«, fragte Lena. Sie griff nach dem Stock. »Nicolaus, du…«

Ich drückte ihr die Hand nach unten. »Lass ihn.«

»Hörst du sie, Madlen?« Er legte den Kopf schief, wobei ihm Blut aus der Nase tropfte.

»Ja. Wir hätten nie an dir zweifeln sollen.« Mit dem Handballen wischte ich mir die Tränen von den Wangen. »Wir waren kleingläubig und schwach.«

»G-Gott vergibt euch.« Krämpfe zuckten durch Nicolaus' linkes Bein. Die Ketten, die es hielten, spannten sich und klirrten. »Der E-E-Engel hat es g-ge-gesagt. So lange ha-hatt-hatte er geschwiegen, s-s-so lange, doch jetzt h-höre ich ihn jeden Tag.« Sein blindes Auge richtete sich auf mich. Das andere öffnete sich. »Manchmal sehe ich ihn s-sogar.« Blut floss ihm aus beiden

Nasenlöchern, lief ihm über Mund und Kinn und tropfte zu Boden. Er merkte es nicht einmal.

Lena bückte sich und hob eines der Tücher auf, die neben einem Wassereimer lagen. »So schlimm war es noch nie«, sagte sie.

Ich nahm ihr das Tuch aus der Hand und wischte Nicolaus das Blut vom Kinn. Einer seiner Mundwinkel hing nach unten, und sein ganzes Gesicht verschob sich immer mehr, bis eine Seite tiefer als die andere war.

Er begann zu weinen, und blutige Tränen tropften aus seinem schielenden Auge, das andere blieb trocken. Dabei lachte er mit rot verschmierten Zähnen. Er zuckte, Krämpfe durchliefen seinen Körper. Sein Atem ging stoßweise, als würde er ertrinken.

Wir nahmen ihn in die Arme und weinten ebenfalls. Nach einer Weile ließen die Krämpfe nach, sein Atem wurde flach und unregelmäßig.

Gemeinsam lösten Lena und ich seine Ketten und legten ihn sanft auf den Boden. Er wog weniger als ein kleines Kind.

Und dann warteten wir. Als die Sonne unterging, hörte Nicolaus auf zu atmen.

Wir reinigten seinen Leib mit dem Wasser aus dem Eimer. Ich tupfte die Verletzungen auf seiner Brust ab, während Lena seine Beine wusch.

Als ich das Tuch auswringen wollte, sah ich dunkelrote Spuren daran. Es war die Farbe seines Mals.

Ich strich mit einer sauberen Seite des Tuchs noch einmal darüber und sah die gleiche Spur. Das Mal löste sich von seiner Haut. Es war nicht echt, kein göttliches Zeichen, nur Farbe.

Aus den Augenwinkeln warf ich Lena einen Blick zu. Sie hatte nichts gemerkt.

»Holst du ein Totenhemd?«, fragte ich.

Sie nickte, verschwand durch eine Seitentür und kehrte kurz

darauf mit einem großen Tuch zurück. Wir wickelten Nicolaus darin ein und bahrten ihn vor dem Altar auf.

»Er war ein wahrer Diener Gottes«, sagte Lena.

»Wir werden nie erfahren, was er war«, sagte ich und drehte mich um, als sich jemand hinter mir räusperte.

Diego stand in der offenen Tür. Ich wusste nicht, wie lange er sich schon dort befand.

»Wir müssen gehen«, sagte er.

Ich nickte. »Du kannst mit uns kommen, wenn du möchtest«, sagte ich zu Lena.

Sie aber schüttelte den Kopf, so wie ich es erwartet hatte. »Nein, ich werde hier meinen Platz finden.«

Wir umarmten und verabschiedeten uns, dann verließ ich mit Diego die Kirche.

Auf dem Rückweg war ich sehr still.

Kapitel 29

Wir sprachen viel über Nicolaus, über das, was er gewesen sein könnte, über das, was wir von ihm wussten. Antworten auf all die offenen Fragen fanden wir keine, aber es vertrieb die Zeit.

Wir verbrachten Wochen auf dem Wasser und legten an so vielen Häfen an, dass ich mich an kaum einen Namen mehr erinnern kann und die Erfahrungen sich vermischen wie in einem Traum. Ich sah wundersame und schreckliche Dinge, Kamele, auf denen bunt gekleidete Männer saßen, Delfine, die mit unserem Schiff um die Wette schwammen, und Ungeheuer mit Tentakeln lang wie Arme. Ich aß Datteln und Oliven, trank starken süßen Tee, der mein Herz zum Hämmern brachte. Manchmal vergaß ich, weshalb wir eigentlich unterwegs waren, in anderen Nächten lag ich lange wach und fragte mich, was Konrad und Hugo gerade taten.

Die Waren und Menschen an Bord wurden weniger. Nach ein paar Wochen hätten wir uns bessere Plätze aussuchen können, doch wir blieben zwischen den Stoffballen, um den Soldaten nicht zu nahe zu kommen. Sie waren gefährlich, wenn sie getrunken hatten, und sie tranken oft.

Dann, eines Morgens, weckte mich Diego. »Wir sind da«, sagte er.

Ich sprang so schnell auf, dass mir für einen Moment schwindelig wurde. Mein Haar war zerzaust, die Kleidung zerknittert.

Ich legte mir einen Schal über den Kopf, um die Soldaten nicht zu provozieren, dann lief ich zur Reling.

Vor mir lag eine Küste, die sich kaum von denen unterschied, die ich in den letzten Tagen gesehen hatte: Sie war felsig, mit Sträuchern und Büschen bewachsen. Den Hafen umgab eine kleine Siedlung, große Schiffe dümpelten im Wasser, Fischer fuhren zwischen ihnen hindurch und boten ihren Fang den Matrosen auf den Decks an.

Weit hinter ihnen, im Schatten dunkler Wolken, die über den Bergen aufzogen, erstreckte sich eine immer wieder von Türmen unterbrochene hohe Mauer. Sie zog sich über die Berghänge und Gipfel hinweg wie eine riesige graue Schlange.

Unser Schiff legte an. Wir verabschiedeten uns vom Kapitän und den Matrosen, dann gingen wir rasch an Land, während die Soldaten noch ihre Sachen zusammensuchten.

Die Siedlung war klein, aber auf Reisende eingestellt. Wir kauften zwei Pferde von einem einbeinigen Händler. Er beschrieb uns den Weg zur Stadt.

»Die Kreuzfahrer haben Antioch vor ein paar Jahrzehnten den Sarazenen abgenommen und leben seitdem dort«, sagte Diego, während wir eine Holzbrücke überquerten, die über einen schmalen Fluss führte. »Sie genießen bei ihren Nachbarn nicht den besten Ruf.«

»Warst du schon einmal dort?«

Er schüttelte den Kopf. »Nein, es hat sich nie ergeben.«

Die Aussicht, das zu ändern, schien ihn nicht zu begeistern.

Die Straße führte uns durch ein fruchtbares Tal und hinein in die Berge. Bauern arbeiteten auf den Feldern. Es fiel ein leiser Nieselregen.

Antioch ragte hinter den Mauern empor. Es sah aus, als hätte man die Stadt aus dem Fels geschlagen. Ich erspähte einen Kirchturm und andere hohe Gebäude, manche drei- oder vierstöckig, mit schmalen Fenstern wie Schießscharten. Die Mauer, die sie umgab, war an vielen Stellen beschädigt, teilweise sogar eingestürzt. Steinmetze und dunkelhäutige Sklaven arbeiteten daran, die Schäden auszubessern.

Vereinzelt lehnten ärmlich aussehende Hütten an der Mauer. Moslems war es verboten, in der Stadt zu leben, wie mir Diego erklärte. Ich fand das vernünftig, schließlich will niemand Tür an Tür mit seinen Feinden leben.

Einige Patrouillen begegneten uns, Italienisch sprechende Soldaten mit einem Kreuzwappen auf der Brust. Aber erst am Stadttor wurden wir angehalten.

Vier Soldaten umstellten uns. Einer begann auf Italienisch zu reden. Diego antwortete ihm, fragte dann etwas, wie ich am Tonfall hörte. Die Antwort des Soldaten war kurz und hart, und seine Kameraden lachten daraufhin. Er spuckte sogar vor Diegos Pferd auf den Boden, dann aber ließen sie uns durch.

Ich sah Diego an. »Was war?«

Er räusperte sich. »Ich habe die Soldaten gefragt, ob sie eine große Gruppe Kinder gesehen hätten, aber leider wussten sie nichts darüber.«

»Das haben sie nicht wirklich gesagt, oder?«

»Nein.«

Wir saßen ab und führten die Pferde durch schmale, steile Gassen. Die Häuser auf beiden Seiten waren beeindruckend hoch, zum Teil aber verfallen: Dächer waren eingestürzt, Mauern eingerissen. Wir begegneten Menschen, die aussahen wie Griechen, und vielen Soldaten. Ich hörte Italienisch, Deutsch und andere unbekannte Sprachen, doch der Stadt fehlte die bunte Geschäftigkeit von Genua und anderen Hafenorten, die ich auf unserer Reise besucht hatte. Eine seltsam drückende Stimmung herrschte. Ich schob es auf die Wolken und den Nieselregen.

»Wir sollten jemanden fragen«, sagte ich, als wir in eine Gasse mit kleinen Tischlerwerkstätten und Schneidereien gelangten.

Männer saßen unter Stoffmarkisen und arbeiteten. Es roch nach frischem Holz.

Ein Schneider stand auf und winkte uns zu sich. Er sagte etwas auf Italienisch, dann, als wir näher kamen, wandte er sich ab und scheuchte uns mit Gesten und ein paar kurzen Worten davon.

»Was hat er gesagt?«, fragte ich.

»Dass er Christusmörder nicht bedient.« Diego blieb stehen und sah sich um. »Das ist kein guter Ort. Wir sollten ihn schleunigst verlassen.«

»Sobald wir etwas erfahren haben.«

Ich ging voran. Nach einem Moment hörte ich, wie Diego mir folgte.

Er hatte recht, es war kein guter Ort. Die Menschen, die er ansprach, antworteten einsilbig oder taten so, als würden sie ihn nicht mal bemerken. Niemand wollte mit uns reden, ab und zu spuckte jemand vor uns aus. Dabei mussten sie etwas wissen. Die Stadt war so klein, dass der Kreuzzug nicht unbemerkt geblieben wäre.

Ich wischte mir Regenwasser aus dem Gesicht, war so wütend und enttäuscht, dass ich am liebsten geschrien hätte. Vor uns sah ich das Stadttor. Wir hatten den gesamten Ort abgeklappert, ohne etwas zu erfahren. Diego war so gereizt, dass er nach Steinen am Boden trat.

»Du könntest eine Kapu…«, begann ich, aber eine Stimme unterbrach mich.

»Ihr hättet nicht herkommen sollen!« Ich drehte mich um. Vor mir standen drei der Soldaten, die mit uns auf dem Schiff gewesen waren. »Das ist ein Ort für Christen, nicht für Gesindel wie euch.«

Sie waren betrunken und stanken nach Wein. Einer hielt sich an einer Hausmauer fest.

Die Passanten eilten davon, bis wir mit den Soldaten allein in der Gasse standen. In jeder anderen Stadt hätte ich die Wachen am Tor gerufen, aber die Wachen dieser Stadt hätten uns kaum geholfen.

Diego ließ die Zügel seines Pferdes los. Ein gefährlicher Ausdruck stand in seinem Gesicht. »Dann werft mich doch raus.«

Ich war sicher, dass es das Dümmste war, was ich ihn je hatte sagen hören.

Die Soldaten stutzten, schienen nicht glauben zu können, welche Einladung er ihnen gegeben hatte. Ihr Wortführer grinste. »Mit Freuden. Und wenn wir mit dir fertig sind …«, und damit richtete er den Blick auf mich, »… fällt uns bestimmt auch ein, was wir mit deiner Hure anstellen könn …«

Weiter kam er nicht. Diegos Schulter traf seinen Magen, warf ihn hinein in seine Kameraden. Derjenige, der an der Hauswand gelehnt hatte, rutschte weg und schrammte mit dem Gesicht über den rauen Stein, während die beiden anderen zu Boden gingen. Ich wich zurück und nahm die Zügel beider Pferde.

Der Soldat, den Diego getroffen hatte, trat nach ihm, traf jedoch nur Luft. Diego riss ihn vom Boden hoch und schlug mit der Faust auf ihn ein. Seine gesamte Wut, die sich so lange angestaut hatte, musste in den Hieben stecken. Der Soldat sackte zusammen, doch Diego riss ihn wieder hoch und schlug erneut zu, wieder und immer wieder.

»Vorsicht!«, schrie ich, als der zweite Soldat Diego von hinten angriff. Diegos Ellenbogen streifte seinen Kopf, doch er schüttelte sich nur und schlug zu. Der Alkohol betäubte seinen Schmerz.

Diego wurde im Nacken getroffen und brach in die Knie, wobei er den Soldaten, den er festgehalten hatte, losließ. Der Mann ging zu Boden, kroch hustend und Blut spuckend weg von ihm.

Der zweite Soldat holte mit beiden Fäusten aus, doch Diego ließ sich fallen, und der Angreifer stolperte an ihm vorbei. Ein Schlag zwischen die Beine, und er krümmte sich und würgte.

Der dritte stemmte sich gegen die Häuserwand. Eine Seite

seines Gesichts war aufgeschürft. Mit einem Blick erfasste er die Lage.

»Wache!«, schrie er. »Wache!«

Diego kam hoch, ich stieg auf mein Pferd. Die Stadt war klein, aber so verwinkelt, dass wir entkommen konnten, wenn wir nur schnell genug waren.

Doch wir waren nicht schnell genug, das erkannte ich in dem Moment, als die vier Soldaten vom Tor mit klappernden Rüstungen und erhobenen Speeren auf uns zuliefen.

Diego nahm den Fuß aus dem Steigbügel und hob die Hände. Seine Knöchel waren aufgeplatzt.

»Tut mir leid«, sagte er.

Ich glitt aus dem Sattel.

»Wie oft soll ich noch sagen, dass es mir leidtut?«

Ich drehte mich weg von ihm, zuckte aber zurück, als der Gestank des fauligen Strohs in meine Nase stach.

Diego seufzte und ging weiter auf und ab, so wie er es schon seit Tagen tat. Seine Ketten klirrten bei jedem Schritt. Er war der einzige Gefangene, den man in Ketten gelegt hatte. Die anderen Männer und Frauen, die sich in den beiden gegenüberliegenden Zellen drängten, waren ungefesselt.

Auch mir hatten die Soldaten nur das Messer abgenommen, bevor sie mich in den Kerker geworfen hatten. Den Geldbeutel, der in der Innenseite des Gürtels steckte, hatten sie nicht bemerkt. Vor den anderen Frauen hielt ich ihn ebenfalls geheim. Zu acht teilten wir uns eine Zelle, die nicht größer war als meine Hütte in Winetre.

In Diegos Zelle hockten sechs ausgemergelte, bleiche Männer. Eisengitter und ein breiter Gang trennten uns voneinander. Die Fenster hoch oben in den Zellen ließen nur wenig Licht hinein und waren so klein, als hätte man vergessen, einen Ziegel in die Mauer einzusetzen.

Meine Wut auf Diego hatte sich in den Tagen nach der Schlägerei nicht gelegt, und der Hunger verstärkte sie sogar noch. Wir bekamen nur selten etwas zu essen, mal einen Kanten Brot für die ganze Zelle, mal einen Topf mit Brei, aus dem wir fraßen wie Schweine aus einem Trog. Ich musste mit den Frauen um jeden Bissen kämpfen, während Diego die Männer nur anzusehen brauchte, um seinen Anteil zu erhalten. Wegen der Ketten hielten sie ihn für gefährlich.

Er war gefährlich. Und ein Narr.

»Du bist ein Narr!«, schrie ich.

Er hob die Schultern, wodurch der Eisenring, den er um den Hals trug, gegen sein Kinn drückte. »Sie hätten sich so oder so mit mir geprügelt.«

»Das weißt du nicht!«

»Ich bin mir ziemlich sicher.«

Die Unterhaltung hatten wir schon dutzendfach geführt. Die anderen Gefangenen beachteten es nicht mehr. Außerdem sprach keiner von ihnen Deutsch.

Diego hockte sich an das Gitter. »Ich habe nachgedacht«, sagte er.

Ich verbiss mir eine Entgegnung.

»Das Geld, das du noch hast, reicht, um den Kerkermeister zu bestechen. Wenn er zu uns kommt …«

»Wieso sollte er?«, unterbrach ich ihn. »Er hat sich noch nie hier blicken lassen.«

»Ich sage ja nur, *wenn* er kommt, müssen wir bereit sein.« Diego klang gereizt. »Zeig ihm eine Münze, lass ihn den Rest nicht sehen. Ich erkläre ihm dann, wie er an das Geld kommt.«

Ich verschränkte die Arme vor der Brust. »Wir werden den Rest unseres Lebens in diesem Loch verbringen.«

»Nein, wir kommen hier raus.« Er wollte noch mehr sagen, doch im gleichen Moment öffnete sich die Tür zum Zellentrakt.

Wie Vieh, das auf die Fütterung wartet, drängten sich die

Gefangenen zu den Gittern. Eine Frau trat mir auf den Oberschenkel. Ich schlug nach ihr, sie fauchte.

Ein Wärter trat in den Gang, zwei große flache Holznäpfe in der Hand. Ihm folgte ein Junge, der einen Kessel trug.

Als ich das Gesicht des Jungen sah, sprang ich auf, drängte die Frauen beiseite. »Hermann!«

»Madlen?« Der Kessel rutschte aus seinen Händen, fiel zu Boden, und Brei schwappte über den Rand. Der Wärter fuhr ihn an. Hermann duckte sich unter den Worten und lief aus dem Trakt.

»Hermann!«

Mit einem der Holznäpfe schlug der Wärter gegen das Gitter vor meinem Gesicht. Er schrie etwas, befahl mir wahrscheinlich, ruhig zu sein. Ich nahm den Kopf zurück, damit er mich nicht schlagen konnte, und wartete.

Einige Atemzüge später kehrte Hermann mit einem Eimer voller Wasser und einem Lappen zurück. Er ging auf die Knie und begann den Brei vom Boden zu schrubben, während ihn die Gefangenen hungrig beobachteten.

»Was machst du hier?«, fragte ich leiser. Der Wärter knurrte, schlug aber nicht noch einmal nach mir.

Hermann sah nicht auf. »Man hat mich an den Wachkommandanten verkauft. Ich arbeite in der Küche. Wieso sitzt du im Kerker?«

»Das ist jetzt egal. Was ist mit den anderen?«

Aus den Augenwinkeln sah ich, wie der Wärter die beiden Näpfe mit einer Kelle füllte. Wir hatten nicht viel Zeit.

»Ein paar wurden hier auf dem Sklavenmarkt verkauft, die anderen wollte Jakob nach Jerusalem bringen.« Hermann tauchte den Lappen in den Eimer. Ich sah die Tränen auf seinen Wangen. »Madlen, es ist so schrecklich hier.«

»Wir holen dich raus«, sagte Diego ruhig.

Aber Hermann schüttelte rasch den Kopf. »Nein, bitte tut das nicht. Ich habe gesehen, was sie mit Sklaven machen, die zu fliehen versuchen. Lieber lebe ich hier, als so zu sterben.«

Der Wärter schob einen der Näpfe durch eine Aussparung im Gitter der Frauenzelle. Die Gefangenen stürzten sich darauf, drängten sich gegenseitig weg.

»Was ist mit meinen Söhnen?«

Hermann wischte den Rest des Breis auf. »Hugo wurde einem Ritter hier in der Stadt verkauft. Er ist mit ihm nach Süden aufgebrochen. Dort wird eine Stadt belagert.«

»Welche Stadt?«

Hermann hob die Schultern.

Der Wärter schob den zweiten Napf in die Zelle der Männer, dann gab er Hermann einen Befehl. Der nickte hastig und warf den Lappen in den Eimer.

»Befreit mich nicht«, sagte er. »In Gottes Namen, bitte tut das nicht.« Er stand auf.

»Was ist mit Konrad?«, rief ich. »Ist er auch hier?«

»Nein, er …«

Der Wärter gab Hermann eine Ohrfeige, die seinen Kopf zur Seite riss. Dann packte er ihn und zerrte ihn fluchend zur Tür.

»Wo ist Konrad?«

Die Tür wurde zugeschlagen, doch nur einen Moment später wurde sie wieder geöffnet, und der Wärter kehrte zurück. Er nahm den Kessel und den Eimer und verließ den Trakt wieder. Den ganzen Weg über hörte er nicht auf zu fluchen.

Ich sah Diego an. »Wir müssen hier raus. Irgendwie.«

Er nickte.

Ein weiterer hungriger Tag verging, bevor sich die Tür des Zellentrakts wieder öffnete. Doch weder der Kerkermeister noch Hermann traten ein, sondern vier Soldaten.

Zwei von ihnen schlossen unsere Zellen auf, die beiden anderen warteten mit gezückten Schwertern.

»Du und du!« Der Anführer der Soldaten sprach gebrochenes, schwerfälliges Deutsch und zeigte auf Diego und mich. »Zu Richter.«

Diego raffte seine Ketten zusammen, ich verließ die Zelle und trat neben ihn. Die Soldaten blieben hinter uns, als wir den Trakt verließen und über ausgetretene Steinstufen nach oben stiegen. Diego stolperte zweimal, aber ich hielt ihn fest.

Die Tür am Ende der Treppe stand offen. Frische warme Luft wehte herein. Mit geöffnetem Mund trank ich sie, spülte den Gestank der Zellen aus meinem Körper.

Draußen war es hell, und ich musste die Augen zusammenkneifen. Diego neben mir hob die Hand vor das Gesicht. Einer der Soldaten stieß ihm den Schwertgriff in den Rücken, trieb uns vor sich her durch eine Gasse.

Menschen säumten sie, johlten und spuckten, als wir an ihnen vorbeistolperten. Ich war erleichtert, dass sie nicht mit Steinen nach uns warfen.

Schließlich erreichten wir einen Platz, hinter dem sich die Kirche der Stadt in einen blauen Himmel erhob. Soldaten bildeten eine Gasse, die durch die Menschenmenge führte. An ihrem Ende stand ein großes hölzernes Podest mit Stufen, die zu einem breiten, gepolsterten Stuhl emporführten, auf dem ein Junge saß.

Er war dunkelblond und hatte ein schmales, weiches Gesicht. Seine Roben sahen orientalisch aus, waren bunt und kunstvoll bestickt, ebenso wie die Schuhe, die unter dem Gewand hervorragten. Er konnte nicht älter als fünfzehn sein.

Die Soldaten führten uns vor das Podest, zwangen uns auf die Knie und knieten dann ebenfalls.

Der Junge hob die Hand.

»Ruhe!«, schrie ein Offizier. Er ging die Gasse hinab und hielt drohend seine Lanze hoch. »Ruhe!«

Es wurde still.

Der Junge schlug die Beine übereinander. Sein Fuß wippte

vor und zurück. »Mein Name ist Raimond-Roupen de Poitiers«, sagte er, und sein Deutsch war so weich wie sein Gesicht. »Das Vergnügen, über euch zu richten, wollte ich mir nicht nehmen lassen.«

Die Menge scharte sich um die wenigen, die ihn verstanden, und lauschten deren Übersetzung.

»Wie soll ich euch Juden anreden, die ihr es gewagt habt, den Frieden unserer Stadt zu stören?«

Diego sah auf. »Mein Name ist Diego, und meine Begleiterin ist keine Jüdin. Sie ist eine ehrenwerte christliche Frau, die ich zu schützen geschworen habe. Ihr habt keinen Grund, über sie zu richten. Sie hat sich nichts zu Schulden kommen lassen.«

Durch die Übersetzung dauerte es einen Moment, bis ein Raunen durch die Menge ging. De Poitiers lächelte. »Die Geschichte wird verworrener – wie schön.« Er klatschte in die Hände. »Bringt die Ankläger!«

Ich drehte den Kopf. Die drei Soldaten, die uns angegriffen hatten, schritten durch die Gasse. Sie hatten ihre Harnische poliert, Waffen und Stiefel blitzten. Das Gesicht des einen war verschorft, das des anderen immer noch verquollen. Nur dem dritten war keine Verletzung anzusehen. Sie traten rechts von uns vor das Podest und knieten nieder.

De Poitiers bedeutete ihnen mit einer Geste aufzustehen, dann beugte er sich vor und betrachtete sie. »Wie soll ich euch anreden?«

Der Soldat mit dem verquollenen Gesicht trat vor. »Mein Name ist Berthold, Herr«, sagte er undeutlich. »Die anderen beiden heißen Adam und Klaus.«

»Das muss ein schwerer, langer Kampf gewesen sein«, sagte de Poitiers. »Seht ihr eure Gegner unter all den Menschen hier?«

»Ja, Herr.« Berthold zeigte auf Diego. »Er, Herr.«

»Und wer noch?«, fragte de Poitiers und legte seine Hände auf die Knie.

Der Sprecher der Soldaten drehte sich zu seinen Kameraden um, dann sah er den Richter wieder an. »Nur er, Herr. Das Weib hat sich nicht eingemischt.«

»Willst du damit sagen, dass *ein* Mann … nein, *ein Jude* euch so verdroschen hat?« De Poitiers machte eine Pause. »Ist dir das nicht peinlich?«

Die Menge lachte nach einem Moment. De Poitiers wirkte zufrieden. Wie ein Gaukler genoss er es, Publikum zu haben.

Berthold blinzelte verwirrt, hatte sich die Sache anscheinend anders vorgestellt. »Nun«, sagte er in das Gelächter der Menge hinein. »Es ging alles sehr schnell. Er hat uns überrascht, indem er uns aus dem Hinterhalt angegriffen hat.«

»Er lügt!«, rief ich.

De Poitiers hob mit missbilligendem Blick die Hand. »Nicht jetzt.« Er wandte sich wieder an die Soldaten. »Ein unbewaffneter Jude greift drei Soldaten am helllichten Tag direkt neben dem Stadttor an. Soll ich mir das so vorstellen?«

Berthold schien seinen Mut zusammennehmen zu müssen. Er schluckte. »Ja, Herr.«

»Bei dieser Antwort möchtest du bleiben?«

»Ja …«

»Nein, Herr.« Klaus, der Soldat mit dem aufgeschrammten Gesicht, zog Berthold am Arm zurück. »Es war kein Überfall, sondern ein offener Kampf, Herr.«

»Den ihr verloren habt.«

»Ja, Herr.«

De Poitiers wandte sich an die Menge. »Wundert sich da noch jemand, dass wir Jerusalem nicht zurückerobern können?« Er breitete die Arme aus, als die Menschen lachten. Seine Hände waren schmal und wirkten zu klein für die vielen Ringe, die er trug. Er sah die drei Soldaten an und wurde ernst. »Geht mir aus den Augen und meldet euch bei eurem Kommandanten. Er soll entscheiden, was mit euch zu geschehen hat.«

»Ja, Herr.« Die drei Soldaten verneigten sich tief vor dem Richter, dann verschwanden sie in der Menge.

Mein Mund wurde trocken, als sich de Poitiers mir zuwandte. Er hatte kalte blaue Augen, die ihn älter wirken ließen, als er war. »Du bist Christin, Weib?«

Ich senkte den Blick. »Ja, Herr.«

»Und du reist in der Gesellschaft eines Juden?« Die Frage klang neutral, aber ich ahnte, dass er mich mit ihr in eine Falle locken würde, so wie er es bei den Soldaten getan hatte. Ich wollte nicht der Belustigung der Menge dienen.

»Wird man dafür in Antioch bestraft, Herr?«, fragte ich zurück. Neben mir räusperte sich Diego leise und warnend.

»Nein.«

»Dann möchten wir Eure Zeit nicht länger in Anspruch nehmen, Herr. Ihr seid ein wichtiger Mann, der sicher Besseres zu tun hat.«

Mein Herz klopfte, de Poitiers musterte mich. Die Menge wurde still.

Dann lächelte er. Er hatte seine Entscheidung getroffen. »Das ist richtig. Es zeugt von Bescheidenheit, nicht länger als nötig in der Gegenwart eines großen Mannes verbleiben zu wollen. Ihr habt meine Erlaubnis, eurer Wege zu ziehen, solange diese Wege euch nie wieder in das Reich Antioch führen.«

Die Menge wirkte zufrieden. Er hatte erkannt, was sie hören wollte.

»Wir werden darauf achten«, sagte Diego.

Wir warteten auf de Poitiers' Geste, bevor wir es wagten, uns zurückzuziehen. Eine der Wachen schloss Diegos Ketten auf.

»Was ist mit unseren Sachen?«, fragte ich den deutsch sprechenden Soldaten, der uns zum Gerichtsplatz begleitet hatte.

»Nicht eure – unsere.« Er grinste; seine Zähne waren braun und fleckig. »Ist Bezahlung für Essen, Bett.«

»Was?« Diego schrie ihn beinahe an.

Der Soldat legte eine Hand auf sein Schwert. Rasch zog ich Diego beiseite.

»Komm, bevor sie uns doch noch verurteilen.«

Wir ließen den Platz hinter uns. Die Menschen, die bei der Verhandlung gewesen waren, musterten uns neugierig. Es war seltsam, aber sie wirkten weniger feindselig als zuvor.

Im Mietstall erfuhren wir, dass die Soldaten uns auch die Pferde genommen hatten. Wir besaßen nichts mehr außer der Kleidung, die wir trugen, und den Münzen in meinem Geldbeutel. Das war mehr, als ich bisher im Leben besessen hatte, deshalb störte es mich kaum. Diego hingegen war wütend.

»Er hat die Seiten«, sagte er, als wir das Stadttor hinter uns ließen und den Weg zum Hafen einschlugen. »Dieses verdammte Schwein weiß genau, wie viel sie wert sind. Deshalb hat er diese Verhandlung inszeniert. Er wollte sehen, wer wir sind und ob wir ihm Ärger machen könnten.«

»Sei froh, dass er das nicht glaubt, sonst hätte er uns umbringen lassen.«

Diego murmelte etwas, das ich nicht verstand. Auch wenn er nie darüber sprach, war ich mir sicher, dass er wohlhabend war. Ein armer Mann hätte sich nicht darüber gewundert, dass sich de Poitiers genommen hatte, was er begehrte.

Ich ergriff Diegos Hand. Er drückte die meine. Die Straße vor uns war menschenleer.

Kapitel 30

Die belagerte Stadt hieß Patika und lag eine Wochenreise entfernt im Süden. Das verriet uns ein Händler namens Mahmud, den wir am Hafen trafen. Für ein paar Münzen durften wir uns seiner Karawane anschließen. Sie bestand aus Eseln und Kamelen, die mit Waren beladen waren. Zudem schlurfte eine Gruppe von zwanzig zusammengeketteten Sklaven hinter den Tieren her. Bewaffnete Karawanenwächter trieben sie an. Die Sklaven waren nicht so dunkel wie der Junge, den ich bei Jakob gesehen hatte, aber alle hatten schwarzes Haar.

»Heiden«, sagte Mahmud, als ich ihn fragte. »Sie beten weder zu deinem noch zu meinem noch zum Gott der Christen. Du musst dir keine Gedanken um sie machen.«

Ich tat es dennoch. Ihr Schicksal erinnerte mich an Hermann.

»Wir hätten ihm helfen sollen«, sagte ich an diesem Abend zu Diego. »Er ist ganz allein dort.«

»Er hätte uns vor Angst verraten. Du hast ihn doch gehört.« Diego streckte sich neben dem Feuer aus und gähnte. »Man kann niemandem helfen, der es nicht will.«

Er hatte recht, trotzdem fühlte ich mich schuldig, wenn ich an Hermann dachte. Ich tröstete mich mit der Lüge, dass er eines Tages den Mut aufbringen würde zu fliehen.

Eine Tagesreise von Patika entfernt trennten wir uns von der Karawane. Mahmud bog ins Landesinnere, in Richtung des Gebirges ab, wir blieben an der Küste. Erste Anzeichen der Belagerung tauchten auf: verbrannte Felder und zerstörte Dörfer. Die meisten waren schon lange verlassen.

»Seit Jahren belagern die Christen Patika«, hatte Mahmud uns erzählt, »aber die Stadt ist nie gefallen, denn andere moslemische Städte haben sie über das Meer mit Vorräten und Waffen versorgt. Seit kurzem aber riegelt eine Flotte aus Venedig den Hafen ab. Wer weiß, was jetzt passiert.«

Wir wussten es, als wir am Mittag des nächsten Tages die Stadt erreichten. Patika fiel.

Von dem Hügel, auf dem wir standen, überblickten wir das ganze lang gezogene Tal. Es endete in einer kleinen Stadt, die von Mauern und Türmen umgeben war. Rauchsäulen wurden vom Wind auseinandergerissen. Das Meer warf sich machtvoll gegen den Hafen wie eine dritte Armee. Trotzdem versuchten Menschen über das Wasser zu fliehen. Wir sahen zahlreiche Boote und sogar Flöße aus Fässern und Brettern, die auf den Wellen auf und ab hüpften. Ich fragte mich, ob die Menschen an Bord die Schiffe nicht sahen, die bereits auf sie warteten. Die ersten Brandpfeile flogen, versanken harmlos im Meer. Doch die Bogenschützen schossen sich erst ein.

Ich wandte den Blick zur Stadt. Einer ihrer Türme stand in Flammen. Das Stadttor war geschlossen, doch Soldaten mit einem langen Rammbock rannten darauf zu, während Bogenschützen die Verteidiger auf der Mauer mit Pfeilen eindeckten, damit die Soldaten nicht mit kochendem Wasser überschüttet wurden. Doch es gelang ihnen nicht, dies zu verhindern: Der Kessel wurde ausgeschüttet, und die Schreie der Verbrühten wurden vom Wind zu uns getragen. Andere Soldaten spannten ein Katapult und beschossen die Mauer mit Felsbrocken. Ein Teil war bereits eingebrochen, aber längst nicht genug für die Ritter, die hinter dem Katapult auf ihre Gelegenheit warteten. Fußvolk saß in kleinen Gruppen zusammen, ohne den Ereignissen Beachtung zu schenken.

Unter uns am Fuß des Hügels befand sich das Lager mit den Zelten der Ritter und den Unterständen, in denen die Bogenschützen und das Fußvolk schliefen. Ärzte oder Barbiere behandelten Verletzte, Männer gingen eilig an ihnen vorbei, den Kopf gesenkt, denn niemand wollte ihnen bei der blutigen Arbeit zusehen. Die meisten kümmerten sich nur um ihre eigenen Aufgaben.

Einen Feldzug hatte ich mir anders vorgestellt. Die Bilder in den Kirchen zeigten heranstürmende Kreuzfahrer, beseelt von göttlichem Eifer, doch die Soldaten, die Patika erobern wollten, wirkten nur müde. Sie liefen davon, wenn die Bogenschützen auf den Mauern ihre Salven abschossen, und kehrten zurück, wenn Ritter auf Pferden sie zusammentrieben wie Vieh. Es war ein hässlicher, düsterer Anblick.

Ich zeigte auf das Lager. »Wir sollten dort nach Hugo suchen. Er ist kein Soldat.«

Diego nickte. »Warte hier.«

Er lief den Hügel hinab, bevor ich antworten konnte. Hinter den Zelten blieb er stehen, sah sich kurz um, dann ging er auf die Knie, hob eine der Stoffbahnen an, warf einen Blick ins Innere, ließ den Stoff wieder fallen und schlich zum nächsten Zelt. Zweimal wiederholte er es, und beim dritten Mal verschwand er im Inneren eines Zelts.

Ich hielt den Atem an und wartete. Vor der Stadtmauer wurde das Katapult abgefeuert. Der Felsbrocken schlug mit lautem Krachen ein, Staub wallte auf, und als er sich legte, sah ich das Loch in der Mauer. Es war nicht größer als ein Kopf.

Diego tauchte wieder auf und hielt eine Brustplatte in der einen, Stiefel und einen Helm in der anderen Hand. Ich lief zu ihm und half ihm dabei, sich die Brustplatte anzulegen und sie festzuzurren. Diego setzte sich und zog die Stiefel an. Sie waren zu klein, aber er zwängte die Füße hinein. Zuletzt schob er sich den Helm über den Kopf und klappte das vergitterte Visier nach unten. Von seinem Gesicht waren nur noch die Augen zu sehen.

»Und?«, fragte er. Seine Stimme klang blechern unter dem Helm.

Ich nickte.

Diego fasste mich am Oberarm, und an den Zelten vorbei betraten wir das Lager. Ich ließ mich mitzerren, tat so, als wollte ich mich wehren. Ein Soldat mit bandagiertem Kopf sah auf und rief uns etwas hinterher, was ich nicht verstand. Niemand sonst beachtete uns. Sie hielten Diego wohl für einen Ritter, der sich mit einer unwilligen Sklavin vergnügen wollte.

Ich sah mich um und suchte nach Hugo. Diego ging in einem weiten Bogen durch das Lager, hielt ab und zu an, wenn niemand in der Nähe war, öffnete Zelteingänge und blickte unter Karren, unter deren Ladeflächen sich Sklaven Erdlöcher gegraben hatten. Sie sahen aus, als wären sie über Jahre erweitert worden, während das Holz der Karren den Regen abhielt. Wahrscheinlich wechselten nur die Karren über ihnen und die Menschen, die darin lebten.

Irgendwann blieb Diego stehen. »Wir haben das Lager jetzt schon zweimal umrundet«, sagte er. »Ich glaube nicht, dass er hier ist.«

»Lass es uns ein letztes Mal versuchen. Wir haben noch nicht in jedem Zelt nachgesehen.«

Ich wusste, dass er das Gesicht verzog, auch wenn ich es nicht sehen konnte. Doch dann bewegte sich sein Helm, und er nickte. »Also gut.«

Wir schlugen andere Wege ein als zuvor, um nicht an denselben Männern vorbeizugehen. Ich achtete auf jede Bewegung, aber keiner der Jungen, die ich entdeckte, war Hugo.

Schließlich hielt ich es nicht mehr aus, ich entzog mich Diegos Griff und hielt einen jungen Sklaven an. »Hugo?«, fragte ich. »Kennst du Hugo?«

Er sah mich verständnislos an und ging weiter. Ein anderer, der am Boden saß und einen Ledergürtel einfettete, schüttelte den Kopf, als ich die Frage wiederholte.

Diego zog mich am Arm zurück. »Hör auf!«, sagte er leise. »Wenn man uns erwischt, wirst du deine Söhne nie wiedersehen.«

»Wenn wir hier herumstehen, auch nicht. Hugo muss irgendwo hier sein.«

Mein Blick fiel auf eine Gruppe Sklaven, die in einem Erdloch hockten. Sie kochten etwas in einem Topf auf einer winzigen Feuerstelle.

Ich ging zu ihnen und hockte mich hin. »Hugo?«, fragte ich. »Wisst ihr, wer das ist?«

Die Jungen verstanden mich nicht.

»Hugo«, wiederholte ich langsam.

Aus den Augenwinkeln sah ich einen Ritter, der sein Pferd vor einem Zelt zügelte. Einer der Jungen sprang auf und lief zu ihm. Der Mann öffnete sein Visier und klopfte sich den Staub vom Waffenrock. Er warf einen Blick auf mich, stutzte, wurde dann jedoch von dem Sklaven abgelenkt, der ihn begrüßte und in das Zelt führte.

»Hugo?« Einer der Jungen wiederholte den Namen, während er mit einem Messer in der dünnen Suppe herumstocherte.

»Ja, Hugo«, sagte ich.

Der Junge zeigte in die Ferne, dorthin, wo der Rauch über den Mauern hing. »Hugo.«

Diego folgte mir aus dem Lager. Wir gingen der Stadt entgegen. Der Boden war aufgewühlt und schlammig, Wasser stand in breiten Furchen. Ein Karren voll mit stöhnenden und schreienden Verwundeten rumpelte an uns vorbei. Die meisten hatten aufgeplatzte rote Gesichter und wanden sich vor Schmerzen. Kochendes Wasser hatte sie verbrüht.

Ein Stück entfernt füllten Bogenschützen ihre Köcher mit Pfeilen auf. Ein Soldat in Lederrüstung gab ihnen Anweisungen. Die Männer schienen ihm nicht zuzuhören.

Als wir näher an die Stadt herankamen, sah ich, dass das Tor an einigen Stellen aufgeplatzt war. Dahinter hörte ich Hämmern und Sägen und laute, fremd klingende Gesänge. Die Bewohner gaben nicht auf.

Die Belagerung hatte das Tal, durch das wir gingen, verwüstet. Baumstümpfe ragten aus dem Boden, vereinzelt sah ich kahle Sträucher. Nur ein Baum war stehen geblieben. Von seinen Ästen hingen fünf Männer an Stricken, deren Leichen sich in der Brise wie große Blätter wiegten.

»Deserteure«, sagte Diego. Ich musste ihn fragen, was das Wort bedeutete.

Ich entdeckte keine Sklaven zwischen den Soldaten. So nahe an der Stadt gab es kein Lager, in dem man sie hätte gebrauchen können. Männer warfen mir neugierige Blicke zu, doch niemand hielt mich auf; der Ritter an meiner Seite schüchterte sie ein.

Vor dem Stadttor wurden Soldaten zusammengetrieben. Der Rammbock, nass von Blut und Wasser, lag zwischen ihnen am Boden. Es krachte laut, als ein weiterer Felsbrocken in die Mauer einschlug. Dieses Mal brach ein großes Stück heraus.

»Vielleicht muss Hugo Steine für das Katapult holen«, sagte ich.

Diego hob die Schultern. Er schien nicht mehr daran zu glauben, dass wir ihn finden würden.

Doch dann, nur einen Atemzug später, streckte er plötzlich die Hand aus. »Da ist er!«

Hugo stand neben dem Rammbock. Er trug einen viel zu kleinen Helm und eine Schürze aus speckigem Leder, die ihm bis über die Knie fiel. An seinem Gürtel hing ein Schwert.

Er war Soldat.

Gemeinsam mit den anderen Männern, die meisten davon weit älter als er, wuchtete er den Rammbock hoch. Ein Ritter schrie Befehle, wies mit seinem Schwert auf das Stadttor. Auf der Mauer darüber hing ein Kessel, aus dem Dampf stieg.

Nein, dachte ich. Großer Gott, nein.

»Los!«, brüllte der Ritter. »Im Namen Jesu Christi!«

Die Soldaten begannen zu laufen. Ich rannte. Diego rief mir etwas hinterher, aber ich beachtete ihn nicht.

Hugo hielt den Rammbock mit beiden Händen fest, hing über ihm wie ein Schreiner, der ein Brett poliert. Die Soldaten fanden einen gemeinsamen Rhythmus. Ihre nackten Füße gruben sich bei jedem Schritt tief in den Schlamm.

Die Verteidiger auf dem Stadttor zeigten auf sie. Bogenschützen sammelten sich auf beiden Seiten. Pfeile wurden aus Köchern gezogen, Sehnen gespannt, Eisenspitzen ragten in den Himmel empor, und Frauen, deren Gesichter von langen Schleiern eingerahmt wurden, drückten das Metallgestell, an dem der Kessel hing. Er schwang über die Mauer hinaus.

Im nächsten Moment summten Pfeile über meinem Kopf. Die Verteidiger duckten sich, aber ich hörte dennoch ihre Schreie. Eine Frau sackte zwischen den Mauerzinnen zusammen.

Ich kam den Soldaten immer näher. Sie waren langsamer als ich. Der schwere Rammbock hielt sie auf, machte sie zu einem leichten Ziel.

»Hugo!«, rief ich.

Er hörte mich nicht. Die Soldaten schrien sich gegenseitig an, als wollten sie sich Mut machen.

»Hugo!«

Meine Stimme überschlug sich. Meine Seiten stachen. Ich stolperte über Wurzeln und Unrat, fing mich aber immer wieder.

»Hugo!«

Endlich wandte er den Kopf. Unsere Blicke trafen sich. Er geriet aus dem Schrittrhythmus und stieß mit dem Mann, der hinter ihm lief, zusammen. Es waren zwanzig, zehn auf jeder Seite des Rammbocks.

Ich winkte und schrie: »Komm!«

Die Bogenschützen auf der Mauer richteten ihre Pfeile auf die heranlaufenden Soldaten. Ein Knall, gefolgt von lautem, rauem Jubel, ließ sie die Köpfe drehen. Auf unserer Seite sprang Fußvolk auf. Sie halfen Rittern, die neben ihren Pferden gestanden hatten, in den Sattel. Die Mauer war zerstört.

Die Bogenschützen sahen zurück zu den Soldaten mit dem Rammbock, spannten die Sehnen ihrer Bögen.

»Komm!«

Hugo ließ den Rammbock los und stolperte zur Seite. Die anderen Soldaten gerieten für einen Moment aus dem Tritt und wären beinahe gestürzt. Einige schrien wütend, einer lachte, als Hugo mit langen Schritten davonrannte. Der Helm fiel ihm vom Kopf, und einen Augenblick lang sah es so aus, als wollte er sich umdrehen und ihn aufheben, doch dann lief er weiter.

Die Bogenschützen ließen die Sehnen los, Pfeile schossen durch die Luft. Die Hälfte der Soldaten fiel unter ihnen, der Rammbock krachte in den Schlamm, begrub zwei der Männer unter sich, die anderen wichen zurück.

Ein Pfeil bohrte sich dicht neben Hugo in den Boden. Er tanzte zur Seite wie bei einem Dorfreigen, rannte dann weiter auf mich zu. Hinter ihm strömte das Fußvolk durch die Lücke in der Mauer wie Wasser durch einen gebrochenen Damm. Das gesamte Schlachtfeld kam in Bewegung, als Soldaten, Bogenschützen und Ritter nach vorn stürmten.

»Weiter!«, schrie ich, als Hugo neben mir stehen bleiben wollte. Er warf Diego einen kurzen, misstrauischen Blick zu. Er musste ihn für einen Ritter halten.

Zu dritt liefen wir weiter, weg von der Stadt, nur weg.

Wir kämpften uns einen Hügel hinauf, sanken erst zu Boden, als wir seine Kuppe erreicht hatten.

Hugo umarmte mich. Er roch nach Schweiß und Leder. »Danke«, stieß er zwischen kurzen Atemzügen hervor. »Danke.«

Ich hielt ihn fest in den Armen. Neben mir riss sich Diego die

Stiefel von den Füßen. Erst dann schien er zu bemerken, dass er den Helm noch trug, und nahm ihn ab. Ich spürte, wie sich Hugo in meiner Umarmung versteifte.

»Diego hat mir geholfen, dich zu finden«, erklärte ich. »Ohne ihn wäre ich nicht hier.«

Er antwortete nicht, doch schließlich löste er sich aus meiner Umarmung. »Ich dachte, du wärst tot. Konrad sagte so etwas.«

»Er hat wohl versucht, mich zu schützen.«

Hugo schüttelte den Kopf. Ein dunkler Ausdruck trat in seine Augen. »Konrad schützt nur sich selbst.«

Ich wollte ihm widersprechen, aber dann sah ich, wie Diego aufstand und die Stirn runzelte. Sein Blick war in das Tal gerichtet.

»Was ist los?«, fragte ich.

»Wenn ich das wüsste.«

Hugo half mir auf. Im ersten Moment wusste ich nicht, was Diego meinte, doch dann sah ich den einzelnen Ritter, der in voller Rüstung auf uns zuritt.

»Scheiße.« Hugo wich zurück. »Das ist Eduard de Dupiere, der Mann, der mich gekauft hat.«

Der Ritter jagte den Hügel herauf. Die Nüstern seines Pferds blähten sich. Die lange Satteldecke wehte im Wind.

Diego trat den Helm beiseite. Er trug noch den Brustharnisch, war jedoch unbewaffnet, so wie ich auch.

»Gib mir dein Schwert«, sagte er zu Hugo.

Der schüttelte den Kopf, während er die Klinge zog. »Nein.«

Der Ritter griff hinter sich und holte einen Morgenstern hervor, den er aus dem Handgelenk kreisen ließ. Das Visier seines Helms war geschlossen.

Ich sah mich um. Auf dem Hügel gab es nur Gras und Sträucher, nichts, was uns hätte nützen können.

Diego streckte die Hand aus. »Gib es mir.«

Hugo stellte sich breitbeinig hin und nahm das Schwert in beide Hände, tat so, als hätte er Diego nicht gehört.

Das Schnauben des Pferdes wurde lauter. Der Ritter stieß einen Schrei aus. »Du undankbarer Hund!«

Dann war er heran. Einen Augenblick lang sah es so aus, als wolle er Hugo mit dem Morgenstern angreifen, doch im nächsten Moment riss er das Pferd herum, um ihn niederzureiten.

Diego warf sich zur Seite, stieß Hugo zur Seite, und zusammen gingen sie zu Boden. Die Hufe des Pferdes gruben sich nur eine Handbreit von Diegos Beinen entfernt in den Dreck, während es an uns vorbeigaloppierte. Der Ritter zügelte es und wendete das Tier, dann trieb er es wieder auf uns zu.

Diego sprang auf und trat Hugo das Schwert aus der Hand. Er griff danach – der Morgenstern raste über seinen Kopf hinweg – und kam hoch. Der Ritter wendete ein zweites Mal. Sein Pferd war groß und schwerfällig, so wie er selbst. Ich wollte Hugo aus seinem Weg ziehen, aber er war bereits aufgestanden, in einer Hand einen faustgroßen Stein, mit dem er ausholte und ihn warf.

Der Stein traf den Ritter an der Schulter, prallte harmlos von der Rüstung ab.

Der Lärm der Schlacht trat in den Hintergrund. Ich hörte nur noch das Schnauben des Pferdes und das Singen des kreisenden Morgensterns. De Dupiere ignorierte Hugo und mich, griff nun nur noch Diego an. Von uns war nur er bewaffnet, das hatte er erkannt.

Ich ging auf die Knie und griff nach einigen Steinen, Hugo ebenso, schleuderten sie dem Ritter und seinem Pferd entgegen, aber es war, als würden wir eine Häuserwand bewerfen.

Diego tauchte unter dem Morgenstern hindurch und rollte sich ab. Ein Stein prallte an de Dupieres Rüstung ab, traf Diegos Arm. Er fluchte. Der Ritter lachte.

»Aufhören!«, rief ich Hugo zu. Er zögerte, doch dann ließ er den Stein aus seiner Hand fallen.

Wieder wendete der Ritter, wieder trieb er sein Pferd auf Diego zu. Es klirrte, als die Eisenkugel die Spitze des Schwerts abschlug, es Diego aber nicht aus der Hand prellte. Diego stieß es nach oben, sodass sich die Kette um die Klinge wickelte, und zog an dem Schwertgriff. De Dupiere riss an der Kette, dann stieß Diego sich ab. Der Schwung, den der Ritter ihm verschafft hatte, trug ihn empor, und noch im Sprung ließ er das Schwert los.

Diego hing an der Schulter des Ritters, drückte seinen Arm nach unten. Der Morgenstern schwang hin und her, traf die Rüstung des Pferdes, das laut wieherte. Hugo fiel de Dupiere in die Zügel, hielt sich daran fest, und das Pferd drehte sich und trat aus.

Der Ritter ließ den Morgenstern fallen, als Diego sich hinter ihn in den Sattel schwang und versuchte, das Visier des Helms zu öffnen. Mit beiden Händen schlug de Dupiere nach ihm. Die schweren Kettenhandschuhe trafen seinen eigenen Helm und streiften Diegos Schulter.

Mit zwei Schritten erreichte ich den Ritter, aber ich versuchte nicht, auf sein Pferd zu gelangen, sondern packte seinen Stiefel und drückte ihn mit aller Kraft nach oben. Hugo erkannte, was ich vorhatte, ließ die Zügel los, und das Pferd machte einen Satz nach vorn. Ich wurde mitgerissen, die Hufe verfehlten mich nur um eine Handbreit, doch ich ließ nicht los.

Hugo war plötzlich neben mir. Er hielt das abgebrochene Schwert in der Hand. Mit einem Schlag trennte er den Lederriemen durch, der den Steigbügel hielt. Wir stemmten uns gegen den Stiefel des Ritters.

Und hoben de Dupiere aus dem Sattel.

Er schrie, als er zu Boden ging. Metall klirrte und schepperte. Diego landete auf ihm, packte den Helm mit beiden Händen und hämmerte ihn in den Staub. Der Ritter wirkte benommen, lag auf dem Rücken und wehrte sich nur noch schwach. Sein Pferd galoppierte davon.

Hugo hob das Schwert erneut auf. Mit einem Fuß drückte er de Dupieres Arm zur Seite, bis er die ungeschützte Stelle darunter sah.

»Hugo!«, schrie ich.

Er rammte die abgebrochene Klinge in die Achselhöhle des Ritters. De Dupieres Schrei hallte blechern über den Hügel und verstummte dann.

Ich versuchte mir nicht anmerken zu lassen, wie sehr mich Hugos Kaltblütigkeit verstörte. Er war älter geworden, so viel älter als die drei Monate, die ich ihn nicht gesehen hatte.

»Es gibt nicht viel zu erzählen«, sagte er abends, nachdem wir unser Lager am Rande eines kleinen Dorfs aufgeschlagen hatten. Diego saß ein wenig abseits und hörte uns zu. »Konrad erschlich sich Lukas' Vertrauen und versuchte mich abzudrängen. Er ahmt immer alles nach, was ich mache, nur weiß er dann, wie's geht, weil ich's ihm ja vormache, und kann meine Fehler vermeiden und es besser machen. Deshalb gewinnt er jedes Mal, und ich verliere.« Er spuckte ins Feuer. Ich ließ ihn reden. »Sie taten nicht mehr, was Nicolaus sagte, sondern nur noch, was sie wollten. Nicolaus war zwar immer schwerer zu verstehen, aber ich denke, das war, weil er immer heiliger wurde und wir immer sündiger. Irgendwann konnten wir ihn gar nicht mehr verstehen.« Hugo hob die Schultern. »Ich habe es lange versucht, sogar bis wir auf die Schiffe gingen. Ich weiß nicht, was danach aus ihm geworden ist. Wir waren nicht auf demselben Schiff.«

»Er ist tot«, eröffnete ich ihm. »Lena und ich waren dabei, als er starb.« Mehr sagte ich nicht. Niemand außer mir wusste von dem Mal, und so sollte es auch bleiben.

»Ist vielleicht besser so.« Hugo sah in die Flammen. »Dann wird er nie erfahren, was aus uns geworden ist.«

Ruhig erzählte er weiter, von der Reise und dem Hunger, von den Toten und denen, die sich den Tod gewünscht hatten. Er war noch immer zutiefst enttäuscht darüber, dass sich das Meer in Genua nicht geteilt hatte, das merkte ich ihm an. Er hatte fest daran geglaubt, vielleicht so fest wie Nicolaus selbst.

»Ich stützte ihn und betete, bis meine Stimme versagte und meine Beine nachgaben, aber nichts geschah. Die Wellen schlugen gegen die Hafenmauer, die Leute lachten uns aus.« Hugo schüttelte den Kopf. »Und dann kam Jakob das Schwein. Er bot uns eine Passage ins Heilige Land an. Ich wusste, dass etwas daran faul war, aber Lukas und Konrad befahlen mir, den Mund zu halten. Wir Brüder mussten die anderen bewachen, damit niemand abhaute. Dabei hatte Nicolaus doch gesagt, ein einziger rechtschaffener Christ würde reichen, um die Sarazenen zu vertreiben. Warum mussten alle mitkommen?« Er holte tief Luft. »In Antioch wurde es mir klar. Jakob das Schwein wollte uns in die Sklaverei verkaufen und …« Hugo sah mich an. »Und Konrad und Lukas haben das gewusst. Sie haben gemeinsame Sache mit ihm gemacht.«

»Nein, du irrst dich!« Ich schob die Oliven, die uns ein Dorfbewohner geschenkt hatte, zur Seite. »Lukas hat das vielleicht getan, aber Konrad niemals.«

»Ich habe sie doch gesehen, Mutter. Sie saßen mit Jakob am Hafen und tranken Wein, während die Ritter auf uns Gebote abgaben.«

Diego sah mich an. Das Mitgefühl in seinem Blick gefiel mir nicht, denn es erweckte ganz den Eindruck, als würde er Hugo glauben. »Nein, Konrad ist klug. Wahrscheinlich hat er nur mitgespielt, um nicht selbst verkauft zu werden und euch dann zu helfen. Das würde zu ihm passen.«

Hugo wurde wütend und stand auf. »Du hast ihn immer schon vorgezogen, seit dem Tag, an dem er geboren wurde. Dabei hat er dich und Vater nur ausgenutzt und hintergangen. Ich wollte Schreiner werden, nicht er, aber er konnte es nicht ertragen, dass ich mehr bekam als er, also hat er euch so lange in den Ohren gelegen, bis ihr euch zwei Lehren vom Mund abgespart habt. Ihr wärt fast verhungert.«

»Aber *du* bist in der Schreinerei rausgeflogen wegen deines

Jähzorns, und Konrad war derjenige, der dir geholfen hat.« Ich stand ebenfalls auf.

»Ich weiß nicht, wovon du redest«, entgegnete Hugo. »Ich bin rausgeflogen, weil die Geschäfte schlecht gingen und sich der Meister nur noch einen Lehrling leisten konnte, und das war natürlich Konrad. Ich habe ihn erst bei Nicolaus' Rede wiedergesehen.«

Ich dachte an das, was Konrad mir erzählt hatte. »Ihr …«, begann ich, ohne zu wissen, wie ich fortfahren sollte. »Ihr müsst euch aussprechen, wenn das alles vorbei ist. So ein Streit zwischen Brüdern ist schlimm.«

Hugo lachte. Es klang bitter. »Du wirst bis zu deinem Ende zu ihm halten, oder, Mutter? Selbst auf dem Kreuzzug, nachdem er Erik und dich im Stich gelassen hat, hast du noch auf seiner Seite gestanden. Dabei gab ich euch Käse. Aber es geht ja um Konrad, immer nur um ihn. Wenn ich ihm das nächste Mal begegne, werde ich ihn töten. Er hat es verdient.«

Kapitel 31

Er sprach es nie wieder aus, trotzdem steckten seine Worte wie Pfeile in meinem Herzen. Sie schmerzten. Nur zwei meiner Kinder hatten überlebt, und nun wollte der eine Sohn den anderen umbringen. Ich würde es nicht zulassen, das schwor ich mir.

Wir zogen durch ein fruchtbares grünes Land. Je weiter südlich wir kamen, desto weniger Kirchen sahen wir. Irgendwann verschwanden sie ganz, wurden ersetzt von den hohen Türmen der Moscheen. Es fiel mir erst auf, als Hugo davon sprach. Ich konnte sehen, dass ihm das Angst machte. Er hatte nicht so viel Glück gehabt wie ich, man hatte ihn während der Schiffsreise unter Deck eingesperrt, und er hatte von den wenigen Häfen, an denen sein Schiff angelegt hatte, nichts gesehen. Für ihn musste die Veränderung so plötzlich gekommen sein wie ein schwerer Frost an einem heißen Augusttag.

»Warum gibt es hier keine Christen?«, fragte er eines Abends.

Diego dachte lange über eine Antwort nach, bevor er sagte: »Weil Saladins Armeen alle vertrieben, getötet oder versklavt haben, so wie es die Christen vor ihm mit Moslems und Juden taten.«

Danach hielt sich Hugo noch mehr von den Menschen fern, denen wir begegneten, und aß nichts von den Speisen, die sie uns anboten. Ich lernte Datteln kennen, Feigen und Okra, so viele Pflanzen und Gewürze, von denen ich noch nie zuvor gehört hatte. Hugo aß nichts außer Fleisch, Brot und ein wenig Käse, lehnte alles andere ab. Er war ein Stück Winetre inmitten des Heiligen Landes.

»Im Sommer gibt es hier nur Wüste«, sagte Diego, als wir an einem Olivenhain rasteten. »Aber im Winter ist es wunderschön.«

Hugo verzog das Gesicht und schwieg. Seit wir ihn gefunden hatten, widersprach oder ignorierte er Diego. Er musste von unserer – ich suchte nach einem Wort für das, was Diego und ich hatten: Liebschaft? Verbundenheit? – wissen, aber er ließ sich nichts anmerken, und wir versuchten, es nicht zu deutlich zu machen. Wir schliefen nicht mehr miteinander, berührten und küssten uns nur, wenn wir allein waren. Es war eine seltsame, unangenehme Situation, aber durch sie erreichten wir zumindest eine Art Waffenstillstand zwischen Diego und Hugo.

Wir kamen Jerusalem mit jedem Tag näher. Es wurde einfacher, Karawanen zu finden, denen wir uns anschließen konnten. Allein zu reisen war gefährlich. Es gab Banden ehemaliger Kreuzritter, die nicht wieder in ihre Heimat zurückgekehrt waren, und Gruppen entlaufener Sklaven, die zu Wegelagerern geworden waren.

»Wenn wir auf diese Kreuzritter treffen, werde ich mich ihnen anschließen«, gab Hugo bekannt, als Diego ihm von ihnen erzählte. »Sarazenen töten und ausrauben kann ja keine Sünde sein.«

Es war eine Provokation, auf die wir nicht eingingen.

Und dann, eines Nachmittags, standen wir vor den Toren Jerusalems.

Es war ein windiger Tag. Staub wehte von den Hügeln herab auf zerstörte Stadtmauern und eingestürzte Türme. Olivenbäume und Palmen wiegten sich in der Brise.

»Die Stadt ist zerstört worden«, sagte Hugo, und in seiner Stimme schwang das gleiche Entsetzen mit, das ich auch spürte.

Diego hob die Schultern. »Sie ist oft zerstört worden und wird noch oft zerstört werden, aber im Moment herrscht Frieden, auch wenn es nicht so aussieht.«

Ein Hirte trieb eine Ziegenherde an dem offen stehenden Stadttor vorbei. Dahinter sah ich enge Gassen und das Minarett einer Moschee. Alte, hell gekleidete Männer mit Turbanen und langen Bärten hockten auf Teppichen im Schatten der Mauern und tranken Tee. Eine Gruppe von vier Frauen, unsichtbar unter Schleiern und dunklen Gewändern, huschte an ihnen vorbei, und ich hörte sie kichern und lachen.

Durch das offene Stadttor betraten wir Jerusalem. Hohe, fast fensterlose Fassaden rahmten die Gassen ein, in denen kleine Türen saßen. Sie waren schief; Sonne und Zeit hatten das Holz verzogen und fast schwarz gefärbt. Die Schnitzereien, die sie einst geschmückt hatten, waren vom Sand glatt geschmirgelt worden.

Die Stadt wirkte alt und unsagbar müde wie ein Greis, der dem Ende seines Lebens entgegensieht.

Ziegen standen in den Gassen, Hühner liefen umher, und an einer Straßenecke saß eine schwarze Katze und putzte sich; als sie uns sah, stand sie auf und überquerte vor uns den Weg.

Ich hob die Hand, um mich zu bekreuzigen, aber Diego hielt meinen Arm fest.

»Nicht«, sagte er leise. Mit dem Kinn zeigte er auf einige Soldaten, die nicht weit von uns entfernt die Gasse entlangpatrouillierten. Sie trugen Helme mit goldenen Spitzen und Klingen, die so gekrümmt waren wie Diegos Schwert.

Hugo spuckte aus, was sie zum Glück nicht sahen. »Das ist unsere Stadt«, sagte er. »Jesus Christus ist hier von euch umgebracht worden.« Er bückte sich, nahm eine Handvoll Staub und ließ ihn durch die Finger rieseln. »Dieser Staub ist heilig. Diese Häuser sind heilig. Sie gehören uns und nicht den Sarazenen.«

»Ihr habt darum gekämpft und verloren.« Diego zog Hugo aus

dem Weg der Soldaten. »Und nenn sie nicht Sarazenen. Das sind Ayyubiden.«

Ich hörte ihm kaum zu. Meine Gedanken kreisten um die Stadt – und um Jesus Christus. Ich glaubte ihn in den uralten Steinen und der kühlen Abendluft zu spüren. Er war mir so nahe wie nie zuvor.

»Ich möchte das Heilige Grab sehen«, sagte ich.

Diego schüttelte den Kopf. »Das wäre nicht sehr klug.«

»Bitte. Es war unser Ziel vom ersten Tag an. Wie können wir Jerusalem besuchen, ohne es aufzusuchen?«

Er zögerte. Nach einem Moment stimmte er zu.

Wir gingen weiter durch die Gassen. Immer wieder warf ich den Blick an den Häuserfassaden entlang, sah überall Kirchen, Moscheen und Synagogen. Bei jedem Schritt entdeckte ich etwas Neues: hölzerne Balkone, die aus den Fassaden ragten, Hütten, die man auf Häuser gebaut hatte, Mauern, hinter denen Frauen in grünen Gärten saßen, christliche Mönche zwischen Juden und Moslems. Einige Menschen bemerkten Diegos Brandmal, aber niemand sagte etwas. Man grüßte uns und ging weiter den eigenen Geschäften nach.

Schließlich blieb Diego auf einem Platz stehen. Händler säumten ihn. Ein Barbier schnitt einem Soldaten den Bart, während Kinder zusahen. Die Kirche, die am Rand des Platzes breit und mächtig stand, hatte eine runde Kuppel, auf der ein goldenes Kreuz prangte. Das schwere, weit mehr als mannshohe Eingangstor war geschlossen, doch eine kleine Pforte direkt daneben stand offen.

»Das ist die Grabkirche«, sagte Diego. »Geht hinein. Ich warte hier.«

Er wandte sich ab und ging zu einem Stand, an dem zwei Männer Fleischspieße über einem Feuer grillten.

Durch die schmale Pforte betraten Hugo und ich das Innere der Kirche. Sie lag im Halbdunkel, und es war kühler als draußen. Die Basilika dehnte sich vor uns aus. Kerzen brannten unter kleinen Altären, vor denen Mönche knieten und beteten. Die Steinplatten, die den Boden bedeckten, waren an vielen Stellen aufgeplatzt.

Wir knieten neben dem Weihwasserbecken nieder, bekreuzigten uns und standen auf. Ratlos blieben wir stehen. Wir wussten nicht, wonach wir suchten. War das Heilige Grab ein Steinsarg, ein Altar oder vielleicht ein erdbedeckter Hügel?

»Wo ist es denn?«, flüsterte Hugo. Die Kirche schien ihn einzuschüchtern, und er blieb dicht neben mir. Wäre er jünger gewesen, hätte er wohl meine Hand gehalten.

Ich hob die Schultern und zog mir den Schal, der mein Haar bedeckte, tiefer in das Gesicht. Aus den Augenwinkeln sah ich, wie sich einer der Mönche erhob. Er musste sich an der Wand abstützen, sonst wäre er nicht hochgekommen. Er war ein alter Mann mit weißem Haarkranz und faltigem braunem Gesicht.

Er kam auf uns zu, blieb stehen und sagte etwas, das ich nicht verstand.

»Es tut mir leid, ich verstehe dich nicht.«

Der Mönch blinzelte mit seinen wässrig blauen Augen. »Von wo stammt ihr?«, fragte er in akzentfreiem Deutsch.

»Aus Win… Aus der Nähe von Köln.«

Er nickte, als hielte er es nicht für ungewöhnlich, dass jemand um die ganze Welt reiste, um in dieser Kirche zu stehen.

»Kommt«, sagte er.

Langsam führte er uns durch die Basilika. Seine nackten Füße schlurften über den Stein. Wir gingen an einem großen, prächtigen Altar vorbei, dann blieb er stehen und zeigte in den dahinter liegenden Raum.

»Dort ist, was ihr sucht. Betet für die, die ihr hinter euch gelassen habt, für die, die niemals erblicken werden, was Gott euch gewährt hat.«

»Danke«, sagte ich. Hugo nickte nur stumm.

Der Raum, den wir betraten, war rund, und in seiner Mitte, umgeben von großen Kerzenständern, eingebettet in orange flackerndes Licht, erhoben sich steinerne Säulen, viermal mannshoch, die in einer großen Kuppel mündeten. Mönche lagen auf dem Bauch ausgestreckt davor und bildeten mit ihren Körpern Kreuze.

Es war ein hochherrschaftliches Grab, stolz wie eine Burg und reich verziert wie ein Palast. Kerzen hoch wie Häuser rahmten es ein. Die Wände rund um den kleinen Altar, der sich anstelle eines Sargs im Inneren befand, glitzerten und glänzten golden. Von schweren bestickten Vorhängen musterten uns Heilige. Zwischen all dem Prunk, der im Kerzenlicht funkelte, waren sie kaum zu erkennen. Ich wusste nicht, wieso mich der Anblick des Grabs enttäuschte, aber es war so. Wie ein Verrat fühlte es sich an.

Neben mir fiel Hugo auf die Knie und begann zu schluchzen. Tränen liefen über seine Wangen, er faltete die Hände und streckte sie dem Grab entgegen, als wolle er um Gnade flehen.

Ich blieb stehen. Nach einer Weile beugte ich mich zu ihm hinunter und flüsterte: »Ich warte draußen.«

Der Mönch hob die Augenbrauen, als ich allein an ihm vorbeiging. »Den ganzen langen Weg für diesen kurzen Besuch?«, fragte er.

Ich hob die Schultern. »Es ist nicht das Grab des Mannes, den ich gesucht habe.«

Diego wischte sich den Mund mit einem Stück Brot ab, als ich die Kirche verließ, und musterte mich. »Geht es dir gut?«

»Ja.« Ich wechselte rasch das Thema. »Hugo betet noch, wir müssen auf ihn warten. Was machen wir dann?«

»Wir werden einen Mann aufsuchen, der uns bestimmt weiterhelfen kann. Ich habe mich erkundigt und …« Er unterbrach sich. »Geht es dir wirklich gut?«

»Warum fragst du das?«

Diego warf das Brot einem einbeinigen Bettler zu, der an der

Kirchenmauer lehnte. Er fing es und bedankte sich laut. »Weil du nicht aussiehst, als hättest du ein großes Heiligtum gesehen.«

»Nein, wohl nicht.«

Ich war erleichtert, als Hugo unsere Unterhaltung unterbrach. Mit verquollenen Augen und tränennassem Gesicht stolperte er aus der Kirche. »Ich habe ihn gespürt«, stieß er hervor. »Ich habe Christus in meinem Herzen gespürt.«

Ich beneidete Hugo für das, was er erfahren hatte, und wünschte, es wäre mir auch möglich gewesen, doch das war es nicht.

Diego wies mit einem Kopfnicken in Hugos Richtung. »Ich dachte, du würdest so aussehen.«

Ohne zu antworten, drehte ich mich um. »Wohin?«

Unser Ziel war die Zitadelle. Sie lag auf einem Hügel und war von Wehranlagen und Mauern umgeben, die im Gegensatz zu den Stadtmauern gepflegt und kaum beschädigt waren. Arbeiter besserten einige Stellen in der Abendsonne aus.

»Sein Name ist Al Hakam«, sagte Diego, als wir an ihnen vorbeigingen. »Er ist der Stellvertreter des Kalifen in Jerusalem. Behandelt ihn mit Respekt. Saladin selbst hat großen Wert auf seinen Rat gelegt. Wir sollten ebenso klug sein.«

Hugo verdrehte die Augen.

Diego fuhr plötzlich herum und drückte ihn mit einer Hand gegen die Mauer. Die Arbeiter drehten sich zu uns um. »Hör verdammt noch mal auf, dich wie ein kleines Kind aufzuführen. Ein respektloses Wort gegenüber Al Hakam, und er wird dir die Zunge rausreißen lassen. Hast du das verstanden?«

Hugo wand sich aus Diegos Griff und lief einige Schritte vor, zog sich sein Hemd zurecht. Diego hielt ihn nicht auf.

»Ist das wirklich wahr?«, fragte ich leise.

»Vielleicht. Ich habe noch nie erlebt, dass jemand Al Hakam nicht mit Respekt behandelt, deshalb ist das schwer zu sagen.« Er grinste. »Aber schaden wird es Hugo nicht, wenn er es glaubt.«

Wachen ließen uns ein, als Diego seinen Namen nannte. Die Zitadelle war größer, als es den Anschein gehabt hatte. Es gab zahlreiche Gebäude, kleine Moscheen, Kirchen und Stallungen. Soldaten standen auf den Mauern, den Blick in die Ferne gerichtet.

Wir gingen auf das größte Gebäude zu. Die Fassade war rau und schlicht und ließ nicht erkennen, was sich dahinter verbarg. Ein breites Tor führte hinein. Noch einmal hielten uns Wachen an, dann durften wir weiter.

Sklaven erwarteten uns hinter dem Tor. Sie wuschen uns Hände, Füße und Gesicht. Hugo ließ es geschehen, obwohl er aussah, als würde ihn das Wasser mit Nadeln stechen. Diegos Worte hatten wohl gewirkt.

Die Sklaven führten uns zu einer Tür, öffneten sie und verneigten sich. Diego trat als Erster ein, ich folgte ihm.

Ein großer Saal lag jenseits der Tür. An den Wänden und auf flachen Tischen brannten Öllampen. Weißer Marmor bedeckte den Boden. Die Wände waren mit Mosaiken verziert, deren goldene Ränder im Licht glänzten.

Ich blinzelte, so unerwartet war der Anblick nach der nackten Fassade.

Der Saal mündete in ein Atrium, das von Säulen umgeben war. Darin befand sich ein Springbrunnen, neben dem Kinder spielten. Die Luft roch nach Rosen und Zimt.

An den Tischen saßen Männer und aßen mit der Hand aus großen Metallpfannen. Einer von ihnen, ein kleiner alter Mann mit weißem Bart, erhob sich. Er trug ein langes weißes Gewand, das von einem Ledergürtel zusammengehalten wurde, und darüber eine bestickte Weste. Im Gürtel steckte ein mit Edelsteinen besetzter goldener Dolch.

»Diego«, begann er. Den Rest verstand ich nicht.

Diego antwortete etwas in derselben kehligen Sprache, die ich schon auf den Straßen gehört hatte, und zeigte auf sein Brandmal, dann umarmten sie sich. Der Blick des alten Mannes glitt kurz zu mir und Hugo, und auch die anderen Männer sahen uns an.

Diego wechselte ins Deutsche und stellte uns vor. Er sprach betont langsam. Ich verneigte mich. Der alte Mann erwiderte die Geste.

»Ihr könnt mich Al Hakam nennen«, sagte er. »Mein vollständiger Name wäre zu kompliziert.« Er zeigte auf den Tisch, an dem er auf Kissen gesessen hatte. »Bitte, nehmt Platz. Esst und trinkt mit uns.«

Die Männer, die mit ihm am Tisch gesessen hatten, sprangen auf und ließen sich an anderen Tischen nieder. »Soweit ich weiß«, sagte Al Hakam, als er sich mit einer erstaunlich geschmeidigen Bewegung setzte, »ist es bei euch üblich, dass Männer und Frauen gemeinsam essen, auch wenn Fremde dabei sind?«

Ich nickte.

»Dann wollen wir es im Rahmen der Gastfreundschaft ebenso halten.« Er sah über meine Schulter. »Wird der junge Mann uns nicht beehren?«

Ich drehte mich um. Hugo stand immer noch an der Tür, die Arme vor der Brust verschränkt, die Mundwinkel trotzig nach unten gezogen.

»Nein«, sagte Diego an meiner Stelle. »Verzeiht seine Unhöflichkeit, Al Hakam, aber er ist jung und hat noch nicht verstanden, dass nicht jeder, der anders denkt als er, ein Feind sein muss.«

»Ich verstehe.« Al Hakam sah Hugo lange an. Nach einer Weile senkte mein Sohn den Blick.

Der alte Mann wirkte zufrieden. Er winkte einem Sklaven zu, der uns Tee servierte. Dann aßen wir. Ich benutzte nur die rechte Hand, so wie ich es gelernt hatte, und achtete darauf, dass meine Fußsohlen nach hinten zeigten.

Die Sklaven tischten immer mehr Pfannen und Teller auf. Das Bankett schien kein Ende nehmen zu wollen. An den Nebentischen redeten und lachten die Männer miteinander, so als hätten sie vergessen, dass Fremde unter ihnen waren. Al Hakam unterhielt sich mit Diego, selten mit mir. Sie sprachen über Politik und Menschen, die ich nicht kannte. Erst als der letzte Teller abgeräumt war und wir uns die Hände und das Gesicht in Schüsseln mit Rosenwasser gewaschen hatten, sah Al Hakam mich an.

»Erzähl deine Geschichte«, forderte er mich auf.

Diego stand auf, setzte sich zu den anderen Männern und übersetzte, was ich sagte.

Als ich geendet hatte, drehte Al Hakam nachdenklich seine Teetasse zwischen den Fingern. »Was tun wir nicht alles im Namen Allahs.« Seine Stimme war leise. Er schüttelte den Kopf, als versuche er zu verscheuchen, was ihm gerade durch den Kopf ging. »Dieser Mann, von dem du sprichst, Jakob das Schwein, ist mir bekannt. Er verbringt die meisten Winter hier, um Waren zu kaufen, die er dann in Europa verkauft. Im Sommer kehrt er das um. Seine Freunde findet man bis in die höchsten Kreise – in beiden Welten.«

»Ist er jetzt hier?«, fragte ich.

Al Hakam nickte. »Er besitzt ein Haus neben der Grabkirche.«

Ich schluckte, als mir klar wurde, wie nahe ich ihm bereits gekommen war. »Was ist mit den Kindern?«

»Er hatte sehr viele Sklaven dabei. Ich wusste, woher sie stammten. Die Geschichte des Kreuzzugs hat sich bis nach Damaskus herumgesprochen. Die meisten …«

»Wo ist Hugo?«, unterbrach Diego ihn plötzlich.

Ich fuhr herum. Neben der Tür stand nur noch ein Sklave. Diego fragte ihn etwas, der Junge antwortete unter zahlreichen Verbeugungen.

»Er hat ihn rausgelassen«, sagte Diego.

»Verzeiht, Herr.« Auch ich lief zur Tür. Diego tauschte einige Worte mit Al Hakam und folgte mir. Wir liefen durch das Tor und über den Platz, hinaus aus der Zitadelle.

»Er wird ihn umbringen«, keuchte ich.

»Wir wissen nicht einmal, ob Konrad dort ist.«

Ich hoffte, dass er es nicht war, und dies aus mehr als nur einem Grund.

Der Weg zur Grabkirche erschien mir länger als zuvor. In den Straßen sah ich nur wenige Menschen. Es war kühler geworden und dunkel.

Wir holten Hugo nicht ein. Als wir atemlos auf dem Platz vor der Grabkirche anlangten, war er nicht zu sehen.

»Welches Haus ist es?«, fragte ich zwischen kurzen Atemstößen.

»Ich weiß es nicht. Klopf überall an. Du rechts, ich links.«

Ich hämmerte gegen die erste Tür, blieb jedoch nicht stehen, sondern lief direkt zur nächsten. Als ich gegen die klopfte, öffnete sich die erste, und ein alter Mann trat heraus. Er sah, was ich tat, schüttelte den Kopf und rief etwas. Es klang unfreundlich.

Die nächste Tür wurde nicht geöffnet, auch die danach blieb zu.

»Madlen!«, hörte ich Diego plötzlich von der anderen Seite rufen. »Hier!«

Ich drehte mich um und sah, wie er im Inneren eines Hauses verschwand. Der schwarze Sklave, den ich aus Modena kannte, stand mit einer Öllampe in der Hand neben der Tür. Ich lief an ihm vorbei.

Das Innere des Hauses war prunkvoll und überladen. Die Teppiche an den Wänden verdeckten einander, überall standen goldene Statuen und verzierte Kelche. Es sah aus wie das Warenlager eines Mannes, der es gewohnt war, Könige auszustatten.

Über mir polterte es, Stimmen schrien. Ich lief eine breite Treppe hinauf. Der Sklave blieb am Absatz zurück und sah mir nach.

Ein Gang führte durch das obere Stockwerk. Eine Zimmertür

stand offen. Von dort kamen Geräusche, und ich hörte auch jemanden schreien – Lukas? – und lief hinein.

Der Anblick nahm mir den Atem …

Ich stand in einem Schlafzimmer. Ein großes, dunkles Himmelbett nahm fast die gesamte Rückwand ein. Daneben stand ein Tisch mit einer Karaffe voller Wein. Das Fenster war geöffnet. Wind bewegte die Vorhänge.

Hugo lag auf dem Bauch am Boden, Lukas und Konrad traten auf ihn ein. Jakob stand neben einer geöffneten Tür, die Fäuste geballt, das Gesicht verzerrt. Er feuerte sie an.

Im nächsten Moment flog Diego an mir vorbei. Er prallte gegen Lukas und Konrad, riss beide mit sich zu Boden. Mit einem Bein riss er den Tisch um, die Karaffe rutschte herunter und zerbrach, Wein spritzte durch den Raum wie Blut.

Ich lief zu Hugo und zog ihn an beiden Armen von den anderen weg. Er war benommen, seine Nase blutete. »Ich habe es dir gesagt«, stieß er hustend hervor.

Ja, das hatte er.

Lukas kam als Erster wieder auf die Beine. Auf einmal hatte er den Griff der Karaffe in der Hand. Die Scherbe, die daran hing, war spitz wie eine Klinge.

Er stach damit nach Diego, der sich im letzten Moment wegdrehte, sodass sich die Scherbe zwischen die Dielen bohrte.

»Bring ihn um!«, schrie Jakob.

Diego sprang auf, als Konrad nach dem umgestürzten Tisch griff und damit ausholte.

»Nein!«, rief ich, aber er zögerte nicht einmal. Diego wich ihm knapp aus, der Tisch traf nur die Wand und wurde Konrad aus den Händen geprallt.

Mit einem Schritt war Diego neben ihm. Sein Schlag warf Konrad auf das breite Bett.

Hugo kam taumelnd hoch. Ich sah, dass Lukas immer noch

versuchte, die Scherbe aus den Dielen zu ziehen. Ich lief auf ihn zu, doch als ich ihn fast erreicht hatte, kam sie frei.

Triumphierend hob er den Kopf – nur um im nächsten Moment von Diegos Tritt zu Boden geworfen zu werden.

»Was habe ich mir nur für Volltrottel ins Nest gesetzt?«, schrie Jakob. Ihm schien die Wendung, die der Kampf genommen hatte, nicht zu behagen. Fluchend zog er die Tür hinter sich zu. Ich hörte seine schweren Schritte auf einer Treppe. Es schien noch ein Stockwerk über uns zu geben.

Einen Moment lang dachte ich darüber nach, ihm zu folgen, doch dann stöhnte Konrad auf dem Bett, richtete sich auf die Ellenbogen auf.

»Bleib liegen!«, befahl ich ihm.

Er sah mich an. Die Kälte in seinem Blick war verstörend. »Lass mich in Ruhe.«

Aus den Augenwinkeln sah ich eine schnelle Bewegung. Ich wusste nicht, woher Hugo das Messer hatte, mit dem er ausholte, nur, dass ich verhindern musste, was er tun wollte.

Er stürzte auf Konrad zu, ich fiel ihm in den Arm, trieb ihn mit aller Kraft zurück.

Wir prallten gegen die Wand. »Werde kein Kain, Hugo, bitte!«

Er versuchte sich aus meinem Griff zu winden. Mit beiden Händen krallte ich mich in seinen Arm, mit den Beinen drückte ich ihn gegen die Wand.

Hinter mir polterte es. Diego war über den umgestürzten Tisch gestolpert.

Lukas erkannte seine Gelegenheit. Mit einem lauten Schrei, die Scherbe hoch über den Kopf erhoben, warf er sich auf Diego.

Er konnte nicht mehr ausweichen. Er versuchte es nicht einmal, sondern trat mit beiden Füßen gegen den Tisch.

Lukas versuchte darüber hinwegzuspringen, stieß sich ab.

Beinahe hätte er es geschafft, doch seine Stiefelspitze blieb an dem Tischbein hängen. Schwer schlug er auf die Dielen.

Und blieb liegen.

Stille legte sich über das Zimmer. Ich hörte nur Diegos Keuchen und meinen eigenen Atem.

Konrad stieg langsam aus dem Bett. Neben Lukas ging er in die Knie. Dann drehte er ihn herum.

Lukas lebte noch. Blut lief ihm aus dem Mund. Seine Augen waren weit aufgerissen, seine Brust hob und senkte sich in kurzen raschen Stößen.

Der Griff der Karaffe steckte in seinem Bauch. Er hatte die Hände immer noch um ihn geklammert. Die Knöchel traten weiß hervor. Der Boden unter ihm war voller Blut.

Einen Atemzug später war Lukas tot.

Konrad ließ ihn zu Boden sinken und stand auf. Ich sah Tränen in seinen Augen.

»Konrad …«, begann ich.

»Warum müsst ihr alles kaputt machen?«, schrie er. »Warum wollt ihr mich wieder in den Dreck ziehen, in dem ihr lebt?«

Hugo wollte sich auf ihn stürzen. Mühsam hielt ich ihn fest. »Du bist ein verlogenes Schwein!«, schrie er zurück.

»Na und?« Konrad wurde ruhiger. »Seht mich doch an!« Er zeigte auf seine Schuhe, zupfte an der Samtweste, die er trug. Ich sah, dass er zugenommen hatte.

»Für das, was ich trage, müsstest du ein Jahr lang arbeiten. Ich esse jeden Tag, trinke guten Wein und lasse mich bedienen. Und was hast du?« Er beantwortete die Frage selbst. »Nichts. Du bist im Dreck geboren und wirst im Dreck verrecken, so wie unser Vater. Aber nicht ich, Hugo.«

Diego half mir, Hugo festzuhalten.

»Dein Vater war ein guter Mann«, sagte ich.

»Das werde ich nicht sein.« Konrad sprach mit der Entschlossenheit eines viel älteren Mannes. »Ich habe gesehen, was mit guten Männern passiert. Niemand respektiert sie. Man respektiert nur das.« Seine Geste schien das ganze Haus einzuschließen. »Und das will ich. Es ist mir egal, was ich dafür essen muss, wen ich töten …« Sein Blick fiel auf Lukas. »Oder dafür begraben muss.« Er drehte sich um und zog die Tür auf. »Verschwindet wieder im Dreck. Ich will euch nie wiedersehen.«

Er schloss die Tür hinter sich.

»Komm zurück!«, schrie Hugo. »Du feiges Schwein!«

Diego und ich hielten ihn fest, bis er zu weinen begann. Ich stand neben ihm, unfähig, ihn in den Arm zu nehmen oder an etwas anderes zu denken als Konrads Worte. Sie brannten in mir.

Nach einer Weile verließen wir das Zimmer und gingen die Treppe hinunter. Der schwarze Sklave ließ uns hinaus.

Diego schlich sich in mein Zimmer in dieser Nacht. Wir schliefen im Haus von Al Hakam. Er hatte darauf bestanden.

Hugo hatten wir eingeschlossen. Zwei Wachen standen vor seiner Tür.

In meinem ganzen Leben zuvor hatte ich noch nie ein Zimmer für mich allein gehabt, aber daran dachte ich in dieser Nacht nicht, sondern an Konrad.

Diego stieg durch das offene Fenster ein und setzte sich wortlos neben mich auf das Bett.

»Es ist nicht deine Schuld«, sagte er nach einer Weile.

»Wessen denn?« Es war keine wirkliche Frage. Ich hatte Konrad geboren und aufgezogen. Ich trug die Verantwortung für das, was aus ihm geworden war.

»Vielleicht ist es seine eigene.« Diego nahm meine Hand. »Er hat erlaubt, dass die Welt das aus ihm macht.«

Ich schüttelte den Kopf. Die Kerze auf dem Nachttisch flackerte. »Gott hat ihn dazu gemacht. Wenn ich nur wüsste, wieso.«

»Nicht alles ist eine Prüfung, Madlen.«

Im ersten Moment wollte ich ihm widersprechen, doch dann schwieg ich. Mir fehlten die Worte, um auszudrücken, was ich meinte. Wenn Konrads Verlogenheit keine Prüfung Gottes war, wenn sie nicht die Strafe für ein Vergehen war, das ich nicht kannte, welchen Sinn erfüllte sie dann? Wie konnte ich sie erklären?

Schweigend saßen wir nebeneinander. Irgendwann zog ich Diego zu mir heran. Wir liebten uns im Morgengrauen. Die Kerze auf dem Nachttisch erlosch.

Kapitel 32

Wir trafen Al Hakam in dem großen Saal neben dem Atrium. Wir sprachen nicht über das, was nach unserem Aufbruch geschehen war, und er fragte nicht nach. Hugo musste sich auf sein Drängen zu uns an den Tisch setzen. Er schwieg, und das Essen rührte er nicht an.

»Wie ich gestern schon sagte«, begann Al Hakam, nachdem die Sklaven den Tisch abgeräumt hatten, »hatte sich die Nachricht über den Kreuzzug bis nach Damaskus herumgesprochen. Als der Kalif davon erfuhr, war er zutiefst bewegt. Bevor ich nach Jerusalem zurückkehrte, unterhielten wir uns lange über den tiefen Glauben, der diese Menschen bewegte. Als Jakob mit den Sklaven in die Stadt kam, kaufte ich sie ihm ab.«

»Sie sind hier?«, fragte Diego überrascht.

Al Hakam neigte den Kopf. »Einige. Die meisten habe ich dem Kalifen in Damaskus zum Geschenk gemacht. Ihr müsst euch keine Sorgen machen. Sie werden ein gutes Leben haben.«

Hugo schnaubte.

Der alte Mann sah ihn an. »Gefällt dir etwas daran nicht, Junge?«

»Er wollte nicht respektlos sein«, sagte ich schnell. »Entschuldigt, Herr.«

»Ich spreche mit deinem Sohn.«

Hugo zögerte, doch als Al Hakam ihn noch einmal aufforderte, sagte er: »Sie sind Sklaven. Wie kann man da von einem guten Leben sprechen?«

»Was wäre aus ihnen geworden, wenn sie nach Hause zurückgekehrt wären?«, fragte Al Hakam. »Tagelöhner? Bauern? Knechte?«

»Vielleicht, aber in jedem Fall keine Sklaven.« Hugo klang trotzig. Am liebsten hätte ich ihn getreten. Er hatte recht, aber es war respektlos, so mit einem Gastgeber zu sprechen.

Al Hakam stand auf. »Kommt.«

Wir folgten ihm in das Atrium. Jungen kehrten den Boden. Sie gingen barfuß, aber ihre Kleidung war sauber und ungeflickt.

»Geht es ihnen schlechter als einem Tagelöhner?«

Hugo hob die Schultern.

Al Hakam lächelte, dann führte er uns aus dem Atrium und durch einen Gang bis in einen großen offenen Innenhof. Soldaten schlugen mit Kurzschwertern auf ein hölzernes Ziel ein, Sklaven reichten ihnen Tee oder arbeiteten in einem Garten auf der anderen Seite. Aus den Ställen an der Rückseite des Hofs kam ein Mann.

»Ott«, rief ich.

Er ließ die Mistgabel fallen und lief auf mich zu. Die Soldaten hielten kurz inne, dann setzten sie ihre Übungen fort.

Ott umarmte mich und Hugo, nach einem Moment reichte er Diego die Hand. Sein Blick fiel auf dessen Wange, aber er sagte nichts.

Al Hakam zog sich zurück, bis er außer Hörweite war.

»Was macht ihr hier?«, fragte Ott.

»Euch suchen.« Ich hatte nicht gedacht, dass es mich so freuen würde, ihn wiederzusehen. »Lena lässt dich grüßen.«

Ott grinste. »Dann hat das Scheißfieber sie also doch nicht erwischt. Gut.« Er kratzte sich am Kopf. »Wie ihr seht, trag ich jetzt den Sarazenen ihren Arsch hinterher. Schon komisch, wie alles gekommen ist.«

»Schlagen sie dich?«, fragte Hugo leise, obwohl ihn Al Hakam nicht hören konnte.

»Mich?« Ott nickte. »Ja, ziemlich oft, die anderen nicht. Wenn du tust, was sie sagen, lassen sie dich in Ruhe. War leider noch nie meine Stärke.« Er spuckte aus und verrieb den Fleck im Sand. »Ach, was soll's. Irgendwann schnapp ich mir ein Pferd und hau ab.« Sein Gesicht hellte sich auf. »Aber wenn ihr mir einen Gefallen tun wollt, dann bittet Al Hakam, Cornelius freizulassen. Der verreckt hier noch vor Angst.«

»Cornelius ist hier?« Ich sah mich um.

»Dort hinten.« Ott zeigte auf die Sklaven, die neben den Soldaten hockten. »Cornelius!« Er winkte.

Einer der Jungen sah auf. Es war Cornelius. Er wirkte blass und übernächtigt.

»Bitte sorgt dafür, dass ich ihn loswerde«, fuhr Ott fort, während Cornelius langsam zu uns kam. Er trug ein langes Hemd, in dessen Falten seine Hände verschwanden. »Wir teilen uns ein Quartier. Die ganze Nacht heult er.« Dann ahmte er Cornelius' Stimme nach. »Wir sind verflucht, Gott straft uns wegen der Sünder, bla bla bla … Ich werd noch verrückt.«

Ich sah Diego an. Er nickte. »Ich werde Al Hakam darum bitten.«

Cornelius blieb vor uns stehen. Seine Unterlippe zitterte, seine Augen glänzten, als hätte er Fieber.

»Madlen«, sagte er so leise, dass ich mich vorbeugen musste, um ihn zu verstehen. »Du bist schuld«, flüsterte er. »Judenhure.«

Etwas blitzte zwischen den Falten seines Hemdes. Auf einmal wurde die Zeit zähflüssig wie Honig.

Cornelius hielt ein Kurzschwert in der Hand. Ich dachte daran, dass er es von den Soldaten gestohlen haben musste, als gäbe es nichts Wichtigeres. Sein Gesicht verzerrte sich. Mit einer Hand umklammerte er den Griff des Schwerts, die andere legte er unter den Knauf. Er ging in die Knie, spannte die Muskeln an, und der Schrei, den er ausstieß, war voller Wut, Verzweiflung, Angst und Hass.

Die Klinge schob sich meiner Kehle entgegen. Ich hob den Kopf, aber ich war zu langsam, viel zu langsam.

Eine Bewegung. Ein Schatten. Ein Aufprall, der mich von den Beinen riss.

Ich stürzte, schlug so hart in den Sand, dass ich einen Moment lang nicht atmen konnte. Verschwommen sah ich Diego, der sich auf die Knie niederließ – oder fiel er auf die Knie?

Ott war mit einem Schritt bei Cornelius und zog ihn zurück. Soldaten liefen herbei. Al Hakam brüllte einen Befehl. Das Schwert in Cornelius' Hand war blutüberströmt.

Ich tastete über meine Brust, entdeckte aber keine Wunde, spürte keinen Schmerz. Dann sah ich Diego an. Er kniete immer noch am Boden.

»Steh auf«, flüsterte ich. »Bitte steh doch auf.«

Sein Oberkörper sackte nach vorn. Er wollte sich mit den Armen abstützen, aber sie knickten unter ihm weg. Blut tropfte in den Sand.

Ich kroch zu ihm, zog ihn in meinen Schoß. In seinem Hemd klaffte ein Riss. Aus seiner Brust quoll Blut.

Diego sah mich an, schweigend, still. Ich beugte mich zu ihm hinunter, küsste sein Gesicht, legte meine Wange an die seine. Ich spürte seinen Atem im Haar. Er war dünn und leicht, der Rauch eines erloschenen Feuers.

»Ich werde dich vermissen«, flüsterte er.

Ich wartete vergeblich auf seinen nächsten Atemzug.

Sie schlugen Cornelius noch am selben Tag den Kopf ab. Es war mir egal. Ich hockte am Boden und starrte auf das Blut, das langsam im Sand trocknete. Die anderen ließen mich allein, nur Hugo blieb in meiner Nähe. Einige Male sprach er mich an, aber ich antwortete nicht.

Ich wollte weinen, musste weinen, um das Brennen in meinem Körper zu löschen, aber es kam keine Träne. Als die Sonne langsam hinter den Mauern unterging, hob ich den Kopf und sah Hugo an.

»Ich will nach Hause.«

Epilog

»Erzähl ihm deine Geschichte«, sagt Josef.

Ich sehe nicht auf. Der Boden unter meinen Knien ist weiß und so rein, dass ich mich schäme, ihn zu berühren. Ich verberge meine Hände in den Falten meines Umhangs, damit niemand sieht, wie schmutzig sie sind.

»Erzähl sie ihm.«

Ich höre Stoff rascheln. Jemand räuspert sich. Das Geräusch hallt durch den Saal.

Burg Drachenfels wartet darauf, dass ich beginne, aber ich weiß nicht, wo ich ich anfangen soll. Meine Geschichte gehört nicht nur mir, sondern allen, die an ihr beteiligt waren; Hugo und Konrad, Lena und Lukas, Richard, Ott und Erik, aber vor allem gehört sie Nicolaus, ihm vielleicht mehr als mir selbst. Für sie muss ich einen Anfang finden, den Tag, die Stunde wählen, an der die Geschichte begann, damit der, vor dem ich knie, ihr Ende schreiben kann.

Eine Hand berührt meinen Arm, beruhigend, auffordernd. Ich hebe den Kopf. Sonnenlicht strömt durch Fenster hoch wie Kirchtürme. Die Helligkeit blendet mich. Der Graf auf dem Thron ist eine dunkle Silhouette, umgeben von funkelndem, gleißendem Licht. Meine Augen beginnen zu tränen, aber ich senke den Blick nicht.

Nicht mehr.

Und dann wähle ich einen Anfang. Auf einmal ist das ganz leicht.

Ich sehe die Silhouette an und öffne den Mund.

»Das war doch nicht schwer«, sagt Josef, als wir das Haupthaus verlassen.

Ich schüttele den Kopf. Nein, es war nicht schwer. Nichts ist schwer, wenn einem alles egal ist.

»Wirklich nett vom Grafen, dass du wieder als Magd arbeiten darfst.« Josef ist unsicher. Er weiß, dass er mich nicht mehr kennt, aber er hat gewartet, die ganze Zeit auf mich gewartet. Er ist ein guter Mann, und ich werde ihm eine gute Frau sein. Ich werde versuchen, ihm Kinder zu gebären, ich werde jeden Morgen den Weg zur Burg hinaufgehen und jeden Abend wieder hinunter. Ich werde mit den Mägden über die Ernte sprechen und über die Kleider der feinen Leute. Hugo wird uns auf den Feldern helfen und eines Tages ein Mädchen finden. Ich werde zur Kirche gehen und das Heilige Sakrament empfangen.

Und ich werde es aus dem Mund nehmen, in meiner Hand verstecken und vergraben.

Ich werde nicht zu Vater Ignatius gehen, er wird keinen Brief nach Rom schicken, ich werde nie wieder in die Gemeinschaft der Gläubigen zurückkehren.

Diego soll mich nicht vermissen, nicht für eine Ewigkeit. Ich werde zu ihm kommen, wir werden zusammen sein. An dem Ort, an den die Juden gehen.